ÉTUDE DES FLEURS

BOTANIQUE

ÉLÉMENTAIRE, DESCRIPTIVE ET USUELLE

QUATRIÈME ÉDITION

ENTIÈREMENT REVUE ET CONSIDÉRABLEMENT AUGMENTÉE

PAR L'ABBÉ CARIOT

MEMBRE CORRESPONDANT DE LA SOCIÉTÉ LINNÉENNE

TOME PREMIER

BOTANIQUE ÉLÉMENTAIRE

ET CLEFS ANALYTIQUES

NOTA SPINIS CARENS ROSA VENI

GIRARD ET JOSSERAND, LIBRAIRES-ÉDITEURS

LYON	PARIS
Place Bellecour, 30	Rue Cassette, 5

1865

ÉTUDE DES FLEURS

I

ÉTUDE DES FLEURS

BOTANIQUE

ÉLÉMENTAIRE, DESCRIPTIVE ET USUELLE

QUATRIÈME ÉDITION

ENTIÈREMENT REVUE ET CONSIDÉRABLEMENT AUGMENTÉE

PAR L'ABBÉ CARIOT

MEMBRE CORRESPONDANT DE LA SOCIÉTÉ LINNÉENNE

———◦◦>◦<◦◦———

TOME PREMIER

BOTANIQUE ÉLÉMENTAIRE

ET CLEFS ANALYTIQUES

NOTA SPINIS CARENS ROSA VENIT

GIRARD ET JOSSERAND, LIBRAIRES-ÉDITEURS

LYON	PARIS
Place Bellecour, 30	Rue Cassette, 5

1865

PROPRIÉTÉ

LYON. — IMPRIMERIE DE GIRARD ET JOSSERAND
Rue Saint-Dominique, 13

PRÉFACE.

La troisième édition de l'*Etude des fleurs* étant complètement épuisée, l'accueil bienveillant qui lui a été fait par les botanistes m'encourage à en publier une quatrième. Comme sa devancière, et ainsi que son titre l'indique, celle-ci renferme trois parties distinctes : une Botanique élémentaire, une Botanique descriptive et une Botanique usuelle.

Sous la forme allégorique et pleine d'intérêt de l'histoire d'une plante, en la suivant avec soin dans les périodes successives de son existence, la Botanique élémentaire donne la description des différents organes des végétaux, l'explication des diverses fonctions de ces organes, le détail des nombreuses altérations ou maladies qui peuvent les affecter. On y trouvera résolues toutes les questions proposées dans le programme pour l'enseignement de l'histoire naturelle, auxquelles ont à répondre les candidats au baccalauréat ès-sciences. Pour rendre cette réponse plus facile, j'ai fait imprimer ce programme en tête de l'ouvrage, en indiquant à côté de chaque question le numéro correspondant de la Botanique élémentaire où elle se trouve traitée. Un résumé en forme de questionnaire, placé à la fin de chaque article, est destiné à rappeler à l'élève la substance et la connexion des idées principales qu'il renferme, et peut servir en même temps de texte à des analyses écrites.

La Botanique descriptive se compose de deux parties qui s'enchaînent et se complètent mutuellement. Ce sont d'abord les *clefs analytiques*, qui conduisent successivement au nom des familles, des genres et des espèces. C'est ensuite la *Botanique descriptive proprement dite*, qui, servant comme de contre-épreuve aux clefs analytiques, offre réunis en un seul faisceau les caractères des espèces, des genres et des familles.

Notre *Etude des fleurs* guidera spécialement les botanistes dans les départements du Rhône, de la Loire, de l'Ain, de l'Isère, pour les localités qui avoisinent Lyon. Comme les montagnes de la Grande-Chartreuse et de Chalais sont un pélerinage non moins attrayant pour le naturaliste que fécond en émotions pour le chrétien, cet ouvrage en fera connaitre également toutes les richesses végétales (1).

La dernière édition contenait beaucoup de plantes cultivées, celle-ci en réunit un plus grand nombre encore. Les personnes qui ne peuvent faire des excursions lointaines aimeront à les y trouver, et les botanistes eux-mêmes seront contents de pouvoir les déterminer. Pour rendre cette étude plus facile et donner plus de netteté à mon travail, j'ai rassemblé toutes les plantes de jardin dans une partie séparée, à laquelle j'ai donné le nom de *Flore horticole*. Dans ce genre et sous cette forme, il n'existe encore aucun ouvrage élémentaire aussi complet.

La troisième partie renferme la Botanique usuelle. Dans un dictionnaire qui est comme une suite de tableaux, elle expose l'histoire, les usages et les proprié-

(1) Voyez aussi mon *Guide du Botaniste à la Grande-Chartreuse et à Chalais*. 1 petit vol. in-12. Lyon, 1836.

tés des plantes les plus remarquables, leurs applications à l'agriculture, à l'horticulture, aux arts, à l'industrie, au commerce, à la médecine et à l'économie domestique. On verra les détails les plus nouveaux sur la culture et la multiplication des végétaux destinés à orner nos parterres, à embellir nos bosquets et à enrichir nos vergers. Les amateurs qui, dans leurs moments de loisir, voudront s'amuser à faire un peu d'horticulture pratique, trouveront expliqués dans notre dictionnaire les différents procédés de greffe employés de nos jours, avec les améliorations inventées par le génie et l'expérience modernes. La floriculture des salons, celle des fenêtres, y ont aussi obtenu une place, et par là les personnes qui, reléguées au sein des villes, n'ont pas de jardin à cultiver à la campagne, trouveront le moyen de s'en procurer un qui ne sera pas sans charmes, sur leurs croisées pendant l'été, et dans leurs appartements pendant l'hiver.

En résumant ce que je viens de dire, cette *Etude des fleurs* pourrait donc justement avoir pour titre : *Flore des départements du Rhône, de la Loire, de l'Ain et des montagnes de la Grande-Chartreuse, précédée d'une Botanique élémentaire, suivie d'une Flore horticole et d'un Dictionnaire historique, usuel et pratique.*

Bien que conforme à la troisième édition pour le plan général et l'ensemble des détails, celle-ci a cependant reçu plusieurs améliorations notables. Ainsi j'ai ajouté au premier volume une étude analytique et descriptive de la famille des Champignons. Sollicitée par de nombreuses demandes, cette addition satisfera, je l'espère, l'intérêt qu'elle paraît exciter, en montrant les caractères précis de toutes les espèces, et en indiquant celles qui sont comestibles, comme aussi celles qui sont vénéneuses, dangereuses ou suspectes. Pour éviter toute erreur funeste, j'ai fait graver dix planches nouvelles, représentant les espèces comestibles les plus répandues dans nos contrées.

La troisième édition renfermait la description d'un très-grand nombre d'espèces nouvelles créées par l'école dont M. Alexis Jordan est un des plus consciencieux représentants. Comme ces espèces n'ont pas encore toutes une valeur scientifique universellement reconnue, je les ai retranchées du deuxième volume pour les mettre dans le premier, en forme de clefs analytiques, à la suite des types anciens auxquels elles se rattachent. Par là, cet ouvrage, qui est destiné surtout à l'enseignement élémentaire de la Botanique, embarrassera moins les commençants, et donnera cependant des indications suffisantes aux savants qui voudront se tenir au courant des progrès de la science.

J'ai ajouté au deuxième volume un certain nombre d'espèces découvertes depuis ces dernières années, une étude entièrement nouvelle sur le genre *Rosa* et l'indication d'un grand nombre de localités non encore · connues pour les espèces rares. La facilité des voyages, le goût des amateurs, le zèle de plus en plus éclairé des horticulteurs rendant le nombre des plantes cultivées plus grand d'année en année, j'ai dû compléter aussi la *Flore horticole* du troisième volume en y introduisant de nouvelles descriptions. J'ai été aidé dans ce travail par la visite attentive que j'ai faite des beaux jardins qu'on admire aux environs de Lyon (1).

Si cette quatrième édition renferme moins d'imperfections que la précédente, je le dois principalement aux botanistes zélés qui ont bien voulu m'adresser leurs observations et m'honorer de leur bienveillant concours. C'est pour moi un devoir et un bonheur de leur adresser ici l'expression publique de ma vive recon-

(1) Je dois citer en particulier les serres vraiment princières de M. Paul Desgrand, à Ta-sin.

naissance; si ce livre a quelque chose de bien, c'est à eux surtout qu'il en est redevable.

Malgré tous mes soins et toutes mes précautions, j'ai dû néanmoins commettre encore beaucoup d'erreurs dans cette *Flore;* je prie donc de nouveau les botanistes qui s'en serviront de les noter avec exactitude et d'avoir la bonté de me les transmettre. Heureux si, aidé par eux dans mon travail et dans mes recherches, je puis par cette *Etude des fleurs* propager l'amour et le goût de cette belle science de la Botanique qui nous rapproche de Dieu en nous faisant connaître et admirer ses œuvres!

A. C.

Passin, le 1er octobre 1864

LISTE DES BOTANISTES

QUI M'ONT FOURNI POUR CETTE FLORE LES RENSEIGNEMENTS
LES PLUS UTILES.

MM.

BICHET, curé à Saint-Didier-sur-Chalaronne (Ain). — Plantes du Haut-Bugey et de la Dombes.

BOULLU (l'abbé). — Plantes du Dauphiné ; Roses nouvelles.

CHABERT (Lyon). — Plantes du Lyonnais et du Bugey. — Cet infatigable botaniste m'a laissé parcourir avec la plus grande complaisance son riche et volumineux herbier. C'est à lui que je dois la connaissance d'un grand nombre des espèces nouvelles que j'ai publiées.

CHEVROLAT, curé à Reyrieux (Ain). — Plantes de la Bresse, de la Dombes et du Bugey.

FAVE (l'abbé), vicaire à Tarare. — Plusieurs espèces rares des montagnes du Forez.

FOURREAU (Jules), naturaliste à Lyon. — Plantes des environs de Lyon.

PRAY (l'abbé), professeur au collége de Thoissey. — Plantes de la Bresse, de la Dombes et du Haut-Beaujolais.

GACOGNE (Alphonse) (Lyon). — Plantes des environs de Lyon.

GAMBEY, professeur au lycée impérial de Saint-Etienne. — Plantes des environs de Saint-Etienne et de Montbrison.

GRIMAUD (l'abbé). — Plantes des bords de la Loire et des environs de Saint-Jodard.

LORTET (Louis), docteur-médecin. — Plantes des environs de Lyon.

PEYRON, curé à Ecotay-l'Olme (Loire). — Plantes de Pierre-sur-Haute et des environs de Montbrison.

SEYTRE (l'abbé). — Plantes du mont Pilat et de ses dépendances.

LISTE DES OUVRAGES

QUE J'AI CONSULTÉS POUR LA COMPOSITION DE CETTE FLORE.

BALBIS (J.-B.). — Flore lyonnaise. 3 vol. in-8. Lyon, 1827.

BOREAU (A.). — Flore du centre de la France et du bassin de la Loire. 3e édition. 2 vol. in-8. Paris, 1857.

COSSON ET GERMAIN. — Flore des environs de Paris. 2 vol. in-12. Paris, 1845.

DE CANDOLLE (Aug.-Pyr.). — Flore française, 3e édition. 5 vol. in-8. Paris, 1805-1814. — Prodromus systematis naturalis regni vegetabilis. 8 vol. in-8. Paris, 1824-1844.

DÉSÉGLISE (Alfred). — Essai monographique sur cent cinq espèces de Rosiers. Angers, 1861.

GILIBERT (Jean Emmanuel). — Histoire des plantes d'Europe et étrangères. 3 vol. in-8. Lyon, 1806.

JORDAN (Alexis). — Observations sur plusieurs plantes nouvelles rares ou critiques de la France, et autres ouvrages.

GRENIER ET GODRON. — Flore de la France. 3 vol. in-8. Paris, 1848-1855.

LOISELEUR-DESLONCHAMPS (J.-S.-A.). — Flora Gallica. 2 vol. in-8. Paris, 1828.

MIRBEL. — Eléments de Physiologie végétale et de Botanique. 3 vol. in-8. Paris, 1815.

REICHENBACH. — Plantæ criticæ et Icones. Leipzig.

RICHARD (Achille). — Nouveaux Eléments de Botanique. 1 vol. in-8. Paris.

SERINGE (N.-C.). — Flore des jardins et des grandes cultures. 3 vol. in-8. Lyon, 1849. — Flore du pharmacien, du droguiste et de l'herboriste. 1 vol. in-12. Paris, 1852.

PROGRAMME DU BACCALAURÉAT ÈS-SCIENCES

— POUR LA BOTANIQUE (1).

---

1. Structure comparée des dicotylédones, des monocotylédones et des acotylédones ou cryptogames (51).

2. Feuilles; leurs principales modifications; leur structure et leurs fonctions; influence de ces fonctions sur l'air ambiant. — Etiolement (69-92).

3. Organes de la reproduction (120,135-152). — Divers modes de reproduction (187,188). — Fleur (119,120). — Inflorescence (114-118). — Calice et corolle (121-134). — Etamines et pistils; fonctions de ces organes (135,136,137,147-151). — Chaleur développée dans certaines fleurs (139). — Mouvement des feuilles et de certains organes des fleurs (92, 93, 138,145).

4. Tiges; leurs principales modifications (37-42). — Structure de la tige dans les dicotylédones et dans les monocotylédones (51). — Circulation de la sève (53-64). — Accroissement des tiges ligneuses des dicotylédones (62-69). — Racines; leurs principales modifications; leurs fonctions (29-37).

---

(1) Les numéros placés entre parenthèses indiquent les alinéas de la Botanique élémentaire où les questions du programme sont traitées.

5. Développement et structure des fruits, de la graine et des parties qui la composent (9-13, 160-181). — Embryon ; sa structure (13-19). — Changements chimiques dans la graine pendant la germination (19-24). — Développement de l'embryon et structure de la jeune plante (24-28).

6. De la méthode naturelle (250-252). — Familles naturelles (266-270, 276) — Division générale des plantes en monocotylédones, dicotylédones et acotylédones ou cryptogames (268). — Division des dicotylédones en monopétales, polypétales et apétales (129-135).

7. Organes de la plante (43). — Parties élémentaires ou tissus qui les composent ; composition chimique de ces tissus (43-51).

8. De la classification du règne végétal (247-250). — Espèces, genres et variétés (271-276). — Des classifications artificielles (250, 251). — Système de Linné ; son application à la détermination des plantes (261-266).

BOTANIQUE ÉLÉMENTAIRE

BOTANIQUE ÉLÉMENTAIRE.

1. La Botanique (1) a pour objet l'étude des végétaux. On donne le nom de végétaux à ce magnifique tapis de verdure, à ces arbres de toute grandeur, à ces productions si variées qui croissent sur la terre, sur les rochers et dans les eaux. Ce sont des êtres organisés et vivants, mais privés de la faculté de sentir et d'exécuter des mouvements volontaires. Ils sont donc comme l'anneau qui, dans l'immense chaîne des êtres, unit le règne minéral au règne animal.

2. En effet, les minéraux ne sont que des êtres inorganiques et inertes. Ils ne vivent ni ne sentent ; s'ils grossissent, ce n'est que par *juxtaposition*, c'est-à-pire par des molécules de même nature qui viennent se placer sur les molécules précédentes. Aussi leur forme est-elle indéterminée : du marbre, par exemple, le sera toujours, qu'on le taille en colonne, globule ou statue.

(1) De βοτάνη, herbe.

Leur durée est illimitée, en ce sens que, ne portant en eux-mêmes aucun principe de destruction, ils existent jusqu'à ce qu'une force étrangère vienne les détruire.

3. Les végétaux, au contraire, sont des êtres vivants, doués d'organes (racine, tiges, feuilles, fleurs) qui, par leur mutuelle action, entretiennent la vie dans le tout qu'ils composent. Ils grandissent en se nourrissant, par *intussusception*, c'est-à-dire, en empruntant au monde extérieur des principes alimentaires qu'ils s'assimilent, qui pénètrent leur tissu et le développent dans une forme déterminée. Enfin, après avoir existé pendant un certain temps, ils périssent quand leurs organes sont usés, viciés ou brisés. La mort est donc pour les végétaux une conséquence de leur vie, et leur espèce périrait, si Dieu, dans sa sagesse, ne les avait doués de la faculté de se reproduire, en donnant naissance à d'autres êtres vivants et absolument organisés comme eux.

4. Ce jeu des organes, cette vie, ce mode de croissance, cette existence limitée, cette reproduction merveilleuse, les plantes la partagent avec les animaux ; mais elles n'en restent pas moins à une immense distance d'eux par l'absence de mouvement volontaire et de sensibilité. Recevant du milieu qui les entoure (l'air, la terre et l'eau) une nourriture toute préparée, elles n'avaient nul besoin de ces deux admirables facultés.

Aussi, un savant naturaliste, Linné, a dit avec une parfaite justesse : « Les végétaux occupent l'avant- « dernier rang dans la série des êtres dont l'homme « est le roi. Les minéraux croissent ; les plantes crois- « sent et vivent ; les animaux croissent, vivent et sen- « tent ; l'homme croît, vit, sent et pense. »

5. La Botanique étudie les végétaux sous un triple point de vue. Elle voit en eux des *êtres vivants*, dont elle observe l'organisation; des *êtres distincts*, qu'elle apprend à connaître, à décrire et à classer; des *êtres utiles*, dont elle recherche les propriétés et les usages. De là trois grandes parties dans cet ouvrage : la *botanique organique*, ou étude de l'organisation et de la vie des plantes; la *taxonomie*, ou classification des végétaux; la *botanique usuelle*, c'est-à-dire appliquée à l'agriculture, à l'horticulture, à la médecine, à l'économie domestique et industrielle.

6. On voit donc que la Botanique ne consiste pas uniquement, comme trop de gens se l'imaginent, dans la connaissance pure et simple du nom donné aux différentes plantes. Réduite à ces termes, elle ne serait qu'un vain exercice de mémoire, aussi pénible qu'inutile. Si l'homme a cherché à décrire et à classer les végétaux, ce n'a été là pour lui qu'un moyen : son vrai but, c'est d'arriver à s'en servir pour son utilité et pour son agrément. Il trouve de plus dans l'étude des organes de la plante et du jeu de ces organes dans le phénomène de la vie, un vaste sujet d'instruction et de nombreux motifs d'admirer la sagesse, la puissance et la bonté de celui qui a écrit son nom sur la corolle de la plus humble fleur de nos champs, tout aussi bien que sur le front scintillant des étoiles.

QUESTIONNAIRE.

Qu'est-ce que la Botanique? — Qu'entend-on par végétaux ou plantes? — Comment les plantes diffèrent-elles 1° des minéraux, 2° des animaux? — Comment divise-t-on la Botanique? — Quel est son vrai but?

PREMIÈRE PARTIE.

BOTANIQUE ORGANIQUE.

7. La *Botanique organique* comprend la description des différents organes des végétaux : c'est l'*organographie;* l'explication des diverses fonctions de ces organes : c'est la *physiologie;* le détail des diverses altérations ou maladies qui peuvent affecter les plantes : c'est la *pathologie végétale.*

CHAPITRE PREMIER.

ORGANOGRAPHIE ET PHYSIOLOGIE VÉGÉTALES.

8. Nous réunirons ensemble ces deux parties qui, dans la réalité, ne peuvent être séparées. Pour donner plus d'intérêt à des détails ordinairement arides, nous décrirons les organes des végétaux et les phénomènes de leur vie, en faisant l'histoire de la plante. La vie, comme endormie dans la graine, se réveille au moment de la germination, se développe par la croissance,

déploie tout son éclat dans la floraison, atteint dans la fructification son but essentiel, et, enfin, disparaît quand la plante s'est préparé, dans des germes féconds, les principes d'une nouvelle existence. De là six âges dans la vie de la plante : *sommeil dans la graine ; germination ; croissance ; floraison ; fructification ; fin de la végétation.*

ARTICLE PREMIER.

PREMIER AGE DE LA PLANTE. — SOMMEIL DANS LA GRAINE.

9. La graine est comme l'œuf végétal ; c'est par elle que la plante commence. On peut même l'y découvrir en miniature ; mais comme elle serait trop sèche à l'état de maturité parfaite, il faut l'examiner un peu avant, ou bien la faire ramollir dans l'eau. Dans cet état de souplesse, l'anatomie d'une graine de *haricot*, par exemple, nous la montre composée de deux parties : l'une supérieure et enveloppante, nommée *épisperme* ; l'autre intérieure et protégée par la première : c'est l'*amande*.

§ 1er. — ÉPISPERME.

10. L'*épisperme* (1), comme l'indique son nom, est une enveloppe plus ou moins membraneuse ou ligneuse, qui, par sa consistance sèche et coriace, préserve l'amande et la conserve ; il est comme la coquille de l'œuf. Souvent aussi il offre, comme elle, deux tuniques su-

(1) D'ἐπὶ, sur, et σπέρμα, germe.

perposées : une extérieure, plus épaisse, et que l'on nomme *teste* (1) ; et une intérieure, plus souple et plus mince, qui s'appelle *tégument* (2). La *châtaigne* les offre toutes deux d'une manière très-sensible ; mais dans la plupart des graines elles sont moins distinctes, et tellement adhérentes l'une à l'autre, que l'épisperme paraît être simple et ne former qu'une tunique. Dans tous les cas, il ne participe que très-peu, et même pas du tout, à la propriété nutritive de la graine : c'est lui que l'on sépare, sous la forme de *son*, de la fleur de farine.

11. Il est toujours un point de l'épisperme qui se distingue du reste, ou par une espèce de cicatrice plus ou moins grande, ou par une teinte particulière, si sensible dans le *marron d'Inde :* c'est l'*ombilic* ou *hile* (3). Dans la graine mûre, ce point a peu d'importance ; mais il en avait beaucoup quand elle grandissait, car c'était par lui qu'elle adhérait à la mère-plante.

§ 2. — AMANDE.

12. L'étude de l'*amande* a plus d'importance et d'intérêt. C'est toute la partie d'une graine mûre contenue dans l'épisperme. On la savoure avec plaisir dans le fruit de l'*amandier*, qui lui a donné son nom.

L'amande est tantôt uniquement formée par l'*embryon*, corps organisé qui remplit à lui seul toute la cavité intérieure de l'épisperme, par exemple, dans

---

(1) De *testa*, coquille.
(2) De *tegumentum*, couverture.
(3) De *hilum*, petite marque.

le *pois;* tantôt, outre l'embryon, l'amande renferme un autre corps accessoire qu'on nomme *périsperme*, comme dans le *ricin*, le *froment*. Parlons de chacun d'eux.

† EMBRYON (1).

13. C'est la plante encore enfant et endormie. Nous l'apercevons très-bien en continuant l'anatomie de notre graine de haricot. L'épisperme, déchiré avec une épingle et enlevé avec précaution, laisse à découvert (fig. 1re *cc*) deux disques blancs appliqués l'un contre l'autre et formant deux moitiés égales. Ce sont les *cotylédons* (2), premiers organes alimentaires qui doivent se convertir à la germination en feuilles séminales (fig. 3 *cc*). Sur un des points de la jonction des cotylédons glisse une pointe conique : c'est la *radicule* (3), ou principe de la racine (fig. 1re *r*) ; et dans leur intérieur sont deux ou plusieurs petites feuilles, plissées diversement sur elles-mêmes et parfaitement formées (fig. 1 *g*) : elles constituent la *gemmule* (4), ou petit bourgeon qui est le rudiment de la jeune tige.

14. Ces trois organes, cotylédons, radicule et gemmule, forment la *plantule* (fig. 3), c'est-à-dire la petite plante qui doit se développer au moment de la germination, et n'est autre chose que l'embryon sorti de ses langes.

L'amande n'offre pas toujours deux cotylédons, comme dans le haricot; souvent elle n'en présente

---

(1) D'ἐν-βρύων, poussant dans un autre.

(2) De κοτυληδὼν, cavité, ou petite écuelle renfermant le lait qui doit nourrir la jeune plante.

(3) De *radicula*, petite racine.

(4) De *gemmula*, petite perle, petit bourgeon.

qu'un seul, comme dans le *blé*, l'*asperge*, la *tulipe*, etc. : l'embryon est nommé alors *monocotylédoné* (1). Il est appelé *dicotylédoné* (2) quand l'amande contient deux corps cotylédonaires réunis base à base : tels sont le *haricot*, la *fève*, etc.

15. Toutes les plantes dont l'amande offre un seul cotylédon se nomment *monocotylédonées;* toutes celles qui ont deux cotylédons se nomment *dicotylédonées.* On appelle *acotylédonées* (3) celles dont la graine, ou plutôt les corpuscules reproducteurs qui en portent improprement le nom, n'offrent ni embryon ni cotylédon : telles sont les *fougères.*

Comme toutes les plantes ne sont en grand que l'embryon développé, leur division ancienne en *dicotylédonées, monocotylédonées* et *acotylédonées* pourrait être rigoureuse, si quelques végétaux, appartenant surtout à la famille des *conifères* ou arbres résineux, n'avaient été observés avec 3, 5, 10, et même 12 cotylédons.

†† PÉRISPERME (4).

16. On le nomme encore *endosperme* (5) ou *albumen* (6). C'est, comme nous l'avons indiqué, cette partie de l'amande qui forme quelquefois autour ou à côté de l'embryon un corps accessoire et entièrement distinct. Le mot d'*albumen*, qui le compare au blanc

(1) De μόνος, unique, et κοτυληδών, cotylédon.
(2) De δὶς, double, et κοτυληδών.
(3) D'α, sans, et κοτυληδών.
(4) De περί-σπέρμα, autour du germe.
(5) D'ἔνδον-σπέρμα, au-dedans du germe.
(6) D'*albumen*, blanc d'œuf.

d'œuf, indique très-bien sa destination , qui est de nourrir la jeune plante quand elle germera (fig. 2 *p*).

17. Il est, du reste, parfaitement distinct de l'embryon. Celui-ci , comme nous l'avons vu, offre une plante en miniature, très-bien organisée, qui se développera et grandira à la germination. Le périsperme, au contraire, est une simple masse, ordinairement blanchâtre, de substance très-variable, sèche et farineuse dans les *céréales*, cartilagineuse dans la *carotte*, charnue et grasse au toucher dans le *ricin*, cornée dans le *café*. A la germination, elle devient soluble, sert pendant quelque temps à alimenter la plantule, diminue insensiblement de volume et disparaît peu à peu.

18. On conçoit que les positions différentes de l'embryon dans la graine, ainsi que la présence ou l'absence du périsperme, ont dû servir à guider le botaniste dans le classement des végétaux. C'est un des caractères les plus sûrs dans la division des familles.

On trouvera dans le dictionnaire, au mot *graine*, d'autres détails assez intéressants; ceux que nous venons de donner suffisent pour montrer au botaniste toute l'importance de ce premier organe, et au philosophe chrétien, les soins dont la Providence environne la jeune plante endormie, ainsi que sa prévoyance à ce que rien ne lui manque à son réveil.

QUESTIONNAIRE.

Qu'entend-on par organographie et physiologie végétales? — Quels sont les six âges de la plante? — Qu'est-ce que la graine et quelles sont ses parties? — Qu'est-ce que l'épiderme? — De quoi se compose-t-il? — Qu'est-ce que le hile? — Qu'est-ce que l'amande? — De quoi est-elle formée? — De combien de parties se compose l'embryon?

— Que faut-il entendre par plantes dicotylédonées, monocotylédo-
nées, acotylédonées? — Cette division est-elle rigoureuse? — Qu'est-
ce que le périsperme? — Quelle est sa destination? — Que peut ap-
prendre l'anatomie de la graine?

ARTICLE II.

DEUXIÈME AGE DE LA PLANTE. — GERMINATION.

19. La graine persévère dans la consistance sèche
et dure que la Providence lui a donnée pour pouvoir
résister à l'intempérie des saisons, et conserver au
germe son principe vital, jusqu'à ce que des circonstances favorables viennent se réunir pour commencer
son deuxième âge ou sa *germination*. On comprend
sous ce nom la série des phénomènes par lesquels
passe une graine pour développer l'embryon qu'elle
contient.

20. Mais, pour germer, il faut à la graine des conditions préalables. De ces conditions, les unes lui sont
intrinsèques, les autres lui sont extérieures.

Pour les premières, il est nécessaire que la graine
soit mûre, que son embryon soit complet, et qu'elle ne
soit pas trop ancienne, car elle perd avec le temps sa
faculté germinative. Il est cependant certaines graines
qui la conservent pendant un grand nombre d'années,
quand elles ont été préservées de l'action de l'air, de
la lumière et de l'humidité. C'est ainsi que l'on a vu
des graines, trouvées dans des momies d'Egypte, lever
de terre et venir à bien.

21. Comme conditions extérieures, la graine réclame

ensuite le concours de trois agents très-puissants dans la nature ; ce sont : l'eau, la chaleur et l'air.

L'eau. L'eau ramollit les tuniques et porte à la plantule ses premiers aliments. Il ne faut pas, pour les graines des plantes terrestres, que l'eau soit en trop grande quantité ; elle les pourrirait et s'opposerait à leur développement. Quant aux graines des végétaux aquatiques, les unes, et c'est le plus grand nombre, germent étant plongées entièrement dans l'eau ; les autres montent à la surface pour y germer à l'air.

22. La *chaleur*. La chaleur, ce grand stimulant des forces vitales, distend les vaisseaux, les pénètre et rend plus active l'influence des autres agents. Dans une température au-dessous de zéro, la graine reste inactive ; au-dessus de 50°, elle se dessèche et perd sa force végétative. Entre ces deux limites, une chaleur de 25 à 30°, unie à une humidité convenable, est celle qui est la plus favorable à la germination.

Les graines ne germent pas à la lumière, parce que celle-ci décompose l'acide carbonique, dégage l'oxygène, fixe le carbone et endurcit toutes les parties.

23. L'*air*. L'air est aussi nécessaire aux graines pour germer et pour s'accroître qu'il est indispensable aux animaux pour respirer et pour vivre. Voilà pourquoi les graines enfoncées trop profondément dans la terre ne peuvent y donner aucun signe de vie.

Des deux gaz élémentaires dont il se compose, et qui sont : l'*oxygène* pour les 0,21 de son volume, et l'*azote* pour les 0,79, l'oxygène seul est propre à la germination. Des graines placées dans du gaz azote y périraient infailliblement ; mais aussi l'oxygène pur et isolé ne tarderait pas à détruire les germes. Son activité trop puissante a dû être tempérée par le mélange de l'azote dans la germination. L'oxygène de l'air s'empare de l'excès du carbone que contient la graine, et forme avec lui de l'acide carbonique qui est rejeté au dehors. Alors les principes laiteux ou sucrés des cotylédons et du périsperme se développent et servent de premier aliment à la jeune plante, trop délicate encore pour absorber une nourriture plus substantielle.

24. Ces conditions une fois réunies, que l'on place la graine dans la terre, siége naturel des plantes, ou sous un abri quelconque, qui puisse, en communiquant l'humidité, intercepter la lumière, funeste à la germination en ce qu'elle fixe trop le carbone, et aussitôt commencera le phénomène de la germination (figure 3).

Les tuniques dilatées se ramollissent, s'entr'ouvrent et donnent passage à la radicule (*r*), qu'une tendance irrésistible entraîne vers le centre de la terre. La radicule s'allonge de haut en bas, soit directement de la base de l'embryon, soit après avoir préalablement rompu le tégument de cette base. Les plantes qui présentent le premier caractère se nomment *exorrhizes* (1), les autres se nomment *endorrhizes* (2). L'embryon endorrhize existe ordinairement dans les monocotylédones, comme l'embryon exorrhize dans les dicotylédones. La gemmule (*g*), obéissant à un instinct contraire, quelle que soit la position de la graine, cherche l'air et le soleil, et s'élance hors du sol. Quelquefois les cotylédons restent sous terre, comme dans le *pois-*

(1) De ἐξ, en dehors, ρίζα, racine.
(2) De ἔνδον, en dedans, ρίζα, racine.

fleur : alors ils se flétrissent et finissent par disparaître ; mais le plus souvent ils précèdent la gemmule dans son mouvement ascensionnel. Arrivés à la lumière, ils verdissent, se déroulent, s'étalent et commencent à puiser dans le sein de l'atmosphère une partie des fluides qui doivent être employés à l'accroissement de la jeune plante. Dès cet instant la germination est opérée.

25. Dans la germination des graines monocotylédones (fig. 4), plusieurs radicelles (*r*) naissent ordinairement des parties inférieures et latérales de la tigelle. Quand elles ont acquis un certain développement, la radicule principale se détruit et disparaît. Aussi les plantes monocotylédones n'ont-elles jamais de *racine pivotante* (fig. 5). De plus, la gemmule sort le plus souvent par la partie latérale du cotylédon et non par son sommet.

26. Toutes les graines n'emploient pas le même espace de temps pour germer. Ainsi, il en est qui lèvent dans un espace de temps très-court : il ne faut au *cresson alénois* que deux jours ; à l'*épinard*, au *navet* et au *haricot* que trois jours ; à la *laitue* que quatre ; à la plupart des *graminées* qu'une semaine. D'autres graines, au contraire, demeurent un temps fort considérable avant de donner aucun signe de développement : ce sont celles qui ont un épisperme très-dur, comme celles du *pêcher*, de l'*amandier*, qui ne germent qu'au bout d'un an ; du *noisetier*, du *cornouiller*, qui ne se développent que deux années après avoir été mises en terre.

27. Tout ce que nous venons de dire sur la germination ne convient évidemment qu'aux végétaux coty-

lédonés. Quant aux plantes *acotylédonées*, comme
elles n'ont ni fleurs, ni graines, ni embryon, elles germent d'une manière toute différente, sur laquelle les
savants n'ont formé jusqu'à présent que des conjec-
tures très-incertaines. Elles ont cependant cela de
commun que leurs particules reproductives sont analogues à des graines qui ne germeraient pas dans un
point fixe, mais qui reproduiraient une racine et une
tige indifféremment de tous les points de leur surface.

QUESTIONNAIRE.

*Qu'est-ce que la germination? — Quelles sont les conditions nécessaires
à la graine pour qu'elle ait lieu? — Quels agents extérieurs doivent
y concourir? — Quelle est l'action propre à chacun de ces agents?
— Quels sont les phénomènes qui accompagnent la germination? —
Quelle différence présentent-ils dans les plantes monocotylédonées et
dans les plantes dicotylédonées? — Que faut-il entendre par plantes
exorrhizes et endorrhizes? — Faut-il longtemps aux graines pour
germer? — La lumière est-elle favorable à la germination? —
Quelle remarque y a-t-il à faire sur les végétaux acotylédonés?*

ARTICLE III.

TROISIÈME AGE DE LA PLANTE. — CROISSANCE.

28. Voici la plante hors de terre; elle est *levée*. La
radicule et la *gemmule*, qui prennent les noms de *racine* et de *tige*, se développent. On nomme *collet* ou
nœud vital (fig. 5 *c*) le point qui les réunit, point important, où s'opère dans les fibres un changement tel,
qu'en dessus elles tendent toutes à monter, et en dessous, toutes à descendre.

§ 1er. — RACINE.

29. La *racine*, ou *caudex descendant* (1), est cette partie du végétal qui sert à le fixer dans la terre, vers le centre de laquelle une tendance invincible l'entraîne (fig. 5, 6, 7). Quelquefois pourtant elle flotte au milieu de l'eau, comme dans les *lenticules*, ou bien elle s'implante, comme celle du *gui*, sur le tronc ou les branches des arbres; il arrive même, comme dans les *orobanches*, qu'elle adhère à la racine d'autres plantes, aux dépens de laquelle elle se nourrit en véritable parasite; mais régulièrement, le plus souvent, elle descend dans la terre. Un autre caractère qui sert à la distinguer du *rhizôme, souche* ou *tige souterraine*, dont nous parlerons plus tard, c'est qu'elle n'émet jamais de feuilles, et que l'action de la lumière ne la verdit point au moins dans son tissu.

30. Disons, en passant, que différentes parties des végétaux sont susceptibles de produire des racines. Ainsi, coupez une branche de saule ou de peuplier, enfoncez-la dans une terre convenablement humide; au bout de quelque temps, son extrémité produira des racines. Le même phénomène aura lieu si, courbant la branche, vous enfoncez dans la terre les deux extrémités, ou bien encore si, sans séparer un rameau de la tige, vous le recouvrez en partie de terre, en laissant sortir son extrémité supérieure. C'est sur cette propriété qu'ont les tiges, et même les feuilles dans certains végétaux, de donner naissance à de nouvelles racines,

(1) De *caudex*, tige.

que sont fondées la théorie et la pratique de la *bouture* et du *marcottage*, moyens de multiplication très-
employés dans l'art de la culture.

31. La racine peut se diviser en deux parties, qui
sont : le *corps* (fig. 5 *a*), de forme et de consistance
variées, et les *radicelles* ou *chevelus* qui la terminent
(fig. 5 *r*). Les radicelles sont de petits filaments plus
ou moins déliés, terminés par de petites *spongioles* (1)
fortement *hygrométriques* (2), et qui en font comme de
petites pompes aspirantes.

32. Il existe une sorte de correspondance et même
de symétrie entre la tige et le pivot de la racine, entre
les branches de l'une et les ramifications de l'autre, et
même entre le feuillage et les chevelus. L'agriculteur a
si bien compris ce secret, que, pour arrêter ce développement trop considérable des racines ou des branches, il n'a qu'à retrancher la partie correspondante
des branches ou des racines.

Il paraît même que la tige et la racine peuvent, dans
de certaines limites, intervertir leur rôle. Ainsi, qu'on
plante un jeune arbre de manière à mettre les racines
en l'air et les rameaux en terre, on verra les racines
se couvrir de feuilles, et les rameaux enterrés donner
naissance à des chevelus.

33. La racine remplit, relativement au végétal, une
double fonction : 1° elle le fixe dans le sol, ou au corps
sur lequel il doit vivre ; 2° elle va y puiser une partie
de la nourriture nécessaire à son accroissement.

Les racines d'un certain nombre de plantes ne pa-

(1) De *spongiola*, petite éponge.
(2) D'ὑγρὸν, eau, et μετρέω, mesurer.

raissent servir qu'au premier usage : telles sont les racines des *plantes grasses*, plantes qui absorbent par tous les points de leur surface leurs principes alimentaires. Voilà pourquoi on peut couper une branche de *cactus*, la laisser trois semaines sur un mur, et la planter ensuite dans du sable presque pur; elle y végétera presque aussi bien que si on l'avait mise immédiatement dans une terre plus riche en matières nutritives. Si même celle-ci était trop substantielle, et surtout trop humide, la plante ne tarderait pas à périr.

34. Le second usage des racines est de puiser dans le sein de la terre, ou dans le corps sur lequel elles sont implantées, les substances qui doivent servir à la nutrition et à l'accroissement du végétal. Cette absorption ne se fait que par les spongioles ou l'extrémité de leurs dernières ramifications. Il est facile de s'en convaincre en prenant deux navets, dont on fera plonger l'un dans l'eau par l'extrémité de la radicule qui le termine, et dont l'autre sera aussi plongé dans l'eau, mais de manière à ce que son extrémité inférieure soit hors du liquide. Le premier poussera des feuilles et végétera, tandis que le second ne donnera aucun signe de développement.

Les racines vont chercher les principes nutritifs avec un admirable instinct, forçant souvent les plus grands obstacles, et perçant même les murs, pour se diriger vers le sol qui leur est approprié.

35. Elles sont enfin pour les végétaux comme un organe d'excrétion, en laissant suinter dans la terre une matière particulière, différente dans les différentes espèces. C'est par cette *excrétion* que la sève descendante enfouit dans le sol tous les principes viciés dont

elle s'est faite le véhicule pour en décharger la plante. Il en résulte que ce terrain peut devenir mortel pour une plante de même espèce qu'on placerait dans le même endroit. Aussi est-ce un principe bien reconnu en agriculture qu'il est des terrains qu'il faut absolument laisser en repos quelque temps, et même plusieurs années, avant de leur confier la même récolte.

Mais ces excrétions, nuisibles à l'espèce ou même au genre de la plante qui les a produites, sont quelquefois très-utiles à d'autres, auxquelles elles servent comme d'engrais. Ainsi, les *céréales* s'approprient avantageusement toutes les sécrétions des *légumineuses*, telles que pois, lentilles, trèfle, luzerne ; la *salicaire* croît au pied du saule, l'*orobanche rameuse* vers la racine du chanvre, tandis que le *cirse des champs* nuit à l'avoine, l'*inule aulnée* à la carotte, et l'*ivraie* au froment. L'étude des sympathies ou antipathies végétales est pour le cultivateur du plus grand intérêt, et c'est sur elle que repose toute la théorie des *assolements*. Elle consiste à savoir faire alterner dans un même terrain des récoltes successives de plantes qui demandent au sol des aliments différents.

36. Les racines, d'après leur forme, ont reçu différents noms qu'il est important de connaître. Ainsi, elles sont *rameuses* (fig. 6), quand elles ont, comme la tige, un tronc qui se divise en branches et en ramifications souterraines : c'est la forme la plus ordinaire aux plantes *dicotylédonées*. On les nomme *fibreuses*, quand elles ne sont formées que de filaments simples partant d'un même point (fig. 11, 12), et *fasciculées*, quand ces filaments sont réunis en faisceaux (pl. 3).

Les racines sont encore *granulées* ou *en chapelet*

(fig. 7), quand elles présentent des renflements et des étranglements successifs, comme dans la *filipendule;* pivotantes, *fusiformes* (1) (figure 3), *napiformes* (2) (fig. 5), quand elles offrent un pivot unique, plus ou moins effilé, conique ou arrondi, s'enfonçant dans la terre, sans autres divisions que de minces chevelus à son extrémité : Ex. : la *carotte*, la *rave*, etc. Ces dernières racines, charnues pour la plupart, ne sont pas seulement pour la plante un réservoir de sucs nourriciers, mais offrent encore à l'homme et aux animaux un moyen d'alimentation facile. Elle est même si naturelle, qu'elle a dû faire celle des premiers hommes, avant que l'industrie et le besoin eussent appris à connaître toutes les propriétés nutritives des plantes, et à exploiter les richesses nombreuses que la Providence a déposées pour nous au sein du règne végétal.

QUESTIONNAIRE.

Quel est le troisième âge de la plante? — Que deviennent la radicule et la gemmule? — Qu'entend-on par collet ou nœud vital? — Qu'est-ce que la racine? — Quel est son caractère le plus essentiel? — Sur quoi repose la pratique de la bouture et du marcottage? — En combien de parties divise-t-on la racine? — Quelles sont ses fonctions relativement au végétal? — Sur quoi repose et en quoi consiste la théorie des assolements? — Quels sont les noms principaux donnés aux racines, d'après leurs formes? — Donner des exemples.

(1) De *fusus*, fuseau.
(2) De *napus*, navet.

§ 2. — TIGE.

37. La tige, ou *caudex ascendant*, est cette partie de la plante qui, contrairement à la racine, tend toujours plus ou moins à s'élever vers le ciel. Elle en diffère encore essentiellement, parce qu'elle est toujours colorée en vert, au moins dans sa jeunesse, quand elle a été soumise à l'action de la lumière. La tige sert de support aux rameaux, aux feuilles et aux fleurs.

Ce double caractère sert à ne pas confondre avec les racines trois espèces de tiges souterraines, qui sont : la *souche*, le *bulbe* et le *tubercule*.

38. On appelle *souche* ou *rhizôme* (1) les tiges souterraines de certaines plantes vivaces, qui, courant sous terre, poussent de leur extrémité antérieure de nouvelles feuilles et de nouvelles fleurs, à mesure que leur extrémité postérieure se détruit (fig. 14). Tel est ce qu'on nomme ordinairement racine dans l'*iris flambe* de nos jardins et dans le *muguet* qui embaume nos bois ombragés. On voit par là qu'un grand nombre de plantes appelées ordinairement *acaules* (2), c'est-à-dire sans tige, comme la *pâquerette*, la *violette odorante*, ont sous terre une véritable tige plus ou moins développée. Ce qu'on nomme la *hampe* est alors en réalité un pédoncule.

39. Le *bulbe* (3) ou *oignon* est une tige souterraine arrondie en bas, plus ou moins conique en haut

(1) De ρίζα, racine
(2) D'α, sans, et *caulis*, tige.
(3) De *bulbus*, oignon.

(figures 11, 12). De sa partie inférieure naissent des racines, et du milieu de ses écailles ou tuniques s'élance le rameau qui porte les fleurs, véritable pédoncule auquel on donne improprement le nom de tige.

Quelques auteurs regardent le bulbe comme un bourgeon souterrain : alors les pellicules ou bases des anciennes feuilles en forment les écailles ou tuniques; le plateau qui les soutient est sa tige souterraine, et les filaments qui en descendent sont les racines. La *jacinthe*, le *porreau* ont des *bulbes à tunique* (fig. 11); le *lis blanc*, un *bulbe à écailles* (fig. 12). On ne trouve de bulbes que dans les monocotylédones.

40. Enfin, le *tubercule* (1) (fig. 11 *a*), dont on a un exemple si familier dans la *pomme de terre*, est aussi une tige souterraine, courte, renflée, et ordinairement assez irrégulière. Il diffère du bulbe en ce qu'il n'est jamais formé de tuniques ni d'écailles, mais d'une masse charnue et continue, enveloppée d'un épiderme; en ce que les racines ne partent pas toutes ensemble d'un point commun, mais naissent sans aucun ordre déterminé sur toute sa surface; et, enfin, en ce que sur divers points de celle-ci sont répandus des bourgeons appelés *yeux*, qui produisent des rameaux portant des feuilles et des fleurs. Ce sont ces *yeux* qui permettent de partager les pommes de terre en plusieurs morceaux quand on les plante.

41. Anciennement, on nommait le bulbe et le tubercule *racines bulbeuses, racines tubéreuses;* mais cette manière de parler est évidemment inexacte, puisqu'il est facile de constater que le bulbe et le tubercule

(1) De *tuber*, truffe.

verdissent par l'action de la lumière. On ne peut plus donner ces noms qu'à certaines racines charnues, qui, comme celles des *orchis* (fig. 10), des *dahlias* (fig. 9), ne sont, à proprement parler, ni des tubercules, ni des bulbes.

42. De ces humbles tiges souterraines au *stipe* magnifique du palmier et au *tronc* gigantesque du peuplier et du sapin la distance paraît énorme, et pourtant leur mode de développement est tout à fait identique. C'est dans ces tiges colossales qui portent jusqu'aux nues leur couronne majestueuse, et semblent défier les siècles et les vents, qu'il convient le mieux d'étudier le mode de croissance des végétaux.

QUESTIONNAIRE.

Qu'est-ce que la tige? — Quels sont ses caractères distinctifs? — Qu'entend-on par souche, par bulbe et par tubercule? — Pourquoi ne sont-ils pas des racines?

---

§ 3. — MODE DE CROISSANCE DES VÉGÉTAUX (1).

Pour le faire mieux comprendre, nous devons placer auparavant quelques détails sur les *éléments* dont les plantes se composent, sur les *tissus* dont elles sont formées, sur le *fluide* qui les nourrit, et ensuite nous pourrons voir plus clairement la manière dont ce fluide circule dans leur intérieur, et par là leur mode de croissance.

(1) Si quelques passages de ce paragraphe paraissent trop abstraits, les commençants pourront les laisser à une première lecture.

† ÉLÉMENTS DES VÉGÉTAUX.

43. Les éléments primitifs des plantes sont : le *carbone*, qui prédomine et qui sert d'aliment à nos brasiers ; l'*hydrogène*, qui s'en échappe en flamme brillante ; une grande quantité d'eau, qui, à la combustion, s'exhale en vapeur, et de l'*oxygène*, dont l'action se manifeste dans le vinaigre de bois et dans les sels alkalins ou terreux qui se trouvent dans leurs cendres, et dont les plus importantes sont la potasse et la soude.

Outre ces trois éléments constitutifs, on trouve encore dans les végétaux divers éléments accessoires : c'est ainsi qu'il y a de l'*azote* dans les champignons, du *soufre* dans les crucifères, du *fer* dans les rubiacées, de la *silice* dans les tiges des graminées, etc., etc.

Ces divers éléments, combinés entre eux par la divine sagesse, et mis en mouvement par la force vitale qu'elle imprime à la plante au moment de la végétation, forment les différents tissus dont les plantes se composent, et qu'on nomme pour cela *tissus* ou *organes élémentaires*. On ne peut bien les observer qu'à l'aide du microscope. Les *organes composés* ou *proprement dits* sont ceux qui, formés par la combinaison des organes élémentaires, deviennent les agents de la vitalité. Tels sont la racine, la tige, les feuilles, les fleurs et le fruit.

†† TISSUS ÉLÉMENTAIRES.

44. Le mot de *tissu*, qui convient aussi bien aux animaux qu'aux végétaux, indique que leur contexture est analogue à une série de mailles plus ou moins lâches ou serrées, formant par leur réunion comme l'étoffe dont la plante se compose.

Il y a deux espèces de tissus élémentaires : le *tiss...*
cellulaire et le *tissu vasculaire.*

A. TISSU CELLULAIRE.

45. Il est ainsi nommé parce qu'il est formé de *ce...*
lules. On appelle *cellules* de petites vessies formées p...
des cloisons qui leur sont propres, et contenant u...
substance liquide, demi-fluide ou solide (fig. 15). D'...
bord transparentes, elles se colorent peu à peu, et le pl...
souvent en vert. Elles ne sont en réalité que soudé...
entre elles ; mais insensiblement elles se durcissent t...
lement, elles deviennent en même temps si adhérent...
que leurs cavités paraissent creusées dans une mas...
continue. Leurs parois, tantôt minces, tantôt tr...
épaisses, ont leur surface quelquefois unie, quelquef...
marquée d'un certain nombre de points et de lign...
Ces points et ces lignes ont été pris longtemps p...
des pores ou des fentes, mais on a reconnu aujo...
d'hui qu'ils ne sont que de simples inégalités d...
l'épaisseur de la cloison.

46. Les dimensions des cellules sont variables se...
la consistance du tissu. Quand celle-ci est mo...
comme il arrive, par exemple, dans la *moelle* du sur...
les cellules sont toujours plus larges. Toutefois, ...
ne prennent jamais un grand développement, puis...
les plus volumineuses qu'on ait observées n'ont q...
millimètre cube.

Leur forme est naturellement sphérique ou sphéro...
mais, avec l'âge, elles deviennent si serrées entre c...
que la pression les rend tantôt ellipsoïdes, tantô...
lyédriques, quelquefois même aplaties en une ...
très-mince.

47. Les cellules étant ordinairement arrondies ou de forme irrégulière, laissent entre elles des espaces vides nommés *méats* (1) ou *lacunes*. Les *méats* sont destinés à la transmission de la sève. Les *lacunes* ont probablement pour fonction de recevoir le gaz des cellules environnantes, et de contenir pendant un certain temps l'air extérieur qui s'est introduit dans la plante. Les plantes submergées offrent des *lacunes* plus grandes, plus régulières, moins nombreuses que celles qui existent dans le tissu cellulaire vert; elles ne communiquent pas avec l'air extérieur, et sont probablement des organes de respiration.

48. Le tissu cellulaire existe seul dans la moelle des végétaux et dans les jeunes pousses des plantes, presque seul aussi dans les parties charnues de certains fruits.

B. TISSU VASCULAIRE.

49. Il tire son nom des *vaisseaux* dont il est formé. On appelle *vaisseaux* (fig. 16) des tubes allongés, tantôt cylindriques, tantôt en forme de fuseau, ordinairement étranglés de distance en distance. On observe aisément ce tissu dans une lame de bois coupée dans sa longueur. Elle présente des fibres compactes traversées par de petits canaux vides et communiquant entre eux : ce sont les *vaisseaux*.

50. On divise les *vaisseaux* en deux grandes classes. Ce sont : 1° les *vaisseaux ordinaires* ; 2° les *vaisseaux propres*.

1° LES VAISSEAUX ORDINAIRES ont leurs parois toujours plus ou moins sculptées. Ce sont des tubes droits qui

---

(1) De *meatus*, passage.

ne se ramifient pas ou se ramifient peu. Les plus remarquables sont : les *vaisseaux poreux*, les *vaisseaux en chapelet*, les *vaisseaux fendus* ou *fausses trachées*, les *trachées* et les *vaisseaux mixtes*.

Les *vaisseaux poreux* (1) sont des tubes criblés de petits trous disposés par lignes transversales ; on les appelle aussi *vaisseaux ponctués* (fig. 16 *p*).

Les *vaisseaux en chapelet* sont des tubes poreux successivement gonflés et étranglés d'espace en espace. On les trouve principalement au point de jonction de la racine et de la tige, de la tige et des branches, etc. (fig. 16 *c*).

Les *vaisseaux fendus* ou fausses trachées sont, suivant l'opinion la plus adoptée, des tubes coupés par des fentes transversales (fig. 16 *f*).

Les *trachées* (fig. 16 *t*) sont des tubes formés par un ou plusieurs fils d'un blanc nacré s'enroulant en spirale, de façon que le tout a la plus grande ressemblance avec les élastiques en fil de laiton qu'on met dans les bretelles. A leur extrémité, les trachées finissent par une sorte de cône plus ou moins aigu. Dans les végétaux dicotylédonés, on les observe autour de la moelle ; et dans les monocotylédonés, c'est ordinairement au centre des filets ligneux. Ils se trouvent quelquefois dans les racines ; mais on ne les rencontre jamais dans l'écorce ni dans les couches annuelles du bois. C'est dans les tiges des *roses trémières* qu'on les distingue le mieux.

Les *vaisseaux mixtes* sont, comme leur nom l'indique, ceux qui participent à la fois de la nature de tous

---

(1) De πόρος, ouverture.

les autres, c'est-à-dire qu'ils sont alternativement en chapelet, poreux, fendus et en spirale, dans les divers points de leur étendue.

2° LES VAISSEAUX PROPRES sont ainsi nommés parce qu'ils servent à conduire un suc propre à la plante dans laquelle ils se rencontrent, tandis que les vaisseaux ordinaires ne servent qu'à conduire la sève. Ils diffèrent des vaisseaux ordinaires par leur contexture. Leurs parois sont toujours unies, sans aucune sculpture ; et, au lieu d'être fermés aux deux bouts, ils communiquent librement entre eux, formant par leur réunion un réseau diversement ramifié.

51. D'après leur structure intime, les végétaux se distribuent en trois groupes.

Le premier groupe comprend les espèces de l'ordre le plus inférieur. Ces plantes, privées de vaisseaux et nommées pour cette raison *plantes cellulaires*, appartiennent aux acotylédones ou cryptogames. Tels sont les nostocs, qui ont l'apparence d'une gelée ; les conferves, qui sont composées d'un simple rang de cellules placées bout à bout, ou bien qui, dans une substance épaisse et homogène, offrent des vides tubulés ; les champignons et les lichens, dans lesquels on ne remarque qu'un tissu cellulaire plus ou moins allongé, semblable quelquefois à un feutre ; les algues, qui ne sont encore formées que de tissu cellulaire, mais qui en présentent assez nettement trois modifications différentes, savoir : des cellules régulières, des cellules à cavité prolongée en tubes, et des cellules allongées ou ligneuses.

Le deuxième groupe comprend les végétaux d'un ordre plus relevé, qui ont, outre les modifications du tissu cellulaire, des trachées, des fausses trachées et des vaisseaux poreux, mais dans lesquels la direction des vaisseaux et l'allongement du tissu ont lieu uniquement de la base au sommet de la tige. Telles sont la plupart des plantes monocotylédones.

Le troisième groupe renferme les végétaux dont la structure est la plus compliquée. Ils offrent, comme ceux du groupe précédent, toutes les modifications du tissu cellulaire et vasculeux ; mais l'allongement de ces parties organiques s'opère chez eux, non seulement de la base au sommet, mais encore du centre à la circonférence. Telles sont la plupart des plantes dicotylédones.

52. Les plantes des deux derniers groupes, c'est-à-dire celles qui, outre des cellules, ont encore des vaisseaux, se nomment *plantes vasculaires*. La destination générale des vaisseaux est d'établir des canaux de circulation dans l'intérieur de la plante. Ils en sont comme les *veines* et les *artères*, et supposent l'existence de différents fluides, dont le plus important est la *sève* (1) ou *lymphe* (2), qui, dans les végétaux, remplit les fonctions du *sang* dans l'économie animale.

††† SÈVE. — SUCS PROPRES.

53. La *sève* est un fluide incolore et transparent, formé d'eau qui tient en dissolution les divers principes solides et gazeux qui se trouvent dans les plantes. C'est elle qui, au printemps, coule si abondamment des branches de la vigne qui *pleure* quelques jours après qu'on l'a taillée. Elle tire son origine de l'humidité de la terre

(1) Du latin *sebum*, graisse fondue.
(2) De *lympha*, eau.

pompée par les racines, et de celle de l'air absorbée par toutes les parties du végétal, qui tend toujours à se mettre en équilibre avec le milieu qui l'environne.

54. La sève parcourt la plante d'une extrémité à l'autre, dans toutes ses parties. Elle prend le nom de *sève ascendante*, quand elle va des racines aux feuilles, et celui de *sève descendante* ou *cambium*, quand elle va des feuilles aux racines. C'est à la sève descendante, obstruée dans son cours par les ligatures de la greffe, que sont dus les bourrelets circulaires qu'on remarque sur les troncs des vieux cerisiers. Le froid ralentit la marche de la sève, mais ne la suspend pas, puisque les bourgeons grossissent pendant l'hiver. La chaleur, au contraire, la rend plus active, et l'électricité la développe puissamment, comme on l'a observé par les pousses de la vigne, beaucoup plus longues dans les années d'orage.

55. Outre la sève, on distingue dans certaines plantes des *sucs propres*. Ce sont des fluides plus épais que la sève et diversement colorés. Ils sont transmis par les *vaisseaux propres* dont nous avons parlé plus haut. Ces sucs sont résineux dans le *pin*, gommeux dans le *caoutchouc*, colorés en blanc dans le *figuier* et le *pavot*, en jaune dans l'*herbe aux verrues*, etc.

QUESTIONNAIRE.

Quels sont les éléments primitifs des plantes? — Que forment-ils par leur combinaison et par l'action de la force vitale? — Qu'est-ce que les organes de la plante, et combien d'espèces en distingue-t-on? — Qu'est-ce que le tissu cellulaire? — Qu'entend-on par cellules? — Quelle est leur forme, leur dimension? — A quoi sont destinés les méats et les lacunes que l'on remarque entre elles? — Qu'est-ce que le tissu vasculaire? — Qu'entend-on par vaisseaux? — Quelles sont les diverses formes des vaisseaux ordinaires? — Qu'entend-on par vaisseaux propres? — Par plantes cellulaires et plantes vasculaires? — Quelle est la structure comparée des dicotylédones, des monocotylédones et des acotylédones? — Qu'est-ce que la sève? — Comment la divise-t-on? — Quelle est sur elle l'action de la chaleur et de l'électricité? — Qu'entend-on par sucs propres?

✝✝✝✝ CIRCULATION DE LA SÈVE.

56. La sève ne circule pas dans toutes les plantes et ne les développe pas de la même manière, parce que plusieurs d'entre elles manquent complètement de vaisseaux, et que, dans celles qui en sont pourvues, ils sont arrangés diversement. Etudions cette circulation successivement dans les plantes *cellulaires* et les plantes *vasculaires*, et nous verrons, par suite, comment elles croissent et se développent.

A. PLANTES CELLULAIRES.

57. Les plantes *cellulaires* sont les plus simples de tous les végétaux : elles correspondent aux acotylédones. Leur tissu n'est encore qu'une masse homogène de cellules : on n'y découvre ni fibres ni vaisseaux à travers lesquels la sève puisse monter et descendre. Tels sont les *champignons*, les *lichens*, les *algues*.

58. Dans ces plantes, la sève paraît suivre, dans chaque cellule, un courant particulier, en longeant le contour des parois. Elle monte dans un sens le long d'une paroi latérale, tourne la paroi supérieure, redescend le long de l'autre paroi latérale, puis marche horizontalement, pour recommencer à monter au point d'où elle était partie. Ce mouvement, circulaire dans chaque

cellule, constitue ce que l'on nomme le phénomène de la *rotation* (1). La tige de ces plantes paraît simplement s'accroître par une addition de matière nouvelle à son extrémité. C'est de là que leur vient le nom d'*acrogènes* (2), qu'on leur donne quelquefois.

B. PLANTES VASCULAIRES.

59. L'organisation des *vasculaires*, ou plantes à vaisseaux, est beaucoup plus intéressante et beaucoup mieux connue ; mais ici se présentent deux nouvelles subdivisions établies par la diversité du mode de croissance. Ces subdivisions correspondent aux *monocotylédones* et aux *dicotylédones*.

a. *Monocotylédones.*

60. Prenons pour exemple le majestueux *palmier du désert*, dont le tronc cylindrique, nommé *stipe* (3), s'élève uniformément et toujours sans rameaux (fig. 20).

Après la germination, les feuilles se déroulent et déploient sur le collet de la racine un faisceau circulaire. La deuxième année, un second bouquet de feuilles part du centre du premier, et le rejette en dehors. Mais, tandis que l'extrémité de ces feuilles se flétrit, leurs bases, durcies et adhérentes au sommet de la racine, persistent, et constituent, en se soudant, un anneau solide qui forme la base du stipe. La troisième année, un troisième bouquet de feuilles produit le même effet

---

(1) De *rota*, roue.
(2) De ἄκρον, l'extrémité, et γίνομαι, croître.
(3) De *stipes*, tige, tronc.

sur le second, et ainsi, chaque année, se forme un nouvel anneau qui se superpose à ceux qui existaient déjà.

61. Tel est le développement de la tige des *mono-cotylédones*. On voit par là 1° que ce développement se fait entièrement par l'*intérieur*, c'est-à-dire que les parties intérieures sont toujours les plus nouvelles et les plus tendres : de là le nom d'*endogènes* (1) (croissant par le dedans) donné à ces végétaux. Le stipe, coupé en travers (fig. 18), ne présente pas des zônes régulières et concentriques de bois dur, de bois tendre et d'écorce, au milieu desquelles est un canal renfermant la moelle, comme nous le verrons pour les *dico-tylédones :* ici la moelle remplit tout l'intérieur. Les fibres, disposées par faisceaux, s'y trouvent dispersées sans ordre, et en quelque sorte perdues ; l'écorce, ou n'existe pas, ou n'est presque pas distincte des autres parties de la tige.

On voit par là 2° que le *stipe* des monocotylédones croît très-peu en épaisseur. En effet, le développement latéral ne peut avoir lieu qu'autant que l'anneau formé par la base persistante des feuilles de l'année précédente ne s'est point encore assez endurci, pour résister à la pression que le nouveau bourgeon tend à opérer sur lui de dedans en dehors; ce qui n'arrive pas ordinairement. Voilà pourquoi les palmiers, qui atteignent souvent 50 mètres de haut, ont une tige qui a souvent à peine 4 décimètres d'épaisseur.

On voit par là 3° que le bourgeon terminal est l'agent essentiel de l'augmentation de la tige. Celle-ci périrait si l'on retranchait ce centre de végétation. Dans les

---

(1) D'ἔνδον, en dedans, et γίνομαι, croître.

monocotylédones, il n'y a donc pas de sève descendante.

Enfin, on voit par là 4° que ces plantes ne peuvent point avoir de véritables ramifications. Si, dans nos climats, quelques monocotylédones, comme l'*asperge*, le *petit houx*, paraissent avoir des branches, il faut remarquer que les faisceaux de ces rameaux apparents ne parviennent pas au centre de la plante : ils descendent entre l'écorce et la tige, restent isolés de celle-ci, et se comportent comme elle pour leur croissance. C'est toujours leur partie extérieure qui est la plus dure.

b. *Dicotylédones.*

62. L'étude des plantes dicotylédones nous est plus facile ; elle est aussi plus importante, parce qu'elles sont plus nombreuses. Pour bien comprendre leur mode de croissance et la marche qu'y suit la sève, il est nécessaire de connaître d'abord leur conformation. Leur tige se nomme *tronc* (fig. 19).

Prenons pour exemple le tronc d'un *sapin* (fig. 17). Si nous le coupons transversalement, nous verrons au centre un canal qu'on nomme *étui médullaire* (1); il renferme un petit rouleau de tissu cellulaire sec et blanchâtre : c'est la *moelle* (m). La moelle est entourée de couches formées de fibres et de vaisseaux fortement enlacés, plus durs et plus foncés vers le centre, plus tendres et plus blancs à l'extérieur. Ces couches se nomment les *couches ligneuses* (2) : la partie la plus tendre est l'*aubier* (3) (a); la partie intérieure et la plus

(1) De *medulla*, moelle.
(2) De *lignum*, bois.
(3) D'*albus*, blanc.

2.

dure forme le *bois* proprement dit (*b*). Après les couches ligneuses, on trouve l'*écorce* (*é*), résultant elle-même de deux couches, l'une intérieure, que l'on nomme *liber* (1) parce qu'elle est formée de minces feuillets se détachant les uns des autres, et l'autre extérieure. Celle-ci se compose de l'*épiderme* (2), pellicule qui recouvre toutes les parties du végétal, de l'*enveloppe herbacée*, lame de tissu cellulaire, le plus souvent verte, située au-dessous de l'épiderme, et des *couches corticales* (3) qu'il est ordinairement difficile de distinguer d'avec le *liber*, sur lequel elles sont appliquées. Une foule de rayons blanchâtres, nommés *rayons médullaires*, unissent le centre ou la moelle avec la circonférence. Telle est l'anatomie du tronc dans les arbres dicotylédonés.

Cela posé, examinons le mode d'après lequel la sève y circule.

63. En colorant l'eau que pompent les racines, on a reconnu que la sève monte par les vaisseaux de l'étui médullaire. Arrivée au sommet, et modifiée à la surface des feuilles par le contact de l'air, elle se convertit en *cambium*, et redescend en dehors de ces mêmes vaisseaux, entre le bois et l'écorce. Là, elle forme deux couches : l'une qui, se joignant à l'écorce, ajoute au *liber* un nouveau feuillet ; l'autre qui s'attache au bois, et l'augmente ainsi d'un anneau concentrique. Quand l'arbre devient grand, la sève abandonne peu à peu les vaisseaux oblitérés de l'intérieur, qui devient alors *cœur de bois* ou *bois dur*, et elle ne circule plus que dans

(1) De *liber*, écorce.
(2) D'ἐπι–δέρμα, sur la peau.
(3) De *cortex*, écorce.

les nouveaux étuis, qui forment le *bois blanc* ou *aubier*. De là leur différence de dureté et de couleur, si sensible dans l'*ébène*, où l'aubier est d'un beau blanc, et le cœur du bois d'un superbe noir.

Cette théorie, vérifiée par l'expérience, explique parfaitement l'accroissement des arbres dicotylédonés, soit en grosseur, soit en hauteur.

64. ACCROISSEMENT EN GROSSEUR. — Il résulte peu à peu, comme nous de le voir, d'une nouvelle couche de bois produite sous l'écorce par une partie du *cambium* qui se solidifie. L'aubier formé l'année précédente acquiert plus de densité et se change en *bois dur*. Quant au *liber*, il n'éprouve aucune transformation ; seulement, il se dilate et s'accroît par sa face interne d'un mince feuillet au moyen d'une partie du *cambium*.

65. ACCROISSEMENT EN HAUTEUR. — Quand la germination est faite, et que les feuilles séminales sont hors de terre, la première couche de *cambium* s'organise et forme un premier cône, lequel est composé des parois de l'*étui médullaire* renfermant la *moelle*, et est terminé par un bourgeon. Vers l'automne, quand cette couche est changée en *liber* et en *aubier*, son accroissement s'arrête. Quand, au retour du printemps, la végétation recommence, les sucs nourriciers et la sève dont la plante est imbibée vivifient le bourgeon terminal, du centre duquel s'élève une jeune pousse, qui éprouve dans son développement les mêmes phénomènes que la première. A cette seconde en succède une troisième qui, l'année suivante, est surmontée d'une quatrième, et ainsi successivement.

66. On voit par là que le tronc est formé d'une suite de cônes allongés dont le sommet est en haut, et qui

s'emboîtent les uns dans les autres. Le sommet du cône
le plus intérieur, qui est le plus ancien, s'arrête à la
base de la seconde pousse, et ainsi des autres, en sorte
que ce n'est qu'en bas du tronc qu'on trouve autant
de couches ligneuses que la plante a d'années. Ces
couches n'ont pas toutes la même épaisseur; on a remarqué qu'elles sont d'autant plus minces que le cône
est plus allongé. Du reste, un accident, une maladie,
une saison plus ou moins favorable peuvent modifier
leur développement. On a également observé que leur
épaisseur n'est souvent pas la même dans toute leur
circonférence. Mais comme la plus grande épaisseur
correspond constamment au côté où se trouvent les racines les plus considérables, elle résulte évidemment
de la nourriture plus abondante que celles-ci vont puiser dans la terre. C'est ainsi que, dans les arbres placés sur la lisière des forêts, les couches ligneuses sont
toujours plus épaisses du côté extérieur, parce que, de
ce côté, les racines, n'éprouvant pas d'obstacles, y
prennent un développement considérable.

67. Chaque rameau, chaque ramuscule des arbres
dicotylédonés s'accroît en hauteur et en largeur, de la
même manière que le tronc principal.

68. Cette théorie explique comment un vieux tronc
de saule ou de châtaignier peut être entièrement creux
à l'intérieur et ne recevoir la vie que par une mince
lame de bois et d'écorce; comment on peut compter
les années d'un sapin par le nombre des anneaux superposés à sa moelle vers sa base; comment la tige et
les rameaux d'un arbre dicotylédoné sont beaucoup
moins gros en haut qu'en bas; comment, enfin, toutes
ces plantes, qui offrent les mêmes phénomènes, quoi-

que moins distincts quand elles ne sont qu'*herbacées*, ont reçu le nom d'*exogènes* (1), c'est-à-dire croissant par le dehors.

Sur les lois de la physique végétale que nous venons d'exposer sont fondés quelques procédés pour la multiplication artificielle des végétaux. Ces procédés sont la *marcotte*, la *bouture* et la *greffe*. On les trouvera décrits au dictionnaire.

QUESTIONNAIRE.

Comment la sève circule-t-elle dans les plantes cellulaires? — D'où leur vient le nom d'acrogènes? — Comment la sève circule-t-elle dans les plantes vasculaires monocotylédonées? — Quel est leur mode de croissance? — D'où vient qu'on les nomme endogènes? — Quelle est l'anatomie d'un stipe de palmier coupé transversalement? — Quelle est celle d'un tronc d'arbre dicotylédoné? — Qu'entend-on par moelle, étui médullaire, bois dur, aubier, liber, enveloppe herbacée, épiderme, écorce? — Quelle est la marche de la sève dans les arbres dicotylédonés? — Comment croissent-ils en grosseur, en hauteur? — Comment compter les années d'un sapin? — Pourquoi le nom d'exogènes donné à toutes les plantes dicotylédonées?

---

§ 4. — PARTIES ACCESSOIRES DE LA TIGE.

Ce sont les feuilles, les bourgeons, les branches et rameaux, les vrilles, les épines et aiguillons, les poils, les stipules et bractées.

† FEUILLES.

69. Aux plantes vasculaires seules appartiennent les *feuilles*, ornement du printemps, brillante parure du

---

(1) D'ἔξω, en dehors, et γίνομαι, croître.

végétal, principe de nos frais ombrages et riante toiture des oiseaux. Leur abondance, leur variété, et surtout cette teinte si douce qui semble faite pour reposer et réjouir nos yeux, tout en elles est une œuvre de bonté, de grâce et de fécondité. On a remarqué que la nuance de leur verdure est toujours parfaitement harmoniée avec la couleur de la fleur, et contribue à en faire ressortir la fraîcheur et l'éclat.

70. Moins agréables encore qu'utiles, les feuilles contribuent en leur manière à l'accroissement de la plante, disons plus, à l'épuration de l'air, dont elles décomposent l'acide carbonique pour s'emparer de son carbone et lui restituer l'oxygène pur. Cette double propriété, qui les rend si importantes, résulte de leur *respiration*, phénomène non moins intéressant que celui de leur *transpiration*, de leur *sommeil* et de leurs *mouvements*. Avant de les exposer, faisons l'anatomie de la feuille et nommons quelques unes de ses formes nombreuses.

A. PARTIES ET FORMES DES FEUILLES.

71. Ce sont des faisceaux de fibres qui, partant de la tige et se développant en minces lames, donnent naissance à la feuille. Ces fibres, au reste, ne sont que des vaisseaux, et voilà pourquoi il n'y a de feuilles que dans les plantes vasculaires. Tant que ces fibres restent unies et serrées, elles formeront ce support plus ou moins cylindrique, plus ou moins long, que l'on nomme *pétiole* (1) (fig. 47). Ce pétiole se présente sous diverses formes : le plus souvent il est *arrondi*, plus

1) De *petiolus*, petit pied.

rarement *canaliculé* ou creusé d'un sillon en dessus, comme dans le *sycomore;* quelquefois *comprimé*, comme dans le *peuplier* et le *tremble :* c'est à cette dernière forme surtout qu'est due la plus grande mobilité des feuilles.

72. Bientôt les fibres du pétiole se désunissent, se ramifient diversement, et se dilatent en une sorte de *réseau* qui représente en quelque manière le squelette de la feuille. Les mailles de ce réseau sont remplies par un tissu cellulaire plus ou moins abondant, qui porte le nom de *parenchyme* (1). On obtient aisément ce squelette des feuilles, lorsqu'elles sont sèches, en enlevant tout le parenchyme par les petits coups répétés d'une brosse un peu dure.

73. L'évasement de la feuille porte le nom de *limbe* (2) (fig. 47 *c*); les faisceaux de fibres qui la traversent en sont les *nervures*, dont la principale, formée par le prolongement du pétiole, est la *côte* ou *nervure médiane* (3). Si cette côte partage la feuille en deux moitiés semblables (fig. 49, 50), les nervures qui s'en détachent deux à deux, étant disposées comme des barbes de plume, se nomment, pour cette raison, *nervures pennées* (4). Elles sont dites *nervures palmées* (5), quand elles se divisent dès la naissance du limbe comme les doigts de la main (fig. 54, 70, 71), sans présenter de côte médiane, mais trois, cinq, sept, neuf nervures principales, se ramifiant elles-mêmes en petites ner-

(1) De παρέγχυμα, épanchement.
(2) De *limbus*, développement.
(3) De *medium*, milieu.
(4) De *penna*, plume.
(5) De *palma*, paume de la main.

vures pennées. Les feuilles du *chou cabus* ont leurs nervures pennées ; celles de la *courge romaine* les ont palmées.

74. La disposition des nervures dans les feuilles peut servir à distinguer les monocotylédones des dicotylédones. Dans les premières, comme le *lis*, les *graminées*, les nervures sont parallèles ou convergentes (1) et sans divisions. Dans les dicotylédones, au contraire, comme la *vigne*, la *violette*, elles sont ramifiées, divergentes (2), et forment un parfait réseau. Les *aroïdées*, appartenant à la classe des *monocotylédones*, font exception à cette règle presque constante.

75. Si le *parenchyme* réunit toutes les nervures de manière qu'il n'y ait pas séparation totale de toutes leurs parties jusqu'à la côte médiane (fig. de 44 à 72), la feuille est dite *simple*, quels que soient ses *dentelures*, *lobes*, *divisions* ou *segments*. On nomme *feuilles composées* celles où chaque nervure secondaire, formant elle-même une petite feuille complète ou *foliole*, s'articule sur la grande côte, qui sert de commun pétiole (fig. de 73 à 80).

76. Il ne faut pas confondre la *feuille simple* avec la *feuille entière*. Celle-ci, comme dans l'œillet, n'a absolument sur ses bords aucune échancrure (fig. de 48 à 52), tandis que la feuille simple peut les avoir divisés plus ou moins profondément (fig. de 53 à 72). La feuille simple est dite *dentée*, quand les saillies sont courtes et aiguës et les enfoncements arrondis (fig. 32); *dentée en scie* ou *serrée* (3) (fig. 35), comme dans l'*or-*

(1) De *convergens*, tendant à se réunir.
(2) De *divergens*, tendant à s'écarter.
(3) De *serra*, scie.

tie, quand les dents et les enfoncements sont aigus et regardent le sommet ; *crénelée,* comme dans le *lierre terrestre* (fig. 58), quand les dents sont obtuses et les enfoncements aigus. Ces dentelures peuvent elles-mêmes être découpées, et alors la feuille est *bi* ou *tridentée, bi* ou *triserrée* (fig. 62).

77. Il arrive souvent que les découpures qui bordent la feuille sont plus profondes que les précédentes. Alors la feuille est appelée *lobée* (1) (fig. 70), si ces découpures sont larges et arrondies, sans s'étendre jusqu'au milieu du limbe ; *fendue* ou *fide* (2), si, sans atteindre ce milieu, elles sont aiguës et séparées par des enfoncements aigus (fig. 68) ; *partite* (3), si elles s'avancent plus loin que le milieu (fig. 69) ; *séquée* (4) ou à segments, si elles arrivent très-près de la côte du milieu (fig. 71, 72). La feuille peut être également *bilobée, trifide, quadripartite, multiséquée* (5), selon la quantité de ses lobes, fentes, partitions ou segments. La disposition des découpures est désignée par ces mêmes désinences que l'on fait précéder du nom qui l'indique. Ainsi, la feuille est *pennatifide,* quand les divisions sont disposées latéralement comme les barbes d'une plume (fig. 69) *palmatiséquée,* lorsque les segments partent de la même hauteur du limbe, en s'écartant comme les doigts de la main (fig. 71, 72).

Les feuilles pennatifides, pennatipartites ou penna-

(1) De λοϐος, partie arrondie et saillante.
(2) De *fidi,* j'ai fendu.
(3) De *partitus,* partagé.
(4) De *secatus,* coupé.
(5) De *bis, ter, quater, multum,* deux fois, trois fois, quatre fois, beaucoup.

tiséquées sont dites *roncinées*, quand leurs divisions
sont aiguës ou recourbées en bas, comme dans la *dent-
de-lion* (fig. 66), et *lyrées* (fig. 64), quand, semblables
à une lyre, elles sont terminées par un segment arrondi et beaucoup plus considérable que les autres divisions. Les feuilles *palmatiséquées* sont appelées *pé-
dalées* (fig. 72), quand leurs segments sont disposés
comme les pédales d'un piano.

78. D'après leur *figure*, les feuilles sont nommées
ovales, quand le limbe présente la forme d'un œuf
(fig. 48) : Ex. : la *grande pervenche; obovales*, quand
le gros bout de l'œuf est tourné en haut (fig. 52) : Ex. :
le *samole de Valérand; elliptiques*, c'est-à-dire en
forme d'ellipse, ovale plus allongé et également élargi
aux deux extrémités (fig. 50) : Ex. : le *muguet odo-
rant; oblongues* (fig. 35), en ellipse allongée, au moins
trois fois plus longue que large, comme dans l'*hélian-
thème commun; lancéolées*, oblongues, mais se terminant insensiblement en pointe très-aiguë (fig. 46) :
Ex. : le *laurier-rose; linéaires*, allongées et très- étroites, comme dans la plupart des graminées (pl. 3) ; *subulées* ou *en alène*, quand elles finissent insensiblement
en pointe très-aiguë (fig. 45) : Ex. : le *genévrier; sétacées* (fig. 80), c'est-à-dire semblables à des soies de
sanglier, lorsqu'elles sont très-étroites, raides et aiguës, comme dans le *cèdre du Liban; capillaires*,
c'est-à-dire fines et flexibles comme des cheveux :
Ex. : l'*asperge* de nos jardins ; *filiformes*, déliées et
minces comme un fil : Ex. : les feuilles submergées de
la *renoncule aquatique; spatulées*, en forme de spatule,
c'est-à-dire étroites à la base, plus larges et arrondies
au sommet (fig. 54) : Ex. : la *pâquerette; en coin, cunéi-*

formes, à peu près comme en forme de spatule, mais plus larges et tronquées au sommet, comme dans la *saxifrage à feuilles en coin.*

79. D'après les échancrures de leur base, les feuilles sont *en cœur* (fig. 57), quand elles ont de chaque côté de l'échancrure deux lobes arrondis, et qu'elles sont moins larges au sommet : Ex. : la *violette hérissée; réniformes, en rein* (fig. 58), plus larges que hautes, en cœur à la base et arrondies au sommet : Ex. : le *lierre terrestre; sagittées* (1), c'est-à-dire en fer de flèche (fig. 59), aiguës au sommet, et à base prolongée en deux lobes pointus et presque parallèles : Ex. : la *sagittaire; hastées* (2), c'est-à-dire en fer de lance (figure 60), quand les lobes de la base sont très-écartés en dehors : Ex. : le *gouet à feuilles tachées.*

80. En les considérant par rapport à leur pétiole, les feuilles sont *sessiles* (3) (fig. 36), quand elles en sont dépourvues : Ex. : le *buis; pétiolées* (fig. 35), quand elles en sont munies; *peltées* (fig. 54), lorsque le pétiole part du centre du limbe arrondi : Ex. : la *capucine.*

81. La disposition des feuilles relativement à la tige n'offre pas moins de variété, et leur a fait donner différents noms. Elles sont *radicales* (fig. 44), quand elles partent toutes du collet de la racine : Ex. : la *primevère; caulinaires* (4) (fig. 35 à 40), lorsqu'elles accompagnent la tige : Ex. : la *bourrache; florales* (fig. 83), quand elles sont voisines de la fleur : souvent alors

(1) De *sagitta*, flèche.
(2) De *hasta*, lance.
(3) De *sessilis*, assis.
(4) De *caulis*, tige.

elles sont colorées et ne sont pas différentes des bractées (fig. 83) : Ex. : l'*origan*.

On les appelle *opposées* (fig. 32), quand elles se regardent une à une de chaque côté de la tige : Ex. : la
sauge ; géminées (fig. 35), quand elles naissent deux
à deux du même point de la tige : Ex. : la *belladone ;
alternes* (fig. 36), quand elles sont disposées une à une
et comme en échelons : Ex. : le *tilleul ; éparses*
(fig. 34), lorsqu'elles sont dispersées sans aucun ordre :
Ex. : la *linaire commune; verticillées* (1) (fig. 33),
quand elles sont opposées plus de deux à deux :
Ex. : tous les *galium; distiques* (2), lorsqu'elles sont
disposées sur deux lignes parallèles de chaque côté de
la tige : Ex. : l'*orme; unilatérales*, quand elles sont
toutes rejetées du même côté : Ex. : le *sceau-de-Salo-
mon ;* et *imbriquées* (3), lorsqu'elles se recouvrent en
partie comme les tuiles d'un toit : Ex. : le *thuya*.

Enfin, on les nomme *décurrentes* (4) (fig. 39), quand
le limbe ou le pétiole se prolonge sur la tige en aile
adhérente (fig. 39 *aa*), comme dans le *bouillon-blanc :*
la tige alors est dite *ailée ; amplexicaules* (5) (fig. 37),
lorsqu'elles embrassent la tige : Ex. : le *pavot somnifère ;* et *engainantes* (fig. 40), quand elles l'entourent
d'une véritable gaîne, comme dans le *maïs*.

82. Quant aux feuilles composées (fig. 73 à 80), elles
sont *pennées* ou *ailées* (fig. 76), quand les folioles s'ar-
ticulent sur les parties latérales du pétiole commun,

(1) De *vertex*, tour.
(2) De δις, deux, et στιχος, rang.
(3) D'*imbrex*, tuile.
(4) De *decurrere*, courir de haut en bas.
(5) D'*amplecti*, embrasser, *caulem*, la tige.

comme dans l'*acacia;* et *palmées* ou *digitées* (1), lorsqu'elles partent toutes du sommet du pétiole commun,
comme dans le *marronnier d'Inde* (fig. 74). Alors, s'il
n'y a que trois folioles, comme dans le *trèfle*, la feuille
est dite *trifoliolée* (fig. 73).

83. Les folioles des feuilles composées peuvent affecter toutes les formes, subir toutes les modifications
des feuilles simples, et porter, par conséquent, les
mêmes noms.

Tels sont les noms les plus communs donnés aux
feuilles; quant à ceux qui ne se rencontrent que plus
rarement, ils seront expliqués dans le vocabulaire.

QUESTIONNAIRE.

*Qu'est-ce que les feuilles? — De combien de parties se composent-elles?
— Comment les divise-t-on? — Quels sont les différents noms qui leur
sont donnés?*

B. RESPIRATION DES FEUILLES.

84. Quelles que soient la forme et la disposition des
feuilles, il est à remarquer qu'une d'entre elles n'est
jamais entièrement recouverte par celle qui la précède
immédiatement. Cet arrangement n'est point sans but,
non plus que la mince épaisseur du limbe et son extrême
mobilité sur son léger pétiole. L'air en a plus de prise
sur elles. Il est leur élément, le milieu dans lequel elles
respirent; car elles semblent être au végétal ce que les
poumons sont à l'homme et les *branchies* aux poissons.

Leurs deux surfaces, nommées *pages*, l'une supérieure, l'autre inférieure, mais surtout celle-ci, sont
criblées d'une multitude de petits trous nommés *sto-*

(1) De *digitus*, doigt.

mates (1), visibles au microscope. C'est par ces stomates que la plante *respire*.

La *respiration* est l'acte par lequel la plante absorbe, au moyen de ses feuilles, les gaz propres à sa nutrition, et exhale ceux qui lui seraient nuisibles ou inutiles.

85. Nous avons dit plus haut que l'air atmosphérique se compose de 29 parties d'oxygène en volume et de 79 d'azote sur 100. Il contient en outre de la vapeur d'eau en quantité variable, et environ un millième de gaz acide carbonique, qui résulte en partie de la respiration des hommes et des animaux. C'est aux dépens de cet acide carbonique, composé de 8 parties d'oxygène et de 3 de carbone en poids, que s'opère le phénomène de la respiration. Il pénètre pendant la nuit dans les feuilles par les stomates de la page inférieure. Au retour du jour et sous l'influence de la lumière, les feuilles le décomposent, retiennent le carbone et exhalent l'oxygène. Elles restituent donc avec usure à la masse de l'air atmosphérique ce même oxygène ou air vital que l'homme et les animaux lui avaient enlevé par leur respiration : combinaison admirable, où la science nous fait voir l'action incessante d'une Providence aussi simple dans ses moyens qu'ineffable dans sa sagesse.

86. L'influence de la lumière, avons-nous dit, est nécessaire à la fixation du carbone dans les feuilles et à l'exhalation de l'oxygène. En effet, lorsqu'on soustrait la plante à l'influence de la lumière, l'acide carbonique absorbé par les rameaux s'exhale par les stomates des feuilles sans avoir subi aucune décomposition, et l'oxy-

(1) De στόμα, bouche.

gène n'y pénètre pour modifier les tissus que comme
il le ferait dans une plante privée de vie. Voilà pourquoi les végétaux soustraits à l'action du soleil *s'étio-
lent*, c'est-à-dire qu'ils perdent la couleur verte, deviennent mous, et contiennent une grande proportion
de principes sucrés. Les jardiniers appliquent cette
théorie pour faire *blanchir* les feuilles de la chicorée
et les tiges des céleris.

87. Le carbone déposé dans les feuilles les pénètre,
se liquéfie, et redescend à l'état de cambium. C'est
donc la respiration des feuilles qui fournit aux plantes
la presque totalité du carbone dont elles sont formées;
car la quantité d'acide carbonique dissous dans l'eau
que pompent les racines est très-minime. Il pourrait
même paraître étonnant qu'un millième d'acide carbonique, qui se trouve dans la masse atmosphérique,
puisse suffire pour alimenter de carbone toutes les plantes de la terre; mais on se convaincra de la possibilité
du fait en considérant que dans cet acide carbonique
il entre 27 parties sur 100 de carbone, ce qui suppose
environ 14 à 1500 billions de kilogrammes de carbone
dans la totalité de l'air atmosphérique. Or, ce poids est
bien supérieur au poids total de tous les végétaux qui
existent, ou *vivants* sur notre globe, ou *fossiles* dans
ses entrailles.

C. TRANSPIRATION DES FEUILLES.

88. Les feuilles ne respirent pas seulement, elles
transpirent. La *transpiration* est cette fonction par
laquelle la sève, parvenue dans les feuilles, laisse
échapper la quantité surabondante d'eau qu'elle contenait.

C'est en général à l'état de vapeur que cette eau se répand dans l'atmosphère ; mais si elle est trop abondante, si la température est peu élevée, surtout si elle passe rapidement d'un degré plus chaud à un degré plus froid, alors on voit le liquide transpirer sous forme de gouttelettes limpides qui restent suspendues sur le contour et à l'extrémité des feuilles.

89. Il est facile de se convaincre que ces gouttelettes sont dues à la transpiration et non point à la rosée, comme on l'a cru longtemps et comme on le croit encore communément. Au printemps et à l'automne, quand la sève circule abondamment, on n'a qu'à mettre dans un vase une plante vigoureuse, un *pavot*, par exemple. On interceptera toute communication avec l'air extérieur en recouvrant le pavot d'une cloche de verre, et avec la terre en recouvrant le vase d'une plaque de plomb : le lendemain on trouvera suspendues aux feuilles du pavot des gouttelettes qui n'auront pu évidemment provenir de la rosée.

90. Pour qu'une plante se porte bien, il faut qu'il y ait équilibre entre l'absorption et la transpiration ; quand une de ces fonctions s'exerce avec une force supérieure à celle de l'autre, le végétal languit et finit par périr. C'est ainsi qu'une plante qu'on laisse trop longtemps, sans l'arroser, exposée aux ardeurs du soleil, se fane et perd sa vigueur, parce qu'elle transpire beaucoup plus qu'elle n'absorbe.

91. Le rôle de la transpiration des végétaux est presque aussi grand dans la nature que celui de leur respiration, et nous est un nouveau titre à bénir la sagesse du Créateur. Si la salubrité des montagnes et des forêts résulte en partie de l'air vital que les feuilles res-

pirent, nous devons aussi en partie à leur transpiration nos bienfaisantes rosées et nos pluies salutaires. Leurs fluides aqueux, attirant ceux de l'air, condensent les nuages; et, tandis que les déserts sablonneux ne manquent d'eau que parce que parce qu'ils sont privés de plantes, les majestueuses forêts qui couvrent nos montagnes sont pour nous comme de féconds réservoirs. Combien donc il serait sage, pour conserver la fertilité de notre patrie, de s'opposer à l'effroyable dévastation qui aura bientôt fait disparaître toutes nos grandes forêts !

D. SOMMEIL ET MOUVEMENT DES FEUILLES.

92. On remarque dans certaines feuilles, surtout dans celles qui sont composées et offrent des folioles articulées, comme les légumineuses, un singulier phénomène. Examinez pendant la nuit un *acacia :* vous verrez ses folioles étalées horizontalement, ou même baissées vers la terre ; à mesure que le jour grandira, elles se redresseront, et à midi elles deviendront presque verticales. Considérez l'*oxalis cernua*, charmante exotique dont les fleurs dorées peuvent, pendant l'hiver, orner nos appartements : durant la nuit, ses trois folioles en cœur renversé sont appliquées contre le pétiole et ressemblent à un parapluie fermé ; à mesure que le soleil s'élève sur l'horizon, elles montent avec lui, et sont bientôt parfaitement étalées. Ce phénomène a été nommé par Linné *sommeil des plantes ;* il est dû à l'influence de la lumière. En effet, en portant dans une cave des végétaux à feuilles composées, on est parvenu à les faire dormir le jour en les privant de lumière, et à les faire veiller la nuit en les éclairant fortement.

93. Les feuilles de certains végétaux exécutent encore d'autres mouvements d'irritabilité qu'on ne peut attribuer uniquement à l'action de la lumière. Tout le monde a entendu parler de la *sensitive* (*mimosa pudica*), qui embellit les forêts de l'Amérique et végète dans nos serres chaudes. S'il fait du soleil, ses feuilles et ses folioles sont étalées; touchez une de celles-ci, aussitôt, comme effrayée, elle se redresse contre celle qui lui est opposée; successivement toutes les autres de la même feuille l'imitent, et, à la fin, celle-ci retombe comme affaissée vers la terre. L'*hedysarum gyrans*, espèce de sainfoin, originaire du Bengale, et le *dionæa muscipula* (*attrape-mouches*), plante de l'Amérique septentrionale, opèrent des mouvements encore plus singuliers. Le *nepenthes distillatoria* (*V. D.*) (1) a pour feuilles de petites urnes dont le couvercle, fermé pendant la nuit, s'ouvre chaque matin pour montrer l'eau qu'elles contiennent et inviter le voyageur à s'en rafraîchir sous le ciel brûlant des Moluques.

Quant à la question de la cause du mouvement des feuilles, elle n'est point encore complètement résolue, et de nouvelles observations sont nécessaires pour arriver à une solution satisfaisante.

QUESTIONNAIRE.

Qu'est-ce que la respiration des feuilles? — Comment s'opère-t-elle? — Quelle est la condition nécessaire à la respiration des plantes? — L'acide carbonique de l'air peut-il suffire à fournir le carbone de tous les végétaux? — Qu'entend-on par la transpiration des feuilles? — Est-elle différente de la rosée du matin? — Joue-t-elle un grand rôle dans la nature? — Qu'est-ce que le sommeil des feuilles, et dans

(1) *V. D.* (*Voyez le Dictionnaire.*) — Ce signe indique que la plante y est traitée dans un article spécial.

quelles plantes l'observe-t-on? — A quoi est-il dû? — Les feuilles n'ont-elles pas aussi d'autres mouvements d'irritabilité? — En connaît-on la cause?

---

†† BOURGEONS.

94. Vers la fin de l'été, à l'époque de la seconde sève, on remarque dans nos arbres, à l'aisselle des feuilles et à l'extrémité des rameaux, un *œil* ou *bourgeon* qui grossit peu à peu (fig. 24); c'est la promesse des feuilles et des fruits de l'année suivante; c'est le berceau du nouveau germe : il l'enferme, l'enveloppe et le défend du froid. Prenez le plaisir, au mois de mars, de faire l'anatomie d'un bourgeon de marronnier (fig. 25). A l'extérieur, de petites écailles, durcies et imprégnées d'un enduit visqueux, le rendent imperméable ; à l'intérieur, un duvet épais et moelleux lui fait une seconde enveloppe. Sous ce dernier abri sont les feuilles et les fleurs parfaitement formées, mais si bien appliquées, pliées, plissées, roulées les unes dans les autres, qu'il est impossible de ne pas admirer la main qui a su renfermer tant de richesses dans un si petit espace. Aussitôt que la chaleur du printemps rend à la sève son activité, les écailles s'entr'ouvrent, les liens tombent, et les jeunes feuilles s'éparpillent avec la fraîcheur et la grâce de l'enfance.

95. C'est le moment le plus favorable pour observer la *préfoliation*. On nomme ainsi la disposition des jeunes feuilles dans le bourgeon de manière à occuper le moins de place possible. Les botanistes qui l'ont étudiée l'ont trouvée soumise à des lois constantes pour les mêmes espèces, les mêmes genres, et quelquefois les mêmes familles.

96. Les modes de préfoliation les plus ordinaires sont les suivants :

Les feuilles sont :

1° *Appliquées* face à face, comme dans la *mélisse;*

2° *Pliées*, tantôt en longueur, moitié sur moitié, dans le sens de la côte médiane, comme dans le *syringa;* tantôt de haut en bas et plusieurs fois sur elles-mêmes, comme dans l'*aconit;*

3° *Plissées* suivant leur longueur, de manière à imiter les plis d'un éventail, comme celles de la *vigne,* des *groseilliers;*

4° *Roulées* sur elles-mêmes : tantôt c'est sur leurs bords, comme dans les *renouées;* tantôt c'est autour des côtes médianes servant d'axe commun, comme dans l'*abricotier;* tantôt c'est la côte médiane elle-même qui l'est comme une crosse d'évêque : telles sont les *fougères.*

97. Les bourgeons ne sont pas seulement *foliifères,* c'est-à-dire ne renfermant que des feuilles ; il en est qui sont *florifères*, ne contenant que des fleurs sans feuilles, et d'autres qui sont *mixtes,* renfermant à la fois des feuilles et des fleurs. Ainsi, les bourgeons qui terminent la tige du *bois-gentil* sont *foliifères,* les *poiriers* et les *pommiers* ont des bourgeons *florifères,* et ils sont *mixtes* dans le *lilas.* Les jardiniers se trompent rarement sur la nature du bourgeon ; ils le reconnaissent, en général, d'après sa forme. Le bourgeon *florifère* ou bourgeon *à fruit* est assez gros, ovoïde et arrondi; le *foliifère* est, au contraire, affilé, allongé et pointu. C'est sur cette connaissance qu'est fondée la greffe des bourgeons *à fruit,* pratiquée avec succès de-

puis quelques années, et duc au génie inventif et pratique d'un savant arboriculteur de nos contrées (1).

98. Les plantes herbacées n'ont pas de bourgeons proprement dits; mais dans les plantes *vivaces*, c'est-à-dire celles dont la racine subsiste indéfiniment et dont la tige se flétrit chaque année, il se forme au *collet* un bourgeon souterrain qui doit réparer cette même tige l'année suivante; il se nomme *turion* (2) : l'asperge que nous mangeons n'est autre chose que son turion qui s'allonge. Du reste, le turion ne diffère du bourgeon aérien que par sa position toujours souterraine.

††† BRANCHES ET RAMEAUX.

99. Les *branches* comme les *rameaux* commencent toutes par un bourgeon ; mais les branches sont les divisions de la tige, et les rameaux et ramuscules celles des branches et des rameaux (fig. 23). Ceux-ci comme celles-là offrent une organisation toute semblable à celle de la tige principale sur laquelle elles sont pour ainsi dire plantées.

100. Les bourgeons ne se développent pas tous; cependant les branches et les rameaux conservent la régularité qu'on observait dans les feuilles qui marquaient leur point de départ. Ils sont donc *alternes* dans le *chêne*, *opposés* dans le *marronnier*, *verticillés* dans le *pin* et le *sapin*. Ils affectent, du reste, une grande variété dans leur direction. Ils sont *dressés* dans le *peuplier d'Italie*, *étalés* dans le *griottier*, *divergents* dans l'*érable*, *pendants* dans le *saule-pleureur*. Mais

(1) M. Luizet, horticulteur à Ecully.
(2) De *turio*, tendron.

l'angle que dans le principe le rameau formait avec la tige se trouve de plus en plus ouvert par le poids des feuilles, des fruits et des ans, comme aussi par leur besoin d'air et de lumière.

††† VRILLES.

101. Les *vrilles* (fig. 28 *v*) sont le plus ordinairement des espèces de petits rameaux sans feuilles, beaucoup plus souples que les autres, qui, se roulant comme un tire-bouchon, s'accrochent aux corps voisins : ainsi, les *pampres* de la vigne, que tout le monde connaît, sont des *vrilles* pour le botaniste. Les vrilles sont comme des mains que la Providence a données aux tiges faibles, flasques et *sarmenteuses* pour se soutenir, s'élever et exposer leurs fruits à l'action du soleil.

102. Ce ne sont pas toujours des rameaux dégénérés qui rendent ce bon service aux tiges sans consistance ; elles le doivent souvent à d'autres organes. Tantôt, comme dans la *clématite*, ce seront les longs pétioles de leurs feuilles qui se rouleront autour des supports voisins ; tantôt, comme dans le *pois cultivé* et la *gesse des prés*, ce sera la côte médiane qui s'allongera et se terminera en ficelle accrochante ; quelquefois même ce sera le pédoncule de la fleur, comme dans la *grenadille*. La tige est dite *volubile* (1) (fig. 24), lorsque, manquant de vrilles, elle entoure de ses longues spirales, comme dans le *convolvulus* de nos jardins, les soutiens que la nature ou la main de l'homme lui ont présentés.

(1) De *volubilis*, qui s'enroule.

††††† ÉPINES ET AIGUILLONS.

103. Ces deux mots, assez souvent confondus dans le langage ordinaire, ont beaucoup de différence aux yeux des botanistes. Ils voient dans l'*épine* (fig. 26 *e*) une pointe droite et aiguë, essentiellement fibreuse, faisant corps avec le rameau ou la feuille qui la soutient, et ne pouvant en être détachée sans rupture des fibres; tandis qu'ils n'aperçoivent dans l'*aiguillon* (figure 27 *a*) qu'une espèce de poil endurci, de structure cellulaire, se détachant, sans aucun lien intérieur, de l'épiderme auquel il adhère. Le *prunier sauvage* a des épines, le *rosier* n'a que des aiguillons.

104. Les unes et les autres, dans tous les cas, sont une armure puissante donnée au végétal pour le protéger, et cela est si vrai, que les arbres très-épineux à la base le sont beaucoup moins, et même ne le sont pas du tout, quand ils ont atteint une hauteur respectable; on en trouve dans le *houx* une preuve frappante. Si donc nous devons regarder les épines comme les productions d'une terre maudite, sachons néanmoins les reconnaître comme la sauvegarde de nos jeunes plantes et comme l'enclos de nos moissons. En apercevant le flocon de laine que l'*épine* du *prunellier* ou l'*aiguillon* de l'*églantier sauvage* ont enlevé à la toison de la brebis pour le nid du chardonneret ou du pinson, levons les yeux plus haut, et bénissons une main toujours bienfaisante, même dans ses châtiments.

†††††† POILS.

105. Les *poils*, si souvent répandus à la surface des tiges et des feuilles, sont de minces organes filamenteux, assez semblables en apparence aux poils des animaux ; mais leur structure anatomique est plus simple. Elle résulte d'une ou de plusieurs cellules allongées et pressées. Ils sont ordinairement effilés et sans divisions ; ils se nomment alors *simples* et *capillaires* (1). D'autres fois, ils se montrent *en massue* (*fraxinelle*), *rameux* (*bourrache*), *bifurqués*, *trifurqués*, *étoilés* (*arabis hirsuta*), *glandulifères* (*rosa rubiginosa*), c'est-à-dire insérés sur une glande.

106. La surface que recouvrent les poils prend différents noms d'après leur consistance et leur disposition. Elle est dite *pubescente* (2), quand elle est garnie de poils fins, doux, rapprochés (*saxifrage granulée*) ; *poilue*, quand ils sont longs, mous et peu nombreux (*renoncule âcre*) ; *velue*, quand ils sont longs, mous et très-rapprochés (*renoncule des bois*) ; *soyeuse*, quand ils sont fins, soyeux et couchés (*alchemille des Alpes*) ; *cotonneuse*, lorsqu'ils sont longs, blancs et doux au toucher (*argentine*, *épiaire germanique*) ; *tomenteuse* (3), s'ils sont courts, serrés et entremêlés comme ceux du drap (*jeunes coings*) ; *laineuse*, lorsqu'ils sont longs, un peu crépus et rudes (*andryale laineuse*) ; *floconneuse* ou *en toile d'araignée*, quand ils forment des paquets blancs et comme un réseau (*cirse lancéolé*) ;

(1) De *capillus*, cheveu.
(2) De *pubes*, duvet d'un jeune menton.
(3) De *tomentum*, bourre.

hispide, quand les poils sont longs et raides (*bourra-che*); et *ciliée*, quand les poils sont disposés par lignes régulières (*véronique petit-chêne*).

Par opposition, une surface est *glabre* (1), quand elle est nue et sans poils quelconques (*poirier, laurelle*).

107. La destination la plus probable des poils est de multiplier les points d'absorption dans les plantes qui en sont pourvues. Ce qui le ferait croire, c'est que la page inférieure des feuilles, qui aspire plus que la page supérieure, a ordinairement plus de poils ; c'est que les plantes qui croissent dans le Midi sont généralement plus velues que celles du Nord, et que les végétaux aquatiques n'en présentent que très-rarement.

†††††††† STIPULES ET BRACTÉES.

108. Les *stipules* (2) (fig. 42, 43 *ss*) sont de petits organes ordinairement *foliacés*, comme dans la *pensée*, quelquefois *membraneux* et *scarieux* (3), comme dans quelques *trèfles*, ou même *spinescents* (4), comme dans l'*épine-vinette*, qui accompagnent de chaque côté le pétiole de la feuille. Les stipules offrent un caractère important pour la distinction des familles : ainsi, les *légumineuses* et les *rosacées*, si nombreuses en espèces, en sont presque toutes pourvues. Le plus communément elles adhèrent à la feuille, mais elles sont quelquefois si caduques, comme dans le *prunier*, qu'on en croirait la plante dépourvue. Il importe alors d'étudier la

(1) De *glaber*, lisse.
(2) De *stipare*, accompagner.
(3) Semblables à une petite peau sèche.
(4) De *spina*, épine.

3.

feuille à son premier développement. Il arrive que les divisions des feuilles composées ont chacune de petites stipules, comme dans le *pigamon à feuilles d'ancolie;* on les nomme alors des *stipelles.*

109. Les *bractées* (1) nous offriront une transition toute naturelle de la tige à la fleur. Ce sont des feuilles dissemblables des autres non seulement par la grandeur, mais encore par la figure et très-souvent par la couleur. Elles tiennent comme une espèce de milieu entre les feuilles et les fleurs, terminent ordinairement la tige et protégent les fleurs qui partent de leur aisselle. Sous ce dernier rapport, elles se rapprochent beaucoup des *involucelles* et des *spathes,* dont nous parlerons dans l'article suivant. Nous citerons comme plantes à bractées remarquables les belles *sauges* cultivées dans les jardins, le *mélampyre des champs* et les *pédiculaires.*

QUESTIONNAIRE.

Qu'entend-on par bourgeons? — Qu'est-ce que la préfoliation? — Quels sont les modes de préfoliation les plus ordinaires? — Quelles sont les différentes espèces de bourgeons? — Qu'entend-on par turion? — Par branches, rameaux et ramuscules? — Quelles sont leurs principales dispositions? — Qu'est-ce que les vrilles? — Quelle différence y a-t-il entre les épines et les aiguillons? — Qu'entend-on par poils? — Quelle est leur forme, leur destination? — Quels sont les noms que leur disposition et leurs formes diverses font donner aux organes qu'ils recouvrent? — Que sont les stipules? — Qu'entend-on par bractées?

(1) De *bractea,* feuille brillante.

ARTICLE IV.

QUATRIÈME AGE DE LA PLANTE. — FLORAISON.

110. Jusqu'à présent nous avons vu la plante naître et grandir, nous avons étudié les organes qui servent à la nourrir et à la développer ; nous allons maintenant examiner ceux dont l'action tend à renouveler et à perpétuer l'espèce.

111. Du milieu des feuilles s'élance un *bouton*, dont la forme nouvelle annonce d'autres merveilles. Le bouton, c'est la fleur elle-même, mais encore fermée, cachée à tous les yeux, et couverte de son enveloppe foliacée. L'ouverture du bouton est toujours attendue avec impatience ; car avec lui s'ouvre la plus belle période de la vie de la plante, celle de sa *floraison*.

Nous y verrons successivement le mode d'insertion de la fleur, son inflorescence, sa préfloraison, ses diverses parties, ses anomalies, son époque et sa durée.

§ 1er. — MODE D'INSERTION DE LA FLEUR.

112. La fleur peut être fixée de deux manières à la tige, aux branches et aux rameaux qui la soutiennent. Tantôt elle y repose immédiatement par sa base, sans le secours d'aucun support, et alors elle est dite *sessile ;* tantôt elle est fixée par une espèce de pied, qu'on nomme vulgairement sa *queue*, et en botanique son

pédoncule (1) (fig. 84 *p*), et alors la fleur est appelée *pédonculée*. Le *pédoncule* est à la fleur ce que le *pétiole* est à la feuille. Le pédoncule peut être simple ou divisé ; quand il est divisé, ses ramifications portent le nom de *pédicelles* (2). La fleur de l'*abricotier* est *sessile;* celle de l'*œillet* ordinaire est *pédonculée;* chacune des fleurs qui composent la grappe du *lilas* est *pédicellée*, et, dans le *bluet*, le pédoncule est simple.

113. Quand le pédoncule part immédiatement d'un assemblage de feuilles radicales, il porte le nom spécial de *hampe :* les *narcisses*, les *jacinthes*, les *primevères* ont une hampe. Le pédoncule est *axillaire* (3), quand il naît à l'aisselle des feuilles (fig. 84) (*acacia*); *latéral* (4), quand il a son origine sur la tige ou les rameaux, mais non à l'aisselle des feuilles (*bec-de-grue*); *terminal*, lorsqu'il termine la tige et paraît n'en être que la continuation (*lilas*) (fig. 85).

Le pédoncule comme la hampe sont appelés *uni*, *bi*, *tri* ou *multiflores*, selon qu'ils portent une, deux, trois ou plusieurs fleurs.

§ 2. — INFLORESCENCE.

114. On nomme *inflorescence* (5) la disposition que les fleurs affectent sur la tige ou sur les organes qui les supportent. Elles se montrent avec une grande variété.

(1) De *pes*, pied.
(2) De *pediculus*, petit pied.
(3) D'*axilla*, aisselle.
(4) De *latus*, côté.
(5) D'*inflorescere*, fleurir.

Les fleurs sont *solitaires* (fig. 81), quand elles naissent seules à seules, à différents points de la tige, et à d'assez grandes distances les unes des autres. Les *fleurs solitaires* peuvent être *terminales* ou *axillaires*, selon qu'elles se développent au sommet de la tige ou à l'aisselle des feuilles. La fleur de la *tulipe* est solitaire et terminale; les fleurs de la *pervenche* sont solitaires et axillaires.

115. On appelle *géminées* les fleurs qui sortent deux à deux d'un même point de la tige; *ternées*, celles qui en sortent trois à trois; *fasciculées*, c'est-à-dire en faisceaux, celles qui naissent plus de trois ensemble d'un même point; *verticillées* (fig. 83), celles qui sont disposées en anneaux autour d'un même cercle de la tige. La *vicia sativa* (gesse cultivée), qu'on trouve dans nos moissons, offre un exemple de fleurs géminées; la *germandrée à fleurs jaunes*, qui croît dans le Midi, les a ternées; le *cerisier commun* les a fasciculées; et l'*ortie blanche*, le *serpolet* les ont verticillées.

116. D'autres fois les fleurs sont disposées en *épi*, *grappe, panicule, thyrse* ou *capitule*: en *épi* (fig. 82 bis), quand elles sont sessiles ou presque sessiles sur un pédoncule commun non divisé; en *grappe* (fig. 84), quand les fleurs sont pédonculées sur l'axe commun : le *cytise aubour* a des grappes; en *panicule* (1) (figure 82), lorsque l'axe commun se ramifie, et que ses divisions secondaires sont très-allongées et écartées les unes des autres : l'*avoine*, le *roseau* ont leurs fleurs en panicule; en *thyrse* (2) (figure 85), lorsque,

(1) De *paniculus*, petit panache.
(2) De θύρσος, sceptre de Bacchus environné de pampre et de lierre.

comme dans le *lilas*, les axes secondaires du milieu de la panicule s'allongeant plus que ceux de la base et du sommet, l'inflorescence a la forme d'un œuf : les fleurs y sont plus serrées que dans la panicule ; et enfin en *capitule* (1), quand les fleurs sont très-serrées et rapprochées au sommet du pédoncule, de manière à former une tête plus ou moins arrondie, comme dans le *trèfle*.

117. Dans ces modes d'inflorescence, en épi, en grappe, etc., les fleurs sont toujours plus ou moins en recouvrement, de manière à former une espèce de cône, soit penché, comme dans l'*acacia*, soit dressé, comme dans le *troène*. Dans les trois modes qui suivent, elles sont disposées en plateau horizontal. Ce sont le *corymbe*, la *cyme* et l'*ombelle*.

Le *corymbe* (2) (fig. 87) existe, quand les pédoncules et les pédicelles, partant de points différents, arrivent à peu près à la même hauteur : Ex. : l'*achillée mille-feuilles*.

La *cyme* (3) (fig. 88) a lieu, lorsque les pédoncules partent d'un même point, et les pédicelles de points différents, mais qu'ils parviennent les uns et les autres à la même élévation : Ex. : le *sureau*, le *cornouiller sanguin*.

. Enfin, dans les fleurs en *ombelle* (4), les pédoncules partent du même point pour arriver à la même hauteur. L'*ombelle* est *simple* (fig. 90), quand les pédoncules ne sont pas ramifiés ; elle est *composée* (fig. 89),

(1) De *caput*, tête, sommet.
(2) De κόρυμϐος, sommet.
(3) De κῦμα, vague.
(4) D'*umbella*, parasol.

lorsque les pédoncules se ramifient en pédicelles qui, comme eux, partent tous de la même hauteur et portent les fleurs au même niveau, de manière à figurer un parasol étendu. L'*oignon de Florence* a les fleurs en ombelle simple ; la *racine jaune* offre une ombelle composée.

Tels sont les modes d'inflorescence les plus ordinaires.

§ 3. — PRÉFLORAISON.

118. On appelle *préfloraison* (1) la disposition que les diverses parties d'une fleur affectent dans le bouton. Elle n'est pas moins admirable que la préfoliation, et a, comme elle, son importance, puisqu'étant en général la même dans le même genre, et quelquefois dans la même famille, elle peut servir de caractère pour les distinguer.

Ouvrez un bouton de rose, vous y trouverez les pétales se recouvrant latéralement les uns les autres par une petite portion de leur largeur : c'est ce que l'on nomme la *préfloraison imbriquée.*

Séparez les deux écailles vertes qui cachent les pétales d'un *pavot* avant leur épanouissement, vous les trouverez pliés sur eux-mêmes en tous sens : c'est ce que l'on nomme la *préfloraison chiffonnée.*

Le *lierre* qui grimpe contre nos vieux murs nous donne un exemple de la *préfloraison valvaire* (2), c'est-à-dire des fleurs dont les pétales sont, dans le

(1) De *præflorere*, fleurir avant.
(2) De *valva*, battant de porte.

bouton, rapprochés bords à bords, comme les battants d'une porte double.

Dans le bouton de la *pervenche*, des *mauves* ou de cette belle *oxalis cernua* dont nous avons parlé à propos du sommeil des feuilles, nous trouverons la *préfloraison spiralée*.

La *belle-de-jour*, le *liseron* ont leur corolle pliée sur elle-même à la manière des filtres de papier : c'est la *préfloraison pliée*.

Enfin, dans le long calice de nos beaux *œillets flamands*, nous verrons un modèle de la *préfloraison quinconciale*, c'est-à-dire que nous trouverons les pétales au nombre de cinq (il ne s'agit que de l'*œillet simple*), disposés de telle sorte qu'il y en a deux intérieurs, deux extérieurs, et un cinquième qui recouvre les intérieurs par un de ses côtés et les extérieurs par l'autre.

Tels sont les modes de préfloraison qui se rencontrent le plus fréquemment.

QUESTIONNAIRE.

Qu'est-ce que le bouton des fleurs ? — Comment s'appelle le pied qui les supporte ? — Quelle différence entre le pétiole, le pédoncule, le pédicelle, la hampe ? — Qu'entend-on par inflorescence ? — Par fleurs solitaires, géminées, ternées, fasciculées, terminales, latérales ou verticillées ? — Par fleurs en épi, en grappe, en panicule, en thyrse, en capitule ? — Par fleurs en corymbe, en cyme, en ombelle ? — Qu'est-ce que la préfloraison ? — Quand la nomme-t-on imbriquée, chiffonnée, valvaire, spiralée, pliée, quinconciale ?

§ 4. — PARTIES DE LA FLEUR.

119. La fleur ne se compose pas uniquement de la partie colorée qui charme nos regards ; c'est la plus brillante, mais non la plus essentielle. Aux yeux du botaniste, pour qu'une fleur soit *complète* (fig. 102), elle doit avoir quatre parties bien distinctes. Ce sont, en allant de la circonférence au centre, le *calice*, la *corolle*, les *étamines* et le *carpelle*. Une fleur dépourvue d'un seul de ces organes est regardée comme *incomplète*. Elle est donc incomplète dans le *lis*, parce qu'elle manque de calice, et très-complète dans l'*œillet*, parce qu'elle y présente *calice, corolle, étamines* et *carpelle*.

120. Parmi ces quatre parties, toutes n'ont pas un égal degré d'importance pour la conservation de l'espèce. Les *étamines* et le *carpelle* sont seuls essentiels, étant destinés à reproduire la plante dans la graine ; on les nomme pour cette raison *organes reproducteurs*. A la rigueur, le *calice* et la *corolle* peuvent manquer, ou l'un ou l'autre, ou même tous deux ; n'ayant pour destination spéciale que de protéger les *étamines* et le *carpelle*, ils sont nommés *organes protecteurs*. Pour mieux suivre la marche de la nature, qui nous les offre les premiers, nous allons décrire ceux-ci ; viendront ensuite les *organes reproducteurs*, et enfin, après eux, certains organes accessoires compris par les botanistes sous le nom de *nectaires*.

† ORGANES PROTECTEURS.

Ce sont, comme nous l'avons dit, le *calice* et la
corolle.

A. CALICE.

121. La forme du *calice* explique son nom. C'est
l'enveloppe la plus extérieure d'une fleur complète
(fig. 102 *c*, 103 *c*, 106 *c*, 107 *c*). Il est régulièrement
de couleur verte et de nature foliacée ; quand il est
coloré autrement qu'en vert, on l'indique toujours
dans les descriptions.

122. D'après les anatomistes, le calice fait suite à
l'écorce du pédoncule, et n'en est que le développement. Or, comme, toutes les fois que les étamines et
le carpelle n'ont qu'une seule enveloppe florale, elle
fait suite à l'écorce du pédoncule, on est obligé de
dire, dans la rigueur du langage scientifique, que l'enveloppe florale simple est toujours un calice, quelle
que soit sa couleur. Voilà pourquoi toutes les monocotylédones n'ont en réalité qu'un calice et point de corolle, parce que leur enveloppe florale est toujours
unique. Il est bien vrai que dans un grand nombre des
plantes de cette classe, comme le *lis* (fig. 108), les six
pièces de l'enveloppe paraissent disposées sur deux
rangs, en sorte que trois semblent plus intérieures et
trois plus extérieures ; quelquefois même celles-ci sont
vertes et celles-là colorées, de manière à représenter
un calice et une corolle, comme dans l'*éphémère de
Virginie* de nos jardins, dans la *sagittaire* de nos ma-
rais ; mais ce n'est là qu'une apparence : en exami-

nant attentivement les six pièces de l'enveloppe florale, il est facile de se convaincre que, quoique disposées sur deux rangs, elles n'ont cependant qu'un seul point d'origine commun, et se continuent manifestement toutes les six avec la partie la plus extérieure du pédoncule. Elles ne forment donc véritablement qu'un seul et même organe, qui est le calice. Pour éviter toute confusion, nous nommerons *périanthe* (1) l'enveloppe florale, toutes les fois qu'elle sera simple, en l'appelant *calicinal*, quand ce périanthe sera vert, et *pétaloïdal*, quand il sera coloré.

123. Le calice est toujours regardé comme formé de plusieurs pièces, tantôt sans adhérence, tantôt plus ou moins soudées ; ces pièces se nomment *sépales* (2).

Le calice est dit *polysépale* (3) (fig. 98 bis *c*), quand les sépales sont libres dès leur base et dans toute leur étendue, de telle sorte qu'on puisse enlever chacun d'eux sans déchirer les autres ; et il est dit *monosépale* (4) (fig. 102 *c*, 103 *c*, 106 *c*, 107 *c*), quand les pièces qui les forment sont soudées entre elles dans une partie ou dans la totalité de leur longueur. Ainsi, le calice du *chou-colza* est polysépale, celui de l'*œillet* monosépale.

124. On distingue trois parties dans le calice monosépale ; ces parties sont : le *tube*, le *limbe* et la *gorge*. Le *tube* est la portion inférieure, dont les pièces sont adhérentes et soudées ; le *limbe* est la partie supé-

---

(1) De περί, autour, ἄνθος, la fleur.
(2) De *sepio*, j'enveloppe et défends.
(3) De πολὺς, beaucoup.
(4) De μόνος, seul.

rieure, dont les pièces sont indépendantes et toujours plus ou moins ouvertes ; la *gorge* (fig. 106 *g*) est la ligne où le tube finit et où le limbe commence.

Le calice *monosépale* peut être plus ou moins profondément divisé.

S'il ne l'est pas du tout, le calice est nommé *entier;* si les divisions, très-peu profondes, n'atteignent pas le milieu du calice, elles se nomment des *lobes* ou des *dents.* Le calice est alors appelé *bilobé, tridenté, quinquédenté,* selon qu'il a deux, trois ou cinq de ces petites divisions.

Si les divisions atteignent le milieu du calice ou à peu près, elles se nomment des *fissures.* Le calice est appelé *bifide,* quand il en a deux : Ex. : la *verveine; quinquéfide,* lorsqu'il en a cinq, comme dans le *silene conica,* etc.

Enfin, si les divisions atteignent presque jusqu'au fond du calice, elles portent le nom de *partitions,* et alors le calice est *bipartit,* quand il en a deux : Ex. : les *orobanches; tripartit,* quand il en a trois, comme dans l'*anona triloba; quadripartit,* quand il en a quatre, comme dans la *veronica officinalis,* etc.

Le calice *monosépale* peut encore être *régulier* ou *irrégulier.* Il est *régulier,* quand toutes ses divisions sont de même forme et de même grandeur : Ex. : l'*œillet.* Il est *irrégulier,* quand les parties correspondantes n'ont ni une même figure, ni une même grandeur égale : Ex. : la *capucine.*

125. Relativement à sa durée, le calice peut être *fugace, caduc* ou *persistant.* Il est *fugace,* quand il tombe avant l'épanouissement de la fleur, comme dans les *pavots; caduc,* quand il ne tombe qu'avec la co-

rolle, comme dans les *renoncules ; persistant*, lorsqu'il subsiste longtemps encore après la chute des pétales, comme on le voit dans les *primevères*. Quand le calice *persistant* se dessèche sur le fruit, il se nomme *marcescent* (1) : nous en avons un exemple dans le *trèfle*.

Les autres noms donnés au calice seront expliqués dans le vocabulaire.

126. Le calice, avons-nous dit, est l'enveloppe immédiate et particulière d'une fleur complète ; il ne faut donc pas le confondre avec les *écailles*, l'*involucre* et la *spathe*.

Les *écailles* (fig. 98 *éé*), ainsi nommées pour leur ressemblance avec les écailles de poisson ou de serpent, sont de petites feuilles appliquées à la base du calice et lui servant de support ; on les voit très-bien dans l'*œillet*.

127. L'*involucre* (2) (fig. 97 *b*) est un grand calice qui renferme plusieurs fleurs, comme dans le *chardon*, la *scabieuse*. A la première vue, on est tenté de ne prendre que pour une seule fleur leur nombreux assemblage, d'où résultent les fleurs composées, et alors on est porté à confondre l'involucre et le calice ; mais il est facile de se convaincre, par une observation plus attentive, que l'*involucre*, à écailles généralement nombreuses, renferme une grande quantité de fleurs véritables.

128. La *spathe* (3) (fig. 90 *ss*) est une sorte d'involucre ou de calice très-imparfait qui quelquefois accom-

---

(1) De *marcescens*, se fanant.
(2) D'*involvere*, renfermer.
(3) De σπαθίς, espèce de vêtement.

pagne les fleurs dans les monocotylédones. La spathe est ordinairement membraneuse et coriace, comme dans le *narcisse*, l'*iris*. Elle enveloppe, en forme de sac ou de cornet, les fleurs avant leur développement, et s'ouvre ou se brise lorsqu'elles s'épanouissent. La spathe des *arum* est la plus remarquable de toutes; sa couleur est du plus beau blanc dans le *calla Æthiopica*.

B. COROLLE.

129. Le calice n'est qu'un premier rempart, que la grossière enveloppe d'un second vêtement qui fixa d'abord les regards, et d'où peut-être naquit la Botanique. Brillant coloris, parfums suaves, formes variées, beautés de toute espèce, la main du Créateur lui a prodigué tous ses dons. Sa position, sa forme et son éclat, qui en font comme la couronne de la plante, lui ont valu le nom gracieux de *corolle* (1). On nomme *apétales* les fleurs qui, en étant dépourvues, ne sont munies que d'un calice.

130. Quoique son tissu soit mou et délicat, la corolle fait suite au corps ligneux, ou à la partie située entre la moelle et l'écorce dans les plantes annuelles; elle diffère donc essentiellement du calice, qui fait suite à l'écorce. Ses couleurs sont très-variées ; elle est quelquefois verte, comme on le voit dans la *vigne*, mais elle ne présente jamais la couleur noire pure, ni le mélange du blanc et du noir. Non seulement les mêmes fleurs peuvent offrir diverses nuances, mais les plantes de la même espèce peuvent avoir des fleurs de différentes couleurs, comme on le voit dans les *vio-*

(1) De *corolla*, petite couronne.

lettes, qui ont souvent des fleurs blanches. Il arrive même que la teinte des pétales peut changer aux diverses époques de la vie de la fleur, comme la *pulmonaire* nous en offre un exemple. On a observé que les fleurs bleues peuvent passer au rouge et au blanc, mais que jamais les jaunes ne passent au bleu, ni les bleues au jaune. Il est à remarquer que la couleur blanche devient plus commune dans les fleurs à mesure qu'on avance vers les pôles.

131. On appelle *pétales* les divisions qui composent la corolle. Si elle est composée de parties entièrement libres, elle est *polypétale* (fig. 98, 99, 100); elle est *monopétale* (fig. de 101 à 107), quand ces pièces sont plus ou moins soudées ensemble. Ainsi la *rose* est *polypétale*, et la *campanule*, *monopétale*. Les pétales sont donc à la corolle ce que les sépales sont au calice.

132. La partie inférieure et rétrécie du pétale, celle par laquelle il est attaché, se nomme son *onglet* (fig. 111 *b*); la partie supérieure, élargie, de forme variée, qui surmonte l'*onglet*, forme la *lame* ou le *limbe* (fig. 111 *d a*); sa *gorge* est, comme dans le calice, la ligne où l'onglet finit et où le tube commence. Dans les corolles monopétales, un tube remplace les onglets.

133. La corolle est aussi tantôt *régulière*, tantôt *irrégulière; régulière*, elle se présente en *croix* (fig. 98 bis); *cloche* (fig. 101); *entonnoir* (fig. 102); *soucoupe* (fig. 103); *roue, étoile, rosace*, etc. (fig. 104 et 105); *irrégulière*, et alors elle est *labiée* (fig. 106); *personnée*, c'est-à-dire en mufle (fig. 107); *papilionacée*, c'est-à-dire offrant un peu l'image d'un papillon avec ses ailes (fig. 99); simplement *irrégulière*, lors-

que, sans avoir aucune des formes précédentes, ses parties sont différentes de figure ou inégales en grandeur (fig. 100 et 109). Ce serait nous engager dans un dédale que de les décrire ici; d'ailleurs, elles le seront en leur lieu, parce que c'est en grande partie de la corolle que se tirent les caractères de détermination.

134. Nous dirons seulement que ces formes, aussi variées que leurs nuances, tendent toutes au même but; car la corolle, comme un élégant et léger pavillon, sert de voile à des organes plus importants, et réfléchit sur eux les rayons du soleil. Mais elle n'a qu'une beauté éphémère, est inutile à la nutrition de la plante, et ne répand dans l'air que ses émanations embaumées.

QUESTIONNAIRE.

De quelles parties se compose une fleur complète? — Qu'est-ce que la fleur incomplète? — Comment se divisent les parties de la fleur à raison de leur importance? — Quels sont les organes protecteurs? — Qu'est-ce que le calice? — A quelle partie du pédoncule correspond-il? — Que faut-il en conclure pour les monocotylédones? — Qu'entend-on par périanthe? — Comment nomme-t-on les divisions du calice? — Quels sont les divers noms qu'on lui donne? — Que sont les écailles, l'involucre, la spathe? — Qu'est-ce que les fleurs apétales? — Que dire de la corolle, de sa différence anatomique avec le calice, de ses diverses couleurs, de ses divisions? — Quelles sont les formes principales des corolles régulières et irrégulières? — Quelle est la destination de la corolle?

---

†† ORGANES REPRODUCTEURS.

Ils forment la partie la plus essentielle de la fleur : ce sont les *étamines* et le *carpelle*.

A. ÉTAMINES.

135. Un troisième cercle, de même nature que les pétales, mais plus central, plus caché et presque inaperçu, quoique de la plus haute importance, est celui des *étamines* (1) (fig. de 112 à 121).

136. Une étamine complète se compose essentiellement de deux parties, qui sont le *filet* et l'*anthère*. Le *filet* (fig. 112 *f*) est la partie inférieure de l'étamine, cette mince colonne par laquelle elle est attachée tantôt sur la corolle (fig. 113, 114, 116), tantôt sur le calice (fig. 115, 118), tantôt à la base du point central, nommé *thalamus* (2) (fig. 120, 121). Le *filet* sert de support à l'*anthère* (3) (fig. 112 *a*), espèce de petit sac membraneux qui la termine, et dont la cavité intérieure est formée le plus ordinairement de deux loges soudées ensemble. Une étamine qui manque de filet, qui n'a que l'anthère, est appelée *sessile*. L'*anthère* est remplie d'une petite poussière visqueuse nommée *pollen* (4) (fig. 112 *p*). C'est le *pollen* que les abeilles vont butiner dans les fleurs pour en nourrir leurs larves après l'avoir élaboré dans leur estomac (5); aussi

(1) De *stamen*, fil.
(2) De θάλαμος, lit.
(3) D'ἀ θηρὸς, fleuri.
(4) De *pollen*, fleur de farine.
(5) C'est par erreur qu'on croyait autrefois que le pollen servait à faire la cire. Celle-ci n'est qu'une transformation du miel opérée par les abeilles ouvrières. Le miel est un principe immédiat, nommé *manne* dans certains pays. Il est contenu dans toutes les plantes; les abeilles ne font que le récolter et le mettre en provision tel qu'elles le trouvent.

ces larves périssent-elles quand on enlève le pollen emmagasiné dans les ruches.

137. Le *pollen* est destiné à être transporté sur le carpelle pour le rendre fertile. Cette fonction commence à l'instant où les loges de l'anthère s'ouvrent pour mettre le pollen en liberté. Il est des plantes dans lesquelles l'ouverture des anthères s'opère avant le parfait épanouissement de la fleur ; mais, dans le plus grand nombre des végétaux, ce phénomène n'a lieu qu'après que les enveloppes florales se sont ouvertes et épanouies. Les pluies qui surviennent au moment où les anthères s'ouvrent empêchent l'action du pollen. On le remarque surtout dans la vigne, et l'on dit alors que la fleur coule.

138. Pour favoriser l'émission du pollen, les étamines d'un grand nombre de plantes exécutent des mouvements très-sensibles. Ainsi, au moment de sa dissémination, les huit ou dix étamines de la rue odorante (*ruta graveolens*) se redressent alternativement vers le stigmate, y déposent une partie de leur pollen, et se rejettent ensuite au-dehors. Dans plusieurs genres de la famille des *urticacées*, dans la *pariétaire*, le *mûrier à papier*, etc., les étamines sont infléchies vers le centre de la fleur et au-dessous du stigmate ; à une certaine époque, elles se redressent avec élasticité, comme autant de ressorts, et lancent leur pollen sur le carpelle. Dans le genre *kalmia*, les dix étamines sont situées horizontalement au fond de la fleur, en sorte que leurs anthères sont renfermées dans autant de petites fossettes qu'on aperçoit à la base de la corolle. Pour opérer l'émission du pollen, chacune des étamines se courbe légèrement sur elle-même, afin de dé-

gager son anthère de la petite fossette qui la contient.
Elle se redresse alors au-dessus du stigmate, et verse sur
lui la poussière pollinique renfermée dans son anthère.

Les carpelles de certains végétaux paraissent également doués de mouvements qui dépendent d'une irritabilité plus développée à l'époque de la transmission
du pollen.

139. D'après les observations de Lamarck et de Bory
Saint-Vincent, il paraît que plusieurs plantes développent, au moment de l'émission du pollen, une chaleur
extrêmement manifeste. Ainsi, dans l'*arum Italicum*
et quelques autres végétaux de la même famille, le
spadice qui supporte les fleurs dégage une assez grande
quantité de calorique pour qu'elle soit appréciable à la
main qui le touche.

140. D'après le point d'insertion des étamines,
M. de Candolle a formé trois grandes classes de plantes exogènes. Ce sont : les *corolliflores* (fig. 114), quand
les étamines sont portées par la corolle, comme dans
la primevère ; les *caliciflores* (fig. 115 et 118), lorsqu'elles sont plantées sur le calice, comme dans le poirier ; et les *thalamiflores*, quand elles naissent sur le
réceptacle, nommé *thalamus* (fig. 121), comme dans
les renoncules.

141. Les étamines d'une même fleur sont appelées
définies, quand on en compte au plus une douzaine ;
indéfinies, quand il y en a un nombre plus grand.

Définies ou *indéfinies*, les étamines sont tantôt *libres* ou *distinctes*, comme dans le lis (fig. 113, 114,
116) ; tantôt *soudées* ou *connées* (1) (fig. 115, 118,

(1) De *cum*, avec, *natus*, né.

119). Dans ce dernier cas, elles peuvent encore être *soudées* ou par les anthères, comme dans la famille des *composées* (fig. 119), appelée pour cette raison famille des *synanthérées* (1), ou par les filets, et alors elles peuvent être réunies en un, deux, trois ou plusieurs groupes distincts, dont chacun porte le nom d'*adelphie* (2) : c'est *monadelphie* (fig. 115), quand il n'y en a qu'un, comme dans la mauve; c'est *diadelphie* (fig. 118), quand il y en a deux, comme dans le pois, le haricot, etc. Il y a même des plantes où les étamines sont soudées tout à la fois et par les filets et par les anthères : telles sont les courges; et d'autres où les étamines sont soudées avec le style du carpelle, comme les orchis (fig. 109).

142. Les étamines sont *égales* entre elles, comme on le voit dans les anémones, ou *inégales*, et alors elles suivent quelquefois, dans cette inégalité, une espèce de symétrie. Ainsi, tantôt il y en a quatre, dont deux plus grandes (fig. 117) : c'est ce qu'on nomme la *didynamie* (3); tantôt il y en a six, dont quatre plus longues : c'est la *tétradynamie* (4), comme dans le chou-colza (fig. 98 bis et 121).

143. Les étamines sont dites encore *alternes* ou *opposées*, et cette dénomination peut nous offrir une remarque intéressante : c'est que, dans les trois premiers cercles qui servent au carpelle comme de rempart, les sépales ou segments du calice, les pétales ou

---

(1) De συν, ensemble, ἀνθηραι, anthères.
(2) D'ἀδελφὸς, frère.
(3) De δις, deux, et δύναμις, puissance.
(4) De τέτρα, quatre, et δύναμις, puissance.

segments de la corolle et les étamines sont disposés avec tant de symétrie que l'espace laissé vide par l'entre-deux des parties d'un premier cercle est ordinairement rempli par la partie correspondante du cercle suivant. Les pétales *alternent* ainsi avec les sépales, les étamines avec les pétales, et les étamines d'un second cercle, quand elles sont sur deux rangs, comme dans l'œillet, avec les étamines du cercle précédent. Cette disposition a presque toujours lieu (fig. 113, 116) : les étamines sont alors dites *alternes*, comme dans la bourrache, le bouillon-blanc. Mais elles sont nommées *opposées* (fig. 114), quand il arrive qu'elles correspondent au milieu des lobes de la corolle, comme dans la primevère.

144. La nature du filet des étamines est analogue à celle des pétales ; en effet, l'on voit très-souvent ces organes se changer l'un en l'autre. C'est ce qui a lieu dans les fleurs qu'on nomme *doubles* ou *pleines*. Délices des amateurs, résultat de leurs longues cultures, elles sont pour le botaniste des monstres, dans lesquels les étamines ont été changées en pétales. Une fleur dont toutes les étamines ont été ainsi transformées devient nécessairement stérile.

145. Certaines étamines offrent une particularité remarquable : c'est leur irritabilité. Ainsi, qu'on examine, par un soleil ardent, les fleurs de l'*épine-vinette* : on verra leurs six étamines étalées contre les pétales ; mais si l'on touche avec la pointe d'une épingle la base de leurs filets, ils se redresseront vivement contre le style. Le *sparmannia d'Afrique*, bel arbrisseau de nos orangeries, montre, au milieu de ses corolles blanches, des étamines à anthères irritables, s'éloignant

vivement du style quand on les touche. Les causes de ces phénomènes ne sont pas entièrement connues, mais la lumière est la condition indispensable de leur production.

146. Les plantes acotylédones n'offrent pas d'étamines visibles, telles que nous venons de les décrire. Cependant l'observation moderne, avec ses instruments puissants, a découvert dans beaucoup de ces plantes certains organes qu'on suppose remplir les fonctions d'anthères, et que, pour cette raison, on a appelés *anthéridies*.

B. CARPELLE.

147. Au centre de la fleur est son dernier organe, son vrai trésor, l'objet de tant de soins : c'est le *carpelle* (1) (fig. 122). Il est formé de trois parties : l'*ovaire* (o) en bas, le *style* (s) au milieu, le *stigmate* (a) au sommet.

148. L'*ovaire* (2) est la partie inférieure et renflée du carpelle. C'est lui qui contient les *ovules* (3), petites graines à l'état encore rudimentaire.

L'ovaire est tantôt libre au fond du calice, comme dans la *tulipe;* tantôt placé sous les autres parties de la fleur et soudé avec le tube du calice, comme dans le *narcisse*, la *poire*. Dans le premier cas, l'ovaire est *supère* (4); dans le deuxième, il est *infère* (5).

149. Le *style* (6) est la petite colonne qui surmonte

---

(1) De χαρπὸς, fruit.
(2) D'*ovarium*, nid d'œufs.
(3) D'*ovulum*, petit œuf.
(4) De *super*, dessus.
(5) D'*infra*, dessous.
(6) De στύλος, colonne.

l'ovaire ; creux en dedans, il est placé tantôt au sommet de l'ovaire : Ex. : le *lis*, et alors il est *terminal ;* tantôt par côté : Ex. : le *daphné*, et alors il est *latéral ;* enfin, plus rarement il paraît sortir de la base de l'ovaire, et alors on l'appelle *basilaire*, comme dans l'*alchemilla vulgaris*.

150. Le *stigmate* (1) est la partie dilatée qui surmonte le style ; sa surface est en général inégale et plus ou moins visqueuse. C'est lui qui reçoit le pollen des anthères et le transmet par le canal creusé dans le style jusqu'à l'intérieur de l'ovaire, où il va communiquer aux ovules ce don de fécondité et de perpétuité qui jusqu'à la fin des siècles aura son effet, en vertu de la parole divine : « Que tout arbre et toute herbe « porte en soi sa semence qui conserve son espèce et « qui la perpétue ; et il en fut fait ainsi. »

151. De même que nous avons vu, dans les acotylédones, les anthéridies analogues aux anthères, de même on leur trouve des organes paraissant analogues aux carpelles et appelés *sporanges* (2).

††† ORGANES ACCESSOIRES.

152. Outre ces quatre organes, il en est d'autres qu'on rencontre dans certaines fleurs, mais qui n'y ont qu'une moindre importance. Les botanistes les comprennent sous le nom commun de *nectaires* (3). Ils désignent ainsi des glandes ou de petits corps parti-

(1) De στίγμα, marque, trou.
(2) De σπορὰ, graine, αγγειον, vaisseau.
(3) De νέκταρ, nectar, à cause de la liqueur ordinairement mielleuse qu'ils contiennent.

culiers destinés à secréter un liquide qui a la viscosité
et le goût du miel.

153. Les nectaires ont des formes très-variées :
tantôt ils offrent l'aspect de petites corolles, tantôt ils
ressemblent à de minces écailles, à de légers filets, à
de courtes lanières ; on en trouve de la sorte dans les
silènes, le *myosotis*, la *consoude*, le *laurier-rose*.
D'autres fois ils imitent de petits bourrelets, de petites
coupes ou même des tubes qui peuvent envelopper complètement l'ovaire, ainsi qu'on le voit dans le *pæonia
Moutan*, pivoine en arbre qui étale avec tant de magni-
ficence, au mois de mai, ses superbes fleurs roses.

QUESTIONNAIRE.

*Quels sont les organes reproducteurs ? — De quoi se compose une éta-
mine complète ? — Qu'est-ce que le pollen ? — Le point d'insertion
des étamines offre-t-il un caractère important ? — Qu'entend-on par
étamines définies, indéfinies, connées, synanthérées, monadelphes, diadelphes, didynames, tétradynames, alternes et opposées ? — Existe-
t-il quelques rapports entre le filet des étamines et les pétales ? —
Qu'entend-on par anthéridies ? — Qu'est-ce que le carpelle ? — De
quelles parties est-il composé ? — Qu'entend-on par sporanges ? —
Quels sont les organes compris sous le nom de nectaires ? — Sous
quelle forme se présentent-ils le plus souvent ? — Quels sont les
phénomènes qui accompagnent la transmission du pollen sur les
carpelles ?*

§ 5. — ANOMALIES DES FLEURS.

154. Le plus souvent chaque fleur contient réunis
ensemble les *étamines* et les *carpelles* ; mais il arrive
aussi que ces organes sont enfermés dans des fleurs
différentes. Dans ce dernier cas, trois combinaisons
peuvent se présenter :

1° Les fleurs staminifères et les fleurs carpellées peuvent se trouver réunies sur la même plante ; c'est ce qui constitue les végétaux *monoïques* (1) : le melon, le châtaignier, le noisetier, sont de ce nombre.

2° Les fleurs staminifères et les fleurs carpellées peuvent se trouver séparées sur des pieds différents ; ce sont alors des plantes *dioïques* (2) : le chanvre, la mercuriale qui infeste nos champs, le mûrier à papier de nos bois anglais, présentent une semblable disposition.

3° Enfin, d'autres fois, sur la même plante, il y a tout à la fois des fleurs staminifères, des fleurs carpellées et des fleurs munies en même temps d'étamines et de carpelles : telles sont la pariétaire qui tapisse nos vieux murs, et la croisette qui, au printemps, montre dans nos haies ses verticilles de petites fleurs jaunes.

155. Le plus souvent, dans les plantes *monoïques*, les fleurs staminifères sont situées vers la partie supérieure du végétal, en sorte que le pollen, en s'échappant des loges de l'anthère, tombe naturellement et par son propre poids sur les fleurs carpellées placées au-dessous. Dans les végétaux *dioïques*, les pieds à étamines sont souvent séparés par de grandes distances des pieds à carpelles. Comment donc le pollen de celles-là pourra-t-il être transporté sur ceux-ci ? Qu'on se rassure : la Providence, en voulant la fin, a su multiplier les moyens. Dans les fleurs à étamines, celles-ci seront très-nombreuses et n'auront ni calice ni corolle qui puisse gêner l'action des vents sur le pollen. Dans

(1) De μόνος, seul, οἶκος, maison.
(2) De δὶς, deux, et οἶκος, maison.

4.

les plantes à fleurs carpellées, même rapport : calice et corolle presque nuls, et seulement quelques écailles propres à retenir la poussière pollinique sur les nombreux stigmates. Le temps de leur épanouissement mutuel sera combiné. Fussent-elles au fond des eaux, comme la *vallisneria*, leurs pédoncules dérouleront leurs longues spirales pour porter leurs fleurs à la surface ; et quand, de part et d'autre, tout sera disposé, l'anthère, s'ouvrant avec élasticité, chassera bien loin son pollen, comme une légère poussière que dissémineront les vents ; ou bien de faibles insectes, se roulant dans le fond des fleurs, se chargeront de porter sur leurs ailes la poussière germinatrice aux carpelles qui sans elle demeureraient stériles. (*V. D.*, article *Figuier.*)

156. Certaines plantes fleurissent et fructifient sous l'eau. L'observation a démontré que leur corolle est alors remplie d'une bulle d'air qui forme autour d'elle une petite voûte sous laquelle l'émission du pollen peut s'opérer sans obstacle. S'il est d'autres plantes aquatiques chez lesquelles cette bulle d'air n'a pas été constatée, on peut penser que le pollen de leurs étamines est d'une nature particulière et peut facilement être porté par les eaux sur les carpelles.

§ 6. — ÉPOQUE ET DURÉE DES FLEURS.

157. Dans toutes les fleurs, le pollen a besoin de l'air pour s'imprégner sur le stigmate, et voilà pourquoi la plupart des plantes aquatiques viennent fleurir hors de l'eau. Il faut aussi à toutes les plantes un degré de

chaleur qui leur est propre. Il en résulte pour chaque contrée des fleurs qui ne s'épanouissent qu'à des époques et même à des heures déterminées. De là l'ingénieuse idée du calendrier et de l'horloge de Flore, où les fleurs viennent tour à tour annoncer la succession des mois et les différentes heures du jour et de la nuit. (*V. D.*)

158. Faites pour charmer nos yeux, le plus grand nombre des fleurs s'étalent à la lumière : ce sont les fleurs *diurnes* (1). Les fleurs *nocturnes* (2), moins éclatantes et peu nombreuses, ne se décèlent que par leur parfum : telle est la *belle-de-nuit*. Celles qui s'ouvrent et se ferment tous les jours à une heure fixe et déterminée, de manière à ce que le temps de leur sommeil soit à peu près égal à celui de leur épanouissement, se nomment *équinoxiales*, comme les *épervières*, la *dent-de-lion*. D'autres annoncent si bien les variations de l'atmosphère, qu'on entrevoit la menace d'un orage dans le sein d'une fleur qui timidement se referme à son approche : tel est le *souci pluvial;* on les nomme *météoriques* (3). Enfin, les fleurs *éphémères* sont celles que le même jour ou la même nuit voit naître et mourir : c'est le sort de la belle *tigridie* de nos jardins.

159. Quoi qu'il en soit, la durée des fleurs *simples* est réglée par l'épanouissement de l'anthère et l'émission du pollen. Aussi le fleuriste, qui ne cherche qu'à jouir longtemps du brillant coloris et du parfum de la corolle, prolonge-t-il sa durée en la rendant *double*

(1) De *diurnus*, du jour.
(2) De *nocturnus*, de la nuit.
(3) De μετέωρος, phénomène céleste.

ou *pleine*. Alors les étamines, souvent même les carpelles, convertis en pétales, ne remplissent plus leur fonction ; et, pendant que la foule s'extasie devant la rose aux cent feuilles, l'œillet plein et l'orgueilleux dahlia aux mille pétales, le botaniste ne voit en eux que des *monstres* qui, dans leur pompeuse nullité, trompent le vœu de la nature, en devenant incapables de se reproduire.

QUESTIONNAIRE.

Quelles sont les principales anomalies dans les fleurs ? — Que sont les plantes monoïques, dioïques ? — Comment s'opère dans elles le phénomène de la reproduction ? — Qu'indiquent le calendrier et l'horloge de Flore ? — Qu'entend-on par fleurs diurnes, nocturnes, équinoxiales, météoriques, éphémères, simples, doubles ?

ARTICLE V.

QUATRIÈME AGE DE LA PLANTE. — FRUCTIFICATION.

160. La plante touche à son automne ; à l'agréable va succéder l'utile ; les fruits viennent remplacer les fleurs. Dès que les carpelles ont reçu l'action de la poussière séminale, tous les soins de la nature se concentrent sur l'ovaire, qui, dès lors, porte le nom de *fruit*. Les étamines et la corolle, devenus inutiles, tombent ou se flétrissent. Le calice tombe aussi quand il est polysépale ; mais s'il est monosépale, il persiste presque toujours. Très-souvent il accompagne le fruit jusqu'à ce qu'il soit mûr, comme dans la fraise. Quelquefois même il se développe et prend un accroisse-

ment considérable à l'époque où le fruit approche de sa maturité, comme on le voit dans le coqueret (*physalis alkekengi*).

161. Tous les fruits, quelle que soit leur espèce, offrent toujours deux parties : la *graine* proprement dite, dont on a vu l'anatomie et la destination, et son enveloppe, nommée *péricarpe*. Cette dernière partie est d'autant plus digne d'être étudiée, que de ses modifications dépendent celles des fruits, et que les botanistes modernes y ont puisé des caractères plus précieux que les autres, parce qu'ils sont plus constants.

Nous parlerons donc d'abord du *péricarpe*, et ensuite nous donnerons la classification des différentes espèces de fruits.

§ 1. — DU PÉRICARPE.

162. Comme nous venons de l'indiquer, le *péricarpe* (1) (fig. 144, 146) est cette partie du fruit qui est formée par les parois de l'ovaire développé, et qui contient une ou plusieurs graines. Prenons pour exemple une de ces pêches dont le noyau s'ouvre souvent ; nous trouverons une amande au milieu : cette amande, c'est la *graine;* le noyau et tout le reste du fruit sont le *péricarpe.*

163. On distingue trois parties dans le *péricarpe :* 1° sa *base;* 2° son *sommet;* 3° son *axe.* La *base* est le point par lequel il est fixé au pédoncule ; le *sommet* est le point occupé par le style ou le stigmate ; l'*axe* est la ligne vraie ou imaginaire qui réunit la base au

(1) De περὶ, autour, καρπὸς, fruit.

sommet. Quand l'*axe* est vrai, comme dans les *ombellifères*, il porte le nom de *columelle* (1).

164. On distingue encore trois autres parties dans
le *péricarpe;* ce sont : 1° l'*épicarpe* (2), sorte de membrane ou d'épiderme qui le recouvre extérieurement:
dans la pêche, c'est ce qu'on nomme *la peau;* 2° l'*endocarpe* (3), autre enveloppe qui tapisse la cavité intérieure en contact immédiat avec la graine : dans la
pêche, c'est le noyau ; dans la pomme, c'est l'étoile
qui loge les pépins; et 3° entre ces deux membranes,
une partie plus ou moins développée, nommée en général *mésocarpe* (4), et spécialement *sarcocarpe* (5),
quand elle est épaisse et charnue, comme dans la pêche, la pomme. Quelquefois le péricarpe tout entier
est si mince et tellement uni avec la graine, qu'on l'en
distingue à peine dans le fruit mûr. Certains auteurs,
pensant qu'alors il n'existe pas, ont dit que la graine
est nue, comme dans la famille des *labiées*, des *composées*, etc.; mais c'est par erreur, car il est prouvé
aujourd'hui qu'il n'y a point de graine absolument
sans péricarpe.

165. Quand l'ovaire est *infère* (n° 148), l'épicarpe
se confond avec le tube du calice, comme dans la rose.
Celui-ci pouvant continuer à se développer et devenir
même charnu quand le fruit est mûr, il est alors souvent difficile de distinguer le point où finit le calice et

---

(1) De *columella*, petite colonne.
(2) D'ἐπὶ, sur, καρπὸς, fruit.
(3) D'ἔνδον, dedans, καρπὸς.
(4) De μέσος, milieu, καρπὸς,
(5) De σάρξ, chair, καρπὸς.

où commence le péricarpe. On connaît cependant toujeurs l'origine de l'épicarpe, en ce que, plus ou moins près de l'insertion du style ou du stigmate, il offre un rebord plus ou moins saillant, qui est le limbe du calice.

166. Le point de la graine par lequel elle communique au péricarpe duquel elle reçoit sa nourriture, se nomme le *hile*; il forme la limite précise entre le péricarpe et la graine.

167. Le point intérieur du péricarpe, sur lequel la graine est attachée, s'appelle *trophosperme* (1) ou *placenta* (2). Quand le *trophosperme* offre des prolongements déliés, à l'extrémité de chacun desquels est attachée une graine, il prend le nom de *podosperme* (3) ou *funicule* (4). On le voit très-bien dans le haricot. Le trophosperme s'arrête ordinairement au contour du hile; s'il se développe davantage, de manière à recouvrir la graine dans une étendue plus ou moins considérable, ce prolongement prend le nom d'*arille*. Il y en a un exemple très-frappant dans le fusain de nos haies (*evonymus Europæus*), dont l'arille, de couleur orangée à la maturité, est tellement développée, qu'elle entoure la graine de toutes parts. On ne remarque jamais d'arille dans les fruits des plantes à corolle monopétale.

168. La cavité intérieure du péricarpe peut être simple, comme dans la pêche, ou partagée en plusieurs

(1) De τρόφω, nourrir, σπέρμα, graine.
(2) De *placenta*, gâteau.
(3) De ποῦς, pied, σπέρμα.
(4) De *funiculus*, petite corde.

cavités partielles par des lames verticales, comme dans
le chou, le pavot : les cavités partielles se nomment
loges; les lames verticales, *cloisons.* Un péricarpe est
uni, bi, tri, multiloculaire (1), selon qu'il a une, deux,
trois ou plusieurs loges distinctes.

QUESTIONNAIRE.

*Qu'est-ce que le fruit? — Combien distingue-t-on de parties dans un
fruit quelconque? — Qu'est-ce que le péricarpe? — Quelle est sa
base, son axe et son sommet? — Qu'entend-on par épicarpe, endocarpe, mésocarpe et sarcocarpe? — Quelle est la différence entre le
hile et le trophosperme ou placenta? — Qu'entend-on par podosperme ou funicule, par arille, par loges et cloisons du péricarpe?*

§ 2. — DES DIFFÉRENTES ESPÈCES DE FRUITS.

169. Les fruits peuvent être considérés sous quatre
rapports différents ; 1° leur composition; 2° la nature
de leur péricarpe; 3° la manière dont il s'ouvre;
4° leurs graines.

1° *Sous le rapport de leur composition,* les fruits
se divisent en *simples, multiples* et *composés.* Les
fruits *simples* sont ceux qui résultent d'un seul carpelle dans une seule fleur : Ex. : la cerise. Les fruits
multiples sont ceux qui proviennent de plusieurs carpelles renfermés dans une même fleur : Ex. : la fraise,
la framboise. Les fruits *composés,* nommés encore
agrégés (2), résultent aussi de plusieurs carpelles, d'a-

(1) De *multum,* beaucoup, *loculus,* petit logement.
(2) D'*aggregatus,* réuni.

bord distincts et ensuite plus ou moins soudés, mais provenant de fleurs différentes, quoique très-rapprochées : Ex. : le fruit du mûrier, la pomme du pin.

170. 2° *Sous le rapport de la nature de leur péricarpe*, les fruits se divisent en *secs* et *charnus*. Les fruits *secs* ont un péricarpe mince, sec et membraneux : Ex. : le haricot. Les fruits *charnus* ont au contraire un péricarpe épais et succulent : Ex. : le melon, la poire, etc.

171. 3° *Sous le rapport de leur ouverture*, on divise les fruits en *déhiscents* et *indéhiscents*. Les *déhiscents* (1) s'ouvrent par un nombre plus ou moins grand de pièces nommées *valves* (2) : il y en a deux dans le haricot ; les fruits *indéhiscents* (3), au contraire, restent constamment fermés de toutes parts : Ex. : la pomme, le blé, etc.

172. 4° *Sous le rapport de leurs graines*, les fruits sont *monospermes* (4), quand ils ne renferment qu'une graine, comme l'abricot ; *oligospermes* (5), quand ils en renferment un nombre peu considérable et défini : alors le fruit est *bi, tri, tétra, pentasperme*, etc., selon qu'il contient deux, trois, quatre ou cinq graines ; *polyspermes* (6), quand ils en ont un nombre considérable et indéfini, comme le pavot ; et enfin *pseudospermes* (7), quand le péricarpe est tellement adhérent à la

(1) De *dehiscens*, s'ouvrant.
(2) De *valva*, battant de porte.
(3) D'*indehiscens*, ne s'ouvrant pas.
(4) De μόνος, seul, σπέρμα, graine.
(5) D'ὀλίγος, peu nombreux.
(6) De πολὺ, beaucoup.
(7) De ψεῦδος, faussement.

graine, qu'il se confond entièrement avec elle, comme le blé.

Pour mieux étudier les différentes espèces de fruits, nous les partagerons en trois grandes sections, qui seront celles des fruits *simples*, des fruits *multiples* et des fruits *composés*, et nous subdiviserons la première section en deux groupes, celui des fruits *secs* et celui des fruits *charnus*.

PREMIÈRE SECTION.

Fruits simples.

———

Iᵉʳ GROUPE. — FRUITS SECS.

1ʳᵉ TRIBU. — *Fruits secs et indéhiscents.*

173. Ce sont les véritables *pseudospermes*. On y distingue les formes suivantes :

1° Le *cariopse* (1) (froment) : péricarpe très-mince, se confondant avec la graine unique, et protégé en mûrissant par un calice libre (fig. 123).

2° L'*akène* (2) (dent-de-lion) : péricarpe formé par le durcissement du calice adhérent à la graine (fig. 137 à 140).

3° Le *polakène* (cerfeuil) : péricarpe paraissant unique, quoique formé par la réunion de plusieurs akènes se séparant à la maturité.

———

(1) De χαρῆ, tête, ὄψις, aspect.
(2) D'ἀχαίνων, ne s'ouvrant pas.

4° La *samare* (érable, orne) : péricarpe fibreux, aplati, couronné d'une aile membraneuse (fig. 144 à 143).

5° Le *gland* (noisette) : péricarpe fibreux, coriace ou ligneux, adhérent dans le principe à la graine, et renfermé en partie, rarement en totalité, dans une sorte d'involucre écailleux ou foliacé, nommé *cupule* (1).

6° Le *gynobase* (thym), fruit dont les loges sont tellement séparées les unes des autres, qu'elles semblent constituer autant de fruits distincts.

2ᵉ TRIBU. — *Fruits secs et déhiscents.*

174. Ils se nomment aussi *fruits capsulaires* (2). Ce sont :

1° Le *follicule* (3) (laurier-rose, pied-d'alouette) : péricarpe libre, à une loge, à une valve, s'ouvrant par une suture (4) longitudinale à laquelle sont attachées les graines (fig. 132).

2° La *silique* (5) (chou-colza) : péricarpe trois ou quatre fois au moins plus long que large, à deux loges et deux valves séparées par une cloison, portant sur ses deux faces les graines qui partent de ses deux bords (fig. 130).

3° La *silicule* (6) (thlaspi) : péricarpe à peu près aussi long que large, du reste semblable à la silique (fig. 129).

---

(1) De *cupula*, petite coupe.
(2) De *capsella*, petite boîte.
(3) De *follicula*, petite feuille.
(4) De *sutura*, couture.
(5) De *siliqua*, gousse.
(6) De *silicula*, petite gousse.

4° La *gousse* ou *légume* (pois, haricot) : péricarpe à
une loge continue ou articulée, à deux valves et deux
sutures, à l'une desquelles adhèrent les graines placées
alternativement au bord de chaque valve (fig. 127).
Quelquefois la gousse paraît partagée en deux ou plusieurs *fausses cloisons* (fig. 135). On appelle ainsi des
apparences de cloisons formées tantôt par les bords
rentrants des valves du péricarpe, comme dans les as-
tragales, tantôt par une saillie plus ou moins considérable du trophosperme, comme dans le pavot, tantôt
autrement, mais jamais par le prolongement intérieur
de deux lamelles venant de l'endocarpe, comme dans
les vraies cloisons.

5° La *pyxide* (1) (pourpier) : péricarpe uniloculaire,
à deux valves superposées et s'ouvrant horizontalement
(fig. 134).

6° L'*élatérie* (2) (euphorbes) : péricarpe souvent marqué de côtes, se partageant, quand il est mûr, en autant
de coques distinctes s'ouvrant longitudinalement qu'il
y a de valves. Ordinairement ces coques sont réunies
par une *columelle* (n° 158) centrale qui persiste après
leur chute.

7° La *capsule* (pavot). On appelle ainsi tous les fruits
secs et déhiscents qui ne se rapportent à aucune des
formes précédentes (fig. 126 et 133).

II° GROUPE. — FRUITS CHARNUS.

175. Ils sont toujours indéhiscents. Ce sont :

1° La *drupe* (3) (abricot) : péricarpe charnu et pul-

(1) De πυξίδιον, petite boîte.
(2) De ελατήρ, long grain.
(3) De *drupa*, olive.

peux, renfermant un noyau unique formé par l'endocarpe ligneux adhérent au sarcocarpe (fig. 144 et 145).

2° La *noix* (amande, noix) : péricarpe charnu, mais fibreux et coriace, nommé *brou;* endocarpe ligneux se détachant du mésocarpe et tombant avec la graine.

3° La *nuculaine* (1) (sureau) : péricarpe charnu provenant d'un ovaire libre, à deux ou trois petits noyaux groupés au centre.

4° L'*hespéridie* (2) (orange) : péricarpe libre, charnu, à peau plus ou moins épaisse, à endocarpe membraneux entourant des loges remplies de vésicules succulentes.

5° La *péponide* (3) (melon, courge, etc.) : péricarpe adhérent, gros et charnu, laissant dans son centre une cavité formée de plusieurs loges accolées, pleines d'un mésocarpe pulpeux, et portant les graines à leur angle intérieur.

6° La *balauste* (4) (grenade), fruit multiloculaire, polysperme, infère, et couronné par les dents du calice persistant.

7° La *baie* (5) (pomme de terre), tout fruit charnu, simple, qui diffère des précédents.

(1) De *nucula*, petite noix.
(2) Fruit du jardin fabuleux des Hespérides.
(3) De *pepo*, potiron.
(4) De βαλαύςτιον, fleur du grenadier.
(5) De *bacca*, fruit de la vigne.

DEUXIÈME SECTION.
Fruits multiples.

176. On distingue :

1° La *mélonide* (1), fruit charnu, simple en apparence, mais provenant réellement de plusieurs ovaires
réunis et soudés avec le tube du calice, qui, souvent
très-épais et charnu, se confond avec eux, comme
dans la pomme, le rosier. La partie charnue ne provient donc pas du péricarpe, mais en réalité d'un
épaississement considérable du calice. On distingue
deux espèces de *mélonides* : la *mélonide à nucules*,
et la *mélonide à pépins* (fig. 146). Dans la première,
l'endocarpe est osseux ; dans la deuxième, il est simplement cartilagineux. La nèfle est une mélonide à
nucules ; la pomme, la poire sont des mélonides à
pépins.

2° La *syncarpe* (2) (magnolia), fruit multiple résultant de plusieurs ovaires réunis dès leur premier développement (fig. 148). Le fruit multiple de la ronce n'est
qu'une réunion de petites drupes ; celui du bouton-d'or,
de petites akènes ; celui de l'hellébore, de follicules, etc.

TROISIÈME SECTION.
Fruits composés ou agrégés.

177. Ce sont :

1° Le *cône* ou *strobile* (3) (pin) (fig. 149), fruit com-

(1) De μῆλον, pomme, et εἶδος, ressemblance.
(2) De συν, ensemble, et καρπὸς, fruit.
(3) De στρόβιλος, pomme de pin.

posé d'un grand nombre d'utricules membraneuses logées dans l'aisselle des bractées, qui sont tantôt ligneuses et soudées, comme dans le cyprès, tantôt soudées, charnues et figurant une baie, comme dans le genévrier.

2° Le *sycône* (1) (figue) (fig. 147), fruit charnu, formé par un involucre d'une seule pièce, fermé, et contenant un grand nombre de petites drupes, provenant d'autant de fleurs à carpelles.

3° La *sorose* (2) (ananas), fruit charnu, composé de plusieurs autres soudés ensemble par le moyen de leurs enveloppes florales, gonflées de sucs et s'entre-greffant.

178. Telles sont les vingt-cinq principales espèces de fruits, formant comme des types principaux auxquels on peut rapporter à peu près tous les autres. La science intéressante nommée *carpologie* (3), qui traite de cette partie de la Botanique, est loin d'être complète, et exige encore de longs travaux, de patientes analyses, avant d'arriver à un état satisfaisant. Ce que nous en avons dit suffit pour un ouvrage élémentaire. Pour le résumer, nous allons en donner une analyse dans le tableau synoptique suivant :

(1) De σῦχον, figue.
(2) De σωρὸς, amas
(3) De χαρπὸς, fruit, λόγος, traité.

TABLEAU SYNOPTIQUE DE LA CLASSIFICATION DES FRUITS.

				EXEMPLES.
			Cariopse . .	Blé noir.
			Akène. . . .	Laitue.
		Indéhiscents.	Polakène . .	Persil.
			Samare . . .	Sycomore.
			Gland. . . .	Chêne.
			Gynobase . .	Bourrache.
	Secs.		Follicule . .	Pervenche.
			Silique . . .	Giroflée.
			Silicule . . .	Linaire.
1° FRUITS		Déhiscents.	Gousse . . .	Pois.
SIMPLES.			Pyxide . . .	Mouron rouge.
			Elatérie . . .	Buis.
			Capsule . . .	Muflier.
			Drupe. . . .	Cerisier.
			Noix	Amandier.
			Nuculaine .	Lierre.
	Charnus.		Balauste . .	Grenadier.
			Péponide . .	Courge.
			Hespéridie .	Citronnier.
			Baie	Douce-amère.
2° FRUITS	Mélonide.	à noyaux. .	Aubépine.
MULTIPLES.		à pépins . .	Pommier.
	Syncarpe.		Tulipier.
			Fraisier.
3° FRUITS	Cône ou strobile		Sapin.
COMPOSÉS OU	Sorose		Mûrier.
AGRÉGÉS.	Sycone		Figuier.

479. Dans cette diversité de fruits, non moins grande que celle des feuilles et des fleurs, il est impossible de ne pas reconnaître la libéralité d'une Providence aussi attentive à nos besoins et à notre plaisir qu'à l'embellissement et à la conservation de ses œuvres. Mais cette bonté paternelle nous semble encore plus marquée dans les fruits, dont les uns nous fournissent la nourriture la plus substantielle, les autres les rafraîchissements les plus doux. Tout nous invite à les cueillir : leur forme, leur couleur, leur odeur appétissante,

leur parfum délicieux; tout, jusqu'à la branche qui se courbe sous leur poids pour venir les déposer dans nos mains.

180. Mais comment se fait-il que tant de fruits si différents de nature, de vertus, de goûts, de couleurs, soient, ainsi que les fleurs, les feuilles, la tige et la racine, des productions de la même sève; qu'ils mûrissent et se colorent si diversement sous les mêmes influences solaires? C'est là un phénomène que les savants ne peuvent encore nous expliquer; c'est là un de ces nombreux mystères dont la nature nous enveloppe de toutes parts, comme pour nous faire croire avec moins de peine aux mystères bien plus sublimes qu'une religion révélée propose à notre foi.

QUESTIONNAIRE.

Qu'est-ce que la carpologie? — Qu'entend-on par fruits simples, multiples et composés; par fruits secs et charnus, déhiscents et indéhiscents, monospermes, oligospermes, polyspermes, pseudospermes? — Qu'entend-on par carïopse, akène, polakène, samare, gland, gynobase; par follicule, silique, silicule, gousse, pyxide, élatérie, capsule; par drupe, noix, nuculaine, hespéridie, péponide, balauste, baie; par mélonide et syncarpe; par cône, sycone et sorose? — Que faut-il le plus admirer dans les fruits?

ARTICLE VI.

SIXIÈME AGE DE LA PLANTE. — FIN DE LA VÉGÉTATION.

181. La maturité du fruit amène en général la dernière période de la vie ou de la végétation apparente

des plantes; car elles ont, comme tous les êtres organisés, un terme où elles doivent finir, ou du moins
suspendre leurs fonctions. Toutes n'ont pas la même
durée. C'est sous ce rapport qu'elles se divisent en
annuelles, *bisannuelles*, *vivaces*, *arbustes*, *arbris-*
seaux et *arbres*.

182. Les plantes *annuelles*, telles que le *chanvre*,
le *pois-fleur*, l'*œillet d'Inde*, naissent, fleurissent et
meurent dans l'espace d'une année.

Les plantes *bisannuelles*, comme la *rave*, la *carotte*,
le *violier*, mettent une année à grandir, puis fleurissent et meurent l'année suivante.

183. Celles qui vivent plus longtemps forment un
groupe beaucoup plus nombreux. Les unes sont dites
vivaces; ce sont celles dont la racine vit indéfiniment,
mais dont la tige, de consistance herbacée, c'est-à-dire
molle et tendre, se flétrit en automne ou gèle en hiver : telles sont la *luzerne*, l'*oseille*, etc. Les autres
prennent le nom d'*arbustes* ou de *sous-arbrisseaux;*
ce sont les plantes dont la racine ne persiste pas seulement, mais dont la tige, de consistance ligneuse,
supporte l'hiver, bien que l'extrémité des rameaux périsse par le froid : telles sont la *pervenche*, la *douce-*
amère. Enfin, dans les *arbrisseaux* et les *arbres*, non
seulement la tige, mais tous les rameaux supportent
l'hiver. On donne spécialement le nom d'*arbrisseaux*
à ceux dont les branches privées de tronc se ramifient
dès la base, comme la *ronce*, le *groseillier*, le *fram-*
boisier; et l'on réserve celui d'*arbres* aux végétaux
dont la tige est un véritable tronc, comme le *poirier*,
le *chêne*, le *sapin*.

184. Tant que les fruits attirent les sucs, la sève s'y

porte et circule encore dans le végétal ; mais lorsqu'ils
touchent à leur maturité, son mouvement se ralentit.
Peu à peu les vaisseaux s'oblitèrent ; bientôt les feuilles
cessent de respirer. L'oxygène qu'elles ne peuvent plus
rendre à l'atmosphère s'empare de leur tissu, et remplace le vert de leur surface par des teintes de jaune
et de rouge, qui, moins riantes, sont cependant agréables encore « comme le soir d'un beau jour. » Le pétiole desséché n'est plus mobile, et sa faible articulation
ne pouvant plus résister au souffle des vents d'automne,
la feuille tombe emportée sur leurs ailes. La tige *herbacée* subsiste encore, mais les premiers froids la feront
bientôt mourir. Il n'est plus que quelques *arbres verts*
qui semblent ne survivre au deuil de la nature que
pour laisser aux yeux un point qui les repose ; mais
ils sont sans végétation sensible et sans mouvement
de sève apparent. Tout paraît mort. Où donc se cache
la vie ?

185. Ne craignons rien ! La plante, avant de mourir
ou de cesser de végéter, a laissé dans ses fruits une
famille nombreuse, qui transmettra d'âge en âge son
nom, ses qualités et toutes les perfections de son espèce. La vie est dans la graine, et, pour se développer,
elle n'a plus qu'à toucher la terre.

186. Tantôt la capsule élastique, s'entr'ouvrant brusquement, la lancera loin d'elle, ou, s'inclinant sur son
pédoncule, épanchera son trésor au pied de sa tige flé-
trie ; tantôt les graines aux légères aigrettes ou aux
ailes membraneuses, enlevées en foule par les vents,
iront porter ailleurs leurs nombreuses colonies ; tandis
que les fruits charnus, obéissant aux lois de la pesan-
teur, tombent enveloppés de la pulpe qui doit fertiliser

leur terre nourricière. La pluie, les ruisseaux, les qua-
drupèdes, les oiseaux, et surtout l'homme, ce grand
ouvrier de la nature, tout sert à leur *dissémination.*
En vain tremblerions-nous sur leur frêle existence :
quels que soient leur faiblesse, les ennemis qui les me-
nacent et les mille dangers qui assiégent leur berceau,
il en sera sauvé. Leur nombre prodigieux, leur ténuité,
la facilité de leur germination, assurent leur existence,
et, par-dessus tout, l'action de la Providence, qui ne
permettra pas que ce qu'elle a jugé bon périsse.

187. Les plantes ne se reproduisent pas seulement
par leurs graines; leurs stolons qui rampent et s'enracinent sur la terre, les tiges souterraines, les bulbes et
les tubercules sont autant de moyens multipliés dont
la Providence se sert pour propager les espèces. Le
tissu des plantes renferme même dans toutes ses parties des germes cachés, des embryons latents, qui,
lorsque ce tissu est placé dans des circonstances favorables, se développent au dehors en racines ou en
bourgeons, selon la nature du milieu environnant. C'est
ainsi qu'en plaçant sur une terre friable et maintenue
un peu humide les feuilles charnues de certaines plantes (par exemple, des *begonia*), en faisant une faible
incision sur les principales nervures qu'on recouvre
ensuite d'un peu de terre de bruyère, on fait sortir de
ces feuilles des individus semblables à ceux qui les ont
portées.

188. Entre ces moyens naturels de reproduction des
plantes, l'homme, instruit par l'observation, en a trouvé
plusieurs artificiels, plus prompts et non moins sûrs.
Ces moyens sont la *greffe*, la *bouture* et la *marcotte.*
(Voyez au Dictionnaire chacun de ces mots.)

189. Cependant la vie de la plante, pas plus que celle des animaux, pas plus que celle de l'homme, n'est à l'abri des dangers et des accidents. Son existence, plus ou moins précieuse, a ses ennemis, ses luttes, ses catastrophes. Son histoire donc ne serait pas complète, si nous ne parlions des maladies qui peuvent venir attaquer, altérer, abréger ou détruire sa vie. C'est ce que nous allons faire dans le chapitre suivant.

QUESTIONNAIRE.

Quand arrive la dernière période de la vie des plantes? — Quels phénomènes offre-t-elle? — Qu'entend-on par plantes annuelles, bisannuelles et vivaces; par arbustes, arbrisseaux et arbres? — Qu'entend-on par dissémination? — Quels en sont les principaux modes et les résultats? — Quels sont les autres moyens de reproduction des végétaux?

CHAPITRE II.

PATHOLOGIE VÉGÉTALE.

190. La *pathologie* (1) *végétale* est cette partie de la *Botanique organique* qui traite des altérations ou maladies des plantes.

Nous examinerons rapidement les causes de ces maladies, leurs différentes espèces, ainsi que les manières de les prévenir et de les guérir.

(1) De παθὸς, souffrance, λόγος, étude.

491. Pour qu'une plante vive en bonne santé, il faut deux choses : premièrement, qu'elle soit dans des *milieux* convenables ; secondement, qu'elle ait des organes sains et libres pour s'approprier ce qui, dans ces milieux, doit servir à sa nourriture et à sa vie. Toutes les causes des maladies des plantes peuvent donc se rapporter à deux classes principales : celles qui vicient les milieux dans lesquels elles vivent, et celles qui attaquent leurs organes ou les empêchent d'agir.

ARTICLE PREMIER.

VICIATION DES MILIEUX.

492. On entend par *milieux* les espaces de natures très-différentes dans lesquels vivent les plantes. Ces milieux sont au nombre de trois ; ce sont : l'*air atmosphérique*, dont nous avons vu plus haut la composition et le rôle dans le phénomène de la végétation : l'air atmosphérique est traversé par le *calorique*, la *lumière* et l'*électricité*, qui coopèrent activement à la vie des plantes ; 2° le *milieu aqueux*, c'est-à-dire l'eau à l'état liquide ou à celui de vapeur ; 3° le *milieu terrestre*, c'est-à-dire la terre dans laquelle les plantes sont fixées par leurs racines. Voyons comment ces différents milieux peuvent être viciés de manière à rendre les plantes malades.

§ 1ᵉʳ. — AIR ATMOSPHÉRIQUE, LUMIÈRE, CHALEUR.

493. Nous avons vu que, pour végéter, les plantes prennent à l'air son acide carbonique, dont elles s'as-

similent le carbone, et le remplacent par l'oxygène, qui
est impropre à leur vie. Les animaux, de leur côté,
retiennent l'oxygène de l'air, et laissent échapper son
azote, qui seul ne peut entretenir ni leur vie ni celle
des végétaux. Il suit de là que des plantes fermées
ensemble dans une serre, dans une orangerie, ne tar-
deraient pas à tomber malades, et finiraient par périr,
si on n'avait pas soin de renouveler l'air de temps en
temps, en ouvrant les portes et les fenêtres. Autrement,
l'air respiré trop longtemps par ces plantes ne contien-
drait plus l'acide carbonique auquel elles doivent emprunter le carbone qui leur est nécessaire; elles étoufferaient véritablement, comme étoufferaient des personnes qui, placées dans un appartement hermétique-
ment fermé, auraient fini par en absorber tout l'oxygène.

194. La *lumière* est également nécessaire à la végétation de la plante, puisque c'est elle qui favorise la
décomposition de l'acide carbonique et la fixation de
son carbone. La lumière active d'une manière si frappante la vie des végétaux, que les plantes alpines, éclai-
rées beaucoup plus et plus longtemps que celles de la
plaine, opèrent promptement leur floraison et leur fructification, malgré la fraîcheur de ces hautes régions.
Voilà pourquoi ces filles des Alpes, transplantées dans
nos jardins, y réussissent si difficilement, parce que
nous ne pouvons leur donner la grande lumière qui
leur est indispensable sans leur communiquer une chaleur plus grande que celle de leur pays natal. La maladie qui résulte pour les plantes de la privation de la
lumière se nomme *étiolement*. On ne les en guérit
qu'en leur rendant la lumière par degrés et en les ac-
coutumant peu à peu au grand jour.

195. Le *calorique* est aussi essentiel que la lumière à la végétation ; mais la quantité nécessaire est très-variable pour les différentes plantes, puisque la *solda-nelle* des Alpes fleurit sous la neige, tandis que les *ananas* demandent 60 à 70 degrés. Trop et trop peu de calorique nuisent également à la végétation. Trop de chaleur produit une évaporation dont l'absorption des racines ne peut réparer les pertes : alors la plante se fane et se dessèche ; trop de froid, surtout s'il est uni à l'humidité, gèle la plante et la fait absolument périr.

§ 2. — EAU LIQUIDE OU EN VAPEUR.

196. Le second milieu dans lequel vivent les plantes est l'*eau*, qui est l'un des agents les plus importants de la végétation.

L'eau agit sur les plantes de deux manières : comme corps humectant, et comme véhicule des matières nutritives qu'elle peut dissoudre.

197. L'eau sert comme corps humectant, mais il ne faut pas qu'elle soit trop abondante et séjourne trop longtemps dans les plantes. Autrement, elle relâche et distend leurs tissus, et elles périssent bientôt par la *pourriture*, si la lumière et le calorique ne viennent établir dans la sève un mouvement réparateur.

C'est surtout pendant l'hiver que la trop grande quantité d'eau peut faire beaucoup de mal aux arbres : elle se gèle dans les cellules, les brise en se dilatant, et lorsqu'une grande quantité de ces petites cellules ont été rompues, leur destruction partielle entraîne bientôt la mort générale. L'expérience prouve en effet que nos arbres supportent plus de degrés de froid quand l'automne a été sec que lorsqu'il a été très-pluvieux.

198. Le manque d'eau retarde aussi la végétation. Si ce manque est uni à une vive lumière et à une grande chaleur prolongée, la plante se fane, se dessèche; la vie s'éteint d'abord dans les parties les plus faibles et disparaît bientôt.

La quantité d'eau nécessaire à chaque plante est très-variable : elle est en rapport avec la quantité de *stomates* qu'elle présente. Plus une plante en a, plus l'eau lui est nécessaire. Ainsi, les plantes grasses, les beaux *cactus* de nos serres, étant à peu près entièrement privés de ces organes, supportent une très-grande chaleur sans se faner; les arrosements un peu fréquents, et même l'air humide, les font infailliblement pourrir ; tandis que les plantes aquatiques, comme le *nymphæa*, ont besoin d'être continuellement plongées dans l'eau, et se dessèchent promptement quand elles en sont sorties.

199. L'eau sert, en second lieu, comme véhicule, dans l'intérieur de la plante, des substances nutritives qu'elle tient en dissolution. Il faut pour cela qu'elle en contienne une petite quantité. Si elle était trop épaisse, elle ne pourrait pénétrer dans les stomates étroits par lesquels les extrémités des rameaux pompent les sucs nourriciers. C'est ainsi que, selon l'expression énergique des agriculteurs, le fumier *brûle les plantes* quand il est trop abondant, c'est-à-dire que les pores des extrémités de la racine sont bouchés et encroûtés par ce liquide trop épais, et ne laissent plus rien passer.

§ 3. — MILIEU TERRESTRE.

200. La *terre* est le milieu dans lequel les plantes trouvent par leurs racines leur point d'appui et une partie de leur nourriture. Comme les racines vont y puiser les sucs destinés à former la sève, la qualité de la terre doit avoir une puissante influence sur la bonne ou la mauvaise santé des végétaux.

201. Les deux éléments principaux qui constituent la terre cultivable sont le *sable* et l'*argile*, mélangés dans des proportions excessivement variables. Le sable peut être *siliceux* ou *calcaire*. Cependant le sol végétal est très-rarement uniquement formé de sable ou d'argile ; il renferme encore un certain nombre de substances salines, et des débris de matières organiques, désignées sous le nom d'*humus* ou de *terreau*.

202. Cela posé, on divise tous les terrains en trois classes : les *terrains siliceux*, formés entièrement ou principalement de sable siliceux ; les *terrains calcaires*, où le sable calcaire domine ; les *terrains argileux*, composés uniquement ou au moins principalement d'argile. Il est fort peu de terrains *sablonneux* ou *argileux* purs ; quand ils se rencontrent, ils sont entièrement défavorables à la végétation. Les premiers, trop vite desséchés, n'offrent pas aux racines des sucs suffisants, et les plantes s'y flétrissent ; les seconds, trop adhérents, deviennent imperméables dès qu'ils sont humectés ; l'eau croupit à la partie supérieure sans pouvoir pénétrer dans leur intérieur ; dès lors, les plantes qui s'enfoncent peu y pourrissent, et celles

qui ont des racines profondes ne tardent pas à s'y dessécher.

203. C'est un fait d'expérience de plus en plus confirmé que la constitution du sol imprime à la végétation de chaque contrée un cachet particulier ; en d'autres termes, que les différentes espèces de végétaux ont pour condition de leur existence un terrain d'une nature déterminée.

Ainsi, certaines plantes, que l'on trouve en grande abondance dans les terrains *granitiques* (espèce de terrain siliceux), telles que les *digitalis purpurea, senecio artemisiæfolius, ranunculus hederaceus, brassica cheiranthus*, etc., se retrouvent également dans les sables de dépôt ou les graviers siliceux, mais aucune d'elles ne pourrait croître dans le calcaire pur. De même, plusieurs espèces, comme l'*inula montana*, qui croissent de préférence dans le calcaire jurassique, se trouveront également dans les autres formations où dominent les diverses combinaisons de la chaux, mais ne se rencontreront jamais dans les terrains granitiques. Il y a cependant quelques exceptions à cette règle, c'est-à-dire qu'il est des plantes qui vivent indifféremment et également bien dans toute espèce de terrain ; mais elles sont peu nombreuses, et ne doivent être considérées que comme une exception. Cette étude de l'affinité de chaque espèce de plantes pour une espèce de sol déterminée a été trop négligée par les anciens botanistes ; la connaissance en serait d'une immense utilité, comme aussi elle influerait de la manière la plus heureuse sur le perfectionnement de la floriculture.

204. Le sol, même le meilleur et le mieux approprié

à chaque plante par sa constitution, peut devenir pour
les végétaux un principe de dépérissement et de mort,
s'il est vicié par des causes accidentelles. Nous avons
déjà vu que les racines laissent suinter de leurs extrémités une excrétion particulière, cause des antipathies
de certaines plantes les unes pour les autres. Ainsi, le
chardon hémorrhoïdal nuit à l'avoine, l'*erigeron âcre*
au froment, la *scabieuse* au lin, etc. Tout le monde
sait que quand il faut remplacer un arbre fruitier, un
poirier, un pêcher, etc., si on veut mettre le nouveau
à la place de l'ancien, il faut changer entièrement la
terre à une assez grande distance et à une assez grande
profondeur, sinon le nouvel arbre aura toujours, malgré tous les soins du jardinier, une végétation languis-
sante, des fruits nuls ou peu abondants et de mauvaise
qualité. Le terrain serait encore détérioré accidentellement par des substances vénéneuses qu'on y aurait
fortuitement introduites ; car les plantes peuvent être
empoisonnées aussi bien que les animaux. Nous avons
vu un laurier-rose perdre ses feuilles et dépérir entièrement en moins de dix jours, parce qu'un domestique, qui ne connaissait probablement pas les lois de
la pathologie végétale, avait jeté sur la caisse qui le
renfermait l'eau d'un mélange réfrigérant qui avait
servi à faire de la glace, et dans lequel était entré de
l'acide sulfurique (vitriol). Nous connaissons un jardinier, voisin d'une ancienne fabrique de papiers peints,
chez lequel deux plates-bandes parallèles et séparées
seulement par une allée sont plantées chaque année
de reines-marguerites. L'une de ces plates-bandes
porte des plantes vigoureuses qui se couvrent de magnifiques fleurs, tandis que l'autre ne produit que des

pieds maigres, rabougris, à feuilles jaunâtres, à fleurs petites, rares et peu colorées. La cause unique de cette différence est que la seconde plate-bande a été recouverte d'une couche de terre et de débris venant de l'ancienne fabrique et imbibés autrefois (il y a plus de dix ans) de couleurs préparées avec des acides. On ne saurait donc prendre trop de précautions afin de ne jamais jeter sur les terres que l'on cultive des substances qui pourraient les rendre vénéneuses pour les plantes qu'on veut y semer.

Telles sont les principales causes des maladies des végétaux ayant pour origine la viciation des milieux.

Examinons maintenant celles qui attaquent leurs organes ou les empêchent d'exercer leurs fonctions.

QUESTIONNAIRE.

Qu'est-ce que la pathologie végétale? — Que faut-il pour que les plantes vivent en bonne santé? — Quelles conditions doit offrir leur premier milieu, l'air atmosphérique? — La lumière influe-t-elle beaucoup sur la végétation? — Quel degré de chaleur demande celle-ci? — Comment l'eau agit-elle sur les plantes? — Comment leur nuit-elle par excès, par défaut, par surabondance de principes nutritifs? — Qu'entend-on par milieu terrestre, et quels sont ses principaux éléments? — Les terrains sablonneux ou argileux purs conviennent-ils à la végétation? — La flore des localités est-elle en rapport avec leur terrain? — Quelles sont les causes accidentelles qui peuvent vicier le sol, même le plus propre à la végétation?

ARTICLE II.

CAUSES DES MALADIES DES PLANTES QUI ATTAQUENT LEURS ORGANES OU LES EMPÊCHENT D'AGIR.

205. On voit par notre titre même que ces causes sont de deux sortes : les unes s'attaquent aux organes des plantes, les déforment et les détruisent; les autres les recouvrent simplement, interceptent leur communication avec les fluides environnants, et les empêchent d'exercer leurs fonctions. Les premières sont les insectes et les animaux nuisibles; les secondes sont, en général, les plantes parasites et certaines sécrétions. Nous disons *en général*, parce qu'il est aussi des plantes parasites qui corrodent les organes et paralysent leur action. Nous allons énumérer successivement ces causes, en indiquant à mesure les remèdes les plus convenables à employer pour prévenir ou guérir leurs funestes effets.

§ 1. — ANIMAUX ET INSECTES NUISIBLES.

206. 1° *Taupe*. La taupe est un genre de mammifères, de l'ordre des carnassiers, et de la famille des insectivores. Cet animal se creuse sous terre des galeries soutenues de distance en distance par des cloisons et des piliers. Emblème des traîtres qui nuisent aux hommes en agissant sournoisement par des voies souterraines, il cause les plus grands dommages aux agriculteurs

et aux jardiniers en bouleversant le sol et en coupant les racines. La taupe rend cependant quelques services : le principal est d'être une ennemie acharnée pour les vers blancs qu'elle chasse et détruit en grande quantité. Comme ceux-ci font mille fois plus de dégâts que les taupes, il y aurait peut-être de l'avantage à ne pas détruire de quelque temps celles-ci dans les endroits infestés par les vers blancs.

On prend les taupes avec des piéges de différentes espèces qu'on place dans leurs galeries. Comme elles craignent aussi beaucoup l'eau, en la faisant affluer dans le terrain qu'elles occupent, on parvient à les en chasser. On emploie souvent ce moyen dans les prairies.

207. 2° La *courtilière, taupe-grillon* (*grillo-talpa*, Linn.) et *courterole* dans nos campagnes, doit être classée au premier rang des animaux dévastateurs de nos potagers et de nos parterres. « En examinant cet « insecte pour la première fois, dit le savant et aimable « M. Lacène, fondateur de la société d'agriculture de « Lyon (1), on ne peut se défendre d'abord d'une cer-« taine impression d'horreur : il est difficile d'en trou-« ver un qui soit plus hideux et plus repoussant. « M. Latreille parle d'un naturaliste allemand qui était « tellement effrayé à la vue de ces animaux, qu'il n'osa « en disséquer que lorsqu'on lui eut assuré que, dans « les campagnes, les enfants en font leur jouet. »

208. La bouche des courtilières est armée de mandibules fortes, cornées et dentelées ; mais ce qu'elles ont tout à la fois de particulier et de redoutable, c'est la

(1) Rapport lu à la Société Linnéenne en 1836.

disposition et le mécanisme de leurs deux pattes de devant. Formées d'une substance écailleuse, elles sont armées de quatre dents aiguës, et s'abaissent et jouent comme une paire de ciseaux contre un appendice relevé et tranchant placé à la base des cuisses. Leur tarse de trois articles aplatis et prolongés également en dents de scie sert encore, en se repliant contre la jambe, à augmenter les moyens de destruction de ce formidable insecte.

C'est avec ces armes puissantes que la courtilière, creusant, comme la taupe, des galeries souterraines, mais à une moins grande profondeur, attaque et coupe au collet toutes les plantes qui se trouvent sur son passage, ronge leurs racines, et bouleverse en même temps le sol dans lequel elles sont plantées. Cet insecte est, en un mot, le plus grand fléau qui puisse affliger un jardin.

209. Malheureusement les moyens de le détruire sont peu nombreux, et surtout ne sont pas de nature à être appliqués en grand. En voici cependant quelques uns.

On a reconnu que l'huile est pour les courtilières un poison mortel. Il n'est pas nécessaire de la leur faire avaler; il suffit de la mettre en contact avec leur organe de respiration. Pour s'en convaincre, qu'on prenne une courtilière, qu'avec la barbe d'une plume on laisse tomber une ou deux gouttes d'huile sur son dos; en moins d'un quart d'heure elle sera suffoquée. Cela posé, on suit avec le doigt les traces de la galerie que l'insecte s'est creusée à fleur de terre, jusqu'à ce qu'on arrive au trou vertical qui conduit à son habitation; alors on y verse une petite quantité d'huile mélangée et battue avec de l'eau : la courtilière ne tarde pas à paraître

à la surface et ordinairement à étouffer. Quelques jardiniers, après avoir trouvé le trou perpendiculaire comme
nous venons de l'indiquer, donnent rapidement un
grand coup de bêche à 30 centimètres de profondeur,
et souvent ils enlèvent ainsi, non seulement la courtilière mère, mais encore son nid, qui, ayant la grosseur
et la forme d'une orange, contient quelquefois deux ou
trois cents œufs ou petits venant de naître.

240. D'autres fois, on enterre à fleur de terre des pots
qu'on a soin de boucher au fond pour y mettre 5 à
6 centimètres d'eau : la courtilière, en creusant préci-
pitamment sa galerie, arrive au niveau supérieur de
ces vases, tombe dedans et se noie dans l'eau. On peut
encore disposer, dans les endroits infestés par ces funestes insectes, de petits tas d'herbe ou de fumier ;
comme ils aiment à s'y retirer, on les y saisit et on les
détruit. Nous indiquerons enfin, comme un remède
très-répandu en Italie, la suie de cheminée semée sur
le terrain infesté par les courtilières et mélangée avec
lui par un bon labour. Mais on ne peut aussitôt après
y semer des grains, parce que la suie les brûle. Tous
ces procédés peuvent être appliqués avec avantage ;
mais ils sont minutieux, demandent du temps, de l'a-
dresse, et ne peuvent être employés en grand.

241. 3° *Ver blanc.* Le ver blanc, connu dans nos
campagnes sous le nom de *tour*, n'est autre chose que
la larve du hanneton. Le hanneton, avant de mourir,
dépose ses œufs dans la terre ; de ces œufs sortent des
vers blancs, qui, trois ou quatre ans après, se méta-
morphosent en nouveaux hannetons. On a remarqué
que ces insectes ne sont jamais très-nombreux plusieurs années de suite.

Les vers blancs causent les plus grands ravages dans les parterres et dans les jardins potagers. C'est aux racines des plantes qu'ils s'attaquent. Ils commencent par en ronger l'écorce tout autour et finissent par les couper entièrement. Ce ne sont pas seulement les jardins qui sont exposés à leurs dévastations, mais on voit encore des vergers, des pépinières, des champs de céréales, des prés naturels et artificiels entièrement dévorés par eux. Si, au mois de juin ou de juillet, vous voyez vos fleurs incliner leurs têtes, vos roses ou vos jeunes arbres se faner et se flétrir sans cause apparente, creusez au pied, vous êtes sûr de trouver un ou deux de ces maudits *tours* occupés à leur œuvre de destruction.

212. Un des meilleurs moyens de se garantir de leurs ravages est de prévenir leur multiplication en détruisant les hannetons. Pour y réussir, daus la saison où ceux-ci abondent, on leur fait la chasse tous les jours à midi, en secouant les branches des arbres. Ces insectes tombent, on les écrase ou on les noie, et on diminue ainsi la ponte des œufs. Mais comme, malgré ce soin, on ne pourra jamais tous les détruire, il faut encore prendre d'autres précautions. D'abord, en travaillant le terrain qu'on veut ensemencer ou planter, on commence par détruire, en les coupant avec la bêche, tous ceux qu'on peut découvrir. Ensuite, on met tout autour des massifs de plantes qu'on veut garantir une ligne de laitues : comme les vers blancs en sont excessivement friands, c'est à elles qu'ils s'attaquent de préférence, et ainsi les fleurs précieuses sont préservées. De plus, de temps à autre, on visite les laitues ; dès qu'elles se fanent, on fouille à leur pied, on y trouve un ou plusieurs vers blancs qu'on détruit.

243. Enfin, si ces moyens ne suffisent pas, on les extermine complètement en arrosant la terre qu'ils infestent avec la composition suivante : chaux, 12 kilogrammes ; suie de cheminée, 12 kilogrammes ; hydrochlorate de soude, 2 kilogrammes ; fleur de soufre, 4 kilogrammes ; aloès caballin, 1 kilogramme ; feuilles d'absinthe, 1 brassée ; eau, 2 hectolitres. On met le tout dans une grande auge, on le laisse en macération pendant deux jours, en ayant soin de remuer de temps en temps pendant cet intervalle, et on laisse ensuite déposer pour s'en servir. Lorsqu'on veut opérer, on commence par faire arroser dès la veille avec de l'eau simple pour attirer les vers blancs près de la surface du sol, et le lendemain matin, avant la chaleur, on fait donner un ample arrosage avec l'eau préparée. Il faut renouveler l'opération tous les trois jours jusqu'à réussite. Les vers blancs atteints par le liquide périssent infailliblement, et ceux qui lui échappent sont si épouvantés, qu'ils vont exercer ailleurs leur coupable industrie. Cette eau ne change aucunement la nature du sol ; loin d'attaquer les végétaux, elle leur donne, au contraire, une vigueur nouvelle.

214. 4° *Perce-oreilles* ou *forficule*. Cet insecte bien connu, redouté des enfants de nos campagnes, qui s'imaginent qu'il peut venir leur percer les membranes des oreilles pour aller ensuite leur ronger la cervelle, n'est à craindre que pour les jardiniers. Les perce-oreilles entament les fruits, coupent les pétales et les étamines des fleurs, rongent les jeunes feuilles et les bourgeons encore tendres, et peuvent détruire entièrement une plantation, ou du moins la gâter. C'est surtout aux dahlias qu'ils causent des dommages in-

calculables. Comme les brigands, ils profitent des té-
nèbres de la nuit pour exercer leurs dévastations; le
jour, ils se cachent sous les pierres, sous les tuiles ou
dans les crevasses des arbres.

215. Pour les détruire, on leur prépare une retraite
facile où on puisse commodément les saisir. Ainsi,
tantôt on met une ou deux feuilles de chou au pied de
la plante qu'ils ravagent, tantôt on place sur cette
plante ou à terre des tuyaux en roseau ou des cornets
en terre; d'autres fois, on plante tout autour de petits
bâtons, au sommet desquels on place des sabots de
veau, de cochon, ou des pots renversés dans lesquels
on met un peu de foin; le matin, au lever du soleil,
on visite ses feuilles de chou, ses tuyaux, ses sabots
ou ses pots, et l'on fait main basse sur tous les perce-
oreilles qui s'y sont réfugiés.

216. 5° *Limaces, escargots.* Ces mollusques rampants à bave dégoûtante se multiplient étonnamment
dans les années pluvieuses; leur grand ennemi, c'est
le soleil et la sécheresse. Ils rongent les feuilles et les
fleurs, et s'insinuent même dans l'intérieur des tiges
herbacées pour en dévorer les tissus les plus tendres.

La chaux vive éteinte à l'air et réduite en poudre,
l'eau de chaux et plusieurs autres substances causti-
tiques les font périr; mais leur emploi par simple as-
persion est difficilement praticable : le vent les emporte, le soleil les fait évaporer, et, en outre, elles peuvent nuire à la plante sur laquelle on les répand. Le
meilleur moyen est de se servir de petites planches,
de tuiles ou autres abris de ce genre, qu'on soulève
du côté exposé au nord; les limaces s'y réfugient pour
jouir de la fraîcheur pendant la chaleur du jour, et l'on

profite de leur inaction pour les exterminer sans pitié.

217. 6° *Fourmis.* « La fourmi n'est pas prêteuse, » a dit le bon La Fontaine ; mais elle ne se fait nul scrupule de venir emprunter sa nourriture à nos fleurs délicates et à nos fruits succulents. Le nombre prodigieux des fourmis et leur activité infatigable les rendent au moins ennuyeuses, sinon bien redoutables. Pour s'en débarrasser, il faut, si l'on peut découvrir les fourmilières, y verser un ou deux arrosoirs d'eau bouillante, ou bien employer l'huile, qui produit sur la fourmi le même effet que sur la courtilière.

Si l'on ne peut trouver la fourmilière, ou si sa position contrarie les moyens indiqués, on détruit les fourmis avec de l'eau miellée ; on prend des verres à boire, on y verse de l'eau miellée jusqu'aux trois quarts ou au milieu de leur hauteur, on les suspend aux arbres où les fourmis viennent butiner : attirées par l'appât, elles descendent dans le verre et s'y noient. Quand l'eau miellée en est pleine, on la jette, et on la remplace pour recommencer la même opération. A d'autres qu'aux fourmis nous pourrions dire dans leur intérêt : Défiez-vous de ceux qui vous présentent une coupe de miel ; sa douceur trompeuse pourrait se changer pour vous en un poison mortel.

218. 7° *Chenilles.*

> Que sur vos fruits la livide chenille
> N'ose jamais promener son venin,

a dit un poète (1) ; nous pourrions ajouter : non seulement sur vos fruits, mais encore sur vos fleurs et

(1) Campenon.

sur vos feuilles ; car elle les ronge et nuit ainsi grandement à la végétation.

On se débarrasse des chenilles en échenillant tous les ans avec soin vers la fin de l'hiver. Cette opération consiste à enlever les nids et à les brûler, et de plus à retrancher, en taillant les arbres, les anneaux d'œufs qu'elles déposent autour des branches.

> Cachée à nos regards, la hideuse chenille.
> Sous le pampre naissant dépose sa famille (1)

Si, malgré ces précautions, quelques nids ont échappé, il suffira, quand on verra les chenilles réunies sur un arbre, de les arroser avec de l'huile au moyen de barbes de plume : à peine auront-elles senti le contact de ce liquide vénéneux pour elles qu'elles tomberont raides mortes.

219. 8° *Pyrale de la vigne*. La pyrale de la vigne est un insecte qui, quoique fort petit, anéantit, si on ne l'arrête, la presque totalité de la récolte. D'abord chenille verte ou d'un vert jaunâtre, elle se métamorphose ensuite en un petit papillon nocturne, jaunâtre, à reflet plus ou moins doré. C'est à l'état de chenille que la pyrale s'attaque aux bourgeons de la vigne et ravage les jeunes feuilles. Après les avoir dévorées en quelques jours, elle ronge même les jeunes raisins dans le bourgeon, et se porte ensuite aux extrémités les plus tendres, qu'elle ravage à leur tour. Il n'y a pas fort longtemps que la pyrale se répandit dans les vignobles du Beaujolais, et causa aux propriétaires d'énormes pertes. Ce ne fut qu'après bien des années

(1) Rosset.

de dévastation qu'ils se décidèrent à employer des moyens préservatifs.

220. Le procédé généralement pratiqué et qui agit efficacement consiste à échauder, c'est-à-dire à laver avec de l'eau bouillante les ceps après la taille du printemps. A cette époque, les petites chenilles sont encore hivernées dans de petits cocons enfermés dans les fissures de l'écorce ancienne et sous ses lames desséchées. L'eau chaude va les y détruire en grande partie.

L'enlèvement des pontes à trois ou quatre reprises différentes pendant la fin de juin et tout le mois de juillet serait cependant un moyen préférable. Comme alors les hommes sont occupés aux grands travaux de la moisson, des femmes et des enfants pourraient facilement faire cette chasse. Les œufs sont déposés à la face supérieure des feuilles, en plaques ovales, d'abord vertes, puis passant insensiblement quelques jours après au jaune, au gris, et enfin au noir. La ponte a lieu du 25 juin au 25 juillet, et même, dans quelques lieux, jusqu'au 7 août ; l'éclosion se fait de huit à quinze jours après la ponte : il faut donc ne pas être négligent si l'on veut détruire les œufs avant que les petites chenilles n'en soient sorties.

221. 9° *Araignées*. Les araignées chasseresses, qui tendent leurs toiles pour prendre des insectes, sont désagréables et hideuses à voir dans les jardins, mais elles font peu de mal aux plantes. Il en est une autre espèce qui, n'étant point *filandière*, court continuellement sur la terre, et ne s'occupe qu'à piquer la tigelle des jeunes semis pour en pomper les sucs. C'est surtout à ceux de carotte qu'elle s'attaque. Ces jeunes

plantes, saignées ainsi à outrance, ne tardent pas à se faner et à périr.

Comme cette araignée craint excessivement l'humidité, on l'écarte des jeunes plantes en les arrosant légèrement chaque jour, quand le temps est sec, jusqu'à ce qu'elles aient poussé deux ou trois feuilles.

222. 10° *Vers de terre* ou *lombrics*. Ils nuisent aux semis, en ce qu'ils creusent la terre et accumulent à sa surface en petits grumeaux celle qu'ils ont digérée ; ils nuisent aux jeunes plantes en tirant et entraînant dans le sol leurs feuilles encore tendres. On détruit les vers en arrosant la terre avec de l'urine de vache : ils sortent immédiatement à la surface et y périssent en faisant des contorsions. Il ne faudrait pas arroser les plantes avec cette urine pure : elle les brûlerait ; si l'on voulait s'en servir quelquefois comme d'engrais, on devrait ajouter au moins quatre parties d'eau.

223. 11° *Pucerons*. Les principales espèces sont le *puceron vert* et sa variété *brune*, et le *puceron lanigère*.

Le puceron vert et sa variété brune sont très-nuisibles à la culture du pêcher. On les détruit au moyen de fumigations de tabac, ou en arrosant les branches avec la composition nommée *eau tatin* (1).

224. Le *puceron lanigère* est ainsi nommé à cause d'un duvet blanc dont il est entièrement recouvert. Il s'attaque spécialement aux pommiers, autour des branches desquels il forme des cordons soyeux qu'on prendrait pour de la bourre si l'on n'y prêtait pas une minutieuse attention. Connu depuis 1787 en Angle-

(1) Voyez le Dictionnaire.

terre, où l'on prétend qu'il a été apporté d'Amérique, il a commencé à se faire remarquer en 1842 dans l'ouest de la France, en Normandie en particulier, où il a causé longtemps les plus grands ravages. Aujourd'hui il est répandu un peu partout.

Les *pucerons lanigères* sont les ennemis les plus grands du pommier : ils piquent les branches et les rameaux, les lacèrent en tous sens, y développent des tumeurs et finissent par les faire périr.

225. Un des procédés les plus efficaces pour détruire les *pucerons lanigères* consiste à arroser l'arbre qu'ils ravagent avec l'infusion de feuilles de pêcher. Il ne suffit pas d'en faire des injections sur les branches malades, il faut encore échauder pendant l'hiver avec cette infusion bouillante les pieds des pommiers infestés. Comme, dans cette saison, c'est dans les gerçures et dans les fentes de cette partie de l'arbre que les *pucerons lanigères* se réfugient pour échapper à l'intempérie des frimas, en les y détruisant, on vient à bout de les exterminer entièrement.

Pour détruire le *puceron lanigère*, on recommande encore la décoction suivante : dans 12 verres d'eau, on fait bouillir 20 centigrammes de tabac à fumer, 20 cent. de savon blanc, 20 cent. de fleur de soufre. On frotte la branche malade avec une brosse rude, et on la lave avec cette composition.

226. 42° *Grise.* Cette maladie attaque les melons, les haricots, les dahlias, les rosiers, les tilleuls, beaucoup d'autres plantes d'utilité ou d'agrément, et, dans les arbres à fruit, spécialement le pêcher. Les feuilles prennent d'abord un aspect poudreux, puis paraissent parsemées de fils blanchâtres, semblables à des fils

d'araignée, et enfin tombent spontanément, ce qui cause le plus grand dommage aux plantes et surtout aux fruits.

La grise est produite par un insecte microscopique décrit par Linné sous le nom de *tetranychus telarius*. C'est pendant les grandes sécheresses que cet insecte se multiplie avec promptitude; l'humidité lui est contraire. Aussi le meilleur moyen de le détruire est d'arroser chaque soir les arbres ou plantes attaqués avec de l'eau ordinaire ; on se sert pour cet arrosement de la pompe à main, instrument bien connu des jardiniers. Les fumigations de tabac sont aussi très-efficaces.

227. 13° *Kermès* et *tigres*. Les *kermès*, connus des cultivateurs sous le nom de *punaises*, et les *tigres*, dont il y a trois variétés, causent aux arbres un grand préjudice, en ce qu'ils détériorent et dessèchent leurs feuilles et une partie de leur écorce, qui ne peuvent plus exercer leurs fonctions. On les détruit avec l'*eau tatin*, dont on arrose les arbres vers la fin de l'hiver, avant les premiers mouvements apparents de la sève du printemps. On pourrait encore se servir d'eau hydrogénée, c'est-à-dire d'eau dans laquelle on aurait fait passer un courant du gaz qui sert à l'éclairage de nos villes.

QUESTIONNAIRE.

En quoi les taupes, les courtilières, les vers blancs, les perce-oreilles, les limaces, les fourmis, la pyrale, les araignées, les vers de terre, les pucerons verts, bruns, lanigères, la grise, les kermès et les tigres détériorent-ils les organes des plantes? — Quels remèdes à employer pour repousser ou détruire ces ennemis des végétaux?

§ 2. — PLANTES PARASITES ET EXCROISSANCES.

228. 1°, *Oïdium turkeri*, ou *maladie de la vigne*. La maladie terrible qui, pendant plusieurs années, a affecté le raisin et menacé d'en détruire entièrement la récolte, est occasionnée ou du moins développée par la présence d'un petit champignon nommé *oïdium turkeri ;* ce qui a fait donner à la maladie le nom d'*oïdiatie*. Certains savants prétendent que l'*oïdium* est le résultat et non la cause de la maladie, laquelle serait produite, selon les uns, par un insecte du genre des *acarus*, suivant les autres, par la détérioration de la sève.

Presque aussitôt que les jeunes grains sont formés, ils paraissent d'abord entièrement recouverts d'une poudre grisâtre ; vus alors au microscope, ils sont comme enveloppés dans une toile d'araignée. Peu à peu cette poudre se change en plaques roussâtres qui, à la fin, entourent chaque grain et l'empêchent de se développer. Insensiblement, il devient dur comme une pierre, se fend ordinairement, finit par tomber en pourriture, et répand une odeur infecte. Le dessous des feuilles et le bois lui-même sont attaqués ; sillonné de veines, celui-ci ne mûrit pas à l'automne, gèle plus facilement en hiver, et semble conserver les germes de la maladie pour l'année suivante.

229. L'ignorance et la malveillance avaient accrédité promptement, dans nos campagnes, l'idée que ce fléau avait pour cause le gaz qui sert à l'éclairage de nos cités. C'était une conviction si fortement ancrée dans l'esprit de nos cultivateurs, que, dan sun moment

donné, elle aurait pu servir de levier pour les entraîner dans de coupables manœuvres. Il n'est pas nécessaire de réfuter cet absurde préjugé. Pline l'Ancien, qui vivait vers le milieu du premier siècle de l'ère chrétienne, semble avoir voulu décrire cette maladie dans ce passage remarquable : « Les vignes et les oliviers « sont maintenant attaqués d'une maladie particulière « que l'on appelle la *toile d'araignée*, parce qu'elle « couvre les fruits d'une espèce de réseau qui les enveloppe et finit par les consumer (1). » A cela nous ajouterons qu'elle a exercé ses ravages, il y a plus de quatre cents ans, aux environs de Bordeaux et en Italie; or, il y a quatre siècles aussi bien que du temps de Pline, le gaz était certainement complètement inconnu.

230. Le remède pour guérir l'*oïdiatie* est aujourd'hui parfaitement connu : c'est la *sulfurisation*. Cette opération consiste à répandre de la fleur de soufre sur le cep malade (2). Il faut sulfuriser non seulement les raisins, mais encore les feuilles, les sarments et le cep tout entier, dessus, dessous, dans toutes les directions. La sulfurisation doit être faite vers le milieu de la journée, par un temps sec et chaud, sans avoir mouillé préalablement le cep, comme on le faisait primitivement; l'eau empêchant le développement de l'acide sulfureux qui guérit la maladie. On doit employer le remède aussitôt que l'oïdium commence à se mon-

---

(1) Est etiamnum peculiare (malum) olivis et vitibus : araneum vocant, cum veluti telæ involvunt fructum et absumant. (PLIN., *Nat. Hist.*, lib. XVII, cap. xxiv.)

(2) Pour répandre le soufre, on se sert d'une houppe ou du *soufflet sulfurisateur.*

trer ; il serait sans efficacité, si l'on attendait que la poudre blanche de la première période eût été remplacée par les plaques rousses de la deuxième. Si, malgré cette première sulfurisation, la maladie venait à reparaître, il faudrait aussitôt en faire une seconde. Deux ou trois sulfurisations au plus suffiront pour arrêter complètement la maladie.

231. 2° *Maladie des pommes de terre.* La maladie des pommes de terre, qui, comme celle du raisin, a presque entièrement disparu, s'était développée en Belgique en 1842, et avait gagné de là toutes les parties du globe. Le mal commence par les feuilles, qui changent de nuance et offrent à la loupe une légère moisissure sur la page inférieure. De là le mal s'étend à la tige, sur laquelle on reconnaît des taches noires qui grandissent ou se multiplient. Les feuilles alors se dessèchent, brunissent, et la moisissure disparaît. Mais, au bout de quelques jours, de nouvelles moisissures se forment sur la plante morte, et en même temps les tubercules se détériorent peu à peu. Ils offrent d'abord sous l'écorce et près des yeux des taches jaunes qui se développent rapidement, entourent complètement le tubercule et finissent par le pourrir tout entier. Alors l'odeur qui s'en exhale est absolument celle d'un champignon en putréfaction.

232. Les savants ne sont nullement d'accord sur la cause de ce terrible fléau, qui a, pendant quelques années, menacé d'envahir complètement « ce pain des pauvres, » comme disait avec tant de vérité le bon roi Louis XVI. Les uns y voient une gangrène humide, c'est-à-dire une décomposition, avec excès d'humidité, du tissu de la plante, occasionnée par un cham-

pignon microscopique du genre des moisissures et qu'on appelle un *botrytis ;* les autres considèrent le champignon comme l'effet et non comme la cause de la maladie : d'après eux, il faut l'attribuer au retard de la plantation et à la suppression des germes. Peut-être la maladie des pommes de terre et celle des raisins avaient-elles une cause générale et première dans l'humidité de l'air, dans les dérangements des saisons, si fréquents et si extraordinaires depuis les grandes inondations de 1840.

233. Quoi qu'il en soit de la cause, on est à peu près d'accord sur les moyens, non pas de guérir la maladie (cette guérison est impossible), mais de la prévenir.

1° L'expérience a prouvé que les pommes de terre printanières ne sont jamais attaquées, tandis que les tardives le sont presque toujours. Ce sont donc les premières qu'il faut s'attacher à cultiver préférablement.

2° L'expérience a également démontré, en Irlande, en Belgique et en France, que la culture hivernale offre des chances certaines de succès. La culture hivernale consiste à planter les pommes de terre avant l'hiver. Le moment le plus favorable est depuis le milieu jusqu'à la fin de novembre; cependant, si le terrain est trop humide, on pourrait attendre jusqu'au milieu de février. Pour éviter la gelée, il est nécessaire, pour la culture hivernale, de planter les tubercules à une plus grande profondeur que pour la culture du printemps : 20 centimètres suffisent pour les hivers ordinaires; en les enfonçant à 30, on ne risque rien dans les plus rigoureux. Non seulement les plantations d'automne échappent à la maladie, mais encore elles donnent des produits plus beaux et qui se conservent mieux.

On a remarqué aussi que les tubercules coupés en morceaux, ou dont on a arraché les germes déjà poussés, résistent moins à la gelée ou aux maladies.

234. Quelle que soit l'époque de la plantation, il est toujours au moins plus prudent de chauler les tubercules avant la plantation. On se sert pour cela de la composition suivante : chaux, 25 kilogrammes ; sel de cuisine, 3 kilogrammes ; sulfate de cuivre (vitriol bleu), 1 hectogramme ; eau, 120 litres. On fait fondre le tout, et l'on y met tremper les pommes de terre une heure ou deux avant de les planter. Il serait même avantageux d'arroser le sol avec ce liquide immédiatement avant la plantation.

Il faut visiter de temps en temps son champ de pommes de terre, et, aussitôt qu'on aperçoit quelques plantes malades, les arracher promptement et les brûler.

235. 3° *Blanc, lèpre* ou *meunier* (*albigo* des Latins). Le blanc a une si grande ressemblance avec la maladie de la vigne qu'il serait très-facile de les confondre. Comme elle, il est produit par des champignons microscopiques des genres *oïdium, monilia, erysiphe*, etc. ; leur odeur est absolument la même. C'est une sorte de poussière grisâtre, farineuse et terne qui s'attache aux feuilles et aux jeunes pousses et gagne même quelquefois les fruits. On remarque le blanc sur les légumes, sur différents arbres, et, en particulier, sur le pêcher, qu'il fait périr si on n'a pas soin de l'arrêter. Le remède est la *sulfurisation*, qu'on pratique exactement comme pour la vigne.

236. 4° *Carie, charbon, rouille.* Sous le nom d'*uredo*, que les Latins donnaient à une maladie du

blé, les botanistes comprennent trois espèces de champignons pulvérulents, trop connus par les ravages qu'ils font aux céréales : ce sont la *carie*, le *charbon* et la *rouille*.

La *carie* (*uredo caries*) est la plus funeste. Elle attaque souvent des champs entiers, de froment surtout. Parasite d'autant plus à craindre qu'il est moins aperçu, elle vit aux dépens du lait végétal qui forme l'intérieur du grain, consume toute la fécule, et lui substitue sa poussière noirâtre, qui s'exhale avec une odeur infecte quand on bat le blé. Elle est alors si abondante qu'elle noircit les batteurs et tous les autres grains que la carie n'avait pas attaqués. La couleur noire qui en résulte pour le pain, sans le rendre dangereux, le rend au moins très-dégoûtant. On est donc obligé de laver le grain et de le bien sécher avant la mouture. Dans tous les cas, la carie cause toujours un grave dommage, en attaquant la presque totalité des grains d'un épi. On les distingue peu des autres, seulement les grains paraissent plus enflés et les glumelles plus entr'ouvertes.

Le *charbon* (*uredo carbo*), *nielle des blés*, est plus facilement aperçu. Il noircit en entier les épis ou les panicules des graminées et en détruit les grains. C'est dans les avoines qu'il produit les plus grands ravages ; mais ils n'approchent point de ceux de la carie. La poussière noire dont il recouvre les plantes attaquées n'a point de mauvaise odeur.

La *rouille* (*uredo rubigo*) nuit plus à la paille des céréales qu'à leurs grains. C'est une poussière d'abord blanche, puis jaune, qui se développe sur les feuilles, les grains et le chaume des graminées. Ses ravages sont plus étendus que ceux du charbon : elle attaque souvent des champs entiers, et communique à la paille une très-mauvaise qualité; quelques auteurs même la disent mortelle pour les bestiaux.

Cette dernière espèce d'*uredo* a les plus grands rapports avec celle qui s'attache à certains arbustes, et spécialement aux arbres fruitiers.

Les cultivateurs ne sauraient prendre trop de précautions contre ces parasites dangereux; leur poussière imperceptible, s'attachant aux grains, les pénètre et se développe avec eux, mais toujours à leurs dépens, quand elle trouve des circonstances favorables : telles sont surtout les années pluvieuses et humides. Les terrains de plaine y sont aussi plus exposés que ceux des montagnes.

Le meilleur moyen pour garantir les céréales de la carie et du charbon, c'est de les *chauler*, c'est-à-dire de laver les grains qu'on veut semer dans une dissolution de chaux vive ou de sulfate de cuivre. La vapeur de ces deux substances serait dangereuse pour le semeur, s'il n'avait la précaution de se placer de manière à être sous le vent. Il y aurait également du danger à faire de la farine ou à engraisser les bestiaux avec des grains passés au chaulage.

Quant à la rouille, on la prévient et on la guérit sur les arbres par la *sulfurisation*.

237. 5° *Ergot*. Souvent, dans les années humides et dans les terrains maigres ou siliceux, se manifestent dans les épis du seigle commun des excroissances d'un violet noirâtre, oblongues, droites ou arquées, et assez semblables à cette arme des vieux coqs dont elle porte le nom. On n'y a vu longtemps qu'une simple

6.

dégénérescence morbide des grains de l'épi ; plus tard
on les a supposées résultant, comme le *bédegar*, de la
piqûre de quelques insectes; on s'accorde aujourd'hui
à les considérer comme un champignon parasite que
de Candolle avait désigné sous le nom de *sclerotium
clavus*, et que les botanistes regardent comme une
nouvelle espèce du genre *sphacelia* (*sphacelia segetum*).

Trop souvent, dans nos montagnes, les accidents les
plus graves ont suivi l'usage du pain de seigle où l'ergot se trouvait mêlé en proportion assez considérable
(un cinquième ou un sixième). Des spasmes, des con-
vulsions, des contractions des membres amènent souvent des affections gangréneuses, commençant par un
fourmillement dans les membres, qui se paralysent
peu à peu, se noircissent, se boursoufflent et se détachent du corps.

Le meilleur remède pour préserver le seigle de ce
champignon dangereux est encore le chaulage.

238. 6° Les *mousses* et les *lichens*. Ces plantes parasites s'amassent peu à peu sur le tronc et sur les
branches des arbres qu'on néglige; elles leur causent
avec le temps le plus grand dommage, soit en vivant
à leurs dépens, soit en empêchant l'action de l'air, de
la lumière et de la chaleur sur leur écorce. Pour en
débarrasser les arbres, on commence par racler les
parties attaquées de manière à ne pas endommager
l'écorce, et on applique sur l'arbre, avec un gros pinceau, de l'eau dans laquelle on a délayé de la chaux
éteinte. Cette dernière opération se fait à la fin de
l'hiver.

239. 7° Le *gui*. Le gui (*viscum album*) est une

plante parasite qui s'attache aux arbres, les épuise et les tue si elle est en trop grande abondance. La multiplication n'en est que trop facile par le moyen de la *draine*, espèce de grive qui, se nourrissant de ses baies gluantes, emporte à son bec les graines qui s'y collent, et les dissémine en l'essuyant aux branches. De quelque côté qu'elles s'y attachent, elles s'y développent en tous sens, aussi bien en bas qu'en haut, différant en cela des autres plantes vasculaires, qui tendent à monter. Dès qu'une tige de gui paraît sur un arbre, il faut l'enlever avec précaution ; car il adhère à la branche comme s'il était greffé sur elle.

240. 8° Le *lierre* (*hedera helix*), si connu par son vert feuillage et sa tige grimpante, est un peu moins parasite que le gui, puisqu'il emprunte à la terre sa principale nourriture ; mais il se cramponne aux troncs qu'il embrasse de ses étreintes, soutire nécessairement quelques portions des fluides aqueux qui les parcourent, et entretient sur l'écorce une funeste humidité. Aussi voit-on bientôt languir et dépérir les arbres qui en sont chargés. Le meilleur moyen de s'en défaire est de couper le lierre par le pied ; privé de sa communication avec le sol, il meurt bien vite, et on l'enlève facilement quand il est desséché.

241. 9° *Cuscute.* La cuscute est un dangereux parasite qui mérite bien d'être signalé ici. Elle s'attaque surtout au trèfle, à la luzerne et au lin ; s'étendant de proche en proche, elle infeste quelquefois des champs entiers. On voit bientôt leur verdure disparaître comme sous une espèce de lèpre ; et quand on les examine de près, on découvre la cuscute, dont les tiges, semblables à des cheveux roux, se sont enrou-

lées à tout ce qu'elles ont pu saisir, et ont groupé partout leurs bouquets de fleurs blanchâtres, assez analogues à de grosses pustules.

Pas d'autre remède à employer que de faucher à rase terre le champ tout entier infesté par la cuscute, de brûler tout ce que l'on enlève du sol, de faire un labour profond, et de semer des céréales à la place.

242. 10° *Orobanches*. Toutes les orobanches sont aussi des parasites; mais elles ne s'attaquent pas aux tiges, c'est aux racines qu'elles font la guerre. Les deux espèces les plus dangereuses sont la *petite* (*orobanche minor*), qui s'attaque aux trèfles, et la *rameuse* (*orobanche ramosa*), qui s'implante sur le chanvre. Elles peuvent, comme la cuscute, ravager des champs entiers, parce que, comme elle, elles se multiplient beaucoup. Il faut, pour s'en défaire, renoncer à la récolte de l'année, l'arracher promptement, et renouveler la place par deux ou trois labours profonds.

243. 11° La *cloque*. C'est une excroissance qui se produit sur les feuilles et sur les bourgeons de certains arbres, et en particulier du pêcher. Elle paraît d'abord sous l'aspect d'une teinte rougeâtre; dix à vingt jours après, les feuilles deviennent boursoufflées, crispées, contournées, ternes et épaisses; les bourgeons se gonflent et cessent de croître; les jeunes pousses meurent ou restent si rabougries qu'elles ne peuvent donner des branches à fruit l'année suivante.

Cette maladie paraît avoir pour cause les vents froids et humides qui succèdent brusquement à quelques jours de chaleur. Elle est très-nuisible à l'arbre, en ce que les boursoufflures des feuilles absorbent une grande partie de la sève, qui se trouve ainsi perdue pour les bourgeons, et en ce que dans ces boursouflures se forment de petites pochettes où les insectes nuisibles se logent et se propagent.

244. On prévient la cloque en mettant au mur des chaperons, ou, si on ne le peut, des auvents mobiles. Ces auvents mobiles sont tout simplement de petites planches inclinées en talus, qu'on place à 10 ou 16 centimètres au-dessus de l'endroit où se terminent les plus forts rameaux; on les laisse depuis le mois de janvier jusqu'au milieu de mai.

Si, malgré cette précaution, on aperçoit la cloque attaquer les pêchers, il ne faut pas attendre qu'elle soit entièrement développée; il faut la faire disparaître aussitôt qu'elle commence à se montrer. Il suffit alors de retrancher les jeunes feuilles sur lesquelles on remarque la couleur rouge. Si, par manque de temps ou d'attention, la maladie est arrivée à son dernier période, il faudrait enlever de chaque feuille toutes les portions affectées, et, quant aux bourgeons, en extraire la partie malade en les rognant entre l'ongle du pouce et celui de l'index. Enfin, au moment de la reprise de la sève, si les jeunes rameaux sont encore malades, on rabattra par la taille les bourgeons sur les yeux sains. Mais on a beau faire, quand on attaque la maladie trop tard, il est très-difficile de l'extirper, et la récolte est ordinairement perdue au moins pour un an : il vaut donc infiniment mieux la prévenir ou la guérir dès le commencement.

245. 12° La *gomme*. La gomme est un suc morbifique propre aux arbres qui portent des fruits à noyaux, tels que les cerisiers, les abricotiers, les pêchers, etc. La gomme se forme entre l'écorce et l'aubier, où elle

se coagule et se dépose. Si l'écorce offre peu de résistance, elle se fend, et la gomme s'échappe : le mal alors est peu considérable. Mais si l'écorce est épaisse et résiste, la gomme arrêtant la circulation de la sève, la branche d'abord et l'arbre lui-même ensuite peuvent périr. Les magnifiques abricotiers de la plaine d'Ampuis, qui enrichissaient de leurs produits le marché de Lyon, ont presque tous succombé sous l'action de la gomme qui les a envahis.

Cette maladie se montre ordinairement au fort de l'été ; elle a pour cause tantôt une taille ou un ébourgeonnement intempestifs, tantôt une lésion faite à l'écorce, le plus souvent des variations subites dans la température.

246. Le remède consiste à couper les rameaux attaqués à quelques centimètres au-dessous de la partie gommée. On peut encore pratiquer des incisions longitudinales pour faire écouler la gomme, quand on peut découvrir l'endroit où il s'en est formé un dépôt.

Telles sont les principales maladies qui peuvent altérer ou détruire la vie des végétaux. Il est inutile d'ajouter que les remèdes que nous avons indiqués ne sont pas tous et toujours infaillibles, pas plus que ceux indiqués par la médecine ne sont tous et toujours infaillibles pour guérir les maladies de notre corps.

Ainsi se trouve terminée notre histoire de la vie des plantes et en même temps la première partie de notre ouvrage, contenant la *Botanique organique* ou *physique végétale*.

Maintenant il nous faut continuer notre tâche ; nous n'avons parcouru qu'un tiers de notre course en étudiant la Botanique organique ; entrons dans le second, qui est la taxonomie, c'est-à-dire l'application des lois générales de la classification au règne végétal.

QUESTIONNAIRE.

Est-il des causes qui nuisent aux plantes en s'opposant au développement de leurs organes? — Que penser de l'oïdiatie, ou maladie de la vigne, et comment la guérir? de la maladie des pommes de terre, et comment la prévenir? — Qu'est-ce que le blanc, la rouille, la carie, le charbon, l'ergot? — Quelles sont les plantes parasites qui nuisent aux végétaux, et comment faut-il s'en débarrasser? — Comment obvier à la cloque et à la gomme?

DEUXIÈME PARTIE.

TAXONOMIE.

247. La *taxonomie* (1) est cette partie de la Botanique qui a pour objet l'application des lois de la classification au règne végétal.

On appelle classification, en général, *la distribution méthodique ou systématique de tous les êtres qui existent dans la nature en règnes, classes, sections, familles, tribus, genres, espèces et variétés.*

Toute classification, pour être bonne, doit être fondée sur des propriétés et des caractères tels, que l'on puisse facilement, d'après ces caractères et ces propriétés, assigner à chaque individu la place qui lui convient dans la série des êtres créés, et réciproquement, d'après la place qu'occupe un individu dans la série des êtres, en connaître les propriétés et les caractères.

248. Appliquons ces notions à la Botanique, et nous dirons que *classer une plante, c'est lui assigner, d'a-*

(1) De τάσσω, j'arrange, et νόμος, loi, c'est-à-dire loi de classification.

près sa structure et ses propriétés, la place qui lui convient dans la série des végétaux, de telle sorte que l'on puisse, par cette seule place, en connaître facilement la structure et les propriétés.

Comme, avant d'essayer de classer les plantes, il est nécessaire de connaître les différents systèmes et les diverses méthodes qui ont été inventés par la science pour arriver à ce résultat important, nous parlerons d'abord des systèmes et des méthodes de classification qu'on a suivis en Botanique; ensuite, dans une clef analytique qui terminera ce premier volume, et dans les descriptions de familles, genres et espèces qui rempliront le second, nous ferons l'application de ces systèmes et de ces méthodes à la classification des végétaux.

249. A l'époque où la Botanique ne consistait que dans la connaissance d'un petit nombre de plantes, ceux qui se livraient à cette étude n'avaient besoin que d'une mémoire heureuse pour retenir les noms de tous les végétaux qu'ils avaient observés. Mais quand, par des voyages lointains et des observations plus attentives, le nombre des plantes étudiées se fut considérablement augmenté, on sentit la nécessité de les disposer dans un ordre régulier, afin d'en faciliter la recherche. De là vint la création des classifications. Nous parlerons d'abord des différentes espèces de classifications, nous donnerons ensuite une analyse des principaux systèmes et des principales méthodes qui ont été inventés.

CHAPITRE PREMIER.

DES DIFFÉRENTES ESPÈCES DE CLASSIFICATIONS.

250. Les classifications sont de deux sortes : ce sont 1° les classifications artificielles, appelées communément *systèmes;* 2° les classifications naturelles, nommées ordinairement *méthodes.*

Le *système* consiste à ne prendre pour base et pour guide que la considération d'un seul organe. C'est ainsi que, comme nous l'expliquerons plus loin, Tournefort s'est attaché uniquement à la corolle, et que Linné s'est s'est servi exclusivement des étamines. La *méthode,* au contraire, est fondée sur l'ensemble des caractères tirés de toutes les parties du règne végétal.

Un exemple familier fera comprendre la différence de ces deux sortes de classifications. Les mots d'une langue sont classés *artificiellement* ou *par système,* lorsque, dans un dictionnaire, on les dispose par ordre alphabétique, en prenant pour caractère arbitraire d'arrangement les premières lettres dont chaque mot se compose. Ils sont, au contraire, classés d'après une *méthode naturelle,* quand, dans une grammaire, les mots sont divisés en substantifs, adjectifs, verbes, etc.

254. Il est aisé de voir par là que les systèmes artificiels sont en général d'une application facile, tout comme il est facile de classer les mots dans un dictionnaire par ordre alphabétique; mais cette sorte de classification ne fait rien connaître d'important sur la nature des êtres ainsi disposés. Les méthodes naturelles, au contraire, étant basées sur la nature même

des objets classés, offrent, il est vrai, quelques diffi-
cultés, parce qu'elles exigent préalablement une étude
attentive, une observation minutieuse et approfondie;
mais aussi elles ont l'immense avantage de faire connaître, par la seule place qu'occupent les êtres classés, quelle est leur nature et quelles sont leurs propriétés.

Dans l'état où se trouve la science moderne, les méthodes naturelles sont et peuvent seules être admises.
Nous expliquerons donc la méthode naturelle suivie
en Botanique; mais auparavant, comme il est utile et
instructif de connaître les systèmes les plus importants, nous exposerons les principaux avec détail. Cet
ensemble constituera dans le second chapitre une es-
quisse rapide de l'histoire de la Botanique.

QUESTIONNAIRE.

Qu'est-ce que la taxonomie? — Qu'entend-on par classifications en Bo-
tanique? — Sont-elles importantes ? — Quelle différence entre les
deux modes de classification, systèmes et méthodes naturelles?

CHAPITRE II.

PRÉCIS HISTORIQUE SUR LA BOTANIQUE. — PRINCI-PAUX SYSTÈMES ET PRINCIPALES MÉTHODES.

252. L'homme, entouré de plantes, en jouit d'abord
sans les connaître. Bientôt il en découvrit quelques

propriétés, et ses observations furent transmises à ses enfants, qui eux-mêmes en firent d'autres. Peu à peu un très-grand nombre de végétaux furent étudiés, pour leur utilité d'abord, ensuite pour leur agrément, enfin pour l'intérêt de les connaître tous. C'est ainsi que la Botanique, toujours cultivée dans son objet, mais long-temps étudiée sans règles et sans principes, n'a pu devenir que par l'observation successive des siècles la science que nous possédons aujourd'hui.

253. Il est glorieux pour elle de pouvoir citer comme son premier auteur le plus sage des hommes, Salomon, qui, selon le langage de l'Ecriture, *discourut sur les plantes, depuis l'hyssope qui croît au pied des murs jusqu'au cèdre du Liban.*

254. Parmi les Grecs, nous devons à Pythagore le premier traité sur les plantes. Quelques siècles plus tard, le père de la médecine, Hippocrate, fut redevable à la connaissance de leurs vertus d'une part de sa célébrité; mais il ne les décrivit que sous le rapport médical. Aristote les envisagea de même : de sorte que le premier ouvrage de botanique proprement dit ne remonte qu'à Théophraste, qui écrivait quatre siècles avant Jésus-Christ. Il y parle de la reproduction des plantes, et les divise en *fromentales, potagères* et *succulentes.*

255. Dioscoride, qui recueillit avec soin tout ce que l'on savait de son temps sur les végétaux, fit monter leur nombre connu à six cents. On le regarde comme le plus grand botaniste de l'antiquité; ses ouvrages furent souvent traduits, et il en parut plus tard une foule de commentaires. A peu près à la même époque, Pline le Naturaliste décrivit aussi l'histoire de quelques plan-

tes ; c'est à lui, par exemple, que nous devons des détails sur le fameux platane de Lycie (*V. D.*), qu'on admirait de son temps.

256. La Botanique, après ces trois auteurs, rentra entièrement dans le domaine de la médecine, et fut stationnaire comme elle. Les médecins arabes s'en occupèrent presque seuls jusqu'à la renaissance des lettres, époque où l'on sentit le désir de la remettre en lumière. On revint donc aux anciens ; mais comme on ne put reconnaître les plantes qu'ils avaient décrites, force fut d'étudier la nature dans la nature elle-même. C'était le meilleur livre, et bientôt les observations devinrent plus exactes. Matthiole, un des premiers, s'illustra par de savants commentaires sur Dioscoride ; Gessner reconnut qu'on pouvait grouper les plantes et les réunir par caractères communs ; Cesalpin les distribua en quinze classes spécialement basées sur la fructification. Ray, botaniste anglais, publia, en 1686, un ouvrage immense pour ce temps-là, puisque 18,000 plantes y étaient décrites ou au moins indiquées. Dans le même siècle, les deux frères Bauhin, Gaspard et Jean, rendirent à la science un service plus éminent encore par leur *synonymie*, ou rapprochement de tous les noms donnés aux mêmes plantes par différents auteurs. Rivin et Magnol publièrent, le premier ses *Ordres de Plantes* en 1690, le second sa *Botanique de Montpellier* en 1720. De nouvelles classifications furent proposées : chaque auteur eut la sienne ; mais celle de Tournefort, qui parut peu après (c'était vers la fin du dix-septième siècle), triompha de toutes les autres. Son système, longtemps suivi, est encore trop célèbre pour ne pas être exposé en détail.

257. Système de Tournefort (Joseph Pitton de). — Cet illustre botaniste, dont les savants écrits ont fait tant d'honneur à la France, naquit à Aix en Provence en 1656. Louis XIV le nomma professeur de botanique au Jardin des Plantes de Paris, et lui donna une mission pour le Levant. On lui doit d'avoir spécifié, d'une manière plus précise qu'on ne l'avait fait jusqu'alors, les genres, les espèces et les variétés. Il partagea avec Linné l'enseignement public, et soutint longtemps avec honneur cette lutte glorieuse.

Le système dont Tournefort fut l'inventeur est basé presque entièrement sur la partie la plus séduisante de la fleur, qui est la corolle. Il réunit toutes les plantes en vingt-deux classes, dont les caractères sont tirés 1° de la consistance et de la durée de la tige, d'où il divise les végétaux en *herbes* et *arbres;* 2° de la présence ou de l'absence de la corolle, d'où il tire deux autres divisions : *herbes* ou *arbres pétalés, herbes* ou *arbres apétalés;* 3° de l'isolement des fleurs dans chaque calice, ou de leur réunion dans un involucre commun, d'où il les partage en *fleurs simples* et *fleurs composées;* 4° de la corolle, qui est *monopétale* ou *polypétale, régulière* ou *irrégulière.*

258. Le tableau ci-contre montre aux yeux et fait comprendre le mécanisme de cet ingénieux système.

TABLEAU SYNOPTIQUE DU SYSTÈME DE TOURNEFORT.

				CLASSES.	EXEMPLES.
HERBES A FLEURS	Pétalées.	Simples.	Monopétales. — Régulières.	1. *Campaniformes*	Campanule.
				2. *Infundibuliformes*	Tabac.
			Monopétales. — Irrégulières.	3. *Personnées*	Linaire.
				4. *Labiées*	Sauge.
			Polypétales. — Régulières.	5. *Cruciformes*	Giroflée.
				6. *Rosacées*	Fraise.
				7. *Ombellifères*	Angélique.
				8. *Caryophyllées*	OEillet.
				9. *Liliacées*	Lis.
			Polypétales. — Irrégulières.	10. *Papilionacées*	Haricot.
				11. *Anomales*	Violette.
		Composées.		12. *Flosculeuses*	Chardon.
				13. *Semi-flosculeuses*	Laitue.
				14. *Radiées*	Soleil.
	Apétalées.			15. *A étamines*	Avoine.
				16. *Sans fleurs*	Fougères.
				17. *Sans fleurs ni fruits*	Champignons.
ARBRES A FLEURS	Apétalées.			18. *A pétales proprement dits*	Buis.
				19. *Amentacées*	Chêne, Saule.
	Pétalées.	Monopétales.		20. *Monopétales*	Lilas.
		Polypétales.	Régulières	21. *Rosacées*	Pommier.
			Irrégulières	22. *Papilionacées*	Acacia.

259. Comme on le voit, ce système séduit d'abord par son extrême simplicité; il offre cependant plusieurs inconvénients, dont le plus grave est la séparation des végétaux en herbes et en arbres. Cette division est contre la science, puisque les mêmes plantes peuvent être, comme le *ricin*, herbacées sous une latitude et ligneuses sous une autre; puisqu'on trouve dans un même genre évidemment bien tranché, comme dans les *coronilles*, des espèces herbacées et des espèces ligneuses.

260. L'impulsion était donnée; une foule de nouveaux savants s'élancèrent sur les traces du botaniste français. Plukenet, Boërhaave, Dillen et Vaillant écrivirent à l'envi pour la science, pendant que Miller, en Angleterre, et l'abbé Rozier, à Lyon, créaient des jardins botaniques et donnaient aux agronomes les plus précieux documents. Mais tous ces botanistes n'avaient proposé aucun système nouveau, ou du moins aucun de ces systèmes n'avait porté la moindre atteinte à celui de Tournefort. Cette gloire semblait réservée à l'immortel Linné.

261. SYSTÈME DE LINNÉ. — Linné (Charles von) naquit en Suède en 1707, à Ræshult, province de Smœland. Son père, ministre luthérien, l'éleva dans le jardin du presbytère.

Le zéphyr, agitant ses ailes odorantes,
Porta vers son berceau le doux parfum des plantes;
Déjà ses yeux fixaient leurs formes, leurs couleurs,
Et ses mains pour hochet demandèrent des fleurs.
Faible enfant, on le vit dans le fond des campagnes,
Sur le flanc des rochers, au penchant des montagnes,
Braver la ronce aiguë et les cailloux tranchants,
Et rentrer tout chargé des dépouilles des champs.

Aussi, quel lieu désert n'est plein de sa mémoire?
Il fit de chaque plante un monument de gloire;
Et Linné sur la terre, et Newton dans les cieux,
D'une pareille gloire étonnèrent les dieux.

Delille.

Dans sa jeunesse, on opposa des entraves à son génie; mais son goût décidé pour les plantes et la protection de quelques hommes puissants le firent triompher de tous les obstacles. L'envie de se perfectionner dans la science qu'il aimait avec passion le conduisit à Upsal, où il professa la Botanique; mais bientôt la jalousie, que ses talents armèrent contre lui, le força de quitter la chaire qu'il occupait. Ce fut alors qu'il alla en Hollande, où il obtint, par le crédit de Boërhaave, la direction du superbe jardin de Cliffort, près de Harlem. De là, la renommée de son nom le rappela dans sa patrie, où toutes les distinctions, toutes les faveurs de la fortune devinrent la récompense de ses peines et la couronne de son mérite. Il mourut à Upsal en 1778, âgé de soixante et onze ans.

262. Linné perfectionna la nomenclature botanique, ou plutôt la créa telle que nous l'avons aujourd'hui. Tournefort lui en avait tracé la route, en désignant chaque plante par une phrase où se trouvaient énumérés ses caractères; mais, outre que ces caractères manquaient souvent de précision, les phrases étaient trop longues pour qu'on pût en retenir un grand nombre. Linné, à l'exemple de Tournefort, donna à chaque genre un nom propre ou générique; mais, pour désigner l'espèce, il remplaça la phrase du botaniste français par un simple adjectif spécifique ajouté au nom du genre. C'est ainsi, par exemple, que la violette de nos jardins, qui était,

dans Tournefort, *viola martia purpurea*, *flore sim-
plici, odora*, devient tout simplement, dans Linné,
viola odorata. On voit par là combien l'étude de la
Botanique fut simplifiée.

263. Le système de Linné, qu'il publia en 1734,
repose entièrement sur les caractères qu'on peut tirer
des étamines (qu'il appelle du mot grec *andro*) considérées soit en elles-mêmes, soit dans leurs rapports
avec les carpelles (qu'il désigne par le mot aussi grec
gynes).

Ce système est partagé en vingt-quatre classes.

Les végétaux sont d'abord divisés en deux grandes
sections. La première comprend ceux qui ont des étamines et des carpelles apparents : il les nomme *phanérogames ;* la seconde renferme ceux qui ont des étamines et des carpelles invisibles, ou plutôt qui n'en
ont pas du tout : il les appelle *cryptogames*. Les cryptogames, étant moins nombreux que les phanérogames,
forment à eux seuls la vingt-quatrième classe ; ceux-ci
constituent les vingt-trois autres. Des étamines d'égale
longueur, parfaitement libres, renfermées avec le carpelle dans une même enveloppe florale, déterminent
par leur nombre les treize premières classes. Celles-ci
se subdivisent ensuite, chacune d'après le nombre des
carpelles, en *monogynie* (1 carpelle), *digynie* (2 carpelles), *trigynie* (3 carpelles), *polygynie* (plusieurs
carpelles, plus de 5).

La grandeur relative des étamines libres et dans la
même coupe de fleur forme les deux classes suivantes ;
ce sont : la *didynamie* (4 étamines, dont 2 plus longues), qui se subdivise en *gymnospermie* (graines nues)
et en *angiospermie* (graines dans une capsule), et la

tétradynamie, qui se partage en *siliqueuses* (à carpelles beaucoup plus longs que larges) et en *siliculeuses* (à carpelles à peu près aussi larges que longs).

L'union des étamines entre elles par leurs filets ou par leurs anthères, ou avec le carpelle, fournit à Linné les cinq classes suivantes ; ce sont : la *monadelphie* (étamines unies entre elles par leurs filets en un seul faisceau), la *diadelphie* (étamines réunies de même, mais en deux faisceaux), la *polyadelphie* (étamines toujours unies par les filets, mais en plus de deux faisceaux), la *syngénésie* (étamines soudées entre elles par leurs anthères), et la *gynandrie* (étamines et carpelles soudés entre eux.)

La séparation des étamines d'avec les carpelles dans des enveloppes florales différentes forme les trois classes suivantes, qui sont : la *monœcie* (étamines et carpelles dans des fleurs différentes, mais sur un même pied), la *diœcie* (étamines et carpelles dans des fleurs et sur des pieds différents), et la *polygamie* (fleurs les unes à étamines et carpelles, les autres sans étamines ou sans carpelles sur le même pied ou sur des pieds différents). Ces huit dernières classes se subdivisent, comme les neuf premières, d'après le nombre des carpelles.

264. Le tableau synoptique suivant donnera une idée complète de ce système.

TABLEAU SYNOPTIQUE DU SYSTÈME DE LINNÉ.

		CLASSES.	EXEMPLES.
	1 étamine.	1 Monandrie	Pesse.
	2 étam.	2 Diandrie	Lilas.
	3 étam.	3 Triandrie	Iris.
	4 étam.	4 Tétrandrie	Scabieuse.
Moins de 20 étamines.	5 étam.	5 Pentandrie	Bourrache.
	6 étam.	6 Hexandrie	Lis.
	7 étam.	7 Heptandrie	Marronnier.
	8 étam.	8 Octandrie	Bruyère.
	9 étam.	9 Ennéandrie	Laurier.
	10 étam.	10 Décandrie	Œillet.
	11 à 12 étam.	11 Dodécandrie	Réséda.
20 étamines ou plus.	Adhérentes au calice.	12 Icosandrie	Rosier.
	Adhér. au réceptacle.	13 Polyandrie	Pavot.
Étamines inégales.	4 étamines, dont 2 plus longues.	14 Didynamie	Digitale.
	6 étamines, dont 4 plus longues.	15 Tétradynamie	Chou.
Par les filets.	En 1 faisceau.	16 Monadelphie	Mauve.
	En 2 faisceaux.	17 Diadelphie	Acacia.
	En plus de 2 faisceaux.	18 Polyadelphie	Oranger.
Par les anthères.		19 Syngénésie	Marguerite.
Étamines soudées avec le carpelle.		20 Gynandrie	Orchis.
Fleurs à anthères et fleurs à carpelles sur le même pied.		21 Monœcie	Maïs.
Fleurs à anthères et fleurs à carpelles sur des pieds différents.		22 Diœcie	Saule.
Fleurs les unes à anthères, les autres à carpelles, et d'autres à anthères et carpelles sur un ou plusieurs pieds.		23 Polygamie	Frêne.
Invisibles.		24 Cryptogamie	Fougères.

PLANTES À ÉTAMINES ET CARPELLES

- Visibles.
  - Réunis dans la même fleur.
    - Non adhérents entre eux.
      - Étamines égales entre elles.
      - Étamines inégales.
    - Étamines soudées entre elles ou avec le carpelle.
      - Étamines soudées entre elles.
      - Étamines soudées avec le carpelle.
  - Non réunis dans la même fleur.
- Invisibles.

265. Ce système, aussi vaste qu'ingénieux, a fait faire des pas immenses à la science, et, après plus d'un siècle d'existence, sa brillante clarté étonne encore. On ne peut néanmoins se dissimuler les graves inconvénients qu'il présente : d'abord, en assignant pour caractères distinctifs des organes qu'on distingue à peine, dont l'existence est très-fugace et accompagnée d'une foule d'anomalies ; ensuite, en dispersant les familles les plus naturelles dans plusieurs classes entièrement différentes, ou bien en réunissant ensemble les plantes les plus disparates. N'est-il pas étrange, par exemple, de trouver dans la même classe et presque sur la même ligne l'épine-vinette et la tulipe, la violette et le chardon, le gland et la citrouille?

266. A tous ces systèmes, qui entravaient la marche de la nature et l'asservissaient à leurs lois, succéda enfin la *méthode naturelle*, qui la prend pour guide, la développe et la suit. Cette méthode avait été esquissée par l'académicien Adanson ; mais elle est véritablement due à trois frères, *Antoine*, *Bernard* et *Joseph* DE JUSSIEU, et à leur neveu *Antoine-Laurent*, nés à Lyon vers la fin du dix-septième siècle et au commencement du dix-huitième. Ils eurent l'honneur de l'exposer et d'en être les véritables fondateurs. Joseph entreprit de longs voyages et rapporta d'intéressants documents sur les fleurs orientales. Bernard, fort des observations de son frère, les joignit à celles qu'il faisait lui-même depuis quarante ans sur les plantes, et les classa par ordre de *familles naturelles* dans les jardins de Trianon, dont il était directeur. Ce fut alors que le grand Linné vint du fond de la Suède pour le visiter, et qu'à la vue d'une plante que les élèves avaient adroitement

composée pour l'embarrasser, il confessa son ignorance et s'écria : « Dieu seul ou Bernard de Jussieu
la pourrait connaître. »

Bernard n'écrivit rien, il se contenta d'observer et
de recueillir des matériaux. Ce fut son neveu Antoine-
Laurent, qui, rassemblant ces richesses et y joignant
ses propres observations, exposa la *méthode des familles naturelles* dans son *Genera Plantarum*, publié en
1780. Voici une analyse de cette méthode.

267. MÉTHODE DE JUSSIEU. — Bien différente des
systèmes qui l'avaient précédée, cette méthode ne repose pas sur la considération d'un seul organe; elle
est basée sur l'ensemble des caractères de toutes les
parties des végétaux, caractères qu'elle considère sous
un triple rapport : sous celui de leur valeur, sous celui
de leur nombre et sous celui de leur dépendance réciproque.

Sous le rapport de leur valeur, les caractères ont
d'autant plus d'importance qu'ils sont tirés des organes
les plus essentiels des végétaux. Or, parmi ces organes,
il faut placer en première ligne l'embryon, qui est
toute la plante en petit, et en seconde ligne les étamines et les carpelles, dont les unes concourent à fécon-
der l'embryon, les autres à le protéger et à le nourrir.
Après l'embryon, la position relative des étamines et
des carpelles fournit les caractères les plus importants,
et enfin en dernière ligne viennent la tige, les feuilles,
les racines et les enveloppes florales.

Sous le rapport de leur nombre, les caractères simples se réunissent pour former des caractères de plus
en plus composés, de plus en plus généraux, qui embrassent un certain nombre de plantes sous une dénomination commune.

Enfin, sous le rapport de leur dépendance réciproque, les caractères sont tellement unis et coordonnés, que la présence des uns suppose constamment celle de certains autres. C'est ainsi, par exemple, que l'ovaire infère nécessite constamment un calice monosépale.

268. Partant de là, Jussieu établit d'abord ses trois premières grandes divisions sur le caractère le plus important, qui est celui qu'on tire de l'embryon. Ces trois grandes divisions premières sont : les *Acotylédonées*, dont la graine n'a point d'embryon ; les *Monocotylédonées*, dont l'embryon n'a qu'un seul cotylédon, et les *Dicotylédonées*, dont l'embryon a deux cotylédons. Les Acotylédonées forment à elles seules la première classe. Pour subdiviser les deux autres, Jussieu se sert de l'insertion des étamines, ou de la corolle monopétale qui les porte, relativement à l'ovaire. Or, cette insertion peut se faire de trois manières :

1° Les étamines, ou la corolle monopétale portant des étamines, sont insérées autour de la base de l'ovaire, qui est libre : c'est l'*insertion hypogynique* (sous les carpelles).

2° Les étamines, ou la corolle monopétale portant des étamines, sont insérées sur le calice à une certaine distance de la base de l'ovaire, qui est libre ou *pariétal*, c'est-à-dire formé de plusieurs carpelles attachés à la paroi interne d'un calice très-resserré à sa partie supérieure, comme dans la rose : c'est l'*insertion périgynique* (autour du carpelle).

3° Les étamines, ou la corolle monopétale qui les porte, sont insérées sur la partie supérieure de l'ovaire, qui est toujours infère : c'est l'*insertion épigynique* (sur le carpelle).

269. Les Monocotylédonées, pouvant offrir ces trois modes d'insertion, sont subdivisées en trois classes, qui sont : 1° les Monocotylédonées à étamines hypogynes; 2° les Monocotylédonées à étamines périgynes; 3° les Monocotylédonées à étamines épigynes.

Les Dicotylédonées étant beaucoup plus nombreuses, on a commencé par les partager préalablement en trois divisions, d'après l'absence de la corolle ou sa forme. Ces trois divisions sont : 1° les Dicotylédonées apétales; 2° les Dicotylédonées monopétales; 3° les Dicotylédonées polypétales.

D'après l'insertion des étamines, chacune de ces divisions a été ensuite subdivisée comme les Monocotylédonées : les apétales et les polypétales en trois classes, et les monopétales en quatre, parce que, dans ces dernières, les étamines épigynes sont tantôt à anthères libres, tantôt à anthères soudées.

Enfin, la quinzième et dernière classe renferme toutes les plantes auxquelles nous avons donné le nom de *dioïques*, et que Jussieu appelle *diclines* (sur des pieds différents).

Telles sont les quinze classes dans lesquelles Jussieu fit entrer toutes les *familles naturelles* des plantes.

270. Pour bien comprendre ce qu'il entend par *familles naturelles*, il est nécessaire d'expliquer en détail quel sens il faut attacher aux mots *espèce, variété* et *genre*. Cette explication donnera en même temps la clef de toute notre Botanique descriptive.

271. On a remarqué que certaines plantes offrent constamment des caractères semblables, et se reproduisent aussi constamment avec les mêmes attributs essentiels. C'est à cette réunion d'êtres semblables et

se reproduisant toujours de la même manière qu'on a donné le nom d'*espèces*. C'est ainsi que toutes les violettes sans tiges, à stolons radicants, à feuilles entières, arrondies et en cœur, et à fleurs odorantes, appartiennent à une seule espèce qu'on a appelée *viola odorata* (violette odorante).

Il arrive cependant que des circonstances accidentelles de terrain, d'exposition, de température, apportent dans les individus de la même espèce de légères différences, de grandeur dans la tige, de couleur dans la fleur, de grosseur et de saveur dans le fruit; ces légères différences constituent les *variétés*, qui se distinguent des espèces en ce que, dans l'état de nature, elles ne se reproduisent point constamment de graines. Qu'on sème, par exemple, de la graine de violette blanche, il en sortira probablement des violettes blanches, de bleues ou même de bigarrées. Nous avons dit *dans l'état de nature*, parce qu'il y a dans les plantes cultivées des variétés qui se reproduisent par le semis : par exemple, le chou-fleur, qui n'est qu'une variété du chou potager (*brassica oleracea*) ; ces variétés permanentes se nomment *races*.

Les *hybrides* sont des plantes résultant du mélange du pollen de deux espèces voisines, telles que le *coquelicot* et le *pavot somnifère*. Quoi qu'en ait pu dire Linné, il n'y a pas d'exemple démontré d'hybridation entre les plantes de deux genres différents. Cet auteur s'écarte donc de toute vraisemblance lorsqu'il fait naître sa *saponaire hybride* de la *saponaire officinale* et d'une *gentiane*. Ordinairement les plantes hybrides sont stériles ; si quelquefois elles se reproduisent, ce n'est que d'une manière accidentelle et peu durable.

7.

272. De nos jours s'est formée une nouvelle école, dont M. Alexis Jordan, de Lyon, est l'un des plus ardents, des plus consciencieux, des plus savants fondateurs.

D'après elle, une multitude de formes décrites sous le nom de *variétés*, mais sans aucune règle bien certaine, étant soumises à une observation plus attentive, deviennent de véritables espèces, qui se reproduisent constamment de graines dans toutes sortes d'expositions. Après avoir ainsi vérifié un assez grand nombre de variétés, les maîtres de cette école les ont déjà publiées dans des monographies séparées, avec lesquelles on pourra un jour composer un ouvrage d'ensemble.

273. Les *genres* sont une réunion d'espèces ayant entre elles une ressemblance parfaite dans les organes de la fructification, mais distinctes les unes des autres par des caractères particuliers à chacune d'elles. Ainsi, le genre *pavot* a pour caractères une corolle polypétale, un calice à deux sépales caducs, des étamines en nombre indéfini, et pour fruit une capsule globuleuse ou oblongue, à stigmates rayonnants. Toutes les espèces de pavots devront offrir ces différents caractères ; mais elles se distingueront les unes des autres par la forme de leurs feuilles, la couleur de leurs fleurs, etc.

274. Les espèces existent dans la nature, puisqu'elles se reproduisent naturellement et constamment avec les mêmes caractères ; mais les genres sont des êtres collectifs et purement arbitraires.

Les caractères indiqués comme distinctifs des espèces ne sont cependant pas absolus ; ils ne sont vrais que relativement à l'état de la science et de ses observations. Pour expliquer cette pensée par un exemple connu, quand nous disons que la véronique petit-chêne (*veronica chamædrys*) a pour caractère distinctif deux lignes parallèles de poils sur la tige, cela est vrai pour la distinguer de toutes les véroniques décrites dans notre Flore; mais il peut se faire qu'on découvre un jour une véronique tout autre et qui offre pourtant ce même caractère.

Cette observation que nous faisons pour les espèces est vraie à plus forte raison pour les genres et pour les familles.

275. Dans la nomenclature, le genre est toujours désigné par un substantif, et l'espèce par un adjectif. Ainsi, *viola odorata* indique que la plante ainsi nommée appartient au genre *viola* et à l'espèce *odorata*. C'est ainsi que le langage botanique a été réduit à sa plus simple expression, comme Linné en avait déjà donné l'exemple.

276. Les genres, réunis ensemble de la même manière que les espèces, ont formé enfin ce que nous avons appelé les *familles naturelles*. Ce n'est pas sur l'identité d'un seul caractère que Jussieu a établi ses familles, c'est sur un ensemble de rapports dans les mœurs, la physionomie, l'attitude; c'est sur des traits bien caractérisés de ressemblance dans la nature des racines, la disposition des feuilles, la forme de la tige, le mode d'inflorescence, l'état du fruit, la disposition des graines, et surtout dans l'embryon, qui est à lui seul toute la plante en miniature.

277. Il est aisé de voir par là que toutes les plantes d'une même *famille naturelle* ont entre elles des traits de ressemblance, des airs de famille, et comme des rapports de parenté, ce qui fait qu'on pourrait dire de

ces groupes fleuris ce qu'a dit Ovide d'une réunion de jeunes nymphes :

> *Nomine quæque suo, facies non omnibus una,*
> *Nec diversa tamen, quales decet esse sorores.*

> Chaque fleur a son nom, chacune a ses couleurs;
> Mais sous leurs traits épars on reconnaît des sœurs.

278. Le tableau synoptique ci-contre donne la clef de la *méthode naturelle* de Jussieu ; nous n'y mettons que les *classes*, réservant l'énumération des familles pour notre Botanique descriptive.

TABLEAU SYNOPTIQUE DE LA MÉTHODE NATURELLE DE JUSSIEU.

—◦◦≻◦≺◦◦—

				CLASSES.	EXEMPLES.
ACOTYLÉDONÉES.		. . . . . .		1 *Acotylédonie*	Algues, Lichens, Mousses.
MONOCOTYLÉDONÉES.	A étamines	Hypogynes		2 *Monohypogynie*	Froment, Arum.
		Périgynes		3 *Monopérigynie*........	Asperges, Lis.
		Epigynes.............		4 *Monoépigynie*	Narcisse, Iris.
DICOTYLÉDONÉES.	Fleurs à étamines et carpelles, ou monoïques.	Apétales à étamines.	Epigynes............	5 *Epistaminie*	Aristoloche.
			Périgynes...........	6 *Péristaminie*.........	Daphné.
			Hypogynes	7 *Hypostaminie*........	Betterave.
		Monopétales.	Hypogynes..........	8 *Hypocorollie*.........	Primevère.
			Périgynes	9 *Péricorollie*..........	Campanule.
			Epigynes à { soudées anthères	10 *Epicorollie synanthérie*...	Chicorée.
			{ distinctes	11 *Epicorollie corisanthérie*..	Chèvrefeuille.
		Polypétales.	Epigynes	12 *Epipétalie*..........	Persil.
			Hypogynes..........	13 *Hypopétalie*	Renoncule.
			Périgynes	14 *Péripétalie*..........	Saxifrage.
	Fleurs dioïques.		....	15 *Diclinie*............	Chanvre.

279. *Auguste-Pyramè* DE CANDOLLE, professeur de botanique à Genève au commencement de ce siècle, a modifié la méthode de Jussieu tout en en conservant les principes fondamentaux. Son immortel ouvrage de la *Flore française*, chef-d'œuvre d'élégance et de simplicité, par lequel il préluda au *Prodrome* ou *Flore universelle*, fut reçu avec enthousiasme, et est encore peut-être ce qui a paru de mieux en Botanique.

280. Le tableau ci-contre donnera une idée suffisante de la marche que de Candolle a adoptée.

TABLEAU SYNOPTIQUE DE LA MÉTHODE DE DE CANDOLLE.

EXEMPLES.

TIGES OFFRANT DES VAISSEAUX, OU PLANTES VASCULAIRES

Croissant de la circonférence au centre, ou exogènes. (Dicotylédonées de Jussieu.)

- Pétales libres insérés sur le réceptacle... *Thalamiflores*.... Pavot.
- Pétales libres insérés sur le calice......... *Calciflores*...... Rosier.
- Pétales plus ou moins soudés.......... *Corolliflores*...... Primevère.
- Enveloppe florale unique (calice ou corolle). *Monochlamydées*. Bois-gentil.

Croissant du centre à la circonférence, ou endogènes. (Monocotylédonées de Jussieu.)

- Fleurs à sépales colorés................ *Pétaloïdes*........ Tulipe.
- Sépales et pétales remplacés par une enveloppe écailleuse ... *Glumacées*......... Jonc.
- Fleurs indistinctes .... *Cryptogames* ..... Fougères.

ABSENCE DE VAISSEAUX DANS LES TIGES, OU PLANTES A CELLULES.

.... (Acotylédonées de Jussieu). .... *Cellulaires*....... Mousses.

281. Quelque méthodique que fût cette marche, il fallait, pour pénétrer dans cet immense dédale, un chemin plus facile à suivre, qui, par des indications successives, pût ouvrir le sanctuaire de Flore à ses amis avides d'y pénétrer. C'est ce que fit DE LAMARCK par la publication de ses *clefs analytiques* ou *tableaux synoptiques*. La marche *dichotomique* qu'il y emploie consiste dans le choix de deux caractères opposés, faciles à reconnaître, et se donnant exclusion l'un à l'autre, de sorte que l'individu dont on cherche le nom doit forcément se ranger sous l'étendard de l'un des deux. Le poursuivant ainsi par des caractères de plus en plus précis, on parvient à l'isoler de tous les autres, et on arrive à une description qui ne convient qu'à lui; cette marche, longue en apparence, est, en réalité, la plus commode et la plus courte, parce qu'avec une clef bien faite, elle est infaillible.

282. Dans notre Botanique descriptive, nous suivrons la méthode de Jussieu modifiée par de Candolle, et nous nous servirons d'une clef analytique analogue à celle inventée par de Lamarck, pour arriver au nom des familles, des genres et des espèces. C'est ainsi que sans peine nos jeunes et ardents lecteurs arriveront d'une manière plus ou moins prompte, mais toujours sûre, au véritable nom de chaque plante, tantôt en admirant les brillantes couleurs de sa corolle, tantôt en respirant le délicieux arôme de son parfum, toujours en considérant attentivement les grâces de son port, de sa taille et de son attitude. Toute notre ambition est de rendre la Botanique aimable et facile, et de justifier ainsi l'épigraphe que nous avons choisie pour dédier notre ou-

vrage à celle que l'Eglise salue du nom de ROSE SANS ÉPINES :

TOTA SPINIS CARENS, ROSA,
VENI !...

QUESTIONNAIRE.

Quel a été l'état de la Botanique 1° chez les anciens, 2° dans le moyen âge jusqu'à la Renaissance, 3° depuis la Renaissance jusqu'à Tournefort? — Exposer le système de Tournefort, celui de Linné. — Les apprécier. — En quoi consiste la méthode de Jussieu? — Que faut-il entendre par espèces, variétés, genres, familles? — Quel est l'objet des travaux de l'école moderne? — Quelle valeur faut-il donner aux caractères distinctifs des espèces, des genres, des familles? — Comment la méthode de Jussieu a-t-elle été modifiée par de Candolle? — A quoi ont servi les clefs analytiques inventées par de Lamarck? — Quelle méthode suivrons-nous dans notre Flore?

FIN DE LA BOTANIQUE ÉLÉMENTAIRE.

BOTANIQUE DESCRIPTIVE

PREMIÈRE PARTIE

CLEFS ANALYTIQUES

AVERTISSEMENT.

Les *clefs analytiques*, dont nous avons donné une
première idée aux numéros 281 et 282 de ce volume,
sont un moyen méthodique et facile d'arriver au nom
de chaque plante. Elles se composent d'une suite d'accolades renfermant chacune deux propositions contra-
dictoires, entre lesquelles on a à choisir, en les
comparant avec les plantes dont on cherche le nom.
En prenant toujours celle qui lui convient, on est conduit, de numéro en numéro, d'abord à la famille dans
laquelle la plante est comprise, ensuite au genre auquel
elle appartient, et enfin à l'espèce même, c'est-à-dire
au nom sous lequel elle est désignée. Le numéro placé
entre parenthèses, à côté du nom de chaque espèce,
renvoie au numéro correspondant du second volume,
où la plante est décrite avec tous ses caractères réunis.

Pour déterminer une plante à l'aide de nos *clefs analytiques*, il faut quatre choses : 1° avoir une connaissance suffisante des notions de Botanique élémentaire
développées dans cet ouvrage; 2° avoir sous les yeux
une plante croissant spontanément dans le rayon
qu'embrasse notre Flore (1) : les espèces qui lui sont

(1) Voyez la préface.

étrangères ne sont pas décrites dans notre ouvrage, et l'étude de celles qui ne s'y rencontrent qu'à l'état de culture est renvoyée au commencement du troisième volume; 3° cueillir cette plante dans son intégrité et son développement parfait, c'est-à-dire avec sa tige, ses feuilles, ses fleurs, et même, s'il est possible, sa racine et ses fruits; 4° la tenir d'une main et parcourir de l'autre la série de nos tableaux.

Quelques exemples feront mieux comprendre la marche qu'il faut suivre.

Suopposons que nous ayons à déterminer la plante figurée dans la première planche de notre atlas. Voici la série des accolades par lesquelles nous aurons à passer :

1 { Plantes à étamines ou ovaires apparents 2
  { Plante fructifiant sans étamines ni ovaires appa-
    rents 278

Notre plante ayant évidemment des étamines et des ovaires, nous passerons au n° 2 :

2 { Fleurs dépourvues de calice et de corolle. . . . 3
  { Fleurs ayant calice et corolle, ou au moins l'une de
    ces deux enveloppes. 6

Elle a un calice et une corolle très-visibles, nous allons au n° 6, sans nous inquiéter nullement des n°s 3, 4 et 5 que nous laissons en arrière :

6 { Fleurs disjointes 7
  { Fleurs conjointes 154

Chaque fleur a son calice particulier, nous prenons le n° 7 :

7 { Fleurs ayant un calice et une corolle 8
  { Fleurs n'ayant qu'une de ces deux enveloppes . . 164

Comme nous le voyons, le premier embranchement est la route qu'il faut suivre, elle nous conduit au n° 8 :

8 { Corolle polypétale 9
{ Corolle monopétale. 99

Les pétales sont parfaitement libres et distincts, allons au n° 9 :

9 { Etamines en nombre indéfini, c'est-à-dire de 13 à
{ 100. 10
{ Etamines en nombre défini, c'est-à-dire de 1 à 12 . 26

La fleur ouverte de notre figure nous montre un nombre considérable d'étamines, passons à 10 :

10 { Feuilles alternes, éparses ou toutes radicales. . . 11
{ Feuilles opposées, au moins les inférieures . . . 24

Les feuilles étant alternes, nous somme conduits à 11 :

11 { Feuilles accompagnées de stipules. 12
{ Feuilles toujours dépourvues de stipules 14

C'est la seconde proposition qui convient à notre espèce, elle nous mène à 14 :

14 { Plusieurs ovaires dans chaque fleur. 15
{ Un seul ovaire dans chaque fleur 19

La figure 5 de la planche nous fait voir qu'il faut aller au n° 15 :

15 { Plus de 3 pétales 16
{ 3 pétales au plus 18

La plante ayant 5 pétales, c'est la première route qui nous convient, elle nous mène au n° 16 :

16 { Etamines et pétales implantés sous l'ovaire . . . 17
{ Etamines et pétales implantés sur le calice . . .
{ . . . . 27° F. ROSACÉES.

Les pétales et les étamines n'étant nullement implantés sur le calice, nous allons au n° 17 :

17 { Pétales inégaux, les supérieurs laciniés . . . . .
{ . . . . 9° F. RÉSÉDACÉES.
{ Pétales tous égaux et entiers. . . . .
{ . . . . 1re F. RENONCULACÉES.

La fleur ouverte de la figure nous montrant 5 pétales parfaitement égaux et entiers, nous voyons évidemment que notre plante appartient à la première famille, celle des Renonculacées.

Nous transportant à cette famille, à la *clef des genres* qui se trouve à la page 189, nous arriverons, en suivant une marche analogue et en passant par les n°s 1, 2, 3, 4, 5, 6, 7 et 8, au genre *Ranunculus*, auquel nous trouverons que notre plante appartient. Enfin le genre *Ranunculus*, à la clef des espèces, page 232, nous conduira de même, par les n°s 1, 15, 19, 20, 23, 31, 32 et 33, à constater que nous avons sous les yeux le *Ranunculus philonotis*, dont il ne nous restera plus qu'à vérifier l'identité en lisant sa description dans le second volume, où il est inscrit sous le n° 35.

Si nous avions à classer la plante représentée à la planche 2, les n°s 1, 2, 6, 154, 155 et 156 de la clef des familles nous conduiraient à la famille des *Composées;* les n°s 1, 63, 66, 74, 75 et 78 de la clef des genres, à la page 207, nous amèneraient au genre *Chrysanthemum;* et enfin, à la clef des espèces, nous verrions, en suivant les n°s 1, 2 et 3, que le nom de *Chrysanthemum leucanthemum* est celui qui convient à notre espèce. On fera bien de s'exercer de même avec l'*Anthoxantum odoratum*, figuré à la planche 3.

Les termes techniques employés dans la clef étant tous expliqués dans le vocabulaire placé à la fin du volume, on aura soin de le consulter pour toutes les expressions dont on ne connaîtra pas parfaitement la valeur.

CLEFS ANALYTIQUES.

— 000 —

Iʳᵉ Partie. — CLEF DES FAMILLES.

<table>
<tr><td>1</td><td>Plantes à étamines ou ovaires apparents (1). . .</td><td>2</td></tr>
<tr><td></td><td>Plantes fructifiant sans étamines ni ovaires apparents.</td><td>278</td></tr>
<tr><td>2</td><td>Fleurs dépourvues de calice et de corolle. . . .</td><td>3</td></tr>
<tr><td></td><td>Fleurs ayant calice et corolle, ou au moins l'une de ces deux enveloppes. . . . .</td><td>6</td></tr>
<tr><td>3</td><td>Plantes herbacées . . . .</td><td>4</td></tr>
<tr><td></td><td>Grand arbre . . . . . . 54ᵉ F. Jasminacées.</td><td></td></tr>
<tr><td>4</td><td>Fleurs non entourées d'une enveloppe en forme de capuchon. . . . .</td><td>5</td></tr>
<tr><td></td><td>Fleurs entourées d'une enveloppe en forme de capuchon. . . . . 82ᵉ F. Aroïdacées.</td><td></td></tr>
<tr><td>5</td><td>Feuilles opposées ; 1 seule étamine. . . . .</td><td></td></tr>
<tr><td></td><td>. . . . . . . 29ᵉ F. Haloragacées.</td><td></td></tr>
<tr><td></td><td>Feuilles alternes; étamines nombreuses . . . .</td><td></td></tr>
<tr><td></td><td>. . . . . . . 1ʳᵉ F. Renonculacées.</td><td></td></tr>
<tr><td>6</td><td>Fleurs disjointes. . . . .</td><td>7</td></tr>
<tr><td></td><td>Fleurs conjointes . . . .</td><td>154</td></tr>
<tr><td>7</td><td>Fleurs ayant un calice et une corolle. . . . .</td><td>8</td></tr>
<tr><td></td><td>Fleurs n'ayant qu'une de ces deux enveloppes . .</td><td>164</td></tr>
<tr><td>8</td><td>Corolle polypétale . . . .</td><td>9</td></tr>
<tr><td></td><td>Corolle monopétale. . . . .</td><td>99</td></tr>
</table>

(1) On trouvera tous les termes techniques expliqués dans le vocabulaire placé à la fin du volume.

POLYPÉTALES.

41 {
Calice à 4-5 divisions; 8-10 étamines. . . . .
. . . . 38ᵉ F. Saxifragacées.
Calice à 12 dents; 6 étamines. . . . .
. . . . 31ᵉ F. Lythrariacées.

42 {
Feuilles épaisses et charnues. 36ᵉ F. Crassulacées.
Feuilles non charnues. . 1ʳᵉ F. Renonculacées.

43 {
Feuilles n'étant jamais triangulaires et dentées. .   44
Feuilles supérieures triangulaires et dentées. . .
. . . . 28ᵉ F. Onagrariacées.

44 {
Feuilles alternes, éparses ou toutes radicales. . .   45
Feuilles, au moins quelques unes, opposées ou ver-
ticillées.   61

45 {
Fleurs à 4 pétales   46
Fleurs à plus de 4 pétales.   47

46 {
Ovaire supère . . . . . 6ᵉ F. Crucifères.
Ovaire infère. . . . . 28ᵉ F. Onagrariacées.

47 {
Moins de pétales que d'étamines   48
Autant ou plus de pétales que d'étamines . . .   52

48 {
Feuilles composées ou profondément découpées. .   49
Feuilles entières ou simplement dentées, crénelées
ou lobées.   50

49 {
Feuilles trifoliolées, à saveur acidulée. . . . .
. . . . 20ᵉ F. Oxalidacées.
Feuilles tout autres . . . 19ᵒ F. Géraniacées.

50 {
1-2 ovaires dans chaque fleur   51
Ovaires nombreux dans chaque fleur . . . . .
. . . . 1ʳᵉ F. Renonculacées.

51 {
Feuilles caduques; 2 styles. 38ᵉ F. Saxifragacées.
Feuilles persistantes; 1 seul style. . . . . .
. . . . 52ᵉ F. Pyrolacées.

52 {
Feuilles non trifoliolées   53
Feuilles trifoliolées. . . . . 27ᵉ F. Rosacées.

53 {
Feuilles et fleurs dépourvues de cils glanduleux. .   54
Feuilles ou fleurs pourvues de cils glanduleux. .
. . . . 11ᵉ F. Droséracées.

54 {
Feuilles toutes radicales   55
Feuilles plus ou moins nombreuses sur la tige. .   56

55 {
Fleurs réunies en tête serrée au sommet de chaque
tige. . . . . . 66ᵉ F. Plombaginacées.
Fleur solitaire au sommet de chaque tige. . . .
. . . . 1ʳᵉ F. Renonculacées.

56 {
Fleurs complètes   57
Fleurs monoïques ou dioïques . . . .
. . . . 33ᵉ F. Cucurbitacées.

57 { Fleurs disposées autrement qu'en ombelle. . . . 58
Fleurs en ombelle . . . 39ᵉ F. OMBELLIFÈRES.

58 { Fleurs non entourées d'un involucre épineux . . 59
Fleurs entourées d'un involucre épineux. . . . .
. . . . 39ᵉ F. OMBELLIFÈRES.

59 { Fleurs jamais rouges 60
Fleurs rouges . . . . 31ᵉ F. LYTHRARIACÉES.

60 { Feuilles linéaires, entières. . . 13ᵉ F. LINACÉES.
Feuilles non linéaires, lobées ou divisées. . .
. . . . 1ʳᵉ F. RENONCULACÉES.

61 { Feuilles opposées 62
Feuilles verticillées, au moins sur la tige principale. 68

62 { Feuilles entières ou seulement dentées 63
Feuilles lobées, incisées ou pennées 67

63 { Absence de stipules, ou, s'il y en a, pétales très-
apparents 64
Stipules scarieuses ; pétales peu apparents . . .
. . . . 34ᵉ F. PARONYCHIACÉES.

64 { Plusieurs styles. 65
1 seul style 66

65 { Etamines légèrement soudées ensemble à la base .
. . . . 13ᵉ F. LINACÉES.
Etamines entièrement libres. . . . .
. . . . 12ᵉ F. CARYOPHYLLACÉES.

66 { Ovaire infère . . . . 28ᵉ F. ONAGRARIACÉES.
Ovaire supère . . . . 31ᵉ F. LYTHRARIACÉES.

67 { Fleurs jamais jaunes ; fruit terminé par un long
bec. . . . . 19ᵉ F. GÉRANIACÉES.
Fleurs jaunes ; fruit épineux ou tuberculeux, non
terminé par un long bec. 22ᵉ F. ZYGOPHYLLACÉES.

68 { Feuilles entières. 69
Feuilles profondément divisées en segments capillaires . . . . . . 29ᵉ F. HALORAGACÉES.

69 { Calice très-marqué. 70
Calice presque nul. . . . 43ᵉ F. RUBIACÉES.

70 { 3-5 styles ou stigmates 71
1 seul style et 1 seul stigmate. . . . . . .
. . . . 31ᵉ F. LYTHRARIACÉES.

71 { Fleurs blanches ou verdâtres ; ovaire supère. . . 72
Fleurs roses ; ovaire infère. 28ᵉ F. ONAGRARIACÉES.

72 { Feuilles linéaires, ou sinon plantes aquatiques. .
. . . . 12ᵉ F. CARYOPHYLLACÉES.
Feuilles obovales ; plantes des terrains secs. . .
. . . . 34ᵉ F. PARONYCHIACÉES.

MONOPÉTALES.

FLEURS CONJOINTES.

162 { Fleurs sans corolle ; fruits épineux. . . . . .
. . . . 48ᵉ F. AMBROSIACÉES.
Fleurs munies d'une corolle ; fruits sans épines.
. . . . 49ᵉ F. CAMPANULACÉES.

163 { Fleurs bleues ou blanches, jamais roses. . . .
. . . . 46ᵉ F. GLOBULARIACÉES.
Fleurs roses. . . . . . 66ᵉ F. PLOMBAGINACÉES.

INCOMPLÈTES.

164 { Fleurs à corolle, sans calice. 165
Fleurs à calice, sans corolle. 215

INCOMPLÈTES PÉTALOÏDALES.

165 { Plantes à suc propre, laiteux ou jaunâtre. . . . 166
Plantes sans suc propre 167

166 { Etamines en nombre défini. 76ᵉ F. EUPHORBIACÉES.
Etamines en nombre indéfini. 4ᵉ F. PAPAVÉRACÉES.

167 { Plantes herbacées 168
Plantes ligneuses ou sous-ligneuses 208

168 { Feuilles nulles, alternes, éparses, fasciculées ou
toutes radicales 169
Feuilles opposées ou verticillées. 200

169 { Feuilles partant d'une gaîne membraneuse distincte
qui entoure la tige. 170
Feuilles nulles ou ne partant point d'une gaîne
membraneuse distincte. 172

170 { Feuilles toutes radicales 171
Feuilles caulinaires plus ou moins nombreuses. .
. . . . 70ᵉ F. POLYGONACÉES.

171 { Corolle soudée à la base en tube grêle et allongé.
. . . . 86ᵉ F. IRIDACÉES.
Corolle non soudée en tube allongé. . . . .
. . . . 83ᵉ F. AMARYLLIDACÉES.

172 { Etamines en nombre indéfini 173
Etamines en nombre défini 174

173 { Feuilles sagittées ; fleurs monoïques . . . . .
. . . . 89ᵉ F. ALISMACÉES.
Feuilles tout autres ; étamines et ovaires réunis
dans chaque fleur. . . 1ʳᵉ F. RENONCULACÉES.

174 { Feuilles non peltées 175
Feuilles peltées. . . . 39ᵉ F. OMBELLIFÈRES.

INCOMPLÈTES CALICINALES.

242 { Feuilles ovales . . . 12ᵉ F. CARYOPHYLLACÉES.
{ Feuilles linéaires . . 34ᵉ F. PARONYCHIACÉES.

243 { Ovaire supère 244
{ Ovaire infère . . . . ; 28ᵉ F. ONAGRARIACÉES.

244 { Fleurs en épis serrés ; étamines longuement sail-
{   lantes. . . . . . . 67ᵉ F. PLANTAGINACÉES.
{ Fleurs autrement qu'en épis serrés ; étamines peu
{   ou point saillantes. . 12ᵉ F. CARYOPHYLLACÉES.

245 { Plantes non grimpantes 246
{ Plantes grimpantes. . . . 77ᵉ F. URTICACÉES.

246 { Tige hérissée de poils blanchâtres, semblables à de
{   petits aiguillons. . . . 77ᵉ F. URTICACÉES.
{ Tige glabre ou pubescente, mais non hérissée. .
{   . . . . 76ᵉ F. EUPHORBIACÉES.

247 { Tige sans nœuds visibles. 248
{ Tige à nœuds apparents. . . 93ᵉ F. GRAMINÉES.

248 { Fleurs disposées en chatons cylindriques, ovales ou
{   elliptiques. 249
{ Fleurs disposées tout autrement. 250

249 { Chaton jaunâtre, latéral, solitaire. . . . . .
{   . . . . 82ᵉ F. AROÏDACÉES.
{ Chatons d'un brun noirâtre, terminaux, 2 super-
{   posés. . . . . 91ᵉ F. TYPHACÉES.

250 { Fleurs disposées autrement qu'en têtes globuleuses
{   et alternes. 251
{ Fleurs disposées en têtes globuleuses et alternes.
{   . . . . 91ᵉ F. TYPHACÉES.

251 { Feuilles nulles, alternes ou toutes radicales. . . 252
{ Feuilles opposées ou verticillées, au moins les su-
{   périeures 258

252 { Plantes s'élevant plus ou moins hors de l'eau. . 253
{ Plantes submergées ou flottantes . . . . . .
{   . . . . 94ᵉ F. POTAMOGÉTACÉES.

253 { Feuilles obovales, arrondies ou réniformes. . . 254
{ Feuilles linéaires ou lancéolées. 256

254 { Fleurs axillaires ; 6 étamines 255
{ Fleurs en corymbe terminal ; 8-10 étamines. . .
{   . . . . 38ᵉ F. SAXIFRAGACÉES.

255 { Feuilles ne partant pas d'une gaîne membraneuse
{   et distincte . . . . 31ᵉ F. LYTHRARIACÉES.
{ Feuilles partant d'une gaîne membraneuse et dis-
{   tincte qui entoure la tige. 70ᵉ F. POLYGONACÉES.

CRYPTOGAMES.

IIᵉ Partie. — CLEF DES GENRES.

1ʳᵉ F. — RENONCULACÉES.

1	Feuilles alternes ou toutes radicales.	2
	Feuilles opposées . . . . . . CLEMATIS (9).	
2	Fleurs sans casque ni éperon.	3
	Fleurs munies d'un casque ou d'un ou plusieurs éperons	16
3	Fleurs munies d'un calice et d'une corolle . . .	4
	Fleurs n'ayant qu'une de ces deux enveloppes (*). .	10
4	Fleurs jaunes, bleues ou blanches	5
	Fleurs rouges. . . . . ADONIS (1).	
5	5-12 pétales ; fruit sec.	6
	4 pétales ; fruit charnu. . . . . ACTÆA (18).	
6	Calice à 5 sépales	7
	Calice à 3 sépales	9
7	Feuilles n'étant pas tout à la fois radicales, linéaires et entières	8
	Feuilles toutes radicales, linéaires et entières. . . . . MYOSURUS (2).	
8	Feuilles toutes radicales. . CERATOCEPHALUS (4).	
	Feuilles plus ou moins nombreuses sur la tige. . . . . RANUNCULUS (3).	
9	Fleurs jaunes . . . . FICARIA (5).	
	Fleurs bleues, rarement blanches. . HEPATICA (7).	
10	Fleurs d'une autre couleur que le bleu. . . .	11
	Fleurs bleuâtres. . . . . NIGELLA (14).	
11	Feuilles n'étant jamais en cœur arrondi. . . .	12
	Feuilles simples, en cœur arrondi. . CALTHA (10).	

(*) Pour éviter tout embarras aux commençants, nous considérons, dans la clef, les espèces qui n'ont que des pétales rudimentaires comme en étant dépourvues.

12 { Tige n'étant pas munie d'une collerette foliacée. . . 13
　　{ Tige munie d'une collerette foliacée.　ANEMONE (6).

13 { Etamines non saillantes hors de la fleur 14
　　{ Etamines longuement saillantes . THALICTRUM (8).

14 { Fleurs blanches ou verdâtres 15
　　{ Fleurs jaunes . . . . TROLLIUS (11).

15 { Fleurs d'un blanc pur, inodores.　ISOPYRUM (13).
　　{ Fleurs verdâtres, à odeur désagréable. . . . .
　　{ . . . . HELLEBORUS (12).

16 { Fleurs munies de 1 ou plusieurs éperons. . . . 17
　　{ Fleurs en casque, dépourvues d'éperon. . . .
　　{ . . . . ACONITUM (17).

17 { 5 éperons . . . . AQUILEGIA (15).
　　{ 1 seul éperon . . . . . . DELPHINIUM (16).

2e F. — BERBÉRIDACÉES.

BERBERIS (19).

3e F. — NYMPHÆACÉES.

1 { Fleurs blanches. . . . . . . NYMPHÆA (20).
　{ Fleurs jaunes . . . . NUPHAR (21).

4e F. — PAPAVÉRACÉES.

1 { Fleurs jaunes 2
　{ Fleurs rouges . . . . PAPAVER (22).

2 { Fleurs assez grandes, solitaires, terminales. . . 3
　{ Fleurs petites, en petites ombelles. CHELIDONIUM (25).

3 { Capsule linéaire, très-allongée, à 2 valves séparées
　{ 　par une cloison. . . . . . GLAUCIUM (24).
　{ Capsule obovale, s'ouvrant au sommet par 4-6 valves,
　{ 　à cloison nulle. . . . . . MECONOPSIS (23).

5e F. — FUMARIACÉES.

1 { Fruit globuleux, monosperme, indéhiscent . . .
　{ 　. . . . . FUMARIA (26).
　{ Fruit ovale-oblong, aplati, bivalve, polysperme . .
　{ 　. . . . . CORYDALYS (27).

6e F. — CRUCIFÈRES.

1 { Fruit 4 fois au moins plus long que large (silique). 2
　{ Fruit n'étant pas 4 fois plus long que large (silicule). 22

2 { Silique non articulée, s'ouvrant par 2 valves. . . 3
Silique indéhiscente, à articulations distinctes, imitant les grains d'un chapelet. . Raphanus (42).

3 { Feuilles toutes entières ou seulement dentées. . . 4
Feuilles, quelques unes au moins, pennées, pennatiséquées, pennatipartites, pennatifides ou lobées. . 12

4 { Fleurs jaunes ou jaunâtres. 5
Fleurs blanches, roses ou lilacées 8

5 { Feuilles caulinaires non embrassantes 6
Feuilles caulinaires embrassant la tige par 2 oreillettes. . . . . Arabis (32).

6 { Feuilles un peu rudes 7
Feuilles parfaitement lisses. . Cheiranthus (28).

7 { Calice à sépales dressés . . . . Erysimum (37).
Calice à sépales étalés . . . . . Sinapis (40).

8 { Feuilles n'exhalant pas une odeur d'ail par le froissement 9
Feuilles exhalant une odeur d'ail quand on les froisse. . . . . Sisymbrium (36).

9 { Feuilles caulinaires parfaitement glabres 10
Feuilles toutes plus ou moins velues. 11

10 { Siliques appliquées contre la tige. Turritis (31).
Siliques plus ou moins écartées de la tige. . . . . Arabis (32).

11 { Fleurs petites, inodores; stigmate entier. Arabis (32).
Fleurs assez grandes, très-odorantes le soir; stigmate partagé en 2 lamelles rapprochées. Hesperis (35).

12 { Fleurs blanches, blanchâtres ou lilas. 13
Fleurs jaunes ou jaunâtres. 16

13 { Graines disposées sur 2 rangs dans chaque valve. . 14
Graines disposées sur 1 seul rang. 15

14 { Feuilles toutes pennées . . . Nasturtium (29).
Feuilles inférieures dentées, crénelées ou pennatifides, mais non pennées. . . Sisymbrium (36).

15 { Racine horizontale, écailleuse, dentée; style allongé et filiforme . . . . Dentaria (34).
Racine tout autre; style court et conique ou presque nul. . . . . Cardamine (33).

16 { Graines disposées sur 2 rangs dans chaque valve. . 17
Graines disposées sur 1 seul rang. 18

17 { Siliques comprimées, à valves marquées d'une nervure. . . . . Diplotaxis (41).
Siliques cylindriques, à valves sans nervure . . . . Nasturtium (29).

35 { 1-2 graines seulement dans chaque loge de la silicule.
. . . . LEPIDIUM (56).
Plus de 2 graines dans chaque loge. THLASPI (52).

36 { Feuilles caulinaires pétiolées; fleurs grandes, violacées. . . . . LUNARIA (45).
Feuilles caulinaires nulles, embrassantes ou sessiles;
fleurs petites, blanches. . . . . DRABA (47).

37 { Tige feuillée. 38
Feuilles toutes radicales. . . . . DRABA (47).

38 { Silicules plus ou moins aplaties. 39
Silicules jamais aplaties. 42

39 { Silicules orbiculaires. 40
Silicules ovales, elliptiques ou oblongues. . . . 41

40 { Silicules entourées d'un petit rebord membraneux;
stigmate sessile. . . . . . CLYPEOLA (46).
Silicules sans rebord; stigmate porté sur un véritable style . . . . ALYSSUM (43).

41 { Silicules pubescentes-grisâtres . . FARSETIA (44).
Silicules glabres. . . . . ISATIS (58).

42 { Silicules n'offrant pas 4 angles inégaux et irréguliers. 43
Silicules à 4 angles inégaux et irréguliers . . .
. . . . BUNIAS (63).

43 { Silicules indéhiscentes 44
Silicules s'ouvrant par 2 valves . . . . . . 45.

44 { Silicules globuleuses, à pédicelle grêle. NESLIA (60).
Silicules en massue, à pédicelle épais et renflé. .
. . . . MYAGRUM (61).

45 { Silicules à valves dépourvues de nervure dorsale.
. . . . RORIPA (50).
Valves marquées d'une nervure dorsale . . . .
. . . . CAMELINA (51).

46 { Fleurs blanches, roses, lilas ou violacées 47
Fleurs jaunes ou jaunâtres. 55

47 { Fleurs régulières, à pétales tous égaux. . . . 48
Fleurs irrégulières, à pétales extérieurs plus grands. 53

48 { Fleurs blanches ou à peine rosées. 49
Fleurs roses, lilas ou violacées . . DRABA (47).

49 { Tige droite ou redressée; silicules non hérissées d'aspérités tuberculeuses. 50
Tige couchée; silicules hérissées d'aspérités tuberculeuses. . . . . SENEBIERA (59).

50 { Silicules échancrées au sommet. . . . . . 51.
Silicules entières. . . . . . LEPIDIUM (56).

51 $\Big\{$ Tige feuillée 52
      Feuilles toutes radicales . . . TEESDALIA (54).

52 $\Big\{$ Silicules triangulaires; plus de 2 graines dans chaque loge . . . . CAPSELLA (53).
      Silicules ovales-arrondies ou oblongues ; 1-2 graines dans chaque loge . . . . . LEPIDIUM (56).

53 $\Big\{$ Feuilles plus ou moins nombreuses sur la tige. . . 54
      Feuilles toutes ou presque toutes radicales et étalées en rosette . . . . TEESDALIA (54).

54 $\Big\{$ Silicules déhiscentes, comprimées, échancrées au sommet . . . . IBERIS (55).
      Silicules indéhiscentes, ovales-globuleuses, terminées en pointe . . . . . CALEPINA (62).

55 $\Big\{$ Silicules n'offrant pas 4 angles inégaux et irrégulièrement dentés. 56
      Silicules à 4 angles inégaux et irrégulièrement dentés. . . . . BUNIAS (63).

56 $\Big\{$ Silicules indéhiscentes, à 1-2 graines. . . . . RAPISTRUM (64).
      Silicules déhiscentes, à plusieurs graines. . . . RORIPA (50).

7e F. — CISTACÉES.

1 $\Big\{$ 5 sépales presque égaux. . . . . . CISTUS (65).
      5 sépales très-inégaux, les 2 extérieurs beaucoup plus petits. . . . . . HELIANTHEMUM (65).

8e F. — VIOLARIACÉES.

VIOLA (67).

9e F. — RÉSÉDACÉES.

RESEDA (68).

10e F. — POLYGALACÉES.

POLYGALA (69).

11e F. — DROSÉRACÉES.

1 $\Big\{$ Tige uniflore; feuilles glabres. . PARNASSIA (70).
      Hampe multiflore; feuilles à poils rougeâtres. . . . DROSERA (71).

12e F. — CARYOPHYLLACÉES.

1 $\Big\{$ Calice monosépale 2
      Calice à sépales libres ou à peine soudés à la base. 7

2 { 2-3 styles 3
{ 5 styles. . . . . LYCHNIS (77).

3 { 2 styles. 4
{ 3 styles. 6

4 { Calice tubuleux 5
{ Calice campanulé. . . . . . . GYPSOPHILA (72).

5 { Calice muni d'écailles à la base. DIANTHUS (73).
{ Calice sans écailles à la base . . SAPONARIA (74).

6 { Calice campanulé ; fruit charnu. CUCUBALUS (75).
{ Calice tubuleux ou ballonné; fruit sec. SILENE (76).

7 { 3-4 sépales. 8
{ 5 sépales 11

8 { 2 styles. 9
{ 3-4 styles 10

9 { Pétales au moins aussi longs que le calice .
{ . . . . MOEHRINGIA (81).
{ Pétales beaucoup plus courts que le calice. . .
{ . . . . BUFFONIA (78).

10 { Plantes aquatiques ; pétales égaux aux sépales . .
{ . . . . ELATINE (87).
{ Plantes terrestres; pétales nuls ou plus courts que
{ les sépales . . . . SAGINA (79).

11 { Pétales véritables, plus ou moins apparents . . 12
{ Pétales nuls . . . . STELLARIA (85).

12 { Pétales entiers, denticulés ou légèrement échancrés. 13
{ Pétales profondément bifides ou bipartits . . . 19

13 { 3 styles. 14
{ 5 styles. 16

14 { Pétales entiers ou un peu échancrés; fleurs autre-
{ ment qu'en ombelle 15
{ Pétales denticulés ; fleurs en ombelle terminale. .
{ . . . . HOLOSTÆUM (84).

15 { Feuilles linéaires, en alène. . . . ALSINE (82).
{ Feuilles ovales . . . . . . ARENARIA (83).

16 { Feuilles opposées. 17
{ Feuilles verticillées . . . . . SPERGULA (80).

17 { Feuilles sans stipules 18
{ Feuilles à stipules scarieuses. . . ALSINE (82).

18 { Feuilles linéaires. . . . . . SPERGULA (80).
{ Feuilles non linéaires . . . . CERASTIUM (86).

19 { 3 styles ; capsules s'ouvrant par 6 valves. . . .
{ . . . . STELLARIA (85).
{ 5 styles; capsules s'ouvrant au sommet par 10 dents.
{ . . . . CERASTIUM (86).

13e F. — LINACÉES.

1
- Sépales, pétales, étamines et style au nombre de 5. . . . . LINUM (88).
- Organes de la fleur au nombre de 4. RADIOLA (89).

14e F. — MALVACÉES.

1
- Calice extérieur à 3 sépales. . . . MALVA (90).
- Calice extérieur à 6-9 segments . . ALTHÆA (91).

15e F. — HYPÉRICACÉES.

1
- Pétales dépourvus d'appendice à la base . . . . HYPERICUM (92).
- Pétales munis vers la base interne d'un appendice fimbrié . . . . ELODES (93).

16e F. — TILIACÉES.

TILIA (94).

17e F. — ACÉRACÉES.

ACER (95).

18e F. — AMPÉLIDACÉES.

VITIS (96).

19e F. — GÉRANIACÉES.

1
- Pétales tous égaux; arêtes des carpelles glabres en dedans et se roulant en cercle à la maturité. GERANIUM (97).
- Pétales un peu inégaux; arêtes barbues en dedans et se tordant en tire-bouchon à la maturité. . . . . ERODIUM (98).

20e F. — OXALIDACÉES.

OXALIS (99).

21e F. — BALSAMINACÉES.

IMPATIENS (100).

22e F. — ZYGOPHYLLACÉES.

TRIBULUS (101).

23e F. — RUTACÉES.

RUTA (102).

24ᵉ F. — RHAMNACÉES.

1 { Fleurs munies de sépales et de pétales 2
{ Fleurs dépourvues de pétales . . RHAMNUS (104).

2 { Calice à divisions caduques ; étamines opposées aux
{ pétales 3
{ Calice à divisions persistantes ; étamines alternant
{ avec les pétales . . . . . EVONYMUS.(103).

3 { Feuilles à stipules remplacées par des aiguillons ;
{ fruit sec, entouré d'une aile membraneuse . . . .
{ . . . . PALIURUS (105).
{ Feuilles à stipules non aiguillonnées ; fruit charnu.
{ . . . . RHAMNUS (104).

25ᵉ F. — TÉRÉBINTHACÉES.

1 { Feuilles pennées . . . . PISTACIA (106).
{ Feuilles simples et entières. . . . RHUS.(107).

26ᵉ F. — PAPILIONACÉES.

1 { Feuilles toutes simples ou réduites à une vrille . . 2
{ Feuilles, au moins quelques unes, composées. . . 6

2 { Tige herbacée. 3
{ Tige ligneuse ou sous-ligneuse 4

3 { Tige ailée . . . . GENISTA (111).
{ Tige non ailée. . . . . LATHYRUS (130).

4 { Calice à 2 lèvres ou à 2 segments 5
{ Calice à 1 seule lèvre . . . . SPARTIUM (109).

5 { Calice divisé jusqu'à la base en 2 segments distincts.
{ . . . . ULEX (108).
{ Calice à 2 lèvres, mais non divisé jusqu'à la base. .
{ . . . . GENISTA (111).

6 { Feuilles trifoliolées, au moins quelques unes. . . 7
{ Feuilles pennées 18

7 { Tige ligneuse ou sous-ligneuse 8
{ Tige herbacée. 11

8 { Calice à 2 lèvres distinctes. 9
{ Calice non bilabié, à 5 divisions profondes. . . .
{ . . . . ONONIS (113).

9 { Rameaux sans épines . . . . 10.
{ Rameaux épineux . . . . GENISTA (111).

10 { Feuilles supérieures entières. SAROTHAMNUS (110).
{ Feuilles toutes trifoliolées. . . . CYTISUS (112).

11 { Folioles à peu près toutes égales. 12
Foliole terminale beaucoup plus grande que les 2 latérales. . . . . . . CORONILLA (124).

12 { Plantes n'exhalant pas une odeur de bitume. . . 13
Plantes exhalant une forte odeur de bitume . . .
. . . . PSORALEA (121).

13 { Corolle à carène presque aussi longue que les ailes. 14
Carène beaucoup plus courte que les ailes. . . .
. . . . TRIGONELLA (116).

14 { Gousse n'étant ni réniforme, ni courbée en faucille, ni contournée en spirale. 15
Gousse réniforme, courbée en faucille ou contournée en spirale . . . . MEDICAGO (115).

15 { Fleurs n'étant pas en grappe allongée 16
Fleurs en grappe allongée. . . MELILOTUS (117).

16 { Gousse dépassant longuement le calice. 17
Gousse renfermée dans le calice ou le dépassant peu.
. . . . TRIFOLIUM (118).

17 { Corolle à étendard à peu près aussi long que les ailes; gousse sans ailes membraneuses. . LOTUS (120).
Étendard manifestement plus long que les ailes; gousse à 4 ailes membraneuses . . . .
. . . . TETRAGONOLOBUS (119).

18 { Folioles en nombre impair. 19
Folioles en nombre pair 30

19 { Fleurs en grappe ou en épi. 20
Fleurs solitaires, en ombelle ou en tête. 25

20 { Tige ligneuse ou sous-ligneuse 21
Tige herbacée. 22

21 { Fleurs jaunes. . . . . CORONILLA (124).
Fleurs jamais jaunes. . . . ASTRAGALUS (122).

22 { Ailes de la corolle plus longues que la carène ou l'égalant à peu près. 23
Ailes beaucoup plus courtes que la carène. . . .
. . . . ONOBRYCHIS (127).

23 { Fleurs en grappe non unilatérale. 24
Fleurs en grappe unilatérale . . . PHACA (223).

24 { Fleurs en grappe ovale ou globuleuse . . . . .
. . . . ASTRAGALUS (122).
Fleurs en grappe oblongue.
. . . . . GALEGA (120 bis, page 675).

25 { Fleurs jamais bleues ni violettes. 26
Fleurs bleues ou violettes . . ASTRAGALUS (122).

26 { Gousse saillante en dehors du calice. 27
   { Gousse renfermée dans le calice. ANTHYLLIS (114).

27 { Tige entièrement herbacée. 28
   { Tige ligneuse ou sous-ligneuse, au moins à la base.
   . . . . CORONILLA (124).

28 { Corolle à carène terminée en bec pointu; gousses
   { non réunies en forme de pied d'oiseau 29
   { Carène obtuse au sommet; gousses réunies en forme
   { de pied d'oiseau. . . . . . ORNITHOPUS (125).

29 { Fleurs jaunes . . . . HIPPOCREPIS (126).
   { Fleurs panachées de blanc et de lilas . . . . .
   { . . . . CORONILLA (124).

30 { Tige entièrement herbacée. 31
   { Tige sous-ligneuse, au moins à la base. . . . .
   { . . . . ASTRAGALUS (122).

31 { Plusieurs paires de folioles à chaque feuille . . . 32
   { 1 seule paire de folioles . . . LATHYRUS (130).

32 { Calice beaucoup plus court que la corolle. . . . 33
   { Calice égalant à peu près la corolle. ERVUM (129).

33 { Pétiole terminé par une arête courte et droite. . . 34
   { Pétiole terminé par une vrille contournée et accro-
   { chante 35

34 { Fleurs en grappes pédonculées . . OROBUS (131).
   { Fleurs solitaires, sessiles ou presque sessiles à l'ais-
   { selle des feuilles . . . . . . VICIA (128).

35 { Style élargi et aplati au sommet. LATHYRUS (130).
   { Style filiforme, non élargi au sommet. VICIA (128).

27e F. — ROSACÉES.

1 { Tige ligneuse ou sous-ligneuse. 2
  { Tige herbacée ou faiblement sous-ligneuse à la base. 15

2 { 5 pétales; styles non plumeux 3
  { 8 pétales; styles plumeux. . . . DRYAS (135).

3 { Ovaire supère. 4
  { Ovaire infère. 7

4 { Rameaux munis d'épines ou d'aiguillons 5
  { Rameaux sans épines et sans aiguillons. 6

5 { Feuilles composées . . . . RUBUS (141).
  { Feuilles simples . . . . PRUNUS (132).

6 { Fleurs en ombelles, corymbes ou grappes; jeunes
  { feuilles pliées . . . . CERASUS (133).
  { Fleurs solitaires, géminées ou ternées; jeunes feuil-
  { les enroulées . . . . PRUNUS (132).

22 { Pétales arrondis ou obcordés; réceptacle toujours sec. . . . . POTENTILLA (139).
Pétales obovales; réceptacle devenant charnu après la floraison. . . . . . . FRAGARIA (137).

23 { Fleurs en capitules serrés 24
Fleurs axillaires ou en corymbe. ALCHEMILLA (144).

24 { 4 étamines; stigmate simple. SANGUISORBA (145).
20-30 étamines; stigmate en pinceau . . . . . .
. . . . POTERIUM (146).

28e F. — ONAGRARIACÉES.

1 { Feuilles n'étant pas en même temps triangulaires et dentées 2
Feuilles supérieures triangulaires et dentées. . .
. . . . TRAPA (158).

2 { Fleurs à calice et corolle 3
Fleurs à calice, mais sans corolle. ISNARDIA (157).

3 { 4 pétales; 8 étamines 4
2 pétales; 2 étamines . . . . . CIRCÆA (156).

4 { Fleurs jaunes . . . . . . OENOTHERA (155).
Fleurs rouges, roses ou blanches. EPILOBIUM (154).

29e F. — HALORAGACÉES.

1 { Feuilles entières 2
Feuilles profondément pennatiséquées, à segments linéaires . . . . . . MYRIOPHYLLUM (159).

2 { Feuilles opposées. . . . . CALLITRICHE (161).
Feuilles verticillées . . . . . HIPPURIS (160).

30e F. — CÉRATOPHYLLACÉES.

CERATOPHYLLUM (162).

31e F. — LYTHRARIACÉES.

1 { Pétales très-apparents . . . . LYTHRUM (163).
Pétales nuls ou peu apparents. . . PEPLIS (164).

32e F. — TAMARICACÉES.

MYRICARIA (165).

33e F. — CUCURBITACÉES.

1 { Fleurs dioïques; tige grimpante, munie de vrilles.
. . . . BRYONIA (166).
Fleurs monoïques; tige rampante, dépourvue de vrilles. . . . . ECBALLION (167).

9.

34e F. — PARONYCHIACÉES.

1 { Feuilles opposées ou verticillées   2
  { Feuilles alternes . . . . . . CORRIGIOLA (168).

2 { Feuilles accompagnées de stipules   3
  { Feuilles sans stipules. . . . . SCLERANTHUS (172).

3 { Feuilles toutes opposées.   4
  { Feuilles verticillées 4 à 4 dans le milieu de la tige.
     . . . . POLYCARPON (171).

4 { Fleurs blanches ; capsule déhiscente. . . . . .
     . . . . ILLECEBRUM (170).
  { Fleurs vertes ou d'un vert jaunâtre ; capsule indé-
     hiscente . . . . HERNIARIA (169).

35e F. — PORTULACÉES.

1 { Plantes aquatiques ; fleurs blanches. MONTIA (174).
  { Plantes terrestres ; fleurs jaunes. PORTULACA (173).

36e F. — CRASSULACÉES.

1 { Corolle polypétale ; feuilles jamais peltées   2
  { Corolle monopétale ; feuilles peltées. UMBILICUS (180).

2 { Calice à plus de 3 divisions.   3
  { Calice à 3 divisions ; très-petite plante. TILLÆA (176).

3 { Fleurs complètes.   4
  { Fleurs dioïques . . . . . . RHODIOLA (175).

4 { Etamines en nombre double des pétales.   5
  { Etamines en nombre égal à celui des pétales . . .
     . . . . CRASSULA (177).

5 { 4-5 (rarement 6-7) pétales et autant d'ovaires.
     . . . . SEDUM (178).
  { 6-20 pétales et autant d'ovaires. SEMPERVIVUM (179).

37e F. — GROSSULARIACÉES.

RIBES (181).

38e F. — SAXIFRAGACÉES.

1 { Fleurs ayant un calice et une corolle . . . . .
     . . . . SAXIFRAGA (182).
  { Fleurs ayant un calice, mais dépourvues de corolle.
     . . . . CHRYSOSPLENIUM (183).

39e F. — OMBELLIFÈRES.

1 { Involucre nul ou à folioles non épineuses. . . .   2
  { Involucre à folioles épineuses. . ERYNGIUM (184).

2 { Feuilles jamais peltées 3
  { Feuilles peltées . . . . . HYDROCOTYLE (187).

3 { Feuilles composées ou plus ou moins découpées. . 4
  { Feuilles parfaitement entières . BUPLEVRUM (209).

4 { Feuilles à folioles digitées ou à lobes palmés . . . 5
  { Feuilles tout autres 7

5 { Ombelles simples ou irrégulières. 6
  { Ombelles composées et régulières. HERACLEUM (201).

6 { Ombelles simples, régulières . . ASTRANTIA (186).
  { Ombelles composées et irrégulières. SANICULA (185).

7 { Etamines et carpelles réunis dans chaque fleur . . 8
  { Fleurs dioïques . . . . TRINIA (222).

8 { Fleurs jaunes ou jaunâtres. 9
  { Fleurs blanches, roses ou rosées 13

9 { Involucre nul ou formé de 1-4 folioles 10
  { Involucre formé de plus de 4 folioles . . . . .
  { . . . . PEUCEDANUM (199).

10 { Feuilles découpées en segments ovales, oblongs ou
   {   lancéolés. 11
   { Feuilles découpées en lanières capillaires . . . .
   { . . . . FOENICULUM (221).

11 { Involucelle polyphylle 12
   { Involucelle nul ou à peu près. . PASTINACA (198).

12 { Fruit à côtes filiformes . . PETROSELINUM (217).
   { Fruit à côtes carénées, presque ailées. SILAUS (210).

13 { Fruit à aiguillons plus ou moins forts et serrés . . 14
   { Fruit glabre ou velu, mais non aiguillonné. . . . 16

14 { Involucre nul ou à folioles simples 15
   { Involucre à folioles pennatiséquées. DAUCUS (188).

15 { Fruit non terminé par un bec. . CAUCALIS (189).
   { Fruit rétréci en bec au sommet. ANTHRISCUS (192).

16 { Involucre à folioles pennatiséquées 17
   { Involucre nul ou à folioles entières. 18

17 { Fruit terminé par un bec allongé. SCANDIX (191).
   { Fruit non terminé en bec . . . . . AMMI (208).

18 { Fruit prolongé en bec 19
   { Fruit sans bec. 20

19 { Bec 4 fois au moins plus long que le reste du fruit.
   { . . . . SCANDIX (191).
   { Bec manifestement plus court que le reste du fruit.
   { . . . . ANTHRISCUS (192).

20 { Fruit glabre 21
   { Fruit velu sur toute sa surface. ATHAMANTHA (190).

21 { Calice à dents nulles ou très-courtes, non dressées sur le fruit. 22
     Calice à dents allongées, persistantes et dressées sur le fruit . . . . ŒNANTHE (215).

22 { Fruit 3 fois au moins aussi long que large. . . . 23
     Fruit n'étant pas 3 fois aussi long que large . . . 26

23 { Involucelle à folioles membraneuses et ciliées sur les bords. 24
     Involucelle à folioles sétacées, non ciliées 25

24 { Fruit linéaire, sans côtes ou à côtes obtuses . . . . CHÆROPHYLLUM (193).
     Fruit oblong, mais non linéaire, à 5 côtes tranchantes. . . . . MYRRHIS (194).

25 { Involucre nul ou à 1-2 folioles caduques . . . . PTYCHOTIS (214).
     Involucre polyphylle, à folioles persistantes . . . . FALCARIA (207).

26 { Fruit à ailes membraneuses ou à bordure saillante. 27
     Fruit sans ailes membraneuses ni bordure saillante. 33

27 { Fruit portant plusieurs côtes ailées ou au moins très-aiguës 28
     Fruit simplement entouré d'une aile ou d'une bordure. 31

28 { Fruit à côtes ailées, au moins les 2 latérales . . . 29
     Fruit à 5 côtes aiguës, mais non ailées. LIGUSTICUM (203).

29 { Fruit à côtes toutes développées en ailes membraneuses 30
     Fruit à côtes latérales seules développées en ailes membraneuses . . . . ANGELICA (197).

30 { Involucre polyphylle. . . . LASERPITIUM (196).
     Involucre nul ou à 8-8 folioles caduques. . . . . SELINUM (200).

31 { Feuilles velues ou pubescentes, au moins en dessous et sur les bords 32
     Feuilles glabres . . . . . PEUCEDANUM (199).

32 { Involucre nul ou à 1-3 folioles. HERACLEUM (201).
     Involucre à plus de 3 folioles. . TORDYLIUM (202).

33 { Involucre nul ou formé de 1-4 folioles 34
     Involucre formé de plus de 4 folioles 48

34 { Racine fibreuse ou pivotante 35
     Racine en petit tubercule arrondi. CONOPODIUM (195).

35 { Ombelles toutes régulières et portant des ombellules. 36
   Ombelles latérales réduites à des ombellules irrégulièrement espacées le long des rameaux. . . . .
   . . . . PETROSELINUM (217).

36 { Ombelles longuement pédonculées 37
   Ombelles sessiles ou à très-court pédoncule. . .
   . . . . SIUM (204).

37 { Involucelle formé de 3 folioles renversées et déjetées du même côté. 38
   Involucelle nul ou n'offrant pas 3 folioles déjetées et renversées du même côté 40

38 { Tige non tachée. 39
   Tige marquée de taches rougeâtres. CONIUM (205).

39 { Calice à 5 dents marquées et persistantes . . . .
   . . . . CORIANDRUM (218).
   Calice à dents nulles. . . . . . ÆTHUSA (213).

40 { Feuilles toutes découpées en lanières capillaires . . 41
   Feuilles plus ou moins découpées, mais jamais toutes en lanières capillaires 43

41 { Ombelles à plus de 3 rayons 42
   Ombelles à 2-3 rayons . . . . . SIUM (204).

42 { Feuilles étroites, à folioles paraissant verticillées. .
   . . . . MEUM (212).
   Feuilles élargies, à folioles ne paraissant nullement verticillées . . . . CARUM (219).

43 { Fruit ovale ou oblong . . . : . . . 44
   Fruit globuleux . . . . SISON (216).

44 { Folioles inférieures de chaque feuille n'étant pas disposées en ✕ sur le pétiole commun 45
   Folioles inférieures de chaque feuille disposées en ✕ sur le pétiole commun. . . . CARUM (219).

45 { Involucelle complètement nul. 46
   Involucelle à 1 ou plusieurs folioles 47

46 { Feuilles 1-2 fois ternées, les supérieures opposées.
   . . . . ÆGOPODIUM (223).
   Feuilles 1-2 fois pennées, les supérieures alternes.
   . . . . PIMPINELLA (220).

47 { Tige droite . . . . SESELI (211).
   Tige rampante et radicante. . . . . SIUM (204).

48 { Involucelle à folioles non déjetées du même côté. . 49
   Involucelle à 3 folioles déjetées du même côté. . .
   . . . . CONIUM (205).

49 { Tige droite, jamais radicante ni stolonifère . . . 50
   Tige couchée, radicante ou stolonifère. SIUM (204).

50 { Racine tuberculeuse ; feuilles 2-3 fois pennées . . .
. . . . BUNIUM (206).
Racine fibreuse ; feuilles 1 fois pennées. SIUM (204).

40 F. — CAPRIFOLIACÉES.

1 { Tige herbacée.   2
Tige ligneuse   3

2 { Fleurs verdâtres, en petite tête cubique. ADOXA (224).
Fleurs blanches, en cyme . . . . SAMBUCUS (225).

3 { Feuilles simples   4
Feuilles pennées. . . . . SAMBUCUS (225).

4 { Corolle irrégulière, à 2 lèvres. . . LONICERA (227).
Corolle régulière, en roue. . . . VIBURNUM (226).

41e F. — HÉDÉRACÉES.

1 { Feuilles alternes ; tige grimpante. HEDERA (228).
Feuilles opposées ; tige se soutenant d'elle-même.
. . . . CORNUS (229).

42e F. — LORANTHACÉES.

VISCUM (228).

43e F. — RUBIACÉES.

1 { Fleurs disposées autrement qu'en épi imbriqué . .   2
Fleurs en épi imbriqué. . . . . CRUCIANELLA (233).

2 { Fruit non couronné par les dents du calice. . . .   3
Fruit couronné par les dents persistantes du calice.
. . . . SHERARDIA (231).

3 { Corolle en roue ou en cloche.   4
Corolle en entonnoir. . . . . . . ASPERULA (232).

4 { Corolle en cloche ; fruit charnu . . . RUBIA (234).
Corolle en roue ou étoile ; fruit sec. GALIUM (235).

44e F. — VALÉRIANACÉES.

1 { 2-3 étamines ; corolle sans bosse ni éperon.   2
1 étamine ; corolle à éperon ou petite bosse . . .
. . . . CENTRANTHUS (236).

2 { Fruit sans aigrette plumeuse. VALERIANELLA (237).
Fruit couronné par une aigrette plumeuse. . . .
. . . . VALERIANA (238).

45e F. — DIPSACÉES.

1 { Tige munie d'aiguillons . . . . . . DIPSACUS (239).
Tige dépourvue d'aiguillons . . . SCABIOSA (240).

46e F. — GLOBULARIACÉES.

GLOBULARIA (241).

47e F. — COMPOSÉES.

1 { Fleurs composées de fleurettes uniformes (flosculeuses ou semi-flosculeuses) 2
Fleurs radiées. 63

2 { Fleurs flosculeuses 3
Fleurs semi-flosculeuses. 34

FLOSCULEUSES.

3 { Fleurons n'ayant pas un involucre particulier dans
l'involucre général 4
Fleurons ayant un involucre particulier . . . .
. . . . ECHINOPS (253).

4 { Involucre imbriqué 5
Involucre à folioles égales ou seulement caliculé. . 30

5 { Feuilles de la plante ou écailles de l'involucre plus
ou moins épineuses ou accrochantes 6
Feuilles et involucre jamais épineux ni accrochants. 14

6 { Ecailles de l'involucre terminées par une ou plusieurs
épines droites 7
Ecailles de l'involucre terminées par une pointe accrochante, recourbée en hameçon. LAPPA (251).

7 { Réceptacle garni de soies ou de petites paillettes. . 8
Réceptacle nu, creusé de petites fossettes . . . .
. . . . ONOPORDUM (249).

8 { Feuilles plus ou moins épineuses. 9
Feuilles sans épines. . . . . . . CENTAUREA (245).

9 { Ecailles intérieures de l'involucre bien plus courtes
que les fleurons 10
Ecailles intérieures très-allongées, formant des rayons
à la fleur. . . . . CARLINA (243).

10 { Involucre à écailles extérieures foliacées, divisées en
lobes épineux 11
Ecailles entières, non lobées. 12

11 { Fleurs d'un beau jaune d'or. KENTROPHYLLUM (246).
Fleurs purpurines ou blanches. SYLIBUM (248).

12 { Graines portant une aigrette de poils simples ou seu-
lement denticulés. 13
Graines portant une aigrette de poils rameux.
. . . . CIRSIUM (242).

31 { Involucre non cotonneux 32
{ Petits involucres cotonneux . . . Micropus (264).

32 { Fleurs rougeâtres ou blanches. 33
{ Fleurs jaunes. . . . . Senecio (270).

33 { Hampe ou tige simple . . . . Tussilago (260).
{ Tige rameuse et feuillée . . . . Cacalia (259).

SEMI-FLOSCULEUSES.

34 { Graines, au moins celles du centre, couronnées par
{   une aigrette de poils. 35
{ Graines non couronnées par une aigrette de poils. . 60

35 { Aigrettes à poils simples 36
{ Aigrettes, au moins celles du centre, à poils rameux. 53

36 { Feuilles et involucre jamais épineux. 37
{ Feuilles et involucre épineux . . . Scolymus (303).

37 { Feuilles toutes radicales 38
{ Feuilles plus ou moins nombreuses sur la tige . . 41

38 { Aigrettes sessiles, au moins celles du bord. . . . 39
{ Aigrettes toutes évidemment pédicellées. . . . .
{ . . . . Taraxacum (285).

39 { Aigrettes toutes sessiles. 40
{ Aigrettes du centre pédicellées. Pterotheca (286).

40 { Graines rétrécies au sommet . . . Crepis (287).
{ Graines aussi larges au sommet qu'au milieu. . .
{ . . . . Hieracium (289).

41 { Réceptacle nu ou à poils plus courts que les graines. 42
{ Réceptacle garni de poils plus longs que les graines.
{ . . . . Andryala (290).

42 { Involucre imbriqué. 43
{ Involucre simple, caliculé, ou à folioles sur 2-3 rangs
{   égaux 47

43 { Aigrettes évidemment pédicellées, au moins celles
{   du centre 44
{ Aigrettes toutes sessiles. 45

44 { Plante très-glabre . . . . . Lactuca (282).
{ Plante pubescente ou velue-hérissée . . . . .
{ . . . . Barkausia (288).

45 { Involucre non renflé à la base. 46
{ Involucre renflé à la base . . . Sonchus (281).

46 { Graines rétrécies au sommet; aigrettes à poils dispo-
{   sés sur plusieurs rangs. . . . Crepis (287).
{ Graines aussi larges au sommet qu'au milieu; poils sur
{   1 rang ou 2 rangs peu marqués. Hieracium (289).

61 { Feuilles et involucre épineux.   .   SCOLYMUS (303).
   { Feuilles et involucre sans épines.   LAMPSANA (302).

62 { Involucre imbriqué, à écailles scarieuses . . . . .
   {   .   .   .   .   CATANANCHE (300). . . .
   { Involucre à folioles vertes, disposées sur 2 rangs.   .
   {   .   .   .   .   CICHORIUM (301).

RADIÉES.

63 { Feuilles toutes radicales   64
   { Feuilles plus ou moins nombreuses sur la tige .   .   66

64 { Fleurs blanches ou roses   65
   { Fleurs jaunes .   .   .   .   TUSSILAGO (260).

65 { Graines sans aigrette de poils. .   .   BELLIS (274).
   { Graines couronnées d'une aigrette de poils. .   .   .
   {   .   .   .   .   ARNICA (271).

66 { Graines couronnées par une aigrette de poils. .   .   67
   { Graines sans aigrette de poils.   74

67 { Involucre à folioles imbriquées   68
   { Involucru simple, caliculé, ou à 2 rangs de folioles
   {   égales.   71

68 { Fleurs entièrement jaunes.   69
   { Demi-fleurons au moins n'étant pas jaunes. .   .   .   70

69 { 4-10 demi-fleurons ; plantes sans odeur fétide. .   .
   {   .   .   .   .   SOLIDAGO (268)
   { Plus de 10 demi-fleurons , ou sinon plantes à odeur
   {   très-forte. .   .   .   .   INULA (273).

70 { Involucre à écailles toutes apprimées ; demi-fleurons
   {   linéaires-filiformes. .   .   .   .   ERIGERON (267).
   { Involucre à écailles extérieures lâches ou étalées ;
   {   demi-fleurons oblongs, un peu élargis. ASTER (269).

71 { Involucre à 2 rangs de folioles égales.   72
   { Involucre caliculé. .   .   .   .   .   SENECIO (270).

72 { Graines toutes couronnées par une aigrette de poils. 73
   { Graines de la circonférence dépourvues d'aigrette. .
   {   .   .   .   .   DORONICUM (272).

73 { Fleurs nombreuses, en corymbe. .   SENECIO (270).
   { Fleurs solitaires ou peu nombreuses, jamais en co-
   {   rymbe. .   .   .   .   ARNICA (271).

74 { Involucre à écailles inégales, imbriquées   75
   { Involucre à folioles égales, disposées sur 2-3 rangs. 79

75 { Réceptacle garni de paillettes.   76
   { Réceptacle dépourvu de paillettes   78

48ᵉ F. — AMBROSIACÉES.

XANTHIUM (304).

49ᵉ F. — CAMPANULACÉES.

50ᵉ F. — VACCINIACÉES.

VACCINIUM (309).

51ᵉ F. — ÉRICACÉES.

52ᵉ F. — PYROLACÉES.

53ᵉ F. — AQUIFOLIACÉES.

ILEX (316).

54ᵉ F. — JASMINACÉES.

1 { Fleurs jamais jaunes   2
  { Fleurs jaunes. . . . . JASMINUM (317).

2 { Feuilles simples   3
  { Feuilles composées . . . . . FRAXINUS (318).

3 { Feuilles très-entières   4
  { Feuilles dentées . . . . . PHYLLYREA (319).

  { Fleurs ordinairement lilas; fruit capsulaire, presque
4 {   ligneux . . . . SYRINGA (321).
  { Fleurs toujours blanches; fruit charnu. . . . .
  { . . . . LIGUSTRUM (320).

55ᵉ F. — PRIMULACÉES.

  { Feuilles entières, ou seulement sinuées, denticulées
1 {   ou crénelées   2
  { Feuilles profondément pennatipartites, à divisions
  {   linéaires. . . . . HOTTONIA (326).

2 { Tige feuillée   3
  { Feuilles toutes radicales   7

  { Calice et corolle à 5 lobes ou segments.   4
3 { Calice et corolle à 4 lobes ou segments. . . .
  { . . . . CENTUNCULUS (331).

4 { Fleurs jamais jaunes   5
  { Fleurs jaunes . . . . . LYSIMACHIA (328).

5 { Feuilles opposées ou ternées   6
  { Feuilles alternes . . . . . . SAMOLUS (322).

  { Corolle 3-4 fois plus courte que le calice. . . .
6 {   . . . . ASTEROLINUM (327).
  { Corolle plus grande que le calice ou au moins l'éga-
  {   lant. . . . . ANAGALLIS (329).

  { Racine fibreuse; segments de la corolle non renver-
7 {   sés en arrière   8
  { Racine tuberculeuse; segments de la corolle renver-
  {   sés en arrière . . . . . CYCLAMEN (324).

  { Corolle non découpée en lanières étroites. . . .   9
8 { Corolle découpée en lanières étroites . . . .
  { . . . . SOLDANELLA (330).

  { Très-petites fleurs; capsules à 3-5 graines. . . .
9 {   . . . . ANDROSACE (323).
  { Fleurs assez grandes; capsules à graines nombreuses.
  { . . . . PRIMULA (325).

56e F. — APOCYNACÉES.

1 { Fleurs en grappe, ombelle ou corymbe. 2
{ Fleurs solitaires . . . . VINCA (332).

2 { Corolle à divisions étalées. . VINCETOXICUM (333).
{ Corolle à divisions réfléchies. . ASCLEPIAS (334).

57e F. — GENTIANACÉES.

1 { Feuilles simples 2
{ Feuilles trifoliolées . . . . MENYANTHES (335).

2 { Feuilles n'étant jamais orbiculaires ni en cœur . . . 3
{ Feuilles orbiculaires et en cœur. VILLARSIA (336).

3 { 4-5 étamines 4
{ 6-8 étamines . . . . CHLORA (337).

4 { Feuilles toutes linéaires. 5
{ Feuilles n'étant pas toutes linéaires. 6

5 { Corolle à 5 lobes; 5 étamines. . ERYTHRÆA (340).
{ Corolle à 4 lobes; 4 étamines. . . CICENDIA (341).

6 { Fleurs jamais roses 7
{ Fleurs ordinairement roses, rarement blanches . .
{ . . . . ERYTHRÆA (340).

7 { Fleurs jamais jaunes 8
{ Fleurs jaunes . . . . GENTIANA (339).

8 { Corolle en roue . . . . . . SWERTIA (338).
{ Corolle en entonnoir ou en cloche. GENTIANA (339).

58e F. — CONVOLVULACÉES.

1 { Tige munie de feuilles. . . CONVOLVULUS (342).
{ Tige filiforme, dépourvue de feuilles. CUSCUTA (343).

59e F. — SOLANACÉES.

1 { Corolle en roue 2
{ Corolle en cloche ou en entonnoir. 4

2 { Corolle à segments égaux; anthères conniventes. . 3
{ Corolle à segments un peu inégaux; anthères non
{ conniventes . . . . . . VERBASCUM (346).

3 { Calice renflé en vessie très-ample, enveloppant entiè-
{ rement le fruit après la floraison. PHYSALIS (349).
{ Calice sans développement considérable après la flo-
{ raison. . . . . SOLANUM (350).

4 { Tige herbacée. 5
{ Tige ligneuse. . . . . LYCIUM (347).

$$\begin{cases}\text{Corolle régulière.} \dots \dots \dots \dots \qquad 6\\ \text{Corolle irrégulière, coupée obliquement} \dots \dots\\ \qquad\qquad\qquad\qquad\qquad \text{Hyoscyamus (345).}\end{cases}$$
5

$$\begin{cases}\text{Corolle en entonnoir, à 5 plis et à 5 dents.} \dots\\ \qquad\qquad\qquad\qquad\qquad \text{Datura (344).}\\ \text{Corolle en cloche, à 5 lobes courts.} \quad \text{Atropa (348).}\end{cases}$$
6

60e F. — BORRAGINACÉES.

1 { Corolle à gorge plus ou moins fermée par des écailles.   2
  { Corolle à gorge non fermée par des écailles. . . .   8

2 { Corolle à tube plus ou moins allongé   3
  { Corolle en roue, à tube court. . Borrago (354).

3 { Corolle à gorge fermée par 3 écailles obtuses. . .   4
  { Corolle à gorge fermée par 5 écailles en alène. . .
  { . . . . Symphytum (351).

4 { Calice à segments tous égaux.   5
  { Calice à segments entremêlés de dents plus courtes.
  { . . . . Asperugo (355).

5 { Corolle à tube droit.   6
  { Corolle à tube coudé. . . . . Lycopsis (353).

6 { Gorge de la corolle à écailles glabres   7
  { Gorge de la corolle à écailles portant des pinceaux
  { de poils blancs . . . . . Anchusa (352).

7 { Fruits hérissés d'aiguillons crochus. . . . .
  { . . . . Cynoglossum (356).
  { Fruits lisses. . . . . . . Myosotis (357).

8 { Plantes plus ou moins velues.   9
  { Plantes parfaitement glabres . . Cerinthe (358).

9 { Corolle régulière.   10
  { Corolle irrégulière, à limbe coupé obliquement. .
  { . . . . Echium (362).

10 { Corolle à 5 segments, sans dent intermédiaire. . .   11
   { Corolle offrant une petite dent entre chacun des
   { 5 segments principaux. . Heliotropium (363).

11 { Corolle en entonnoir.   12
   { Corolle tubuleuse-campanulée . . Onosma (360).

12 { Calice divisé presque jusqu'à la base. . . .
   { . . . . Lithospermum (359).
   { Lobes du calice ne dépassant pas son milieu. . .
   { . . . . Pulmonaria (361).

61e F. — VERBÉNACÉES.

Verbena (364).

62ᵉ F. — LABIACÉES.

1	2 étamines.	2
	4 étamines, dont 2 plus longues.	3
2	Corolle à 2 lèvres bien marquées. . . SALVIA (365).	
	Corolle à 4 lobes presque égaux . . LYCOPUS (366).	
3	Corolle évidemment irrégulière . . .	4
	Corolle à 4 lobes presque égaux. . MENTHA (367).	
4	Corolle à 1 seule lèvre.	5
	Corolle à 2 lèvres bien marquées.	6
5	Lèvre supérieure de la corolle remplacée par 2 petites dents droites . . . . . AJUGA (390).	
	Lèvre supérieure de la corolle non remplacée par 2 petites dents. . . . . . TEUCRIUM (391).	
6	Etamines extérieures plus longues que les intérieures	7
	Etamines extérieures plus courtes que les intérieures	28
7	Calice non muni d'un capuchon.	8
	Calice muni d'un appendice en forme de petit capuchon . . . . LAVANDULA (392).	
8	Etamines toutes parallèles, également rapprochées dans toute leur longueur	9
	Etamines plus écartées deux à deux, ou plus rapprochées au sommet qu'à la base.	22
9	Calice à 2 lèvres bien marquées	10
	Calice à 5 dents presque égales, non bilabié.	12
10	Calice fermé après la floraison et n'étant pas en cloche très-ample.	11
	Calice en cloche très-ample, ouvert après la floraison. . . . . MELITTIS (387).	
11	Calice à 2 lèvres dentées. . . . BRUNELLA (388).	
	Calice à 2 lèvres entières . . SCUTELLARIA (389).	
12	Etamines plus longues que le tube de la corolle.	13
	Etamines renfermées dans le tube de la corolle .	21
13	Calice à dents spinescentes.	14
	Calice à dents non spinescentes .	19
14	Lèvre inférieure de la corolle ne présentant pas de renflement saillant vers la gorge	15
	Lèvre inférieure de la corolle présentant vers la gorge deux renflements saillants en forme de cônes. . . . . GALEOPSIS (379).	

15 { Feuilles à nervures pennées, non découpées en partitions profondes 16
Feuilles à nervures palmées, découpées en partitions profondes. . . . . LEONURUS (384).

16 { Lèvre inférieure de la corolle à lobes latéraux non réfléchis. 17
Lèvre inférieure de la corolle à lobes latéraux réfléchis. . . . . STACHYS (380).

17 { Fleurs en verticilles ou petits corymbes axillaires. . 18
Fleurs en épi terminal . . . . BETONICA (382).

18 { Corolle dépassant à peine le calice. CHAITURUS (385).
Corolle dépassant longuement le calice. . . . .
. . . . BALLOTA (383).

19 { Fleurs jamais jaunes. 20
Fleurs jaunes . . . . . . GALEOBDOLON (378).

20 { Lèvre inférieure de la corolle à lobes latéraux obtus, bien marqués . . . . BALLOTA (383).
Lèvre inférieure à lobes latéraux remplacés par 2 petites dents. . . . . LAMIUM (377).

21 { Calice à 5 dents fortement spinescentes. . . . .
. . . . SIDERITIS (381).
Calice à 10 dents non spinescentes. . . . . .
. . . . MARRUBIUM (386).

22 { Etamines droites, écartées au sommet. 23
Etamines arquées, rapprochées au sommet. . . . 25

23 { Fleurs non accompagnées de larges bractées colorées. 24
Fleurs accompagnées de larges bractées colorées.
. . . . ORIGANUM (368).

24 { Fleurs bleues; calice à 5 dents peu inégales . . .
. . . . HYSSOPUS (370).
Fleurs jamais bleues; calice à 2 lèvres bien marquées.
. . . . THYMUS (369).

25 { Calice à 2 lèvres distinctes. 26
Calice à 5 dents égales. . . . SATUREIA (371).

26 { Fleurs non entourées de bractées linéaires et velues. 27
Fleurs entourées de bractées linéaires et velues. .
. . . . CLINOPODIUM (373).

27 { Fleurs rouges, roses, lilas ou violacées. . . . .
. . . . CALAMENTHA (372).
Fleurs blanches . . . . . . MELISSA (374).

28 { Feuilles réniformes, crénelées. . GLECHOMA (376).
Feuilles ovales-lancéolées, dentées en scie. . . .
. . . . NEPETA (375).

63ᵉ F. — PERSONACÉES.

1 { 2 étamines. 2
   { 4 étamines. 3

2 { Corolle en roue, à 4 segments. VERONICA (408).
   { Corolle campanulée, à 5 lobes. LIMOSELLA (401).

3 { Base de la corolle toute renfermée dans le calice.   4
   { Base de la corolle formant une saillie quelconque. . 16

4 { Calice à 5 segments ou 5 dents 5
   { Calice à 4 divisions, dents ou lobes. 12

5 { Feuilles pennatiséquées ou pennatipartites. . . . 6
   { Feuilles entières ou seulement dentées. 7

6 { Corolle tubuleuse, à lèvre supérieure en casque. .
   { . . . . PEDICULARIS (407).
   { Corolle globuleuse, à lèvre supérieure non en casque.
   { . . . . SCROPHULARIA (395).

7 { Feuilles plus ou moins nombreuses sur la tige. . . 8
   { Feuilles toutes radicales . . . LIMOSELLA (401).

8 { Feuilles opposées. 9
   { Feuilles alternes 11

9 { Corolle à tube plus ou moins marqué 10
   { Corolle globuleuse. . . . SCROPHULARIA (395).

10 { Calice muni à sa base de 2 bractées linéaires . . .
    { . . . . GRATIOLA (399).
    { Calice dépourvu de bractées à sa base . . . . .
    { . . . . LINDERNIA (400).

11 { Corolle à 4 lobes inégaux . . DIGITALIS (394).
    { Corolle à 5 segments échancrés. . ERINUS (393).

12 { Calice non renflé en vessie. 13
    { Calice renflé en vessie . . . RHINANTHUS (406).

13 { Lèvre supérieure de la corolle à bords non repliés en
    { dehors 14
    { Lèvre supérieure à bords repliés en dehors . . .
    { . . . . MELAMPYRUM (405).

14 { Calice vert. 15
    { Calice d'un violet noirâtre. . . BARTSIA (404).

15 { Corolle à 2 lèvres inégales. . . EUPHRASIA (403).
    { Corolle à 5 lobes à peu près égaux. TOZZIA (402).

16 { Saillie de la corolle prolongée en éperon droit ou re-
    { courbé 17
    { Saillie de la corolle prolongée en talon obtus. . .
    { . . . . ANTIRRHINUM (396).

17 {
Corolle à gorge entièrement ouverte. . . . . .
. . . . ANARRHIMUM (393).
Corolle à gorge fermée ou à peine ouverte. . . . .
. . . . LINARIA (397).

64e F. — LENTIBULARIACÉES.

1 {
Feuilles entières. . . . . . . PINGUICULA (409).
Feuilles découpées en segments filiformes. . . . .
. . . . UTRICULARIA (410).

65e F. — OROBANCHACÉES.

1 {
Calice à 2 lèvres ; stigmate échancré . . . . . .
. . . . OROBANCHE (411).
Calice à 4 lobes ; stigmate entier. LATHRÆA (412).

66e F. — PLOMBAGINACÉES.

ARMERIA (413).

67e F. — PLANTAGINACÉES.

1 {
Fleurs complètes ; capsules à plusieurs graines . .
. . . . PLANTAGO (414).
Fleurs monoïques ; capsules monospermes. . . . .
. . . . LITTORELLA (415).

68e F. — AMARANTACÉES.

1 {
Feuilles linéaires-subulées . . POLYCNEMUM (417).
Feuilles tout autres . . . . AMARANTHUS (416).

69e F. — CHÉNOPODIACÉES.

1 {
Etamines et ovaire réunis dans chaque fleur . . . 2
Etamines et ovaire séparés dans des fleurs différen-
tes . . . . ATRIPLEX (423).

2 {
Feuilles linéaires. 3
Feuilles à limbe plus ou moins élargi. 5

3 {
Périanthe à 5 segments. 4
Périanthe à 2 (rarement 1 ou 3) segments. . . .
. . . . CORISPERMUM (420).

4 {
Feuilles glabres . . . . SALSOLA (419).
Feuilles poilues, ciliées . . . . KOCHIA (418).

5 {
Graines toutes ou la plupart placées horizontalement . . . . CHENOPODIUM (421).
Graines toutes ou presque toutes disposées vertica-le-
ment . . . . BLITUM (422).

70ᵉ F. — POLYGONACÉES.

1 {
Périanthe calicinal; stigmates en pinceau. RUMEX (424).
Périanthe pétaloïdal; stigmates en tête. . . . . POLYGONUM (425).
}

71ᵉ F. — THYMÉLACÉES.

1 {
Tige herbacée. . . . . . . STELLERA (426).
Tige ligneuse. . . . . DAPHNE (427).
}

72ᵉ F. — SANTALACÉES.

1 {
Tige herbacée. . . . . . . THESIUM (428).
Tige ligneuse . . . . OSYRIS (429).
}

73ᵉ F. — ÉLÉAGNACÉES.

HYPOPHAE (430).

74ᵉ F. — ARISTOLOCHACÉES.

1 {
Corolle irrégulière, jaunâtre. ARISTOLOCHIA (431).
Corolle régulière, d'un pourpre noir. ASARUM (432).
}

75ᵉ F. — EMPÉTRACÉES.

EMPETRUM (433).

76ᵉ F. — EUPHORBIACÉES.

1 {
Tige herbacée. 2
Tige ligneuse . . . . BUXUS (434).
}
2 {
Plantes à suc laiteux . . . EUPHORBIA (435).
Plantes sans suc laiteux . . MERCURIALIS (436).
}

77ᵉ F. — URTICACÉES.

1 {
Feuilles opposées. 2
Feuilles alternes . . . . . PARIETARIA (438).
}
2 {
Tige grimpante . . . . . . HUMULUS (439).
Tige non grimpante . . . . . URTICA (437).
}

78ᵉ F. — ULMACÉES.

1 {
Fleurs paraissant avant les feuilles; capsule aplatie, entourée d'une aile membraneuse. ULMUS (440).
Fleurs paraissant en même temps que les feuilles; fruit charnu et globuleux . . . CELTIS (441).
}

79ᵉ F. — AMENTACÉES.

1 { Fleurs monoïques. 2
{ Fleurs dioïques 8

2 { Chatons staminifères cylindriques et allongés. . . 3
{ Chatons staminifères globuleux . . . FAGUS (444).

3 { Chatons staminifères pendants 4
{ Chatons staminifères raides et dressés. . . . .
{ . . . . CASTANEA (445).

4 { Fleurs carpellées solitaires, agrégées ou en grappes,
{ mais non en chatons. 5
{ Fleurs carpellées disposées en chatons 6

5 { Fleurs staminifères en chatons serrés; fruit entouré
{ d'un involucre foliacé. . . . CORYLUS (442).
{ Fleurs staminifères en chatons grêles et interrom-
{ pus; fruit entouré seulement à la base d'une pe-
{ tite coupe hémisphérique, écailleuse et dure. .
{ . . . . QUERCUS (443).

6 { Chatons des fleurs carpellées non disposés en grappes
{ rameuses 7
{ Chatons des fleurs carpellées disposés en grappes ra-
{ meuses . . . . ALNUS (448).

7 { Fleurs carpellées en cônes lâches; fruits ovoïdes-com-
{ primés, mais non entourés d'une aile membraneuse.
{ . . . . CARPINUS (446).
{ Fleurs carpellées en chatons cylindriques; fruits apla-
{ tis, entourés d'une aile membraneuse. BETULA (447).

8 { 8-30 étamines dans chaque fleur; feuilles toujours
{ longuement pétiolées . . . . POPULUS (449).
{ 1-5 étamines; feuilles sessiles ou à court pétiole. .
{ . . . . SALIX (450).

80ᵉ F. — CONIFÈRES.

1 { Fleurs monoïques; fruit en forme de cône formé d'é-
{ cailles imbriquées 2
{ Fleurs dioïques; fruit en forme de baie charnue. . 5

2 { Feuilles solitaires. 3
{ Feuilles réunies par petits faisceaux de 2 à 20 . . 4

3 { Feuilles raides, persistantes; cônes oblongs-cylindri-
{ ques . . . . ABIES (452).
{ Feuilles molles, tombant à l'automne; cônes ovoïdes.
{ . . . . LARIX (451).

4 { Feuilles par petits faisceaux de 2 à 5. PINUS (453).
  { Feuilles par faisceaux de 15 à 20. . LARIX (451).

3 { Feuilles verticillées 3 à 3; fruit globuleux, renfer-
  {   mant 3 graines. . . . . . JUNIPERUS (454).
  { Feuilles éparses; fruit ouvert au sommet, ne renfer-
  {   mant que 1 graine. . . . . . TAXUS (455).

81ᵉ F. — ASPARAGACÉES.

1 { Tige herbacée; feuilles non terminées en pointe épi-
  {   neuse 2
  { Tige sous-ligneuse; feuilles terminées en pointe épi-
  {   neuse . . . . RUSCUS (461).

2 { Tige non grimpante; ovaire supère 3
  { Tige grimpante; ovaire infère. . . TAMUS (462).

3 { Feuilles à limbe plus ou moins élargi, jamais fasci-
  {   culées 4
  { Feuilles filiformes, réunies en petits faisceaux . .
  {   . . . . ASPARAGUS (456).

4 { Tige pluriflore; fleurs blanches 5
  { Tige uniflore; fleur entièrement verte. PARIS (460).

5 { Tige ou hampe simple 6
  { Tige rameuse. . . . . . . STREPTOPUS (457).

6 { Périanthe tubuleux ou en grelot, à 6 dents; feuilles
  {   jamais en cœur . . . . CONVALLARIA (458).
  { Périanthe à 4 pétales ouverts; feuilles en cœur. .
  {   . . . . MAIANTHEMUM (459).

82ᵉ F. — AROIDACÉES.

1 { Longues feuilles en glaive; fleurs non entourées
  {   d'une spathe . . . . ACORUS (464).
  { Feuilles hastées ou sagittées; fleurs entourées d'une
  {   spathe en forme de capuchon . . ARUM (463).

83ᵉ F. — AMARYLLIDACÉES.

1 { Périanthe dépourvu de couronne à la gorge . . . 2
  { Périanthe offrant à sa gorge une couronne pétaloï-
  {   dale. . . . . NARCISSUS (465).

2 { Périanthe à 6 segments égaux et de même forme. .
  {   . . . . LEUCOIUM (466).
  { Périanthe à 6 segments inégaux 3 à 3 et de forme
  {   différente. . . . . . . GALANTHUS (467).

84ᵉ F. — LILIACÉES.

85ᵉ F. — COLCHICACÉES.

86e F. — IRIDACÉES.

1 {
Styles non élargis en forme de pétales 2
Styles élargis en forme de pétales . . Iris (484).

2 {
Corolle régulière, à tube grêle et allongé. . . . .
. . . . Crocus (483).
Corolle irrégulière, à tube court. Gladiolus (485).

87e F. — ORCHIDACÉES.

1 {
Plantes munies de véritables feuilles. 2
Plantes dépourvues de feuilles. 10

2 {
Tablier n'étant prolongé ni en éperon ni en bosse. 3
Tablier prolongé en éperon ou petite bosse. . . . 9

3 {
Tige cylindrique 4
Tige triangulaire. . . . . . . Liparis (493).

4 {
Racine tuberculeuse. 5
Racine fibreuse 7

5 {
Fleurs n'étant ni blanches ni en spirale. 6
Fleurs blanches, disposées en spirale. Neottia (491).

6 {
Fleurs à divisions toutes dressées et réunies en clo-
che. . . . . Herminium (488).
Fleurs à tablier étalé ou pendant. Ophrys (489).

7 {
Tablier non creusé en forme de sabot 8
Tablier creusé en forme de sabot. Cypripedium (497).

8 {
Racine rampante ; feuilles veinées en réseau . . .
. . . . Goodiera (492).
Racine non rampante ; feuilles à nervures parallèles ou
convergentes, non ramifiées . Epipactis (490).

9 {
Ovaire tordu ; périanthe à divisions inégales . . .
. . . . Orchis (486).
Ovaire non tordu ; périanthe à divisions toutes égales.
. . . . Nigritella (487).

10 {
Plante rousse ou blanchâtre 11
Plante violette . . . . . . Limodorum (496).

11 {
Tablier à éperon 12
Tablier sans éperon . . . . . Epipactis (490).

12 {
Fleurs renversées, à éperon dressé, renflé en forme
de capuchon . . . . Epipogium (495).
Fleurs droites, à éperon très court, caché dans les divisions latérales du périanthe. Corallorhiza (494).

88e F. — HYDROCHARIDACÉES.

1 { Feuilles orbiculaires et en cœur. HYDROCHARIS (498).
  { Longues feuilles linéaires . . . VALLISNERIA (499).

89e F. — ALISMACÉES.

1 { Feuilles n'étant pas en fer de flèche. 2
  { Feuilles en fer de flèche. . . . SAGITTARIA (501).

2 { Feuilles non filiformes 3
  { Feuilles filiformes. . . . . TRIGLOCHIN (503).

3 { Fleurs blanches ou rosées 4
  { Fleurs d'un vert jaunâtre . . SCHEUCHZERIA (504).

4 { 6 étamines. . . . . ALISMA (502).
  { 9 étamines. . . . . BUTOMUS (500).

90e F. — JONCACÉES.

1 { Périanthe calicinal 2
  { Périanthe pétaloïdal. . . . APHYLLANTHES (505).

2 { Feuilles glabres, plus ou moins cylindriques . . .
  { . . . . JUNCUS (507).
  { Feuilles plus ou moins poilues, toujours planes . .
  { . . . . LUZULA (506).

91e F. — TYPHACÉES.

1 { Fleurs disposées en chatons cylindriques ou ellip-
  { tiques. . . . . TYPHA (508).
  { Fleurs en têtes globuleuses. . SPARGANIUM (509).

92e F. — CYPÉRACÉES.

1 { Fleurs renfermant chacune des étamines et un ovaire. 2
  { Etamines et ovaire séparés dans des fleurs différentes.
  { . . . . CAREX (516).

2 { Ecailles des épillets disposées sur 2 rangs opposés. 3
  { Ecailles imbriquées dans tous les sens. 4

3 { Bractées vertes, foliacées, au-dessous des épillets.
  { . . . . CYPERUS (510).
  { Bractées scarieuses, non foliacées. SCHOENUS (511).

4 { Graines nues ou à poils plus courts que l'épi. . . 5
  { Graines accompagnées de longs poils blancs et soyeux.
  { . . . . ERIOPHORUM (515).

5 { Ecailles inférieures des épillets plus petites que les
  { autres. 6
  { Ecailles inférieures plus grandes que les supérieures.
  { . . . . SCIRPUS (514).

6 { Feuilles rudes, coupantes . . . CLADIUM (512).
{ Feuilles lisses, non coupantes. RHINCOSPORA (513).

93ᵉ F. — GRAMINÉES.

1 { Fleurs sans glumes, n'ayant que des glumelles. . . 2
{ Fleurs ayant glumes et glumelles. 3

2 { Fleurs en panicule lâche. . . . LEERSIA (528).
{ Fleurs en épi grêle et unilatéral . NARDUS (560).

3 { Fleurs disposées au sommet de la tige en épis li-
{ néaires et digités. 4
{ Fleurs disposées autrement qu'en épis digités. . . 6

4 { Glumes dépourvues de poils soyeux. 5
{ Glumes munies de poils soyeux à la base . . . .
{ . . . . ANDROPOGON (517).

5 { Fleurs imbriquées sur 1 rang . . CYNODON (527).
{ Fleurs imbriquées sur 2 rangs. . DIGITARIA (518).

6 { Glumes ou épillets ne renfermant que 1 seule fleur. 7
{ Glumes ou épillets renfermant au moins 2 fleurs. . 25

7 { Epillets tous distinctement pédicellés et manifeste-
{ ment en panicule. 8
{ Epillets sessiles ou à pédicelles si courts qu'ils pa-
{ raissent disposés en grappe ou épi. 16

8 { Glumelles glabres à la base ou à poils très-courts. . 9
{ Glumelles entourées à la base de poils soyeux et
{ allongés. 15

9 { Glumes non ventrues à la base 10
{ Glumes ventrues à la base . . GASTRIDIUM (531).

10 { Fleurs munies d'une ou plusieurs arêtes 11
{ Fleurs dépourvues d'arêtes. 13

11 { Arête terminant la glumelle 12
{ Arête plantée sur le dos de la glumelle. . . . .
{ . . . . AGROSTIS (529).

12 { Arête ayant au moins 1 décimètre de longueur . .
{ . . . . STIPA (533).
{ Arête beaucoup plus courte . ANDROPOGON (517).

13 { Graine libre entre les glumelles 14
{ Graine étroitement serrée entre les glumelles, qui
{ sont persistantes . . . . MILIUM (532).

14 { Glumes pliées en carène aiguë; styles allongés . .
{ . . . . PHALARIS (521).
{ Glumes à dos convexe; styles très-courts . . . .
{ . . . . AGROSTIS (529).

15 { Glumes presque égales, beaucoup plus longues que les glumelles . . . . GALAMAGROSTIS (530).
Glumes très-inégales, beaucoup plus courtes que les glumelles. . . . . . PHRAGMITES (543).

16 { Epillets courtement pédicellés. 17
Epillets entièrement sessiles sur un axe échancré. .
. . . . HORDEUM (557).

17 { Epis n'étant pas linéaires ou unilatéraux 18
Epis linéaires et unilatéraux. CHAMAGROSTIS (526).

18 { Glume extérieure non hérissonnée 19
Glume extérieure hérissée de petites pointes crochues . . . . TRAGUS (520).

19 { Glumes non ventrues à la base 20
Glumes ventrues à la base . . GASTRIDIUM (531).

20 { Glumes égales ou presque égales ; 3 étamines. . . 21
Glumes très-inégales ; 2 étamines.
. . . . ANTHOXANTHUM (522).

21 { Glumelles mutiques ou à arête droite et terminale. . 22
Glumelles portant sur le dos ou à la base une arête
genouillée . . . . . . ALOPECURUS (523).

22 { Epillets comprimés par le côté. 23
Epillets comprimés par le dos . . PANICUM (519).

23 { Glumelles plus courtes que les glumes 24
Glumelles plus longues que les glumes. CRYPSIS (524).

24 { Fleurs en panicule ovale et serrée. PHALARIS (521).
Fleurs en épi cylindrique. . . . PHLEUM (525).

25 { Epillets plus ou moins pédicellés 26
Epillets entièrement sessiles sur un axe échancré. . 50

26 { Glumes très-grandes, embrassant entièrement ou
presque entièrement l'épillet 27
Glumes toujours beaucoup plus courtes que l'épillet. 39

27 { Stigmates filiformes, sortant au sommet des glumelles. 28
Stigmates plumeux, sortant vers la base des glumelles. 29

28 { Fleurs en tête arrondie, hérissée de pointes raides.
. . . . ECHINARIA (534).
Fleurs en épi ovale-oblong, non hérissé de pointes.
. . . . SESLERIA (535).

29 { Fleurs munies d'une ou plusieurs arêtes 30
Fleurs dépourvues d'arêtes 36

30 { Arêtes naissant sur le dos ou à la base des glumelles. 31
Arêtes naissant au sommet ou près du sommet des
glumelles 35

31 { Epillets composés de fleurs toutes complètes et fertiles.   32
     Epillets composés de 2 fleurs différentes, l'une complète, l'autre n'ayant point d'ovaire   34

32 { Arête genouillée, beaucoup plus longue que les fleurs.   33
     Arête droite ou presque droite, plus courte que la fleur ou à peine plus longue . . . AIRA (537).

33 { Feuilles planes, au moins les caulinaires. AVENA (540).
     Feuilles toutes enroulées-filiformes. . AIRA (537).

34 { Glumelle inférieure entière au sommet. HOLCUS (538).
     Glumelle inférieure tridentée au sommet . . . . ARRHENATHERUM (539).

35 { Epillets évidemment pédicellés et disposés en panicule ; chaumes penchés à la maturité. . . . . . . DANTHONIA (541).
     Epillets à pédicelle si court que la panicule ressemble à un épi serré ; chaumes toujours dressés . . . . . KOELERIA (536).

36 { Epillets évidemment pédicellés et disposés en grappe ou panicule.   37
     Epillets si courtement pédicellés que la panicule ressemble à un épi serré.   38

37 { Glumelle inférieure bifide au sommet. . . . . DANTHONIA (541).
     Glumelle inférieure entière au sommet. . . . . MELICA (542).

38 { Glumes convexes ; épillets peu nombreux (30 au plus). . . . . MELICA (542).
     Glumes carénées ; épillets très-nombreux . . . . KOELERIA (536).

39 { Epillets évidemment pédicellés, disposés en panicule.   40
     Epillets à pédicelle si court que la panicule ressemble à un épi ou à une grappe serrée   48

40 { Glumelles glabres à la base ou à poils très-courts. .   41
     Glumelles entourées de longs poils à la base . . . . PHRAGMITES (543).

41 { Glumelles sans arête.   42
     Glumelles munies d'une arête plus ou moins longue.   46

42 { Epillets n'étant pas réunis en paquets compactes et tournés du même côté   43
     Epillets réunis en paquets compactes et tournés du même côté . . . . . . DACTYLIS (548).

43 { Glumelles à dos arrondi   44
     Glumelle inférieure comprimée en carène aiguë . . . . POA (544).

94ᵉ F. — POTAMOGÉTACÉES.

1 { Feuilles non bordées de dents épineuses 2
{ Feuilles bordées de dents épineuses . NAIAS (563).

2 { Fleurs disposées en épi . . POTAMOGETON (561).
{ Fleurs solitaires ou géminées à l'aisselle des feuilles.
{ . . . . ZANICHELLIA (562).

95ᵉ F. — LEMNACÉES.

LEMNA (564).

96ᵉ F. — ÉQUISÉTACÉES.

EQUISETUM (565).

97ᵉ F. — FOUGÈRES.

1 { Fructifications en grappe, panicule ou épi distincts
{ de la feuille. 2
{ Fructifications placées sous la feuille. 4

2 { Feuille pennée ou pennatiséquée; fructifications en
{ grappe ou panicule 3
{ Feuille entière; fructifications en épi linéaire. . .
{ . . . . OPHIOGLOSSUM (566).

3 { Feuille 2 fois pennée. . . . . OSMUNDA (568).
{ Feuille pennatiséquée . . . BOTRYCHIUM (567).

4 { Feuilles composées ou plus ou moins découpées . . 5
{ Feuilles entières, oblongues-lancéolées . . . . .
{ . . . . SCOLOPENDRIUM (576).

5 { Fructifications placées sur les bords des folioles . . 6
{ Fructifications placées à la surface même des folioles. 7

6 { Fructifications disposées en lignes continues . . .
{ . . . . PTERIS (578).
{ Fructifications groupées en lignes interrompues . .
{ . . . . ADIANTHUM (579).

7 { Fructifications non ou peu entremêlées d'écailles. . 8
{ Fructifications entremêlées d'écailles brillantes qui
{ recouvrent à la fin toute la page inférieure des
{ feuilles . . . . CETERACH (570).

8 { Fructifications recouvertes par un tégument dans
{ leur jeunesse 9
{ Fructifications toujours dépourvues de tégument. .
{ . . . . POLYPODIUM (569).

9 { Fructifications disposées en groupes ovales ou arrondis. 10
{ Fructifications disposées en lignes parallèles ou trans-
{ versales. 13

10 { Fructifications disposées en groupes arrondis . . . 11
{ Fructifications en groupes ovales. ATHYRIUM (574).

11 { Tégument des fructifications s'ouvrant par côté ou du
{ sommet à la base 12
{ Tégument attaché uniquement par le centre et s'ouvrant
{ par toute la circonférence . . ASPIDIUM (571).

12 { Pétiole assez robuste, non filiforme . . . . . .
{ . . . . POLYSTICHUM (572).
{ Pétiole grêle, presque filiforme. CYSTOPTERIS (573).

13 { Feuilles toutes semblables et fertiles ; fructifications
{ disposées en lignes transversales . . . . . .
{ . . . . ASPLENIUM (575).
{ Feuilles de deux formes différentes, les unes fertiles,
{ les autres stériles ; fructifications disposées sur
{ 2 lignes parallèles. . . . . BLECHNUM (577).

98ᵉ F. — MARSILÉACÉES.

1 { Feuilles à 4 folioles disposées en croix . . . . .
{ . . . . MARSILEA (580).
{ Feuilles linéaires et très-entières. PILULARIA (581).

99ᵉ F. — LYCOPODIACÉES.

LYCOPODIUM (582).

100ᵉ F. — CHARACÉES.

CHARA (583).

IIIᵉ Partie. — CLEF DES ESPÈCES.

1ʳᵉ F. — RENONCULACÉES.

1. Adonis.

1 { Tige glabre ou presque glabre 2
   { Tige hérissée de poils blancs inférieurement . . .
   . . . . A. *flammea* (3).

2 { Fleurs longuement pédonculées. A. *autumnalis* (1).
   { Fleurs courtement pédonculées. . A. *œstivalis* (2).

2. Myosurus . . . . M. *minimus* (4).

3. Ranunculus.

1 { Fleurs blanches 2
   { Fleurs jaunes. 15

2 { Plante flottante dans l'eau ou rampante sur la terre. 3
   { Plante jamais flottante dans l'eau ni rampante sur la
   { terre. 12

3 { Feuilles toutes divisées en segments capillaires . . 4
   { Feuilles n'étant pas ou n'étant pas toutes divisées en
   { segments capillaires 7

4 { Feuilles divisées en segments plus ou moins divari-
   { qués 5
   { Feuilles divisées en segments allongés et presque
   { parallèles. . . . . R. *fluitans* (13).

5 { Segments des feuilles n'étant pas disposés sur un
   { même plan en un cercle rayonnant 6
   { Segments disposés sur un même plan en un cercle
   { rayonnant . . . . . . R. *divaricatus* (12).

6 { Segments des feuilles se rapprochant en pinceau
   { quand on les sort de l'eau . . R. *aquatilis* (7).
   { Segments ne se rapprochant pas en pinceau quand
   { on les sort de l'eau.. . . . R. *tricophyllus* (11).

7 { Feuilles toutes réniformes, en cœur, à 3-5 lobes. . 8
  { Feuilles de deux sortes, les unes réniformes ou pel-
     tées, à 3-5 lobes ou partitions, les autres divisées
     en segments capillaires 9

8 { Pétales à peine plus longs que le calice ; feuilles à
     lobes entiers . . . . . . R. *hederaceus* (5).
  { Pétales beaucoup plus longs que le calice ; feuilles à
     lobes crénelés . . . . . R. *Lenormandi* (6).

9 { Réceptacle globuleux 10
  { Réceptacle ovoïde-conique. . . . R. *confusus* (10).

10 { Pétales obovales-arrondis, contigus les uns aux autres. 11
   { Pétales rétrécis à la base, non contigus. . . .
      . . . . R. *rhipiphyllus* (9).

11 { Feuilles flottantes peltées . . . R. *peltatus* (8).
   { Feuilles flottantes réniformes, non peltées. . . .
      . . . . R. *aquatilis* (7).

12 { Pétales à onglet muni d'une petite écaille . . . 13
   { Onglet dépourvu d'écaille. . . R. *alpestris* (16).

13 { Carpelles glabres ; tige multiflore 14
   { Carpelles velus ; tige ne portant que 1-3 fleurs . .
      . . . . R. *Seguierii* (17).

14 { Pédoncules pubescents . . R. *aconitifolius* (14).
   { Pédoncules glabres . . . R. *platanifolius* (15).

15 { Feuilles entières ou seulement dentées. 16
   { Feuilles plus ou moins découpées 19

16 { Feuilles n'étant jamais en cœur arrondi. . . . 17
   { Feuille inférieure en cœur arrondi. R. *thora* (18).

17 { Feuilles toutes sans pétiole. 18
   { Feuilles inférieures pétiolées . R. *flammula* (20).

18 { Tige pleine ; calice glabre . . R. *gramineus* (19).
   { Tige fistuleuse ; calice pubescent. R. *lingua* (21).

19 { Tige sans stolons rampants et radicants. 20
   { Tige munie à sa base de stolons rampants et radi-
      cants. 33

20 { Feuilles à limbe entièrement glabre. 21
   { Feuilles à limbe plus ou moins velu. 23

21 { Carpelles non disposés en cône saillant. 22
   { Carpelles disposés en cône saillant. R. *sceleratus* (38).

22 { Tige et pétioles glabres. . . R. *auricomus* (29).
   { Tige et pétioles pubescents. . R. *montanus* (30).

6. ANEMONE.

1 { Carpelles non terminés par une arête plumeuse . . 2
  { Carpelles terminés par une arête plumeuse . . . 5

2 { Fleurs jamais jaunes. 3
  { Fleurs d'un beau jaune. . A. *ranunculoides* (45).

3 { Hampe uniflore 4
  { Hampe multiflore ; fleurs en ombelle . . . .
  { . . . . A. *narcissiflora* (44).

4 { Pétales glabres en dehors. . . A. *nemorosa* (46).
  { Pétales pubescents en dehors . A. *sylvestris* (47).

5 { Fleurs jamais blanches. 6
  { Fleurs blanches, rarement un peu jaunes. . . .
  { . . . . A. *alpina* (43).

6 { Fleurs d'un violet ou d'un rouge noir. . . . .
  { . . . . A. *montana* (41).
  { Fleurs d'un violet clair et lilacé. A. *pulsatilla* (42).

7. HEPATICA . . . . H. *triloba* (48).

8. THALICTRUM.

1 { Carpelles simplement striés, sans ailes 2
  { Carpelles à 3 angles ailés. T. *aquilegifolium* (49).

2 { Fleurs ou étamines pendantes. 3
  { Fleurs dressées ou projetées en avant 12

3 { Folioles toutes ou presque toutes linéaires-lancéolées. 4
  { Folioles toutes ou la plupart non linéaires-lancéolées. 5

4 { Folioles des feuilles inférieures un peu élargies . .
  { . . . . T. *laserpitiifolium* (57).
  { Folioles toutes linéaires . . . T. *galioides* (59).

5 { Tige feuillée jusque dans la panicule 6
  { Tige non feuillée jusque dans la panicule. . . . 7

6 { Folioles ovales ou arrondies . . . T. *majus* (50).
  { Folioles longuement oblongues-cunéiformes . . .
  { . . . . T. *laserpitiifolium* (57).

7 { Souche rampante et stolonifère 8
  { Souche fibreuse, non stolonifère. T. *expansum* (51).

8 { Gaînes inférieures portant feuille. 9
  { Gaînes inférieures sans feuille. T. *montanum* (52).

9 { Tige peu ou point compressible 10
  { Tige facilement compressible. . . T. *nutans* (55).

3e F. — NYMPHÆACÉES.

20. NYMPHÆA. . . . . N. *alba* (77).
21. NUPHAR . . . . N. *luteum* (78).

4e F. — PAPAVÉRACÉES.

22. PAPAVER.

1 { Capsule glabre. 2
{ Capsule plus ou moins velue. 3

2 { Capsule obovale. . . . . . P. *rhœas* (79).
{ Capsule oblongue, en massue . . P. *dubium* (80).

3 { Capsule ovale-globuleuse. . . P. *hybridum* (81).
{ Capsule en massue oblongue. . P. *argemone* (82).

23. MECONOPSIS. . . . . . . M. *Cambrica* (83).

24. GLAUCIUM . . . . G. *luteum* (84).

25. CHELIDONIUM . . . . . . C. *majus* (85).

5e F. — FUMARIACÉES.

26. FUMARIA.

1 { Sépales atteignant ou dépassant le tiers de la corolle. 2
{ Sépales 5-6 fois au moins plus courts que la corolle. 4

2 (Fruit plus large que long, tronqué et souvent échan-
{ cré au sommet. 3
{ Fruit globuleux, non échancré au sommet. . . .
(. . . . . F. *capreolata* (88).

3 { Fleurs rouges . . . . F. *officinalis* (86).
{ Fleurs d'un rose très-pâle . . . . F. *media* (87).

4 (Fleurs blanchâtres; fruit terminé en pointe, même
{ quand il est mûr . . . . . F. *parviflora* (90).
{ Fleurs rosées; fruit obtus, au moins à la maturité.
(. . . . . F. *Vaillantii* (89).

27. CORYDALIS.

1 (Racine tuberculeuse; feuilles non terminées en vrille. 2
{ Racine fibreuse; feuilles terminées par une vrille.
(. . . . . C. *claviculata* (94).

2 (Tige munie de 1-2 écailles au-dessous des feuilles. 3
{ Tige dépourvue d'écailles au-dessous des feuilles. .
(. . . . . C. *cava* (93).

3 {
Pédicelles beaucoup plus courts que le fruit ; fleurs
en grappes réfléchies après la floraison. . . .
. . . . C. fabacea (92).
Pédicelles égalant le fruit en longueur ; fleurs en
grappes toujours droites . . . C. solida (91).
}

6e F. — CRUCIFÈRES.

28. CHEIRANTHUS . . . . . . C. cheiri (95).

29. NASTURTIUM.   2

1 {
Fleurs jaunes. . . . .
Fleurs blanches . . . . . . N. officinale (96).
}

2 {
Siliques plus longues que leur pédicelle ou au moins
l'égalant. . . . . N. sylvestre (97).
Siliques plus courtes que leur pédicelle. . . .
. . . . N. anceps (98).
}

30. BARBAREA.

1 {
Siliques plus ou moins écartées de l'axe   2
Siliques dressées contre l'axe . . B. stricta (101).
}

2 {
Feuilles supérieures pennatiséquées   3
Feuilles supérieures entières, dentées ou tout au plus
incisées.   4
}

3 {
Siliques droites dès leur jeunesse. B. vulgaris (99).
Siliques arquées, ascendantes dans leur jeunesse. .
. . . . B. arcuata (100).
}

4 {
Siliques épaisses, très-rapprochées . . . . .
. . . . B. intermedia (102).
Siliques peu nombreuses, écartées. B. præcox (103).
}

31. TURRITIS . . . . T. glabra (104).

32. ARABIS.

1 {
Plante plus ou moins velue ou pubescente. . . .   2
Plante glabre. . . . . . A. brassicæformis (107).
}

2 {
Fleurs blanches, quelquefois rosées.   3
Fleurs d'un blanc jaunâtre.   12
}

3 {
Feuilles caulinaires sessiles ou à petites oreillettes,
mais jamais entièrement embrassantes   4
Feuilles caulinaires à oreillettes embrassantes. . .   8
}

4 {
Siliques dressées contre la tige   5
Siliques plus ou moins étalées.   7
}

5 {
Feuilles dressées, appliquées inférieurement contre la tige 6
Feuilles non appliquées inférieurement. . . . . A. *muralis* (113).

6 {
Feuilles caulinaires ovales; graines étroitement ailées à la base. . . . . A. *hirsuta* (111).
Feuilles caulinaires oblongues; graines non ailées. . . . . A. *Cenisia* (112).

7 {
Pétales à limbe linéaire-oblong et dressé . . . . A. *serpyllifolia* (115).
Pétales à limbe obovale et étalé. A. *Thaliana* (105).

8 {
Pétales à limbe linéaire-oblong et dressé 9
Pétales à limbe obovale et étalé. A. *alpina* (106).

9 {
Siliques plus ou moins étalées ou obliques. . . . 10
Siliques appliquées contre la tige 11

10 {
Feuilles caulinaires à oreillettes aiguës; graines entourées d'une aile étroite. . A. *saxatilis* (108).
Feuilles caulinaires à oreillettes obtuses; graines sans aile . . . . A. *auriculata* (109).

11 {
Feuilles entièrement appliquées contre la tige. . . . . A. *hirsuta* (111).
Feuilles non appliquées contre la tige, au moins dans leur partie supérieure. . . A. *sagittata* (110).

12 {
Feuilles caulinaires auriculées et embrassantes . . . . A. *turrita* (116).
Feuilles caulinaires sessiles, non auriculées . . . . A. *stricta* (114).

33. CARDAMINE.

1 {
Pétales étalés, 3 fois plus longs que les sépales . . 2
Pétales dressés, ne dépassant pas 3 fois le calice. . 4

2 {
Feuilles toutes pennées; pétales blancs ou lilas . . 3
Feuilles radicales entières; pétales blancs, à onglet jaune. . . . . . C. *thalictroides* (119).

3 {
Anthères jaunâtres; feuilles supérieures à folioles linéaires et entières. . . . C. *pratensis* (117).
Anthères violacées; feuilles supérieures à folioles anguleuses et dentées . . . . C. *amara* (118).

4 {
Pétiole totalement dépourvu d'oreillettes à la base. 5
Pétiole muni à la base de 2 oreillettes sagittées. . . . . C. *impatiens* (122).

Fleurs en grappe longuement dépassée par les siliques inférieures . . . . . C. *hirsuta* (120).
Fleurs en grappe à peine dépassée par les siliques inférieures . . . . C. *sylvatica* (121).

34. DENTARIA.

1 Feuilles digitées . . . . . D. *digitata* (123).
Feuilles pennées . . . . . D. *pinnata* (124).

35. HESPERIS . . . . . H. *matronalis* (125).

36. SISYMBRIUM.

1 Fleurs blanches 2
Fleurs jaunes 4

2 Feuilles caulinaires pennatifides ou pennatipartites, sans odeur d'ail 3
Feuilles ovales, en cœur, dentées, exhalant une odeur d'ail quand on les froisse. S. *alliaria* (126).

3 Tige couchée ; siliques pubérulentes. . . . . S. *supinum* (127).
Tige dressée ou peu étalée ; siliques glabres. . . . . S. *pinnatifidum* (128).

4 Feuilles inférieures simplement pennatipartites, à divisions plus ou moins élargies. 5
Feuilles toutes 2-3 fois pennées ou pennatiséquées, à segments linéaires . . . . S. *sophia* (131).

5 Feuilles supérieures hastées ou entières ; siliques exactement appliquées contre l'axe . . . . S. *officinale* (129).
Feuilles toutes pennatipartites ; siliques n'étant pas entièrement appliquées contre l'axe . . . . S. *Austriacum* (130).

37. ERYSIMUM.

1 Feuilles pubescentes ou velues, non amplexicaules. 2
Feuilles glabres, amplexicaules. E. *perfoliatum* (135).

2 Calice moins long que le pédoncule. 3
Calice 1 fois plus long que le pédoncule . . . . E. *ochroleucum* (134).

3 Siliques parallèles à la tige ; fleurs un peu odorantes. . . . . E. *murale* (133).
Siliques non parallèles ; fleurs inodores. . . . . E. *cheiranthoides* (132).

38. BRASSICA . . . . B. *cheiranthiflora* (136).

39. ERUCASTRUM.

1 { Pédicelles inférieurs munis de bractées. . . . . E. Pollichii (137).
Pédicelles inférieurs dépourvus de bractées . . . . E. obtusangulum (138).

40. SINAPIS.

1 { Siliques serrées contre la tige. 2
Siliques non serrées contre la tige 4
3

2 { Feuilles toutes hérissées. 3
Feuilles supérieures glabres . . S. nigra (141).

3 { Siliques à valves marquées de 3 nervures. . . . . S. arvensis (139).
Siliques à valves marquées de 1 seule nervure . . . . S. incana (142).

4 { Feuilles d'un vert foncé; siliques ascendantes, ordinairement glabres. . . . . S. arvensis (139).
Feuilles d'un vert clair; siliques très-étalées, toujours hérissées. . . . . . . S. alba (140).

41. DIPLOTAXIS.

1 { Pédicelles 1-2 fois au moins plus longs que le calice. . . . . D. tenuifolia (143).
Pédicelles égalant à peu près le calice . . . . D. muralis (144).

42. RAPHANUS. . . . R. raphanistrum (145).

43. ALYSSUM.

1 { Fleurs d'un beau jaune; calice caduc . . . . A. montanum (147).
Fleurs d'un jaune pâle; calice persistant. . . . . A. calycinum (146).

44. FARSETIA . . . . . F. clypeata (148).

45. LUNARIA . . . . . L. rediviva (149).

46. CLYPEOLA. . . . . C. jonthlaspi (150).

47. DRABA.

1 { Fleurs blanches ou roses 2
Fleurs jaunes. . . . . D. aizoides (152).

2 { Feuilles ovales ou lancéolées, non lobées au sommet; fleurs blanches. 3
Feuilles divisées au sommet en 3-5 lobes digitiformes; fleurs ordinairement roses. D. pyrenaica (151).

3 { Tige feuillée, à feuilles embrassantes. . . . .
. . . . D. *muralis* (154).
Hampe nue ou ne portant que 1-2 feuilles caulinai-
res non embrassantes. . . . D. *nivalis* (153).

48. EROPHILA . . . . E. *vulgaris* (155).

49. KERNERA . . . . K. *saxatilis* (156).

50. RORIPA.

1 { Silicules beaucoup plus courtes que leur pédicelle.   2
Silicules à peu près aussi longues que leur pédicelle.
. . . . R. *nasturtioides* (157).

2 { Tige élevée (4-9 déc.), fistuleuse. R. *amphibia* (158).
Tige peu élevée (1-3 déc.), pleine et ferme . . .
. . . . R. *pyrenaica* (159).

51. CAMELINA.

1 { Silicules en forme de poire, à 4 côtes bien marquées; graines jaunâtres. . . C. *sativa* (160).
Silicules obovales, à côtes peu marquées; graines
brunes. . . . . C. *sylvestris* (161).

52. THLASPI.

1 { Feuilles caulinaires embrassantes ou munies de petites oreillettes à la base.   2
Feuilles caulinaires lancéolées, sessiles ou à très-
court pétiole, sans oreillettes. T. *saxatile* (170).

2 { Fleurs blanches ou à peine rosées en dehors. . .   3
Fleurs roses ou violettes. T. *rotundifolium* (169).

3 { Silicules bordées seulement au sommet.   4
Silicules entièrement entourées d'un rebord membraneux. . . . . T. *arvense* (162).

4 { Style dépassant visiblement les lobes de l'échancrure
de la silicule   5
Style plus court que les lobes de l'échancrure ou les
égalant à peu près   7

5 { Feuilles glauques ou d'un vert gai   6
Feuilles d'un vert foncé . T. *Gaudinianum* (166).

6 { Etamines beaucoup plus courtes que les pétales. .
. . . . T. *montanum* (168).
Etamines presque égales aux pétales. T. *virens* (167).

7 { Style beaucoup plus court que les lobes de l'échan-
crure de la silicule   8
Style égalant à peu près les lobes de l'échancrure.
. . . . T. *sylvestre* (165).

8 { Pétales à veines saillantes. T. *brachypetalum* (164).
  { Pétales à veines non saillantes. T. *perfoliatum* (163).

53. CAPSELLA.

1 { Tige et calice entièrement verts. . . . . . .
  { . . . . C. *bursa-pastoris* (171).
  { Tige et calice rougeâtres. . . . C. *rubella* (172).

54. TEESDALIA.

1 { Tiges toutes dépourvues de feuilles ; pétales régu-
  { liers . . . . T. *lepidium* (167).
  { Tiges latérales portant 2-3 petites feuilles ; pétales
  { irréguliers . . . . T. *nudicaulis* (166).

55. IBERIS.

1 { Feuilles plus ou moins dentées, lobées ou incisées.   2
  { Feuilles, les supérieures au moins, lancéolées et très-
  { entières.   4

2 { Feuilles bordées seulement de 2-3 dents obtuses au
  { sommet.   3
  { Feuilles découpées au sommet en lanières étroites.
  { . . . . I. *pinnata* (175).

3 { Feuilles atténuées en un pétiole plus long que le
  { limbe. . . . . I. *affinis* (176).
  { Feuilles atténuées en un pétiole plus court que le
  { limbe. . . . . I. *amara* (177).

4 { Tige toujours simple à la base ; silicules rétrécies vers
  { le haut . . . . . . I. *Timeroyi* (178).
  { Tige souvent divisée dès la base ; silicules peu ou
  { point rétrécies vers le haut. . I. *collina* (179).

56. LEPIDIUM.

1 { Silicules entières ou à peine échancrées au sommet.   2
  { Silicules visiblement échancrées au sommet . . .   5

2 { Feuilles toutes profondément pennatiséquées . . .   3
  { Feuilles, les supérieures au moins, entières ou seu-
  { lement dentées.   4

3 { Pétales dépassant à peine le calice. L. *petræum* (180).
  { Pétales 2 fois plus longs que le calice . . . .
  { . . . . L. *alpinum* (181).

4 { Feuilles caulinaires linéaires. L. *graminifolium* (182).
  { Feuilles caulinaires ovales ou oblongues, non linéai-
  { res. . . . . L. *latifolium* (183).

5 { Valves de la silicule largement ailées   6
  { Valves non ailées ou étroitement bordées. . . .   8

6 { Plante glabre ou seulement pubescente.   7
  { Plante velue-hérissée . . . . . L. *hirtum* (186).

6 { Feuilles la plupart oblongues . H. *obscurum* (202).
   Feuilles la plupart ovales-arrondies . . . . . .
   . . . . H. *nummularium* (203).

7 { Pétales plus courts que le calice, jamais tachés sur
   l'onglet. . . . . . H. *salicifolium* (205).
   Pétales plus grands que le calice et ordinairement
   tachés sur l'onglet. . . . H. *guttatum* (206).

8 { Feuilles opposées, ovales ou oblongues. 9
   Feuilles éparses, toutes linéaires. H. *procumbens* (209).

9 { Feuilles blanches-tomenteuses en dessous . . . .
   . . . . H. *canum* (208).
   Feuilles velues, mais non blanches-tomenteuses en
   dessous. . . . . H. *Italicum* (207).

10 { Feuilles à bords fortement enroulés en dessous . . 11
   Feuilles planes ou à peine enroulées en dessous, au
   moins dans leur vieillesse 12

11 { Rameaux florifères ascendants ; feuilles oblongues-
   linéaires. . . . . . H. *pulverulentum* (210).
   Rameaux florifères dressés ; feuilles linéaires, très-
   étroites. . . . . H. *pilosum* (212).

12 { Rameaux florifères dressés. H. *velutinum* (213).
   Rameaux florifères plus ou moins étalés . . . .
   . . . . H. *Apenninum* (211).

8e F. — VIOLARIACÉES.

67. VIOLA.

1 { Corolle concave ; stigmate n'étant jamais en entonnoir 2
   Corolle aplatie ; stigmate en entonnoir. 23

2 { Fleurs jamais jaunes. 3
   Fleurs jaunes ou jaunes et blanches. 21

3 { Tige nulle ou tige fleurie étalée à terre 4
   Tige fleurie dressée et feuillée 15

4 { Feuilles ovales-lancéolées, à pétiole hérissé ou pubescent 5
   Feuilles réniformes-arrondies, glabres ainsi que leur
   pétiole. . . . . . . V. *palustris* (214).

5 { Rejets rampants nuls ou très-courts. 6
   Racine émettant des rejets rampants allongés et
   feuillés 7

6 { Stipules bordées de cils plus courts que leur diamètre transversal. . . . . . V. *hirta* (215).
   Stipules bordées de cils aussi longs que leur diamètre transversal. . . . . V. *collina* (216).

20 { Eperon violet-lilas ou blanchâtre; feuilles ovales-arrondies 21
Eperon jaunâtre; feuilles ovales-oblongues. . . .
. . . . V. *canina* (231).

21 { Corolle n'ayant que 2 pétales barbus. 22
Corolle ayant 4 pétales barbus sur 5. V. *barbata* (228).

22 { ·Eperon entier; fleurs d'un violet lilas . . . . .
. . . . V. *Reichenbachiana* (227).
Eperon échancré; fleurs d'un bleu ou d'un violet clair. . . . . V. *Riviniana* (229).

23 { Feuilles ovales-lancéolées, non en cœur, largement décurrentes sur le pétiole. . . V. *pumila* (234).
Feuilles oblongues-lancéolées, un peu en cœur, à peine décurrentes sur le pétiole. V. *elatior* (236).

24 { Tige nulle; pédoncules tous radicaux . . . . .
. . . . V. *sulfurea* (222).
Tige fleurie, dressée et feuillée. . V. *biflora* (237).

25 { Stipules pennatipartites ou palmatipartites. . . . 26
Stipules entières ou n'offrant que 1-2 incisions . .
. . . . V. *calcarata* (238).

26 { Pétales plus longs que les sépales. 27
Pétales plus courts que les sépales ou tout au plus les égalant 29

27 { Stipules pennatipartites, à divisions non digitées; racine annuelle. 28
Stipules palmatipartites, à divisions digitées; racine vivace. . . . . V. *Sudetica* (239).

28 { Eperon courbé; fleurs jaunes. V. *alpestris* (245).
Eperon droit; fleurs blanchâtres. . . . . .
. . . . V. *contempta* (246).

29 { Eperon ne dépassant pas ou dépassant peu les appendices du calice. 30
Eperon manifestement plus long que les appendices du calice. 32

30 { Stipules à partition terminale foliacée et dentée . . 31
Stipules à partition terminale étroite, peu ou point dentée. . . . . V. *segetalis* (240).

31 { Bractéoles rapprochées de la fleur. V. *agrestis* (241).
Bractéoles à la fin éloignées de 2-3 cent. au-dessous de la fleur. . . . . . . V. *Deseglisei* (242).

32 { Feuilles toutes ovales ou orbiculaires . . . . .
. . . . V. *Nemausensis* (243).
Feuilles supérieures oblongues . . . .
. . . . V. *gracilescens* (244).

9ᵉ F. — RÉSÉDACÉES.

68. Reseda.

1 { 5-6 sépales et 5-6 pétales 2
{ 4 sépales et 4 pétales. . . . . R. *luteola* (249).

2 { Feuilles entières ou seulement trilobées au sommet.
{ . . . . R. *phyteuma* (247).
{ Feuilles 1-2 fois pennatipartites. . R. *lutea* (248).

10ᵉ F. — POLYGALACÉES.

69. Polygala.

1 { Tige herbacée, au moins au sommet; fleurs jamais
{ jaunes 2
{ Tige entièrement sous-ligneuse; fleurs jaunes. . .
{ . . . . P. *chamœbuxus* (257).

2 { Bractées ne dépassant jamais les fleurs. 3
{ Bractées dépassant les fleurs avant leur épanouisse-
{ ment. . . . . P. *comosa* (251).

3 { Racine vivace; ailes du calice à 3 nervures. . . . 4
{ Racine annuelle; ailes du calice à 1 seule nervure.
{ . . . . P. *exilis* (256).

4 { Feuilles caulinaires toutes alternes ou éparses. . . 5
{ Feuilles caulinaires inférieures opposées . . . . .
{ . . . . P. *depressa* (252).

5 { Plantes à saveur amère. 6
{ Plantes à saveur herbacée 7

6 { Fleurs très-petites et très-pâles. P. *Austriaca* (255).
{ Fleurs médiocres, d'un joli bleu. P. *amara* (254).

7 { Feuilles inférieures obovales-obtuses.
{ . . . . P. *calcarea* (253).
{ Feuilles toutes ou la plupart elliptiques-lancéolées
{ ou lancéolées-linéaires. . . P. *vulgaris* (256).

11ᵉ F. — DROSÉRACÉES.

70. Parnassia. . . . . . P. *palustris* (258).

71. Drosera.

1 { Feuilles à pétiole glabre. 2
{ Feuilles à pétiole poilu. . D. *rotundifolia* (259).

2 { Hampe 2-3 fois plus longue que les feuilles . . .
{ . . . . D. *longifolia* (260).
{ Hampe dépassant peu les feuilles. . . . . . .
{ . . . . D. *intermedia* (261).

12ᵉ F. — CARYOPHYLLACÉES.

72. GYPSOPHILA.

1 {
Calice dépourvu d'écailles à la base. 2
Calice muni d'écailles à la base . . . .
. . . . G. *saxifraga* (262).
}

2 {
Tige dressée; feuilles vertes. . G. *muralis* (263).
Tige couchée; feuilles glauques. . G. *repens* (264).
}

73. DIANTHUS.

1 {
Fleurs réunies en faisceau ou en tête serrée . . . 2
Fleurs solitaires, géminées ou en fausse panicule. . 4.
}

2 {
Fleurs rouges. 3
Fleurs d'un rose pâle . . . . . D. *prolifer* (265).
}

3 {
Calice à écailles velues; pétales finement ponctués
de blanc . . . . D. *armeria* (266).
Calice à écailles glabres; pétales non ponctués. . .
. . . . D. *Carthusianorum* (267).
}

4 {
Pétales dentés, crénelés ou presque entiers . . . 5.
Pétales profondément divisés en lanières multifides. 10
}

5 {
Gaîne formée par les feuilles nulle ou à peu près
aussi large que longue 6
Feuilles soudées en une gaîne dont la longueur dé-
passe 3-4 fois la largeur.
. . . . D. *Carthusianorum* (267).
}

6 {
Ecailles du calice ovales et terminées brusquement
par une pointe courte 7
Ecailles du calice linéaires et acuminées, au moins
les extérieures. 9
}

7 {
Pétales barbus ou pubescents à la gorge. 8
Pétales glabres à la gorge. . D. *Scheuchzeri* (272).
}

8 {
Fleurs rouges; tige ordinairement pluriflore. . .
. . . . D. *sylvaticus* (269).
Fleurs roses; tige ordinairement uniflore . . . .
. . . . D. *cæsius* (271).
}

9 {
Pétales parsemés de petits points plus foncés ou
blancs. . . . . D. *deltoides* (270).
Pétales non ponctués . . . D. *graniticus* (268).
}

10 {
Ecailles du calice atteignant tout au plus le quart de
son tube . . . . D. *superbus* (273).
Ecailles calicinales atteignant au moins la moitié du
tube . . . . D. *Monspessulanus* (274).
}

11.

74. SAPONARIA.

1 { Calice cylindrique, sans angles saillants.   2
{ Calice pyramidal, à 5 angles ailés. S. *vaccaria* (275).

2 { Calice glabre . . . . S. *officinalis* (276).
{ Calice velu. . . . . . . S. *ocymoides* (277).

75. CUCUBALUS . . . . . C. *bacciferus* (278).

76. SILENE.

1 { Calice glabre 2
{ Calice velu ou pubescent 9

2 { Calice renflé en ballon. 3
{ Calice non renflé en ballon. 4

3 { Feuilles non atténuées en pétiole; pétales dépourvus
{   d'appendices à la gorge . . . . S. *inflata* (279).
{ Feuilles atténuées en pétiole; pétales munis d'appen-
{   dices à la gorge. . . . . . S. *glareosa* (280).

4 { Pétales entiers, échancrés ou bifides. 5
{ Pétales à limbe divisé en 4 dents inégales. . . .
{ . . . . S. *quadrifida* (282).

5 { Pétales entiers ou à peine échancrés. 6
{ Pétales profondément bifides. S. *saxifraga* (283).

6 { Tige droite, rameuse, assez élevée. 7
{ Tige nulle ou très-courte; plante gazonnante. . .
{ . . . . S. *acaulis* (284).

7 { Fleurs verdâtres; pétales non couronnés 8
{ Fleurs roses ou blanches; pétales couronnés d'appen-
{   dices aigus . . . . S. *armeria* (281).

8 { Panicule ovale ou triangulaire, à peine plus longue
{   que large . . . . S. *otites* (285).
{ Panicule oblongue-pyramidale, beaucoup plus lon-
{   gue que large. . . . S. *pseudo-otites* (286).

9 { Pétales bifides ou bilobés. 10
{ Pétales entiers ou à peine échancrés. . . . .
{ . . . . S. *Gallica* (287).

10 { Pétales profondément bifides. 11
{ Pétales seulement bilobés. . . S. *conica* (290).

11 { Pétales munis d'appendices à la gorge. . . . .
{ . . . . S. *nutans* (288).
{ Pétales dépourvus d'appendices à la gorge. . . .
{ . . . . S. *Italica* (289).

77. LYCHNIS.

1 { Fleurs complètes. 2
{ Fleurs dioïques 4

2 {
Pétales entiers ou à peine échancrés 3
Pétales déchiquetés en 4 lanières inégales. . . .
. . . . L. *flos-cuculi* (292).

3 {
Calice à dents bien plus courtes que les pétales . .
. . . . L. *viscaria* (291).
Calice à dents foliacées, dépassant les pétales. . .
. . . . L. *githago* (293).

4 {
Fleurs blanches . . . . . . L. *dioica* (294).
Fleurs rouges . . . . . . L. *sylvestris* (295).

78. BUFFONIA.

1 {
Racine vivace; 8 étamines . . B. *perennis* (297).
Racine annuelle; 4 étamines. . . . . . .
. . . . B. *macrosperma* (296).

79. SAGINA.

1 {
Plante verte; sépales non argentés sur les bords. . 2
Plante glauque; sépales argentés sur les bords. .
. . . . S. *erecta* (302).

2 {
Pédicelles dressés ou légèrement arqués après la floraison 3
Pédicelles recourbés en crochet après la floraison. .
. . . . S. *procumbens* (298).

3 {
Sépales appliqués sur le fruit à la maturité . . . 4
Sépales étalés en croix à la maturité . . . . .
. . . . S. *apetala* (300).

4 {
Feuilles à peine mucronées . . S. *muscosa* (299).
Feuilles aristées . . . . . . S. *patula* (301).

80. SPERGULA.

1 {
Feuilles opposées. 2
Feuilles verticillées. 4

2 {
Pétales plus longs que le calice 3
Pétales plus courts que le calice. . . . . . .
. . . . S. *saginoides* (305).

3 {
Pédoncules penchés après la floraison . . . . .
. . . . S. *puberula* (304).
Pédoncules toujours dressés . . S. *nodosa* (303).

4 {
Feuilles stipulées. 5
Feuilles sans stipules. . . . . . S. *nodosa* (303).

5 {
Feuilles non marquées en dessous d'un sillon. . . 6
Feuilles marquées en dessous d'un sillon . . . .
. . . . S. *arvensis* (306).

6 {
Pétales aigus. . . . . . . S. *pentandra* (307).
Pétales obtus. . . . . . . S. *Morisonii* (308).

81. Mœhringia . . . . . . M. *muscosa* (309).

82. Alsine.

1 { Feuilles munies de stipules scarieuses. 2
{ Feuilles dépourvues de stipules. 3

2 { Fleurs blanches; tige glabre. . A. *segetalis* (310).
{ Fleurs rouges; tige pubescente. . A. *rubra* (311).

3 { Pétales beaucoup plus courts que les sépales . . . 4
{ Pétales égalant les sépales ou les dépassant . . . 8

4 { Sépales verts sur la plus grande partie de leur sur-
{ face 5
{ Sépales presque entièrement scarieux, marqués seu-
{ lement de 2 lignes vertes. . A. *Jacquini* (316).

5 { Pédicelles dressés après la floraison 6
{ Pédicelles étalés ou même déjetés après la floraison.
{ . . . . A. *laxa* (313).

6 { Pédoncules et sépales chargés de poils glanduleux. 7
{ Pédoncules et sépales glabres ou presque glabres. .
{ . . . . A. *tenuifolia* (312).

7 { Capsule ne dépassant pas le calice à la maturité . .
{ . . . . A. *viscosa* (314).
{ Capsule dépassant longuement le calice à la maturité.
{ . . . . A. *hybrida* (315).

8 { Feuilles à 3 nervures; sépales aigus. A. *verna* (317).
{ Feuilles à 1 seule nervure; sépales obtus . . . . .
{ . . . . A *Bauhinorum* (318).

83. Arenaria.

1 { Pétales beaucoup plus courts que le calice. . . . 2
{ Pétales égalant le calice ou le dépassant un peu . .
{ . . . . A. *ciliata* (321).

2 { Feuilles inférieures pétiolées . A. *trinervia* (320).
{ Feuilles toutes sessiles. . . A. *serpyllifolia* (319).

84. Holostæum . . . . H. *umbellatum* (322).

85. Stellaria.

1 { Fleurs munies de pétales. 2
{ Fleurs sans pétales. . . . . S. *Borœana* (326).

2 { Pétales 1-2 fois plus longs que le calice. 3
{ Pétales plus courts que le calice ou le dépassant à
{ peine 5

3 { Feuilles toutes sessiles, lancéolées ou linéaires-lan-
{ céolées 4
{ Feuilles ovales et en cœur, les inférieures longue-
{ ment pétiolées. . . . . S. *nemorum* (323).

4 { Bractées entièrement vertes; capsules globuleuses.
. . . . S. *holostœa* (327).
Bractées membraneuses sur les bords; capsules ova-
les-oblongues . . . . . . S. *glauca* (328).

5 { Tige entièrement glabre 6
Tige présentant latéralement une ligne de poils. . 7

6 { Feuilles linéaires; bractées ciliées . . . . . .
. . . . S. *graminea* (329).
Feuilles oblongues-lancéolées; bractées non ciliées.
. . . . S. *uliginosa* (330).

7 { Tige couchée; 3-5 étamines. . . S. *media* (324).
Tige dressée; 10 étamines . . S. *neglecta* (325).

86. CERASTIUM.

1 { Pétales n'étant pas ou étant à peine plus longs que
le calice. 2
Pétales 1-2 fois plus longs que le calice. 7

2 { Pétales n'étant pas divisés jusqu'à l'onglet; feuilles
jamais en cœur 3
Pétales profondément fendus jusqu'à l'onglet, feuilles
un peu en cœur . . . . . C. *aquaticum* (331).

3 { Pédicelles fructifères 2-3 fois au moins plus longs
que le calice 4
Pedicelles fructifères plus courts que le calice ou
tout au plus aussi longs. . C. *glomeratum* (332).

4 { Sépales glabres au sommet 5
Sépales barbus jusqu'au sommet. . . . .
. . . . C. *brachypetalum* (333).

5 { Tiges latérales dépourvues à la base de rejets stériles
et feuillés 6
Tiges latérales munies à la base de rejets stériles et
feuillés. . . . . C. *triviale* (336).

6 { Bractées entourées dans leur moitié ou dans leur tiers
supérieur d'une bordure blanche-scarieuse et denticulée . . . . . C. *semidecandrum* (334).
Bractées offrant seulement au sommet un rebord
scarieux très-étroit et entier. C. *obscurum* (335).

7 { Grandes fleurs à pétales 2 fois plus longs que le ca-
lice; tige munie de rejets radicants . . . . .
. . . . C. *arvense* (337).
Pétales 1 fois seulement plus longs que le calice;
tige dépourvue de rejets radicants. . . . . .
. . . . C. *obscurum* (335).

87. ELATINE.

1 { Feuilles opposées.   2
  { Feuilles verticillées . . . . E. *alsinastrum* (338).

  (Pédoncules 3-4 fois plus longs que les fleurs . . .
2 { . . . . E. *major* (340).
  (Pédoncules très-courts, n'étant pas 3 fois plus longs
  (que les fleurs. . . . . . . E. *hexandra* (339).

13ᵉ F. — LINACÉES.

88. LINUM.

1 { Feuilles toutes ou presque toutes éparses ou alternes.   2
  { Feuilles toutes opposées. . L. *catharticum* (343).

2 { Fleurs bleues ou roses.   3
  { Fleurs jaunes. . . . . L. *Gallicum* (341).

3 { Fleurs bleues.   4
  { Fleurs roses. . . . . . : L. *tenuifolium* (342).

  (Fleurs d'un beau bleu d'azur; sépales de moitié plus
4 {   courts que la capsule . . . . L. *alpinum* (345).
  (Fleurs d'un bleu pâle ; sépales égalant à peu près la
  (capsule. . . . . L. *marginatum* (344).

89. RADIOLA. . . . . R. *linoides* (346).

14ᵉ F. — MALVACÉES.

90. MALVA.

1 { Fleurs solitaires à l'aisselle des feuilles.   2
  { Fleurs fasciculées à l'aisselle des feuilles   3

  (Calice extérieur à sépales ovales ; carpelles glabres.
2 { . . . . M. *alcea* (347).
  (Calice extérieur à sépales linéaires ; carpelles velus-
  (hérissés . . . . M. *moschata* (348).

  (Fleurs blanches ou d'un rose pâle . . . .
3 { . . . . M. *rotundifolia* (349).
  (Fleurs veinées, violettes ou d'un rose foncé . .
  (. . . . . M. *sylvestris* (350).

91. ALTHÆA.

  (Feuilles blanches-tomenteuses sur les deux pages.
1 { . . . . A. *officinalis* (351).
  (Feuilles hérissées seulement de quelques poils raides,
  (surtout en dessous . . . . A. *hirsuta* (352).

15e F. — HYPÉRICACÉES.

92. HYPERICUM.

1 { Etamines soudées en 3 faisceaux; fruit capsulaire. 2
Etamines soudées en 5 faisceaux; fruit charnu avant la maturité. . . . . H. *androsæmum* (363).

2 { Sépales sans cils ni dents 3
Sépalés bordés de cils ou de dents 7

3 { Tige à 4 angles plus ou moins saillants 4
Tige offrant seulement 2 lignes saillantes 5

4 { Tige à 4 angles ailés et très-saillants. . . . . .
. . . . H. *tetrapterum* (356).
Tige à 4 angles non ailés et peu saillants. . . .
. . . . H. *quadrangulum* (357).

5 { Tige ferme et droite. 6
Tige grêle et couchée . . . H. *humifusum* (355).

6 { Pétales munis sur le dos de lignes noires allongées.
. . . . H. *lineolatum* (354).
Péatales dépourvus de lignes noires allongées. . .
. . . . H. *perforatum* (353).

7 { Feuilles ovales ou oblongues, sessiles ou embrassantes 8
Feuilles rondes, à court pétiole . . . . . .
. . . . H. *nummularium* (362).

8 { Sépales bordés de petits cils glanduleux 9
Sépales fimbriés, bordés de longs cils non glanduleux. . . . . H. *fimbriatum* (358).

9 { Tige et feuilles glabres. 10
Tige et feuilles velues. . . . H. *hirsutum* (361).

10 { Feuilles ovales ou oblongues, bordées en dessous d'une ligne de glandes noires . . H. *montanum* (359).
Feuilles caulinaires triangulaires, non bordées en dessous d'une ligne de glandes noires. . . . .
. . . . H. *pulchrum* (360).

93. ELODES . . . . E. *palustris* (364).

16e F. — TILIACÉES.

94. TILIA.

1 { Feuilles munies en dessous de poils blanchâtres à l'embranchement des nervures. . . . .
. . . . . . T. *platyphylla* (365).
Feuilles munies en dessous de poils roussâtres à l'embranchement des nervures. . . .
. . . . T. *microphylla* (366).

17e F. — ACÉRACÉES.

95. ACER.

1 { Feuilles à lobes crénelés ou dentés, ou sinuées-lobées.   2
   Feuilles à 3 lobes entiers. A. *Monspessulanum* (367).

2 { Fleurs en corymbes dressés ou penchés.   3
   Fleurs en longues grappes pendantes. . . . . .
     . . . . A. *pseudo-platanus* (371).

3 { Feuilles à lobes non acuminés.   4
   Feuilles à lobes acuminés.   . A. *platanoides* (369).

4 { Feuilles blanchâtres en dessous ; fleurs en corymbes
     penchés . . . . . . A. *opulifolium* (370).
   Feuilles vertes en dessous ; fleurs en corymbes dressés.
     . . . . A. *campestre* (368).

18e F. — AMPÉLIDACÉES.

96. VITIS. . . . . V. *vinifera* (372).

19e F. — GÉRANIACÉES.

97. GERANIUM.

1 { Pédoncules biflores   2
   Pédoncules uniflores . . . G. *sanguineum* (373).

2 { Pétales glabres au-dessus de l'onglet.   3
   Pétales velus ou ciliés au-dessus de l'onglet . . .   6

3 { Feuilles profondément pennatiséquées, à segments
     pennatifides.   4
   Feuilles réniformes, à lobes palmés   5

4 { Pétales 2 fois au moins plus longs que le calice . .
     . . . . G. *Robertianum* (374).
   Pétales n'étant pas 2 fois plus longs que le calice. .
     . . . . G. *minutiflorum* (375).

5 { Plante glabre et luisante. . . G. *lucidum* (376).
   Plante mollement pubescente . . . . . .
     . . . . .G. *rotundifolium* (377).

6 { Pétales entiers, crénelés ou à peine échancrés. . .   7
   Pétales échancrés ou profondément bifides. . . .   11

7 { Feuilles découpées en lobes élargis, ne dépassant pas
     les deux tiers du limbe.   8
   Feuilles divisées jusqu'au pétiole en segments étroits.
     . . . . G. *columbinum* (385).

8 { Tige cylindrique, peu ou point renflée vers les nœuds.   9
   Tige anguleuse, fortement renflée vers les nœuds. .
     . . . . G. *nodosum* (367).

9 {
Fleurs d'un beau bleu, d'un beau rose ou blanches. 10
Fleurs d'un violet livide ou d'un rose terne . . .
. . . . G. *phœum* (378).

10 {
Pédicelles dressés après la floraison. . . . . .
. . . . 'G. *sylvaticum* (379).
Pédicelles réfractés après la floraison . . . . .
. . . . G. *pratense* (380).

11 {
Tige cylindrique, peu ou point renflée vers les nœuds. 12
Tige anguleuse, fortement renflée vers les nœuds. .
. . . . G. *nodosum* (381).

12 {
Feuilles divisées presque jusqu'au pétiole en segments étroits 13
Feuilles divisées en lobes élargis, n'atteignant pas
les deux tiers du limbe 14

13 {
Pédoncules plus longs que les feuilles . . . . .
. . . . G. *columbinum* (385).
Pédoncules plus courts que les feuilles, ou tout au
plus les égalant. . . . . G. *dissectum* (386).

14 {
Pétales profondément bifides. 15
Pétales simplement échancrés. G. *pusillum* (383).

15 {
Fleurs violettes ou d'un rose lilacé . . . . . .
. . . . G. *pyrenaicum* (382).
Fleurs roses, rarement blanches . G. *molle* (384).

98. ERODIUM. . . . . . . E. *cicutarium* (373).

20e F. — OXALIDACÉES.

99. OXALIS.

1 {
Fleurs jaunes. 2
Fleurs blanches, veinées . . . O. *acetosella* (388).

2 {
Tige dressée; feuilles sans stipules. O. *stricta* (389).
Tige couchée et radicante; feuilles stipulées . . .
. . . . O. *corniculata* (390).

21e F. — BALSAMINACÉES.

100. IMPATIENS . . . . . . I. *noli-tangere* (391).

22e F. — ZYGOPHYLLACÉES.

101. TRIBULUS. . . . . . . T. *terrestris* (392).

23e F. — RUTACÉES.

102. RUTA. . . . . R. *graveolens* (393).

24ᵉ F. — RHAMNACÉES.

103. EVONYMUS.

1
{ Jeunes rameaux quadrangulaires; capsule à angles
     arrondis. . . . . E. *Europæus* (394).
     Jeunes rameaux comprimés-arrondis; capsule à an-
     gles aigus et ailés . . . . E. *latifolius* (395).

104. RHAMNUS.

1
{ Feuilles opposées ou fasciculées; rameaux épineux.   2
   Feuilles alternes; rameaux non épineux   4

2
{ Arbrisseau petit et très-rameux; stipules égalant ou
     dépassant le pétiole   3
   Arbuste élevé; stipules beaucoup plus courtes que le
     pétiole. . . . . R. *cathartica* (396).

3
{ Rameaux à écorce cendrée; stipules dépassant le pé-
     tiole . . . . R. *saxatilis* (397).
   Rameaux à écorce d'un brun rougeâtre; stipules éga-
     lant seulement le pétiole. . R. *Villarsii* (398).

4
{ Arbuste assez élevé, dressé.   5
   Petit arbuste entièrement couché contre les rochers.
     . . . . R. *pumila* (401).

5
{ Feuilles denticulées   6
   Feuilles entières, non dentées . R. *frangula* (402).

6
{ Feuilles fermes, coriaces, persistantes, à nervures
     latérales peu nombreuses et peu marquées . . .
     . . . . R. *alaternus* (399).
   Feuilles décidentes, à nervures latérales nombreuses
     et très-marquées . . . . . R. *alpina* (400).

105. PALIURUS. . . . . . . P. *aculeatus* (403).

25ᵉ F. — TÉRÉBINTHACÉES.

106. PISTACIA . . . . . P. *terebinthus* (404).

107. RHUS. . . . . R. *cotinus* (405).

26ᵉ F. — PAPILIONACÉES.

108. ULEX.

1
{ Calice très-velu, à bractées ovales . . . . . .
     . . . . U. *Europæus* (406).
   Calice finement pubescent, à bractées linéaires . .
     . . . . U. *nanus* (407).

109. SPARTIUM . . . . . . S. *junceum* (408).

110. SAROTHAMNUS.

1 { Style roulé en spirale pendant la floraison. . . . .
. . . . S. *vulgaris* (409).
Style simplement arqué . . . S. *purgans* (410).

111. GENISTA.

1 { Tige épineuse.   2
Tige sans épines.   4

2 { Feuilles simples.   3
Feuilles trifoliolées. . . . . G. *horrida* (411).

3 { Jeunes rameaux et feuilles glabres. G. *Anglica* (412).
Jeunes rameaux velus; feuilles ciliées . . . . .
. . . . G. *Germanica* (413)

4 { Rameaux ligneux, arrondis, non ailés   5
Rameaux herbacés, aplatis, ailés. G. *sagittalis* (414).

5 { Etendard velu-soyeux en dehors ; gousse velue . .
. . . . G. *pilosa* (415).
Etendard et gousse glabres . . G. *tinctoria* (416).

112. CYTISUS.

1 { Fleurs en grappes   2
Fleurs disposées autrement qu'en grappes. . . .   3

2 { Gousse pubescente-soyeuse , à bord supérieur
épaissi . . . . C. *laburnum* (417).
Gousse glabre, à bord supérieur ailé . . . . .
. . . . C. *alpinus* (418).

3 { Fleurs axillaires ou en ombelles terminales.   4
Fleurs solitaires, géminées ou ternées au sommet des
rameaux. . . . . C. *argenteus* (421).

4 { Fleurs en ombelles terminales. C. *copitatus* (419).
Fleurs disposées par 2-3 le long des rameaux . . .
. . . . C. *biflorus* (420).

113. ONONIS.

1 { Fleurs roses ou blanches   2
Fleurs jaunes.   5

2 { Tige dressée, non radicante à la base.   3
Tige couchée et radicante à la base. O. *repens* (423).

3 { Tige non épineuse   4
Tige épineuse. . . . . . O. *campestris* (422).

4 { Foliole médiane orbiculaire, longuement pétiolulée.
. . . . O. *rotundifolia* (424).
Folioles toutes oblongues et sessiles . . . . .
. . . . O. *fruticosa* (425).

5 {
Fleurs pédonculées, en grappes terminales . . .
. . . . O. *natrix* (426).
Fleurs axillaires et sessiles. . . O. *Columnæ* (427).

114. ANTHYLLIS.

1 {
Feuilles à 10-15 paires de folioles toutes égales . .
. . . . A. *montana* (429).
Feuilles inférieures à 3-5 folioles très-inégales . .
. . . . A. *vulneraria* (428).

115. MEDICAGO.

1 {
Gousse sans épines ni tubercules 2
Gousse épineuse ou tuberculeuse. . . . . . , . 6

2 {
Fleurs entièrement jaunes 3
Fleurs bleues ou bigarrées, mais non entièrement
jaunes 5

3 {
Gousse réniforme ou courbée en spirale. 4
Gousse courbée en faucille . . . M. *falcata* (431).

4 {
Gousse réniforme, à 1 seule graine .
. . . . M. *lupulina* (433).
Gousse ayant la forme d'un disque orbiculaire et
aplati, composé de 4-6 tours de spirale . . . .
. . . . M. *orbicularis* (434).

5 {
Fleurs bleues. . . . . M. *sativa* (430).
Fleurs bigarrées de bleu, de violet et de verdâtre.
. . . . M. *media* (432).

6 {
Folioles ne portant pas une tache noirâtre sur la
page supérieure 7
Folioles marquées d'une tache noirâtre sur la page
supérieure . . . . M. *maculata* (438).

7 {
Stipules découpées profondément en dents ou lanières
sétacées 8
Stipules entières ou très-légèrement dentées . . .
. . . . M. *minima* (437).

8 {
Gousse pubescente 9
Gousse glabre. 10

9 {
Feuilles d'un vert cendré; pédoncules portant 1-2
fleurs d'un jaune clair. . . M. *cinerascens* (439).
Feuilles d'un vert gai; pédoncules portant 1-6 fleurs
d'un beau jaune . . . . . M. *Timeroyi* (440).

10 {
Pédoncules égalant ou dépassant les feuilles . . .
. . . . M. *denticulata* (435).
Pédoncules plus courts que les feuilles. . . . .
. . . . M. *apiculata* (436).

116. TRIGONELLA . . . . T. *Monspeliaca* (441).

117. MELILOTUS.

1 { Fleurs jaunes 2
{ Fleurs blanches 4

2 { Pétales inégaux 3
{ Pétales tous égaux . . . . . M. *officinalis* (443).

3 { Gousse ovale, courtement pédicellée . . . . .
{ . . . . M. *arvensis* (442).
{ Gousse globuleuse, entièrement sessile . . . .
{ . . . . M. *Indica* (445).

4 { Fleurs odorantes; gousse jaunâtre à la maturité . .
{ . . . . M. *arvensis* (442).
{ Fleurs inodores; gousse d'un brun noirâtre à la ma-
{ turité . . . . M. *alba* (444).

118. TRIFOLIUM.

1 { Fleurs rouges, roses, blanches ou d'un blanc jaunâtre. 2
{ Fleurs jaunes 26

2 { Calice ayant au moins ses dents velues ou ciliées. 3
{ Calice entièrement glabre 18

3 { Calice non renflé en vessie après la floraison . . . 4
{ Calice renflé en vessie membraneuse après la floraison.
{ . . . . T. *fragiferum* (458).

4 { Calice à dents égales ou peu inégales 5
{ Calice à dents très-inégales. 10

5 { Fleurs nombreuses, en épis ou capitules serrés . . 6
{ Fleurs peu nombreuses (2-5), en ombelle simple. .
{ . . . . T. *subterraneum* (459).

6 { Fleurs en épis ou capitules pédonculés 7
{ Fleurs en capitules sessiles. 9

7 { Folioles linéaires-oblongues 8
{ Folioles obovales ou obcordées. T. *Molinerii* (452).

8 { Folioles denticulées au sommet . T. *arvense* (453).
{ Folioles entières au sommet. T. *angustifolium* (446).

9 { Fleurs en capitules terminaux, ordinairement gémi-
{ nés . . . . T. *Bocconi* (455).
{ Fleurs en capitules, les uns terminaux, les autres
{ axillaires . . . . T. *striatum* (456).

10 { Fleurs en capitules tous terminaux 11
{ Fleurs en capitules dont quelques uns au moins sont
{ axillaires 16

11 { Capitules globuleux ou ovales. 12
{ Capitules oblongs-cylindriques 15

12
- Capitules sessiles ou presque sessiles au centre d'un involucre foliacé 13
- Capitules pédonculés, sans involucre à leur base . . . . T. *medium* (448).

13
- Fleurs rouges, rarement blanches 14
- Fleurs d'un blanc jaunâtre . T. *ochroleucum* (451).

14
- Stipules à partie libre ovale, brusquement terminée en pointe . . . . T. *pratense* (447).
- Stipule à partie libre linéaire et longuement acuminée . . . . T. *alpestre* (449).

15
- Fleurs rouges; plante très-glabre. T. *rubens* (450).
- Fleurs d'un blanc rosé; plante velue-hérissée. . . . . T. *lagopus* (454).

16
- Capitules pédonculés 17
- Capitules sessiles. . . . . . T. *scabrum* (457).

17
- Calice à dents droites, beaucoup plus courtes que la corolle . . . . . . T. *montanum* (460).
- Calice à dents arquées, plus longues que la corolle. . . . . T. *parviflorum* (462).

18
- Fleurs nombreuses, en capitules serrés 19
- Fleurs peu nombreuses, grandes, en ombelle . . . . T. *alpinum* (468).

19
- Fleurs blanches ou d'un blanc rosé, au moins dans leur jeunesse 20
- Fleurs d'un beau rose . . . . T. *elegans* (466).

20
- Capitules pédonculés. 21
- Capitules sessiles, terminaux et axillaires . . . . T. *glomeratum* (461).

21
- Dents du calice beaucoup plus courtes que la corolle. 22
- Dents du calice plus longues que la corolle. . . . . T. *parviflorum* (462).

22
- Tige droite ou ascendante; folioles non obovales. 23
- Tige couchée; folioles obovales 25

23
- Fleurs pourvues chacune d'un pédicelle particulier. 24
- Fleurs sessiles dans chaque capitule. T. *strictum* (463).

24
- Fleurs toujours blanches . . T. *montanum* (460).
- Fleurs d'abord blanches, puis roses. T. *hybridum* (467).

25
- Tige couchée et radicante; pédicelles tous réfléchis après la floraison . . . . . T. *repens* (464).
- Tige couchée, mais non radicante; pédicelles supérieurs toujours dressés . . . . . T. *Thalii* (465).

26
- Capitules formés de plus de 10 fleurs 27
- Capitules formés de 2-6 fleurs. T. *filiforme* (473).

27 { Stipules supérieures courtes, ovales. 28
     Stipules toutes oblongues-lancéolées. 29

28 { Pédoncules plus courts que les feuilles ou les dépas-
          sant à peine . . . . . T. *procumbens* (471).
     Pédoncules dépassant sensiblement les feuilles . .
          . . . . T. *minus* (472).

29 { Calice à dents glabres . . . T. *agrarium* (470).
     Calice à dents poilues . . . T. *spadiceum* (469).

119. TETRAGONOLOBUS . . . T. *siliquosus* (474).

120. LOTUS.

1 { Dents du calice égalant tout au plus son tube. . . 2
     Dents du calice plus longues que son tube. . . .
          . . . . L. *diffusus* (478).

2 { Folioles obovales-cunéiformes. 3
     Folioles des feuilles supérieures oblongues-linéaires.
          . . . . L. *tenuifolius* (476).

3 { Capitules formés de 2-6 fleurs. L. *corniculatus* (475).
     Capitules formés de 8-12 fleurs. . L. *major* (477).

120 *bis*. GALEGA. G. *officinalis* (478 *bis*, page (675).

121. PSORALEA . . . . . P. *bituminosa* (479).

122. ASTRAGALUS.

1 { Tige herbacée. 2
     Tige sous-ligneuse. . . . . A. *aristatus* (483).

2 { Fleurs d'un jaune verdâtre ou d'un blanc jaunâtre. 3
     Fleurs bleues ou violettes . . A. *montanus* (484).

3 { Tige feuillée 4
     Feuilles toutes radicales . . . A. *depressus* (482).

4 { Gousse triangulaire, arquée et presque glabre. . .
          . . . . À. *glycyphyllos* (480).
     Gousse ovoïde, hérissée de poils noirâtres . . . .
          . . . . A. *cicer* (481).

123. PHACA . . . . P. *alpina* (485).

124. CORONILLA.

1 { Tige ligneuse ou sous-ligneuse, au moins à la base. 2
     Tige entièrement herbacée. 4

2 { Tige couchée; onglets des pétales n'étant pas tous
          3 fois plus longs que le calice. 3
     Arbrisseau dressé; onglet des pétales tous 3 fois plus
          longs que le calice . . . . C. *emerus* (486).

3 { Paire inférieure des folioles écartée de la base du pétiole. . . . . C. *vaginalis* (488). Paire inférieure des folioles rapprochée de la base du pétiole . . . . C. *minima* (489). 5

4 { Fleurs jaunes. . . . . Fleurs panachées de blanc et de lilas. C. *varia* (491).

5 { Feuilles inférieures simples, les autres trifoliolées. . . . . C. *scorpioides* (490). Feuilles toutes imparipennées, à 9-13 folioles. . . . . C. *montana* (487).

125. ORNITHOPUS . . . . O. *perpusillus* (492).

126. HIPPOCREPIS . . . . . H. *comosa* (493).

127. ONOBRYCHIS.

1 { Dents du calice ne dépassant pas la corolle quand elle est en bouton. . . . . 2 Dents du calice plus longues que les boutons. . . . . O. *supina* (496).

2 { Tiges ascendantes; fleurs roses. . O. *sativa* (494). Tiges diffuses, couchées à la base; fleurs d'un beau rouge. . . . . . O. *montana* (495).

128. VICIA.

1 { Fleurs portées sur un pédoncule allongé . . . . 2 Fleurs axillaires, sessiles ou à pédoncule très-court. 11

2 { Pédoncules ne portant que 1-6 fleurs . . . . . 3 Pédoncules portant un grand nombre de fleurs. . . 5

3 { Stipules uniformes, entières, semi-sagittées . . . 4 Une des stipules découpée en lanières rayonnantes. . . . . V. *monantha* (506).

4 { Pédoncules plus longs que les feuilles . . . . . . V. *gracilis* (505). Pédoncules ne dépassant pas les feuilles. . . . . V. *tetrasperma* (504).

5 { Feuilles terminées par une vrille rameuse. . . . 6 Feuilles terminées par une pointe courte et simple. . . . . . . V. *orobus* (503).

6 { Stipules fortement dentées ou laciniées. . . . . 7 Stipules entières ou peu dentées, semi-sagittées. . 8

7 { Folioles ayant de 1 à 2 centimètres de largeur. . . . . V. *dumetorum* (497). Folioles n'ayant pas 1 centimètre de largeur . . . . V. *sylvatica* (502).

129. Ervum.

1 { Feuilles terminées par une vrille rameuse. E. *hirsutum* (517).
Vrille remplacée par une pointe simple et très-courte. . . . . E. *ervilia* (518).

130. Lathyrus.

1 { Feuilles simples ou nulles 2
Feuilles composées d'une ou plusieurs paires de folioles. 3

2 { Vrilles rameuses; fleurs jaunes. . L. *aphaca* (520).
Point de vrilles; fleurs roses ou violacées . . . . L. *Nissolia* (519).

3 { Pédoncules ne portant que 1-2 fleurs 4
Pédoncules multiflores 10

4 { Feuilles toutes à 1 seule paire de folioles 5
Feuilles supérieures à 2-4 paires de folioles. . . . . L. *articulatus* (527).

5 { Pédoncule à arête nulle ou très-courte 6
Pédoncule muni près du sommet d'une longue arête. 8

6 { Gousse glabre. 7
Gousse hérissée. . . . . L. *hirsutus* (525).

7 { Fleurs rouges; gousse à bord supérieur canaliculé. . . . . L. *cicera* (526).
Fleurs roses, violacées ou blanches; gousse à 2 ailes membraneuses sur le dos . . L. *sativus* (521).

8 { Vrille remplacée par une pointe courte et simple, non accrochante. 9
Vrille rameuse ou simple, toujours accrochante . . . . L. *angulatus* (524).

9 { Fleurs très-petites, lilas, veinées . . . . L. *inconspicuus* (523).
Fleurs d'un rouge de brique. L. *sphæricus* (522).

10 { Fleurs roses, bleuâtres ou blanches 11
Fleurs jaunes . . . . . L. *pratensis* (529).

11 { Tige ailée 12
Tige anguleuse, mais non ailée. L. *tuberosus* (528).

12 { Feuilles à 1 seule paire de folioles 13
Feuilles, au moins quelques unes, à 2-3 paires de folioles. 14

13 { Stipules linéaires. . . . . . L. *sylvestris* (530).
Stipules larges, non linéaires. L. *latifolius* (531).

14 { Fleurs roses. . . . . L. *palustris* (533).
Fleurs bleuâtres. . . . . L. *heterophyllus* (532).

131. Orobus.

1 { Racine fibreuse, sans tubercules; tige anguleuse, mais non ailée. 2
Racine à tubercules renflés; tige ailée. . . . . O. *tuberosus* (534).

2 { Fleurs bleues, roses ou violettes 3
Fleurs jaunes ou jaunâtres. . . O. *luteus* (536).

3 { Plante restant verte à la dessiccation; stipules folia-cées . . . . O. *vernus* (535).
Plante noircissant par la dessiccation; stipules linéai-res. . . . . O. *niger* (537).

27e F. — ROSACÉES.

132. Prunus.

1 { Pédoncules glabres; fruits dressés 2
Pédoncules finement pubescents; fruits penchés. . . . . P. *insititia* (540).

2 { Arbrisseau très-épineux; feuilles larges de moins de 2 centimètres . . . . . P. *spinosa* (538).
Arbrisseau peu épineux; feuilles larges de plus de 2 centimètres . . . . . P. *fruticans* (539).

133. Cerasus.

1 { Fleurs en faisceaux ombelliformes 2
Fleurs en grappes ou en corymbes 3

2 { Feuilles un peu ridées, pubescentes en dessous, au moins dans leur jeunesse. . . C. *avium* (541).
Feuilles planes, glabres et luisantes dès leur jeunesse . . . . C. *vulgaris* (542).

3 { Fleurs en grappes pendantes . . C. *padus* (543).
Fleurs en corymbes dressés . . C. *mahaleb* (544).

134. Spiræa.

1 { Feuilles 1 fois pennées. 2
Feuilles 2-3 fois pennées . . . S. *aruncus* (545).

2 { Folioles latérales pennatipartites. . . . . S. *filipendula* (546).
Folioles latérales seulement dentées. . . . . S. *ulmaria* (547).

135. Dryas. . . . . . . D. *octopetala* (548).

136. Geum.

1 { Fleurs jaunes et dressées 2
Fleurs rougeâtres et penchées . . G. *rivale* (550).

2 { Tige pluriflore. . . . . . . G. *urbanum* (549).
{ Tige uniflore. . . . . . . G. *montanum* (551).

137. FRAGARIA.

1 { Pédoncules à poils apprimés 2
{ Pédoncules à poils étalés . . . P. *elatior* (554).

2 { Calice très-étalé ou même réfléchi après la floraison.
{ . . . . F. *vesca* (552).
{ Calice appliqué sur le fruit après la floraison. . .
{ . . . . F. *collina* (553).

138. COMARUM . . . . C. *palustre* (555).

139. POTENTILLA.

1 { Feuilles pennées. 2
{ Feuilles digitées ou trifoliolées 4

2 { Fleurs jaunes. 3
{ Fleurs blanches . . . . . . P. *rupestris* (558).

3 { Feuilles presque glabres. . . . P. *supina* (557).
{ Feuilles soyeuses-argentées . . P. *anserina* (556).

4 { Feuilles digitées 5
{ Feuilles toutes ou la plupart trifoliolées. 17

5 { Fleurs toutes à 5 pétales et à 10 segments au calice. 6
{ Fleurs, au moins quelques unes, à 4 pétales et à
{ 8 segments au calice. 16

6 { Fleurs jaunes 7
{ Fleurs blanches ou un peu rosées. 15

7 { Folioles blanches ou grisâtres-tomenteuses en dessous. 8
{ Folioles plus ou moins vertes sur les deux faces. . 9

8 { Folioles blanches-tomenteuses en dessous . .
{ . . . . P. *argentea* (559).
{ Folioles grisâtres-tomenteuses en dessous. . . .
{ . . . . P. *decipiens* (560).

9 { Racine non stolonifère 10
{ Racine émettant des stolons radicants . . . . .
{ . . . . P. *reptans* (568).

10 { Folioles non bordées de cils soyeux et argentés . . 11
{ Folioles bordées de cils soyeux et argentés. . . .
{ . . . . P. *aurea* (565).

11 { Pétales entièrement jaunes. 12
{ Pétales marquées sur l'onglet d'une tache safranée.
{ . . . . P. *alpestris* (564).

12 { Tiges raides, dressées dès la base. 13
{ Tiges couchées, au moins à la base 14

13 {
Fleurs d'un beau jaune. . . P. *Delphinensis* (566).
Fleurs d'un jaune pâle . . . . . P. *recta* (561).

14 {
Stipules des feuilles inférieures linéaires; carpelles presque lisses . . . . . . P. *verna* (562).
Stipules des feuilles inférieures ovales-lancéolées; carpelles évidemment ridés. . P. *opacata* (563).

15 {
Feuilles vertes sur les deux pages; étamines à filets hérissés. . . . . . . P. *caulescens* (567).
Feuilles soyeuses-argentées sur les deux pages; étamines à filets glabres . . . . P. *nitida* (572).

16 {
Feuilles toutes pétiolées . . P. *procumbens* (569).
Feuilles caulinaires sessiles ou presque sessiles . . . . P. *tormentilla* (570).

17 {
Fleurs jaunes 18
Fleurs blanches ou un peu rosées. 19

18 {
4 pétales; 8 segments au calice . . . . P. *tormentilla* (570).
5 pétales; 10 segments au calice. P. *minima* (571).

19 {
Folioles vertes en dessus 20
Folioles soyeuses-argentées sur les deux pages. . . . . P. *nitida* (572).

20 {
Racine stolonifère; 1-2 feuilles caulinaires trifoliolées. . . . . P. *fragaria* (573).
Racine non stolonifère; 1 feuille caulinaire simple. . . . . P. *micrantha* (574).

140. SIBBALDIA. . . . . S. *procumbens* (575).

141. RUBUS (1).

1 {
Feuilles trifoliolées ou palmées 2
Feuilles, au moins quelques unes, pennées. . . . . R. *Idaeus* (576).

2 {
Stipules adhérentes au pétiole . . . .
Stipules adhérentes à la tige. . R. *saxatilis* (577).

3 {
Tige cylindrique ou à angles obtus, au moins dans le bas 4
Tige anguleuse, à 5 faces planes ou canaliculées dans toute sa longueur. 21

4 {
Folioles latérales sessiles 5
Folioles latérales pétiolulées 9

5 {
Calice redressé ou étalé après la floraison 6
Calice réfléchi après la floraison. R. *nemorosus* (582).

(1) Pour déterminer les *Rubus*, il faut absolument avoir sous les yeux les tiges stériles, les tiges fleuries et les fruits.

23 { Pétales longuement atténués à l'onglet . . . . R. *discolor* (596).
Pétales obovales-arrondis. . . R. *vulgaris* (597).

24 { Petiole plan ou arrondi en dessus. 25
Pétiole évidemment canaliculé en dessus 29

25 { Fleurs blanches ou carnées. 26
Fleurs d'un rose foncé. . . R. *rusticanus* (598).

26 { Tige à aiguillons crochus 27
Tige à aiguillons droits. 28

27 { Folioles velues en dessus. . . R. *collinus* (599).
Folioles glabres en dessus. . R. *cuneifolius* (600).

28 { Fleurs grandes; aiguillons rares sur les rameaux. . . . . R. *thyrsoideus* (601).
Fleurs petites; aiguillons nombreux. R. *albidus* (602).

29 { Fleurs blanches. . . . . R. *tomentosus* (603).
Fleurs roses . . . . . R. *spectabilis* (604).

30 { Tige glabre 31
Tige plus ou moins velue. R. *macrophyllus* (607).

31 { Folioles plissées, cuspidées . . R. *fruticosus* (605).
Folioles planes, la terminale brusquement et longuement acuminée . . . . R. *fastigiatus* (606).

142. ROSA.

Clef des fleurs.

1 { Styles soudés ou rapprochés en colonne. 2
Styles libres 11

2 { Styles en colonne glabre 3
Styles en colonne velue ou hérissée. 9

3 { Sépales tous ou la plupart pennatipartits . . . 4
Sépales tous entiers ou 1-2 à peine découpés. . . 7

4 { Fleurs roses 5
Fleurs blanches 6

5 { Folioles pubescentes en dessous sur toute leur surface . . . . R. *fastigiata* (610).
Folioles pubescentes en dessous, mais seulement sur les nervures . . . . . R. *systyla* (611).

6 { Folioles velues en dessous sur toute leur surface. . . . . R. *stylosa* (613).
Folioles velues seulement sur les nervures. . . . . R. *leucochroa* (612).

7 { Pédoncules hérissés de glandes 8
Pédoncules lisses, non glanduleux . . . . R. *arvensis* (609 *bis*, page 675).

8 { Folioles entièrement glabres. R. *bibracteata* (608).
Folioles à nervure médiane velue en dessous. . . . . R. *repens* (609).

9 { Styles en colonne plus courte que les étamines . . 10
Styles en colonne égalant à peu près les étamines en longueur . . . . R. *hybrida* (614).

10 { Styles s'élevant sur un disque tronqué. . . . . R. *arvina* (616).
Styles sortant d'un disque plat . . . . R. *incomparabilis* (615).

11 { Sépales entiers ou à peine découpés. 12
Sépales, au moins quelques uns, pennatipartits . . 16

12 { Folioles entièrement glabres 13
Folioles pubescentes ou velues, au moins en dessous. 15

13 { Folioles oblongues ou elliptiques; fleurs roses ou rouges 14
Folioles petites, orbiculaires; fleurs ordinairement blanches. . . . . . R. *pimpinellifolia* (628).

14 { Folioles simplement dentées. R. *rubrifolia* (630).
Folioles doublement ou triplement dentées . . . . R. *alpina* (629).

15 { Folioles munies en dessous de glandes résineuses et odorantes. . . . . R. *resinosa* (682).
Folioles dépourvues de glandes en dessous. . . . . R. *cinnamomea* (627).

16 { Folioles mollement velues-tomenteuses sur les deux faces. 17
Folioles n'étant pas velues-tomenteuses sur les deux faces. 22

17 { Folioles parsemées de glandes en dessous, au moins sur les nervures 18
Folioles entièrement dépourvues de glandes en dessous 19

18 { Sépales persistants, longuement acuminés, à peine pennatipartits. . . . . . . R. *resinosa* (682).
Sépales non persistants, pennatipartits . . . . R. *cuspidata* (677).

19 { Calice à tube globuleux ou à peu près 20
Calice à tube manifestement ovale 21

20 { Pétales ciliés à la base. . . R. *mollissima* (680).
Pétales non ciliés . . . . . R. *subglobosa* (679).

21 { Bractées glabres en dessus. . R. *tomentosa* (678).
Bractées pubescentes en dessus. . . . . R. *Andrzeiouskii* (681).

22 { Folioles à page inférieure chargée des glandes odorantes. 23
Page inférieure des folioles dépourvue de glandes ou
n'en ayant que sur les nervures principales. . . 37

23 { Pédoncules lisses. 24
Pédoncules hispides-glanduleux 27

24 { Fleurs blanches 25
Fleurs roses . . . . . R. *Lugdunensis* (666).

25 { Folioles dépourvues de glandes en dessus 26
Folioles parsemées de quelques glandes en dessus. .
. . . . R. *sepium* (663).

26 { Pétioles glanduleux, mais non pubescents. . . .
. . . . R. *agrestis* (665).
Pétioles pubescents-glanduleux . . . . .
. . . . R. *arvatica* (664).

27 { Fleurs roses ou rouges 28
Fleurs d'un blanc de lait. . R. *Vaillantina* (668).

28 { Styles glabres ou presque glabres. 29
Styles velus ou hérissés. 31

29 { Calice à tube oblong. 30
Calice à tube globuleux ou à peu près . . . .
. . . . R. *micrantha* (674).

30 { Calice à tube lisse ou hispide seulement à la base. .
. . . . R. *Lemanii* (669).
Calice à tube entièrement hispide-glanduleux. . .
. . . . R. *nemorosa* (673).

31 { Aiguillons robustes, fortement arqués 32
Aiguillons nuls ou sinon droits ou presque droits. . 36

32 { Calice à tube ovale 33
Calice à tube globuleux et glabre. . . . .
. . . . R. *graveolens* (667).

33 { Folioles entièrement glabres en dessous. 34
Folioles velues ou pubescentes en dessous, au moins
sur les nervures 35

34 { Folioles parsemées de poils en dessus . . . .
. . . . R. *rubiginosa* (670).
Folioles entièrement glabres en dessus. . . .
. . . . R. *trachyphylla* (659).

35 { Folioles à glandes blanchâtres, opaques. . . . .
. . . . R. *comosa* (672).
Folioles à glandes transparentes . . . . .
. . . . R. *umbellata* (671).

12.

36 { Folioles arrondies, très-petites, parsemées de poils
      en dessus . . . . R. *rotundifolia* (675).
      Folioles ovales-elliptiques, glabres en dessus. . .
      . . . . R. *spinulifolia* (676).

37 { Folioles entièrement dépourvues de glandes en des-
      sous 38
      Folioles plus ou moins munies de glandes, au moins
      sur les nervures 63

38 { Rameaux floraux dépourvus d'aiguillons sétacés . . 39
      Rameaux floraux plus ou moins munis d'aiguillons
      sétacés. . . . . . . R. *Provincialis* (625).

39 { Folioles entièrement glabres 40
      Folioles plus ou moins velues ou pubescentes. . . 54

40 { Pédoncules lisses et glabres 41
      Pédoncules hispides-glanduleux 51

41 { Folioles simplement dentées 42
      Folioles doublement dentées 48

42 { Calice à tube ovale ou oblong 43
      Calice à tube globuleux. 45

43 { Calice à tube ovale 44
      Calice à tube oblong, allongé . . . .
      . . . . R. *Touranginiana* (633).

44 { Pétiole entièrement glabre. . . R. *canina* (632).
      Pétiole muni de poils en dessus, à la base et à l'in-
      sertion des folioles. . . R. *ramosissima* (634).

45 { Folioles ovales; fleurs roses, de grandeur moyenne. 46
      Folioles petites, oblongues-lancéolées; fleurs très-
      petites, d'un blanc lavé de rose . . . . .
      . . . . R. *aciphylla* (637).

46 { Pétioles non glanduleux. 47
      Pétioles parsemés de glandes. R. *globularis* (635).

47 { Bractées supérieures et jeunes pousses rougeâtres.
      . . . . R. *Reuteri* (631).
      Bractées et jeunes pousses vertes ou glauques.
      . . . . R. *sphærica* (636).

48 { Arbrisseaux à jeunes pousses rougeâtres 49
      Arbrisseaux à jeunes pousses vertes 50

49 { Pétioles velus en dessus et parsemés de glandes . .
      . . . . R. *Malmundariensis* (638).
      Pétioles entièrement glabres et non glanduleux . .
      . . . . R. *Reuteri* (631).

50 { Sépales à appendice bordé de glandes pédicellées.
      . . . . R. *biserrata* (641).
      Appendice des sépales non bordé de glandes pédi-
      cellées. . . . . R. *dumalis* (640).

51 { Calice à tube hispide. 52
{ Calice à tube glabre. 53

52 { Folioles doublement dentées . . . .
{ . . . . R. *verticillacantha* (643).
{ Folioles simplement, mais inégalement dentées .
{ . . . . R. *Andegavensis* (642).

53 { Folioles très-glauques sur les deux faces; jeunes
{ pousses rougeâtres . . . . R. *Reuteri* (631).
{ Folioles vertes en dessus ; jeunes pousses vertes .
{ . . . . R. *Acharii* (644).

54 { Pédoncules glabres 55
{ Pédoncules velus ou glanduleux 60

55 { Folioles velues ou pubescentes en dessous sur toute
{ leur surface. 56
{ Folioles velues en dessous seulement sur les nervures. 59

56 { Fleurs roses 57
{ Fleurs blanches. . . . . . R. *obtusifolia* (648).

57 { Folioles pubescentes en dessus 58
{ Folioles simplement parsemées de poils en dessus. .
{ . . . . R. *dumetorum* (649).

58 { Calice à tube oblong . . . R. *cinerascens* (653).
{ Calice à tube globuleux. . . R. *coriifolia* (652).

59 { Folioles parsemées de poils en dessus . . . .
{ . . . . R. *urbica* (550).
{ Folioles entièrement glabres en dessus . . . .
{ . . . . R. *platyphylla* (551).

60 { Pédoncules velus et plus ou moins glanduleux. . . 61
{ Pédoncules velus ou pubescents, mais non glanduleux. 62

61 { Pétioles aiguillonnés en dessous et plus ou moins
{ munis de glandes pédicellées. . R. *collina* (656).
{ Pétioles inermes, dépourvus de glandes. . . . .
{ . . . . R. *Deseglisei* (655).

62 { Fleurs blanches . . . . . R. *obtusifolia* (648).
{ Fleurs roses. . . . . . . R. *corymbifera* (654).

63 { Rameaux florifères plus ou moins munis d'aiguillons
{ sétacés au-dessous des pédoncules. 64
{ Rameaux florifères dépourvus d'aiguillons sétacés. . 76

64 { Fleurs rouges ou d'un beau rose. 65
{ Fleurs blanches ou d'un rose très-clair . . . . .
{ . . . . R. *geminata* (618).

65 { Styles laineux ou hérissés 66
{ Styles glabres, sortant d'un disque conique . . . .
{ . . . . R. *conica* (617).

80 {
Folioles doublement ou triplement dentées. . . . 81
Folioles simplement, quoique inégalement dentées .
. . . . R. *Aunieri* (647).

81 {
Pétioles plus ou moins velus ou pubescents, au moins
en dessus 82
Pétioles entièrement glabres. . R. *Chaberti* (645).

82 {
Folioles glauques ou d'un vert pâle en dessous . . 83
Folioles vertes sur les deux pages. R. *Timeroyi* (646).

83 {
Folioles dépourvues d'aiguillons en dessous . . . 84
Folioles, au moins quelques unes, munies de petits
aiguillons sur la nervure médiane. . . . . .
. . . . R. *Pouzini* (642 bis, page 676).

84 {
Fleurs d'un beau rose; calice à tube ellipsoïde. . .
. . . . R. *Acharii* (644).
Fleurs d'un rose pâle; calice à tube ovale . . . .
. . . . R. *trachyphylla* (659).

85 {
Folioles n'étant pas pubescentes-tomenteuses en des-
sous 86
Folioles pubescentes-tomenteuses en dessous . . .
. . . . R. *tomentella* (658).

86 {
Folioles glanduleuses en dessous sur toutes les nervures. 87
Folioles glanduleuses seulement sur la nervure médiane. 90

87 {
Folioles parsemées de poils en dessus, au moins sur
la nervure médiane 88
Folioles glabres en dessus 89

88 {
Rameaux à aiguillons recourbés. R. *flexuosa* (660).
Aiguillons droits, souvent nuls, sur les rameaux flo-
rifères. . . . . R. *Pugeti* (661).

89 {
Calice à tube ovoïde-arrondi, contracté au sommet;
stipules à oreillettes droites. R. *Jundzilliana* (662).
Calice à tube ovoïde, non contracté au sommet; sti-
pules à oreillettes divergentes. . . . . .
. . . . R. *trachyphylla* (659).

90 {
Folioles doublement dentées-glanduleuses . . . .
. . . . R. *Friedlanderiana* (657).
Folioles simplement dentées . . R. *collina* (656).

Clef des fruits.

1 {
Folioles entièrement glabres 2
Folioles plus ou moins velues, tomenteuses ou pu-
bescentes. 31

18 {
Folioles d'un vert sombre en dessus, à nervures très-saillantes en dessous . . . R. *biserrata* (641).
Folioles d'un vert clair, à nervures peu saillantes. . . . . R. *dumalis* (640).

19 {
Fruit ovoïde, ellipsoïde ou oblong 20
Fruit globuleux 27

20 {
Folioles simplement dentées 21
Folioles doublement ou triplement dentées. . . . 23

21 {
Styles libres, caducs. 22
Styles soudés en colonne longtemps persistante . . . . R. *bibracteata* (608).

22 {
Folioles munies de glandes en dessous sur la nervure médiane. . . . . . . R. *Aunieri* (647).
Folioles entièrement dépourvues de glandes en dessous. . . . . . . R. *Andegavensis* (642).

23 {
Folioles n'étant munies de glandes en dessous que sur la côte médiane 24
Folioles parsemées de glandes en dessous . . . . R. *trachyphylla* (659).

24 {
Feuilles glauques en dessous ; fruit ellipsoïde ou ovale-oblong 25
Feuilles vertes sur les deux pages ; fruit ovale, à base déprimée, atténué au sommet. R. *Timeroyi* (646).

25 {
Pétioles un peu velus en dessus. 26
Pétioles glabres. . . . . . R. *Chaberti* (645).

26 {
Sépales caducs avant la maturité. . . . . R. *Pouzini* (642 *bis*, page 676).
Sépales persistant jusqu'à la maturité du fruit. . . . . R. *Acharii* (644).

27 {
Sépales persistant sur le fruit à la maturité. . . . 28
Sépales caducs. 29

28 {
Folioles orbiculaires, glabres, glauques, dépourvues de glandes. . . . . . R. *pimpinellifolia* (628).
Folioles ovales, vertes en dessus, chargées de glandes en dessous.. . . . . . R. *graveolens* (667).

29 {
Sépales non persistants 30
Sépales persistant sur le fruit à la maturité. . . . . R. *Reuteri* (631).

30 {
Folioles simplement, quoique inégalement dentées . . . . R. *Andegavensis* (642).
Folioles doublement dentées. . . . . R. *verticillacantha* (643).

46 { Fruit ovoïde . . . . R. *comosa* (672).
   Fruit elliptique, étranglé au sommet, hérissé de soies
   spinulescentes et glandulifères . . . .
   . . . . R. *spinulifolia* (676).

47 { Fruit ovoïde 48
   Fruit arrondi 49

48 { Rameaux florifères presque inermes ; fruit manifestement atténué au sommet . R. *nemorosa* (673).
   Rameaux florifères aiguillonnés ; fruit à peine atténué au sommet . . . . . R. *Vaillantina* (668).

49 { Folioles munies de glandes opaques en dessous. . 50
   Folioles munies en dessous de glandes transparentes.
   . . . . R. *umbellata* (671).

50 { Folioles petites, atténuées à la base. . . . . .
   . . . . R. *Lemanii* (669).
   Folioles assez larges, arrondies à la base. . . . .
   . . . . R. *rubiginosa* (670).

51 { Styles soudés ou rapprochés en colonne. 52
   Styles libres. 60

52 { Styles en colonne glabre 53
   Styles en colonne velue ou hérissée. 58

53 { Pédoncules glanduleux 54
   Pédoncules lisses, non glanduleux . . . . . .
   . . . . . R. *arvensis* (609 *bis*, page 675).

54 { Folioles pubescentes en dessous sur toute leur surface. 55
   Folioles pubescentes seulement sur les nervures. . 56

55 { Folioles glabres en dessus ; pétioles non glanduleux.
   . . . . R. *fastigiata* (610).
   Folioles légèrement velues en dessus ; pétioles munis
   de quelques glandes . . . . . R. *stylosa* (613).

56 { Folioles ovales-lancéolées ; fruit ovoïde. 57
   Folioles ovales-arrondies ; fruit presque pyriforme. .
   . . . . R. *repens* (609).

57 { Folioles restant toujours d'un beau vert . . . .
   . . . . R. *systyla* (611).
   Folioles prenant une teinte jaunâtre en été . . .
   . . . . R. *leucochroa* (612).

58 { Folioles glabres en dessous, excepté quelquefois sur
   la nervure médiane 59
   Folioles pubescentes en dessous sur toute leur surface. . . . . R. *hybrida* (614).

59 { Styles sortant d'un disque tronqué. R. *arvina* (616).
   Styles s'élevant sur un disque plat . . . . . .
   . . . . R. *incomparabilis* (615).

60 {
Folioles entièrement dépourvues de glandes en dessous 64
Folioles plus ou moins munies de glandes en dessous. 69

61 {
Sépales caducs, quelques uns au moins pennatipartits. 62
Sépales persistants et entiers; rameaux à écorce couleur cannelle . . . . R. *cinnamomea* (627).

62 {
Pédoncules lisses et glabres 63
Pédoncules velus ou hispides-glanduleux 68

63 {
Folioles velues en dessous sur toute leur surface. . 64
Folioles velues seulement sur les nervures. . . . 67

64 {
Fruit arrondi 65
Fruit ovoïde . . . . . . R. *cinerascens* (653).

65 {
Folioles pubescentes sur les deux faces. 66
Folioles parsemées seulement de quelques poils en dessus . . . . . . R. *dumetorum* (649).

66 {
Pétioles aiguillonnés en dessous. R. *obtusifolia* (648).
Pétioles inermes . . . . . R. *coriifolia* (652).

67 {
Folioles glabres en dessus . R. *platyphylla* (651).
Folioles parsemées de poils apprimés en dessus . . . . R. *urbica* (650).

68 {
Pédoncules velus et glanduleux. R. *Deseglisei* (655).
Pédoncules velus à la base, mais non glanduleux. . . . . R. *corymbifera* (654).

69 {
Folioles parsemées de glandes en dessous sur toutes les nervures. 70
Folioles n'offrant de glandes que sur la nervure médiane. 73

70 {
Folioles n'étant pas pubescentes-tomenteuses en dessous 71
Folioles pubescentes-tomenteuses en dessous. . . . . R. *tomentella* (658).

71 {
Folioles glabres en dessus 72
Folioles parsemées de poils apprimés en dessus . . . . R. *flexuosa* (660).

72 {
Sous-arbrisseau bas; sépales persistants. . . . . R. *Pugeti* (661).
Arbrisseau assez élevé; sépales caducs. . . . . R. *Jundzilliana* (662).

73 {
Rameaux florifères munis d'aiguillons sétacés au-dessous des pedoncules 74
Rameaux florifères dépourvus d'aiguillons sétacés. . 83

74 {
Styles hérissés ou laineux. 75
Styles glabres. 84

75 { Rameaux florifères inermes ou à aiguillons très-rares. 76
{ Rameaux florifères aiguillonnés 78

76 { Folioles doublement dentées-glanduleuses 77
{ Folioles simplement dentées. R. *subinermis* (623).

77 { Folioles oblongues-lancéolées . R. *virescens* (620).
{ Folioles ovales ou orbiculaires. R. *Provincialis* (625).

78 { Fruit ovale ou arrondi 79
{ Fruit pyriforme; sous-arbrisseau nain . . . .
{ . . . . R. *pumila* (626).

79 { Styles hérissés, c'est-à-dire munis de poils raides et
{ droits. 80
{ Styles laineux, c'est-à-dire munis de poils crépus. . 83

80 { Stipules étroites 81
{ Stipules larges, lancéolées, denticulées.
{ . . . . R. *sylvatica* (621).

81 { Fruit rétréci à la base 82
{ Fruit arrondi, non rétréci à la base.
{ . . . . R. *geminata* (618).

82 { Folioles blanches-tomenteuses en dessous, à dents de
{ scie un peu convergentes . R. *Austriaca* (619).
{ Folioles pubescentes-blanchâtres en dessous, à dents
{ de scie ouvertes . . . . . R. *decipiens* (622).

83 { Folioles orbiculaires, toutes en cœur . . . . .
{ . . . . . R. *cordifolia* (624 *bis*, page 675).
{ Folioles ovales, non en cœur. . R. *Gallica* (624).

84 { Fruit ovoïde, à disque conique. . R. *conica* (617).
{ Fruit arrondi, à disque aplati. R. *geminata* (618).

85 { Folioles simplement dentées; fruit ovale . . . .
{ . . . . R. *collina* (656).
{ Folioles doublement dentées; fruit arrondi. . . .
{ . . . . R. *Friedlanderiana* (657).

143. Agrimonia.

1 { Feuilles couvertes en dessous de glandes odorantes.
{ . . . . A. *odorata* (684).
{ Feuilles pubescentes, mais non glanduleuses-odoran-
{ tes en dessous. . . . . A. *eupatoria* (683).

144. Alchemilla.

1 { Fleurs en corymbes pédonculés 2
{ Fleurs en petits paquets sessiles et axillaires . .
{ . . . . A. *arvensis* (689).

2 { Feuilles lobées 3
{ Feuilles digitées ou palmatiséquées. A. *alpina* (688).

3 {
Feuilles glabres ou simplement pubescentes en dessous *4*
Feuilles soyeuses-blanchâtres en dessous . . . . .
. . . . A. *hybrida* (686).

4 {
Lobes des feuilles pénétrant tout au plus jusqu'au tiers du limbe. . . . . . A. *vulgaris* (685).
Lobes des feuilles pénétrant jusqu'au milieu du limbe. . . . . A. *pyrenaica* (687).

145. SANGUISORBA . . . . S. *officinalis* (690).

146. POTERIUM.

1 {
Fruits à faces réticulées, mais non creusées de fossettes.   2
Fruits à faces creusées de fossettes bien marquées.
. . . . P. *muricatum* (691).

2 {
Tige et feuilles glabres ou à peu près . . . . .
. . . . P. *dictyocarpum* (692).
Tige hérissée à la base; feuilles plus ou moins velues. . . . . . P. *Guestphalicum* (693).

147. MESPILUS. . . . . M. *Germanica* (694).

148. CRATÆGUS.

1 {
Feuilles à lobes peu profonds et à nervures convergentes; ordinairement 2-3 styles.   2
Feuilles à divisions profondes et à nervures divergentes; ordinairement 1 style. C. *oxyacantha* (695).

2 {
Pédoncules glabres. . . C. *oxyacanthoides* (696).
Pédoncules très-velus . . . . C. *villosa* (697).

149. COTONEASTER.

1 {
Fruits glabres et penchés. . . C. *vulgaris* (698).
Fruits velus et dressés. . . C. *tomentosa* (699).

150. MALUS.

1 {
Calice à tube velu-cotonneux. M. *communis* (700).
Calice à tube glabre. . . . . M. *acerba* (701).

151. PYRUS . . . . . . P. *communis* (702).

152. SORBUS.

1 {
Feuilles simples, pennatiséquées, lobées ou dentées.   2
Feuilles pennées. . . . . . S. *aucuparia* (703).

2 {
Fleurs blanches   3
Fleurs roses . . . . S. *chamæmespilus* (708).

3 {
Feuilles blanches ou cendrées-tomenteuses en des-
sous 4
Feuilles glabres et luisantes sur les deux pages . .
. . . . S. *torminalis* (707).

4 {
Feuilles seulement lobées ou dentées 5
Feuilles profondément pennatiséquées à la base. .
. . . . S. *hybrida* (705).

5 {
Feuilles blanches-tomenteuses en dessous, dentées
ou un peu lobées seulement vers le sommet . . .
. . . . S. *aria* (704).
Feuilles cendrées-tomenteuses en dessous, profon-
dément incisées-lobées, surtout vers leur milieu.
. . . . S. *Mougeoti* (706).

153. AMELANCHIER . . . . A. *vulgaris* (709).

28e F. — ONAGRARIACÉES.

154. EPILOBIUM.

1 {
Etamines et styles réfléchis et arqués 2
Etamines et styles droits 3

2 {
Feuilles veinées, elliptiques-lancéolées. . . . .
. . . . E. *spicatum* (710).
Feuilles non veinées, linéaires . . . .
. . . . E. *rosmarinifolium* (711).

3 {
Stigmate à 4 lobes 4
Stigmate entier 9

4 {
Feuilles courtement pétiolées ou sessiles, mais non
amplexicaules 5
Feuilles amplexicaules . . . E. *hirsutum* (712).

5 {
Feuilles arrondies à la base 6
Feuilles atténuées en coin à la base. 8

6 {
Feuilles glabres ou à peine velues 7
Feuilles mollement pubescentes. E. *parviflorum* (713).

7 {
Feuilles ovales; racine sans stolons souterrains . .
. . . . E. *montanum* (715).
Feuilles lancéolées; racine émettant des stolons sou-
terrains. . . . . E. *Duriœi* (714).

8 {
Feuilles lancéolées; fleurs d'abord blanches, puis
rouges. . . . . E. *lanceolatum* (717).
Feuilles ovales; fleurs toujours roses . . . . .
. . . . E. *collinum* (716).

9 {
Feuilles la plupart opposées 10
Feuilles la plupart verticillées 3 à 3 ou 4 à 4. . .
. . . . E. *trigonum* (720).

10 { Racine émettant des stolons feuillés. 11
   { Racine n'émettant point de stolons feuillés. . . . 13

11 { Tige offrant 2-4 lignes plus ou moins saillantes . . 12
   { Tige arrondie, sans lignes saillantes. E. *palustre* (718).

12 ⎰ Feuilles entières ou à peine dentées, toutes courte-
   ⎱ ment pétiolées.. . . . E. *anagallidifolium* (723).
   ⎰ Feuilles dentées, les moyennes sessiles. . . . .
   ⎱ . . . . E. *obscurum* (722).

13 ⎰ Feuilles sessiles ou à pétiole très-court. 14
   ⎱ Feuilles toutes assez longuement pétiolées. . . .
   ⎱ . . . . E. *roseum* (719).

14 ⎰ Fleurs penchées avant l'épanouissement. . . . .
   ⎱ . . . . E. *alsinefolium* (724).
   ⎰ Fleurs dressées avant l'épanouissement. . . . .
   ⎱ . . . . E. *tetragonum* (721).

    155. OENOTHERA . . . . . OE. *biennis* (725).

    156. CIRCÆA.

1 { Pédicelles munis de bractées linéaires 2
  { Pédicelles dépourvus de bractées. C. *Luteliana* (726).

2 ⎰ Capsule oblongue, en massue, à 1 seule loge. . .
  ⎱ . . . . C. *alpina* (727).
  ⎰ Capsule obovale-globuleuse, à 2 loges . . . . .
  ⎱ . . . . C. *intermedia* (728).

    157. ISNARDIA . . . . . . I. *palustris* (729).

    158. TRAPA. . . . . T. *natans* (730).

29ᵉ F. — HALORAGACÉES.

    159. MYRIOPHYLLUM.

1 { Fleurs toutes verticillées 2
  { Fleurs supérieures alternes. M. *alterniflorum* (733).

2 ⎰ Bractées supérieures entières et plus courtes que les
  ⎱ fleurs. . . . . M. *spicatum* (732).
  ⎰ Bractées toutes pectinées-pennatipartites et plus lon-
  ⎱ gues que les fleurs . . M. *verticillatum* (731).

    160. HIPPURIS. . . . . . . H. *vulgaris* (734).

    161. CALLITRICHE.

1 ⎰ Feuilles supérieures obovales, flottantes et entières. 2
  ⎱ Feuilles toutes linéaires, submergées et bifides . .
  ⎱ . . . . C. *autumnalis* (738).

2 ⎰ Feuilles inférieures linéaires 3
  ⎱ Feuilles toutes obovales, même les inférieures . . .
  ⎱ . . . . C. *stagnalis* (736).

3 {
Bractées à peine arquées; styles toujours dressés et très-caducs . . . . . . C. *vernalis* (735).
Bractées roulées en crosse; styles persistants, d'abord divariqués, à la fin réfléchis. . . . . .
. . . . C. *hamulata* (737).

30° F. — CÉRATOPHYLLACÉES.

162. Ceratophyllum.

1 {
Feuilles divisées en 2-4 lanières; fruit à 3 pointes.
. . . . C. *demersum* (739).
Feuilles divisées en 5-8 lanières; fruit à 1 seule pointe . . . . C. *submersum* (740).

31° F. — LYTHRARIACÉES.

163. Lythrum.

1 {
Fleurs agglomérées en épis terminaux . . . . . .
. . . . L. *salicaria* (741).
Fleurs solitaires à l'aisselle des feuilles. . . . .
. . . . L. *hyssopifolia* (742).

164. Peplis.

1 {
Feuilles toutes opposées. . . . P. *portula* (743).
Feuilles alternes au sommet de la tige et sur les rameaux. . . . . P. *Timeroyi* (744).

32° F. — TAMARICACÉES.

165. Myricaria. . . . . . M. *Germanica* (745).

33° F. — CUCURBITACÉES.

166. Bryonia. . . . . . . B. *dioica* (746).

167. Ecballion . . . . . . E. *elaterium* (747).

34° F. — PARONYCHIACÉES.

168. Corrigiola. . . . . C. *littoralis* (748).
169. Herniaria.

1 {
Calice et feuilles velus. 2
Calice et feuilles glabres . . . H. *glabra* (749).

2 {
Fleurs sessiles. . . . . . . H. *hirsuta* (750).
Fleurs pédicellées . . . . . H. *incana* (751).

170. ILLECEBRUM. . . . . I. *verticillatum* (752).

171. POLYCARPON. . . . . P. *tetraphyllum* (753).

172. SCLERANTHUS.

1 { Calice à divisions aiguës, étroitement bordées de blanc. . . . . S. *annuus* (754). Calice à divisions obtuses, largement bordées de blanc . . . . S. *perennis* (755).

35e F. — PORTULACÉES.

173. PORTULACA . . . . . . P. *oleracea* (756).

174. MONTIA.

1 { Tiges dressées; feuilles d'un vert jaunâtre. . . . . M. *minor* (757). Tiges flottantes ou couchées; feuilles bien vertes. . . . . M. *rivularis* (758).

36e F. — CRASSULACÉES.

175. RHODIOLA. . . . . . . R. *rosea* (759).

176. TILLÆA. . . . . . . T. *muscosa* (760).

177. CRASSULA. . . . . . . C. *rubens* (761).

178. SEDUM.

1 { Feuilles planes 2
Feuilles cylindriques ou demi-cylindriques. . . . 6

2 { Feuilles dentées ou crénelées. 3
Feuilles très-entières. 5

3 { Feuilles alternes ou éparses 4
Feuilles opposées ou ternées. S. *maximum* (764).

4 { Feuilles à base élargie . . . S. *telephium* (762).
Feuilles toutes atténuées en coin à la base. . . . . S. *fabaria* (763).

5 { Feuilles alternes ou éparses; fleurs en corymbe. . . . . S. *anacampseros* (765). Feuilles opposées, ternées ou quaternées; fleurs en panicule . . . . S. *cepæa* (766).

6 { Fleurs jaunes 7
Fleurs blanches, rougeâtres ou violacées 13

7 { Fleurs d'un jaune vif 8
Fleurs d'un jaune très-pâle 12

8 { Feuilles obtuses, non mucronées. 9
{ Feuilles terminées par une pointe mucronée . . . 11

9 { Tige pourvue de rejets stériles à la base. 10
{ Tige dépourvue de rejets stériles. S. *annuum* (767).

10 { Feuilles ovales, à saveur très-âcre . S. *acre* (768).
{ Feuilles linéaires, à saveur herbacée. . . . . .
. . . . S. *sexangulare* (769).

11 { Tige pleine; calice à segments creusés au centre,
épaissis sur les bords. . . . S. *reflexum* (772).
Tige fistuleuse ; calice à segments plans. . . . .
. . . . S. *elegans* (773).

12 { Pétales à la fin ouverts et étalés. S. *altissimum* (771).
{ Pétales toujours dressés . . S. *anopetalum* (770).

13 { Feuilles glabres 14
{ Feuilles pubescentes. 19

14 { Feuilles obtuses 15
{ Feuilles terminées en pointe mucronée. 18

15 { Tige émettant à sa base des rejets stériles. . . . 16
{ Tige très-petite, sans rejets stériles à la base. . .
. . . . S. *atratum* (779).

16 { Feuilles des rejets stériles ovales-globuleuses ou obovales. 17
Feuilles des rejets stériles oblongues. S. *album* (774).

17 { Rameaux pubescents-glanduleux au sommet . . .
. . . . : . S. *dasyphyllum* (776).
Rameaux glabres . . . . . S. *micranthum* (775).

18 { Pétales à la fin ouverts et étalés. S. *altissimum* (771).
{ Pétales toujours dressés . . . S. *anopetalum* (770).

19 { Feuilles oblongues ou ovales-oblongues. 20
{ Feuilles ovales-globuleuses. S. *dasyphyllum* (776).

20 { Pétales terminés par une petite arête . . . . .
. . . . S. *hirsutum* (777).
Pétales aigus, mais sans arête terminale . . . . .
. . . . S. *villosum* (778).

179. SEMPERVIVUM.

1 { Fleurs d'un rose clair. . . . . S. *tectorum* (780).
{ Fleurs d'un rose vif . . . . . S. *montanum* (781).

180. UMBILICUS. . . . , U. *pendulinus* (782).

37ᵉ F. — GROSSULARIACÉES.

181. RIBES.

1 { Tige sans épines 2
  { Tige épineuse. . . . . . . R. *uva-crispa* (783).

2 { Fleurs en grappes dressées. 3
  { Fleurs en grappes pendantes 4

3 { Fleurs rougeâtres. . . . . R. *petræum* (786).
  { Fleurs d'un jaune ou d'un blanc verdâtre. . .
  { . . . . R. *alpinum* (784).

4 { Feuilles à lobes obtus. . . . R. *rubrum* (785).
  { Feuilles à lobes acuminés . . R. *petræum* (786).

38ᵉ F. — SAXIFRAGACÉES.

182. SAXIFRAGA.

1 { Fleurs blanches, quelquefois marquées ou piquetées
  {   de rouge ou de jaune 2
  { Fleurs jaunes, roses, violacées ou verdâtres . . . 9

2 { Tiges florales feuillées 3
  { Tiges florales sans feuilles caulinaires ou n'en ayant
  {   que de rudimentaires. 8

3 { Feuilles non bordées de dents cartilagineuses. . . 4
  { Feuilles bordées de dents cartilagineuses . . .
  { . . . . S. *aizoon* (795).

4 { Fleurs entièrement blanches 5
  { Fleurs tachées ou piquetées de rouge ou de jaune.
  { . . . . S. *rotundifolia* (787).

5 { Racine fibreuse, sans tubercules 6
  { Racine tuberculeuse. . . . S. *granulata* (793).

6 { Tige entourée à la base de rejets gazonnants . . 7
  { Tige non entourée à la base de rejets gazonnants. .
  { . . . . S. *tridactylites* (794).

7 { Feuilles radicales trilobées, à lobes courts et obtus.
  { . . . . S. *pubescens* (798).
  { Feuilles des rosettes tripartites, à partitions linéaires.
  { . . . . S. *hypnoides* (799).

8 { Feuilles atténuées en pétiole glabre. . . . .
  { . . . . S. *cuneifolia* (788).
  { Feuilles à pétioles bordés de cils glanduleux . . .
  { . . . . S. *stellaris* (789).

9 { Fleurs jaunes ou verdâtres. 10
{ Fleurs roses ou violacées. . S. oppositifolia (792).

10 { Fleurs jaunes. 11
{ Fleurs d'un vert blanchâtre ou jaunâtre . . . .
. . . . S. muscoides (797).

11 { Feuilles bordées de cils. 12
{ Feuilles très-entières, non ciliées. S. hirculus (790).

12 { Feuilles oblongues-spatulées, à limbe élargi . . .
{ . . . . S. mutata (796).
{ Feuilles linéaires . . . . . S. aizoides (791).

183. CHRYSOSPLENIUM.

1 { Feuilles opposées. . . . C. oppositifolium (800).
{ Feuilles alternes . . . . C. alternifolium (801).

39ᵉ F. — OMBELLIFÈRES.

184. ERYNGIUM.

1 { Involucre d'un vert blanchâtre ; feuilles pennatipar-
{ tites . . . . E. campestre (802).
{ Involucre et sommet de la tige ordinairement d'un
{ bleu vineux ; feuilles radicales hastées, seulement
{ dentées. . . . . E. alpinum (803).

185. SANICULA . . . . . . S. Europæa (804).

186. ASTRANTIA.

1 { Feuilles radicales palmatipartites. A. major (805).
{ Feuilles radicales composées de 7-9 folioles digitées.
{ . . . . A. minor (806).

187. HYDROCOTYLE. . . . . H. vulgaris (807).

188. DAUCUS. . . . . . . D. carota (808).

189. CAUCALIS.

1 { Ombelles terminales ou axillaires, plus ou moins lon-
{ guement pédonculées. 2
{ Ombelles opposées aux feuilles, sessiles ou presque
{ sessiles. . . . . C. nodiflora (814).

2 { Involucre nul ou à 1 seule foliole. 3
{ Involucre à plusieurs folioles 5

3 {
Fruits hérissés d'aiguillons seulement sur les côtes secondaires, qui sont très-saillantes 4
Fruits à côtes secondaires nulles, hérissés d'aspérités accrochantes sur toute leur surface. . . . .
. . . . C. *segetum* (813).
}

4 {
Aiguillons crochus au sommet, disposés en 1 seul rang sur chaque côte secondaire. C. *daucoides* (809).
Aiguillons droits, disposés sur 2-3 rangs sur chaque côte secondaire . . . . C. *leptophylla* (810).
}

5 {
Feuilles 2 fois pennatiséquées. 6
Feuilles 1 fois pennatiséquées, à segments oblongs-lancéolés . . . . . . C. *latifolia* (815).
}

6 {
Plante glabre et luisante. . . C. *grandiflora* (811).
Tige couverte de poils rudes. C. *anthriscus* (812).
}

190. ATHAMANTHA.

1 {
Tige profondément sillonnée. . A. *Libanotis* (816).
Tige à peine striée. . . . . A. *Cretensis* (817).
}

191. SCANDIX . . . . S. *pecten* (818).

192. ANTHRISCUS.

1 {
Feuilles à odeur désagréable; fruits hérissés de petits aiguillons crochus. . . A. *vulgaris* (819).
Feuilles inodores; fruits lisses. A. *sylvestris* (820).
}

193. CHÆROPHYLLUM.

1 {
Involucelle à folioles très-inégales 2
Involucelle à folioles égales 3
}

2 {
Feuilles glabres et luisantes en dessus . . . . .
. . . . C. *umbrosum* (822).
Feuilles plus ou moins hérissées en dessus. . .
. . . . C. *cicularia* (821).
}

3 {
Tige tachée de rouille; pétales glabres. 4
Tige sans taches de rouille; pétales ciliés. . . .
. . . . C. *hirsutum* (823).
}

4 {
Folioles se terminant en longue pointe acuminée et dentée en scie. . . . . . C. *aureum* (824).
Folioles divisées en lobes obtus et mucronés. . .
. . . . C. *temulum* (825).
}

194. MYRRHIS . . . . . . M. *odorata* (826).

195. CONOPODIUM . . . . . C. *denudatum* (827).

196. Laserpitium.

1 { Tige rameuse et feuillée 2
  { Tige simple ; feuilles toutes radicales. . . . .
  . . . . L. *simplex* (832).

2 { Tige finement striée, entièrement glabre 3
  { Tige sillonnée, hérissée inférieurement. . . . .
  . . . . L. *Pruthenicum* (830).

3 { Folioles dentées ou lobées au sommet 4
  { Folioles lancéolées, très-entières. . L. *siler* (831).

4 { Folioles largement ovales, dentées au sommet. . .
  { . . . . L. *latifolium* (828).
  { Folioles cunéiformes à la base, lobées au sommet.
  . . . . L. *Gallicum* (829).

197. Angelica.

1 { Folioles larges, ovales, dentées en scie. 2
  { Folioles divisées en lanières linéaires . . . . .
  . . . . A. *pyrenæa* (835).

2 { Folioles supérieures de chaque feuille décurrentes
  { sur le pétiole. . . . . . A. *montana* (834).
  { Folioles supérieures non décurrentes sur le pétiole.
  . . . . A. *sylvestris* (833).

198. Pastinaca.

1 { Ombelles à 10-15 rayons dressés, très-inégaux . .
  { . . . . P. *pratensis* (836).
  { Ombelles à 5-7 rayons étalés, peu inégaux. . . .
  . . . . P. *opaca* (837).

199. Peucedanum.

1 { Calice à dents visibles 2
  { Calice à dents nulles ; très-larges feuilles . . . .
  . . . . P. *ostruthium* (845).

2 { Involucre nul ou à 1-3 folioles 3
  { Involucre à plus de 3 folioles. 5

3 { Feuilles 2-5 fois pennées 4
  { Feuilles 1 fois pennées, à folioles multifides . . .
  . . . . P. *Chabræi* (838).

4 { Fleurs jaunâtres . . . . . P. *officinale* (839).
  { Fleurs blanches ou un peu rosées. P. *Parisiense* (840).

5 { Folioles étroites ou linéaires, non bordées de dents
  { épineuses 6
  { Folioles larges, ovales ou oblongues, bordées de
  { grosses dents épineuses . . P. *cervaria* (841).

6 { Tige cannelée ou sillonnée 7
{ Tige finement striée. 8

7 { Involucre étalé ; fleurs jaunâtres. P. *Alsaticum* (843).
{ Involucre réfléchi ; fleurs blanches. P. *palustre* (844).

8 { Folioles linéaires, allongées, très-entières . . . .
{ . . . . P. *Parisiense* (840).
{ Folioles cunéiformes, trifides au sommet . . . .
{ . . . . P. *oreoselinum* (842).

200. SELINUM. . . . . . S. *carvifolia* (846).

201. HERACLEUM.

1 { Feuilles profondément pennatiséquées ou pennées. 2
{ Feuilles simplement palmatilobées . . . . .
{ . . . . H. *pyrenaicum* (849).

2 { Feuilles à segments larges, ovales ou ovales-oblongs.
{ . . . . H. *sphondylium* (847).
{ Feuilles à folioles oblongues-lancéolées. . . . .
{ . . . . H. *stenophyllum* (848).

202. TORDYLIUM . . . . . T. *maximum* (850).

203. LIGUSTICUM . . . . L. *ferulaceum* (851).

204. SIUM.

1 { Ombelles terminales. 2
{ Ombelles opposées aux feuilles 3

2 { Folioles oblongues-lancéolées, dentées en scie . .
{ . . . . S. *latifolium* (852).
{ Folioles découpées en segments linéaires . . . .
{ . . . . S. *verticillatum* (857).

3 { Involucre nul ou à 1-2 folioles caduques 4
{ Involucre à plusieurs folioles persistantes 5

4 { Ombelles sessiles ou à pédoncule plus court que les
{ rayons . . . . S. *nodiflorum* (854).
{ Ombelles à pédoncule plus long que les rayons ou au
{ moins les égalant. . . . S. *inundatum* (856).

5 { Tige couchée et radicante. . . S. *repens* (855).
{ Tige dressée, non radicante. S. *angustifolium* (853).

205. CONIUM. . . . . . C. *maculatum* (858).

206. BUNIUM. . . . . B. *bulbocastanum* (859).

207. FALCARIA . . . . . . F. *Rivini* (860).

208. AMMI . . . . A. *majus* (861).

209. BUPLEVRUM.

1 { Ombelles munies d'un involucre. 2
{ Ombelles sans involucre . B. *rotundifolium* (862).

2 { Involucelle aussi long ou plus long que l'ombellule. 3
{ Involucelle sensiblement plus court que l'ombellule,
{ au moins après la floraison. 9

3 { Involucelle à folioles libres. 4
{ Involucelle à folioles soudées . B. *stellatum* (869).

4 { Feuilles caulinaires embrassantes. 5
{ Feuilles caulinaires peu ou point embrassantes . . 6

5 { Feuilles inférieures obovales ou oblongues. . . .
{ . . . . B. *longifolium* (868).
{ Feuilles inférieures linéaires ou linéaires-lancéolées.
{ . . . . B. *ranunculoides* (870).

6 { Involucelle à folioles linéaires-lancéolées, aiguës ou
{ acuminées 7
{ Involucelle à folioles elliptiques-lancéolées et aristées.
{ . . . . B. *aristatum* (867).

7 { Fruit lisse, non tuberculeux 8
{ Fruit tuberculeux. . . . B. *tenuissimum* (863).

8 { Ramuscules dressés et presque appliqués contre la
{ tige . . . . B. *affine* (864).
{ Ramuscules étalés-dressés. B. *Jacquinianum* (865).

9 { Feuilles inférieures oblongues ou ovales, atténuées
{ en un long pétiole. . . . B. *falcatum* (871).
{ Feuilles toutes lancéolées-linéaires, les inférieures
{ peu atténuées . . . . . B. *junceum* (866).

210. SILAUS. . . . . . . S. *pratensis* (872).

211. SESELI.

1 { Involucelle à folioles largement membraneuses, dépas-
{ sant longuement l'ombellule pendant la floraison. 2
{ Involucelle à folioles étroitement membraneuses, plus
{ courtes que l'ombellule ou l'égalant à peine pen-
{ dant la floraison . . . . S. *montanum* (873).

2 { Fleurs très-blanches. . . . S. *brevicaule* (875).
{ Fleurs d'un blanc rosé. . . S. *coloratum* (874).

212. MEUM . . . . . M. *athamanticum* (876).

213. ÆTHUSA . . . . . Æ. *cynapium* (877).

214. PTYCHOTIS . . . . P. *heterophylla* (878).

215. ŒNANTHE.

1 { Tige sensiblement fistuleuse 2
{ Tige peu ou point fistuleuse 4

2 { Ombelles terminales. 3
{ Ombelles la plupart latérales et opposées aux feuilles.
. . . . ŒE. *phellandrium* (883).

3 { Ombelles à 2-5 rayons . . . ŒE. *fistulosa* (879).
{ Ombelles à 6-12 rayons . ŒE. *pimpinelloides* (881).

4 { Pétales extérieurs de moitié plus grands que les intérieurs . . . . ŒE. *peucedanifolia* (880).
{ Pétales extérieurs n'étant pas de moitié plus grands
que les intérieurs . . . ŒE. *Lachenalii* (882).

216. Sison . . . . S. *amomum* (884).

217. PETROSELINUM.

1 { Fleurs blanches ou un peu rougeâtres . . . . .
. . . . P. *segetum* (886).
{ Fleurs d'un vert jaunâtre . . P. *sativum* (885).

218. CORIANDRUM. . . . . . C. *sativum* (887).

219. CARUM. . . . . C. *carvi* (888).

220. PIMPINELLA.

1 { Tige anguleuse et fortement sillonnée. . . . .
. . . . P. *magna* (889).
{ Tige arrondie, finement striée. P. *saxifraga* (890).

221. FENICULUM . . . . . F. *officinale* (891).

222. TRINIA . . . . T. *vulgaris* (892).

223. ÆGOPODIUM . . . Æ. *podagraria* (893).

40 F. — CAPRIFOLIACÉES.

224. ADOXA . . . . . A. *moschatellina* (894).

225. SAMBUCUS.

1 { Tige ligneuse. 2
{ Tige herbacée. . . . . . S. *ebulus* (895).

2 { Fleurs en cyme . . . . . . S. *nigra* (896).
{ Fleurs en panicule ovoïde et serrée . . . . .
. . . . S. *racemosa* (897).

226. Viburnum.

1 { Feuilles seulement dentées, non lobées . . . .
. . . . V. *lantana* (898).
Feuilles divisées au sommet en 3-5 lobes acuminés
et dentés. . . . . V. *opulus* (899).

227. Lonicera.

1 { Tige grimpante; fleurs en capitules terminaux . .   2
Tige se soutenant d'elle-même; pédoncules axillaires
et biflores   3

2 { Feuilles supérieures connées. . L. *Etrusca* (900).
Feuilles supérieures non connées . . . . . .
. . . . L. *periclymenum* (901).

3 { Fleurs blanches ou jaunâtres en dehors.   4
Fleurs rosées ou rougeâtres en dehors   5

4 { Feuilles pubescentes; baies rouges . . . . . .
. . . . L. *xylosteum* (902).
Feuilles à peu près glabres; baies d'un noir bleuâtre.
. . . . L. *cærulea* (904).

5 { Feuilles plus larges à la base qu'au milieu; baies
noires. . . . . L. *nigra* (903).
Feuilles plus larges au milieu qu'à la base; baies
rouges. . . . . L. *alpigena* (905).

41ᵉ F. — HÉDÉRACÉES.

228. Hedera. . . . . H. *helix* (906).

229. Cornus.

1 { Fleurs blanches, venant après les feuilles . . . .
. . . . C. *sanguinea* (997).
Fleurs jaunes, paraissant avant les feuilles. . . .
. . . . C. *mas* (908).

42ᵉ F. — LORANTHACÉES.

230. Viscum. . . . . V. *album* (909).

43ᵉ F. — RUBIACÉES.

231. Sherardia. . . . . . S. *arvensis* (910).

232. Asperula.

1 { Fleurs en tête terminale, entourée de bractées ciliées.   2
Fleurs en corymbe ou panicule, non entourés de
bractées ciliées   3

2 { Fleurs toujours blanches ; feuilles toutes elliptiques
et verticillées 4 à 4. . . . . A. *Taurina* (916).
Fleurs ordinairement bleues ; feuilles supérieures linéaires et verticillées par 6-8. A. *arvensis* (915).

3 { Fleurs d'un blanc pur 4
Fleurs rosées. . . . . . . A. *cynanchica* (913).

4 { Feuilles linéaires ; tige rameuse 5
Feuilles oblongues ; tige simple. A. *odorata* (911).

5 { Feuilles glauques ; corolle à 4 lobes . . . . . .
. . . . A. *galioides* (912).
Feuilles vertes ; corolle souvent à 3 lobes. . . . .
. . . . A. *tinctoria* (914).

233. Crucianella.

1 { Feuilles toutes linéaires . . C. *angustifolia* (917).
Feuilles inférieures obovales ou oblongues. . . . .
. . . . C. *latifolia* (918).

234. Rubia.

1 { Feuilles décidentes, fortement veinées en dessous.
. . . . R. *tinctorum* (919).
Feuilles persistantes, non ou à peine veinées en des-
sous . . . . R. *peregrina* (920).

235. Galium.

1 { Fleurs jaunes. 2
Fleurs blanches ou blanchâtres 3

2 { Feuilles ovales ou oblongues-elliptiques, verticillées
4 à 4. . . . . G. *cruciata* (921).
Feuilles linéaires, verticillées par 6-12. . . . .
. . . . G. *verum* (922).

3 { Fruit glabre ou tuberculeux 4
Fruit velu ou hispide 37

4 { Feuilles obtuses ou aiguës, mais n'étant ni mucronées ni terminées par une soie. 5
Feuilles mucronées ou terminées par une petite soie. 8

5 { Pédoncules fructifères très-divergents 6
Pédoncules fructifères dressés, agglomérés, non divergents. . . . . . . G. *constrictum* (927).

6 { Tige lisse ou à peine rude ; pédoncules réfléchis
après la floraison 7
Tige distinctement rude au rebours ; pédoncules étalés, mais non réfléchis après la floraison. . . .
. . . . G. *elongatum* (925).

7 { Tiges entièrement étalées sur le sol ou pendantes.
. . . . G. *rupicola* (924).
Tiges n'étant ni étalées ni pendantes. .
. . . . G. *palustre* (923).

8 { Tige quadrangulaire 9
Tige cylindrique . . . . . G. *sylvaticum* (946).

9 { Tige à angles lisses ou presque lisses 10
Tige à angles rudes de bas en haut. 32

10 { Fruits lisses ou un peu chagrinés, mais non tuberculeux 11
Fruits tuberculeux. . . . . G. *saxatile* (928).

11 { Feuilles linéaires, très-étroites. 12
Feuilles linéaires-lancéolées ou élargies vers le sommet 13

12 { Feuilles lisses, terminées par une arête blanche et
distincte. . . . . . . G. *hypnoides* (936).
Feuilles un peu rudes, non aristées. . . . . .
. . . . G. *divaricatum* (947).

13 { Feuilles très-lisses ou à cils rares sur les bords . . 14
Feuilles rudes, au moins sur les bords 21

14 { Tiges non entrelacées en touffes inextricables. . . 15
Tiges entrelacées en touffes inextricables . . . .
. . . . G. *implexum* (939).

15 { Feuilles verticillées par 6-8 ou même 4 à 4. . . . 16
Feuilles verticillées par 9-11. G. *Timeroyi* (938).

16 { Feuilles égales entre elles à chaque verticille. . . 17
Feuilles très-inégales entre elles aux verticilles supérieurs. . . . . . G. *anisophyllum* (934).

17 { Corolle à lobes aigus ou acuminés, mais non aristés. 18
Corolle à lobes aristés. . G. *corrulæfolium* (941).

18 { Feuilles à nervure dorsale un peu saillante, au moins
à la base. 19
Feuilles à nervure dorsale déprimée, nullement saillante sur le frais . . . G. *commutatum* (931).

19 { Feuilles à nervure dorsale large, saillante seulement
à la base 20
Feuilles à nervure dorsale fine, saillante dans toute
sa longueur . . . . . . G. *sylvestre* (929).

20 { Feuilles étalées ou même réfléchies. G. *læve* (932).
Feuilles supérieures redressées . . G. *tenue* (935).

21 { Tige à nœuds fortement renflés 22
Tige à nœuds peu ou point renflés 25

22 { Feuilles minces, translucides, à veines visibles . . 23
     Feuilles un peu épaisses, opaques, à veines non visi-
       bles, à l'exception de la nervure médiane . . .
       . . . . G. *erectum* (945).

23 { Pédicelles fructifères étalés à angle droit ou réfléchis. 24
     Pédicelles fructifères dressés-étalés . . . . . .
       . . . . G. *dumetorum* (943).

24 { Feuilles très-aiguës au sommet. G. *viridulum* (944).
     Feuilles obtuses, mucronées. . . G. *elatum* (942).

25 { Corolle à lobes aigus ou acuminés, mais non aristés. 26
     Corolle à lobes terminés par une arête visible. . . 31

26 { Feuilles rudes sur les bords et quelquefois en des-
       sous, mais jamais sur la page supérieure. . . . 27
     Feuilles rudes sur les bords et sur la page supérieure.
       . . . ., . . G. *scabridum* (937).

27 { Feuilles verticillées par 6-8 28
     Feuilles verticillées par 9-11. . G. *Timeroyi* (938).

28 { Tige à angles peu saillants et non argentés . . . 29
     Tige à angles saillants et argentés . . . . . .
       . . . . G. *argenteum* (933).

29 { Feuilles linéaires-lancéolées, élargies au sommet. . 30
     Feuilles linéaires, non élargies au sommet. . . .
       . . . . G. *divaricatum* (947).

30 { Feuilles peu rudes sur les bords. G. *sylvestre* (929).
     Feuilles rudes-accrochantes sur les bords. . . .
       . . . . G. *supinum* (930).

31 { Feuilles mollement velues, au moins dans le bas de
       la tige. . . . . G. *myrianthum* (940).
     Feuilles toutes glabres et luisantes. . . . . .
       . . . . G. *corrudæfolium* (941).

32 { Fruits petits, dressés, lisses ou finement chagrinés. 33
     Fruits gros, pendants, garnis de tubercules verru-
       queux . . . . G. *tricorne* (951).

33 { Feuilles verticillées par 6-8 34
     Feuilles verticillées par 9-12. G. *scabridum* (937).

34 { Tige à angles très-sensiblement rudes dans toute leur
       longueur 35
     Tige à angles peu rudes et seulement à la base. .
       . . . . G. *divaricatum* (947).

35 { Fleurs d'un blanc verdâtre, jaunâtre ou rougeâtre. 36
     Fleurs d'un beau blanc . . G. *uliginosum* (926).

36 {
Pédicelles sensiblement plus longs que l'ovaire. . . . . G. *Anglicum* (948).
Pédicelles à peine plus longs que l'ovaire. . . . . G. *ruricolum* (949).
}

37 {
Feuilles verticillées 4 à 4 38
Feuilles verticillées par 6-8 39
}

38 {
Feuilles ovales . . . . . G. *rotundifolium* (954).
Feuilles linéaires-elliptiques . . . G. *boreale* (955).
}

39 {
Fleurs axillaires 40
Fleurs en panicule terminale. G. *Parisiense* (950).
}

40 {
Pédoncules fructifères dépassant plus ou moins les feuilles . . . . G. *Vaillantii* (953).
Pédoncules fructifères ne dépassant pas les feuilles. . . . . G. *aparine* (952).
}

44ᵉ F. — VALÉRIANACÉES.

236. CENTRANTHUS.

1 {
Feuilles toutes très-entières. C. *angustifolius* (956).
Feuilles caulinaires lyrées-pennatiséquées . . . . C. *calcitrapa* (957).
}

237. VALERIANELLA.

1 {
Dents du fruit nulles ou très-petites, jamais crochues, ni plus de 3. 2
Fruit couronné par 5-6 dents allongées et crochues. . . . . V. *coronata* (958).
}

2 {
Fruit velu-hérissé ou fortement pubescent. . . . 3
Fruit glabre ou à peine pubescent 5
}

3 {
Fleurs en corymbes serrés. 4
Fleurs en corymbes peu serrés. V. *pubescens* (964).
}

4 {
Fruit terminé par un bec aussi long et aussi large que lui . . . . V. *eriocarpa* (965).
Bec du fruit beaucoup plus étroit et 3 fois plus court que lui. . . . . . . V. *microcarpa* (963).
}

5 {
Feuilles supérieures lobées ou incisées à la base. . 6
Feuilles très-entières ou faiblement denticulées à la base 7
}

6 {
Fruit terminé par une dent entière. V. *auricula* (961).
Fruit terminé par une dent qui est elle-même denticulée. . . . . . . V. *membranacea* (962).
}

7 {
Fleurs d'un bleu cendré; fruit à dents nulles ou peu distinctes 8
Fleurs rosées; fruit terminé par une dent oblique. . . . . V. *auricula* (961).
}

$\left\{\begin{array}{l}\text{Fruit oblong, caréné} \dots \dots \quad \text{V. } \textit{carinata} \text{ (959).}\\ \text{Fruit ovale-arrondi, comprimé des deux côtés.} \dots\end{array}\right.$

8 $\dots \dots \dots \dots \dots \dots \quad \text{V. } \textit{olitoria} \text{ (960).}$

238. VALERIANA.

1 $\left\{\begin{array}{l}\text{Feuilles toutes entières.} \dots \dots \dots \dots \dots \quad 2\\ \text{Feuilles caulinaires, au moins quelques unes, pennées}\\ \quad \text{ou découpées en segments.} \dots \dots \dots \quad 3\end{array}\right.$

2 $\left\{\begin{array}{l}\text{Feuilles caulinaires ovales ou oblongues} \dots \dots\\ \dots \dots \dots \dots \dots \dots \quad \text{V. } \textit{montana} \text{ (970).}\\ \text{Feuilles caulinaires linéaires} \dots \text{V. } \textit{saliunca} \text{ (971).}\end{array}\right.$

3 $\left\{\begin{array}{l}\text{Feuilles toutes pennées ou pennatiséquées.} \dots \quad 4\\ \text{Feuilles inférieures entières} \dots \dots \dots \dots \quad 5\end{array}\right.$

4 $\left\{\begin{array}{l}\text{Folioles ou segments entiers sur leur bord antérieur.}\\ \dots \dots \dots \dots \dots \quad \text{V. } \textit{officinalis} \text{ (966).}\\ \text{Folioles grossièrement dentées sur leurs deux bords.}\\ \dots \dots \dots \dots \dots \quad \text{V. } \textit{sambucifolia} \text{ (967).}\end{array}\right.$

5 $\left\{\begin{array}{l}\text{Feuilles caulinaires à plus de 5 segments} \dots \dots\\ \dots \dots \dots \dots \dots \dots \quad \text{V. } \textit{dioica} \text{ (968).}\\ \text{Feuilles caulinaires supérieures divisées en 3 (rare-}\\ \quad \text{ment 5) segments profonds.} \dots \text{V. } \textit{tripteris} \text{ (969).}\end{array}\right.$

45° F. — DIPSACÉES.

239. DIPSACUS.

1 $\left\{\begin{array}{l}\text{Feuilles connées, au moins les inférieures; capitules}\\ \quad \text{ovoïdes-oblongs.} \dots \dots \quad \text{D. } \textit{sylvestris} \text{ (972).}\\ \text{Feuilles pétiolées, non connées; capitules globuleux.}\\ \dots \dots \dots \dots \dots \quad \text{D. } \textit{pilosus} \text{ (973).}\end{array}\right.$

240. SCABIOSA.

1 $\left\{\begin{array}{l}\text{Réceptacle garni de paillettes.} \dots \dots \dots \quad 2\\ \text{Réceptacle dépourvu de paillettes} \dots \dots \dots \quad 8\end{array}\right.$

2 $\left\{\begin{array}{l}\text{Limbe du calice intérieur dépourvu de soies} \dots \quad 3\\ \text{Limbe du calice intérieur terminé par 5 soies.} \dots \quad 4\end{array}\right.$

3 $\left\{\begin{array}{l}\text{Fleurs d'un blanc jaunâtre.} \dots \text{S. } \textit{alpina} \text{ (974).}\\ \text{Fleurs d'un bleu clair} \dots \dots \text{S. } \textit{australis} \text{ (980).}\end{array}\right.$

4 $\left\{\begin{array}{l}\text{Feuilles caulinaires profondément pennatiséquées,}\\ \quad \text{au moins les supérieures.} \dots \dots \dots \quad 5\\ \text{Feuilles toutes très-entières ou seulement dentées.}\\ \dots \dots \dots \dots \dots \quad \text{S. } \textit{succisa} \text{ (979).}\end{array}\right.$

5 $\left\{\begin{array}{l}\text{Soies du calice intérieur 3-5 fois plus longues que la}\\ \quad \text{couronne formée par le calice extérieur} \dots \dots \quad 6\\ \text{Soies du calice intérieur 1-2 fois seulement plus lon-}\\ \quad \text{gues que la couronne formée par le calice extérieur.} \quad 7\end{array}\right.$

6 { Feuilles luisantes, glabres ou finement pubescentes.
. . . . S. *lucida* (984).
Feuilles radicales mollement pubescentes . . . . .
. . . . S. *columbaria* (981).

7 { Feuilles vertes, luisantes, glabres ou presque glabres.
. . . . S. *suaveolens* (983).
Feuilles d'un vert cendré, les inférieures au moins
mollement pubescentes . . . . S. *patens* (982).

8 { Feuilles la plupart entières ou seulement dentées ou
laciniées. 9
Feuilles presque toutes pennatipartiles ou pennatiséquées. 10

9 { Feuilles très-entières ou à peine denticulées . . .
. . . . S. *longifolia* (977).
Feuilles bordées tout autour de grosses dents très-
marquées, quelquefois même laciniées à la base.
. . . . S. *sylvatica* (978).

10 { Pédoncules munis de poils glanduleux ; fleurs d'un
lilas rougeâtre. . . . . . S. *Timeroyi* (976).
Poils des pédoncules non glanduleux ; fleurs d'un
rose lilas . . . . S. *arvensis* (975).

46ᵉ F. — GLOBULARIACÉES.

241. GLOBULARIA.

1 { Tige ou hampe entièrement herbacée 2
Tige sous-ligneuse à la base. G. *cordifolia* (987).

2 { Tige garnie de feuilles caulinaires ; calice velu . .
. . . . G. *vulgaris* (985).
Feuilles caulinaires nulles ; calice glabre . . . .
. . . . G. *nudicaulis* (986).

47ᵉ F. — COMPOSÉES.

242. CIRSIUM.

1 { Feuilles hérissées en dessus de petites soies épineuses. 2
Feuilles non hérissées en dessus de soies épineuses. 3

2 { Feuilles décurrentes ; involucre glabre ou à peine
laineux . . . . C. *lanceolatum* (988).
Feuilles non décurrentes ; involucre très-gros, tout
couvert d'une espèce de laine blanchâtre. . . .
. . . . C. *eriophorum* (989).

3 { Feuilles longuement décurrentes 4
Feuilles non décurrentes ou à décurrence très-courte. 5

243. CARLINA.

2 { Feuilles profondément pennatipartites . . . . .
. . . . C. *chamæleon* (1004).
Feuilles seulement lobées ou sinuées-pennatifides.
. . . . C. *acanthifolia* (1005).

244. LEUZEA . . . . . . L. *conifera* (1007).

245. CENTAUREA.

1 { Involucre à écailles non épineuses 2
Involucre à écailles plus ou moins épineuses . . . 22

2 { Involucre à écailles terminées par un appendice scarieux. 3
Ecailles linéaires-lancéolées, non terminées par un
appendice scarieux. . . . C. *crupina* (1008).

3 { Fleurs bleues. 4
Fleurs rouges ou roses 8

4 { Tige simple, à un seul capitule de fleurs 5
Tige rameuse, portant plusieurs capitules . . . .
. . . . C. *cyanus* (1023).

5 { Ecailles de l'involucre à appendice terminé par des
cils roux. 6
Appendices terminés par des cils d'un beau blanc.
. . . . C. *Seuseana* (1022).

6 { Feuilles caulinaires lancéolées-linéaires, peu décurrentes 7
Feuilles caulinaires oblongues, longuement décurrentes. . . . . C. *montana* (1019).

7 { Feuilles entièrement recouvertes d'un duvet cotonneux . . . . C. *intermedia* (1021).
Feuilles non entièrement recouvertes d'un duvet cotonneux . . . . . . C. *Lugdunensis* (1020).

8 { Feuilles caulinaires toutes profondément pennatiséquées 9
Feuilles caulinaires entières, dentées, lobées ou pennatifides, mais n'étant jamais toutes pennatiséquées. 12

9 { Involucre à écailles nervées. 10
Involucre à écailles lisses. . . C. *scabiosa* (1024).

10 { Ecailles de l'involucre terminées par un appendice
marqué d'une tache brune et bordé de cils blancs. 11
Appendice vert, bordé de cils roux . . . . .
. . . . C. *paniculata* (1026).

11 { Appendice marqué d'un tache d'un brun noir. . .
. . . . C. *maculosa* (1027).
Appendice marqué d'une tache d'un brun roussâtre.
. . . . C. *tenuisecta* (1028).

24 { Ecailles terminées par une épine dressée ou étalée, non palmée. 25
Ecailles terminées par une épine palmée et réfléchie. . . . . C. *aspera* (1029).

25 { Ecailles terminées par une épine forte et raide . . 26
Ecailles terminées par une épine faible et peu différente des autres cils. C. *jaceo-calcitrapa* (1032).

26 { Graines toutes sans aigrette de poils 27
Graines, au moins quelques unes, munies d'une courte aigrette. . . . C. *Pouzini* (1035).

27 { Involucre ovoïde, à écailles terminées par une épine très-allongée. . . . . C. *calcitrapa* (1033).
Involucre oblong, à écailles moyennes terminées par 5-7 épines peu inégales. . C. *myacantha* (1034).

246. KENTROPHYLLUM . . . K. *lanatum* (1036).

247. CARDUUS.

1 { Involucre cylindracé 2
Involucre ovale ou arrondi. 3

2 { Capitules nombreux, agglomérés. . . . . C. *tenuiflorus* (1037).
Capitules solitaires ou réunis seulement par 2-4. . . . . C. *pycnocephalus* (1038).

3 { Feuilles caulinaires plus ou moins pennatifides . . 4
Feuilles caulinaires lancéolées, seulement dentées. . . . . C. *personata* (1043).

4 { Pédoncules plus ou moins ailés-épineux 5
Pédoncules tomenteux, sans ailes ni épines. . . . 6

5 { Involucre à écailles droites ou à peine étalées, terminées par une faible épine. . . C. *crispus* (1040).
Ecailles moyennes et inférieures très-étalées et terminées par une forte épine. C. *crispo-nutans* (1041).

6 { Feuilles pubescentes au moins en dessous . . . . C. *nutans* (1039).
Feuilles glabres, glauques en dessous . . . . C. *defloratus* (1042).

248. SYLIBUM . . . . . S. *Marianum* (1044).

249. ONOPORDUM.

1 { Involucre à écailles inférieures étalées, mais non réfléchies . . . . . . O. *acanthium* (1045).
Involucre à écailles inférieures réfléchies . . . . O. *Illyricum* (1046).

250. SERRATULA.

1 {
Involucre cylindracé ; capitules en corymbe lâche.
. . . . S. *tinctoria* (1047).
Involucre ovoïde ; capitules agglomérés. . . . .
. . . . S. *monticola* (1048).

251. LAPPA.

1 {
Involucre glabre ou à peine cotonneux.   2
Involucre couvert d'un duvet cotonneux très-abon-
dant . . . . L. *tomentosa* (1051).

2 {
Involucre à écailles toutes vertes. L. *major* (1049).
Involucre à écailles intérieures rougeâtres à la pointe.
. . . . L. *minor* (1050).

252. XERANTHEMUM . . . X. *inapertum* (1052).

253. ECHINOPS . . . . . . E. *ritro* (1053).

254. HELICHRYSUM . . . . H. *stœchas* (1054).

255. GNAPHALIUM.

1 {
Fleurs dioïques 2
Etamines et carpelles réunis dans chaque capitule.   3

2 {
Involucre à écailles blanches ou roses . . . . .
. . . . G. *dioicum* (1055).
Involucre à écailles roussâtres, tachées de noir . .
. . . . G. *Carpathicum* (1056).

3 {
Capitules en grappe ou en épi terminal, quelquefois
solitaires 4
Capitules en tête ou corymbe. 6

4 {
Capitules nombreux, en épi feuillé 5
Capitules peu nombreux, en grappe ou épi non
feuillé, quelquefois solitaires. G. *supinum* (1061).

5 {
Ecailles de l'involucre marquées d'une tache roussâ-
tre. . . . . G. *sylvaticum* (1058).
Ecailles marquées d'une tache noirâtre. . . . .
. . . . G. *Norwegicum* (1059).

6 {
Involucre à écailles noirâtres ; capitules entourés de
feuilles à la base . . . G. *uliginosum* (1060).
Involucre à écailles luisantes, d'un jaune clair ; ca-
pitules non entourés de feuilles . . . . . .
. . . . G. *luteo-album* (1057).

256. LEONTOPODIUM. . . . L. *alpinum* (1062).

257. FILAGO.

1 { Fleurs en paquets globuleux, formés chacun de 15-30 capitules.   2
Fleurs en petits paquets formés chacun de 3-6 capitules   3

2 { Feuilles lancéolées, plus larges à la base qu'au sommet. . . . . F. *Germanica* (1064).
Feuilles spatulées, plus larges vers le sommet qu'à la base. . . . . F. *spatulata* (1063).

3 { Bractées plus courtes que les paquets de fleurs. . .   4
Bractées beaucoup plus longues que les paquets de fleurs . . . . F. *Gallica* (1067).

4 { Involucre à écailles glabres dans leur partie supérieure. . . . . F. *montana* (1065).
Involucre à écailles mollement tomenteuses jusqu'à leur sommet. . . . . F. *arvensis* (1066).

258. EUPATORIUM . . . E. *cannabinum* (1868).

259. CACALIA.

1 { Feuilles cotonneuses-blanchâtres en dessous . . .
. . . . C. *petasites* (1069).
Feuilles glabres sur les deux pages ou à peine pubescentes en dessous sur les nervures . . . .
. . . . C. *alpina* (1070).

260. TUSSILAGO.

1 { Fleurs jamais jaunes, toutes flosculeuses   2
Fleurs jaunes, radiées . . . T. *farfara* (1071).

2 { Capitules nombreux, disposés en thyrse.   3
Capitule solitaire et terminal. . T. *alpina* (1075).

3 { Fleurs blanches ou rosées   4
Fleurs rougeâtres. . . . . . T. *petasites* (1072).

4 { Thyrse ovale-arrondi . . . . . T. *alba* (1073).
Thyrse ovale-oblong. . . . . T. *nivea* (1074).

261. CHRYSOCOMA . . . . . C. *linosyris* (1076).

262. TANACETUM . . . . . T. *vulgare* (1077).

263. ARTEMISIA.

1 { Réceptacle nu   2
Réceptacle velu . . . . . A. *absinthium* (1078).

2 { Feuilles découpées en segments linéaires, glabres ou
     finement pubescents   3
     Feuilles découpées en segments lancéolés, blanches-
     tomenteuses en dessous . . A. *vulgaris* (1081).

3 { Involucre ovoïde ; fleurs inodores . . . . . .
     . . . . A. *campestris* (1080).
     Involucre hémisphérique ; fleurs exhalant une suave
     odeur . . . . A. *suavis* (1079).

264. MICROPUS. . . . . . . M. *erectus* (1082).

265. CARPESIUM . . . . . C. *cernuum* (1083).

266. BIDENS.

1 { Fleurs en capitules dressés.   2
    Capitules penchés. . . . . . B. *cernua* (1086).

2 { Feuilles divisées en 3-5 segments. . . . . . .
    . . . . B. *tripartita* (1084).
    Feuilles ovales, bordées de grosses dents . . .
    . . . . B. *hirta* (1085).

267. ERIGERON.

1 { Capitules solitaires ou en corymbe   2
    Capitules en panicule pyramidale. . . . . . .
    . . . . E. *Canadensis* (1087).

2 { Demi-fleurons dressés, à peine plus longs que le disque.   3
    Demi-fleurons étalés, 2 fois plus longs que le disque.   4

3 { Rameaux composés, portant chacun plusieurs capitu-
    les de fleurs . . . . . . E. *acris* (1088).
    Rameaux simples, ne portant ordinairement qu'un
    seul capitule de fleurs . . E. *serotinus* (1089).

4 { Tige de 5-20 centimètres, souvent rameuse et pluri-
    céphalée.   5
    Tige naine, toujours simple et monocéphalée . .
    . . . . E. *uniflorus* (1092).

5 { Fleurons du centre plus courts que leur aigrette. .
    . . . . E. *alpinus* (1090).
    Fleurons du centre égalant leur aigrette . . .
    . . . . E. *glabratus* (1091).

268. SOLIDAGO.

1 { Fleurs en grappes dressées, non unilatérales . .   2
    Fleurs en grappes unilatérales, étalées et arquées.
    . . . . S. *glabra* (1096).

2 { Pédoncules courts, portant chacun plusieurs capitules. 3
{ Pédoncules allongés, ne portant chacun que 1-2 capitules. . . . . . . S. *alpestris* (1095).

3 { Fleurs en panicule allongée. S. *virga-aurea* (1093).
{ Fleurs en panicule ovale et courte . . . .
. . . . S. *monticola* (1094).

269. Aster.

1 { Tige rameuse et pluricéphalée. 2
{ Tige simple et monocéphalée. A. *alpinus* (1097).

2 { Feuilles courtement pétiolées ou sessiles, mais non
embrassantes 3
{ Feuilles caulinaires embrassantes.
. . . . A. *Novi-Belgii* (1100).

3 { Feuilles charnues, à 1 seule nervure. . . . . .
. . . . A. *salignus* (1099).
{ Feuilles non charnues, à 3 nervures principales . .
. . . . A. *amellus* (1098).

270. Senecio.

1 { Fleurs flosculeuses 2
{ Fleurs radiées. 4

2 { Feuilles pennatifides ou pennatipartites. . . . 3
{ Feuilles elliptiques-lancéolées, denticulées. . . .
. . . . S. *cacaliaster* (1117).

3 { Involucre oblong, à calicule formé d'une dizaine de
petites écailles . . . . S. *vulgaris* (1101).
{ Involucre hémisphérique, à calicule formé seulement
de 2-5 petites écailles . . S. *flosculosus* (1109).

4 { Demi-fleurons courts et enroulés en dehors. . . . 5
{ Demi-fleurons étalés et rayonnants. 6

5 { Plante très-visqueuse; graines glabres . . . .
. . . . S. *viscosus* (1102).
{ Plante peu ou point visqueuse ; graines pubescentes.
. . . . S. *sylvaticus* (1103).

6 { Feuilles plus ou moins profondément découpées. . 7
{ Feuilles entières, seulement dentées. 13

7 { Feuilles non découpées en lanières linéaires . . . 8
{ Feuilles découpées en lanières linéaires . . . . .
. . . . S. *adonidifolius* (1105).

8 { Calicule nul ou à écailles n'égalant pas la moitié de
l'involucre 9
{ Calicule à écailles égalant environ la moitié de
l'involucre . . . . . S. *erucœfolius* (1106).

9 { Feuilles du milieu de la tige non lyrées, à segments peu inégaux 10
Feuilles du milieu de la tige lyrées, à segment termi-nal beaucoup plus grand que les autres 12

10 { Capitules en corymbe lâche. 11
Capitules en corymbe serré . . S. *Jacobœa* (1107).

11 { Tige de 8-12 décimètres ; feuilles atteignant au moins 5-8 centimètres de longueur. S. *nemorosus* (1108).
Tige de 1-4 décimètres ; feuilles ne dépassant pas 3 centimètres . . . . . S. *Gallicus* (1104).

12 { Segments latéraux des feuilles supérieures étalés obli-quement par rapport à la côte. S. *aquaticus* (1110).
Segments latéraux des feuilles supérieures étalés per-pendiculairement à la côte . S. *erraticus* (1111).

13 { 12-20 demi-fleurons à chaque capitule 14
3-6 demi-fleurons à chaque capitule. 16

14 { Feuilles inférieures atténuées en pétiole. 15
Feuilles toutes sessiles. . . S. *paludosus* (1112).

15 { Calicule à écailles égalant ou dépassant l'involucre. . . . . S. *doronicum* (1113).
Calicule à écailles beaucoup plus courtes que l'invo-lucre. . . . . S. *Gerardi* (1114).

16 { Feuilles minces, non embrassantes 17
Feuilles épaisses, charnues, les caulinaires moyennes embrassantes . . . . . S. *Doria* (1115).

17 { Feuilles caulinaires toutes atténuées en court pé-tiole . . . . S. *Fuchsii* (1116).
Feuilles caulinaires sessiles. S. *cacaliaster* (1117).

271. ARNICA.

1 { Fleurs entièrement jaunes. 2
Demi-fleurons blancs ou rosés. . . . . A. *bellidiastrum* (1118).

2 { Feuilles toutes sessiles et entières, les caulinaires op-posées . . . . A. *montana* (1119).
Feuilles alternes, bordées de grosses dents inégales, les inférieures longuement pétiolées . . . . A. *scorpioïdes* (1120).

272. DORONICUM.

1 { Fleurs d'un jaune pâle. . D. *pardalianches* (1121).
Fleurs d'un jaune orangé. . D. *Austriacum* (1122).

273. INULA.

1 { Demi-fleurons dressés, peu apparents 2
  { Demi-fleurons étalés, très-visibles 4

2 { Involucre non couvert d'un épais duvet 3
  { Involucre couvert d'un épais duvet. . . . . .
    . . . . I. *pulicaria* (1131).

3 { Feuilles elliptiques-lancéolées, assez larges. . . .
  { . . . . I. *conyza* (1123).
  { Feuilles linéaires-lancéolées, étroites . . . . .
    . . . . I. *graveolens* (1124).

4 { Tige et feuilles plus ou moins velues 5
  { Tige et feuilles glabres ou à peu près. 9

5 { Feuilles caulinaires manifestement embrassantes. . 6
  { Feuilles caulinaires sessiles ou à peine embrassantes. 7

6 { Feuilles planes, oblongues-lancéolées . . . . .
  { . . . . I. *Britannica* (1125).
  { Feuilles ondulées, en cœur, ovales ou oblongues. .
    . . . . I. *dyssenterica* (1132).

7 { Tige portant 1 capitule (rarement 2-3) 8
  { Capitules nombreux, en vaste corymbe. . . . .
    . . . . I. *Vaillantii* (1129).

8 { Feuilles tomenteuses-blanchâtres. . . . . .
  { . . . . I. *montana* (1126).
  { Feuilles d'un vert sombre . . . I. *hirta* (1127).

9 { Feuilles amplexicaules. . . . I. *salicina* (1128).
  { Feuilles sessiles, non amplexicaules. . . . .
    . . . . I. *squarrosa* (1130).

274. BELLIS. . . . . . . B. *perennis* (1133).

275. CHRYSANTHEMUM.

1 { Demi-fleurons blancs 2
  { Fleurs entièrement jaunes . . C. *segetum* (1134).

2 { Feuilles seulement dentées ou crénelées 3
  { Feuilles profondément pennatiséquées 5

3 { Graines de la circonférence terminées par une petite
  {   couronne ou au moins par une demi-couronne. . 4
  { Graines toutes dépourvues de couronne. . . . .
    . . . . C. *leucanthemum* (1135).

4 { Couronne de la graine complète et entière. . .
  { . . . . C. *montanum* (1137).
  { Couronne rarement complète, toujours dentée. . .
    . . . . C. *maximum* (1136).

5 { Feuilles non découpées en lanières capillaires. . .   6
  { Feuilles découpées en lanières capillaires et allongées.
  . . . . C. *inodorum* (1140).

6 { Fleurs inodores ou à peine odorantes
  . . . . C. *corymbosum* (1138).
  { Fleurs à forte odeur de camomille . . . . .
  . . . . C. *parthenium* (1139).

276. MATRICARIA . . . M. *chamomilla* (1141).

277. ANTHEMIS.

1 { Fleurs à rayons blancs   2
  { Fleurs entièrement jaunes. . A. *tinctoria* (1142).

2 { Réceptacle conique   3
  { Réceptacle hémisphérique . . A. *collina* (1145).

3 { Plante très-odorante; graines nues au sommet . .   4
  { Plante presque inodore; graines couronnées par une
  petite membrane . . . . A. *arvensis* (1143).

4 { Plante à odeur fétide; réceptacle à paillettes linéaires, très-aiguës . . . . . . A. *cotula* (1144).
  { Plante à odeur aromatique; réceptacle à paillettes
  oblongues, scarieuses, obtuses. A. *nobilis* (1146).

278. ACHILLÆA.

1 { Fleurs blanches   2
  { Fleurs entièrement jaunes . A. *tomentosa* (1147).

2 { Feuilles pennatiséquées.   3
  { Feuilles oblongues-lancéolées, seulement dentées. .
  . . . . A. *ptarmica* (1148).

3 { Feuilles 2 fois pennatiséquées, oblongues-linéaires
  dans leur pourtour . . . A. *millefolium* (1149).
  { Feuilles 1 fois pennatiséquées, ovales-triangulaires
  dans leur pourtour . . . A. *macrophylla* (1150).

279. BUPHTALMUM.

  { Feuilles supérieures longuement acuminées . . .
1 { . . . . B. *grandiflorum* (1152).
  { Feuilles supérieures aiguës, mais non longuement
  acuminées . . . . . B. *salicifolium* (1151).

280. CALENDULA . . . . . . C. *arvensis* (1153).

281. SONCHUS.

1 { Fleurs jaunes.   2
  { Fleurs bleues.   6

2 { Involucre glabre ou n'offrant que quelques poils glanduleux   3
  { Involucre couvert de poils glanduleux   5

3 { Feuilles caulinaires embrassant la tige par deux oreillettes arrondies.   4
Feuilles caulinaires embrassant la tige par deux oreillettes acuminées . . . . S. *oleraceus* (1156).

4 { Feuilles bordées de dents spinescentes . . . .
. . . . S. *asper* (1157).
Feuilles non bordées de dents spinescentes. . . .
. . . . S. *picroides* (1158).

5 { Feuilles caulinaires embrassant la tige par deux oreillettes courtes et arrondies. S. *arvensis* (1154).
Feuilles caulinaires embrassant la tige par deux oreillettes allongées et aiguës. S. *palustris* (1155).

6 { Bractées, pédoncules et involucre glabres. . . . .
. . . . S. *Plumieri* (1159).
Bractées, pédoncules et involucre hérissés de poils glanduleux . . . . . S. *alpinus* (1160).

282. LACTUCA.

1 { Fleurs jaunes.   2
Fleurs bleues ou violacées, rarement blanches. . .
. . . . L. *perennis* (1161).

2 { Feuilles caulinaires embrassantes, mais non décurrentes.   3
Feuilles caulinaires longuement décurrentes . . .
. . . . L. *viminea* (1163).

3 { Feuilles caulinaires n'étant pas linéaires et entières.   4
Feuilles caulinaires la plupart linéaires et très-entières. . . . . L. *saligna* (1162).

4 { Feuilles aiguillonnées en dessous sur la côte médiane.   5
Feuilles complètement dépourvues d'aiguillons . .
. . . . L. *muralis* (1164).

5 { Feuilles dressées verticalement ou obliquement . .   6
Feuilles étalées horizontalement.   7

6 { Feuilles roncinées-pennatifides. L. *scariola* (1165).
Feuilles seulement dentées. . . L. *dubia* (1166).

7 { Fleurs d'un jaune très-pâle; tige et feuilles ordinairement teintées d'un violet vineux . . . . .
. . . . L. *virosa* (1167).
Fleurs d'un beau jaune; tige et feuilles d'un vert gai.
. . . . L. *flavida* (1168).

283. CHONDRILLA.

1 { Feuilles caulinaires linéaires. . C. *juncea* (1169).
Feuilles caulinaires elliptiques-lancéolées et assez larges. . . . . C. *latifolia* (1170).

284. PRENANTHES . . . . P. *purpurea* (1171).

285. TARAXACUM. . . . T. *dens-leonis* (1172).

286. PTEROTHECA . . . P. *Nemausensis* (1173).

287. CREPIS.

1 { Tige feuillée 2
{ Tige nue; feuilles toutes radicales 11

2 { Aigrettes à poils d'un blanc de neige 3
{ Aigrettes à poils roussâtres 10

3 { Involucre à folioles très-inégales 4
{ Involucre à 2 rangs de folioles égales . . . . .
{ . . . . C. *blattarioides* (1182).

4 { Graines marquées de 20 petites côtes 5
{ Graines n'offrant que 6-18 stries. 6

5 { Feuilles caulinaires sagittées. C. *grandiflora* (1183).
{ Feuilles caulinaires non sagittées. . . . . .
{ . . . . C. *succisæfolia* (1181).

6 { Involucre à écailles intérieures pubescentes ou poi-
{ lues en dedans. 7
{ Involucre à écailles intérieures glabres en dedans. . 8

7 { Feuilles caulinaires à bords plans; stigmates jaunes.
{ . . . . C. *biennis* (1176).
{ Feuilles caulinaires à bords roulés en dessous; stig-
{ mates bruns. . . . . . C. *tectorum* (1178).

8 { Involucre à écailles extérieures apprimées. . . . 9
{ Involucre à écailles extérieures étalées . . . . .
{ . . . . C. *Nicœensis* (1177).

9 { Involucre et pédicelles hérissés de longs poils noirs
{ et glanduleux . . . . . C. *agrestis* (1180).
{ Involucre et pédicelles pubérulents, mais non héris-
{ sés de longs poils glanduleux. C. *virens* (1179).

10 { Tige rameuse et pluricéphalée. C. *paludosa* (1184).
{ Tige simple et monocéphalée. C. *montana* (1185).

11 { Fleurs orangées; capitules solitaires. . . . . .
{ . . . . C. *aurea* (1174).
{ Fleurs d'un jaune pâle; plusieurs capitules en grappe.
{ . . . . C. *præmorsa* (1175).

288. BARKAUSIA.

1 { Involucre non hérissé de soies raides et jaunâtres. . 2
{ Involucre hérissé de soies raides et jaunâtres. . .
{ . . . . B. *setosa* (1188).

2 { Capitules à forte odeur, penchés avant la floraison.
{ . . . . B. *fetida* (1186).
{ Capitules inodores, dressés avant la floraison . . .
{ . . . . B. *taraxacifolia* (1187).

289. Hieracium.

29 { Feuilles lancéolées-linéaires 30
     Feuilles ovales ou oblongues, non lancéolées-linéaires. 31

30 { Involucre à folioles acuminées . . . . . .
     . . . . H. *staticefolium* (1195).
     Involucre à folioles obtuses . H. *glaucum* (1196).

31 { Feuilles plus ou moins visqueuses. 32
     Feuilles non visqueuses. 34

32 { Feuilles, au moins quelques unes, profondément in-
       cisées à la base 33
     Feuilles plus ou moins dentées, mais non profondé-
       ment incisées à la base. H. *pulmonarioides* (1206).

33 { Feuilles toutes incisées-pennatifides . . . . . .
     . . . . H. *Jacquini* (1214).
     Feuilles, quelques unes dentées, les autres seulement
       incisées à la base . . . H. *Ligusticum* (1207).

34 { Feuilles non hérissées de poils mous sur les deux
       pages. 35
     Feuilles hérissées de longs poils mous sur leurs deux
       pages. . . . . H. *saxatile* (1202).

35 { Tige nue ou ne portant que 1-2 feuilles. . . . .
     . . . . H. *murorum* (1215).
     Tige feuillée . . . . . H. *sylvaticum* (1216).

36 { Fleurs ordinairement orangées . . . .
     . . . . H. *aurantiacum* (1192).
     Fleurs toujours d'un jaune clair . . . . . .
     . . . . H. *præaltum* (1193).

37 { Ecailles de l'involucre n'étant ni étalées ni recour-
       bées 38
     Ecailles de l'involucre étalées ou recourbées au som-
       met. . . . . H. *umbellatum* (1219).

38 { Feuilles caulinaires manifestement embrassantes . . 39
     Feuilles caulinaires peu ou point embrassantes . . 40

39 { Feuilles entières ou à dents peu profondes. . .
     . . . . H. *spicatum* (1221).
     Feuilles profondément incisées-dentées à la base . .
     . . . . H. *lycopifolium* (1220).

40 { Feuilles caulinaires longuement pétiolées ou atté-
       nuées à la base. 41
     Feuilles caulinaires sessiles, courtement pétiolées ou
       peu atténuées à la base. . H. *Sabaudum* (1218).

41 { Fleurs en panicule ou corymbe feuillé . . . . .
     . . . . H. *tridentatum* (1217).
     Fleurs en panicule ou corymbe non feuillé. . . .
     . . . . H. *sylvaticum* (1216).

290. ANDRYALA . . . . . . A. *sinuata* (1223).

291. TOLPIS. . . . . . . T. *barbata* (1224).

292. TRAGOPOGON.

1 { Pédoncules peu ou point renflés au sommet . . . 2
Pédoncules fortement renflés en massue au sommet.
. . . . T. *major* (1225).

2 { Involucre à folioles plus courtes que les fleurs . .
. . . . T. *Orientalis* (1227).
Involucre à folioles égalant ou dépassant un peu les
fleurs. . . . . T. *pratensis* (1226).

293. SCORZONERA.

1 { Feuilles radicales lancéolées; graines glabres . . . .
. . . . S. *plantaginea* (1228).
Feuilles toutes très-étroitement linéaires; graines
velues. . . . . S. *hirsuta* (1229).

294. PODOSPERMUM . . . P. *laciniatum* (1230).

295. LEONTODON.

1 { Hampe simple et monocéphalée 2
Tige rameuse et pluricéphalée. L. *autumnale* (1231).

2 { Hampe dépourvue de petites écailles ou n'en offrant
que 1-3 très-espacées 3
Hampe munie de petites écailles. .. . .
. . . . L. *pyrenaicum* (1232).

3 { Racine tronquée; aigrettes à poils extérieurs seulement denticulés 4
Racine pivotante, non tronquée; aigrettes à poils tous
plumeux . . . . L. *crispum* (1235).

4 { Plante glabre ou presque glabre. L. *hastile* (1234).
Plante hérissée de poils rameux. L. *hispidum* (1233).

296. THRINCIA. . . . . . . T. *hirta* (1236).

297. PICRIS.

1 { Involucres non rétrécis vers leur milieu après la flo-
raison 2
Involucres rétrécis vers leur milieu après la floraison.
. . . . P. *Villarsii* (1239).

2 { Involucres à écailles extérieures étalées. . . . . .
. . . . P. *hieracioides* (1237).
Involucres à écailles extérieures dressées . . . . .
. . . . P. *crepoides* (1238).

298. HELMINTHIA . . . . . . H. *echioides* (1240).

299. HYPOCHÆRIS.

1 { Tige et involucre glabres ou presque glabres. . . 2
Tige et involucre hérissés. . H. *maculata* (1241).

2 { Feuilles glabres ou à poils rares sur les bords. . . 3
Feuilles hispides sur toute leur surface. . . . .
. . . . H. *radicata* (1242).

3 { Aigrettes toutes pédicellées . . H. *Balbisii* (1244).
Aigrettes de la circonférence sessiles . . . . .
. . . . H. *glabra* (1243).

300. CATANANCHE. . . . . C. *cærulea* (1245).

301. CICHORIUM . . . . . C. *intybus* (1246).

302. LAMPSANA.

1 { Tige feuillée. . . . . . L. *communis* (1247).
Feuilles toutes en rosace radicale . . . . . .
. . . . L. *minima* (1248).

303. SCOLYMUS. . . . . S. *Hispanicus* (1249).

48ᵉ F. — AMBROSIACÉES.

304. XANTHIUM.

1 { Tige dépourvue d'aiguillons 2
Tige armée d'aiguillons. . . X. *spinosum* (1252).

2 { Fruit terminé par deux pointes droites et accolées
ensemble. . . . . . X. *strumarium* (1250).
Fruit terminé par deux pointes écartées et convergentes en dedans. . . X. *macrocarpum* (1251).

49ᵉ F. — CAMPANULACÉES.

305. JASIONE.

1 { Racine émettant des stolons feuillés; involucre à
écailles profondément dentées 2
Racine sans stolons; écailles entières ou à peine dentées. . . . . J. *montana* (1253).

2 { Tiges droites, solitaires ou peu nombreuses à chaque
touffe. . . . . J. *perennis* (1254).
Tiges étalées à la base, puis ascendantes-flexueuses,
venant par touffes bien fournies. J. *Carioni* (1255).

306. PHYTEUMA.

1 { Fleurs en épi oblong. 2
Fleurs en tête arrondie. . . P. *orbiculare* (1258).

2 {
Feuilles crénelées; étamines glabres. . . . . .
. . . . P. *spicatum* (1256).
Feuilles doublement dentées; étamines velues à la base. . . . . P. *Halleri* (1257).

307. CAMPANULA.

1 {
Calice à 10 divisions, dont 5 réfléchies. 2
Calice à 5 divisions dressées pendant la floraison. . 3

2 {
Corolle à lobes longuement barbus sur les bords . .
. . . . C. *barbata* (1259).
Corolle à lobes peu ou point barbus sur les bords. .
. . . . C. *medium* (1260).

3 {
Feuilles caulinaires toutes alternes 4
Feuilles caulinaires supérieures opposées . . . . .
. . . . C. *erinus* (1266).

4 {
Fleurs sessiles ou presque sessiles 5
Fleurs pédonculées 8

5 {
Fleurs bleues, rarement blanches. 6
Fleurs d'un blanc jaunâtre. C. *thyrsoidea* (1265).

6 {
Feuilles inférieures oblongues-lancéolées, insensiblement atténuées en un pétiole ailé. 7
Feuilles inférieures à base arrondie ou en cœur. .
. . . . C. *glomerata* (1262).

7 {
Pétiole des feuilles inférieures plus court que le limbe.
. . . . C. *cervicaria* (1263).
Pétiole des feuilles inférieures plus long que le limbe.
. . . . C. *cervicarioides* (1264).

8 {
Feuilles plus ou moins velues ou pubescentes. . . 9
Feuilles parfaitement glabres 17

9 {
Tige droite et ferme. 10
Tiges couchées et gazonnantes. C. *pusilla* (1277).

10 {
Tube du calice plus ou moins hérissé ou pubescent. 11
Tube du calice parfaitement glabre 13

11 {
Calice à segments entiers 12
Calice à segments denticulés à la base. . . . .
. . . . C. *patula* (1267).

12 {
Fleurs penchées, en grappe unilatérale. . . . .
. . . . C. *rapunculoides* (1271).
Fleurs dressées, disposées en tous sens. . . . .
. . . . C. *trachelium* (1272).

13 {
Tige à angles fortement velus ou ciliés. 14
Tige glabre ou à peine pubescente sur les angles. . 15

14 {
Fleurs nombreuses, en panicule très-ramifiée. . . . . C. *rapunculus* (1270).
Fleurs peu nombreuses, en grappe simple. . . . . C. *Chaberti* (1268).
}

15 {
Feuilles caulinaires ovales-lancéolées 16
Feuilles caulinaires oblongues ou linéaires-lancéolées. . . . . C. *linifolia* (1275).
}

16 {
Calice à segments oblongs-lancéolés; feuilles radicales échancrées en cœur . . C. *latifolia* (1273).
Calice à segments linéaires; feuilles radicales non échancrées en cœur. . C. *rhomboidalis* (1274).
}

17 {
Feuilles n'étant pas toutes ovales-cordiformes et lobées 18
Feuilles toutes ovales-cordiformes et lobées . . . . C. *hederacea* (1261).
}

18 {
Boutons et pédoncules dressés ou ascendants avant la floraison. 19
Pédoncules recourbés au sommet et boutons penchés avant la floraison 21
}

19 {
Feuilles caulinaires lancéolées ou linéaires. . . . 20
Feuilles caulinaires ovales et dentées . . . . C. *rhomboidalis* (1274).
}

20 {
Fleurs ordinairement en grappe simple; boutons et pédoncules étalés-ascendants avant la floraison. . . . . C. *linifolia* (1275).
Fleurs en panicule; boutons et pédoncules dressés avant la floraison. . . C. *rotundifolia* (1276).
}

21 {
Calice à segments dressés ou un peu étalés après la floraison. 22
Calice à segments renversés après la floraison. . . . . C. *rhomboidalis* (1274).
}

22 {
Tiges courtes, plus ou moins couchées, au moins à la base 23
Tige élevée, droite et ferme. C. *persicifolia* (1269).
}

23 {
Feuilles des rosettes stériles brusquement contractées en pétiole 24
Feuilles des rosettes insensiblement atténuées en pétiole. . . . . . C. *cœspitosa* (1280).
}

24 {
Feuilles des rosettes stériles peu ou point échancrées en cœur. 25
Feuilles des rosettes profondément échancrées en cœur. . . . . . . C. *subramulosa* (1279).
}

25 { Corolle veinée en réseau; anthères d'un rose vineux.
. . . . C. *pusilla* (1277).
Corolle non veinée en réseau; anthères blanchâtres.
. . . . C. *gracilis* (1278).

308. SPECULARIA. . . . . . S. *speculum* (1253).

50e F. — VACCINIACÉES.

309. VACCINIUM.

1 { Corolle en grelot, presque fermée; baie noirâtre ou
bleuâtre 2
Corolle ouverte; baie rouge 3

2 { Feuilles ovales-lancéolées et finement denticulées. .
. . . . V. *myrtillus* (1282).
Feuilles obovales-obtuses et parfaitement entières .
. . . . V. *uliginosum* (1283).

3 { Feuilles obovales-obtuses; corolle campanulée. . .
. . . . V. *vitis Idœa* (1284).
Feuilles ovales-lancéolées; corolle en roue, à seg-
ments si profonds qu'elle paraît polypétale. . .
. . . . V. *oxycoccos* (1285).

51e F. — ÉRICACÉES.

310. ARBUTUS.

1 { Feuilles très-entières, parfaitement glabres . . . .
. . . . A. *uva ursi* (1286).
Feuilles crénelées-denticulées, ciliées . . . . .
. . . . A. *alpina* (1287).

311. ANDROMEDA . . . . . A. *poliifolia* (1288).

312. RHODODENDRON.

1 { Feuilles et calice glabres. R. *ferrugineum* (1289).
Feuilles et dents du calice ciliées. . . . . .
. . . . R. *hirsutum* (1290).

313. ERICA.

1 { Corolle à 4 dents ou lobes, dépassant longuement le
calice 2
Corolle à 4 segments profonds, plus courts que le
calice. . . . . E. *vulgaris* (1291).

2 { Écorce des jeunes rameaux glabre. E. *vagans* (1293).
Écorce des jeunes rameaux pubérulente . . .
. . . . E. *cinerea* (1292).

52ᵉ F. — PYROLACÉES.

314. PYROLA.

1 { Tige portant plusieurs fleurs en grappe. 2
{ Tige uniflore. . . . . . . P. *uniflora* (1298).

2 { Etamines et style droits. 3
{ Etamines et style fortement arqués. . . . 4

3 { Fleurs en grappe tournée en tous sens. . . . .
{ . . . . P. *minor* (1296).
{ Fleurs en grappe unilatérale . P. *secunda* (1297).

4 { Calice à lobes lancéolés-acuminés, beaucoup plus
{ longs que larges . . . P. *rotundifolia* (1294).
{ Calice à lobes ovales, aussi larges que longs . . .
{ . . . . P. *chlorantha* (1295).

315. MONOTROPA . . . . M. *hypopitys* (1299).

53ᵉ F. — AQUIFOLIACÉES.

316. ILEX. . . . . J. *aquifolium* (1300).

54ᵉ F. — JASMINACÉES.

317. JASMINUM. . . . . . J. *fruticans* (1301).

318. FRAXINUS. . . . . . F. *excelsior* (1302).

319. PHYLLYREA . . . . . P. *latifolia* (1303).

320. LIGUSTRUM . . . . . L. *vulgare* (1304).

321. SYRINGA . . . . . . S. *vulgaris* (1305).

55ᵉ F. — PRIMULACÉES.

322. SAMOLUS . . . . . S. *Valerandi* (1306).

323. ANDROSACE.

1 { Plante hérissée de poils blancs. A. *villosa* (1307).
{ Plante glabre. . . . . . . A. *lactea* (1308).

324. CYCLAMEN. . . . . . C. *Europæum* (1309).

325. PRIMULA.

1 { Hampe portant plusieurs fleurs 2
{ Hampe uniflore. . . . . P. *grandiflora* (1310).

2 { Feuilles minces, non charnues, plus ou moins ridées. 3
{ Feuilles charnues, lisses, non ridées. . . . .
{ . . . . P. *auricula* (1315).

3 { Feuilles non recouvertes en dessous d'une poudre fa-
{ rineuse 4
{ Feuilles recouvertes en dessous d'une fine poudre
{ farineuse. . . . . P. *farinosa* (1316).

4 { Fleurs en ombelle dressée 5
  { Ombelle penchée du même côté. 6

5 { Limbe de la corolle à diamètre presque 2 fois plus
  { grand que la longueur du tube.. . . . . . .
  { . . . . P. *grandiflora* (1310).
  { Limbe de la corolle n'étant pas 1 fois et demie plus
  { grand que la longueur du tube. P. *variabilis* (1311).

6 { Calice renflé, à lobes courts, obtus 7
  { Calice non renflé, à lobes acuminés, atteignant au
  { moins le tiers de son tube. . P. *elatior* (1312).

7 { Feuilles pubescentes, mais non blanches-tomenteuses
  { en dessous. . . . . . P. *officinalis* (1313).
  { Feuilles blanches-tomenteuses en dessous. . . . .
  { . . . . P. *suaveolens* (1314).

326. HOTTONIA . . . . . . H. *palustris* (1317).

327. ASTEROLINUM . . . . A. *stellatum* (1318).

328. LYSIMACHIA.

1 { Pédoncules uniflores; tige faible, couchée au moins
  { à la base. 2
  { Pédoncules multiflores; tige droite et ferme . . .
  { . . . . L. *vulgaris* (1319).

2 { Feuilles rondes; calice à segments en cœur ovale-
  { aigu. . . . . L. *nummularia* (1320).
  { Feuilles ovales-lancéolées; calice à segments linéai-
  { res . . . . L. *nemorum* (1321).

329. ANAGALLIS.

1 { Feuilles sessiles, ovales-lancéolées . . . . . .
  { . . . . A. *arvensis* (1322).
  { Feuilles courtement pétiolées, presque rondes . .
  { . . . . A. *tenella* (1323).

330. SOLDANELLA. . . . . S. *alpina* (1324).

331. CENTUNCULUS . . . . C. *minimus* (1325).

56e F. — APOCYNACÉES.

332. VINCA.

1 { Feuilles finement ciliées sur les bords . . . .
  { . . . . V. *major* (1326).
  { Feuilles parfaitement glabres . . . V. *minor* (1327).

333. VINCETOXICUM.

1 { Feuilles du milieu de la tige ovales . . . . .
  { . . . . V. *officinale* (1328).
  { Feuilles moyennes oblongues-lancéolées . . . . .
  { . . . . V. *laxum* (1329).

334. ASCLEPIAS. . . . . . A. *Cornuti* (1330).

57ᵉ F. — GENTIANACÉES.

335. MENYANTHES . . . . . M. *trifoliata* (1331).

336. VILLARSIA. . . . . V. *nymphoïdes* (1332).

337. CHLORA. . . . . . C. *perfoliata* (1333).

338. SWERTIA . . . . . . S. *perennis* (1334).

339. GENTIANA.

1 { Corolle barbue à la gorge ou à lobes ciliés. . . .   2
{ Corolle n'étant ni barbue à la gorge, ni à lobes ciliés.   6

2 { Fleurs d'un jaune blanchâtre   3
{ Fleurs bleues ou violettes, rarement blanches. . .   4

3 { Feuilles inférieures très-obtuses, parfaitement arron-
{   dies au sommet. . . . G. *obtusifolia* (1348).
{ Feuilles inférieures un peu aiguës. G. *flava* (1349).

4 { Corolle barbue à la gorge, à lobes non ciliés. . .   5
{ Corolle non barbue à la gorge, mais à lobes ciliés. .
{ . . . . G. *ciliata* (1346).

5 { Calice à 5 segments égaux; corolle à 5 lobes lancéo-
{   lés. . . . . G. *Germanica* (1347).
{ Calice à 4 segments très-inégaux en largeur; corolle
{   à 4 lobes obtus . . . . G. *campestris* (1350).

6 { Fleurs jaunes ou ponctuées sur un fond jaunâtre. .   7
{ Fleurs bleues ou violettes, rarement blanches. . .   8

7 { Corolle en roue; fleurs jaunes. . G. *lutea* (1335).
{ Corolle campanulée; fleurs ponctuées de brun sur un
{   fond jaunâtre . . . . . G. *punctata* (1336).

8 { Corolle campanulée   9
{ Corolle tubuleuse.   15

9 { Tige uniflore   10
{ Tige pluriflore. . . . G. *pneumonanthe* (1337).

10 { Feuilles inférieures non réduites à des écailles . .   11
{ Feuilles inférieures réduites à des écailles. .
{ . . . . G. *pneumonanthe* (1337).

11 { Feuilles radicales sensiblement plus longues que
{   larges   12
{ Feuilles radicales ovales-arrondies, à peine plus lon-
{   gues que larges . . . . . G. *alpina* (1340).

12 { Fleurs marquées de points verdâtres à l'intérieur. .   13
{ Fleurs non ponctuées à l'intérieur   14

13 { Feuilles radicales molles, peu luisantes à la face su-
{   périeure. . . . . G. *Kochiana* (1339).
{ Feuilles radicales très-luisantes et comme vernissées
{   à la face supérieure . . G. *angustifolia* (1342).

14 { Fleurs d'un bleu foncé. . . . G. *Clusii* (1341).
{ Fleurs d'un bleu clair . . . G. *Frœlichii* (1343).

15 { Fleurs n'étant pas sessiles et verticillées 16
{ Fleurs sessiles et verticillées . G. *cruciata* (1338).

16 { Tige simple et uniflore. . . . G. *verna* (1344).
{ Tige rameuse et pluriflore. . . G. *nivalis* (1345).

340. ERYTHRÆA.

1. { / Fleurs sessiles ou presque sessiles, en corymbe serré.
. . . . E. *centaurium* (1351).
Fleurs distinctement pédicellées, en cyme lâche. .
. . . . E. *pulchella* (1352).

341. CICENDIA.

1 { / Calice à dents courtes, triangulaires . . . . .
. . . . C. *filiformis* (1353).
Calice divisé presque jusqu'à la base en lanières li-
néaires. . . . . C. *pusilla* (1354).

58e F. — CONVOLVULACÉES.

342. CONVOLVULUS.

1 { Bractées linéaires, placées sur le pédoncule . . . 2
Bractées foliacées, en cœur, placées à la base du
calice. . . . . C. *sepium* (1355).

2 { Tige couchée ou grimpante. . C. *arvensis* (1356).
Tige ferme, se soutenant d'elle-même . . . . .
. . . . C. *Cantabrica* (1357).

343. CUSCUTA.

1 { / Fleurs sessiles ou à pédicelles plus courts que le
calice 2
Fleurs à pédicelles plus longs que le calice . . .
. . . . C. *suaveolens* (1361).

2 { Styles divergents dès la base 3
Styles dressés, rapprochés à la base. C. *minor* (1359).

3 { / Étamines saillantes hors de la corolle . . . . .
. . . . C. *trifolii* (1360).
Étamines incluses dans la corolle. C. *major* (1358).

59e F. — SOLANACÉES.

344. DATURA.

1 { Fleurs blanches . . . . . D. *stramonium* (1362).
{ Fleurs d'un violet clair. . . . D. *tatula* (1363).

345. HYOSCYAMUS . . . . . . H. *niger* (1364).

346. VERBASCUM.

1 { Feuilles caulinaires plus ou moins décurrentes, au
    moins les supérieures 2
    Feuilles caulinaires non décurrentes. 9

2 { Etamines, au moins les supérieures, à filets laineux. 3
    Etamines à filets tous entièrement glabres. . . .
    . . . . V. crassifolium (1368).

3 { Feuilles longuement décurrentes de l'une à l'autre. 4
    Feuilles peu décurrentes, jamais de l'une à l'autre. 6

4 { Corolle à limbe plan ; fleurs d'un beau jaune. . . 5
    Corolle à limbe concave ; fleurs d'un jaune pâle. .
    . . . . V. thapsus (1365).

5 { Feuilles toutes sessiles. . V. thapsiforme (1367).
    Feuilles inférieures pétiolées. V. canescens (1366).

6 { Etamines supérieures à filets garnis de poils blancs. 7
    Filets des étamines tous munis de poils violets . .
    . . . . V. sinuatum (1372).

7 { Feuilles inférieures à limbe ovale, plus long que le
    pétiole 8
    Feuilles inférieures à limbe oblong, égalant le pé-
    tiole ou le dépassant peu. V. nemorosum (1371).

8 { Plante à duvet jaunâtre; fleurs en épi un peu lâche,
    mais non interrompu . . V. phlomoides (1369).
    Plante à duvet verdâtre; fleurs en épi interrompu
    dans toute sa longueur. . . V. australe (1370).

9 { Etamines à filets garnis de poils violets ou rougeâtres. 10
    Etamines à filets garnis de poils blancs ou jaunâtres. 15

10 { Feuilles inférieures pétiolées 11
    Feuilles inférieures rétrécies à la base, mais non pé-
    tiolées 13

11 { Tige anguleuse 12
    Tige arrondie, non anguleuse. V. Chaixi (1377).

12 { Feuilles inférieures en cœur. . V. nigrum (1376).
    Feuilles inférieures arrondies, mais non en cœur à
    la base. . . . . V. mixtum (1378).

13 { Pédicelles ordinairement fasciculés, plus courts, au
    moins quelques uns, que la bractée 14
    Pédicelles solitaires, tous 1-2 fois plus longs que la
    bractée . . . . V. blattaria (1379).

14 { Pédicelles inégaux, les uns plus courts, les autres
    plus longs que la bractée. V. Bastardii (1380).
    Pédicelles tous plus courts que la bractée. . . .
    . . . . V. blattarioides (1381).

15 { Feuilles recouvertes d'un duvet blanc et floconneux.   16
{ Feuilles vertes en dessus, pulvérulentes en dessous.
     . . . . V. *lychnitis* (1373).

16 { Feuilles toutes oblongues et entières. . . . . .
{   . . . . V. *floccosum* (1375).
{ Feuilles crénelées, les supérieures ovales-arrondies,
{   brusquement contractées en pointe oblique . .
{   . . . . V. *pulvinatum* (1374).

347. Lycium. . . . . . L. *Barbarum* (1382).

348. Atropa . . . . . A. *belladona* (1383).

349. Physalis . . . . . P. *alkekengi* (1384).

350. Solanum.

1 { Fleurs blanches; tige non grimpante 2
{ Fleurs violettes; tige grimpante. S. *dulcamara* (1385).

2 { Corolle 1 fois seulement plus longue que le calice.   3
{ Corolle 3-4 fois plus longue que le calice . . . .
{   . . . . S. *villosum* (1389).

3 { Baies jamais noires 4
{ Baies noires à la maturité . . . S. *nigrum* (1386).

4 { Baies jaunes à la maturité. S. *ochroleucum* (1387).
{ Baies rouges à la maturité. . S. *miniatum* (1388).

60e F. — BORRAGINACÉES.

351. Symphytum.

1 { Feuilles longuement décurrentes. S. *officinale* (1390).
{ Feuilles à peine décurrentes. S. *tuberosum* (1391).

352. Anchusa . . . . . . A. *Italica* (1392).

353. Lycopsis . . . . . . L. *arvensis* (1393).

354. Borrago . . . . . B. *officinalis* (1394).

355. Asperugo. . . . . A. *procumbens* (1395).

356. Cynoglossum.

1 { Corolle assez grande, à limbe concave 2
{ Corolle petite, à limbe plan. . C. *lappula* (1399).

2 { Feuilles pubescentes-grisâtres. 3
{ Feuilles luisantes et presque glabres en dessus . .
{   . . . . C. *montanum* (1398).

3 { Fleurs d'un rouge sale, non veinées. . . . . .
{   . . . . C. *officinale* (1396).
{ Fleurs d'un bleu pâle, veinées . C. *pictum* (1397).

357. MYOSOTIS.

1 { Calice couvert de poils apprimés, non crochus à leur extrémité 2
Calice muni, surtout à la base, de poils étalés, crochus à leur extrémité 3

2 { Tige anguleuse; style égalant à peu près le calice. . . . . M. *palustris* (1400).
Tige arrondie; style presque nul, beaucoup plus court que le calice. . . M. *lingulata* (1401).

3 { Corolle à limbe plan 4
Corolle à limbe concave. 5

4 { Pédicelles fructifères 1-2 fois plus longs que le calice. . . . . M. *sylvatica* (1402).
Pédicelles fructifères n'étant pas 1-2 fois plus longs que le calice. . . . . . M. *alpestris* (1403).

5 { Pédicelles fructifères plus courts que le calice . . 6
Pédicelles fructifères 2 fois plus longs que le calice. . . . . M. *intermedia* (1404).

6 { Fleurs jaunes, au moins quelques unes. 7
Fleurs toutes bleues. 8

7 { Fleurs toutes d'un beau jaune. . M. *lutea* (1408).
Fleurs les unes d'un jaune pâle, les autres bleuâtres ou rougeâtres. . . . . M. *versicolor* (1407).

8 { Calice fermée sur le fruit à la maturité; pédicelles dressés. . . . . M. *stricta* (1406).
Calice ouvert à la maturité; pédicelles étalés . . . . M. *hispida* (1405).

358. CERINTHE . . . . . . C. *minor* (1409).

359. LITHOSPERMUM.

1 { Carpelles lisses et luisants 2
Carpelles rudes et tuberculeux 3

2 { Fleurs petites, d'un blanc jaunâtre, rarement roses. . . . . L. *officinale* (1410).
Fleurs grandes, d'abord rougeâtres, puis bleu d'azur. . . . . L. *purpureo-cœruleum* (1411).

3 { Plante inodore, couverte de petits poils apprimés. . 4
Plante à odeur fade, hérissée de poils étalés . . . . L. *tinctorium* (1414).

4 { Pédicelles grêles, plus étroits que le tube du calice. . . . . L. *arvense* (1412).
Pédicelles épais, aussi gros que le tube du calice. . . . . L. *permixtum* (1413).

360. ONOSMA. . . . . . O. *arenarium* (1415).

361. PULMONARIA.

1 { Feuilles radicales insensiblement atténuées en pétiole.   2
    Feuilles radicales brusquement contractées en pétiole. . . . . P. *affinis* (1417).

2 { Feuilles couvertes de poils un peu rudes, non glanduleux . . . . P. *tuberosa* (1416).
    Feuilles couvertes de poils mous, doux et soyeux, glanduleux . . . . . . P. *mollis* (1418).

362. ECHIUM.

1 { Etamines saillantes hors de la corolle . . . . .
    . . . . E. *vulgare* (1419).
    Etamines incluses dans la corolle. . . . .
    . . . . E. *Wierzbickii* (1420).

363. HELIOTROPIUM . . . H. *Europæum* (1421).

61ᵉ F. — VERBÉNACÉES.

364. VERBENA. . . . . V. *officinalis* (1422).

62ᶜ F. — LABIACÉES.

365. SALVIA.

1 { Tige herbacée. . . . . •   2
    Tige sous-ligneuse à la base.   S. *officinalis* (1423).

2 { Fleurs jamais jaunes.   3
    Fleurs d'un jaune sale. . . S. *glutinosa* (1424).

3 { Bractées colorées, dépassant longuement les calices.
    . . . . S. *sclarea* (1425).
    Bractées vertes, plus courtes que les calices ou les dépassant peu. . . . . S. *pratensis* (1426).

366. LYCOPUS . . . . . L. *Europæus* (1427).

367. MENTHA.

1 { Fleurs en épis terminaux allongés   2
    Fleurs en tête arrondie ou en verticilles axillaires et distants   7

2 { Feuilles ovales ou oblongues-lancéolées, dentées en scie ou incisées   3
    Feuilles ovales-arrondies, crénelées. . . . . .
    . . . . M. *rotundifolia* (1432).

3 { Feuilles blanches-tomenteuses, au moins en dessous.   4
    Feuilles vertes et glabres sur les deux pages . . .
    . . . . M. *viridis* (1431).

4 { Feuilles planes ou à peu près   5
    Feuilles ondulées sur les bords. M. *undulata* (1433).

5 { Feuilles vertes en dessus 6
Feuilles pubescentes-blanchâtres en dessus. . . .
. . . . M. *sylvestris* (1429).

6 { Feuilles largement ovales-lancéolées. . . . .
. . . . M. *nemorosa* (1428).
Feuilles lancéolées-acuminées. M. *candicans* (1430).

7 { Verticilles de fleurs tous axillaires et distants. . . 8
Verticilles de fleurs tous, ou au moins les supérieurs,
rapprochés en tête terminale arrondie 15

8 { Calice à gorge non fermée par un anneau de poils
après la floraison 9
Calice à gorge fermée par un anneau de poils après
la floraison. . . . . . M. *pulegium* (1443).

9 { Calice fructifère oblong, plus long que large . . . 10
Calice fructifère globuleux, à peu près aussi large
que long. . . . . . . M. *arvensis* (1441).

10 { Corolle dépassant sensiblement le calice. . . . 11
Corolle très-petite, dépassant à peine le calice. . .
. . . . M. *Austriaca* (1439).

11 { Pédicelles des fleurs glabres ou à peu près . . . 12
Pédicelles hispides 13

12 { Feuilles d'un vert foncé, les florales supérieures
beaucoup plus petites . . . M. *rubra* (1436).
Feuilles d'un vert clair, à peu près toutes égales. .
. . . . M. *parietariæfolia* (1442).

13 { Feuilles assez grandes, aiguës. 14
Feuilles petites, obtuses. . . M. *paludosa* (1438).

14 { Calice fructifère tubuleux-cylindracé . . . .
. . . . M. *sativa* (1437).
Calice fructifère tubuleux-campanulé . . . .
. . . . M. *origanifolia* (1440).

15 { Fleurs toutes ou presque toutes en tête terminale
arrondie. . . . . . . M. *aquatica* (1434).
Verticilles la plupart axillaires. M. *subspicata* (1435).

368. ORIGANUM.

1 { Fleurs en épis ovoïdes-arrondis. O. *vulgare* (1444).
Fleurs en épis prismatiques et allongés . . . .
. . . . O. *megastachium* (1445).

369. THYMUS.

1 { Feuilles glabres ou finement pubescentes sur le
limbe. 2
Feuilles à limbe hérissé de poils blanchâtres . . .
. . . . T. *lanuginosus* (1448).

2 { Tige offrant 2 lignes de poils opposées . . . . .
. . . . T. *chamædrys* (1447).
Tige n'offrant pas 2 lignes de poils bien marquées.
. . . . T. *serpyllum* (1446).

370. HYSSOPUS . . . . . . H. *officinalis* (1449).

371. SATUREIA . . . . . S. *montana* (1450).

372. CALAMENTHA.

1 { Calice bossué à la base ; pédoncules simples . . .   2
Calice non bossué ; pédoncules rameux.   3

2 { Feuilles florales plus longues que les fleurs. . . .
. . . . C. *acinos* (1451).
Feuilles florales plus courtes que les fleurs. . . .
. . . . C. *alpina* (1452).

3 { Feuilles obtuses, crénelées ou à dents apprimées.   4
Feuilles aiguës, à dents de scie étalées . . . . .
. . . . C. *grandiflora* (1453).

4 { Dents du calice très-inégales . . . C. *nepeta* (1456).   5
Dents du calice presque égales. C. *nepeta* (1456).

5 { Corolle d'un lilas rosé très-clair, à tube peu saillant.
. . . . C. *ascendens* (1455).
Corolle rouge ou lilas foncé, à tube longuement sail-
lant. . . . . C. *officinalis* (1454).

373. CLINOPODIUM. . . . . . C. *vulgare* (1457).

374. MELISSA . . . . . . M. *officinalis* (1458).

375. NEPETA . . . . . . N. *cataria* (1459).

376. GLECHOMA . . . . . G. *hederacea* (1460).

377. LAMIUM.

1 { Feuilles toutes pétiolées.   2
Feuilles supérieures sessiles et amplexicaules. . .
. . . . L. *amplexicaule* (1461).

2 { Fleurs purpurines   3
Fleurs blanches . . . . . . L. *album* (1464).

3 { Fleurs serrées au sommet de la tige.   4
Fleurs disposées en verticilles espacés . . . . .
. . . . L. *maculatum* (1465).

4 { Feuilles simplement crénelées-dentées . . . . .
. . . . L. *purpureum* (1462).
Feuilles profondément et irrégulièrement incisées-
dentées . . . . L. *incisum* (1463).

378. GALEOBDOLON . . . . . G. *luteum* (1466).

379. GALEOPSIS.

1 { Tige fortement renflée sous les nœuds 2
  { Tige peu ou point renflée sous les nœuds 3

2 { Corolle 3 fois au moins plus longue que le calice.
  { . . . . G. *versicolor* (1468).
  { Tube de la corolle égalant le calice, ou tout au plus
  { 2 fois plus long. . . . . G. *tetrahit* (1467).

3 { Feuilles ovales-lancéolées 4
  { Feuilles oblongues ou linéaires-lancéolées . . .
  { . . . . G. *angustifolia* (1469).

4 { Tube de la corolle dépassant à peine le calice . . .
  { . . . . G. *intermedia* (1470).
  { Tube de la corolle dépassant longuement le calice.
  { . . . . G. *grandiflora* (1471).

380. STACHYS.

1 { Fleurs rougeâtres ou rosées. 2
  { Fleurs d'un blanc jaunâtre. 7

2 { Bractées égalant au moins la moitié du calice. . . 3
  { Bractées nulles ou très-courtes, n'égalant jamais la
  { moitié du calice 4

3 { Feuilles couverte d'une laine blanchâtre . . . .
  { . . . . S. *Germanica* (1472).
  { Feuilles vertes, pubescentes-hérissées . . . .
  { . . . . S. *alpina* (1473).

4 { Feuilles oblongues-lancéolées. 5
  { Feuilles ovales 6

5 { Feuilles sessiles ou très-courtement pétiolées; fleurs
  { roses. . . . . S. *palustris* (1475).
  { Feuilles distinctement pétiolées; fleurs rouges. . .
  { . . . . S. *ambigua* (1476).

6 { Feuilles aiguës, fortement dentées. S. *sylvatica* (1474).
  { Feuilles obtuses, superficiellement crénelées . . .
  { . . . . S. *arvensis* (1477).

7 { Feuilles glabres . . . . S. *annua* (1478).
  { Feuilles velues ou pubescentes. . S. *recta* (1479).

381. SIDERITIS.

1 { Feuilles entières ou à peine dentées au sommet.
  { . . . . S. *hyssopifolia* (1480).
  { Feuilles fortement incisées-dentées . . . . .
  { . . . . S. *scordioides* (1481).

382. BETONICA.

1 { Fleurs rouges, rarement blanches. 2
  { Fleurs d'un jaune pâle . . . B. *alopecuros* (1484).

2 { Lèvre supérieure de la corolle dépassant longuement les étamines . . . . . B. *officinalis* (1482).
Lèvre supérieure égalant à peu près les étamines. . . . . B. *hirsuta* (1483).

383. BALLOTA . . . . . . B. *fetida* (1485).

384. LEONURUS . . . . . L. *cardiaca* (1486).

385. CHAITURUS . . . C. *marrubiastrum* (1487).

386. MARRUBIUM . . . . . M. *vulgare* (1488).

387. MELITTIS . . . M. *melissophyllum* (1489).

388. BRUNELLA.

1 { Epi de fleurs muni d'une paire de feuilles à sa base. 2
Epi dépourvu de feuilles à sa base . . . . B. *grandiflora* (1492).

2 { Lèvre supérieure du calice à dents très-courtes, tronquées, mucronées. . . . B. *vulgaris* (1490).
Lèvre supérieure du calice à dents largement ovales, acuminées, aristées. . . . . B. *alba* (1491).

389. SCUTELLARIA.

1 { Fleurs axillaires, non accompagnées de bractées membraneuses 2
Fleurs en épi serré, accompagnées de larges bractées membraneuses. . . . . S. *alpina* (1493).

3

2 { Feuilles non hastées. . . . .
Feuilles moyennes et supérieures hastées . . . . S. *hastifolia* (1495).

3 { Calice glabre ; corolle à tube arqué . . . . S. *galericulata* (1494).
Calice hérissé ; corolle à tube droit. S. *minor* (1496).

390. AJUGA.

1 { Fleurs bleues, roses ou blanches 2
Fleurs jaunes. . . . : . . A. *chamæpitys* (1497).

3

2 { Racine non stolonifère . . . . . A. *reptans* (1498).
Racine stolonifère. . . . .

3 { Feuilles radicales plus courtes que les caulinaires. . . . . . . A. *Genevensis* (1499).
Feuilles radicales plus longues que les caulinaires. . . . . . . A. *pyramidalis* (1500).

391. TEUCRIUM.

2

1 { Feuilles dentées, crénelées ou entières . . . . .
Feuilles pennatipartites. . . : . T. *botrys* (1501).

2 { Fleurs axillaires ou en grappes 3
{ Fleurs en têtes serrées. 5

3 { Fleurs jamais jaunes. 4
{ Fleurs jaunâtres, en longues grappes non feuillées.
. . . . T. *scorodonia* (1504).

4 { Feuilles molles, pubescentes-grisâtres . . . . .
{ . . . . T. *scordium* (1502).
{ Feuilles fermes, d'un vert foncé et luisant en dessus.
. . . . T. *chamœdrys* (1503).

5 { Feuilles très-entières . . . T. *montanum* (1505).
{ Feuilles crénelées . . . . . T. *polium* (1506).

392. LAVANDULA . . . . L. *vera* (1507).

63ᵉ F. — PERSONACÉES.

393. ERINUS. . . . . E. *alpinus* (1508).

394. DIGITALIS.

1 { Corolle glabre en dehors 2
{ Corolle pubescente en dehors. 3

2 { Feuilles glabres; fleurs ordinairement rouges. .
{ . . . . D. *purpurea* (1509).
{ Feuilles tomenteuses en dessous; fleurs d'un blanc
jaunâtre. . . . . . D. *parviflora* (1511).

3 { Fleurs d'un jaune blanchâtre. D. *grandiflora* (1510).
{ Fleurs d'un rouge ou d'un rose pâle. . . . .
. . . . D. *purpurascens* (1512).

395. SCROPHULARIA.

1 { Fleurs rougeâtres. 2
{ Fleurs jaunes . . . . . . S. *vernalis* (1518).

2 { Feuilles profondément pennatiséquées 3
{ Feuilles ovales ou ovales-oblongues, crénelées ou
dentées 4

3 { Lèvre supérieure de la corolle plus courte que le
tube. . . . . . . , . S. *canina* (1513).
{ Lèvre supérieure de la corolle plus longue que le
tube . . . . S. *Hoppii* (1514).

4 { Racine fibreuse; tige à 4 angles ailés 5
{ Racine noueuse; tige à 4 angles aigus, mais non
ailés. . . . . S. *nodosa* (1515).

5 { Corolle offrant en dedans, sous la lèvre supérieure,
une écaille manifestement bilobée. . . . . .
. . . . S. *Ehrharti* (1517).
{ Ecaille de l'intérieur de la corolle entière ou à peine
échancrée. . . . . . . S. *Balbisii* (1516).

396. ANTIRRHINUM.

1 { Petites fleurs axillaires. . . . A. *oruntium* (1519).
   { Grandes fleurs en grappe terminale. A. *majus* (1520).

397. LINARIA.   2

1 { Corolle à gorge entièrement fermée. . . . .
   { Corolle à gorge un peu ouverte. . L. *minor* (1492).

                                            3

2 { Feuilles pétiolées, non linéaires   5
   { Feuilles linéaires et sessiles   4

3 { Fleurs jaunes. . . . .
   { Fleurs violettes. . . . . L. *cymbalaria* (1521).

4 { Feuilles supérieures hastées . . L. *elatine* (1522).
   { Feuilles toutes ovales-arrondies. L. *spuria* (1523).

5 { Fleurs bleuâtres, violettes, blanches ou rayées. . .   6
   { Fleurs jaunes, au moins sur la lèvre supérieure. .   10

6 { Eperon droit ou peu recourbé.   7
   { Eperon fortement recourbé; très-petites fleurs. . .
                            L. *arvensis* (1526).

7 { Eperon aigu, aussi long ou plus long que le reste de   8
   {   la corolle
   { Eperon obtus, beaucoup plus court que le reste de
   {   la corolle. . . . . . . L. *stricta* (1530).   9

8 { Tiges couchées, ou seulement ascendantes. . . .
   { Tiges droites; graines bordées de cils . . . .
                           L. *Pelliceriana* (1529).

9 { Palais à bosses veinées; tiges couchées . . .
   {   L. *alpina* (1527).
   { Palais à bosses non veinées; tiges ascendantes. . .
   {   L. *petræa* (1528).

10 { Fleurs longues au moins d'un centimètre . . .   11
   { Très-petites fleurs. . . . . L. *simplex* (1525).
                                             12

11 { Fleurs entièrement jaunes, non striées . . . .
   { Fleurs striées sur la lèvre inférieure. . . . .
                           L. *ochroleuca* (1532).

12 { Tige couchée; feuilles inférieures verticillées. . .
   {   L. *supina* (1524).
   { Tige dressée; feuilles toutes éparses. . . .
   {   L. *vulgaris* (1531).

398. ANARRHINUM . . . A. *bellidifolium* (1534).

399. GRATIOLA. . . . . G. *officinalis* (1535).

400. LINDERNIA. . . . . L. *pyxidaria* (1536).

401. LIMOSELLA. . . . . L. *aquatica* (1537).

402. TOZZIA. . . . . . T. *alpina* (1538).

403. EUPHRASIA.

1 { Fleurs rougeâtres 2
{ Fleurs d'une autre couleur que le rouge 4

2 { Bractées ne dépassant pas les fleurs. 3
{ Bractées plus longues que les fleurs. E. *verna* (1548).

3 { Dents du calice appliquées sur le fruit. . . . .
{ . . . . E. *divergens* (1550).
{ Dents du calice non appliquées sur le fruit . . .
{ . . . . E. *serotina* (1549).

4 { Lobes de la lèvre inférieure de la corolle échancrés
{ ou bilobés 5
{ Lobes de la lèvre inférieure de la corolle entiers. . 13

5 { Fleurs blanches, rayées de lignes violettes, souvent
{ à gorge jaune 6
{ Fleurs entièrement jaunes, ou à lèvre supérieure
{ seule lilacée . . . . . . E. *minima* (1545).

6 { Calice glanduleux 7
{ Calice glabre ou velu, mais non glanduleux . . . 9

7 { Calice fructifère plus court que la feuille qui lui sert
{ de bractée 8
{ Calice fructifère plus long que la feuille qui lui sert
{ de bractée . . . . . E. *campestris* (1541).

8 { Capsule évidemment échancrée. E. *montana* (1540).
{ Capsule tronquée, à peine échancrée . . . . .
{ . . . . E. *officinalis* (1539).

9 { Calice glabre ou à peine velu. 10
{ Calice chargé de poils sur les nervures. 12

10 { Feuilles ovales ou oblongues, les inférieures à dents
{ aiguës ou obtuses, mais non cuspidées 11
{ Feuilles toutes lancéolées-cunéiformes, à dents cus-
{ pidées . . . . E. *Salisburgensis* (1544).

11 { Feuilles inférieures à dents obtuses . . . . .
{ . . . . E. *rigidula* (1542).
{ Feuilles inférieures à dents aiguës. . . . . .
{ . . . . E. *ericetorum* (1543).

12 { Feuilles vertes, à dents étalées. E. *maialis* (1546).
{ Feuilles d'un vert cuivré, à dents dirigées en avant.
{ . . . . E. *cupræa* (1547).

13 { Feuilles linéaires-lancéolées, entières ou n'ayant que
{ 1-2 dents peu marquées . . . E. *lutea* (1551).
{ Feuilles oblongues-lancéolées, dentées en scie. . .
{ . . . . E. *lanceolata* (1552).

404. BARTSIA . . . . . . B. *alpina* (1553).

405. MELAMPYRUM.

1 {
Fleurs unilatérales 2
Fleurs disposées en tous sens. 4

2 {
Bractées vertes 3
Bractées d'un beau violet, rarement blanches. . . .
. . . . M. *nemorosum* (1556).

3 {
Bractées incisées-pennatifides à la base. . . . . .
. . . . M. *vulgatum* (1557).
Bractées entières . . . . M. *sylvaticum* (1558).

4 {
Bractées-imbriquées sur 4 rangs serrés ; épi quadrangulaire . . . . M. *cristatum* (1554).
Bractées non imbriquées sur 4 rangs serrés ; épi cylindrique. . . . . M. *arvense* (1555).

406. RHINANTHUS.

1 {
Bractées jaunâtres 2
Bractées vertes . . . . . . R. *minor* (1561).

2 {
Calice glabre ou presque glabre. R. *glabra* (1559).
Calice velu-hérissé. . . . . R. *hirsuta* (1560).

407. PEDICULARIS.

1 {
Fleurs roses, rarement blanches. 2
Fleurs d'un jaune blanchâtre. . P. *foliosa* (1565).

2 {
Casque de la corolle tronqué et terminé par 2 petites
dents. 3
Casque terminé en bec. . . P. *gyroflexa* (1562).

3 {
Tiges simples, les latérales couchées. . . . . .
. . . . P. *sylvatica* (1563).
Tiges droites, rameuses. . . P. *palustris* (1564).

408. VERONICA.

1 {
Fleurs en grappes axillaires 2
Fleurs disposées autrement qu'en grappes axillaires. 12

2 {
Tige et feuilles parfaitement glabres. 3
Tige et feuilles velues ou pubescentes 5

3 {
Feuilles ovales ou oblongues, à limbe élargi . . . 4
Feuilles linéaires-lancéolées. . V. *scutellata* (1568).

4 {
Feuilles obtuses, courtement pétiolées . . . . .
. . . . V. *beccabunga* (1566).
Feuilles aiguës, sessiles et demi-amplexicaules . .
. . . . V. *anagallis* (1567).

5 {
Calice à 4 divisions 6
Calice à 2 divisions, la supérieure très-courte. . . 11

6 {
Poils épars également tout autour de la tige . . . 7
Poils de la tige disposés sur 2 lignes parallèles et
opposées . . . . V. *chamædrys* (1572).

7 { Feuilles ovales ou oblongues 8
    { Feuilles linéaires-lancéolées. V. *scutellata* (1568).

8 { Feuilles sessiles ou très-courtement pétiolées. . . 9
    { Feuilles longuement pétiolées. V. *montana* (1569).

9 { Tige peu élevée, couchée au moins à la base . . . 10
   { Tige de 3-6 décimètres, droite, ferme . . . .
   { . . . . V. *urticæfolia* (1573).

10 { Fleurs nombreuses, en grappes étroites. . . . .
    { . . . . V. *officinalis* (1574).
    { Fleurs peu nombreuses (2-5), en corymbe. . . .
    { . . . . V. *aphylla* (1575).

11 { Feuilles ovales-lancéolées . . V. *teucrium* (1570).
    { Feuilles linéaires-lancéolées. V. *prostrata* (1571).

12 { Fleurs en épi, grappe, tête ou corymbe terminaux. 13
    { Fleurs solitaires à l'aisselle des feuilles 20

13 { Fleurs rapprochées en corymbe, tête ou grappe courte. 14
    { Fleurs en grappe ou épi allongé 18

14 { Feuilles radicales non étalées en rosette ; tige feuillée
    { dans toute sa longueur 15
    { Feuilles radicales étalées en rosette; feuilles cauli-
    { naires peu nombreuses 17

15 { Feuilles glabres 16
    { Feuilles pubescentes ou hérissées. V. *alpina* (1577).

16 { Fleurs d'un rose clair. . . V. *fruticulosa* (1578).
    { Fleurs d'un beau bleu . . . V. *saxatilis* (1579).

17 { Feuilles caulinaires nulles . . V. *aphylla* (1575).
    { 1-3 paires de feuilles caulinaires . . . . . .
    { . . . . , V. *bellidioïdes* (1580).

18 { Feuilles glabres 19
    { Feuilles pubescentes . . . . V. *spicata* (1576).

19 { Fleurs blanches, veinées de bleu, quelquefois rosées.
    { . . . . V. *serpyllifolia* (1581).
    { Fleurs d'un bleu foncé. V. *nummularioides* (1582).

20 { Tige étalée et entièrement couchée 21
    { Tige dressée ou ascendante 24

21 { Feuilles seulement crénelées-dentées . . . , . 22
    { Feuilles à 3-5 lobes. . . V. *hederæfolia* (1591).

22 { Pédoncules n'étant pas 2-4 fois plus longs que les
    { feuilles 23
    { Pédoncules 2-4 fois plus longs que les feuilles . .
    { . . . . V. *Buxbaumii* (1590).

23 { Capsule à style saillant hors des lobes de son échan-
      crure . . . . V. *polita* (1588).
      Capsule à style ne dépassant pas les lobes de son
      échancrure . . . . . . V. *agrestis* (1589).

24 { Feuilles toutes seulement dentées ou crénelées . . 25
      Feuilles, quelques unes au moins, profondément dé-
      coupées 27

25 { Fleurs à pédoncule plus long que la feuille ou au
      moins l'égalant. 26
      Fleurs sessiles ou à peine pédonculées . . . .
      . . . . V. *arvensis* (1583).

26 { Feuilles inférieures légèrement crénelées-dentées.
      . . . . V. *acinifolia* (1585).
      Feuilles inférieures profondément crénelées . . .
      . . . . V. *præcox* (1587).

27 { Feuilles caulinaires moyennes pennatipartites. . .
      . . . . V. *verna* (1584).
      Feuilles moyennes à 3-5 lobes ou segments digités.
      . . . . V. *triphyllos* (1586).

64e F. — LENTIBULARIACÉES.

409. PINGUICULA.

1 { Fleurs bleues, violettes ou roses 2
     Fleurs blanchâtres, à gorge tachée de jaune . . .
     . . . . P. *alpina* (1595).

2 { Eperon beaucoup plus court que le reste de la co-
     rolle 3
     Eperon égalant presque le reste de la corolle . . .
     . . . . P. *grandiflora* (1593).

3 { Lèvre inférieure à lobes oblongs, écartés l'un de l'au-
     tre. . . . . P. *vulgaris* (1592).
     Lèvre inférieure à lobes obovales, contigus ou même
     un peu imbriqués. . . . P. *leptoceras* (1594).

410. UTRICULARIA.

1 { Eperon conique, égalant à peu près la moitié de la
     corolle . . . . U. *vulgaris* (1596).
     Eperon réduit à une petite bosse beaucoup plus
     courte que la moitié de la corolle . . . . .
     . . . . U. *minor* (1597).

65e F. — OROBANCHACÉES.

411. OROBANCHE.

1 { Calice muni de 1 seule bractée 2
     Calice muni de 3 bractées 17

2 { Filets des étamines glabres à la base 3
   { Filets plus ou moins velus ou pubescents à la base. 4

3 { Calice à sépales partagés en divisions linéaires . .
   { . . . . O. *rapum* (1598).
   { Calice à sépales entiers . . . O. *hederæ* (1609).

4 { Filets des étamines très-velus à la base. 5
   { Filets des étamines légèrement pubescents ou ne pré-
   {   sentant que quelques poils épars à la base . . 10

5 { Corolle n'étant pas d'un rouge de sang à l'intérieur. 6
   { Corolle d'un rouge de sang à l'intérieur.
   { . . . . O. *cruenta* (1599).

6 { Filets des étamines velus seulement à la base . . . 7
   { Filets hérissés dans toute leur longueur.
   { . . . . O. *laserpitii-sileris* (1603).

7 { Etamines insérées au-dessus du quart inférieur du
   {   tube de la corolle. 8
   { Etamines insérées vers la base de la corolle . . .
   { . . . . O. *galii* (1601).

8 { Stigmate violacé ou d'un rouge foncé 9
   { Stigmate d'un jaune de cire . . . .
   { . . . . O. *medicaginis* (1602).

9 { Stigmate violacé . . . . . O. *carotæ* (1610).
   { Stigmate d'un rouge foncé . . O. *teucrii* (1605).

10 { Stigmate jaune 11
   { Stigmate rosé, violet, noir ou d'un rouge foncé . . 13

11 { Etamines insérées près du fond de la corolle. . . 12
   { Etamines insérées un peu au-dessous du milieu de la
   {   corolle . . . . O. *cervariæ* (1612).

12 { Corolle à lèvre supérieure entière. . . . . .
   { . . . . O. *hederæ* (1609).
   { Corolle à lèvre supérieure bilobée . . . . .
   { . . . . O. *unicolor* (1607).

13 { Stigmate noir ou d'un rouge foncé 14
   { Stigmate rosé ou d'un violet clair 16

14 { Etamines insérées près de la base de la corolle . . 15
   { Etamines insérées vers le tiers inférieur de la co-
   {   rolle. . . . . O. *minor* (1608).

15 { Fleurs peu nombreuses, en épi court et lâche. . .
   { . . . . O. *epithymum* (1604).
   { Fleurs nombreuses, en épi allongé et serré . . .
   { . . . . O. *scabiosæ* (1606).

16 { Fleurs blanches, striées. . . O. *speciosa* (1600).
   { Fleurs d'un blanc rougeâtre, veinées . . . . .
   { . . . . O. *eryngii* (1611).

17 {
Tige simple; fleurs d'un bleu violet. . . . . . .
. . . . O. *arenaria* (1613).
Tige rameuse; fleurs d'un blanc jaunâtre . . . .
. . . . O. *ramosa* (1614).

412. LATHRÆA. . . . . L. *squamaria* (1615).

66e F. — PLOMBAGINACÉES.

413. ARMERIA. . . . A. *plantaginca* (1616).

67e F. — PLANTAGINACÉES.

414. PLANTAGO.

1 {
Feuilles toutes radicales. 2
Tige rameuse et feuillée 11

2 {
Feuilles ovales ou oblongues-lancéolées. . . . 3
Feuilles linéaires. 9

3 {
Feuilles ovales 4
Feuilles oblongues-lancéolées 7

4 {
Feuilles longuement pétiolées. 5
Feuilles courtement pétiolées. 6

5 {
Hampes dressées, pubescentes. . P. *major* (1617).
Hampes très-velues, couchées à la base. . . . .
. . . . P. *intermedia* (1618).

6 {
Hampes ne dépassant pas les feuilles en longueur. .
. . . . P. *minima* (1619).
Hampes beaucoup plus longues que les feuilles . .
. . . . P. *media* (1620).

7 {
Graines lisses; bractées ovales-acuminées . . . 8
Graines fortement ridées; bractées très-obtuses, brus-
quement terminées par une pointe très-courte. .
. . . . P. *montana* (1623).

8 {
Hampes anguleuses . . . P. *lanceolata* (1622).
Hampes arrondies. . . . . P. *lagopus* (1621).

9 {
Feuilles planes et trinervées 10
Feuilles triangulaires, sans nervures. . . . .
. . . . P. *carinata* (1624).

10 {
Feuilles à nervures également espacées. . . . .
. . . . P. *serpentina* (1626).
Feuilles à nervures extérieures plus rapprochées du
bord que celle du milieu. . . P. *alpina* (1625).

11 {
Tige entièrement herbacée; épis blanchâtres . . .
. . . . P. *arenaria* (1627).
Tige sous-ligneuse à la base; épis d'un brun rougeâ-
tre. . . . . P. *cynops* (1628).

415. LITTORELLA. . . . . L. *lacustris* (1629).

68ᵉ F. — AMARANTACÉES.

416. Amaranthus.

1 { 5 sépales ; 5 étamines 2
{ 3 sépales ; 3 étamines 3

2 { Tige droite, ou un peu courbée à la base, puis re-
{ dressée . . . . A. *retroflexus* (1630).
{ Tige couchée-étalée, redressée seulement au sommet.
{ . . . . A. *patulus* (1631).

3 { Fleurs, les unes en paquets axillaires, les autres en
{ panicule terminale non feuillée. 4
{ Fleurs toutes disposées en paquets axillaires . . .
{ . . . . A. *sylvestris* (1632).

4 { Tige glabre dans toute sa longueur 5
{ Tige pubescente au sommet. . A. *deflexus* (1635).

5 { Tige à rameaux étalés. . . . A. *blitum* (1633).
{ Tige ascendante, à rameaux ascendants. . . .
{ . . . . A. *ascendens* (1634).

417. Polycnemum.

1 { Bractées plus longues que les fleurs . . . . .
{ . . . . P. *majus* (1636).
{ Bractées égalant à peine les fleurs . . . . .
{ . . . . P. *verrucosum* (1637).

69ᵉ F. — CHÉNOPODIACÉES.

418. Kochia. . . . . . K. *arenaria* (1638).

419. Salsola . . . . S. *kali* (1639).

420. Corispermum. . . C. *hyssopifolium* (1640).

421. Chenopodium.

1 { Feuilles toutes très-entières 2
{ Feuilles, quelques unes au moins, pennatifides, an-
{ guleuses, lobées ou dentées. 3

2 { Plante à odeur infecte ; feuilles farineuses sur les
{ deux pages. . . . . . C. *vulvaria* (1649).
{ Plante inodore ; feuilles non farineuses. . . . .
{ . . . . C. *polyspermum* (1648).

3 { Feuilles anguleuses, dentées ou lobées, mais non
{ pennatifides. 4
{ Feuilles pennatifides . . . . C. *botrys* (1650).

4 { Feuilles non échancrées en cœur à la base. . . 5
{ Feuilles échancrées en cœur à la base . . . . .
{ . . . . C. *hybridum* (1642).

5 { Feuilles couvertes en dessous d'une poussière farineuse très-abondante. 6
Poussière farineuse nulle ou peu abondante sur la
page inférieure des feuilles. 9

6 { Feuilles supérieures n'étant pas lancéolées-linéaires
et très-entières. 7
Feuilles supérieures lancéolées-linéaires et très-entières. . . . . C. album (1645).

7 { Tige droite; feuilles rhomboïdales, triangulaires ou
ovales 8
Tige couchée à la base; feuilles oblongues . . . .
. . . . C. glaucum (1644).

8 { Fleurs en grappes allongées, dressées contre la tige.
. . . . C. intermedium (1643).
Fleurs en grappes courtes, non dressées . . . . .
. . . . C. opulifolium (1647).

9 { Feuilles inférieures non hastées. 10
Feuilles inférieures hastées . C. ficifolium (1646).

10 { Feuilles bordées de dents profondes et inégales . . 11
Feuilles inférieures très-entières. C. album (1645).

11 { Fleurs en grappes dressées et serrées contre la tige.
. . . . C. intermedium (1643).
Fleurs en grappes divergentes. . C. murale (1644).

422. BLITUM.

1 { Calice fructifère devenant rouge à la maturité . . 2
Calice restant herbacé après la floraison. . . . .
. . . . B. bonus-Henricus (1651).

2 { Fleurs en paquets axillaires ou en grappes feuillées. 3
Fleurs supérieures en épis non feuillés. . . . .
. . . . B. capitatum (1654).

3 { Fleurs en grappes feuillées . . . B. rubrum (1652).
Fleurs en petits paquets axillaires . . . . . .
. . . . B. virgatum (1653).

423. ATRIPLEX.

1 { Feuilles la plupart à limbe élargi, triangulaire-hasté,
plus ou moins denté. . . . A. patula (1655).
Feuilles la plupart lancéolées ou lancéolées-linéaires
et très-entières . . . A. angustifolia (1656).

70e F. — POLYGONACÉES.

424. RUMEX.

1 { Feuilles hastées ou sagittées, à saveur acide . . . 2
Feuilles n'étant jamais ni hastées, ni sagittées, ni à
saveur acide 5

2 {
Feuilles vertes, au moins en dessus, sensiblement plus longues que larges   3
Feuilles d'un glauque blanchâtre sur les deux pages, à peu près aussi larges que longues . . . . R. scutatus (1657).

3 {
Feuilles à oreillettes non recourbées en dessus . .   4
Feuilles à oreillettes recourbées en dessus. . . . . R. acetosella (1660).

4 {
Feuilles à oreillettes parallèles au pétiole . . . . R. acetosa (1658).
Feuilles à oreillettes divergentes à angle droit . . . . R. montanus (1659).

5 {
Segments intérieurs du périanthe entiers ou à peine dentés à la base   6
Segments intérieurs fortement dentés à la base . . 10

6 {
Segments intérieurs du périanthe tous ou en partie munis d'un tubercule sur le dos   7
Segments intérieurs tous dépourvus de tubercule sur le dos. . . . . R. alpinus (1661).

7 {
Segments intérieurs du périanthe ovales   8
Segments intérieurs oblongs   9

8 {
Feuilles fortement ondulées et frisées sur les bords. . . . . R. crispus (1663).
Feuilles peu ou point ondulées sur les bords . . . . R. hydrolapathum (1662).

9 {
Tige à rameaux dressés. . . R. nemorosus (1664).
Tige à rameaux divergents. . . . . R. conglomeratus (1665).

10 {
Feuilles radicales non échancrées de chaque côté . 11
Feuilles radicales échancrées de chaque côté comme un violon. . . . . . . R. pulcher (1670).

11 {
Feuilles inférieures atténuées en pétiole 12
Feuilles inférieures en cœur à la base 13

12 {
Dents des segments intérieurs du périanthe plus courtes que le segment. . . . R. palustris (1668).
Dents des segments intérieurs du périanthe aussi longues que le segment . R. maritimus (1669).

13 {
Fleurs en verticilles non feuillés. 14
Verticilles tous ou la plupart feuillés. . . . . R. pulcher (1670).

14 {
Segments intérieurs du périanthe prolongés au sommet en une languette obtuse et entière . . . . R. Friesii (1667).
Segments intérieurs non prolongés en languette . . . . R. pratensis (1666).

425. POLYGONUM.

1 { Tige volubile 2
  { Tige non volubile 3

2 { Tige anguleuse et striée . . P. *convolvulus* (1671).
  { Tige cylindrique . . . . P. *dumetorum* (1672).

3 { Fleurs en épis. 4
  { Fleurs solitaires ou en petits faisceaux à l'aisselle des
  {   feuilles 14

4 { Tige simple, ne portant qu'un seul épi 5
  { Tige rameuse, portant plusieurs épis. 6

5 { Feuilles ovales-lancéolées; fleurs non entremêlées de
  {   bulbilles. . . . . P. *bistorta* (1673).
  { Feuilles oblongues ou elliptiques-lancéolées; fleurs
  {   entremêlées de bulbilles . P. *viviparum* (1674).

6 { Etamines renfermées dans le périanthe. . . . 7
  { Etamines longuement saillantes hors du périanthe.
  {   . . . . P. *amphibium* (1675).

7 { Feuilles à saveur ordinaire ou à saveur peu pro-
  {   noncée 8
  { Feuilles à saveur poivrée très-prononcée . . . .
  {   . . . . P. *hydropiper* (1682).

8 { Gaînes des feuilles longuement ciliées 9
  { Gaînes non ciliées ou bordées de cils très-courts. . 13

9 { Fleurs en épis serrés 10
  { Fleurs en épis grêles et interrompus. 11

10 { Tige étalée à la base, à rameaux diffus . . . .
   {   . . . . P. *persicaria* (1678).
   { Tige dressée, à rameaux dressés. . . . .
   {   . . . . P. *dubio-persicaria* (1681).

11 { Fleurs en épis penchés ou étalés 12
   { Fleurs en épis dressés . . . . P. *minus* (1679).

12 { Epis fortement penchés, arqués-pendants . . . .
   {   . . . . P. *mite* (1683).
   { Epis dressés ou peu penchés . P. *dubium* (1680).

13 { Fleurs d'un blanc verdâtre. P. *lapathifolium* (1676).
   { Fleurs rouges. . . . . . P. *nodosum* (1677).

14 { Tige feuillée jusqu'au sommet. 15
   { Rameaux dépourvus de feuilles au sommet. . . .
   {   . . . . P. *Bellardi* (1687).

15 { Feuilles linéaires-lancéolées 16
   { Feuilles ovales ou oblongues-lancéolées. . . . .
   {   . . . . P. *aviculare* (1684).

16 {
Tige très-longue (1 m. et plus), feuillée seulement au sommet. . . . . . P. *flagellare* (1685).
Tige de 1-4 déc., feuillée depuis sa base . . . . P. *microspermum* (1686).

71ᵉ F. — THYMÉLACÉES.

426. STELLERA . . . . . S. *passerina* (1688).

427. DAPHNE.

1 {
Fleurs paraissant après les feuilles 2
Fleurs paraissant avant les feuilles . . . . D. *mezereum* (1689).

2 {
Fleurs blanches ou d'un jaune verdâtre. 3
Fleurs d'un beau rose 4

3 {
Fleurs d'un jaune verdâtre . . D. *laureola* 1691),
Fleurs blanches. . . . . . D. *alpina* (1690).

4 {
Bractées obtuses ou tronquées. D. *cneorum* (1692).
Bractées lancéolées-acuminées. D. *Verloti* (1693).

72ᵉ F. — SANTALACÉES.

428. THESIUM.

1 {
Périanthe à 5 lobes 2
Périanthe à 4 lobes, surtout dans les fleurs supérieures. . . . . T. *alpinum* (1697).

2 {
Périanthe arrondi sur la capsule et beaucoup plus court qu'elle après la floraison. 3
Périanthe aussi long ou à peine plus court que la capsule. . . . . . . T. *pratense* (1696).

3 {
Tiges couchées ou étalées . T. *humifusum* (1695).
Tiges dressées ou ascendantes. . . . . T. *divaricatum* (1694).

429. OSYRIS. . . . . O. *alba* (1698).

73ᵉ F. — ÉLÉAGNACÉES.

430. HYPOPHAE . . . . H. *rhamnoides* (1699).

74ᵉ F. — ARISTOLOCHACÉES.

431. ARISTOLOCHIA . . . A. *clematitis* (1700).

432. ASARUM . . . . . A. *Europæum* (1701).

75ᵉ F. — EMPÉTRACÉES.

433. EMPETRUM . . . . . E. *nigrum* (1702).

76ᵉ F. — EUPHORBIACÉES.

434. Buxus . . . . . . B. *sempervirens* (1703).

435. Euphorbia.

1 {
Glandes pétaloïdales arrondies ou ovales, mais non échancrées en croissant 2
Glandes pétaloïdales échancrées en croissant . . . 9
}

2 {
Capsule non hérissée de tubercules 3
Capsule hérissée de tubercules saillants. 4
}

3 {
Feuilles obovales-cunéiformes, finement denticulées au sommet . . . . . E. *helioscopia* (1704).
Feuilles linéaires-cunéiformes, très-entières. . . .
. . . . E. *Gerardiana* (1705).
}

4 {
Ombelle principale formée de 3-6 rayons 5
Ombelle formée de plus de 6 rayons. . . . . .
. . . . E. *palustris* (1711).
}

5 {
Glandes pétaloïdales d'un jaune verdâtre 6
Glandes pétaloïdales d'un rouge foncé . . . . .
. . . . E. *dulcis* (1708).
}

6 {
Bractées un peu en cœur à la base, mucronées au sommet 7
Bractées atténuées à la base, non mucronées au sommet. . . . . . . E. *verrucosa* (1709).
}

7 {
Capsule hérissée de tubercules cylindriques . . . 8
Capsule munie de tubercules arrondis . . . . .
. . . . E. *platyphyllos* (1706).
}

8 {
Tige munie de rameaux secondaires au-dessous de l'ombelle principale. . . . E. *stricta* (1707).
Tige dépourvue de rameaux secondaires au-dessous de l'ombelle principale. . . E. *hyberna* (1710).
}

9 {
Feuilles éparses, sans disposition régulière. . . . 10
Feuilles opposées, disposées sur 4 rangs réguliers. .
. . . . E. *lathyris* (1715).
}

10 {
Bractées florales non soudées en une seule. . . . 11
Bractées florales soudées par leur base en une seule.
. . . . E. *amygdaloides* (1722).
}

11 {
Graines visiblement ridées ou ponctuées 12
Graines lisses. 14
}

12 {
Bractées ovales 13
Bractées linéaires-lancéolées. . . E. *exigua* (1713).
}

13 {
Feuilles toutes obovales ou ovales et obtuses. . . .
. . . . E. *peplus* (1712).
Feuilles supérieures lancéolées, aiguës, mucronées ou acuminées. . . . . . E. *falcata* (1714).
}

14 { Feuilles oblongues ou lancéolées, non linéaires . . 15
{ Feuilles linéaires. 18

15 { Feuilles étroitement lancéolées, plus ou moins rétrécies aux deux extrémité 16
{ Feuilles larges, obtuses. . E. *salicetorum* (1721).

16 { Feuilles très-entières 17
{ Feuilles finement denticulées près du sommet . .
. . . . E. *riparia* (1718).

17 { Feuilles étroitement oblongues-lancéolées, rétrécies
aux deux extrémités . . . E. *Ararica* (1719).
{ Feuilles largement oblongues-lancéolées, longuement
atténuées à la base. . . . E. *Mosana* (1720).

18 { Bractées obtuses, non mucronées. . . . . .
. . . . E. *cyparissias* (1716).
{ Bractées mucronées. E. *pseudo-cyparissias* (1717).

436. MERCURIALIS.

1 { Feuilles glabres; fleurs carpellées sessiles ou courtement pédonculées . . . . M. *annua* (1723).
{ Feuilles pubescentes; fleurs carpellées longuement
pédonculées . . . . . M. *perennis* (1724).

77° F. — URTICACÉES.

437. URTICA.

1 { Feuilles ovales, en cœur à la base 2
{ Feuilles elliptiques, non en cœur. U. *urens* (1727).

2 { Fleurs dioïques, toutes en grappe ou panicule. . . 3
{ Fleurs monoïques, les carpellées en têtes globuleuses. . . . . U. *pilulifera* (1728).

3 { Grappes des fleurs carpellées dépassant longuement
le pétiole des feuilles . . . U. *dioica* (1725).
{ Grappes des fleurs carpellées égalant seulement ou
dépassant à peine le pétiole des feuilles . . . .
. . . . U. *hispidula* (1726).

438. PARIETARIA.

1 { Fleurs, les unes campanulées, les autres en tube al-
longé. . . . . P. *diffusa* (1729).
{ Fleurs à peu près toutes semblables. . . . .
. . . . P. *officinalis* (1730).

439. HUMULUS . . . . . . H. *lupulus* (1731).

78ᵉ F. — ULMACÉES.

440. ULMUS.

1 { Fruits glabres ou presque glabres, presque sessiles.   2
{ Fruits ciliés, longuement pédonculés. U. *effusa* (1734).

2 { Graine placée vers le milieu du fruit, loin de l'é-
{   chancrure.. . . . . . . U. *montana* (1733).
{ Graine placée au sommet du fruit, sous l'échancrure.
{   . . . . U. *campestris* (1732).

441. CELTIS . . , . . . C. *australis* (1735).

79ᵉ F. — AMENTACÉES.

442. CORYLUS. . . . . . C. *avellana* (1736).

443. QUERCUS.

1 { Feuilles sinuées-lobées sur les bords.   2
{ Feuilles planes, entières ou dentées. Q. *ilex* (1737).

2 { Feuilles glabres ou à peine pubescentes en dessous.   3
{ Feuilles tomenteuses ou fortement pubescentes en
{   dessous   4

3 { Feuilles distinctement pétiolées ; glands sessiles ou
{   courtement pédonculés. . Q. *sessiliflora* (1738).
{ Feuilles presque sessiles ; glands réunis en épi sur
{   un long pédoncule . . Q. *pedunculata* (1740).

4 { Glands sessiles ou presque sessiles. . . . . .
{   . . . . Q. *pubescens* (1739).
{ Glands réunis en épi sur un pédoncule allongé . .
{   . . . . Q. *apennina* (1741).

444. FAGUS . . . . . . F. *sylvatica* (1742).

445. CASTANEA . . . . . C. *vulgaris* (1743).

446. CARPINUS . . . . . C. *betulus* (1744).

447. BETULA.

1 { Jeunes pousses, pétioles et feuilles glabres. . . .
{   . . . . B. *alba* (1745).
{ Jeunes pousses, pétioles et feuilles pubescents . .
{   . . . . B. *pubescens* (1746).

448. ALNUS.

1 { Feuilles obtuses ou échancrées au sommet ; pédon-
{   cules glabres ou couverts de petites écailles gluan-
{   tes. . . . . A. *glutinosa* (1747).
{ Feuilles aiguës ou acuminées ; pédoncules pubes-
{   cents. . . . . A. *incana* (1748).

449. POPULUS.

1 { Chatons à écailles ciliées; 8 étamines 2
  { Chatons à écailles glabres; 12-30 étamines. . . . 4

2 { Feuilles glabres, pubescentes ou tomenteuses, mais
  {   non argentées en dessous 3
  { Feuilles couvertes en dessous d'un duvet argenté.
  {   . . . . P. *alba* (1749).

3 { Feuilles adultes d'un vert foncé en dessus. . . . .
  {   . . . . P. *canescens* (1750).
  { Feuilles adultes d'un vert clair en dessus. . . . .
  {   . . . . P. *tremula* (1751).

4 { Arbre à branches dressées contre le tronc; feuilles
  {   entières à la base . . . P. *pyramidalis* (1752).
  { Arbre à branches étalées; feuilles finement dentées à
  {   la base. . . . . P. *nigra* (1753).

450. SALIX.

1 { Chatons latéraux 2
  { Chatons terminant les rameaux; très-petit arbuste
  {   couché sur le sol. . . . . S. *retusa* (1774).

2 { Ecailles des chatons concolores, jaunâtres ou rou-
  {   geâtres dans toute leur étendue 3
  { Ecailles discolores, brunes ou noires au moins au
  {   sommet. 8

3 { Feuilles soyeuses-blanchâtres ou tomenteuses en des-
  {   sous 4
  { Feuilles glabres sur les deux pages, au moins à l'état
  {   adulte 5

4 { Feuilles linéaires-lancéolées, à bords repliés en des-
  {   sous . . . . S. *incana* (1759).
  { Feuilles oblongues-lancéolées, à bords plans . . . .
  {   . . . . S. *alba* (1755).

5 { 2-3 étamines dans chaque fleur 6
  { 5-10 étamines. . . . . . S. *pentandra* (1754).

6 { Rameaux à écorce brune ou olivâtre 7
  { Rameaux à écorce d'un beau jaune. . . . . .
  {   . . . . S. *vitellina* (1756).

7 { 2 étamines; écailles tombant avant la maturité des
  {   capsules . . . . S. *fragilis* (1757).
  { 3 étamines; écailles persistant encore à la maturité
  {   des capsules. . . . . S. *amygdalina* (1758).

8 { Anthères d'un beau rouge avant l'émission du pol-
  {   len, devenant ensuite brunes ou noires 9
  { Anthères jaunes avant et après l'émission du pollen. 11

9 { Feuilles planes 10
  { Feuilles un peu enroulées sous les bords . . . .
  { . . . . S. *rubra* (1761).

10 { Feuilles entières ou à peine denticulées vers leur
   {   sommet. . . . . . . S. *purpurea* (1760).
   { Feuilles crénelées-dentées. S. *Pontederana* (1762).

11 { Arbres ou arbustes dressés et plus ou moins élevés. 12
   { Arbustes rampants et peu élevés. 19

12 { Capsules tomenteuses ou soyeuses-pubescentes . . 13
   { Capsules glabres . . . . S. *daphnoides* (1763).

13 { Feuilles adultes tomenteuses, soyeuses ou pubescen-
   {   tes en dessous. 14
   { Feuilles adultes entièrement glabres . . . . .
   { . . . . S. *phyllicifolia* (1770).

14 { Feuilles n'étant jamais lancéolées-linéaires. . . . 15
   { Feuilles lancéolées-linéaires. . S. *viminalis* (1764).

15 { Feuilles obovales ou arrondies. 16
   { Feuilles oblongues-lancéolées. S. *Seringeana* (1765).

16 { Feuilles terminées par une pointe droite 17
   { Feuilles terminées par une pointe oblique. . . . 18

17 { Feuilles pubescentes en dessus. S. *cinerea* (1766).
   { Feuilles glabres en dessus. S. *appendiculata* (1767).

18 { Rameaux d'un brun luisant; feuilles obscurément ri-
   {   dées; stipules très-caduques. S. *capræa* (1768).
   { Rameaux grisâtres ou jaunâtres; feuilles fortement
   {   ridées; stipules assez longuement persistantes. .
   { . . . . S. *aurita* (1769).

19 { Feuilles à fibres saillantes des deux côtés quand elles
   {   sont sèches. 20
   { Feuilles à fibres saillantes seulement en dessous. .
   { . . . . S. *ambigua* (1773).

20 { Feuilles toujours pubescentes-grisâtres en dessus. .
   { . . . . S. *argentea* (1772).
   { Feuilles adultes glabres en dessus. S. *repens* (1771).

80ᵉ F. — CONIFÈRES.

451. LARIX. . . . . L. *Europæa* (1775).

452. ABIES.

1 { Feuilles d'un glauque blanchâtre en dessous; cônes
  {   dressés . . . . A. *pectinata* (1776).
  { Feuilles entièrement vertes sur les deux pages; cô-
  {   nes pendants . . . . A. *excelsa* (1777).

453. Pinus.

1 { Feuilles droites, glaucescentes; cônes pédonculés et pendants. . . . . . P. sylvestris (1778).
Feuilles vertes, un peu arquées; cônes sessiles et dressés. . . . . . P. uncinata (1779).

454. Juniperus.

1 { Arbrisseau dressé, à rameaux étalés; baies beaucoup plus courtes que les feuilles. J. communis (1780).
Arbrisseau couché ou décombant, à rameaux arqués vers la terre; baies égalant presque les feuilles. . . . . J. nana (1781).

455. Taxus. . . . . . T. baccata (1782).

81° F. — ASPARAGACÉES.

456. Asparagus . . . . A. officinalis (1783).

457. Streptopus . . . S. amplexifolius (1784).

458. Convallaria.

1 { Corolle en tube cylindrique 2
Corolle en grélot, à dents renversées en dehors. . . . . C. maïalis (1788).

2 { Feuilles alternes. 3
Feuilles verticillées . . . C. verticillata (1787).

3 { Tige anguleuse . . . . C. polygonatum (1785).
Tige cylindrique, non anguleuse. C. multiflora (1786).

459. Maianthemum. . . . M. bifolium (1789).

460. Paris . . . . . P. quadrifolia (1790).

461. Ruscus . . . . . R. aculeatus (1791).

462. Tamus . . . . . T. communis (1746).

82° F. — AROÏDACÉES.

463. Arum.

1 { Spadice à massue terminale d'un violet vineux . . . . A. vulgare (1793).
Spadice à massue terminale jaune. A. Italicum (1794).

464. Acorus . . . . . . A. calamus (1795).

83° F. — AMARYLLIDACÉES.

465. Narcissus.

1 { Fleurs jaunes 2
Fleurs blanches 4

Couronne de moitié au moins plus courte que les segments de la corolle . . . .
Couronne égalant ou dépassant les segments de la corolle. . . . . . N. pseudo-narcissus (1797).

Hampe comprimée, avec deux angles très-marqués. . . . . N. Bernardi (1798).
Hampe peu comprimée, dépourvue d'angles saillants. . . . . N. incomparabilis (1799).

Couronne égalant au moins la moitié des segments de la corolle . . . . . . N. Bernardi (1798).
Couronne beaucoup plus courte que la moitié des segments . . . . N. poeticus (1796).

466. LEUCOIUM . . . . L. vernum (1800).

467. GALANTHUS. . . . . . G. nivalis (1801).

84ᵉ F. — LILIACÉES.

468. TULIPA.

Fleur jaune . . . . T. sylvestris (1802).
Fleur rouge . . . . T. præcox (1803).

469. FRITILLARIA . . . . F. meleagris (1804).

470. LILIUM.

Pétales roulés en dehors . . L. martagon (1805).
Pétales dressés, non roulés en dehors . . . . .
. . . . L. croceum (1806).

471. LLOYDIA . . . . . . L. serotina (1807).

472. ERYTHRONIUM . . . E. dens-canis (1808).

473. PHALANGIUM.

Pétales à onglet très-court, ouverts en étoile. . . 2
Pétales à long onglet, réunis à la base de manière à former une corolle en entonnoir. . . . . . .
. . . . P. liliastrum (1809).

Hampe simple . . . . . . P. liliago (1810).
Tige rameuse . . . . . . P. ramosum (1811).

474. SCILLA.

Feuilles oblongues-lancéolées, paraissant avant les fleurs ; floraison vernale. 2
Feuilles linéaires, ne se développant qu'après les fleurs ; floraison automnale. S. autumnalis (1813).

Pédoncules munis de bractées . . . .
. . . . S. lilio-hyacinthus (1814).
Pédoncules dépourvus de bractées. S. bifolia (1812).

475. GAGEA.

2

1 { Pédoncules velus. . . . . . .
  { Pédoncules glabres . . . . . G. *lutea* (1817).

2 { Pédoncules ramifiés près de leur base . . . . .
  { . . . . G. *arvensis* (1815).
  { Pédoncules simples . . . . G. *Liottardi* (1816).

476. ORNITHOGALUM.

2

1 { Fleurs en grappe. . . . . .
  { Fleurs en corymbe . . . O. *umbellatum* (1818).

3

2 { Fleurs étalées ou dressées en tous sens. . . . .
  { Fleurs penchées, en grappe unilatérale. . . .
  { . . . . O. *nutans* (1819).

3 { Feuilles desséchées au moment de la floraison . .
  { . . . . O. *sulfureum* (1820).
  { Feuilles non desséchées au moment de la floraison.
  { . . . . O. *pyrenaicum* (1821).

477. ASPHODELUS. . . . . . A. *albus* (1822).

478. ALLIUM.

1 { Tige feuillée jusqu'à son milieu ou à peu près . . 2
  { Feuilles toutes radicales, rarement quelques unes au
  { bas de la tige 10

2 { Feuilles fistuleuses, cylindriques ou demi-cylindri-
  { ques 3
  { Feuilles non fistuleuses, planes ou canaliculées . . 7

3 { Etamines à filets alternativement simples et à 3 poin-
  { tes. 4
  { Etamines à filets tous simples. 5

4 { Fleurs d'un beau rouge, non entremêlées de bulbilles.
  { . . . . A. *sphærocephalum* (1823).
  { Fleurs d'un rose pâle, entremêlées de bulbilles . .
  { . . . . A. *vineale* (1824).

5 { Fleurs entremêlées de bulbilles 6
  { Fleurs non entremêlées de bulbilles. . . . .
  { . . . . A. *intermedium* (1827).

6 { Feuilles demi-cylindriques, canaliculées en dessus
  { dans toute leur longueur. A. *oleraceum* (1825).
  { Feuilles presque planes dans leur moitié supérieure,
  { non canaliculées en dessus. A. *complanatum* (1826).

7 { Feuilles linéaires. 8
  { Feuilles oblongues-lancéolées, atténuées en pétiole.
  { . . . . A. *victoriale* (1831).

8 { Fleurs entremêlées de bulbilles 9
Fleurs non entremêlées de bulbilles . . . .
. . . . A. *pulchellum* (1830).

9 { Feuilles toujours dressées ou ascendantes . . .
. . . . A. *carinatum* (1828).
Feuilles étalées horizontalement et contournées avant
la floraison . . . . . A. *flexifolium* (1829).

10 { Feuilles non fistuleuses, planes ou un peu canaliculées 11
Feuilles fistuleuses, cylindriques ou un peu comprimées. . . . . . A. *schœnoprasum* (1832).

11 { Feuilles linéaires; fleurs roses. 12
Feuilles à limbe élargi, longuement pétiolées; fleurs
blanches. . . . . . . A. *ursinum* (1835).

12 { Feuilles convexes-arrondies en dessous; étamines
saillantes . . . . A. *fallax* (1833).
Feuilles carénées en dessous; étamines incluses. .
. . . . A. *acutangulum* (1834).

479. Muscari.

1 { Fleurs toutes d'un beau bleu ou d'un bleu violet. . 2
Fleurs inférieures d'un brun roussâtre . . . .
. . . . M. *comosum* (1838).

2 { Feuilles demi-cylindriques, lâches et étalées . . .
. . . . M. *racemosum* (1836).
Feuilles largement linéaires-canaliculées, raides et
dressées . . . . . M. *botryoides* (1837).

85ᵉ F. — COLCHICACÉES.

480. Tofieldia . . . . . T. *palustris* (1839).
481. Veratrum . . . . . V. *album* (1840).
482. Colchicum . . . . . C. *autumnale* (1841).

86ᵉ F. — IRIDACÉES.

483. Crocus . . . . . . C. *vernus* (1842).
484. Iris.

1 { Périanthe à segments extérieurs barbus en dedans. 2
Segments extérieurs non barbus en dedans . . . 4

2 { Tige basse, plus courte que les feuilles ou les dépas-
sant peu. 3
Tige haute, s'élevant à 1 mètre et plus. . . . .
. . . . I. *pallida* (1845).

3 { Segments intérieurs veinés extérieurement sur l'onglet. . . . . I. *chamæiris* (1843).
Segments intérieurs non veinés extérieurement sur
l'onglet. . . . . . . I. *virescens* (1844).

4 { Plante aquatique; fleurs jaunes . . . . . .
. . . . I. *pseudo-acorus* (1846).
Plante terrestre; fleurs d'un bleu triste, mêlé de
jaune sale. . . . . I. *fetidissima* (1847).

485. GLADIOLUS.

1 { Anthères plus longues que leur filet . . . . .
. . . . G. *segetum* (1848).
Anthères plus courtes que leur filet . . . . .
. . . . G. *palustris* (1849).

87ᵉ F. — ORCHIDACÉES.

486. ORCHIS.

1 { Eperon en forme de sac très-court, atteignant tout au
plus le tiers de l'ovaire 2
Eperon linéaire, conique ou obtus, atteignant au
moins la moitié de l'ovaire. 5

2 { Fleurs n'étant pas entièrement blanches. . . . 3
Fleurs blanches ou blanchâtres. O. *albida* (1853).

3 { Racine formée de tubercules entiers. 4
Racine formée de tubercules lobés au sommet. . .
. . . . O. *viridis* (1852).

4 { Tablier à 3 lanières, celle du milieu 6-7 fois plus longue que les latérales . . . O. *hircina* (1850).
Tablier à 3 divisions courtes, celle du milieu bifide
et un peu plus longue que les latérales . . . .
. . . . O. *ustulata* (1851).

5 { Racine formée de tubercules entiers. 6
Racine formée de tubercules lobés au sommet. . . 23

6 { Eperon linéaire 7
Eperon conique, cylindrique ou en sac élargi au
sommet. 9

7 { Tablier très-entier; fleurs blanchâtres 8
Tablier à 3 lobes; fleurs roses, rarement blanches.
. . . . O. *pyramidalis* (1856).

8 { Eperon pointu au sommet . . O. *bifolia* (1854).
Eperon renflé en massue au sommet . . . . .
. . . . O. *montana* (1855).

9 { Bractées à 1 seule nervure. 10
Bractées, au moins les inférieures, à 3-5 nervures. 19

10 { Casque à pétales tous connivents. 11
     Casque à pétales latéraux étalés ou réfléchis . . .
     . . . . O. *mascula* (1866).

11 { Tablier plan; éperon plus court que l'ovaire. . . 12
     Tablier plié en deux; éperon égalant à peu près l'o-
     vaire. . . . . O. *morio* (1865).

12 { Tablier à 3 lobes, l'intermédiaire entier ou seule-
     ment denticulé 13
     Tablier à 3-4 lobes, l'intermédiaire échancré ou
     divisé 15

13 { Fleurs disposées en épi oblong ou ovale-oblong . . 14
     Fleurs disposées en épi globuleux. O. *globosa* (1862).

14 { Casque à pétales connivents jusqu'au sommet; fleurs
     à odeur de punaise. . . . O. *coriophora* (1863).
     Casque à pétales désunis au sommet; fleurs à douce
     et suave odeur. . . . . O. *fragrans* (1864).

15 { Tablier à division du milieu partagée en 2 lobes élar-
     gis ou étroits, mais jamais enroulés. 16
     Tablier à division du milieu partagée en 2 lanières
     filiformes et enroulées . . . O. *simia* (1859).

16 { Tablier parsemé de petits pinceaux de poils purpurins. 17
     Tablier piqueté de rouge, mais glabre . . . . .
     . . . . O. *variegata* (1861).

17 { Fleurs à casque rose ou d'un blanc cendré. . . . 18
     Casque d'un brun noirâtre . . . O. *fusca* (1857).

18 { Tablier à division du milieu partagée en 2 lobes
     courts, n'étant pas 4 fois plus longs que larges. .
     . . . . O. *galeata* (1858).
     Tablier à division du milieu partagée en 2 lobes
     étroits, presque linéaires, 6-8 fois plus longs que
     larges. . . . . O. *hybrida* (1860).

19 { Casque à pétales latéraux dressés, étalés ou renver-
     sés, non connivents 20
     Casque à pétales tous connivents. O. *rubra* (1870).

20 { Eperon cylindrique, plus court que l'ovaire . . . 21
     Eperon conique, égalant ou dépassant l'ovaire . . .
     . . . . O. *sambucina* (1876).

21 { Tablier plan ou presque plan. 22
     Tablier plié en deux. . . . O. *laxiflora* (1867).

22 { Casque à pétales latéraux dressés. O. *palustris* (1869).
     Casque à pétales latéraux étalés en forme d'ailes. .
     . . . . O. *alata* (1868).

23 { Eperon linéaire et arqué 24
     Eperon droit, conique ou cylindrique, assez épais. 25

24 {
Eperon beaucoup plus long que l'ovaire . . . .
. . . . O. *conopsea* (1871).
Eperon égalant l'ovaire ou le dépassant peu . .
. . . . O. *odoratissima* (1872).
}

25 {
Eperon plus court que l'ovaire 25
Eperon égalant ou dépassant l'ovaire . . . .
. . . . O. *sambucina* (1876).
}

26 {
Tige fistuleuse ; tablier plié en deux 27
Tige pleine ; tablier plan ou presque plan . . . .
. . . . O. *maculata* (1873).
}

27 {
Feuilles étalées, souvent tachées ; bractées la plupart
plus longues que les fleurs. O. *latifolia* (1874).
Feuilles dressées, jamais tachées ; bract es inférieu-
res seules plus longues que les fleurs . . . .
. . . . O. *incarnata* (1875).
}

487. NIGRITELLA.

1 {
Tablier entier ou à peine trilobé. . . . . . .
. . . . N. *angustifolia* (1877).
Tablier manifestement trilobé. N. *suaveolens* (1878).
}

488. HERMINIUM. . . . H. *clandestinum* (1879).

489. OPHRYS.

1 {
Tablier pubescent-velouté, non partagé en divisions
linéaires. 2
Tablier glabre, à divisions linéaires. . . . . .
. . . . O. *anthropophora* (1880).
}

2 {
Tablier muni à son extrémité d'une pointe recourbée. 3
Tablier sans pointe ou à pointe non recourbée . . 4
}

3 {
Tablier presque entier, terminé par une pointe re-
courbée en dessus. . . . . O. *fucifera* (1882).
Tablier à 3 lobes très-marqués, celui du milieu ter-
miné par une pointe recourbée en dessous. . . .
. . . . O. *apifera* (1883).
}

4 {
Tablier d'un brun roussâtre, marqué de lignes ou
taches livides. . . . . O. *aranifera* (1881).
Tablier d'un pourpre noirâtre, marqué d'une tache
bleue . . . . . . O. *muscifera* (1884).
}

490. EPIPACTIS.

1 {
Plante munie de véritables feuilles 2
Plante roussâtre, à feuilles remplacées par des écailles.
. . . . E. *nidus-avis* (1885).
}

2 {
Tablier bifide au sommet 3
Tablier à lobe terminal entier. 5
}

502. ALISMA.

1 { Feuilles toutes radicales. 2
{ Tige feuillée. . . . . A. *natans* (1908).

2 { Plus de 6 carpelles groupés confusément 3
{ 6 carpelles disposés en étoile. A. *Damasonium* (1907).

3 { Feuilles linéaires ou oblongues-lancéolées, atténuées
{ à la base. 4
{ Feuilles ovales, à limbe élargi, arrondi ou en cœur à
{ la base 6

4 { Fleurs en plusieurs verticilles formant une panicule
{ terminale 5
{ Fleurs en ombelle unique, ou tout au plus en 2 ver-
{ ticilles superposés . . A. *ranunculoides* (1909).

5 { Rameaux droits ; carpelles ne se touchant pas dans
{ toute leur longueur . . A. *lanceolatum* (1911).
{ Rameaux recourbés ; carpelles contigus dans toute
{ leur longueur. . . . . A. *arcuatum* (1912).

6 { Feuilles arrondies ou à peine en cœur à la base . .
{ . . . . A. *plantago* (1910).
{ Feuilles profondément échancrées en cœur à la base.
{ . . . . A. *parnassifolium* (1913).

503. TRIGLOCHIN. . . . . . T. *palustre* (1914).

504. SCHEUCHZERIA . . . . S. *palustris* (1915).

90e F. — JONCACÉES.

505. APHYLLANTHES . . A. *Monspeliensis* (1916).

506. LUZULA.

1 { Fleurs solitaires sur leur pédicelle 2
{ Fleurs ramassées en capitules ou en épillets sur cha-
{ que pédicelle 4

2 { Fleurs brunâtres. 3
{ Fleurs d'un jaune-paille. . . L. *flavescens* (1918).

3 { Feuilles linéaires, étroites ; pédoncules dressés à la
{ maturité . . . . L. *Forsteri* (1917).
{ Feuilles lancéolées, assez larges ; pédoncules réfrac-
{ tés à la maturité . . . . L. *vernalis* (1919).

4 { Pédoncules divisés en plusieurs pédicelles 5
{ Pédoncules simples 8

5 { Fleurs brunes ou roussâtres 6
{ Fleurs d'un blanc de neige ou d'un blanc jaunâtre. 7

6 { Feuilles poilues sur les bords. . L. *maxima* (1920).
{ Feuilles glabres ou presque glabres . . . . . .
{ . . . . L. *Desvauxii* (1921).

7 { Fleurs d'un blanc jaunâtre ; panicule à rameaux divariqués . . . . L. *albida* (1922).
Fleurs d'un blanc de neige ; panicule corymbiforme, très-serrée . . . . L. *nivea* (1923).

8 { Fleurs disposées en plusieurs épis 9
Fleurs disposées en un seul épi lobé. . . . . .
. . . . L. *spicata* (1924).

9 { Racine sans rejets traçants; tiges venant par touffes bien garnies. 10
Racine émettant des rejets traçants ; tiges solitaires ou peu nombreuses dans chaque touffe . . .
. . . . L. *campestris* (1925).

10 { Fleurs brunes, rousses ou blanchâtres . . . . .
. . . . L. *multiflora* (1926).
Fleurs d'un noir luisant. . . . L. *Sudetica* (1927).

507. JUNCUS.

1 { Feuilles nulles ou toutes radicales 2
Tige feuillée 8

2 { Feuilles nulles ou réduites à des tiges stériles; fleurs latérales. 3
Feuilles radicales distinctes de la tige ; fleurs terminales. 7

3 { Tiges droites 4
Tiges penchées au sommet. . . J. *filiformis* (1932).

4 { Tiges vertes, à moelle continue 5
Tiges glauques, à moelle interrompue . . . . .
. . . . J. *glaucus* (1931).

5 { Fleurs pédicellées, en panicule diffuse. 6
Fleurs en panicule compacte et sessile . . . . .
. . . . J. *conglomeratus* (1928).

6 { 3 étamines; tiges munies à la base de gaînes roussâtres ou brunes. . . . . . J. *effusus* (1929).
6 étamines; gaînes d'un pourpre noir . . . . . .
. . . . J. *diffusus* (1930).

7 { Fleurs en panicule terminale. J. *squarrosus* (1933).
Fleurs en petites têtes globuleuses et serrées . . .
. . . . J. *capitatus* (1934).

8 { Feuilles paraissant noueuses quand on les fait glisser entre les doigts 9
Feuilles n'étant nullement noueuses sous les doigts. 14

9 { Racine traçante; 6 étamines 10
Racine fibreuse, non traçante ; 3 étamines. . . . 13

10 { Divisions du périanthe toutes égales. 11
Divisions intérieures du périanthe plus longues que
les extérieures et à pointe recourbée . . . . .
. . . . J. *acutiflorus* (1937).

11 { Tiges cylindriques 12
Tiges comprimées . . . J. *lamprocarpus* (1936).

12 { Tiges faiblement noueuses ; divisions du périanthe
manifestement plus courtes que la capsule . . .
. . . . J. *alpinus* (1935).
Feuilles fortement noueuses ; divisions du périanthe
égalant à peu près la capsule. J. *obtusiflorus* (1938).

13 { Fleurs disposées en panicule irrégulière ; tiges couchées sur la terre ou flottantes dans l'eau . . .
. . . . J. *supinus* (1939).
Fleurs réunies en capitules serrés ; tiges droites, venant par touffes gazonnantes. J. *pygmæus* (1940).

14 { Divisions du périanthe plus courtes que la capsule,
l'égalant ou la dépassant peu 15
Divisions du périanthe dépassant longuement la capsule 16

15 { Tiges cylindriques ; divisions du périanthe aiguës,
égalant la capsule ou la dépassant un peu . . .
. . . . J. *tenageia* (1943).
Tiges comprimées ; divisions du périanthe obtuses,
de moitié plus courtes que la capsule. . . . .
. . . . J. *compressus* (1944).

16 { Fleurs solitaires ou géminées. J. *bufonius* (1941).
Fleurs réunies par 3-5 en petits fascicules . . . .
. . . . J. *hybridus* (1942).

91° F. — TYPHACÉES.

508. TYPHA.

1 { Feuilles planes en dessus 2
Feuilles concaves ou canaliculées en dessus . . . 3

2 { Feuilles larges de 5-7 millimètres ; stigmate égalant
les soies qui l'entourent. T. *Shuttleworthii* (1945).
Feuilles larges de 7-15 millimètres ; stigmate dépassant manifestement les soies qui l'entourent.
. . . . T. *latifolia* (1946).

3 { Feuilles égalant ou dépassant la tige fleurie . . . 4
Feuilles toujours plus courtes que la tige fleurie . .
. . . . T. *minima* (1949).

4 { Chatons sensiblement écartés l'un de l'autre . . . 5
Chatons contigus. . . . . T. *Lugdunensis* (1948).

5 { Tige de 1-2 mètres ; feuilles larges de 4-8 millimètres.
. . . . T. *angustifolia* (1947).
Tige de 3-4 décimètres ; feuilles très-étroites, li-
néaires . . . . T. *gracilis* (1950).

509. SPARGANIUM.

1 { Tige simple dans toute sa longueur 2
Tige rameuse au sommet . . . S. *ramosum* (1951).

2 { Feuilles fermes et dressées, triangulaires à la base.
. . . . S. *simplex* (1952).
Feuilles planes, couchées ou flottantes . . . . .
. . . . S. *minimum* (1953).

92ᵉ F. — CYPÉRACÉES.

510. CYPERUS.

1 { 2 stigmates 2
3 stigmates 3

2 { Epillets disposés en corymbe paniculé ; tiges fermes
et élevées . . . . C. *Monti* (1954).
Epillets ramassés en tête serrée ; tiges faibles et
gazonnantes . . . . . C. *flavescens* (1955).

3 { Tiges élevées, feuillées ; épillets d'un roux ferrugineux. . . . . C. *longus* (1956).
Feuilles toutes ou presque toutes radicales ; tiges
faibles, gazonnantes ; épillets noirâtres . . . .
. . . . C. *fuscus* (1957).

511. SCHOENUS . . . . . S. *nigricans* (1958).

512. CLADIUM. . . . . . C. *mariscus* (1956).

513. RHINCOSPORA . . . . R. *alba* (1960).

514. SCIRPUS.

1 { Tige terminée par 1 seul épillet 2
Tige portant plusieurs épillets terminaux ou latéraux. 9

2 { Fruit nu à la base ou à soies caduques. 3
Fruit entouré à la base de soies persistantes . . . 4

3 { Tiges flottantes dans l'eau ou rampantes et radicantes
sur la terre . . . . . . S. *fluitans* (1967).
Tiges gazonnantes, n'étant ni flottantes ni rampantes-
radicantes. . . . . . S. *acicularis* (1968).

4 { 2 stigmates 5
3 stigmates 7

5 { Racine horizontale, longuement traçante 6
Racine fibreuse, non traçante. . S. *ovatus* (1964).

6 { Ecaille inférieure de l'épillet entourant presque entièrement sa base . . . . . S. *uniglumis* (1962).
Ecaille inférieure embrassant tout au plus la moitié
de l'épillet . . . . S. *palustris* (1961).

7 { Tiges munies à la base d'une gaîne brusquement
tronquée au sommet. 8
Tiges munies inférieurement d'une gaîne terminée
par une petite pointe foliacée. S. *cæspitosus* (1966).

8 { Racine courte, oblique ; épillet entouré à sa base par
l'écaille inférieure . . . . S. *multicaulis* (1963).
Racine filiforme, horizontale, traçante ; épillet entouré à sa base par les 2 écailles inférieures. . .
. . . . S. *pauciflorus* (1965).

9 { Epillets terminaux 10
Epillets latéraux 13

10 { Epillets en ombelle, panicule ou capitule 11
Epillets rapprochés sur 2 rangs opposés en épi terminal . . . . S. *compressus* (1969).

11 { Epillets en ombelle ou panicule 12
Epillets serrés en capitule ovale-arrondi. . . . .
. . . . S. *Michelianus* (1972).

12 { Epillets d'un roux ferrugineux, disposés en ombelle
simple. . . . . S. *maritimus* (1970).
Epillets verdâtres ou noirâtres, disposés en panicule
très-rameuse et très-décomposée . . . .
. . . . S. *sylvaticus* (1971).

13 { Tige cylindrique ou comprimée 14
Tige triangulaire. 19

14 { Epillets placés près du sommet de la tige . . . 15
Epillets placés vers le milieu de la tige. . . . .
. . . . S. *supinus* (1974).

15 { Tiges assez épaisses, hautes de 5 à 20 décimètres. 16
Tiges filiformes, gazonnantes, hautes seulement de 5
à 8 centimètres . . . . . S. *setaceus* (1973).

16 { Epillets ovales. 17
Epillets globuleux. . . . S. *holoschœnus* (1975).

17 { Etamines à anthères glabres ; ovaire à 2 stigmates. 18
Anthères velues ; 3 stigmates. S. *lacustris* (1976).

18 { Tige glauque ; écailles ponctuées et un peu rudes.
. . . . S. *Tabernæmontani* (1977).
Tige verte ; écailles lisses. . . S. *Duvalii* (1978).

19 { Tige à 3 angles bien marqués. 20
Tige cylindrique d'un côté, plane de l'autre, de sorte
qu'elle ne présente que 3 angles peu marqués. .
. . . . S. *Duvalii* (1978).

34 { Bractées non engaînantes ; épis fructifères pendants.
. . . . C. *limosa* (2013).
Bractée inférieure engaînante ; épis fructifères dressés
ou peu penchés . . . . . . C. *nitida* (2029).

35 { Racine fibreuse, non traçante. 36
Racine rampante et stolonifère 37

36 { Epis fructifères peu allongés et dressés . . . . .
. . . . C. *brevicollis* (2028).
Epis fructifères très-allongés, pendants à la maturité.
. . . . C. *maxima* (2033).

37 { 2-3 épis fructifères assez épais, dressés ou peu penchés . . . . C. *panicea* (2022).
3 6 épis fructifères très-grêles, arqués et pendants à
la maturité . . . . . . C. *strigosa* (1980).

38 { Feuilles planes ou un peu pliées en carène. . . . 39
Feuilles enroulées-filiformes . . C. *tenuis* (2026).

39 { Gaînes surmontées d'une seule languette 40
Gaînes surmontées de 2 languettes, l'une libre et op-
posée à la feuille, l'autre adhérente . . . . .
. . . . C. *lævigata* (2031).

40 { Bractées étalées ou réfléchies 41
Bractées dressées. 43

41 { Capsules terminées par un bec recourbé ou renversé. 42
Capsules terminées par un bec droit. C. *Œderi* (2017).

42 { Capsules rétrécies à la base et à bec renversé. . .
. . . . C. *flava* (2015).
Capsules non rétrécies à la base et à bec recourbé.
. . . . C. *lepidocarpa* (2016).

43 { Tige lisse ou rude seulement au sommet ; bractées
longuement engaînantes. 44
Tige à angles très-aigus et très-rudes ; bractées peu
ou point engaînantes. C. *pseudo-cyperus* (2034).

44 { Epis fructifères à écailles largement scarieuses-blan-
châtres sur les bords, vertes sur le dos 45
Epis fructifères à écailles brunes, noirâtres, rousses
ou ferrugineuses 47

45 { Epis fructifères arqués et pendants, allongés, composés d'un grand nombre de capsules 46
Epis fructifères droits, courts, composés chacun seulement de 2-5 capsules. C. *depauperata* (2027).

46 { Capsules lisses, sans nervures. C. *sylvatica* (2031).
Capsules marquées de nervures saillantes . . . .
. . . . C. *strigosa* (2032).

60 {
Bractée inférieure plus ou moins engaînante 61
Bractées non engaînantes 66

61 {
Bractée inférieure à pointe foliacée 62
Bractées entièrement membraneuses. . . . . . .
. . . . C. *humilis* (2047).

62 {
Capsules simplement pubescentes. 63
Capsules tomenteuses-blanchâtres. . . . . .
. . . . C. *tomentosa* (2043).

63 {
Epis fructifères tous placés au sommet de la tige. . 64
1-3 épis fructifères portés sur de longs pédoncules
radicaux. 65

64 {
Racine traçante; tige munie de rejets à la base . .
. . . . C. *praecox* (2041).
Racine fibreuse, non traçante; tige dépourvue de re-
jets à la base. . . . . . C. *polyrrhiza* (2042).

65 {
Racine traçante; bractée inférieure très-courtement
engaînante. . . . . C. *praecox* (2041).
Racine fibreuse, non traçante; bractées inférieures
longuement engaînantes. . C. *gynobasis* (2046).

66 {
Bractées entièrement et toutes scarieuses . . . .
. . . . C. *montana* (2044).
Bractée inférieure entièrement foliacée. . . . .
. . . . C. *pilulifera* (2045).

67 {
Feuilles à gaînes glabres. 68
Feuilles à gaînes plus ou moins velues. . . . .
. . . . C. *hirta* (2052).

68 {
Epis fructifères dressés, sessiles ou courtement pédonculés. 69
Epis fructifères longuement pédonculés et à la fin
penchés. . . . . . . C. *glauca* (2050).

69 {
Bractées non engaînantes, ou l'inférieure ne l'étant
que courtement . . . . . C. *filiformis* (2051).
Bractée inférieure longuement engaînante. . . .
. . . . C. *hirta* (2052).

93e F. — GRAMINÉES.

517. ANDROPOGON.

1 {
Fleurs en épis linéaires et digités . . . . . .
. . . . A. *ischoemum* (2053).
Fleurs en panicule terminale. . A. *gryllus* (2054).

518. DIGITARIA.

1 {
Feuilles à limbe et gaîne plus ou moins poilus . . 2
Feuilles à limbe et gaîne entièrement glabres. . .
. . . . D. *filiformis* (2057).

$\left\{\begin{array}{l}\text{Glumes glabres ou à cils très-courts.} \\ \text{. . . . . D. } \textit{sanguinalis} \text{ (2055).} \\ \text{Glumes bordées de cils raides et allongés.} \\ \text{. . . . . D. } \textit{ciliaris} \text{ (2056).}\end{array}\right.$

2

519. PANICUM.

1 $\left\{\begin{array}{l}\text{Fleurs serrées en épi . . . . } \quad 2 \\ \text{Fleurs en panicule unilatérale. P. } \textit{crus-galli} \text{ (2058).}\end{array}\right.$

2 $\left\{\begin{array}{l}\text{Epillets lisses de bas en haut. . . . . } \quad 3 \\ \text{Epillets accrochants de bas en haut. . . . . } \\ \text{. . . . . P. } \textit{verticillatum} \text{ (2059).}\end{array}\right.$

3 $\left\{\begin{array}{l}\text{Soies vertes ou rougeâtres. . . P. } \textit{viride} \text{ (2060).} \\ \text{Soies d'un jaune roussâtre. . P. } \textit{glaucum} \text{ (2061).}\end{array}\right.$

520. TRAGUS. . . . . . T. *racemosus* (2062).

521. PHALARIS.

1 $\left\{\begin{array}{l}\text{Fleurs en panicule rameuse. P. } \textit{arundinacea} \text{ (2063).} \\ \text{Fleurs serrées en épi ovale. P. } \textit{Canariensis} \text{ (2064).}\end{array}\right.$

522. ANTHOXANTHUM.

1 $\left\{\begin{array}{l}\text{Chaumes lisses; fleurs glabres. A. } \textit{odoratum} \text{ (2065).} \\ \text{Chaumes rudes; fleurs velues. A. } \textit{villosum} \text{ (2066).}\end{array}\right.$

523. ALOPECURUS.

1 $\left\{\begin{array}{l}\text{Glumes glabres ou à peu près. . . . . } \quad 2 \\ \text{Glumes velues, pubescentes ou soyeuses . . . . } \quad 4\end{array}\right.$

2 $\left\{\begin{array}{l}\text{Chaumes fortement genouillés inférieurement. . . } \quad 3 \\ \text{Chaumes droits. . . . . . A. } \textit{pratensis} \text{ (2867).}\end{array}\right.$

3. $\left\{\begin{array}{l}\text{Arête beaucoup plus longue que les glumes . . . } \\ \text{. . . . . A. } \textit{geniculatus} \text{ (2069).} \\ \text{Arête ne dépassant pas ou dépassant à peine les glu-} \\ \text{mes . . . . A. } \textit{fulvus} \text{ (2070).}\end{array}\right.$

4 $\left\{\begin{array}{l}\text{Gaîne de la feuille supérieure fortement renflée . . } \\ \text{. . . . . A. } \textit{utriculatus} \text{ (2071).} \\ \text{Gaîne de la feuille supérieure non renflée. . . . } \\ \text{. . . . . A. } \textit{agrestis} \text{ (2068).}\end{array}\right.$

524. CRYPSIS. . . . . C. *alopecuroides* (2072).

525. PHLEUM.

1 $\left\{\begin{array}{l}\text{Glumelle supérieure accompagnée à sa base d'une} \\ \text{écaille filiforme . . . . } \quad 2 \\ \text{Glumelle supérieure non accompagnée à sa base d'une} \\ \text{écaille filiforme . . . . } \quad 5\end{array}\right.$

2 $\left\{\begin{array}{l}\text{Glumes hérissées de cils sur la carène . . . . . } \quad 3 \\ \text{Glumes glabres . . . . . P. } \textit{asperum} \text{ (2073).}\end{array}\right.$

3 {
Racine produisant, outre les chaumes fertiles, des fascicules de feuilles stériles; épi allongé 4
Racine ne produisant pas des fascicules de feuilles stériles; épi court . . . P. *arenarium* (075).

4 {
Racine fibreuse ; glumes tronquées au sommet . .
. . . . P. *Bœhmeri* (2074).
Racine noueuse, presque rampante ; glumes longuement acuminées. . . . . P. *Michelii* (2076).

5 {
Arête beaucoup plus courte que la glume 6
Arête aussi longue que la glume. P. *alpinum* (2081).

6 {
Chaume renflé en bulbe à la base 7
Chaume droit, non ou peu renflé en bulbe à la base.
. . . . P. *pratense* (2077)

7 {
Epi linéaire ou très-court 8
Epi épais, atteignant 8-10 centimètres de longueur.
. . . . P. *intermedium* (2078).

8 {
Chaume genouillé à la base, puis obliquement ascendant. . . . . P. *serotinum* (2080).
Chaume étalé à la base, puis droit. P. *præcox* (2079).

526. CHAMAGROSTIS . . . . C. *minima* (2082).

527. CYNODON . . . . C. *dactylon* (2083).

528. LEERSIA . . . . . . L. *orizoides* (2084).

529. AGROSTIS.

1 {
Feuilles toutes planes 2
Feuilles radicales enroulées–filiformes 6

2 {
Fleurs munies d'arêtes 3-4 fois plus longues que les glumes 3
Arêtes nulles ou n'étant pas 2 fois plus longues que les glumes 4

3 {
Panicule pyramidale, à rameaux ouverts . . . .
. . . . A. *spica-venti* (2088).
Panicule étroite, contractée. A. *interrupta* (2037).

4 {
Gaîne des feuilles à languette courte, tronquée et quelquefois dentée 5
Gaîne à languette oblongue et allongée . . . .
. . . . A. *alba* (2085).

5 {
Languette tronquée et dentée; panicule à rameaux dressés et contractés après la floraison . . . .
. . . . A. *verticillata* (2086).
Languette très-courte, tronquée, non dentée; panicule à rameaux étalés après la floraison. . . .
. . . . A. *vulgaris* (2087).

6 { Arête insérée à la base ou près de la base de la glumelle inférieure 7
Arête nulle ou insérée vers le milieu de la glumelle
inférieure. . . . . A. canina (2090).

7 { Arête 2 fois plus longue que la glumelle . . . .
. . . . A. Schleicheri (2092).
Arête n'étant pas 2 fois plus longue que la glumelle.
. . . . A. alpina (2091).

530. GALAMAGROSTIS.

1 { Arête genouillée 2
Arête droite 4

2 { Arête naissant sur le dos ou presque à la base de la
glumelle inférieure 3
Arête terminale, dans une échancrure . . . . .
. . . . C. argentea (2095).

3 { Arête dépassant longuement les glumes . . . .
. . . . C. sylvatica (2093).
Arête dépassant à peine les glumes . . . . .
. . . . C. montana (2094).

4 { Arête terminale, dans une échancrure 5
Arête naissant sur le dos de la glumelle inférieure.
. . . . C. epigeios (2098).

5 { Arête très-courte, dépassant à peine les lobes de l'é-
chancrure terminale. . . . C. lanceolata (2096).
Arête aussi et même plus longue que la moitié de la
glumelle . . . . C. littorea (2097).

531. GASTRIDIUM . . . . G. lendigerum (2099).

532. MILIUM. . . . . . M. effusum (2100).

533. STIPA.

1 { Arêtes plumeuses dans leurs trois quarts supérieurs.
. . . . S. pennata (2101).
Arêtes glabres dans toute leur longueur . . . .
. . . . S. capillata (2102).

534. ECHINARIA . . . . . E. capitata (2103).

535. SESLERIA . . . . . S. cœrulea (2104).

536. KOELERIA.

1 { Epi non hérissé d'arêtes 2
Epi hérissé d'arêtes molles. . K. phleoides (2105).

2 { Chaumes entourés longuement à la base par les gaînes desséchées des anciennes feuilles se déchirant
en réseau . . . . . K. Valesiaca (2107).
Gaînes desséchées des anciennes feuilles ne se déchirant pas en réseau. . . . K. cristata (2106).

537. Aira.

1 { Feuilles pliées ou enroulées-filiformes, très-étroites.   2
   { Feuilles planes . . . . . . A. *cæspitosa* (2109).

2 { Arête plus courte que les glumes ou les dépassant à
       peine. 3
   { Arête dépassant manifestement les glumes. . . . 4

3 { Panicule serrée, à rameaux très-courts. . . .
       . . . . A. *canescens* (2108).
   { Panicule étalée, à rameaux allongés. A. *media* (2110).

4 { Glumelle inférieure tronquée et irrégulièrement bor-
       dée de 3-5 dents au sommet 5
   { Glumelle inférieure terminée par 2 petites pointes.   7
                                    6

5 { Languette ovale, courte, tronquée. . . . . . .
   { Languette oblongue, allongée, aiguë. A. *Legei* (2112).

6 { Feuilles vertes ; panicule dressée . . . . . .
       . . . . A. *brizoides* (2113).
   { Feuilles glauques ; panicule penchée au sommet. .
       . . . . A. *flexuosa* (2111).

7 { Fleurs en panicule trichotome et étalée. 8
   { Fleurs en panicule resserrée, spiciforme . . . . .
       . . . . A. *præcox* (2118).

8 { Epillets n'étant pas 4 fois plus courts que leur pédi-
       celle 9
   { Epillets 4-6 fois plus courts que leur pédicelle . .
       . . . . A. *capillaris* (2117).

9 { Chaumes droits ; rameaux étalés-dressés 10
   { Chaumes un peu couchés ; rameaux fortement diva-
       riqués en tous sens . . . A. *patulipes* (2116).

10 { Chaumes courts (4-8 cent.) ; panicule petite . .
       . . . . A. *caryophyllea* (2114).
    { Chaumes plus élevés (1-4 déc.) ; panicule grande,
       très-fournie. . . . . . A. *aggregata* (2115)

538. Holcus.

1 { Feuilles à gaîne presque glabre. H. *mollis* (2119).
  { Feuilles à gaîne laineuse. . . H. *lanatus* (2120).

539. Arrhenaterum.

1 { Racine fibreuse ; chaumes à nœuds glabres . . .
       . . . . A. *elatius* (2121).
  { Racine formée de tubercules superposés ; chaumes à
       nœuds pubescents. . . . A. *bulbosum* (2122).

540. Avena.

1 { Epillets pendants, au moins après la floraison. . . 2
  { Epillets jamais pendants 4

2 { Glumelle inférieure garnie de poils depuis sa base jusqu'à son milieu 3
Glumelle inférieure glabre ou hérissée seulement au sommet . . . . A. *strigosa* (2123).

3 { Axe des épillets (*) velu dans toute sa longueur. . . . . A. *fatua* (2124).
Axe des épillets glabre, excepté à la base de la fleur inférieure. . . . . . A. *sterilis* (2125).

4 { Feuilles inférieures velues ou pubescentes. . . . 5
Feuilles toutes glabres 6

5 { Feuilles rudes sur les bords. A. *pubescens* (2126).
Feuilles molles, lisses . . . A. *flavescens* (2131).

6 { Glumes n'offrant que 1-3 nervures; ovaire poilu au sommet 7
Glumes marquées de 7-9 nervures; ovaire entièrement glabre . . . . . A. *tenuis* (2130).

7 { Feuilles supérieures à languette oblongue et allongée. 8
Feuilles supérieures à languette courte et tronquée. . . . . A. *montana* (2129).

8 { Feuilles toutes planes. . . . A. *lucida* (2128).
Feuilles radicales pliées-enroulées . . . . A. *pratensis* (2127).

541. DANTHONIA . . . . D. *decumbens* (2132).

542. MELICA.

1 { Glumelles glabres 2
Glumelle inférieure bordée de cils allongés et soyeux. . . . . M. *Magnolii* (2133).

2 { Fleurs en grappe penchée; glumes contenant 2-3 fleurs fertiles. . . . . . M. *nutans* (2134).
Fleurs en grappe droite; glumes ne contenant que 1 fleur fertile. . . . . . M. *uniflora* (2135).

543. PHRAGMITES . . . . P. *communis* (2136).

544. POA.

1 { Feuilles poilues à l'orifice de la gaîne 2
Feuilles glabres à l'orifice de la gaîne 4

2 { Rameaux de la panicule solitaires ou géminés. . . 3
Rameaux inférieurs verticillés par 4-5. . . . . P. *pilosa* (2139).

(*) Cet axe se trouve entre les deux glumes et sert de support commun aux fleurs.

3 { Epillets lancéolés, contenant chacun 15-20 fleurs. . . . . P. *megastachya* (2137).
Epillets linéaires, ne contenant que 8-10 fleurs . . . . P. *eragrostis* (2138).

4 { Chaume comprimé-ancipité 5
Chaume cylindrique ou à peine comprimé. . . . 9

5 { Racine émettant des stolons allongés 6
Racine fibreuse, non ou à peine rampante. . . . 8

6 { Glumelle inférieure à 5 nervures fortement saillantes. 7
Glumelle inférieure à nervures à peine visibles . . . . P. *compressa* (2151).

7 { Feuilles lisses sur les bords. . P. *anceps* (2150).
Feuilles rudes sur les bords et sur la carène . . . . P. *hybrida* (2147).

8 { Chaume élevé (6-8 déc.) ; rameaux inférieurs semi-verticillés par 3-5. . . . P. *Sudetica* (2146).
Chaume bas (5-30 cent.) ; rameaux solitaires ou géminés . . . . P. *annua* (2140).

9 { Chaumes non renflés en bulbe à la base 10
Chaumes renflés à la base en forme de bulbe. . . . . P. *bulbosa* (2141).

10 { Feuilles rudes sur les bords 11
Feuilles lisses sur les bords 12

11 { Racine fibreuse, non rampante ; languette oblongue, aiguë . . . . P. *trivialis* (2145).
Racine longuement rampante ; languette ovale, obtuse . . . . . . P. *distichophylla* (2148).

12 { Feuilles supérieures à languette oblongue 13
Feuilles supérieures à languette courte, presque nulle. 14

13 { Glumelles glabres sur le dos et sur les bords . . . . P. *annua* (2140).
Glumelles pubescentes sur le dos et sur les bords. . . . . P. *alpina* (2142).

14 { Feuilles supérieures à languette très-courte, quelquefois même presque nulle 15
Feuilles supérieures à languette oblongue-lancéolée. . . . . P. *serotina* (2144).

15 { Feuille supérieure à limbe plus long que sa gaîne. . . . . P. *nemoralis* (2143).
Feuille supérieure à limbe beaucoup plus court que sa gaîne. . . . . . P. *pratensis* (2149).

545. GLYCERIA.

1 { Epillets à 5-11 fleurs 2
Epillets à 2-3 fleurs . . . . G. *airoides* (2152).

11 { Fleurs verdâtres, glauques ou rougeâtres, en panicule serrée. . . . . F. *duriuscula* (2167). .
Fleurs violettes, en panicule un peu lâche. . . .
. . . . F. *violacea* (2168).

12 { Fleurs d'un violet noirâtre. . F. *nigrescens* (2171).
Fleurs verdâtres ou bigarrées de violet. . . . .
. . . . F. *heterophylla* (2170).

13 { Feuilles toutes planes, au moins dans leur jeunesse. 14
Feuilles toutes enroulées-capillaires. . . . . .
. . . . F. *tenuifolia* (2166). .

14 { Tige allongée; panicule non unilatérale 15
Tige courte; panicule unilatérale. F. *rigida* (2164).

15 { Languette un peu saillante. 16
Languette très-courte, quelquefois presque nulle. . 18

16 { Racine fibreuse, non rampante; ovaire poilu au sommet 17
Racine rampante; ovaire entièrement glabre . . .
. . . . F. *Scheuchzeri* (2175).

17 { Feuilles lisses, très-étroitement linéaires, à la fin enroulées . . . . F. *spadicea* (2173).
Feuilles rudes sur les bords, largement lancéolées-linéaires, toujours planes. . F. *sylvatica* (2174).

18 { Chaumes feuillés, offrant plusieurs nœuds. . . . 19
Chaumes presque nus, offrant un seul nœud très-près de la racine. . . . . . F. *cœrulea* (2176).

19 { Rameaux portant chacun 5-15 épillets . . . . .
. . . . F. *arundinacea* (2178).
Rameaux ne portant chacun que 1-6 épillets . . .
. . . . F. *pratensis* (2179).

550. BRACHYPODIUM.

1 { Epi composé de 6-10 épillets 2
Epi formé seulement de 1-3 épillets . . . . . .
. . . . B. *distachyon* (2182).

2 { Epillets velus . . . . . B. *sylvaticum* (2180).
Epillets glabres ou à peine pubescents. . . . . .
. . . . B. *pinnatum* (2181).

551. BROMUS.

1 { Epillets rétrécis au sommet 2
Epillets élargis au sommet. 10

2 { Arêtes n'étant pas beaucoup plus longues que les glumelles 3
Arêtes beaucoup plus longues que les glumelles . . 8

556. ELYMUS. . . . . . E. *Europæus* (2202).

557. HORDEUM.

1 { Feuilles toutes à gaîne glabre. H. *murinum* (2203).
Feuilles inférieures à gaîne velue. . . . . .
. . . . H. *secalinum* (2204).

558. LOLIUM.

1 { Chaumes munis à la base de fascicules de feuilles
stériles 2
Chaumes dépourvus de fascicules de feuilles stériles
à la base. 3

2 { Fleurs mutiques . . . . . L. *perenne* (2205).
Fleurs aristées. . . . . . L. *Italicum* (2206).

3 { Epillets ne renfermant que 5-10 fleurs 4
Epillets contenant 12-25 fleurs . . . . . .
. . . . L. *multiflorum* (2207).

4 { Glumelles égalant la glume ou la dépassant un peu. 5
Glumelles plus courtes que la glume. . . . . .
. . . . L. *arvense* (2210).

5 { Glumelle inférieure munie d'une arête plus ou moins
longue . . . . . . L. *temulentum* (2209).
Glumelle inférieure toujours sans arête. . . . .
. . . . L. *rigidum* (2208).

559. PSILURUS . . . . . P. *nardoides* (2211).

560. NARDUS. . . . . . . N. *stricta* (2212).

94ᵉ F. — POTAMOGÉTACÉES.

561. POTAMOGETON.

1 { Feuilles n'étant pas toutes opposées 2
Feuilles opposées . . . . . P. *densus* (2213).

2 { Feuilles, les supérieures au moins, distinctement
pétiolées. 3
Feuilles toutes sessiles, amplexicaules ou à très-court
pétiole 6

3 { Feuilles toutes pétiolées. 4
Feuilles submergées linéaires-lancéolées et sessiles.
P. *heterophyllus* (2216).

4 { Feuilles supérieures coriaces et opaques 5
Feuilles toutes membraneuses et translucides. . .
. . . . P. *plantagineus* (2217).

5 { Feuilles flottantes ovales ou oblongues, un peu en
cœur à la base. . . . . P. *natans* (2214).
Feuilles flottantes oblongues-lancéolées, atténuées ou
à peine arrondies à la base . P. *fluitans* (2215).

$6 \begin{cases} \text{Feuilles à limbe élargi, ovale ou oblong} \ldots \ldots \ldots & 7 \\ \text{Feuilles toutes linéaires.} \ldots \ldots \ldots & 9 \end{cases}$

$7 \begin{cases} \text{Feuilles sessiles ou à court pétiole} \ldots \ldots & 8 \\ \text{Feuilles amplexicaules et en cœur} \ldots \ldots \\ \qquad \ldots \ldots \ldots \text{P. } perfoliatus \text{ (2219).} \end{cases}$

$8 \begin{cases} \text{Feuilles sessiles, ondulées sur les bords.} \ldots \\ \qquad \ldots \ldots \text{P. } crispus \text{ (2220).} \\ \text{Feuilles planes, courtement pétiolées} \ldots \\ \qquad \ldots \ldots \text{P. } lucens \text{ (2218).} \end{cases}$

$9 \begin{cases} \text{Tige cylindrique ou à peine comprimée} \ldots & 10 \\ \text{Tige comprimée et ailée.} \ldots \ldots & 14 \end{cases}$

$10 \begin{cases} \text{Feuilles peu ou point engaînantes à la base.} \ldots & 11 \\ \text{Feuilles longuement engaînantes} \ldots \\ \qquad \ldots \ldots \text{P. } pectinatus \text{ (2226).} \end{cases}$

$11 \begin{cases} \text{Feuilles étroitement linéaires} \ldots \ldots & 12 \\ \text{Feuilles lancéolées-linéaires, atténuées aux deux ex-} \\ \quad \text{trémités} \ldots \ldots \text{P. } heterophyllus \text{ (2216).} \end{cases}$

$12 \begin{cases} \text{Carpelles plus ou moins tuberculeux.} \ldots & 13 \\ \text{Carpelles lisses} \ldots \ldots \text{P. } pusillus \text{ (2223).} \end{cases}$

$13 \begin{cases} \text{Feuilles ayant environ 2 millimètres de largeur} \ldots \\ \qquad \ldots \ldots \text{P. } Berchtoldi \text{ (2224).} \\ \text{Feuilles à peine larges de 1 millimètre} \ldots \\ \qquad \ldots \ldots \text{P. } tuberculatus \text{ (2225).} \end{cases}$

$14 \begin{cases} \text{Epi de 10-15 fleurs, plus court que son pédoncule.} \\ \qquad \ldots \ldots \text{P. } compressus \text{ (2221).} \\ \text{Epi de 3-6 fleurs, aussi long ou un peu plus long} \\ \quad \text{que son pédoncule.} \ldots \text{P. } acutifolius \text{ (2222).} \end{cases}$

562. ZANICHELLIA.

$1 \begin{cases} \text{Carpelles sessiles ou presque sessiles, 2 fois plus} \\ \quad \text{longs que le style} \ldots \ldots \text{Z. } repens \text{ (2227).} \\ \text{Carpelles distinctement pédicellés, égalant le style en} \\ \quad \text{longueur} \ldots \ldots \text{Z. } pedicellata \text{ (2228).} \end{cases}$

563. NAIAS.

$1 \begin{cases} \text{Feuilles lancéolées-linéaires, soudées à la base en une} \\ \quad \text{gaîne entière ; fleurs dioïques.} \ldots \\ \qquad \ldots \ldots \text{N. } major \text{ (2229).} \\ \text{Feuilles étroitement linéaires, soudées à la base en} \\ \quad \text{une gaîne ciliée-denticulée ; fleurs monoïques} \ldots \\ \qquad \ldots \ldots \text{N. } minor \text{ (2230).} \end{cases}$

95ᵉ F. — LEMNACÉES.

564. LEMNA.

1
- Feuilles obovales ou arrondies, non divisées en lobes pointus 2
- Feuilles divisées en 3 lobes pointus . . . . L. *trisulca* (2231).

2
- Feuilles planes des deux côtés. 3
- Feuilles gonflées et convexes en dessous . . . . L. *gibba* (2233).

3
- Feuilles vertes des deux côtés; racine solitaire . . . . L. *minor* (2232).
- Feuilles rougeâtres en dessous; racines en faisceau. . . . . L. *polyrrhiza* (2234).

96ᵉ F. — ÉQUISÉTACÉES.

565. EQUISETUM.

1
- Epi porté sur une tige verte 2
- Tige d'une autre couleur que le vert. 6

2
- Gaînes de la tige à 6-12 dents 3
- Gaînes à 15-20 dents. 5

3
- Gaînes à tube vert ou blanchâtre. 4
- Gaînes à tube noir . . . E. *variegatum* (2242).

4
- Epi oblong, obtus; dents des gaînes non terminées par une soie. . . . . . E. *palustre* (2238).
- Epi ovoïde, aigu; dents des gaînes terminées par une soie caduque . . . . . E. *ramosum* (2241).

5
- Tige lisse . . . . E. *limosum* (2239).
- Tige rude . . . . E. *hyemale* (2240).

6
- Epi porté sur une tige simple. 7
- Epi porté sur une tige rameuse 9

7
- Gaînes divisées en 8-30 dents. . . . . 8.
- Gaînes partagées en 3-4 lobes . . . . E. *sylvaticum* (2235).

8
- Gaînes à 20-30 dents sétacées; tiges fertiles d'un blanc d'ivoire . . . . E. *maximum* (2237).
- Gaînes la plupart divisées en 8-12 dents non sétacées; tiges fertiles roussâtres. . . . E. *arvense* (2236).

9
- Rameaux ramifiés; gaînes partagées en 3-4 lobes. . . . . E. *sylvaticum* (2235).
- Rameaux simples; gaînes offrant 6-12 dents . . . . E. *ramosum* (2241).

97e F. — FOUGÈRES.

566. Ophioglossum . . . . O. *vulgatum* (2243).

567. Botrychium.

1 { Feuilles à segments entiers ou sinués; fructifications
en grappe unique. . . . . . B. *lunaria* (2244).
Feuilles à segments incisés-lobés; fructifications disposées en 3 grappes . . . B. *rutaceum* (2245).

568. Osmunda . . . . O. *regalis* (2246).

569. Polypodium.

1 { Feuilles pennatipartites ou 1 fois pennées 2
Feuilles 2-3 fois pennées 3

2 { Feuilles profondément pennatipartites, à partitions
entières ou finement denticulées . . . .
. . . . P. *vulgare* (2247).
Feuilles 1 fois pennées, à folioles pennatipartites. .
. . . . P. *phegopteris* (2248).

3 { Feuilles triangulaires dans leur contour 4
Feuilles largement oblongues-lancéolées dans leur
contour. . . . . . . P. *Rhœticum* (2251).

4 { Pétioles secondaires lisses et glabres. . . . .
. . . . P. *dryopteris* (2249).
Pétioles secondaires finement pubérulents . . . .
. . . . P. *calcareum* (2250).

570. Ceterach . . . . C. *officinarum* (2252).

571. Aspidium.

1 { Feuilles 1 fois pennées. . . A. *lonchitis* (2253).
Feuilles 2 fois pennées . . A. *aculeatum* (2254).

572. Polystichum.

1 { Feuilles 1 fois pennées, à folioles pennatifides, pennatipartites ou pennatiséquées. 2
Feuilles 2-3 fois pennées, à folioles plus ou moins
incisées 5

2 { Folioles non glanduleuses en dessous 3
Folioles parsemées en dessous de petites glandes jau-
nes, résineuses et odorantes . . . . . .
. . . . P. *oreopteris* (2255).

3 { Folioles à lobes crénelés ou denticulés. 4
Folioles à lobes très-entiers . P. *thelypteris* (2256).

4 {
Segments des folioles presque entièrement recouverts par les capsules à la maturité. P. *cristatum* (2258).
Sommet et bords des segments non recouverts par les capsules à la maturité . . P. *filix-mas* (2257).
}

5 {
Feuilles largement triangulaires, ovales ou oblongues-lancéolées dans leur contour 6
Feuilles étroitement oblongues-lancéolées, brusquement terminées en triangle au sommet . . . .
. . . . P. *rigidum* (2262).
}

6 {
Dents des segments terminées par une soie raide et distincte 7
Segments à dents mutiques ou presque mutiques. .
. . . . P. *tanacetifolium* (2261).
}

7 {
Feuilles 3 fois pennées, au moins à la base des folioles.
. . . . P. *dilatatum* (2260).
Feuilles 2 fois pennées . . P. *spinulosum* (2259).
}

573. CYSTOPTERIS.

1 {
Feuilles oblongues-lancéolées dans leur contour . . 2
Feuilles triangulaires dans leur contour . . . .
. . . . C. *montana* (2265).
}

2 {
Pétiole bordé d'une petite aile décurrente. . . .
. . . . C. *alpina* (2264).
Pétiole non ailé . . . . . C. *fragilis* (2263).
}

574. ATHYRIUM . . . . A. *filix-femina* (2266).

575. ASPLENIUM.

1 {
Feuilles pennées. 2
Feuilles linéaires, divisées au sommet en 2-3 lanières.
. . . . A. *septentrionale* (2267).
}

2 {
Feuilles oblongues ou étroitement lancéolées dans leur contour 3
Feuilles ovales-triangulaires ou triangulaires-lancéolées dans leur contour. 6
}

3 {
Pétiole vert, au moins dans sa partie supérieure. . 4
Pétiole d'un brun noir et luisant dans toute sa longueur. . . . . . A. *trichomanes* (2268).
}

4 {
Folioles non bordées de dents mucronées 5
Folioles à lobules du sommet terminés par de petites dents mucronées . . . A. *Halleri* (2270).
}

5 {
Pétiole portant seulement 5-9 folioles . . . . .
. . . . A. *Germanicum* (2271).
Pétiole portant au moins 15 folioles . . . . .
. . . . A. *viride* (2269).
}

6 {
　Pétiole entièrement vert ou à peine noirâtre à la
　　base . . . . . . A. *ruta muraria* (2272).
　Pétiole d'un brun noirâtre et luisant, au moins en
　　dessous, dans la plus grande partie de sa longueur
　　. . . . . . . A. *adianthum nigrum* (2273).

576. SCOLOPENDRIUM . . . S. *officinale* (2274).

577. BLECHNUM. . . . . . B. *spicant* (2275).

578. PTERIS . . . . . . P. *aquilina* (2276).

579. ADIANTHUM . . A. *capillus Veneris* (2277).

98ᵉ F. — MARSILÉACÉES.

580. MARSILEA . . . . M. *quadrifolia* (2278).

581. PILULARIA . . . . P. *globulifera* (2279).

99ᵉ F. — LYCOPODIACÉES.

582. LYCOPODIUM.

1 {
　Feuilles n'étant pas disposées sur 4 rangs réguliers.   2
　Feuilles disposées sur 4 rangs réguliers.   6

2 {
　Feuilles sans soie terminale   3
　Feuilles terminées par une longue soie. . . . .
　　. . . . . L. *clavatum* (2280).

3 {
　Fructifications toutes disposées en épi terminal à
　　l'aisselle de bractées imbriquées   4
　Fructifications placées à l'aisselle des feuilles tout le
　　long des rameaux. . . . . . L. *selago* (2284).

4 {
　Feuilles denticulées en scie au sommet ou bordées
　　de petits cils spinescents   5
　Feuilles très-entières, n'étant ni dentées ni ciliées.
　　. . . . . L. *inundatum* (2283).

5 {
　Feuilles denticulées seulement au sommet . . . .
　　. . . . . L. *juniperifolium* (2281).
　Feuilles entièrement bordées de petits cils spines-
　　cents. . . . . L. *selaginoides* (2285).

6 {
　1 seul épi, rarement 2 ; feuilles ovales, en partie
　　étalées, non acuminées . . . .
　　. . . . . L. *Helveticum* (2286).
　2-8 épis ; feuilles lancéolées-acuminées, toutes appri-
　　mées . . . . . . L. *chamæcyparissus* (2282).

100ᵉ F. — CHARACÉES.

583. CHARA.

1 { Tiges le plus souvent opaques, fragiles quand elles sont sèches 2
Tiges ordinairement diaphanes, flexibles quand elles sont sèches 5

2 { Plante recouverte d'une croûte d'un glauque grisâtre. 3
Plante verte ou à peine encroûtée . . . . C. *fragilis* (2290).

3 { Tiges hérissées, au moins au sommet, d'aiguillons nombreux 4
Tiges à aiguillons nuls ou rares et très-petits . . . . C. *vulgaris* (2287).

4 { Tiges pubescentes; bractéoles plus longues que les fruits; plante monoïque. . . C. *hispida* (2288)
Tiges colonneuses; bractéoles plus courtes que les fruits; plante dioïque. . . C. *tomentosa* (2289).

5 { Plante d'un vert clair; fructifications agrégées . . 6
Plante d'un vert foncé; fructifications solitaires . . . . C. *flexilis* (2292).

6 { Rameaux courts, rapprochés en têtes terminales. . . . . C. *glomerata* (2291).
Rameaux allongés, non rapprochés en têtes terminales. . . . . C. *syncarpa* (2293).

FIN DES CLEFS ANALYTIQUES.

FAMILLE DES CHAMPIGNONS.

FAMILLE DES CHAMPIGNONS.

Les Champignons forment sans contredit la famille la plus nombreuse du règne végétal. Ces productions charnues qui viennent chaque année offrir à nos tables un aliment aussi suave que dangereux ; ces obscurs parasites qui se développent horizontalement sur le tronc de nos grands arbres ou sur leur pied vermoulu ; ces ballons de poussière que l'on se plaît à faire éclater, pour disséminer sans le savoir une nuée de graines inaperçues ; cette rouille funeste qui souvent attaque nos moissons, et jusqu'à ce mince duvet qui forme des tapis blancs et fugaces sur des parois humides et des matières en putréfaction ; toutes ces substances, en un mot, que l'on n'oserait honorer du nom de plantes, si chaque année ne les rendait avec leurs mêmes formes irrégulières et bizarres, sont comprises par les botanistes sous la dénomination générale de *Champignons*.

Le caractère qui les distingue le mieux des autres végétaux cellulaires, c'est qu'ils ne verdissent point à l'humidité ou quand on les frotte, et que jamais ils ne vivent dans l'eau. Leurs organes reproducteurs échappent par leur ténuité à la faiblesse de nos yeux ; mais à l'aide du microscope on découvre à leur surface ou dans leur intérieur des *sporidions* ou petites capsules renfermant d'autres globules plus petits, considérés par les botanistes comme leurs semences (*sporules* ou *gongyles*).

Leurs formes, au reste, sont aussi variées que leur couleur, leur consistance, leur mode de croissance et la disposition de leurs sporidions; il en résulte une multitude de genres et d'espèces, divisés en cinq grandes tribus que l'on peut considérer comme autant de familles. (*V. D.*)

11 { Lamelles simples, parallèles, rayonnantes, mêlées souvent à d'autres plus petites, et d'une autre substance que le chapeau . . . . . 31ᵉ G. Agaricus.
Plis rameux, obtus, de même nature que la page inférieure du chapeau. . 30ᵉ G. Cantharellus.

12 { Absence de fibrilles radicales 13
Fibrilles radicales partant des bords ou de dessous une croûte bulleuse, étendue sur terre . . . .
. . . . 9ᵉ G. Rhizina.

13 { Petits trous, tubes ouverts ou lamelles contournées en labyrinthe 14
Aiguillons coniques ou comprimés, entiers ou incisés. . . . . 23ᵉ G. Hydnum.

14 { Tubes ou petits trous ronds ou polygones 15
Lamelles contournées en larges tubes, spirales ou labyrinthe . . . . 27ᵉ G. Dædalea.

15 { Tubes adhérents, formant une masse compacte . . 16
Tubes séparés, sans mutuelle adhérence ; chapeau charnu. . . . . 24ᵉ G. Fistulina.

16 { Chapeau coriace ou subéreux, généralement sessile.
. . . . 26ᵉ G. Polyporus.
Parasol charnu à pied central, . 25ᵉ G. Boletus.

17 { Substance de formes diverses, mais plus ou moins plane, creuse ou évasée 18
Substance cylindrique, rameuse, en massue, spatule, tubercules, ou sans forme constante et bien tranchée 24

18 { Substance généralement plane, sessile par le côté ou le dos 19
Substance concave ou convexe, communément pédicellée 20

19 { Substance coriace ; page inférieure lisse ou à papilles.
. . . . 19ᵉ G. Thelephora.
Substance membraneuse, à petits paquets de poussière rangés concentriquement. . . . . . .
. . . . 20ᵉ G. Coniophora.
Substance cartilagineuse, gélatineuse en dessous. .
. . . . 21ᵉ G. Auricularia.

20 { Limbe à bords relevés, rarement plans 21
Limbe très-rabattu, en forme de mitre ; surface supérieure fertile et lisse. . . . . 10ᵉ G. Helvella.

21 { Substance croissant sur terre ou sur bois 22
Petit champignon lenticulaire, sessile, se développant sur bouses. . . . . 6ᵉ G. Ascobolus.

22 {
Champignons charnus ou compactes comme de la cire, en entonnoir, gobelet ou plateau pédicellé . . . 23
Champignons cartilagineux, élastiques, à plateau en toupie et à surface gélatineuse. 5e G: BULGARIA.

23 {
Bords relevés en entonnoir, oreille, coupe ou soucoupe . . . . 7e G. PEZIZA.
Plateau sans bordure, puis convexe, d'un centimètre de large. . . . . 8e G. HELOTIUM.

24 {
Substance charnue, membraneuse, coriace ou subéreuse. 25
Substance mollasse, gélatineuse ou pulpeuse, au moins à l'humidité 38

25 {
Tiges, massues ou spatules simples ou rameuses . . 26
Simples tubercules isolés, agrégés ou enchaînés . . 32

26 {
Pied peu distinct du reste du champignon et de même nature 27
Pied bien distinct, d'une autre nature 30

27 {
Tiges, massues ou lobes de 3 centimètres et au-delà. 28
Petits cylindres ou massues de 3 à 6 millimètres. . 29

28 {
Substance charnue; massues ou tiges cylindriques, simples ou rameuses . . . 17e G. CLAVARIA.
Substance coriace; tiges planes, rameuses, dilatées et .cotonneuses au sommet . . . 18e G. MERISMA.

29 {
Rose brillant . . . . . . 14e G. PISTILLARIA.
Olive noirâtre . . . . . 2e G. ACROSPERMUM.

30 {
Massues à peu près cylindriques 31
Spatule à pied bordé de 2 côtes. 15e G. SPATULARIA.

31 {
Massues de 3 à 9 centimètres de hauteur . . . . 16e G. GEOGLOSSUM.
Petite massue ovale de 3 à 6 millimètres . . . . 13e G. MITRULA.

32 {
Tubercules (autres qu'habitations d'insectes) parasites de feuilles vivantes ou tiges vertes 33
Tubercules non parasites de feuilles vivantes. . . 34

33 {
Tubercules implantés sur des filaments rayonnants. . . . . 57e G. ERYSIPHE.
Tubercules sans filaments, adhérant à l'épiderme sans le rompre. . . . . . 59e G. XILOMA.

34 {
Substances charnues ou cartilagineuses, non remplies de pulpe en dedans 35
Substances ordinairement coriaces ou subéreuses, remplies d'une pulpe qui s'échappe du réceptacle. . 36

67 $\left\{\begin{array}{l}\text{Godet, tube ou calice protecteur des petits grains} \\ \text{formé par les débris de l'épiderme.} \ . \ . \ . \ . \\ . \ . \ . \ . \ . \ . \ . \ . \ \text{70}^e \ \text{G. Æcidium.} \\ \text{Grains ou poussière en petits paquets entièrement} \\ \text{nus, perçant ou ne perçant pas l'épiderme.} \ . \ . \\ . \ . \ . \ . \ . \ . \ . \ . \ . \ . \ \text{69}^e \ \text{G. Uredo.}\end{array}\right.$

68 $\left\{\begin{array}{l}\text{Tubercules rouges ou blancs, étranglés, parsemés de} \\ \text{petits grains.} \ . \ . \ . \ . \ \text{64}^e \ \text{G. Tubercularia.} \\ \text{Petits grains en fuseau sur un réceptacle arrondi.} \ . \\ . \ . \ . \ . \ . \ . \ . \ . \ . \ \text{65}^e \ \text{G. Fusarium.}\end{array}\right.$

69 $\left\{\begin{array}{l}\text{Filaments croissant sur les substances humides, en} \\ \text{putréfaction ou fermentation} \ . \ . \ . \ . \ . \ . \ \text{70} \\ \text{Filaments transparents, continus, en petit gazon sur} \\ \text{les feuilles vivantes} \ . \ . \ . \ \text{71}^e \ \text{G. Erineum.}\end{array}\right.$

70 $\left\{\begin{array}{ll}\text{Filaments à cloisons ou étranglements.} \ . \ . \ . \ . & \text{71} \\ \text{Filaments opaques, ordinairement continus} \ . \ . \ . & \text{74}\end{array}\right.$

71 $\left\{\begin{array}{l}\text{Globules fructifères seulement au sommet des fila-} \\ \text{ments.} \ . \ . \ . \ . \ . \ . \ . \ . \ . \ . \ . \ . \ . \ \text{72} \\ \text{Globules fructifères épars sur les filaments ou grou-} \\ \text{pés à leur sommet.} \ . \ . \ . \ . \ . \ . \ . \ . \ . \ \text{73}\end{array}\right.$

72 $\left\{\begin{array}{l}\text{Globules solitaires terminant les rameaux.} \ . \ . \ . \\ . \ . \ . \ . \ . \ . \ . \ . \ . \ . \ \text{72}^e \ \text{G. Mucor.} \\ \text{Globules en série terminale, comme des grains de} \\ \text{chapelet} \ . \ . \ . \ . \ . \ \text{73}^e \ \text{G. Aspergillus.}\end{array}\right.$

73 $\left\{\begin{array}{l}\text{Filaments fertiles dressés ; globules groupés au som-} \\ \text{met ou à la naissance des rameaux.} \ . \ . \ . \ . \\ . \ . \ . \ . \ . \ . \ . \ . \ . \ \text{74}^e \ \text{G. Botrytis.} \\ \text{Tous les filaments décombants et mêlés, parsemés} \\ \text{partout de globules.} \ . \ . \ \text{75}^e \ \text{G. Sporotrichum.}\end{array}\right.$

74 $\left\{\begin{array}{ll}\text{Filaments droits} \ . \ . \ . \ . \ . \ . \ . \ . \ . & \text{75} \\ \text{Filaments décombants} \ . \ . \ . \ . \ . \ . \ . \ . & \text{76}\end{array}\right.$

75 $\left\{\begin{array}{l}\text{Filaments verts et continus ; globules disséminés sur} \\ \text{leur surface.} \ . \ . \ . \ . \ . \ \text{76}^e \ \text{G. Chloridium.} \\ \text{Filaments vert-olive, articulés; globules formés par} \\ \text{les articles} \ . \ . \ . \ . \ \text{78}^e \ \text{G. Cladosporium.}\end{array}\right.$

76 $\left\{\begin{array}{l}\text{Filaments continus, mêlés à d'autres filaments arti-} \\ \text{culés et en chapelet} \ . \ . \ . \ \text{77}^e \ \text{G. Racodium.} \\ \text{Filaments tous continus ; absence totale de globules} \\ \text{fructifères.} \ . \ . \ . \ . \ . \ . \ \text{79}^e \ \text{G. Byssus.}\end{array}\right.$

77 $\left\{\begin{array}{l}\text{Champignons noirs, globuleux, non parasites, à chair} \\ \text{veinée.} \ . \ . \ . \ . \ . \ . \ . \ \text{54}^e \ \text{G. Tuber.} \\ \text{Champignons tuberculeux et filamenteux, parasites} \\ \text{de racines et donnant la mort au végétal.} \ . \ . \ . \\ . \ . \ . \ . \ . \ . \ . \ . \ \text{55}^e \ \text{G. Rhizoctonia.}\end{array}\right.$

Iʳᵉ Tribu : FONGÉES.

A cette tribu, la plus importante et la plus nombreuse, appartiennent tous les champignons à *hymenium*, ou membrane fructifère disposée à la surface, rarement totale, quelquefois supérieure, le plus souvent inférieure, du réceptacle. Ce réceptacle forme tantôt le corps entier du champignon, tantôt son évasement nommé plus spécialement *chapeau* quand il tend à la forme horizontale.

Les végétaux qui la composent croissent sur la terre, le fumier et le bois, mais jamais sur des feuilles vivantes; plusieurs espèces sont comestibles, plusieurs aussi sont des poisons dangereux.

Iʳᵉ Sous-Tribu : TRÉMELLINÉES. — Membrane fructifère, à semences nues répandues sur la surface entière du réceptacle et se confondant avec lui. Champignons mollasses, gélatineux ou membraneux, sans chapeau, et de formes peu constantes.

1ᵉʳ G. Dacrymyces. — Petits réceptacles arrondis, sessiles et glabres, rouges ou jaunes, gélatineux et charnus, tombant en eau.

1 { Sur troncs de chênes ou planches de sapin; tubercules convexes, jaune-orangé, plissés en vieillissant. . . . . D. *deliquescens*.
Sur orties desséchées; petit disque plan, lisse, rouge-orangé . . . . D. *urticœ*.

2ᵉ G. Acrospermum. — A. *compressum*. — Petite massue comprimée, lancéolée, obtuse, noire-olive, cartilagineuse et charnue, à sommet renflé et comme glacé par les sporules, haute de 4 millimètres, raide et croissant droite sur tiges mortes de plantes herbacées.

3ᵉ G. Tremella. — Expansions ou concrétions gélatineuses, molles, translucides, homogènes, lobées et plissées ou crispées, de formes et de couleurs diverses, assez grandes. (V. *D*.)

1 { Consistance élastique et demi-cartilagineuse; expansions en gazon. 2
Consistance purement gélatineuse; substance de formes diverses 3

⟨ Lobes onduleux, frangés, redressés, ridés, noirâtres.
2 ⟨ . . . . . . T. *fimbriata.* — Aulnes humides.
⟨ Lobes plissés, entiers, lisses, transparents, jaunes ou
⟨ cannelle. . . . T. *foliacea.* — Vieux sapins.

⟨ Couleur orange ; expansions ascendantes, plissées, on-
⟨ duleuses. T. *mesenterica.* — Branches tombées.
⟨ Couleur rougeâtre, rosâtre ou violacée ; gélatine en
3 ⟨ massue ou en lobes arrondis, analogues à de petits
⟨ intestins. . . T. *sarcoides.* — Troncs pourris.
⟨ Couleur blanchâtre ; expansions orbiculaires, ondu-
⟨ leuses, tenaces. T. *albida.* — Branches de frêne.

4° G. EXIDIA. — Cartilage mou, gélatineux, horizontal, poreux
ou rugueux en dessous, fructifère seulement à sa page supérieure,
garni de papilles, et finissant par se plisser en long. (V. D.)

⟨ Cartilage offrant les circonvolutions de l'oreille . . 2
1 ⟨ Cartilage plan, onduleux, noirâtre, cotonneux et
⟨ cendré en dessous. . . . .
⟨ . . . . . E. *glandulosa.* — Troncs et branches.

⟨ Cartilage sessile, concave, mince, onduleux, plissé et
⟨ noirâtre en dessus, cotonneux et olive-cendré en
2 ⟨ dessous . . . E. *auricula.* — Vieux sureaux.
⟨ Cartilage à petit pied excentrique, très-mou, plan,
⟨ tronqué, brun-olive . . . .
⟨ . . . . E. *gelatinosa.* — Saules marseaux.

IIᵉ Sous-Tribu : HELVELLACINÉES. — Sporidions renfermant
les gongyles ; membrane fructifère à la surface supérieure du réceptacle. Champignons rarement gélatineux, de formes déterminées, en coupe, à mitre ou à chapeau.

5ᵉ G. BULGARIA. — Réceptacle en toupie allongée, lisse, plan
ou légèrement concave et à petits rebords, rugueux en dehors et
sur le pied, de consistance élastique, gélatineuse et cartilagineuse,

⟨ Surface noirâtre ; disque intérieur à poussière ta-
⟨ chante ; pied peluché et ridé . . . .
⟨ B. *inquinans.* — En troupes sur chênes coupés. (V. D.)
1 ⟨ Surface rougeâtre, veinée en dessous ; soucoupe
⟨ grande et lobée, s'aplatissant peu à peu . . . .
⟨ . . . . . B. *sarcoides.* — Troncs pourris.

6ᵉ G. Ascobolus. — Petit réceptacle sessile, en lentille arrondie ; disque fructifère, à sporidions en massue, s'échappant élastiquement à la maturité. Petit champignon mollasse de 4 millimètres, croissant en touffe sur les bouses.

1 {
Réceptacle concave, verdâtre ou brun, farineux et grenu en dedans . . . . . . A. *furfuraceus.*
Réceptacle convexe, à petit rebord châtain, glabre et luisant . . . . A. *glaber.*
}

7ᵉ G. Peziza. — Réceptacle en cornet, coupe ou soucoupe, d'abord fermé, puis s'ouvrant de plus en plus, et communément pédicellé ; sporidions fixés dans l'hymenium lisse et laissant échapper les gongyles ; grandeur et consistance très-diverses. (V. D.)

1 {
Réceptacle en coupe ou cornet 2
Réceptacle en disque analogue à l'écusson des lichens. 29
}

2 {
Coupe ou cornet de 1 à 9 centimètres, croissant ordinairement sur terre 3
Coupe de 4 à 12 millimètres, croissant ordinairement sur végétaux morts 16
}

3 {
Réceptacle sessile ou à pédicelle court et épais . . 4
Réceptacle à pédicelle long et grêle 15
}

4 {
Limbe de la coupe ou du cornet à peu près régulier. 5
Limbe oblique, déjeté, se roulant souvent sur un côté. 11
}

5 {
Limbe de plus de 3 centimètres 6
Limbe de moins de 3 centimètres 7
}

6 {
Limbe brun, en gobelet, extérieurement marqué de veines en réseau, partant d'un large pied fistuleux et à jour . . . P. *acetabulum.* — Bois humides.
Limbe blanchâtre, sessile, en cloche, à lobes crénelés, d'abord en toupie globuleuse ; extérieur rugueux. . . . . P. *lycoperdoides.* — Terreau.
}

7 {
Bords de la coupe entiers 8
Bords de la coupe crénelés, dentelés et frangés . . 9
}

8 {
Coupe à petit pied solide, un peu convexe, rouge-orange ; extérieur à fibrilles entremêlées . . . . P. *araneosa.* — Bois, jardins.
Coupe sessile sur un duvet blanc, à disque convexe, orange ou lilas. P. *omphalodes.* — Vieux bois.
}

19
> Sur terre dans les bois; coupe hémisphérique, à disque blanc verdâtre; extérieur brun, à poils épais.
> . . . . P. *hemisphærica.*
> Sur bois mort; coupe plane, rouge vif; extérieur plus pâle; bords à soies noires . . P. *scutellata.*
> Sur fiente; coupe fauve, concave; poils châtains à l'extérieur et sur les bords . . . P. *stercorea.*

20
> Coupe toujours ouverte. 21
> Coupe ne s'ouvrant qu'à l'humidité. 22

21
> Coupe gélatineuse, aplatie, velue, blanchâtre, à disque blanc, sessile sur de longs poils feutrés. . .
> . . . . P. *cæsia.* — Vieux murs.
> Coupe coriace, brun-noirâtre, striée extérieurement, à fibres rugueuses; bords frangés. . . . . .
> . . . . . P. *farinacea.* — Ecorce de pins.

22
> Coupe globuleuse. 23
> Coupe concave 24

23
> Coupe jaune et orangée; intérieur et bords blancs et cotonneux . . . . P. *bicolor.* — Noisetiers.
> Coupe unicolore, roux-cendré; extérieur hérissé. .
> . . . . . . P. *corticalis.* — Arbres vivants.

24
> Extérieur hérissé, roux-noirâtre; intérieur lisse et blanchâtre. P. *hispidula.* — Branches tombées.
> Extérieur à poils rudes, les 2 côtés blanc de lait; bords à petits grains. P. *papillaris.* — Bois pourris.

25
> Coupe pédicellée. 26
> Coupe sessile. 27

26
> Long pied filiforme; coupe mince, blanc pâle, globuleuse, puis plane, très-entière . . . . .
> . . . . P. *cyathoidea.* — Tiges pourries.
> Pied court, épais; coupe citron, plane, convexe . .
> . . . . . . P. *citrina.* — Troncs pourris.

27
> Consistance molle ou tremblante 28
> Espèce de cire aqueuse; coupe globuleuse, noirâtre, à bords blanchâtres, rapprochés . . . . .
> . . . . P. *atrata.* — Ecorce.

28
> Coupe jaune-fauve, d'abord globuleuse et sans rebords. . . . P. *chrysocoma.* — Bois pourris.
> Coupe rose-incarnat, presque plane; bords à fossettes.
> . . . . P. *rubella.* — Ecorce.

29
> Disque coriace, glabre, couleur brique, s'amincissant en pied tordu. P. *coriacea.* — Fumier de cheval.
> Disque plan, sessile, noir, à bords enflés, comme glacé au centre. . . P. *patellaria.* — Ecorce.

8e G. HELOTIUM.—H. *agariciforme*.—Petit chapeau blanc, orbi-culaire, d'abord plan, puis convexe, lisse et sans aucun rebord, fructifère en dessus; long pédicelle régulier de 12 millimètres. — Bois pourris.

9e G. RHIZINA. — R. *undulata*. —Croûte de 6 à 9 centimètres, d'un brun châtain, charnue, raide et fragile, libre et fructifère en dessus; bords onduleux, infléchis; page inférieure concave et à fibrilles épaisses et plus pâles. — Mousse.

10e G. HELVELLA. — Chapeau orbiculaire, renflé, à pied cen-tral, concave en dessous et à bords sinueux et défléchis; page su-périeure lisse, fructifère, à sporidions persistants. — Bois humi-des. (V. D.)

1 { Pied épais; chapeau charnu, à bords plissés, adhé-rant au pied dans le principe 2
Long pied mince et fistuleux; chapeau blanchâtre, membraneux, à bords toujours libres et à 2 ou 3 lobes aigus . . . . H. *elastica*.

2 { Pied percillé, à côtes saillantes et tortueux; chapeau lobé, crispé, jaune pâle ou blanchâtre. H. *crispa*.
Pied lisse, duveté; chapeau brun, à bords rugueux, duveté et blanchâtre en dessous. . H. *esculenta*.

11e G. MORCHELLA. † MORILLE. — Chapeau ovoïde et se con-fondant plus ou moins avec son pied, à surface toute fructifère, marquée de fortes nervures en réseau formant des cellules poly-gones. Champignons comestibles, d'une chair consistante et de couleurs très-diverses, croissant sur terre au printemps. (V. D.)

1 { Chapeau adhérant tout entier au pédicelle. . . . 2
Chapeau s'en détachant en partie. 3

2 { Chapeau ovoïde, à fortes nervures, en gâteau d'abeil-les; pied cylindrique . . . . M. *esculenta*.
Chapeau cylindrique et pointu, à rides longitudinales plus prononcées que les rides transversales; pied conique . . . . M. *deliciosa*.

3 { Chapeau conique, blanchâtre ou jaunâtre, à cellules oblongues; pied blanc, lisse, de 6 ou 9 centimè-tres. . . . . M. *semilibera*.
Chapeau ovoïde, roussâtre, à cellules en losange; pied blanchâtre, plus court. . . . . . M. *patula*.

12ᵉ G. LEOTTIA. — L. *gelatinosa*. — Chapeau orbiculaire, de moins de 3 centimètres, en masse arrondie, de consistance mi-gélatineuse, mi-charnue ; surface lisse, humectée, jaune-verdâtre, fructifère comme les bords infléchis et adhérant au pied jaune, creux, égal, de 6 centimètres. — Feuilles tombées.

IIIᵉ SOUS-TRIBU : CLAVARINÉES. — Surface fructifère à sporidions allongés, répandue en majeure partie sur tout le réceptacle, qui tend à la forme arrondie de la massue ; tiges ou rameaux.

13ᵉ G. MITRULA. — M. *phalloides*. — Massue ovale de 4 à 6 millimètres, lisse, jaune, creuse en dedans, de substance charnue très-compacte, embrassant étroitement par sa base un pédicelle très-distinct, de plus de 3 centimètres, dressé, en zig-zag. — En petit gazon, sur feuilles demi-pourries.

14ᵉ G. PISTILLARIA. — P. *micans*. — Massue de 2 à 4 millimètres, charnue, mince, d'un rose brillant, se confondant insensiblement avec son pédicelle transparent et à surface lisse, ne portant ses sporidions qu'au sommet. — Sur herbes et feuilles sèches.

15ᵉ G. SPATULARIA. — S. *flavida*. — Massue membraneuse et charnue, comprimée en spatule jaunâtre, à pédicelle bordé des deux côtés par le prolongement de la spatule ; toute la surface fructifère. — Mousses, feuilles de pin.

16ᵉ G. GEOGLOSSUM. — Champignons agrégés, charnus, noirs ou verdâtres, en massue ou spatule entière ou bifide, s'amincissant en pédicelle ; massue seule fructifère. — Gazons humides.

1 { Couleur noirâtre. 2
    Vert ou olive ; massue entière, distincte du pied écailleux . . . . G. *viride*.

Massue ou spatule arrondie ou comprimée, hérissée, noire, de 3 à 9 centimètres, de diverses formes. . . . . G. *hirsutum.*

2 Massue étroite, souvent bifide, glabre et noirâtre; long pied poilu ou écailleux . . . G. *glabrum.*

Massue ovale, comprimée, distincte et visqueuse comme son pied, de 3 à 6 centimètres. G. *glutinosum.*

17ᵉ G. CLAVARIA. — Champignons charnus ou gélatineux, en massue ou ramifications à peu près cylindriques, recouverts en entier par la surface fructifère lisse, très-adhérente à la surface du champignon. (*V. D.*)

1 { Substance charnue 2
Substance gélatineuse et visqueuse 14

2 { Tiges simples ou fourchues, plus ou moins en massue. 3
Tiges rameuses 6

3 { Plusieurs tiges groupées, de 3 à 9 centimètres. . . 4
Massue solitaire, de 12 à 15 centimètres, ferme, glabre, d'un jaune roux, d'abord cylindrique, puis renflée au sommet. . . . . C. *pistillaria.* — Bois de hêtres.

4 { Tige pleine, jaune ou orangée. 5
Tige fistuleuse, blanche, fragile, en massue comprimée, tordue, rugueuse en vieillissant. . . . . C. *fragilis.* — Bruyères.

5 { Massues cylindriques, entières, allongées, obtuses, d'un beau jaune; pied mince, plus pâle . . . . C. *helvola.* — Bois et prés.
Tiges comprimées, anguleuses, cannelées, souvent bifides, pointues, d'inégale longueur . . . . C. *inæqualis.* — Sur terre.

6 { Tige mince, à rameaux grêles. 7
Tige épaisse, à rameaux nivelés et très-serrés. . . 11

7 { Couleur rousse ou blanche 8
Couleur violette; tige lisse, très-rameuse; rameaux allongés, simples à la base, cylindriques, obtus. . . . . C. *amethystea.* — Prés.

8 { Tiges lisses et toujours rameuses. 9
Tiges rugueuses, blanchâtres, gazonneuses, les unes simples, les autres à quelques rameaux obtus . . . . C. *rugosa.* — Lieux humides.

9 { Tiges agrégées 10
Tige solitaire, allongée, à 2 ou 3 bifurcations; rameaux aigus, courbés en croissant. . . . . .
. . . . C. *muscoides.* — Bois.

10 { Couleur blanc de neige; rameaux dilatés au sommet, élégamment découpés en crête aiguë. . . . .
. . . . C. *cristata.* — Terre boueuse.
Couleur blanc-jaunâtre; tige très-rameuse, blanche, en zig-zag; rameaux divergents . . . . . .
. . . . . C. *muscigena.* — Mousse, troncs.
Couleur jaune; branches courtes, genouillées, divergentes; rameaux obtus, nivelés . . . . . .
. . . . . C. *pratensis.* — Mousse, prés.

11 { Tige plus ou moins droite; branches glabres. . . 12
Tige décombante, très-épaisse, à rameaux jaunes, nivelés, obtus. . . C. *botrytis.* — Bois, bruyères,

12 { Branches et rameaux arrondis. 13
Branches comprimées, dilatées, grisâtres ou roussâtres; rameaux obtus, nivelés . . . .
. . . . C. *cinerea.* — Bois.

13 { Tige très-droite, assez épaisse; rameaux blancs, droits, allongés, dichotomes, inégaux et aigus . . . .
. C. *coralloides.* — Bois de sapins. (Comestible.)
Tige assez droite, très-épaisse; rameaux jaunes, nivelés, obtus. C. *flava.* — Les bois. (Comestible.)

14 { Tiges jaunes, simples ou rameuses, en gazon, très-fragiles, soudées à la base, acuminées au sommet.
. . . . C. *cornea.* Bois demi-pourri.
Tiges jaune d'ambre, un peu rameuses, minces, à racines et rameaux fourchus . . . . . .
. . . . . . C. *viscosa.* — Vieux troncs.

18e G. MERISMA. — Tiges coriaces, irrégulières, à rameaux comprimés, dilatés et filamenteux au sommet, recouvertes en entier par la surface fructifère qui est adhérente; sporidions à la page inférieure seulement.

1 { Tige droite, à rameaux distincts 2
Tige décombante, formant une croûte tuberculeuse; rameaux frangés, découpés en crête. . . . .
. . . . M. *cristatum.* — Bois humides.

2 {
Tige noirâtre, molle, à rameaux striés, frangés et cotonneux au sommet . . . .
. . . . M. *coralloideum*. — Feuilles mortes.
Tige rouge-brun, à rameaux unis, palmés, pubescents, blanchâtres au sommet . . . .
. . . . M. *palmatum*. — Bois de pins humides.
}

IV° Sous-Tribu : AGARICINÉES. — Surface fructifère, rarement lisse, revêtant seulement le dessous d'un chapeau communément horizontal; sporidions allongés.

19° G. THELEPHORA. — Chapeau mince, coriace, consistant, très-rarement pédicellé, appliqué communément sur l'écorce; surface fructifère, lisse ou à papilles rondes, se confondant avec la page inférieure.

1 {
Croûte ou chapeau libre dans quelqu'un de ses bords.   2
Croûte toute adhérente   9
}

2 {
Plante croissant sur bois   3
Plante croissant sur terre   8
}

3 {
Chapeau imbriqué   4
Chapeau simple   7
}

4 {
Surface pubescente, soyeuse ou glabre, douce au toucher   5
Surface hérissée et rude, marquée de zônes . . .   6
}

5 {
Plante membraneuse, striée, blanchâtre, pubescente, jaune d'ocre, glabre, puis poreuse en dessous . .
. . . . T. *papyrina*. — Troncs de pins.
Plante coriace, très-mince, soyeuse, brillante, brun de fer; bords crispés. T. *tabacina*. — Noisetiers.
Plante presque ligneuse, marquée de zônes, d'un roux châtain, à papilles, peluchée en dessous. . . .
. . . . T. *rubiginosa*. — Vieux hêtres.
}

6 {
Plante coriace, glabre, lisse, jaunâtre, brune ou cendrée en dessous. T. *hirsuta*. — Vieilles poutres.
Plante molle, à zônes brunes, glabre et rouge en dessous. . . . . . T. *purpurea*. — Troncs.
}

7 {
Plante membraneuse, couleur de chair, étendue en long, à bords roulés, noire et libre en dessous. .
. . . . T. *corticalis*. — Branches mortes.
Plante coriace, arrondie, concave et blanchâtre, glabre en dessus, peluchée en dessous . . . . .
. . . . T. *disciformis*. — Chênes.
}

8 {
Plante membraneuse, glabre, plissée à sa base, grande comme la main ; bords cotonneux et réfléchis. . . . . . T. *phylacteris*. — Souches.
Plante rouge-brun, coriace, en entonnoir et en gazon, fibreuse et striée en dessus, lisse en dessous . . . . T. *caryophyllea*. — Bois de pins.
}

9 {
Couleur de chair 10
Couleur jaune-orangé 11
Couleur blanc ou cendré 13
Couleur bleu de ciel ; plaque longitudinale, cotonneuse, rugueuse en séchant, à petites papilles . . . . T. *cœrulea*. — Bois pourri.
Couleur de fer ; plante orbiculaire, duvetée, à papilles ou poussière dans son milieu . . . . T. *ferruginea*. — Fentes d'arbres.
}

10 {
Mince membrane, rose et lisse, cotonneuse en dessous ; bords blancs, soyeux. T. *rosea*. — Ecorce.
Plante inhérente, rose, glabre, mais à tubercules anguleux. . . . . T. *polygonia*. — Rameaux.
}

11 {
Plante croissant sur bois 12
Plante croissant sur terre, feuilles mortes ou gazon ; couche lisse, blanc-jaunâtre, molle et charnue comme du suif. . . . . T. *sebacea*.
}

12 {
Plaque mince, glabre, très-large, d'un rose jaune, se glissant sous l'écorce qu'elle détruit . . . . T. *comedens*. — Branches sèches.
Plaque épaisse, glabre, orangée, à bords soyeux et quelques papilles. . T. *aurantiaca*. — Ecorce.
}

13 {
Plante blanche, tuberculeuse, à enduit farineux et bords glabres. . T. *sambuci*. — Vieux sureaux.
Plante grisâtre, fendillée, adhérente, à quelques papilles très-obtuses, en toupie. T. *calcea*. — Ecorce.
Plante cendrée, mince, large, lisse et glabre, sèche, fendillée . . . . . T. *cinerea*. — Branches.
}

20ᵉ G. CONIOPHORA. — C. *membranacea*. — Champignon blanchâtre, mince, membraneux, orbiculaire, adhérent aux poutres de serres chaudes par sa surface stérile, et portant sur l'extérieure des amas nombreux de poussière disposés en zônes brunes, concentriques ; bords soyeux, plus pâles.

21ᵉ G. AURICULARIA. — A. *mesenterica*. — Champignon élastique, coriace et gélatineux, formant dans le principe une croûte adhérente aux troncs, puis se détachant par le haut et se renversant à moitié ; surface supérieure à zônes veloutées, grises ou cendrées ; surface inférieure gélatineuse et fructifère. — Noyers, ormes.

22ᵉ G. Sistotrema. — S. *confluens*. — Champignon charnu, blanc, puis jaunâtre, à chapeau plus ou moins bien pédicellé, portant en dessous une surface fructifère assez distincte du réceptacle, formée par des lamelles interrompues, courtes, éparses, dentelées en crête de coq. — Bois de pins sablonneux.

23ᵉ G. Hydnum. — Champignons coriaces ou charnus, de formes diverses, plus communément à chapeau ; surface inférieure fructifère, de même nature que le réceptacle, mais hérissée de petits aiguillons ou tubercules, portant les sporidions à leur sommet. (*V. D.*)

1 { Plantes croissant sur bois 2
Plantes croissant sur terre. 14

2 { Aiguillons serrés, libres ou réunis à la base par une espèce de réseau . . . .
Tubercules distincts, les uns arrondis, les autres très-longs. Champignon glabre, jaune-orange, naissant sous l'épiderme et se faisant jour . . . . H. *thelephoroideum.*

3 { Bords plus ou moins libres, plus ou moins épais. . 4
Plante mince, toute appliquée. 7

4 { Chapeau horizontal, latéral. 5
Tronc simple ou rameux 6

5 { Chapeau gélatineux, glauque, pâle sur les deux faces, l'inférieure à aiguillons dilatés, coniques . . . . H. *gelatinosum.* — Troncs pourris.
Grand chapeau charnu, en cœur, blanc-jaunâtre, à longs aiguillons pendants ; pied courbé . . . . H. *erinaceum.* — Vieux chênes.

6 { Tige blanche, de 3 décimètres, à rameaux nombreux, minces, étalés, garnis en dessous d'aiguillons unilatéraux . . . . H. *coralloides.* — Vieux bois. (Comestible.)
Tronc blanchâtre, court, simple, oblique, épais, à aiguillons serrés, droits, onduleux . . . . H. *caput-Medusæ.* — Bois pourri.

7 { Aiguillons arrondis, égaux, entiers 8
Aiguillons comprimés, incisés, anguleux ou de formes diverses 11

8 { Plante brune ou couleur de rouille 9
  { Plante blanche ou blanchâtre. 10

9 ⎰ Surface glabre, à pourtour peu distinct.
  ⎱ . . . . . H. *membranaceum*. — Bois mort.
  { Surface cotonneuse; aiguillons aigus, droits, quel-
  ⎱ ques uns bifides. . H. *ferrugineum*. — Troncs.

10 ⎰ Pellicule très-mince, farineuse ; pourtour soyeux ;
   ⎱ aiguillons très-minces. H. *farinaceum*. — Troncs.
   { Large membrane à rebords soyeux ; aiguillons courts
   ⎱ et serrés. . . . . . H. *niveum*. — Chênes.

11 ⎰ Plante unie, blanchâtre. 12
   ⎱ Membrane marquée de côtes saillantes, rose pâle, à
   { pourtour frangé ; aiguillons rugueux. . . . .
   ⎱ . . . . . H. *fimbriatum*. — Troncs abattus.

12 ⎰ Plaque ou membrane glabre 13
   ⎱ Membrane cotonneuse, à aiguillons arrondis, pubes-
   { cents, plans, blancs, à petite barbe dorée . . .
   ⎱ . . . . . H. *barba-Jovis*. — Troncs vermoulus.

13 ⎰ Plaque blanc pâle; aiguillons obliques, épais, serrés,
   ⎱ jaunâtres. . . . H. *quercinum*. — Bois mort.
   { Membrane blanche, à aiguillons serrés, déjetés, velus
   ⎱ au sommet . . H. *paradoxum*. — Bois écorcé.

14 { Plante charnue 15
   { Plante coriace, subéreuse ou ligneuse 17

15 ⎰ Chapeau sans zônes 16
   ⎱ Chapeau zôné, tacheté ou écailleux, couleur brique,
   { à aiguillons blanchâtres, allongés, égaux . . .
   ⎱ H. *subsquammosum*. — Bois de pins. (Comestible.)

16 ⎰ Chapeau glabre, rugueux, blanc-roussâtre; aiguillons
   ⎱ inégaux, assez épais . . . .
   { . . . . H. *repandum*. — Forêts. (Comestible.)
   ⎱ Chapeau presque lisse, roux-cendré ; aiguillons et
   ⎱ pied lisses, blanc-cendré . . . .
   ⎱ . . . . . . H. *lœvigatum*. — Bois de pins.

17 ⎰ Pied central 18
   ⎱ Pied latéral, long, souvent rameux, cotonneux comme
   { le chapeau qui est châtain et à aiguillons égaux. .
   ⎱ . . . . . H. *auriscalpum*. — Bois de pins.

18 ⎰ Couleur brun de fer. 19
   ⎱ Couleur grise ; chapeau sinueux, pubescent ou écail-
   ⎱ leux; pied ventru. H. *cinereum*. — Bois de pins.
   { Couleur passant du pourpre-brun au bleu-noir; cha-
   ⎱ peau glabre, irrégulier, strié, à bords et aiguillons
   ⎱ blancs. . . . . . H. *pullum*. — Bois de pins.

19 {
Chapeau conique, peluché, brun de fer en dedans comme le pied et les aiguillons . . . . . .
. . . . H. *hybridum*. — Bois de pins.
Chapeau en entonnoir, rugueux, fibreux, marqué de zônes; aiguillons roux. H. *cyathiforme*. — Forêts.
}

24ᵉ G. FISTULINA. — F. *hepatica*. — Champignon à moitié charnu; chapeau rougeâtre en dessus et marbré en dedans; page inférieure fructifère, d'abord marquée de verrues, puis de très-longs tubes cylindriques, non adhérents les uns aux autres, d'abord fermés, puis ouverts et dentelés, contenant les gongyles. — Souches de chênes.

25ᵉ G. BOLETUS. — Champignons charnus, croissant sur terre, à pédicelle central et à chapeau hémisphérique ou plan; surface fructifère inférieure, distincte du réceptacle, toute formée de tubes très-minces, adhérents entre eux, percés au bout et renfermant les gongyles. (V. D.)

1 {
Tubes jaunes, rougeâtres ou ferrugineux 2
Tubes blancs ou citrins. 6
}

2 {
Pied sans anneau membraneux 3
Pied à anneau, ponctué au sommet; chapeau jaunâtre, souvent gluant, à pores arrondis . . . .
. . . . B. *luteus*. — Bois.
}

3 {
Pied lisse 4
Pied à réseau épais, long et rouge; chapeau cotonneux, tuberculeux, olive, puis brun-fauve et visqueux; tubes jaunes à trou rouge; chair jaune, bleuissante. . B. *luridus*. — Bois. (Vénéneux.)
}

4 {
Chapeau glabre 5
Chapeau duveté, convexe, jaune-brun; longs tubes jaunes à trou anguleux; chair jaune, bleuissante.
. . . B. *subtomentosus*. — Forêts. (Comestible.)
}

5 {
Tubes rouges ou roux; chapeau cannelle; pied très-jaune en dedans et à sa base. . . . . . .
. . . . B. *piperatus*. — Forêts.
Tubes jaunes et courts; chapeau cendré ou livide; chair jaune-verdâtre; long pied . . . . .
. . . . B. *lividus*. — Terre humide.
}

6 {
Pied lisse 7
Pied à réseau ; chapeau glabre 8
Pied écailleux, rude, blanc en dedans ; chapeau bistré, visqueux ; tubes libres, arrondis. . . . .
. . . . B. *viscidus*. — Les bois. (Comestible.)

7 {
Chapeau châtain-brique, à chair blanche ; tubes blancs, puis jaunâtres ; pied fauve. . . . .
. . . . B. *castaneus*. — Forêts. (Comestible.)
Chapeau brun pâle, à chair blanche, devenant à l'air d'un beau bleu ; pied ventru, blanc au sommet.
. . . . B. *cyanescens*. — Les bois.

9

8 {
Pied ventru . . . .
Pied cylindrique, allongé, jaunâtre ; chapeau noir-bronzé, à chair blanche, verdissant à l'air ; tubes citrins. . . B. *cereus*. — Les bois. (Comestible.)

9 {
Chapeau brun, à tubercules ; tubes passant du blanc au jaune-verdâtre ; pied roux . . . . .
. . . . B. *edulis*. — Forêts. (Comestible.)
Chapeau fauve, doux au toucher ; tubes anguleux, blanc-rose ; pied fauve ; chair amère. . . . .
. . . . B. *felleus*. — Bois de plus.

26° G. POLYPORUS. — Champignons communément coriaces ou comme du liége, souvent très-épais, rarement pédicellés, mais attachés par le côté ou par le dos ; page inférieure fructifère, formée de petits tubes poreux soudés les uns aux autres et se confondant avec le chapeau. (V. D.)

1 {
Pores arrondis et en petits trous d'aiguille. . . . 2
Pores à 4 ou 5 côtés, comme les alvéoles d'abeilles. 33

2 {
Champignons sessiles ou à pied latéral, croissant sur bois. 3
Champignons à pied central, croissant sur terre . . 30

3 {
Champignons en gazon, ou tiges à chapeaux imbriqués 4
Champignons simples, à chapeau unique 7

4 {
Chair tendre et molle. 5
Très-larges chapeaux coriaces, presque sessiles, imbriqués, onduleux, jaune-fauve, à tubes plus pâles.
. . . . . . P. *imbricatus*. — Frênes, chênes.

5 {
Chapeaux larges de 9 centimètres et au-delà . . . 6
Moitiés de chapeaux de 3 centimètres, s'amincissant en pied très-rameux ; surface rugueuse, brun-cendré ; tubes blancs . . . .
. . . . . P. *frondosus*. — Souches de chênes.

17 { Chapeau glabre, tuberculeux, à zônes et pores jaunâtres, un peu charnu, en sabot de cheval . . .
. . . . P. *laricis.* — Mélèzes. (*V. D.*)
Chapeau poilu, sans zônes, à pores bruns; odeur
d'anis. . . . . . P. *suaveolens.* — Saules.

18 { Champignons très-épais. 19
Champignons minces 22

19 { Champignons presque hémisphériques, triangulaires
ou en sabot de cheval 20
Champignons à peu près aplatis 21

20 { Chapeau noir-châtain, à enduit blanc, dur en dehors,
tendre en dedans; pores glauques, roux pâle . .
P. *fomentarius.* † *Amadouvier.* — Grands arbres.
(*V. D.*)
Chapeau brun-cendré, dur en dedans et en dehors;
bords et pores jaune-cannelle . . . .
. . . P. *igniarius.* — Saules et frênes. (*V. D.*)

21 { Chapeau glabre, zôné, passant du jaune pâle au roux;
substance dure; pores brun de fer . . . . .
. . . . P. *fraxineus.* — Frênes.
Chapeau cannelle, tuberculé, sans zônes; substance
molle; bords renflés, passant du blanc au brun. .
. . . . P. *dryadeus.* — Chênes.

22 { Croûte aplatie et réfléchie 23
Chapeau tout horizontal, subéreux, aplati, rugueux,
pubescent, zôné, châtain clair; bords et dessous
cannelle. . . . . . P. *ribis.* — Groseilliers.

23 { Substance dure; chapeau châtain-clair, concave en
dessous, strié en travers de larges lignes imbriquées; pores cannelle. P. *conchatus.* — Saules.
Substance coriace et spongieuse, d'un brun ferrugineux, à tubes très-longs, formant des croûtes sur
les poutres des souterrains. . . P. *cryptarum.*

24 { Champignons et pores blancs 25
Champignons et pores jaunes, à bords lobés, plus
pâles. . . . . P. *nitidus.* — Hêtres.

25 { Croûte ou membrane peu épaisse. 26
Croûte coriace, dure, glabre, anguleuse, de 6 milli-
mètres d'épaisseur, s'étendant en long . . . . .
. . . . . . P. *medulla-panis.* — Bois coupé.

26 { Champignons s'étendant en forme déterminée. . . 27
Champignon orbiculaire, à bords cotonneux et pores
glabres, de formes différentes . . . . . .
. . . . P. *cerasi.* — Cerisiers.

27 {
Substance filamenteuse ou soyeuse 28
Croûte très-adhérente, sèche, lisse, très-étendue en long, à bords pubescents et pores égaux. . . .
. . . . P. *vulgaris*. — Bois coupé.
}

28 {
Côtes saillantes, parcourant la surface en tous sens; pores groupés, assez longs, irréguliers . . . .
. . . . P. *Vaillantii*. — Souterrains.
Surface unie et molle, soyeuse sur les bords; pores nombreux, serrés, très-menus . . . .
. . P. *molluscus*. — Feuilles et troncs pourris.
}

29 {
Chapeau coriace, glabre et lisse, passant du jaune-paille au brun-marron; pied court, à raies noires.
. . . . P. *varius*. — Troncs.
Chapeau subéreux et pied glabre, luisant, châtain; pores ronds, plus pâles. . P. *lucidus*. — Troncs.
}

30 {
Substance charnue, molle, blanche 31
Substance coriace ou subéreuse, brun ferrugineux en dedans 32
}

31 {
Pied noir, mince et cylindrique; chapeau brun, mince, ombiliqué.
P. *melanopus*. — Branches tombées. (Comestible.)
Pied brun pâle; chapeau lisse, brun-cendré, concave, à pores blancs.
. . P. *fuliginosus*. — Bois, jardins. (Comestible.)
}

32 {
Chapeau cannelle, peluché, marqué de zônes; pores de même couleur, ainsi que le pied qui est tubéreux.
. . . . P. *perennis*. — Troncs.
Chapeau roux, hérissé, à pied court et rugueux; pores onduleux, déchirés, d'abord blancs . . .
. . . . P. *rufescens*. — Les bois.
}

33 {
Chapeau horizontal, grand et épais, mi-charnu, acajou, à écailles noirâtres; pied très-gros. . . .
. . . . . P. *squammarius*. — Noyers. (V. D.)
Chapeau triangulaire, brun, écailleux, coriace, subéreux, étendu, réfléchi . . . .
. . P. *Gallicus*. — Arbres morts ou languissants.
}

27ᵉ G. DÆDALEA. — Champignons subéreux ou coriaces, à chapeau sessile par le côté; page inférieure fructifère, de même substance que le réceptacle, offrant un labyrinthe formé par des lamelles anastomosées ou par des tubes irréguliers et onduleux.

1 {
Tubes plutôt que lamelles. 2
Lamelles plutôt que tubes 5
}

2 { Chapeau glabre 3
  { Chapeau duveté 4

3 { Substance subéreuse , blanc de neige passant au
      fauve, à odeur d'anis ; tubes allongés, roussâtres.
      . . . . D. *suaveolens*. — Saules.
    Substance molle, roussâtre ; larges tubes séparés par
      des lacunes. . . D. *suberosa*. — Pieux, troncs.

4 { Chapeau à zônes alternativement glabres et velues ;
      tubes blancs, onduleux. D. *variegata*. — Hêtres.
    Chapeau tout velu, zôné, cendré, imbriqué ; tubes
      cendrés, en labyrinthe. D. *confragosa*. — Alisiers.

5 { Substance subéreuse ou ligneuse ; chapeau glabre. . 6
  { Substance molle ou coriace ; chapeau cotonneux. . 7

6 { Chapeau blanchâtre, épais, à petites rides ; lamelles
      se contournant les unes dans les autres . . . .
      . . . . . D. *quercina*. — Poutres, chênes.
    Chapeau brun-roussâtre, zôné ; lamelles droites, ra-
      meuses, glauques. · . D. *abietina*. — Sapins.

7 { Chapeau châtain clair, à duvet rude ; lamelles ra-
      meuses et anastomosées, jaunâtres comme le bord.
      . . . . D. *sepiaria*. — Pins pourris.
    Chapeau blanc sale, à zônes concentriques ; lamelles
      rameuses, à bords déchirés . . . .
      . . . . D. *betulina*. — Troncs secs.

28ᵉ G. SCHIZOPHYLLUM. — S. *commune*. — Champignon coriace
et subéreux, à petit chapeau blanchâtre, horizontal, attaché par
le côté ; page inférieure fructifère, formée de lamelles rayonnantes, parallèles, fourchues, anastomosées, toutes bifides longitudinalement, rouge-cendré. — Souches, aulnes.

29ᵉ G. MERULA. — Champignons mous, sessiles, étendus ou à
moitié réfléchis ; surface fructifère de même nature, formant à la
page inférieure des plis ou des veines rugueuses anastomosées en
cellules irrégulières. (**V. D.**)

1 { Substance mince, toute appliquée, très-large, jaune-
      orange, à bords blancs, cotonneux, suintant des
      gouttelettes . M. *lacrymans*. — Vieilles poutres.
    Substance gélatineuse et charnue, à moitié réfléchie,
      imbriquée et cotonneuse, à petites mailles rouges,
      aiguës. . . . . M. *tremellosa*. — Troncs coupés.

30ᵉ G. CANTHARELLUS. † CHANTERELLE. — Champignons à chapeau horizontal ou en entonnoir, membraneux ou charnu, relevé en dessous de plis rayonnants, rameux, parallèles, non anastomosés, obtus, de même nature que le réceptacle.

1 { Espèces sessiles ou à pied latéral, croissant sur bois ou mousse 2
{ Espèces terrestres, à pied central, souvent en touffe. 5

2 { Substances membraneuses, coriaces ou charnues. . 3
{ Substance gélatineuse; chapeau sessile, noir en dessus, brun en dessous; veines inégales, rayonnantes. . . . . C. tenellus. — Poutres pourries.

3 { Chapeau glabre et simple 4
{ Chapeaux velus, imbriqués, roussâtres, à plis dichotômes, blanchâtres et crispés comme les bords. . . . . C. crispus. — Rameaux de hêtre.

4 { Chapeau sessile, vertical, arrondi, lisse et blanc, cendré en dessus, brun et à veines réticulées en dessous. . . . . C. retirugus. — Mousse.
{ Chapeau pédiculé, horizontal, brun pâle, rugueux, opaque; plis luisants, rameux. . . . . C. muscigenus. — Sur mousse.

5 { Pied creux. 6
{ Pied tout rempli. 8

6 { Pied et chapeau brun et noirâtre, celui-ci écailleux, ouvert au fond. 7
{ Pied et chapeau jaunâtres, celui-ci en entonnoir, membraneux, onduleux; veines entrelacées, grisroussâtre. . . C. lutescens. — Bois humides.

7 { Chapeau en pavillon de trompette, à bords réfléchis et veines peu marquées, glauque-cendré. . . . . C. cornucopioides. — Forêts.
{ Chapeau en entonnoir; veines distantes, très-marquées, courant sur le pied, d'un cendré luisant. . . . . C. hydrolipes. — Bois secs.

8 { Chapeau membraneux, ondulé, crispé, d'un roux pâle, rugueux, et plus pâle encore en dessous. . . . . C. undulatus. — Les bois.
{ Chapeau charnu, glabre, sinueux, jaune ou orangé; plis renflés; pied plus mince en bas. . . . . C. cibarius. — Forêts. (Comestible.)

31ᵉ G. AGARICUS. — Champignons à chapeau horizontal, communément pédiculé, charnu ou membraneux; page inférieure fructifère, distincte du chapeau, formée de lamelles simples, parallèlès, rayonnantes, souvent entremêlées de lamelles plus petites, portant les sporidions dans le sens de leur longueur. (V. D.)

1 { Pied nul on non central. 2
  { Pied central 13

2 { Chapeau membraneux, de quelques millimètres . . 3
  { Chapeau charnu ou coriace, de 3 centimètres et au-
  { dessus 4

3 { Chapeau blanc de lait, soyeux ; lamelles blanc sale ;
  { pied excentrique. A. *variabilis*. — Troncs pourris.
  { Chapeau bleu d'ardoise, sessile, pointu à sa base ; la-
  { melles rouges, puis noires . . . .
  { . . . . . A. *applicatus*. — Troncs pourris.

4 { Substance charnue, compacte ou coriace 5
  { Substance gélatineuse, visqueuse ; chapeau flasque,
  { poli, à taches rousses. . . A. *mollis*. — Troncs.

5 { Lamelles ne se prolongeant point sur le pied . . . 6
  { Lamelles décurrentes, souvent divisées. 9

6 { Surface à petites écailles membraneuses 7
  { Absence d'écailles membraneuses 8

7 { Champignon solitaire ; chapeau blanchâtre, oblique,
  { à écailles ternes ; lamelles distantes et pied blanc.
  { . . . . A. *dryinus*. — Chênes.
  { Champignons agrégés ; chapeaux en rein, couleur can-
  { nelle ; lamelles en élégant réseau ; goût d'encre
  { très-fort. . . . . A. *stypticus*. — Souches.

8 { Chapeaux roux, agrégés ; larges lamelles de même
  { couleur ; pieds glabres et blanchâtres . . . .
  { . . . . A. *palmatus*. — Troncs.
  { Chapeau jaunâtre, très-grand, marbré de taches ron-
  { des ; très-larges lamelles blanches, échancrées ;
  { pied bulbeux. . . . A. *ulmarius*. — Ormes.

9 { Lamelles simples, non anastomosées. 10
  { Lamelles rameuses, non anastomosées 11
  { Lamelles s'anastomosant à la base. 12

10 { Chapeau oblique, en spatule, brun-blanchâtre ; la-
   { melles blanches ; pied latéral, demi-cylindrique.
   { . . . . . . A. *petaloides*. — Hêtres, sapins.
   { Chapeau orbiculaire ou ovale, tacheté ; lamelles
   { roses ; pied presque central. . . . . . .
   { . . . . A. *orcellus*. — Terre et troncs.

11 {
Chapeaux horizontaux, blanchâtres, rudes, très-grands; lamelles blanches; pieds cotonneux . . . . A. *salignus*. — Hêtres, saules.
Chapeaux roussâtres, sinueux, assez grands; lamelles pâles, crispées à leur base; pieds branchus, à racines. . . . . . . A. *inconstans*. — Troncs.
}

12 {
Lamelles glanduleuses; chapeaux compactes, châtain clair. A. *glandulosus*. — En gazon sur troncs.
Lamelles sans glandes; chapeaux charnus, noirâtres ou bruns; pied court ou nul . . . . . . A. *ostreatus*. — En gazon, souches. (Comestible.)
}

13 {
Pied sans anneau membraneux ou sans *volva* (membrane qui renfermait le jeune champignon en tout ou en partie) 14
Pied accompagné d'un anneau ou des lambeaux de la *volva*. 141
}

14 {
Champignon à suc aqueux. 15
Champignon à suc laiteux, blanc-jaune ou rougeâtre. . . . . (Communément dangereux.) 126
}

15 {
Chapeau membraneux, ne consistant presque qu'en une peau mince et en feuillets. 16
Chapeau plus ou moins charnu 41
}

16 {
Chapeau très-lisse, sans poils. 17
Chapeau plissé, sillonné, strié. 19
Chapeau rugueux, écailleux ou à taches peluchées . 36
Chapeau poilu ou pubescent, surtout dans sa jeunesse. 39
}

17 {
Chapeau de 4 à 10 millimètres 18
Chapeau de 18 à 24 millimètres, blanc, brillant, ombiliqué; lamelles jaunes; pied velu, fistuleux. . . . . A. *umbilicatus*. — Feuilles.
}

18 {
Lamelles très-décurrentes; chapeau convexe, rouge d'ocre, puis blanchâtre; pied plein, jaunâtre . . . . A. *fibula*. — Mousse.
Lamelles adhérentes, blanches; chapeau campanulé, bigarré de blanc, rose ou vert; pied blanc, filiforme . . . . . . A. *adonis*. — Les bois.
}

19 {
Chapeau de 2 à 8 millimètres de large 20
Chapeau de 3 centimètres au moins. 30
}

20 {
Pied assez long, plus ou moins droit. 21
Pied très-court, toujours courbé; très-petit chapeau hémisphérique, ombiliqué, strié, roussâtre, blanchâtre ou bleuâtre. . . . . A. *corticalis*. — Chênes à lichen, après la pluie. (V. D.)
}

21 { Chapeau sillonné ou strié jusqu'au sommet . . . 22
{ Chapeau strié seulement au bord. 28

22 { Plante croissant sur terre ou écorce 23
{ Production éphémère du fumier; chapeau en cloche,
{ cendré, à disque roux; bords fendus; long pied
{ grêle . . . . A. ephemerus. (V. D.)

23 { Pédicelle entièrement glabre 24
{ Pédicelle velu à sa base. 26
{ Pédicelle à base rugueuse ou hérissée, émettant des
{ racines; chapeau brun; lamelles blanchâtres, à
{ petite dent. . . . .
{ . . . . A. galericulatus. — Troncs, racines.

24 { Pied droit, noirâtre ou ardoisé. 25
{ Pied droit, blanc; chapeau en cloche, bigarré de
{ raies rousses; lamelles blanches, décurrentes . .
{ . . . . A. variegatus. — Gazon.
{ Pied courbé; chapeau plissé en cloche ovale, ocré
{ ou cendré; lamelles cendrées, adhérentes . . .
{ . . . . . . A. disseminatus. — Vieux saules.

25 { Chapeau obtus, strié, noirâtre comme le pédicelle,
{ à bords et lamelles blanchâtres. . . . . . .
{ . . . . A. atrocyanus. — Sur terre.
{ Chapeau convexe, plissé, blanc-roussâtre; pied
{ sillonné, noir et très-glabre. . . . .
{ . . . . A. androsaceus. — Feuilles mortes.

26 { Chapeau blanchâtre 27
{ Chapeau rose, campanulé, protubérant; lamelles
{ blanchâtres; pied filiforme . . . .
{ . . . . . . A. roseus. — Petites branches.
{ Chapeau brun-livide, obtus; lamelles libres, blan-
{ ches, ventrues; long pied, plus mince au sommet.
{ . . . . A. filopes. — Mousse.

27 { Chapeau campanulé, blanc-jaunâtre, à disque sail-
{ sant; lamelles adhérentes; pied raide et blanc.
{ . . . . . . A. lacteus. — Troncs moussus.
{ Chapeau en toupie, plan, ombiliqué; lamelles très-
{ distantes à leur point de naissance . . . . .
{ . . . A. umbelliferus. — Pelouses, bruyères.

28 { Lamelles adhérentes ou décurrentes. 29
{ Lamelles libres, blanchâtres, puis noirâtres; chapeau
{ blanchâtre, en forme de dé à coudre, roux au
{ centre. . . . . A. digitaliformis. — Saules.

29 {
Chapeau purpurin, à disque aigu; lamelles roses, adhérentes; pied rugueux à la base . . . . A. *strobilinus*. — Bois de pins.
Chapeau roussâtre, campanulé; lamelles décurrentes; pied plein . . . . . A. *pellucidus*. — Bois.
}

30 {
Chapeau à peu près sec. 31
Chapeau visqueux, luisant, campanulé; lamelles rouges, puis brunes; pied jaunâtre, poilu en bas . . . . A. *titubans*. — Feuilles mortes.
}

31 {
Chapeau strié ou sillonné en entier 32
Bords sillonnés ou striés; disque proéminent, glabre 34
}

32 {
Long pied mince et égal 33
Long pied blanc, renflé à sa base; chapeau pâle, livide, conique; lamelles libres, noirâtres. . . . . A. *concephalus*. — Terre.
}

33 {
Chapeau brun, hémisphérique, puis en cloche allongée; lamelles libres, passant du rose au noir . . . . A. *deliquescens*. — Prés, jardins.
Chapeau brun de fer, sillonné, campanulé, papilleux; lamelles luisantes, roses, puis noires. . . . . A. *micaceus*. — Prés, bois.
}

34 {
Disque du chapeau d'une autre couleur que les bords. 35
Chapeau unicolore, jaune pâle, conique, puis plan; lamelles noir-violet . . . . A. *pelospermus*. — Feuilles mortes.
}

35 {
Disque roux; bords gris, déchirés, relevés en dessus; pied glabre, à racines. . . . . A. *hydrophorus*. — Prés, bois.
Disque roux; bords roux-blanchâtre, à plis rayonnants; chapeau conique; lamelles brunes, arrondies . . . . . . A. *striatus*. — Bois, prés.
}

36 {
Chapeau large de 4 à 12 millimètres. 37
Chapeau de 3 à 6 centimètres; pied renflé 38
}

37 {
Chapeau campanulé, roux de fer; lamelles distantes, adhérentes au pied qui est tortueux. . . . . A. *hypnorum*. — Mousse.
Chapeau plan, blanchâtre comme les lamelles veinées et peu nombreuses; pied peluché, châtain en bas. . . . . A. *epiphyllus*. — Feuilles.
}

38 { Chapeau en éteignoir, à sommet brun, écailleux ; bords inégaux, incisés ; lamelles blanchâtres . . . . A. *pseudoextinctorius*. — Fumier de cheval. Chapeau en cloche, blanchâtre, se détachant en larges écailles ; lamelles serrées, noirâtres . . . . A. *picaceus*. — Bois, décombres.

39 { Chapeau de 1 à 9 centimètres de large . . . . . 40 Chapeau de 2 à 6 millimètres, très-fugace, cendré, plan, se fendant en rayons ; disque ocreux. . . . . A. *radiatus*. — Fumier.

40 { Grand chapeau campanulé, plissé, jaunâtre, glabre ; pied duveté, à base renflée . . . . A. *gossypinus*. — Sur terre. Chapeau médiocre, cendré, sillonné ; disque chauve et livide ; bords infléchis, se déchirant ; lamelles ponctuées . . A. *cinereus*. — Fumier, terreau.

41 { Pied creux ou fistuleux. . . . . 42 Pied compacte et plein. 73

42 { Lamelles sans adhérence au pied. . . . . . . 43 Lamelles adhérentes ou décurrentes. 55

43 { Chapeau lisse et glabre. . . . . 44 Chapeau strié. . . . . 50 Chapeau écailleux, cotonneux ou soyeux 53

44 { Champignons ne partant point d'une tige commune. 45 Souche rampante, rouge, commune, à plusieurs champignons ; chapeaux citrins ; lamelles jaunes, à base élargie. . A. *repens*. — Feuilles mortes.

45 { Pied glabre . . . . 46 Pied duveté en entier ou à sa base 49

46 { Pied blanchâtre, jaune ou roux . . . . . . 47 Pied et chapeau bleu d'ardoise, celui-ci sinueux, à larges lamelles couleur de fer . . . . A. *ardosiaceus*. — Prés humides.

47 { Lamelles serrées . . . . 48 Lamelles lâches, dentées, blanc-roussâtre ; chapeau rouge-brun ; pied blanchâtre, sillonné . . . . A. *fusipes*. — Troncs pourris.

48 { Chapeau luisant, jaune, hémisphérique ; lamelles grises, puis cannelle ; pied roux, facile à peler. . . . . A. *hemisphœricus*. Chapeau de couleur pâle ; lamelles blanches ; pied jaune, enflé à sa base . . . . A. *dryophilus*. — Bois de pins.

49 — Forte odeur d'ail; chapeau et lamelles blanc-roussâtre; long pied purpurin, duveté en bas . . . . A. *poreus*. — Forêts.
Odeur agréable; chapeau pâle, plan, lisse; lamelles étroites, serrées; pied velu, renflé en bas . . . A. *hariolorum*. — Feuilles pourries. (Comestible.) (V. D.)

50 — Pied glabre. 51
Pied duveté à sa base 52

51 — Chapeau campanulé, bleu-violet, à raies noires, à bords sinués et soyeux; lamelles arquées. . . . . A. *columbinus*. — Forêts.
Chapeau conique, à disque jaune, visqueux, aigu et à bords découpés; lamelles serrées, ventrues . . . . A. *dentatus*. — Prés marécageux.

52 — Chapeau de 12 millimètres, roux et plan; lamelles ferrugineuses; pied mince, blanc. . . . . A. *pygmœus*. — Bois mort.
Chapeau de 3 centimètres et plus, campanulé, et à disque saillant, roux pâle; lamelles écartées; long pied. . . . . . . A. *collinus*. — Gazon.

53 — Champignons sans forte odeur 54
Odeur d'acide nitreux; chapeau fendillé en écailles, cendré et strié de noir; larges lamelles écartées. . . . . A. *murinaceus*. — Prés, bois.

54 — Chapeau brun, globuleux, puis en cloche allongée, à sommet écailleux; lamelles ventrues, roses, puis brunes. . A. *atramentarius*. — Pieds d'arbres.
Chapeau paille, soyeux, à protubérance aiguë; lamelles cannelle; pied blanc, luisant . . . . A. *leucopodius*. — Bois.

55 — Chapeau lisse et glabre. 56
Chapeau strié ou sillonné 63
Chapeau poilu en tout ou en partie 68
Chapeau écailleux ou rugueux. 71

56 — Chapeau constamment sec 57
Chapeau visqueux dans sa jeunesse et à l'humidité. 62

57 — Lamelles adhérentes au pied 58
Lamelles se prolongeant sur le pied. 61

58 — Pied sans poils 59
Pied velu 60

59 {
Chapeau brique; lamelles lâches et blanches; pied
jaune, à racines . . . .
. . A. *esculentus.* — Pâturages. (Comestible.)
Chapeau brun-noir, campanulé; lamelles bigarrées
de noir et de cendré; long pied noir, pulvérulent.
. . . . . A. *papilionaceus.* — Feuilles mortes.
}

60 {
Chapeau bleu d'ardoise, plan, à lamelles distantes,
plus pâles; pied courbé. . . . .
. . . . . . A. *parasiticus.* — Sur agarics.
Chapeau roux-brun, à large disque; lamelles larges,
livides; pied cendré. . . . .
. . . . A. *coprophilus.* — Fumier.
}

61 {
Chapeau conique, brun pâle; lamelles sinueuses;
pied ventru à la base et à racines. . . . .
. . . . A. *ventricosus.* — Terreau.
Chapeau plan, ombiliqué, jaune; lamelles arquées;
long pied blanchâtre. A. *cupularis.* — Sur terre.
}

62 {
Chapeau très-convexe, d'un rouge clair; lamelles
décurrentes; pied rouge, comprimé . . . .
. . . . A. *coccineus.* — Prés secs.
Chapeau campanulé, lobé, rouge-orange; lamelles
jaunes, ascendantes; pied ventru, blanc à sa base.
. . . . A. *puniceus.* — Prés.
}

63 {
Pied glabre et lisse 64
Pied velu ou hérissé à sa base. 66
}

64 {
Lamelles libres ou adhérentes. 63
Lamelles décurrentes, distantes, réunies par des
veines; chapeau blanc, convexe, ombiliqué. . .
A. *virgineus.* — Prés, bruyères. (Comestible.)
}

65 {
Chapeau brun-livide, puis blanc; lamelles serrées,
rose-brun; pied blanc . . . .
. . . A. *hydrophilus.* — Bois, après la pluie.
Chapeau jaune-paille, hémisphérique; lamelles ven-
trues et dentelées; pied à enduit fugace. . . .
. . . . A. *melinoides.* — Mousse.
}

66 {
Pied droit, poilu ou hérissé seulement à la base. . 67
Pied courbé, velouté, châtain foncé; chapeau gluant,
fauve; lamelles ventrues, blanc-jaunâtre . . .
. . . . A. *velutipes.* — Troncs.
}

67 {
Pied comprimé, hérissé, à racines; chapeau livide ou
blanchâtre, flasque et profondément ombiliqué. .
. . . . . . A. *hydrogrammus.* — Feuilles.
Pied rond, poilu en bas; chapeau souvent rose;
lamelles plus pâles, à fin réseau . . . . .
. . . . A. *purus.* — Bois.
}

68
{
Lamelles jaune-verdâtre ou orangé 69
Lamelles olive foncé; chapeau campanulé, brun
    pâle, à écailles poilues . . . .
    . . . A. *lacrymabundus*. — Terre et troncs.
}

69
{
Poils sur les bords du chapeau 70
Chapeau tout entier soyeux, conique ou convexe, à
    disque saillant; lamelles orangées; base du pied
    écailleuse . . . . A. *ileopodius*. — Hêtres.
}

70
{
Lamelles vertes; chapeau ocreux, à disque protubé-
    rant et poils noirs; pied jaune. . . . . . .
    . . . . A. *fascicularis*. — Troncs.
Lamelles jaunâtres, étroites; chapeau fauve, convexe,
    à chair citrine; pied s'amincissant de haut en bas.
    . . . . A. *hybridus*. — Troncs.
}

71
{
Chapeau sec; lamelles décurrentes 72
Chapeau visqueux, roux-fauve, très-grand, à disque
    marqué de roux; larges lamelles jaunes, souvent
    tachées de roux . . . . A. *fulvus*. — Terre.
}

72
{
Chapeau roux, à bords sinueux, hémisphérique,
    puis plan; lamelles cannelle; pied à écailles droites.
    . . . . A. *furfuraceus*. — Feuilles.
Chapeau poli, à disque enfoncé; lamelles distantes,
    roses ou violacées comme le pied . . . . . .
    . . . . . . A. *laccatus*. — Terre boueuse.
}

73
{
Chapeau de 2 centimètres au moins 74
Chapeau de 6 à 9 millimètres, plan et rouge-orangé;
    pied filiforme, glabre et blanchâtre . . . .
    . . . . A. *clavus*. —Troncs pourris.
}

74
{
Lamelles n'adhérant point au pied. 75
Lamelles adhérentes ou décurrentes. 89
}

75
{
Chapeau glabre, lisse ou farineux. 76
Chapeau soyeux ou filamenteux en tout ou en partie. 82
Chapeau écailleux, brun-livide, irrégulier, presque
    plan; lamelles distantes, échancrées . . . . .
    . . . . A. *terreus*. — Hêtres et pins.
}

76
{
Pied glabre, lisse, strié. 77
Pied fibrilleux, écailleux ou duveté. 79
}

77
{
Lamelles larges de 4 à 6 millimètres 78
Lamelles larges de 10 à 12 millimètres, écartées,
    jaunes; chapeau plan, blanc-cendré; pied jaune.
    . . . . A. *platyphyllus*. — Troncs.
}

78 {
Chapeau noirâtre et charbonné, à bords lisses; lamelles blanches, distantes; pied replet, cendré. . . . . A. *nigricans*. — Bois.
Chapeau rouge-paille, bigarré; lamelles jaunes; pied roux. . . . . . A. *frumentaceus*. — Bois.
}

79 {
Pied fibrilleux ou écailleux en bas 80
Pied cotonneux ou poilu en bas 81
}

80 {
Chapeau brun-noir luisant, quelquefois zôné; lamelles serrées, blanches ou roses; pied blanc, à fibrilles noires. . . . . A. *pluteus*. — Terre.
Chapeau rouge-brique, sinueux, visqueux à l'humidité; lamelles cannelle; pied blanc . . . . . . A. *crustuliniformis*. — Prés, bois. (Vénéneux.)
}

81 {
Chapeau blanc-roux ou fauve; lamelles distantes, plus pâles; pied se pelant; agréable odeur . . . A. *oreades*. † *Faux Mousseron*. — Gazon. (Comestible.)
Chapeau roux-châtain, à disque protubérant; lamelles blanchâtres, crénelées; pied strié, renflé . . . . A. *butyraceus*. — Feuilles.
}

82 {
Poils ou duvet surtout à la surface du chapeau. 83
Poils n'occupant que les bords; lamelles arrondies, violettes comme le pied qui est velu et bulbeux. . . . . A. *bulbosus*. — Bois.
}

83 {
Pied glabre et lisse, uni ou strié 84
Pied farineux, écailleux, fibrilleux ou poilu . . . 85
}

84 {
Chapeau duveté, pourpre-violet; lamelles arrondies, ocreuses; pied blanc, cylindrique . . . . A. *ephœbeus*. — Branches.
Chapeau jaune, couvert de poils rouges, écailleux; lamelles jaunes; pied bigarré, renflé . . . . A. *rutilans*. — Forêts.
}

85 {
Chapeau soyeux 86
Chapeau laineux, écailleux et brun; lamelles châtain; pied brun, strié, fibrilleux . . . . A. *lanuginosus*. — Souches.
}

86 {
Chapeau uni dans ses bords; disque protubérant. 87
Bords du chapeau brique pâle, sinueux et interrompus; larges lamelles arrondies; pied strié . . . . A. *repandus*. — Bois.
}

87 {
Lamelles rousses; chapeau conique, blanc-jaune ou lilas; pied blanc, menu, farineux. . . . . A. *geophilus*. — Bois.
Lamelles violettes, serrées; chapeau convexe; pied blanc, fibrilleux . . . . A. *castaneus*. — Bois de hêtres. (Comestible.)
}

Lamelles sans anastomoses. 101

100 { Lamelles anastomosées à la base, épaisses et distantes; chapeau roux-fauve, convexe; pied mince en
bas. . . . . A. *ficoides*. — Prés.

101 { Chapeau roux sale, irrégulier, convexe ou plan ; pied
souvent excentrique, court et blanc . . . . .
A. *eryngii*. — Racines de panicaut. (Comestible.)
Chapeau rouge de sang; lamelles blanches, bifur-
quées ; suc âcre et très-amer. A. *ruber*. — Bois.

102 { Chapeau ferrugineux, à disque obtus; lamelles lar-
ges, plus pâles ; pied courbé. . . . .
. . . . A. *lamprocephalus*. — Terre.
Chapeau jaune, en entonnoir, à bords réfléchis; la-
melles étroites ; pied renflé. . . . . . .
. . . . . . A. *infundibuliformis*. — Feuilles.

103 { Pied velu à sa base 104
Pied laineux à sa base 105
Pied écailleux ou fibrilleux. 106

104 { Chapeau blanc, à bords plans, onduleux ou anguleux ; lamelles serrées, décurrentes, blanches ou
roses . . . .
A. *prunulus*. † *Mousseron*. — Les bois. (Comestible.) (*V. D.*)
Large chapeau cannelle, d'abord convexe, puis en entonnoir; lamelles rameuses, cendrées ou jaunes.
. . . . A. *gilvus*. — Mousse, feuilles.

105 { Chapeau pâle, menu, à disque saillant, puis en enton-
noir; lamelles blanches; pied élastique . . . .
. . . . A. *gibbus*. — Mousse.
Chapeau rouge-fauve, plan, à large disque ; lamelles
blanches; pied très-long. . . . .
. . . . A. *nemoreus*. — Mousse.

106 { Chapeau gélatineux 107
Chapeau convexe, rouge-paille, à bords roulés en dedans; lamelles échancrées. A. *acerbus*. — Terre.

107 { Chapeau fauve-orangé ; lamelles pourpre, puis ferrugineuses ; pied marqué en travers d'écailles bleuâtres et gluantes. . . . A. *collinitus*. — Bois.
Chapeau blanc d'ivoire, à larges lamelles ; pied blanc
d'ivoire, allongé. . . A. *eburneus*. — Les bois.

108 { Lamelles adhérentes au pied 109
Lamelles se prolongeant sur le pied 117

109 { Lamelles simples, inégales. 110
Lamelles simples ou rameuses, égales 114

131 — Chapeau sans zônes, convexe, plan, puis déprimé, noir-olive ; lamelles ocreuses ; lait blanc-safrané. . . . . A. *fuliginosus*. — Bois couverts.
Chapeau zôné, plombé, livide, à peu près plan ; lamelles distantes, jaune-rouge ; lait doux, puis très-âcre. . . . A. *pyrogalus*. — Bois, prés.

132 — Chapeau jaune, à poils agglutinés et à bords barbus ; lamelles blanches, puis citrines ; pied tacheté et à fossettes. . A. *scrobiculatus*. — Bois de sapins.
Chapeau brun-noir, très-large, en entonnoir ; lamelles jaunes ; lait blanc, très-ocré ; pied jaune-brun . . . . A. *plumbeus*. — Bois.

133 — Chapeau convexe, puis déprimé, à bords réfléchis, zôné, orangé comme les lamelles et le lait . . . A. *deliciosus*. — Pins. (Comestible avec précaution.)
Chapeau plan, orangé, sans zônes ; lamelles serrées, jaunes ; long pied. A. *aurantiacus*. — Mousse.

134 — Chapeau sans poils 135
Chapeau à disque ou bords poilus. 140

135 — Surface sèche. 136
Surface visqueuse, brun-cendré, plane, oblique ; lamelles distantes, blanches, puis jaunes ; lait très-âcre. . A. *acris*. — Bois de hêtres. (Comestible.)

136 — Lamelles simples. 137
Lamelles fourchues, serrées, très-étroites, blanches comme le pied ; chapeau en entonnoir ; lait abondant. A. *piperitus*. — Les bois. (Comestible.)

137 — Lait blanc 138
Lait jaune ; chapeau convexe, roux-fauve et zôné ; lamelles jaunes ; pied roux . . . . A. *theiogalus*. — Forêts.

138 — Pied de 6 centimètres ; lamelles jaunes ou blanches. 139
Pied très-court, non central ; lamelles blanches ; chapeau concave, zôné, rose ou orangé . . . . A. *zonarius*. — Forêts.

139 — Chapeau brun-olive, sans zônes, devenant concave et ondulé ; lamelles jaunes ; pied cendré. . . . . A. *azonites*. — Bois.
Chapeau brique ou orangé, plan, enfoncé, quelquefois à zônes grises ; lamelles blanches ou jaunes. . . . . A. *dycmogalus*. — Forêts.

140 — Chapeau brun-olive, plan, lenticulaire, zôné, à bords velus, roulés, puis étalés; lamelles blanches, roses ou jaunes. A. *necator*. — Forêts. (Très-vénéneux.)
Chapeau blanc, ombiliqué, cotonneux; lamelles étroites, écartées; pied pubescent; mauvaise odeur. . . . . . . A. *vellerius*. — Bois de hêtres.

141 — Pied creux en dedans 142
Pied compacte et rempli 160

142 — Chapeau lisse 143
Chapeau écailleux, sillonné ou strié 151

143 — Lamelles n'adhérant point au pied 144
Lamelles seulement adhérentes 147
Lamelles décurrentes, larges, ferrugineuses; chapeau cannelle, poli, puis à anneau fugace . . . . A. *mutabilis*. — Terre. (Comestible.)

144 — Chapeau charnu; anneau très-marqué 145
Chapeau membraneux, campanulé, brun; lamelles très-larges, ferrugineuses; pied de 12 centimètres; anneau très-marqué. A. *campanulatus*. — Bois.

145 — Anneau fixé au pied. 146
Anneau mobile, épais; chapeau brun, à disque peu régulier; lamelles distantes, blanches, ventrues; pied taché. . A. *excoriatus*. — Champs cultivés.

146 — Chapeau très-convexe, roux-fauve, à disque prononcé; lamelles arrondies; anneau rond, droit, entier, fugace. . . . . A. *coronilla*. — Terre.
Chapeau pâle, brique ou rouille; lamelles ventrues, arrondies; anneau réfléchi. A. *togularis*. — Terre.

147 — Chapeau assez charnu; lamelles concaves 148
Chapeau peu charnu; lamelles blanches et cendrées. 150

148 — Chapeau visqueux 149
Chapeau sec, jaune et convexe; lamelles arrondies, passant du jaune au noir; anneau persistant, blanc. . . A. *melanospermus*. — Champs, prés.

149 — Chapeau concave, jaune, à enduit bleuâtre; lamelles rouge-brun, puis vertes; pied écailleux; anneau incomplet. . . . . A. *æruginosus*. — Bois.
Chapeau jaune, sans enduit et hémisphérique; larges lamelles noires; long pied noir, ponctué en haut. . . . A. *semiglobatus*. — Fumier, prés, bois.

150 — Chapeau campanulé, livide ou cendré; pied brun, pulvérulent au sommet; anneau déchiré. . . . . A. *fimiputris*. — Fumier.
Chapeau convexe, visqueux, brique ou blanc; long pied plan, à anneau entier, persistant, éloigné du chapeau . . . . . A. *separatus*. — Bouses.

160 { Chapeau lisse, unicolore 161
{ Chapeau écailleux, soyeux, strié ou tacheté . . . 164

(Lamelles sans adhérence au pied. 162
{ Lamelles adhérentes. 163

161 { Lamelles décurrentes, jaunâtres, puis noires; chapeau blanc, hémisphérique; pied glabre, tubéreux.
. . . . . . A. *sphaleromorphus*. — Sur terre.

162 {
Chapeau blanc, globuleux, puis convexe et plan;
lamelles arquées, blanches; pied à taches jaunes;
large anneau strié. . . . A. *pudicus*. — Bois.
Chapeau et lamelles cannelle; pied violet pâle, aminci
en haut; anneau peu marqué, fugace. . . . . .
. . . . . . A. *Armeniacus*. — Bois, gazon.

163 {
Chapeau jaune; lamelles ferrugineuses; pied roux à
la base et écailleux; anneau filamenteux . . .
. . . . . . A. *flavidus*. — Troncs.
Chapeau mince, gluant, blanc ou brun; lamelles
distantes; pied à base écailleuse; anneau mem-
braneux, défléchi et relevé. . . . .
. . . . . . A. *muscidus*. — Vieux hêtres.

164 { Lamelles adhérentes ou décurrentes. 165
{ Lamelles sans adhérence au pied. 168

165 {
Chapeau sec 166
Chapeau visqueux, à disque saillant et écailles con-
centriques; lamelles noires. . . . .
. . . . . A. *squammosus*. — Feuilles mortes.

166 {
Pied rude ou écailleux 167
Pied glabre; petit anneau strié; chapeau jaune doré,
globuleux, puis convexe, moucheté de quelques
écailles noires . . A. *aureus*. — Bois couverts.

167 {
Chapeau rouille ou safran, bordé de cils et à écailles
serrées et roulées; lamelles à dents décurrentes.
. . . . A. *squarrosus*. — Racines.
Chapeau jaune sale, hérissonné d'écailles noires et
poilues; lamelles écartées, décurrentes; pied fibrilleux. A. *annularius*. — Troncs. (Très-vénéneux.)

168 { Chapeau sans verrues; base du pied sans volva . . 169
{ Chapeau souvent à verrues; base du pied avec volva. 170

169 {
Chapeau convexe, blanc-roussâtre ou blanc, soyeux
ou faiblement écailleux; lamelles ventrues, roses ou
brunes; pied blanc . . . .
A. *campestris*. † *Bolet*. — Couches, prés, bois,
champs. (Comestible.) (*V. D.*)
Chapeau plan, pâle, à taches rousses; lamelles rousses; pied écailleux, renflé en bas et à racines. .
. . . . . . A. *radicosus*. — Pied des arbres.

Ve SOUS-TRIBU : CHLATRACINÉES. — Champignons à odeur fétide, accompagnés d'une volva et enduits en partie d'une matière gluante où nagent les sporidions.

32e G. PHALLUS. — P. fetidus. † SATYRE. — Grande volva blanche se rompant en lambeaux. Champignon s'élançant avec élasticité du milieu de la volva, et formé d'un chapeau conique, libre, percé au sommet, à crevasses polygones, porté par un pied oblique, creux, cylindrique, criblé de trous, et enduit au sommet d'une mucosité à odeur cadavéreuse. — Bois couverts. (Vénéneux.) (V. D.)

33e G. CHLATRUS. — C. *cancellatus*. — Volva blanche, globuleuse, sessile, de la grosseur d'un œuf, se déchirant au sommet; réceptacle sessile, ovoïde, communément rouge ou jaune, formé de lames anastomosées en grillage, recouvrant une face gélatineuse à odeur infecte. — Bois du Midi. (Vénéneux.) (*V. D.*)

IIe TRIBU : LYCOPERDÉES.

La tribu des Lycoperdées ou *Vesses-loup* se compose de champignons dont le réceptacle farineux ou gélatineux se convertit à sa maturité en *peridium*, sorte de membrane ou enveloppe capsulaire. Les sporidions renfermant les gongyles y sont contenus, mêlés à des flocons soyeux, et s'échappent communément sous la forme d'une fine poussière. Les grandes espèces croissent sur la terre, les petites sur bois mort; une seule est comestible et souterraine, la truffe.

Ire SOUS-TRIBU : BOVISTINÉES. — Péridium de 12 millimètres et au-delà, de forme déterminée, rempli de poussière fugace.

34e G. SCLERODERMA. — Péridium simple, globuleux, épais et subéreux, à pied très-court, muni de racines; surface verruqueuse ou écailleuse, s'ouvrant irrégulièrement par plusieurs trous; intérieur floconneux; sporules pulvérulentes, réunies en pelotons épars à la surface des flocons.

1 {
Péridium roux en dedans, orangé ou roux en dehors, et à larges écailles en carreaux réguliers. . . . . S. *aurantiacum*. — Troncs, mousse.
Péridium presque rond, violet en dedans, roux-fauve en dehors, et hérissé de petites écailles serrées et verruqueuses. S. *verrucosum*. — Bois, montagnes.
}

35e G. GÉASTRUM. — Double péridium, l'un extérieur, coriace et épais, s'ouvrant en rayons étoilés; l'autre intérieur, mince et membraneux, se déchirant au sommet en petits trous irréguliers ; sporules pulvérulentes, logées dans de petits flocons soyeux. (V. D.)

1 { Péridium intérieur sessile, à ouverture superficielle. . . 2
Péridium intérieur à petit pied et ouverture conique et allongée 3

2 { Péridium extérieur de 6 centimètres, roux-châtain ou cendré, l'intérieur de même couleur, à membrane en réseau. G. *hygrometricum*. — Bois sablonneux.
Péridium extérieur de 12 centimètres, roux, l'intérieur plus pâle, lisse et sans réseau . . . . .
. . . . . G. *rufescens*. — Bois sablonneux.

3 { Péridium extérieur de 5 à 8 rayons 4
Péridium extérieur à 4 rayons courbés en voûte, l'intérieur roux ; orifice pectiné, blanc.
. . . . . G. *quadrifidum*. — Bois de sapins.

4 { 6 centimètres de large ; péridium extérieur un peu réfléchi, l'intérieur brun-olive ; grand orifice frangé. . . . G. *multifidum*. — Bois de sapins.
12 millimètres de large ; les 2 péridiums blanc-roux, l'extérieur membraneux, l'intérieur à orifice strié.
. . . . G. *striatum*. — Terrains secs.

36ᵉ G. Bovista. — Péridium globuleux, sessile, souvent très-grand, formé de 2 membranes soudées en une, l'extérieure écailleuse, se détachant par carreaux irréguliers, l'intérieure membraneuse, s'ouvrant irrégulièrement au sommet ; sporules pédicellées sur les filaments, s'échappant en poussière.

1 { Grande urne jaunâtre de 1 à 3 décimètres ; poussière et flocons jaune-verdâtre. . . . .
. . B. *gigantea*. — Terre, prés et bois. (V. D.)
Petite boule d'abord blanche, puis gris-bleuâtre, glabre en dessus, plissée en dessous ; chair ferme et rouge ; poussière noire . . . .
. . . . B. *plumbea*. — Prés des montagnes.

37ᵉ G. Lycoperdon. † Vesse-loup. — Péridium plus ou moins pédicellé, formé de deux membranes soudées, l'extérieure verruqueuse, papilleuse ou disparaissant en entier, l'intérieure mince et en peau de gant, s'ouvrant irrégulièrement au sommet ; sporules pulvérulentes logées dans des flocons soyeux. (V. D.)

1 { Péridium plutôt globuleux qu'en toupie 2
Péridium plutôt en toupie ou cylindre que globuleux. 4

$\left\{\begin{array}{l}\text{2}\end{array}\right.$ Péridium blanc ou brun pâle, lisse ou à très-petites
verrues 3
Péridium blanc-jaunâtre, hérissé de verrues à petites
épines; pied distinct, plissé et écailleux. . . .
. . . . . L. *excipuliforme.* — Bois de pins.

$\left\{\begin{array}{l}\text{3}\end{array}\right.$ Péridium convexe, blanc luisant, lisse ou à quelques
verrues ; pied nul ou très-court. . . . . .
. . . . L. *pratense.* — Gazon.
Péridium en globule régulier, blanc ou brun pâle, à
petites verrues serrées dans sa jeunesse, lisse en
vieillissant. . L. *hiemale.* — Gazon, montagnes.

$\left\{\begin{array}{l}\text{4}\end{array}\right.$ Ecailles ou verrues sans épines 5
Verrues à petites épines 7

$\left\{\begin{array}{l}\text{5}\end{array}\right.$ Champignons croissant sur terre. 6
Champignons en touffe sur troncs pourris; péridium
en poire, à disque protubérant et plissé vers le
pied. . . . . . L. *pyriforme.* — Souches.

$\left\{\begin{array}{l}\text{6}\end{array}\right.$ Grand péridium en toupie, pâle, se fendant en larges écailles à carreaux, plissé en dessous; racines
en touffe. . L. *celatum.* — Collines herbacées.
Assez grand péridium cylindrique, obovale, presque
lisse, jaunâtre ou brun pâle, finissant insensiblement en pied. . . L. *utriforme.* — Sur terre.
Péridium médiocre, brun luisant, en toupie, à petites verrues persistantes . . . .
. . . . L. *turbinatum.* — Forêts.

$\left\{\begin{array}{l}\text{7}\end{array}\right.$ Péridium blanc, cylindrique, puis ovoïde; verrues
pointues, à petite épine au centre . . . . .
. . . . L. *candidum.* — En touffe sur chênes.
Péridium en toupie jaunâtre, puis brune, à verrues
compactes, épineuses, écartées, persistantes; pied
cylindrique; longue racine . . . .
. . . . L. *echinatum.* — Bois.

38e G. TULOSTOMA. — T. *brumale.* — Petit péridium globuleux, blanc, formé de deux membranes soudées, l'extérieure
disparaissant peu à peu, l'intérieure en peau de gant, s'ouvrant
au sommet par un orifice allongé, bordé et arrondi; sporules
pulvérulentes; pied mince de 3 à 6 centimètres, fistuleux, glabre,
quelquefois écailleux. — Coteaux sablonneux.

39e G. ASTEROPHORA. — A. *lycoperdoïdes.* — Petit champignon blanc ou brun, à pied cendré, strié, fibrilleux, à péridium simple, arrondi, cotonneux, muni en dessous de lamelles

rayonnantes, épaisses et gélatineuses, d'un bleu noir, s'ouvrant
irrégulièrement au sommet; sporules anguleuses. — Sur agarics
pourris.

IIe Sous-Tribu : TRICHINÉES. — Péridium de 2 à 12 millimètres, de forme déterminée, plein de poussière.

40e G. Lycogala. — Petits champignons globuleux ou convexes, sessiles, sans membrane commune, à péridium formé d'une
double peau, l'extérieure verruqueuse, l'intérieure semblable à
du papier, s'ouvrant irrégulièrement au sommet, consistant dans
leur jeunesse en une pulpe fondante, pleins à leur maturité de
sporules pulvérulentes, mêlées à quelques filaments capillaires.
— Bois mort, pourri.

1	Champignons agrégés, globuleux	2
	Champignons épars, convexes, blancs, lisses, très-petits; poussière noire. . . . . L. *minuta.*	
2	Péridium écarlate passant au roux; poussière rose. . . . . L *miniata.*	
	Péridium châtain-cendré, ponctué; poussière de même couleur . . . . L. *punctata.*	

41e G. Cribraria. — C. *vulgaris.* — Membrane étendue,
blanchâtre, portant plusieurs petits pieds roussâtres, flexueux,
surmontés d'un petit péridium membraneux, jaune, globuleux,
penché, offrant deux moitiés, l'inférieure persistant en calice dentelé, la supérieure en réseau libre, renfermant les sporules. —
Mousse, troncs.

42e G. Dictydium. — D. *trichioides.* — Membrane étendue,
roussâtre, portant plusieurs petits pieds droits, aussi roussâtres,
à péridium rouge, globuleux et droit, formé tout entier par des
filaments en réseau renfermant les sporules et subsistant en
grillage après leur émission. — Bois mort.

43e G. Argyria. — Membrane étendue, blanche, émettant
plusieurs pieds à péridium membraneux, s'ouvrant horizontalement en deux moitiés, la supérieure très-fugace, l'inférieure
persistant en ciboire; gongyles épars sur des filaments intérieurs

en réseau, se développant avec élasticité et sortant de leur capsule. — Sur bois mort.

1 { Péridium globuleux. 2
  { Péridium ovoïde ou cylindrique 3

2 { Pied court ; péridium rouge-safran ; réseau fructifère
  {   oblong, roussâtre, à poussière rouge. A. *punicea*.
  { Pied cylindrique, lisse ; péridium écarlate ; réseau
  {   fructifère décident . . . . . A. *coccinea*.

3 { Pied conique ; péridium cylindrique, jaune sale ; ré-
  {   seau fructifère oblong, penché . . . A. *flava*.
  { Pied filiforme ; péridium ovoïde, blanc sale ; réseau
  {   allongé . . . . A. *cinerea*.

44e G. **Stemonitis**. — Membrane blanche ou brune, émettant plusieurs petits pieds noirs et luisants, portant à leur sommet un petit péridium cylindrique, formé par une pellicule fu-
gage, et traversé par le prolongement du pédicelle, auquel adhère
le réseau fructifère. — Sur mousse et troncs morts.

1 { Pédicelles assez grands, en gazon, à péridium
  {   oblong, très-fugace ; réseau allongé, roux sombre.
  {   . . . . S. *fasciculata*.
  { Pédicelles épars, très-petits, à péridium cylindrique,
  {   arqué, subsistant par morceaux ; réseau brun,
  {   cylindrique. . . . . S. *typhina*.

45e G. **Trichia**. — Membrane plus ou moins apparente,
à petits péridiums de formes et positions diverses, membraneux, se rompant irrégulièrement au sommet ; sporules éparses sur des filaments roulés en spirale à la base des péridiums et se déroulant avec élasticité à son ouverture. —
Troncs, bois pourri.

1 { Péridiums verticaux, très-courts. 2
  { Longs péridiums couchés, filiformes, simples ou anas-
  {   tomosés. 7

2 { Péridiums ovales ou en toupie 3
  { Péridiums globuleux, sessiles, groupés, jaune-orangé,
  {   luisants . . . . T. *nitens*.

3 { Péridiums pédicellés. 4
  { Péridiums sessiles, épars, couleur olive, tronqués à la
  {   base ; réseau jaune. . . . . . T. *olivacea*.

4 {
Pédicelles simples 5
Pédicelles soudés deux à deux et formant comme une grappe rouge sale; péridiums obovales, en faisceaux . . . . **T.** *botrytis.*
}

5 {
Péridiums en poire 6
Péridiums en petite massue, jaunes et luisants; pieds longs, minces, rugueux; sporules jaunes. . . . . **T.** *clavata.*
}

6 {
Pédicelles et dessous des péridiums plissés, rouge-brique ou noir-brun . . . . . . **T.** *fallax.*
Pédicelles courts et noirs; péridiums obtus, jaunes et comme vernissés. . . . . . **T.** *nigripes.*
}

7 {
Très-longs péridiums jaunes; simples, flexueux, à filaments jaunes . . . . **T.** *serpula.*
Péridiums étendus, jaunes ou brun pâle, rameux, réticulés; filaments jaunes . . . **T.** *reticulata.*
}

46ᵉ G. PHYSARUM. — Membrane étendue, blanche ou brune, à petits péridiums de formes diverses, sessiles ou pédicellés, formés d'une pellicule se rompant au sommet et se détachant tout entière par écailles; filaments fructifères restant au fond du péridium. — Feuilles et bois morts.

1 {
Péridiums lenticulaires, rugueux, blanc-cendré; pédicelles penchés; filaments bruns. . **P.** *nutans.*
Péridiums globuleux, gris, en cœur; pieds bruns, à base dilatée; filaments blancs. . . **P.** *capitatum.*
Péridiums ovoïdes, presque sessiles, noir-bleu ou blanchâtres; filaments et poussière noirâtres . . . . **P.** *capsuliferum.*
}

47ᵉ G. LICEA. — Présence ou absence de membrane commune aux péridiums; ceux-ci en pellicule comme du papier, lisses, persistants, sessiles, globuleux ou cylindriques, se rompant de diverses manières et renfermant les sporules, sans réseau, à quelques petits fils, ou totalement nus. — Bois mort humide.

1 {
Membrane blanche; péridiums tubulés 2
Absence de membrane; péridiums agrégés, globuleux, sessiles, châtains, luisants, s'ouvrant en ciboire . . . . **L.** *circumcisa.*
}

2 {
Péridiums droits, ferrugineux, blancs et dentelés au sommet. . . . . **L.** *cylindrica.*
Péridiums courbés, plus minces et ferrugineux à la base, dentés au sommet, rouges ou roux . . . . **L.** *fragiformis.*
}

IIIᵉ Sous-Tribu : FULIGINÉES. — Péridium sans forme déterminée, plein de poussière.

48ᵉ G. Reticularia. — Substance pulpeuse ou molle, se
convertissant en péridiums sans forme déterminée, à petites cloisons membraneuses, formant des cellules et se rompant à la
maturité; sporules mêlées à des flocons rameux adhérents à la
base.

1 { Champignons de 3 centimètres de diamètre . . . 2
  { Champignons de 4 ou 6 millimètres. 3

2 { Péridiums sphériques, blanchâtres, velus . . . .
  { . . . . . R. *fuliginoides*. — Sapins pourris.
  { Péridiums hémisphériques, lisses, argentés, très-fra-
  { giles, à très-petit pied; poussière noir-olive. . .
  { . . . . . R. *argentea*. — Troncs pourris.

3 { Tubercules pulpeux, irréguliers, d'un rose vif, for-
  { mant bientôt un seul massif rougeâtre, à filet blanc.
  { . . . . R. *rosea*. — Arbres coupés.
  { Globules comme des œufs d'insectes, blancs, puis
  { roses, sessiles, très-rapprochés, devenant compactes.
  { R. *sphæroidalis*. — Rameaux, feuilles mortes.
  { Gouttelettes blanches, se réunissant en massif gris,
  { puis noir, à petit pied strié et enflé . . . . .
  { . . . . R. *hemisphærica*. — Feuilles mortes.

49ᵉ G. Fuligo. — Substance pulpeuse, se convertissant en péridiums formés d'une double membrane, l'extérieure fibrilleuse
et fugace, l'intérieure membraneuse, formant de petites cellules les unes au-dessus des autres, renfermant la poussière.

1 { Sorte d'écume jaune, étendue ou arrondie, devenant
  { solide et prenant une surface cotonneuse; pous-
  { sière brun-noir . . . F. *flava*. — Sur terre.
  { Réseau étendu ou écume cotonneuse, formant, en se
  { prenant, une croûte cannelle ou brune . . . .
  { . . . . F. *hortensis*. — Tannée.

50ᵉ G. Spumaria. — S. *alba*. — Substance pulpeuse, se
convertissant en péridiums agrégés, assez grands, membraneux,
floconneux et cellulaires, blanc-bleuâtre, logeant une poussière
noire dans des plis intérieurs, verticaux. — Feuilles ou bois
morts.

51ᵉ G. Trichoderma. — T. *viride*. — Petits champignons à poussière verdâtre, formant par leur réunion une pellicule cotonneuse résultant de péridiums irréguliers formés de filaments lâches, distincts, commençant à se détruire par le centre. — Bois mort, après la pluie.

———

IVᵉ Sous-Tribu : TUBÉRINÉES. — Péridium sans poussière, compacte, à sporidions internes.

52ᵉ G. Cyathus. — Petits péridiums coriaces, en forme de coupe, filamenteux en dehors, et pleins, en leur jeunesse, d'une pulpe gélatineuse qui enduit de vernis ses bords intérieurs et laisse au fond de la coupe plusieurs sporidions ou petites lentilles sessiles ou pédicellées renfermant les sporules. — Terre ou bois mort.

1 { Coupe lisse et vernissée en dedans, cotonneuse en dehors 2
    Coupe striée et bleue en dedans, extérieurement laineuse et d'un roux ferrugineux. . C. *striatus*.

2 { Coupe en cloche, bleue en dedans . C. *vernicosus*.
    Coupe en cloche cylindrique, tronquée des deux côtés, jaune pâle en dedans . . . . C. *crucibulum*.

53ᵉ G. Rhizopogon. — R. *album*. — Assez gros champignon à peu près rond, sortant à fleur de terre et lui adhérant par de petites racines fibreuses; péridium filamenteux, d'abord blanc, puis roussâtre, s'ouvrant irrégulièrement, à chair marbrée de veines en mailles serrées sur lesquelles reposent les sporidions renfermant les sporules, d'abord pulpeux, puis tout vides. — Bois, chemins sablonneux. (V. D.)

54ᵉ G. Tuber. — T. *cibarium*. † Truffe noire. — Assez gros champignon souterrain, à peu près rond, sans racines, noirâtre, parsemé de verrues, toujours ferme, à chair compacte, marbrée de veines blanchâtres sur lesquelles reposent les sporidions membraneux, globuleux, pédicellés. — Terrains sablonneux. (V. D.)

55e G. Rhizoctonia. — Champignons souterrains, consistant en tubercules charnus et cartilagineux, émettant des fibres soyeuses qui unissent les tubercules entre eux, et s'étendant peu à peu sur la racine entière de quelques plantes cultivées auxquelles ils donnent la mort. (*V. D.*)

1 {
Racines de luzerne : tubercules d'un rouge violet, à minces filaments . . . . . R. *medicaginis.*
Racines de jeunes pommiers : tubercules blancs. . . . . R. *mali.*
Bulbes du safran cultivé : tubercules roux, à quelques filaments formant un disque. R. *crocorum.*
}

56e G. Rhizomorpha. — Fibres raides, noires, luisantes, allongées, chevelues en forme de racines, à écorce crustacée et moelle intérieure cotonneuse, longeant çà et là de petits globules à deux pointes, compactes, puis pulvérulents. — Fentes du bois, dessous d'écorce de chêne.

1 {
Très-longs filaments parallèles, comprimés, émettant de côté des fibrilles qui les unissent. . . . . R. *fragilis.*
Fils arrondis, très-minces, presque simples, seulement rameux au sommet . . . . . R. *setiformis.*
}

57e G. Erysiphe. — E. *communis.* — Petits champignons parasites de tiges ou feuilles vivantes, consistant en un péridium charnu, globuleux, d'abord jaune, puis roux et enfin noir, contenant les sporules, s'ouvrant irrégulièrement et reposant sur des filaments rayonnants, simples, rameux ou entremêlés, toujours blancs.

58e G. Sclerotium. — Petits champignons croissant en touffe sur plantes mortes ou vivantes ; tubercules globuleux ou oblongs, de substance tout homogène, autant cartilagineuse que charnue, à fine pellicule adhérente, un peu rugueuse en vieillissant, et quelquefois à enduit fugace.

1 {
Dans les épis de seigle : corne noire, bleue ou rougeâtre, sillonnée, cylindrique, blanche en dedans. . . . . S. *clavus.* † *Ergo.* (*V. D.*)
Sur tiges demi-pourries de pommes de terre ou autres plantes : globules châtains, blancs en dedans. S. *semen.*
Entre les fentes de l'épiderme des tiges mortes : corps oblongs, durs et glabres. . . S. *durum.*
}

59e G. Xyloma. — X. *epiphyllum*. — Petites concrétions charnues ou subéreuses, en forme de taches ou de verres de montre, plus communément rousses, adhérant, sans le rompre, à l'épiderme de la page, ordinairement supérieure, des feuilles de diverses plantes.

IIIe Tribu : HYPOXYLÉES.

Champignons peu remarquables, vivant communément sur les écorces, et consistant en réceptacles globuleux, coriaces ou ligneux, solitaires, agrégés ou réunis par une base commune nommée *stromate*, d'abord fermés, puis s'ouvrant au sommet par un trou ou sur le côté par une fente, et offrant dans leur intérieur un noyau distinct d'une matière plus molle et même liquide ; sporules nageant dans cette pulpe ou disposées symétriquement dans de petits sacs membraneux, allongés, cylindriques et dressés, qui s'échappent avec la pulpe.

60e G. Sphæria. — Réceptacle osseux, arrondi, percé au sommet d'un petit trou ; utricules allongées, s'échappant avec la pulpe.

1. { Réceptacles saillants, s'ouvrant par un trou rond. . 2
   { Réceptacles couverts en entier par l'épiderme des feuilles, qu'ils décolorent en y formant des taches. 40

2. { Réceptacles réunis par un *stromate* (base commune). 3
   { Réceptacles solitaires ou réunis, mais sans stromate. 28

3. { Réceptacles enfoncés plus ou moins dans le stromate. 4
   { Réceptacles disposés à nu sur le stromate 20

4. { Ouverture sessile sur les réceptacles qui sont disposés en tous sens sur le stromate 5
   { Ouverture en col aminci ; réceptacles verticaux . . 13

5. { Stromate plan, étendu, sans bordure 6
   { Stromate convexe, hémisphérique 9
   { Stromate droit, en massue ou tige simple ou rameuse 12
   { Stromate en coupe, blanc et ponctué en dedans, noir en dehors . . . . . S. *punctata*. — Crottin.

6. { Surface lisse ; réceptacle membraneux 7
   { Surface cotonneuse ou pulvérulente ; réceptacle corné. 8

7 { Stromate plan, citrin; réceptacles bruns, saillants. . . . . S. *citrina*. — Terre, troncs.
Stromate allongé, passant du blanc au jaune-fauve; réceptacles ovales. . S. *typhina*. — Graminées.

8 { Stromate épais, à poussière épaisse, jaune, puis rousse; réceptacles enfoncés . . . . S. *rubiginosa*. — Rameaux tombés.
Stromate raide, blanc, comme moisi; réceptacles en ligne, se touchant, rugueux . . . . S. *confluens*. — Saules vermoulus.

9 { Réceptacles ovales ou oblongs. 10
Réceptacles globuleux 11

10 { Stromate gros comme une noix, couleur de rouille, gélatineux à l'humidité. S. *concentrica*. — Troncs.
Stromate gros comme un pois, jaune sale, puis rouge-brique, noir brillant en dedans. . . . . S. *fragiformis*. — Ecorce.

11 { Stromate brun en dehors et en dedans; petits réceptacles noirs, à orifice enfoncé. . . . . S. *fusca*. — Ecorce.
Stromate lisse, noirâtre en dehors, noir en dedans; réceptacles à papilles . S. *granulata*. — Ecorce.

12 { Tige simple, charnue, jaune-safran, hérissée de grains protubérants . . . . S. *militaris*. — Gazon.
Plusieurs tiges gazonneuses, coriaces, brunes en dehors, blanches en dedans, sans racines . . . . S. *digitata*. — Bois pourri.

13 { Réceptacles implantés confusément dans le stromate. 14
Réceptacles en cercles concentriques 19

14 { Stromate orbiculaire, globuleux, raide, fragile . . 15
Stromate étendu, de diverse nature. 16

15 { Stromate épais, onduleux, rugueux, pulvérulent, blanc-cendré, puis noirâtre. . . . . S. *deusta*. — Vieux troncs.
Stromate orbiculaire, noir en dehors et en dedans, gélatineux à l'humidité, sec, luisant. . . . . S. *nummularia*. — Troncs morts.

16 { Stromate ligneux, circonscrit par une ligne noire. . 17
Stromate déterminé, mais non circonscrit 18
Stromate étendu sans limite, très-noir, rude, d'abord poilu; col des réceptacles épineux, tétragone . . . . S. *spinosa*. — Vieux bois.

17 — Stromate orbiculaire, lisse, noirâtre, intérieurement blanc ; réceptacles globuleux, à papilles. . . . . S. *bullata*. — Saules.
Stromate large et long, lisse et incarnat, puis noir et fendillé ; réceptacles sans papilles. . . . . S. *stigma*. — Aubépine.

18 — Bec des réceptacles très-prononcé, raide, divergent ; stromate ovale, plan, noirâtre. . . . . S. *hystrix*. — Branches de chêne.
Bec saillant, globuleux, noir ; stromate allongé, plan, blanc. . . . . . S. *insitiva*. — Sarments.
Bec nul ; réceptacles déprimés ; stromate arrondi, rugueux, noir, mou en dedans. . . . . S. *sordida*. — Chênes.

19 — Stromate noir, arrondi ; réceptacles allongés, serrés, sillonnés, à 4 ou 6 faces. . . . . S. *prunastri*. — Prunelliers.
Stromate blanc, conique, à pustules ; réceptacles à orifice noir, peu saillant. . . . . S. *leucostoma*. — Pruniers morts.
Stromate étendu, circonscrit ; réceptacles globuleux, symétriques, à col saillant. S. *tessella*. — Saules.

20 — Parasite de plantes ligneuses 21
Parasite de plantes herbacées 26

21 — Stromate en petit gazon. 22
Stromate simple, mince, arrondi ou étendu. . . . 25

22 — Orifice du réceptacle à papilles 23
Orifice absolument nu 24

23 — Stromate jaune ; réceptacles lisses, rouge gai . . . . S. *coccinea*. — Sapins.
Stromate noir ; réceptacles noirs, rugueux, globuleux, à très-petit trou. . S. *laburni*. — Cytises.

24 — Sur vinettier : stromate allongé ; réceptacles rouges, puis noirs . . . . S. *berberidis*.
Sur tilleul : réceptacles lisses, serrés, brun-noirâtre, blancs en dedans. . . . . S. *naucosa*.
Sur pommier : réceptacles lisses, noirs, en toupie, creusés au sommet . . . . S. *acerata*.
Sur nerprun : réceptacles noirs, arrondis, à sillons concentriques. . . . . S. *rhamni*.
Sur différents arbres : réceptacles noirs, rugueux, en écuelle de gland . . . . . . S. *cupularis*.

25 — Sur hêtre : stromate orbiculaire, conique, gris-noir ; réceptacles ovés, sans orifice. S. *melogramma*.
Sur acacia : stromate noir, très-large ; réceptacles serrés, se touchant, à papilles. . . S. *elongata*.

26 { Réceptacles disposés en ligne. 27
Réceptacles groupés confusément ; stromate rugueux, noir, recouvert de l'épiderme et faisant saillie. . . . . S. *graminis*. — Graminées.

27 { Stromate noir, oblong, sortant de dessous l'épiderme en lignes parallèles . . S. *rimosa*. — Roseaux.
Stromate court, lancéolé, rompant l'épiderme en travers. . . . S. *striæformis*. — Plantes sèches.

28 { Sur vieux bois, troncs ou branches 29
Sur tiges herbacées, mortes ou malades 36
Sur feuilles mortes ou malades 38

29 { Réceptacles à duvet. 30
Réceptacles sans duvet 31

30 { Réceptacles glabres, luisants, cendrés, à papilles, sur une base fibreuse. . . S. *byssicida*. — Saules.
Réceptacles ovoïdes, menus, roses, à papilles ; base cotonneuse. . S. *rosella*. — Vieux champignons.
Réceptacles ovoïdes ou globuleux, à duvet blanc, comme moisi . . S. *ovina*. — Troncs pourris.

31 { Réceptacles plus ou moins rouges. 32
Réceptacles noirs ou bruns. 33

32 { Réceptacles en tubercules charnus, ovales, environnés des débris de l'épiderme . . . . S. *tubercularia*. — Noyers.
Réceptacles minces, membraneux, rapprochés, globuleux, puis concaves en vieillissant . . . . . . S. *peziza*. — Bois pourri.
Réceptacles mous, très-glabres, ovales, rouge-orangé, à papilles . . . S. *sanguinea*. — Bois écorcé.

33 { Réceptacles à papilles 34
Réceptacles s'amincissant en col. 35
Réceptacles à orifice comprimé, linéaire, très-long, épars, enfoncés . . . S. *compressa*. — Bois sec.

34 { Réceptacles lisses, globuleux, déprimés au sommet et confluents. . . S. *moniliformis*. — Ecorce.
Réceptacles rugueux, globuleux, coniques à la base. . . . . . . S. *spermoides*. — Troncs pourris.

35 { Réceptacles rugueux, tuberculeux, raides, à orifice très-simple. . . . S. *moriformis*. — Branches.
Réceptacles menus, rugueux, ovoïdes, sillonnés sur leur milieu . . S. *pulvispyrius*. — Troncs secs.

36 { Réceptacles sans poils 37
Réceptacles noirs, obtus, sans trous, surmontés de longs poils nivelés, caducs. . . . S. *comata*.

37 {
Réceptacles presque plans, à orifice luisant et à papilles . . . . S. *complanata*.
Réceptacles coniques, obtus, luisants, plissés sur les côtés; orifice obtus, à papilles . . S. *doliolum*.
Réceptacles globuleux, luisants; orifice en bec droit, cylindrique . . . . S. *acuta*.
Réceptacles globuleux, opaques; orifice comme un point saillant. . . . . S. *herbarum*.
}

38 {
Large tache formée par la réunion des réceptacles. . 39
Réceptacles en points noirs, épars, lisses, luisants, saillants, se creusant en vieillissant . . . . S. *maculæformis*. — Feuilles.
}

39 {
Page supérieure des feuilles : réceptacles innombrables, noirs, inégaux, en taches cendrées . . . . S. *myriadea*.
Page inférieure : réceptacles globuleux, noirs, sans ouverture, en tache noire. . . . S. *carpinea*.
}

40 {
Tache blanche ou grise, de formes diverses, désignée, par les feuilles qu'elle habite, sous les noms de S. *buxicola, populicola, cornicola, æsculicola, rhamnicola, calthæcola*, etc.
Tache brune, de formes diverses, désignée sous les noms de S. *tremulæcola, juglandis, xylosteicola*, etc.
Tache noire, de formes, etc. S. *fagicola, hepaticæcola*, etc.
Tache jaune, de formes, etc. S. *castaneæcola, caryophyllearum*, etc.
Tache rousse, de formes, etc. S. *brassicæcola, gentianæ*, etc.
}

61e G. HYSTERIUM. — Réceptacles simples, sessiles, ovales ou allongés, s'ouvrant par une fente longitudinale, à noyau linéaire, persistant; utricules droites, fixées, allongées.

1 {
Parasite de plantes ligneuses 2
Parasite de tiges ou feuilles annuelles 6
}

2 {
Réceptacles superficiels. 3
Réceptacles sortant de l'épiderme 4
Réceptacles couverts en partie par l'épiderme. . . 5
}

3 {
Réceptacles noirs, luisants, elliptiques, striés en long; lèvres de la fente obtuses . . . . . . H. *pulicare*. — Chênes, bouleaux.
Réceptacles noirs, opaques, serrés, parallèles; fente à lèvres enflées. H. *lineare*. — Érables, poiriers.
}

/ Réceptacles noirs, courbés, rugueux, épars; fente à
    lèvres séparées . . . H. *elatinum*. — Sapins.
4 { Réceptacles noirs, durs, elliptiques et convexes; fente
    à lèvres enflées . . . . H. *fraxini*.
  Réceptacles serrés, luisants comme un point noir,
    s'ouvrant en long. H. *conigenum*. — Pommes de pin.

/ Branches mortes de groseillier rouge : tubercules grou-
    pés, parallèles, aigus, noirs, luisants. . H. *ribis*.
5 { Dessous des feuilles du pin : réceptacles noirs, lui-
    sants, à ouverture ovale-oblongue. H. *pinastri*.

/ Réceptacles oblongs; lèvres de la fente rugueuses.
    . . . . H. *commune*. — Epilobes, etc.
6 { Réceptacles ovales, concaves, rugueux; lèvres très-
    ouvertes . . . H. *arundinaceum*. — Rosiers.
  Réceptacles elliptiques, lisses, enflés; lèvres enfon-
    cées. . . . H. *foliicolum*. — Arbres fruitiers.

62ᵉ G. PHACIDIUM. — P. *coronatum*. — Réceptacles noirâtres,
sessiles, arrondis, concaves, d'abord fermés, puis s'ouvrant du
centre à la circonférence par plusieurs segments.—Feuilles tombées
des grands arbres, chênes, hêtres, bouleaux.

63ᵉ G. CYTISPORA. — C. *leucosperma*. — Petits réceptacles
formés de cellules noires qui, groupées circulairement autour d'un
axe, forment un tube commun, couronné par un disque blanchâtre, donnant passage à la pulpe, qui se condense en une petite
vrille blanchâtre, roulée sur elle-même. — Hêtres, érables, rosiers, etc.

IVᶜ TRIBU : URÉDOÉES.

Petits champignons parasites d'écorces ligneuses ou d'organes
verts auxquels ils donnent la mort, consistant en sporidions ou
petits globules arrondis, remplis eux-mêmes de sporules microscopiques, groupés en simple poussière, reçus à la surface d'un réceptacle particulier, ou protégés par les débris de l'épiderme
qu'ils ont rompu.

64ᵉ G. TUBERCULARIA. — Petits tubercules agrégés, ordinairement rouges et sessiles, se rétrécissant à leur base, parsemés de tout petits grains qui, se touchant tous, forment à chacun une écorce. — Branches mortes.

1 {
Tubercules agrégés, assez sensibles, rouges, à petits grains plus rouges encore . . . T. *vulgaris*.
Tubercules confluents, rouge-brique, plus petits . . . . T. *confluens*.
Tubercules blancs, arrondis, à court pédicelle. . . . . T. *glomerata*.
}

65ᵉ G. Fusarium. — Petits grains en fuseau, insérés sur un petit réceptacle charnu, sphérique, vivant sur tiges mortes de plantes herbacées.

1 {
Réceptacles roses, sans poils, à petits fuseaux plus pâles . . . . . . F. *roseum*. — Malvacées.
Réceptacles rouges, portant un poil et des fuseaux cloisonnés. . F. *ciliatum*. — Pommes de terre.
}

66ᵉ G. Gymnosporangium. — G. *juniperi*. — Tubercules pulpeux, jaune-rougeâtre, sortant de dessous l'épiderme et s'étendant à la surface de l'écorce du genévrier, peu à peu recouverts de sporidions pédicellés et de même couleur.

67ᵉ G. Podissoma. — P. *clavariæforme*. — Corne ou massue gélatineuse, assez longue, simple ou bifurquée, jaune-safran, naissant sur l'écorce du genévrier ; sporidions à long pédicelle enveloppé par la masse pulpeuse.

68ᵉ G. Puccinia. — P. *multiformis*. — Très-petits champignons sortant de dessous l'épiderme qu'ils percent dans les plantes vivantes, consistant en un seul sporidion sans réceptacles, mais à 1 ou 2 cloisons horizontales.—Sur une foule de plantes, herbacées surtout, qui leur donnent leur nom : P. *stellariæ, thlaspeos, etc.*

69ᵉ G. Uredo. — Très-petits grains, intérieurement sans cloisons, recouverts d'abord par l'épiderme des feuilles ou des tiges vivantes, le rompant irrégulièrement sans que ses débris leur servent de calice, et formant à la surface de petits paquets de poussière sessile.

1
- Poussière jaune ou jaunâtre 2
- Poussière brune 3
- Poussière noire ou violette. 4
- Poussière blanche . . . .
  U. *candida*. — Crucifères, ombellifères, composées, etc.

2
- Poussière jaune-citron, sèche et fugace. . . . .
  . U. *punctata, rhododendri, euphorbiæ*. (V. D.)
- Poussière jaune-orangé, grasse et compacte. U. *rosæ*.

3
- Grains pédicellés. . . . . U. *galii, fabæ*, etc.
- Grains sessiles. . . U. *genistarum, rumicum*, etc.

4
- Graminées. 5
- Violariacées. . . . . U. *vesicaria*.
- Composées . . . . U. *receptaculorum*.

5
- Poussière sans odeur, à la surface des glumelles, des grains, de la panicule. 6
- Poussière avec ou sans odeur, renfermée dans le chaume ou le grain 7

6
- Grains de poussière très-menus, parfaitement globuleux, sur avoine. U. *carbo*. † Charbon. (V. D.)
- Grains oblongs, irréguliers . . . . . .
  . . . . U. *destruens*. — Millet des oiseaux.

7
- Mauvaise odeur ; poussière renfermée dans les grains de froment surtout, sans trop les dilater. . . .
  . . . . U. *caries*. † Carie. (V. D.)
- Point d'odeur ; groupe de poussière dilatant beaucoup l'épiderme des tiges ou des grains . . . .
  . . . . U. *maydis*. — Maïs.

70e G. ACIDIUM. — A. *multiforme*. — Très-petits grains pulvérulents, ovoïdes ou ronds, à une seule loge, groupés en paquets réguliers, et bordés par les débris de l'épiderme rompu, qui les entoure diversement en mode de calice. Espèces très-peu remarquables, généralement désignées sous le nom de la plante qui les porte.

Vᵉ TRIBU : MUCÉDÉES.

Champignons à filaments transparents ou opaques, fugaces ou persistants, simples, rameux ou feutrés, quelquefois stériles, le plus souvent portant extérieurement des sporules sans enveloppe, ou renfermant dans leur intérieur des sporidions à une ou plusieurs sporules, rarement parasites de feuilles vertes, et vivant communément sur les substances humides en putréfaction ou fermentation. (*V. D.*)

71e G. ERINEUM. — Petits champignons parasites de feuilles vivantes, consistant en filaments simples, transparents, cylindriques ou comprimés, terminés souvent en massue ou toupie, et disposés en petit gazon.

1 {
   Filaments partout égaux ou amincis au sommet . . .
   . . . . E. *tiliæ, rubi, juglandis*, etc.
   Filaments en massue ou petite tête . . . . . .
   . . . E. *betulinum, populineum, alneum*, etc.
   Filaments ovoïdes, très-menus
   E. *griseum*. — Chênes. — E. *aureum*. — Peupliers.
}

72e G. MUCOR. — Petits filaments transparents et libres, les uns stériles, décombants et souvent laineux, les autres fertiles, simples, rameux ou divisés au sommet, et terminés par de petits globules solitaires.

1 {
   Filaments fertiles, rameux 2
   Filaments stériles, simples. 3
}

2 {
   Filaments blancs . . . .
   M. *fimetarius*. — Bouses. — M. *truncorum*. — Troncs
   pourris. — M. *ramosus*. — Champignons. — M.
   juglandis. — Noix rances.
   Filaments bruns. . M. *fodinus*. — Murs de caves.
}

3 {
   Sporules globuleuses 4
   Sporules convexes, aplaties . . . .
   . . . . M. *ascophorus*. — Substances moisies.
}

4 {
   Sporules jaunâtres 5
   Sporules blanches, puis noirâtres. . . . . . .
   . . . . M. *mucedo*. — Pain moisi.
}

5 {
   Globules aqueux . . . .
   . . . M. *aquosus*. — Bois pourri dans l'eau.
   Globules compactes, très-petits . . . .
   . . . . M. *caninus*. — Excréments de chiens.
}

73e G. ASPERGILLUS. — Filaments transparents, les stériles décombants, les fertiles dressés, simples, rameux ou divisés au

sommet, et terminés en massue, à sporules globuleuses, enchaî-
nées en chapelet.

1 {
Filaments toujours blancs 2
Filaments devenant jaunâtres, les fertiles simples.
. . . . A. *flavus*. — Plantes d'herbier.

2 {
Sporules globuleuses ; filaments très-minces . . . 3
Sporules ovales ; filaments courts, épais, serrés . .
. . . . . A. *oospermus*. — Pommes pourries.

3 {
Globules glauques . . . .
. . A. *glaucus*. — Substances sèches pourries.
Globules roses. A. *roseus*. — Papier et linge humides.

74ᵉ G. BOTRYTIS. — Filaments transparents, simples ou rameux, les fertiles droits, simples au sommet ; sporidions simples,
groupés sur les rameaux ou à leur sommet.

1 {
Filaments blancs. . . . .
B. *elegans*. — Bouses. — B. *dendroides*. — Cham-
pignons pourris.
Filaments verts ou olive . . . .
. . . . . B. *polyspora*. — Rameaux tombés.
Filaments en partie roses . . . .
. . . . B. *macrospora*. — Feuilles tombées.
Filaments pourpre, jaunes ou orangés . . . . .
. . B. *rosea*. — Ecorce. — B. *fulva*. — Etuves.
Filaments gris. . . . .
B. *racemosa*. — Légumes pourris. — B. *umbellata*.
— Confitures gâtées.

75ᵉ G. SPOROTRICHUM. — Filaments transparents, tous décombants, ordinairement entremêlés ; sporules globuleuses, dispersées
à la surface.

1 {
Sporules blanches. S. *candidum*. — Bois pourri.
Sporules grises. . S. *murinum*. — Terre humide.
Sporules d'un beau jaune . . . .
. . . . S. *flavissimum*. — Poutres.
Sporules orangées. . . . S. *aureum*. — Ecorce.
Sporules vertes . . . . S. *virescens*. — Ecorce.
Sporules noires. . . . . S. *parietum*. — Murs.

76ᵉ G. CHLORIDIUM. — C. *viride*. — Filaments d'un vert gai,
simples, opaques, continus, droits et agrégés ; sporidions globu-

leux, de même couleur, disséminés sans ordre à leur surface. —
Bois pourri.

77e G. RACODIUM. — R. *cellare*. — Filaments opaques, rameux, continus, décombants, d'abord jaunâtres, puis olive et enfin noirs, mêlés de filaments en chapelet, et formant avec eux un
tissu lâche. —Sur les vieux tonneaux dans les caves.

78e G. CLADOSPORIUM. — C. *herbarum*. — Filaments opaques,
vert-olive, droits, serrés et cloisonnés au sommet, et s'y séparant
en petites articulations qui sont les sporules. — Plantes sèches,
vieilles poutres.

79e G. BYSSUS. — Filaments demi-transparents, rameux, décombants, entrelacés, très-minces, continus, s'en allant en eau
quand on les touche ; nulle apparence de fructification.

1 { Filaments blancs, très-minces, groupés en faisceaux
cylindriques et rameux.   B. *elongata*. — Caves.
Tissu blanc, semblable à une toile d'araignée, membraneux, à filaments rayonnant du centre .   .   .
.   .   .   B. *argentea*. — Murs humides et obscurs.

FIN DE LA FAMILLE DES CHAMPIGNONS.

VOCABULAIRE

DES

TERMES TECHNIQUES EMPLOYÉS DANS CET OUVRAGE.

NOTA. — Quand les termes ont déjà été définis dans notre Botanique élémentaire, nous nous contentons de renvoyer au numéro où ils sont expliqués.

A

ACCESSOIRE. Organe secondaire qui accompagne un organe principal. (Fig 28 ss, v.)

ACCRESCENT. Organe qui prend de l'accroissement quand les organes voisins ont cessé de se développer.

ACÉRÉ. Etroit, dur et terminé en pointe piquante. (Fig. 34.)

ACIDE. Ayant une saveur aigre et piquante.

ACIDULÉ. Légèrement acide.

ACUMINÉ. Finissant insensiblement en pointe aiguë. (Fig. 47.)

ADHÉRENT. Attaché à une partie voisine et faisant corps avec elle.

ADULTE. Parvenu à son complet développement.

AGGLOMÉRÉS. Organes réunis ensemble et très-serrés les uns contre les autres. (Fig. 91.)

AGRÉGÉS. Organes réunis en paquet et comme soudés ensemble.

AIGRETTE. Poils couronnant une graine. (Fig. 132, 137, 138, 139.)

AIGUILLONS. 103. (Fig. 27 a.)

AIGUILLONNÉ. Muni d'aiguillons.

AILE. Mince membrane accompagnant une tige (fig. 39 a a), un pétiole (fig. 64), une graine, etc. (fig. 141, 142, 143). On nomme *ailes* les deux pétales latéraux d'une corolle papilionacée (fig. 99 a) et les sépales colorés des *Polygala*.

AILÉ. Tige, pétiole, graine, etc., munis d'une ou plusieurs ailes.

AISSELLE. Angle interne formé par la feuille, le pédoncule ou les rameaux partant de la tige. (Fig. 30, où l'on voit des bourgeons à l'aisselle des feuilles.)

AKÈNE. 173. (Fig. 137, 138, 139, 140.)

ALÈNE (en). Terminé en pointe fine et piquante. (Fig. 45.)

ALTERNES. 81, 143. (Fig. 30, 36, 113.)

AMPLEXICAULE. 81. (Fig. 37, 38.)

ANASTOMOSÉ. Qui a des veines ramifiées, saillantes, et dont les extrémités se joignent.

ANCIPITÉ. Comprimé de manière à offrir deux tranchants.

ANGULEUX. Dont la surface présente plusieurs angles saillants.

ANNUEL. Qui naît et meurt dans la même année.

ANNULAIRE. Qui a la forme d'un anneau.

ANOMAL. Se dit de toute partie d'un végétal d'une forme irrégulière et indéterminée.

ANOMALIE. Irrégularité dans les formes des parties des végétaux.

ANTHÈRE. 136. (Fig. 112 a.)

ANTHÉRIDIES. Organes qu'on regarde comme analogues aux anthères dans les plantes de la famille des Characées.

APICULÉ. Muni d'une pointe courte, aiguë et peu consistante.

APPENDICE. Partie accessoire à quelque organe.

APPENDICULÉ. Muni d'un appendice.

APPRIMÉ. Organe rapproché d'un autre et s'appliquant contre lui : c'est l'opposé d'*étalé*. (Fig. 121, où les 4 étamines intérieures ont leurs filets apprimés contre l'ovaire.)

ARANÉEUX. Poils qui imitent les fils d'une toile d'araignée par leur nature et leur entrecroisement.

ARBRE. Plante ligneuse, à bourgeons, offrant un tronc élevé et robuste, nu à la base, chargé dans le reste de son étendue de branches et de rameaux. (Fig. 19.)

ARBRISSEAU. Plante ligneuse, à bourgeons, se ramifiant dès la base.

ARBUSTE. Ne diffère de l'arbre que par de plus petites dimensions : tel est l'Oranger.

ARÊTE. Pointe filiforme, plus ou moins raide, terminant une partie quelconque. (Fig. 82 *bis*.)

ARILLE. 167.

ARISTÉ. Muni d'une arête.

ARQUÉ. Courbé en arc.

ARRONDI. De forme cylindrique, orbiculaire ou globuleuse : quand il s'agit de la tige, c'est l'opposé d'*anguleux*.

ARTICLE. Portion de tige, de feuille ou de fruit comprise entre deux nœuds ou deux étranglements. (Fig. 135.)

ARTICULATION. Point de jonction d'un article à un autre, ou d'un organe articulé à un autre organe.

ARTICULÉ. Muni d'articles.

ASCENDANT. Se relevant après avoir été horizontal ou penché. (Fig. 23 a c b.)

ASTRINGENT. Qui a la propriété de resserrer et a ordinairement une saveur piquante et salée.

ATTÉNUÉ. Diminuant peu à peu de largeur ou d'épaisseur. (Feuilles de la fig. de la pl. 2 ; fig. 51.)

AURICULÉ. Muni d'oreillettes. (Fig. 37.)

AUTOMNALE (floraison). Qui se fait en automne.

AXE. Partie grêle et allongée d'une plante, autour de laquelle d'autres parties sont disposées : ainsi, l'axe des fleurs et des fruits est la partie d'un pédoncule commun sur laquelle sont fixés les fleurs, les fruits ou leurs pédicelles. (Fig. 82, 84, 85.)

AXILLAIRE. Partant de l'aisselle ou y étant placé. (Fig. 33, 83.)

B

BACCIFORME. De la forme et de la nature de la baie.

BAIE. 175.

BALSAMIQUE. Qui a quelque vertu ou quelque qualité analogue à celle du baume.

BANDELETTES. Tome II, page 227.

BARBES. Poils droits ; quelquefois synonyme d'*arêtes*.

BARBU. Muni de barbes.

BEC. Pointe terminale d'un fruit. (Fig. 128, 130.)

BI. Particule initiale ajoutant l'idée de *deux* au mot devant lequel elle est placée.

BIDENTÉ. Qui a deux dents.

BIFIDE. Assez profondément fendu en deux.

BIFLORE. Qui porte deux fleurs.

BIFURQUÉ. En forme de fourche, c'est-à-dire fendu en deux branches partant du même point.

BILABIÉ. Partagé en deux lèvres, c'est-à-dire en deux lobes inégaux, l'un supérieur, l'autre inférieur. (Fig. 106.)

BILOBÉ. Partagé en deux lobes. (Fig. 103.)

BILOCULAIRE. Partagé en deux loges. (Fig. 129, 130.)

BIPARTIT. Qui a deux partitions.

BISANNUEL. Qui vit deux ans.

BISPERME. Qui a deux graines.

BIVALVE. Qui s'ouvre par deux valves. (Fig. 129, 130, 132.)

BOSSELÉ. Muni de petites saillies en forme de bosse.

BOSSUÉ. Muni de bosses.

BOUCLIER (en). Voyez Pelté.

BOURGEON. 94. (Fig. 24, 25.)

BRACTÉE. 109. (Fig. 83.)

BRACTÉOLE. Petite bractée.

BUISSONNANT. Ayant la forme d'un buisson.

BULBE. 39. (Fig. 11, 12.)

BULBEUX. Muni d'un bulbe.

BULBILLE. Petit bulbe. Se dit aussi de petits bourgeons de même nature que les bulbes proprement dits, qui naissent sur différentes parties de certaines plantes, soit à l'aisselle de leurs feuilles, comme dans le Lis bulbifère, soit à la place ou au milieu de leurs fleurs, comme dans plusieurs espèces d'Ail.

C

CADUC. Tombant avant que les organes voisins aient achevé leur végétation.

CALICE. 121-129. (Fig. 103 c.)

CALICIFLORES. Tome II, page 109. (Fig. 118.)

CALICINAL. Ayant la forme et la couleur du calice.

CALICULE. Petit calice placé à la base d'un autre.

CALICULÉ. Muni d'un calicule.

CALLEUX. Qui a des callosités.

CALLOSITÉS. Renflements arides et raboteux qui se développent sur certaines parties des plantes.

CAMPANULÉ. En forme de cloche. (Fig. 101.)

CANALICULÉ. Creusé d'un petit sillon en forme de canal.

CANNELÉ. Creusé de sillons longitudinaux et parallèles, semi-circulaires ou à peu près.

CAPILLAIRE. Très-grêle, ayant presque la finesse d'un cheveu.

CAPITULE. 116. (Pl. 1, fig. 5; fig. 91, 92, 93, 125.)

CAPSULE. 174. (Fig. 126, 133.)

CARÈNE. Pétale inférieur d'une corolle papilionacée, formé par la soudure de deux pétales. (Fig. 99 c.) Se dit aussi de l'angle aigu que forme le dos de certaines feuilles ou celui des glumes et des glumelles. (Fig. 110.)

CARÉNÉ. Plié de manière à former un angle aigu, semblable à la carène d'un vaisseau.

CARIOPSE. 173.

CARPELLE. 149.

CARPELLÉ. Muni de carpelles.

CARPOPHORE. Tome II, page 227.)

CARTILAGINEUX. Ayant la consistance et la couleur d'un cartilage.

CASQUE. Partie supérieure de la fleur des Orchidacées et de quelques autres fleurs irrégulières. (Fig. 109 c.)

CAULINAIRE. Appartenant à la tige. (Feuilles des fig. 31, 32, 33.)

CAIEU. Petit bulbe produit par un autre bulbe déjà formé.

CELLULAIRE. Muni de cellules. (Fig. 15.)

CELLULE. 45.

CHAGRINÉ. Muni de petites aspérités dures et rudes, semblables à celles de la peau de chagrin.

CHARNU. De substance épaisse, tendre et ferme, analogue à celle de la chair. (Fig. 144-148.)

CHATON. Fleurs sessiles à l'aisselle d'une écaille et formant par leur réunion un épi serré. (Fig. 95.)

CHAUME. Tige munie de nœuds d'où partent des feuilles engaînantes. Cette dénomination est propre à la famille des Graminées. (Pl. 3.)

CILIÉ. Bordé de cils.

CILS. Petits poils disposés sur un rang comme ceux des paupières.

CLOISON. Séparation membraneuse qui partage un fruit en plusieurs loges où sont les graines. (Fig. 129, 130.)

CŒUR (en). En as de cœur, l'échancrure en bas. (Fig. 57.)

COIN (en). Voyez CUNÉIFORME.

COLLERETTE. Réunion de plusieurs folioles, bractées ou bractéoles, verticillées de manière à figurer le vêtement dont elle porte le nom. (Fig. 89 l.)

COLLET. 28. (Fig. 3 c'c'.)

COLORÉ. De toute autre couleur que le vert.

COLUMELLE. Voyez tome II, page 227.)

COMPACTE. Se dit d'un épi, d'une grappe, d'une ombelle, etc., dont les fleurs sont serrées les unes contre les autres : c'est l'opposé de *lâche*.

COMPLÈTE. 119. (Fig. de 98 à 103.)

COMPOSÉES (feuilles). 73. (Fig. 43.)

COMPOSÉES (fleurs). Formées de plusieurs petites fleurs réunies dans un involucre commun. (Pl. 2 et fig. 91, 92, 93.)

COMPRIMÉ. Plus ou moins aplati et formant deux angles.

CONCAVE. Se dit de toute partie creusée et courbée sans former d'angles.

CONCOLORE. Offrant la même couleur.

CONE (en). En forme de pain de sucre droit. (Fig. 94 g.)

CONE. 177. (Fig. 149.)

CONFLUENT. Se dit des nervures des feuilles quand elles sont simples et se réunissent au sommet du limbe. (Fig. 28.)

CONIQUE. En forme de cône droit. (Fig. 94 g.)

CONJOINTES (fleurs). Réunies dans un involucre commun. (Fig. 91, 92, 93.)

CONNÉES (feuilles). Opposées et soudées par la base.

CONNIVENTS. Organes rapprochés par leur sommet.

CONTIGU. Qui se touche sans adhérer, ou qui, tout en adhérant, peut être séparé sans déchirement sensible.

CONTRACTÉ. Resserré.

CONVERGENTES. Se dit des nervures qui dès leur base tendent à se rapprocher les unes des autres. (Fig. 81.)

CONVEXE. Bombé comme une lentille ou un verre de montre.

COQUE. Enveloppe de certains fruits ou de certaines graines.

CORDÉ. Voyez EN COEUR.

CORDIFORME. En forme de cœur.

CORIACE. Tenace, flexible et plus ou moins épais, comme du cuir.

CORNÉ. Ayant la consistance, la dureté et la transparence de la corne.

COROLLE. 129-133. (Fig. 98-107.)

COROLLIFLORES. Voyez tome II, page 375. (Fig. 117.)

CORONULE. Petite couronne.

CORYMBE. 117. (Fig. 87.)

CORYMBIFORME. Ayant la forme d'un corymbe sans en réunir parfaitement toutes les conditions.

COTE. Prolongement principal du pétiole au milieu du limbe de la feuille. (Fig. 47, 53.). On nomme encore *côtes* les parties saillantes du fruit des Ombellifères. (Voyez tome II, page 227.)

COTONNEUX. A poils blanchâtres, longs, doux au toucher.

COTYLÉDONS. 13. (Fig. 1 cc.)

COUCHÉE (tige). Etalée sur le sol sans y jeter de racines.

COURONNE. Appendice saillant des pétales à la gorge de la corolle. Se dit aussi des poils ou autres appendices qui terminent certaines graines. (Fig. 140 c.)

COURONNÉ. Muni d'une couronne.

CRÉNELÉ. 76. (Fig. 58.)

CRÉPUE. Se dit d'une feuille dont la surface ou les bords sont irrégulièrement plissés.

CRISPÉ. Contracté en plis irréguliers.

CROISSANT (en). Fortement échancré et à deux cornes étroites et pointues.

CRUSTACÉ. Dur, ferme et fragile comme une croûte.

CRYPTOGAME. Plante sans ovaire ni étamines visibles et à mode de fructification peu connu.

CUNÉIFORME. 78. (Fig. 52.)

CUPULE. Petite coupe.

CUSPIDÉ. Terminé par une pointe courte, aiguë et dure.

CUTICULE. Voyez EPIDERME.

CYLINDRACÉ. Approchant de la forme cylindrique.

CYLINDRIQUE. Ayant la forme d'un cylindre, c'est-à-dire offrant dans sa coupe transversale la forme d'un cercle et d'égale grosseur partout.

CYME. 117. (Fig. 88.)

D

DÉCHIQUETÉ. Découpé en plusieurs lanières étroites et inégales.

DÉCIDENTES. Se dit des feuilles qui tombent chaque année : c'est l'opposé de *persistantes*.

DÉCOMBANT. Ne pouvant se soutenir et se laissant tomber.

DÉCURRENTES (feuilles). 80. (Fig. 39.)

DÉFINI (en nombre). De 1 à 12.

DÉHISCENT. 171. (Fig. 127, 134.)

DEMI-FLEURON. Fleurette de fleur composée déjetée en languette plane et unilatérale. (Pl. 2, fig. 3.)

DENTÉ. 76. (Fig. 43, 47, 62, 111.)

DENTELÉ. A petites dents. (Fig. 98.)

DENTICULÉ. A très-petites dents. (Fig. 53, 55.)

DENTS. Découpures courtes et aiguës. (Fig. 43, 111.)

DIADELPHES. Etamines soudées par leurs filets en deux corps. (Fig. 118.)

DIAMÈTRE. Ligne qui mesure la plus grande largeur d'un organe.

DICHOTOME. Divisé en deux branches qui elles-mêmes se subdivisent en deux autres.

DICHOTOMIE. Angle formé par des rameaux dichotomes.

DICHOTOMIQUE. Qui se divise et se subdivise de deux en deux.

DICOTYLÉDONES. 15. (Fig. 3.)

DIDYNAMES. Etamines au nombre de quatre, dont deux plus longues. (Fig. 117.)

DIFFUS. Qui s'étale horizontalement, lâchement, sans direction fixe.

DIGITÉ. A plusieurs divisions partant d'un même point et étalées comme les doigts de la main. (Fig. 74, 75.)

DIOIQUE. 154.

DISCOLORE. Offrant deux couleurs.

DISJOINTES (fleurs). Ayant chacune son calice ou son périanthe particulier, et n'étant pas réunies dans un involucre commun. (Pl. 1.)

DISQUE. Partie centrale des Radiées, couverte par les demi-fleurons. (Pl. 2, fig. 6.)

DISTINCT. Isolé et séparé ; signifie encore visible à l'œil nu.

DISTIQUE. Disposé irrégulièrement sur deux rangs opposés. (Fig. 80.)

DIVARIQUÉ. Formant un angle très-ouvert.

DIVERGENT. Allant en s'écartant du point de départ. Les nervures sont divergentes quand dès leur base elles tendent à s'écarter les unes des autres. (Fig. 26, 41, de 47 à 65.)

DORSAL. Placé sur le dos d'un organe.

DOS. Revers d'un organe ; partie intermédiaire entre sa base et son sommet.

DRESSÉ. Se dit de toutes les parties d'un végétal perpendiculaires ou presque perpendiculaires au plan de leur base.

DRUPACÉ. De la nature du drupe.

DRUPE. Fruit charnu à noyau. (Fig. 144, 145.)

DUVET. Poils très-fins et soyeux qui recouvrent les tiges, les feuilles ou les fruits.

E

ÉCAILLES. Petites lames minces, sèches, coriaces, quelquefois vertes ou colorées, qui couvrent, accompagnent ou protégent certaines parties des plantes. (Fig. 98 é é.)

ÉCAILLEUX. Qui est accompagné ou revêtu d'écailles. (Fig. 12.)

ÉCHANCRÉ. Présentant une échancrure. (Fig. 61.)

ÉCHANCRURE. Entaille peu profonde.

ÉCORCE. 62. (Fig. 17 e.)

EFFILÉ. Long, grêle, droit et aminci de la base au sommet. (Fig. 22.)

ELLIPTIQUE. 78. (Fig. 50.)

ÉMARGINÉ. Voyez ECHANCRÉ.

EMBRASSANT. Voyez AMPLEXICAULE.

EMBRYON. 13. (Fig. 4, nos 1 et 2 r-g.)

ÉMERGÉ. En partie dans l'eau, en partie en dehors.

ENDOCARPE. 164. (Fig. 144, 145, 146.)

ENDOGÈNES. 61. (Fig. 18, 20.)

ENGAINANT. Formant une gaîne, c'est-à-dire un étui ou long anneau autour d'un autre organe. (Fig. 40.)

ENSIFORME. En forme de lame d'épée.

ENTIER. N'offrant aucune division. (Fig. 50, 51.)

ÉPARS. Disposé sans aucun ordre. (Fig. 31.)

ÉPERON. Prolongement tubuleux du calice ou de la corolle au-dessous de la fleur. (Fig. 100 e, fig. 107 e.)

ÉPERONNÉ. Muni d'un éperon.

ÉPI. 116. (Fig. 82 *bis.*)

ÉPICARPE. 164. (Fig. 144, 145, 146.)

ÉPIDERME. Membrane transparente et incolore qui recouvre toutes les parties du végétal exposées à l'action de l'air.

ÉPIGYNE. Placé sur l'ovaire.

ÉPILLET. Petit épi. Dans la famille des Graminées, on nomme spécialement *épillet* la réunion de plusieurs fleurs contenues dans les mêmes glumes. (Fig. 110.)

ÉPINE. 103. (Fig. 26 e.)

ÉPINEUX. Qui porte des épines.

ESPÈCE. Réunion de tous les individus offrant les caractères essentiels d'un genre et distingués entre eux par d'autres caractères spéciaux qui se conservent par les graines.

ÉTALÉ. Les pédoncules, rameaux, etc., sont étalés quand ils forment un angle droit ou presque droit ; les tiges sont étalées quand elles sont couchées sur la terre.

ESTIVALE (floraison). Qui se fait en été.

ÉTAMINES. 135-147. (Fig. 112-121.)

ÉTENDARD. Pétale supérieur des fleurs papilionacées. (Fig. 99 é.)

ÉTIOLÉ. Décoloré par la privation de la lumière et du grand air.

ÉTOILÉ. Disposé en forme d'étoile. (Fig. 114.)

ÉTRANGLEMENTS. Parties étroites qui réunissent les articulations. (Fig. 7, 135.)

EXOGÈNES. 68. (Fig. 17, 19.)

F

FAISCEAU (en). Assemblage de feuilles ou de fleurs rapprochées en long. (Fig. 34.)

FARINEUX. Recouvert d'une poussière fine et blanche qui adhère aux feuilles, tiges, etc., comme de la farine.

FASCICULE. Petit faisceau.

FASCICULÉ. Réuni en faisceau.

FASCIÉE (tige). Tige défigurée, offrant une surface large et aplatie.

FASTIGIÉS (rameaux). Redressés et rapprochés de la tige.

FAUSSES (loges). Loges incomplètes ou n'étant pas fermées par de véritables cloisons.

FAUX (corymbe). Imitant le corymbe sans en réunir toutes les conditions.

FENDU. Voyez FIDE.

FERRUGINEUX. Ayant une couleur analogue à celle du fer.

FERTILES. Fleurs, fleurettes, bourgeons ou tiges à fruit.

FIBRES. Filaments très-menus, formant le tissu fibreux qui entre dans la composition des végétaux.

FIBREUX. Composé de fibres.

FIBRILLES. Petites fibres.

FIDE. 77. (Fig. 68.)

FILET. 136. (Fig. 112 f.)

FILIFORME. Fin et allongé comme un fil. (Fig. 21, où le pédoncule qui supporte les fleurs et les fruits de la plante grimpante est filiforme.)

FIMBRIÉ. Ayant le bord découpé comme une frange.

FISTULEUX. Creusé en dedans comme une flûte.

FLEUR. 119. (Fig. de 81 à 110.)

FLEURETTE. Chacune des petites fleurs des fleurs composées. (Fig. 91, 92, 93.)

FLEURON. Fleurette tubuleuse, régulière, communément à 5 dents. (Pl. 2, fig. 2.)

FLEXUEUX. Courbé ou plié en zig-zag.

FLOCONNEUX. Poils disposés par flocons.

FLORIFÈRE. Qui porte une ou plusieurs fleurs.

FLOSCULEUSE. Fleur composée formée uniquement de fleurons. (Fig. 91.)

FLOTTANT. Nageant à la surface de l'eau.

FOLIACÉ. Qui est de la nature des feuilles, qui a l'apparence des feuilles.

FOLIOLES. Petites feuilles partielles d'une feuille composée. (Fig. 43 ff.) Se dit aussi des écailles de l'involucre des fleurs composées. (Fig. 91.)

FOLLICULE. 174. (Fig. 132.)

FOSSETTE. Petite cavité.

FRANGÉ. Coupé sur ses bords en plusieurs petites franges ou lanières.

FRONCÉ. Couvert de plis menus et serrés, égaux ou inégaux.

FRUCTIFÈRE. Qui porte des fruits.

FRUIT. 160. (Fig. 127-147.)

FRUTESCENT. Qui a le port d'un arbrisseau ou qui est de la nature d'un arbrisseau.

FUGACE. Qui tombe facilement et peu de temps après son apparition.

FUSIFORME. En forme de fuseau. 36. (Fig. 5.)

G

GAINE. Etui que certaines feuilles forment à la tige. (Fig. 40 g.)

GAZONNANT. Qui fait gazon par le grand nombre de ses tiges courtes, rapprochées et feuillues.

GÉLATINE. Substance ayant la consistance d'une gelée.

GÉMINÉ. 81. (Fig. 35.)

GEMMULE. 13. (Fig. 1, 2, 3 g.)

GENOUILLÉ. Plié brusquement en forme de genou.

GERMINATION. 19.

GIBBEUX. Renflé en forme de bosse.

GLABRE. Sans aucun poil.

GLABRESCENT. Presque glabre.

GLAND. 173.

GLANDES. Petits corps vésiculeux de formes très-variées, d'où suinte une liqueur particulière, souvent visqueuse et odorante.

GLANDULEUX. Muni de glandes.

GLAUCESCENT. Qui tire sur le glauque.

GLAUQUE. D'un vert bleuâtre ou blanchâtre.

GLOBULEUX. Qui est de forme arrondie.

GLOMÉRULE. Agrégation de fleurs réunies en tête serrée.

GLUMACÉ. De la nature des glumes.

GLUMES. Involucre extérieur des fleurs des Graminées, composé de deux petites folioles opposées. (Fig. 110 gg.)

GLUMELLES. Enveloppe immédiate de l'ovaire dans les Graminées, consistant, comme les glumes, en deux petites folioles opposées; elles portent aussi le nom de fleurs. (Fig. 110 gl gl.)

GLUMELLULES. On donne ce nom à une ou deux petites écailles plus intérieures encore qui se trouvent quelquefois entre les glumelles et l'ovaire.

GLUTINEUX. Gluant et visqueux.

GODET (en). Offrant la forme d'un petit verre.

GORGE. 124, 132. (Fig. 102 g, 106 g.)

GOUSSE. 169, 4°. (Fig. 127, 135.)

GOUTTIÈRE (en). Creusé d'un demi-sillon dont les bords se relèvent ou s'arrondissent.

GRAINE. 9. (Fig. 123.)

GRANULÉ. 36. (Fig. 7.)

GRANULEUX. Qui porte des tubercules en forme de petits grains.

GRAPPE. 116. (Fig. 84.)

GRÊLE. Mince et fluet.

GRIMPANT. S'élevant en s'appuyant sur les corps voisins. (Fig. 21.)

GRUMELEUSE (racine). Composée de grains arrondis ou ovales.

H

HAMPE. 113. (Fig. 41 h.)

HASTÉ. 79. (Fig. 60.)

HÉMISPHÉRIQUE. Offrant la forme de la moitié d'une boule. (Pl. 2, fig. 5, où l'involucre est hémisphérique.)

HERBACÉ. De couleur verte, de consistance molle, et participant à toute la nature des herbes.

HERBE. Plante tendre qui, dans sa tige au moins, ne vit qu'une année.

HÉRISSÉ. Parsemé ou garni de poils raides et droits.

HÉRISSONNÉ. Hérissé de pointes piquantes.

HÉTÉROGÈNE. Qui est de nature différente.

HILE. 11.

HISPIDE. 106.

HORIZONTAL. S'étendant parallèlement à la surface de la terre.

HYBRIDE. Plante dont la graine provient d'un végétal qui a été fécondé par une autre espèce.

HYPOCRATÉRIFORME. Voyez EN SOUCOUPE.

HYPOGYNE. Prenant naissance au-dessous de l'ovaire. Se dit des étamines et de la corolle. (Fig. 120, 121.)

I

IMBRIQUÉ. A parties se recouvrant à moitié les unes les autres, comme les tuiles d'un toit. (Fig. 91.)

IMPAIRE (foliole). Celle qui termine la côte des feuilles imparipennées. (Fig. 43, 77, 78.)

IMPARIPENNÉE (feuille). Se dit d'une feuille pennée dont le pétiole est terminé par une foliole solitaire. (Fig. 43, 77, 78.)

INCISÉ. Offrant des découpures aiguës, plus longues que larges. (Fig. 79.)

INCOMPLÈTE (fleur). 118. (Fig. 81, 108, 109, 110)

INDÉFINIES (étamines). Au-dessus de 12 et en nombre indéterminé.

INDÉHISCENT. Ne s'ouvrant pas naturellement à la maturité. (Fig. 123, de 137 à 140.)

INFÈRE (ovaire). 148.

INFLÉCHI. Fléchi ou courbé en dedans.

INFLORESCENCE. 114.

INFUNDIBULIFORME. Qui a la forme d'un entonnoir. (Fig. 102.)

INONDÉ. Voyez SUBMERGÉ.

INSÉRÉ. Qui est fixé sur ou sous.

INSERTION. Attache d'un organe sur un point déterminé.

INTROFLEXION. Etat d'un organe replié en dedans.

INVOLUCELLE. Petit involucre des ombellules dans les Ombellifères. (Fig. 89 in.)

INVOLUCRE. Réunion de folioles ou bractées sous une ombelle. (Fig. 89 e.)

IRRÉGULIER. Offrant quelque partie différente de toutes les autres. (Fig. 100, 105, 106, 107, 109.)

L

LABELLE. Voyez TABLIER

LABIÉ. Ayant une ou deux lèvres. (Fig. 106.)

LACHE. Dont les parties sont écartées et distantes.

LACHEMENT. D'une manière lâche.

LACINIÉ. Découpé en lanières étroites et inégales. (Fig. 110, extrémité de la lèvre inférieure.)

LAGÉNIFORME. En forme de bouteille.

LAINE. Poils longs, un peu crépus et rudes.

LAINEUX. Couvert de laine.

LAITEUX. A suc blanc comme du lait.

LAMELLE. Petite lame; se dit de tous les organes minces des végétaux.

LAMELLEUX. Offrant plusieurs lamelles.

LANCÉOLÉ. Oblong et se terminant insensiblement en pointe. (Fig. 46.)

LANGUETTE. Appendice membraneux de la gaîne des feuilles des Graminées; se dit aussi du prolongement du limbe d'une corolle irrégulière déjetée d'un côté. (Pl. 2, fig. 3.)

LANIÈRE. Segment étroit et allongé.

LATÉRAL. Qui est inséré sur le côté de la tige, des rameaux ou d'un autre organe.

LÉGUME. Voyez GOUSSE.

LENTICULAIRE. Ayant la forme d'une lentille, c'est-à-dire à surface convexe des deux côtés et à bords amincis.

LÈVRE. Segment supérieur ou inférieur d'un calice ou d'une corolle labiés. (Fig. 106 s, i.)

LIBRE. N'étant ni soudé ni adhérent, pouvant se détacher sans rien déchirer. (Les pétales de la fig. 98 *bis* sont libres; il en est de même des étamines de la fig. 117.)

LIGNEUX. Ayant la consistance et la dureté du bois. (Fig. 19.)

LIMBE. Partie étalée de la feuille, du calice et de la corolle. (Fig. 47-61 et 111 a.)

LINÉAIRE. Allongé et également ou presque également étroit dans toute son étendue. (Fig. 40, 44.)

LINGULÉ ou **LIGULÉ.** En forme de petite langue.

LISSE. N'offrant aucune aspérité.

LOBE. Découpure large et arrondie n'atteignant pas le milieu du limbe. (Fig. 26, 67.)

LOBÉ. Offrant des lobes.

LOBULE. Petit lobe, lobe secondaire étant au lobe principal ce que celui-ci est à la feuille entière.

LOCULAIRE. Qui est partagé en loges.

LOGES. 168. (Fig. 127-132.)

LONGITUDINAL. Dans le sens de la longueur.

LYRE (en). 77. (Fig. 64.)

LYRÉ. En lyre.

M

MACULÉ. Parsemé de taches.

MARCESCENT. Se desséchant, se flétrissant sur place sans tomber.

MASSUE (en). En cylindre grossissant vers son sommet.

MATURITÉ. Etat du fruit à son développement parfait.

MÉDIANE. Occupant le milieu. On nomme *nervure médiane* la nervure principale d'une feuille, formée par le prolongement du pétiole. 72. (Fig. 46-51.)

MÉDULLAIRE. 62. (Fig. 17 m.)

MEMBRANE. Espèce de peau molle, mince, demi-transparente, ayant de l'analogie avec le parchemin, mais moins dure.

MEMBRANEUX. Qui a la nature ou l'aspect d'une membrane.

MONADELPHES. Etamines à filets soudés en un seul faisceau. (Fig. 115.)

MONOCÉPHALÉE (tige ou hampe). Ne portant qu'un seul capitule de fleurs.

MONOCHLAMYDÉES. Plantes n'ayant qu'une seule enveloppe florale, verte ou colorée. (Fig. 108.)

MONOCOTYLÉDONES. 45. (Fig. 4.)

MONOIQUE. 134.

MONOPÉTALE. 131. (Fig. 101-107.)

MONOPHYLLE. D'une seule feuille ou d'une seule pièce, au moins à sa base. Un calice monophylle est un calice monosépale; une corolle monophylle est une corolle monopétale.

MONOSÉPALE. 123. (Fig. 102 c, 103 c.)

MONOSPERME. A une seule graine.

MUCRONÉ. Qui se termine par une petite pointe droite et raide.

MUCRONULÉ. Terminé par une très-petite pointe.

MULTICAULE. Produisant plusieurs tiges.

MULTIFIDE. Qui est partagé en nombreuses découpures aiguës, séparées par des enfoncements aigus, n'atteignant pas le milieu du limbe, mais plus profondes que les simples incisions.

MULTIFLORE. Portant un grand nombre de fleurs. (Fig. 82-95.)

MULTILOCULAIRE. Offrant un grand nombre de loges.

MULTIPARTIT. Offrant un grand nombre de partitions.

MULTIPLE. Offrant plusieurs parties distinctes.

MURIQUÉ. Relevé de pointes courtes à large base.

MUTIQUE. Sans arête ni pointe distincte.

N

NACELLE. Voyez CARÈNE.

NAGEANT. Voyez FLOTTANT.

NAPIFORME. En forme de navet. (Fig. 5.)

NECTAIRES. 148.

NECTARIFÈRE. Qui secrète un suc sucré.

NERVÉ. A nervures saillantes. (Fig. 43, 79.)

NERVEUX. Voyez NERVÉ.

NERVURES. 73. (Fig. de 43 à 79.)

NŒUDS. Endroits où la tige des Graminées et de quelques autres plantes est renflée et comme articulée. (Pl. 3.)

NOIX. 175.

NOYAU. Graine enveloppée d'une boîte dure et osseuse.

NOUEUX. Qui est garni de nœuds de distance en distance.

NU. Qui est privé des appendices qui l'accompagnent ordinairement.

NUCULAINE. 175.

NUCULE. Chacun des petits noyaux d'une nuculaine.

O

OBCONIQUE. En cône renversé.

OBCORDÉ. En cœur renversé. (Fig. 61, 103.)

OBLIQUE. Tenant le milieu entre une ligne horizontale et une ligne verticale. (Dans les fig. 47-51, les nervures secondaires sont obliques par rapport à la nervure médiane.)

OBLONG. 78. (Fig. 46.)

OBOVALE. 78. (Fig. 49.)

OBTUS. Qui se termine par une pointe émoussée ou par un bord arrondi. (Fig. 48-52.)

OIGNON. 39. (Fig. 11, 12.)

OLÉAGINEUX. Qui contient de l'huile.

OLIGOPHYLLE. Composé d'un petit nombre de folioles.

OLIGOSPERME. N'ayant qu'un petit nombre de graines.

OMBELLE. 117. (Fig. 89, 90.)

OMBELLULE. Ombelle partielle portée par les rayons de l'ombelle. (Fig. 89.)

OMBILIC. 11.

OMBILIQUÉ. A convexité creusée ou marquée d'une dépression à son milieu. (Fig. 146.)

ONDULÉ. Onduleux, qui s'élève ou s'abaisse alternativement en plis inégaux.

ONGLET. 132. (Fig. 111 h.)

ONGUICULÉ. Offrant un onglet.

OPAQUE. Qui n'est ni transparent ni translucide.

OPPOSÉ. Deux organes en regard sur le même plan : il y a des bourgeons opposés (fig. 25), des feuilles opposées (fig. 32), etc. On appelle *étamines opposées* celles qui correspondent au milieu des pétales ou des segments. (Fig. 114.)

ORBICULAIRE. En forme de cercle.

OREILLETTES. Petits lobes latéraux situés sur les feuilles, à leur base ou vers leur base. (Fig. 37, 65 o.)

ORGANE. Partie du végétal remplissant à son égard une fonction quelconque. 3.

OSCILLATIONS. Vibrations, balancements naturels ou artificiels.

OSSEUX. Qui est d'une substance solide et dure comme un os.

OUVERT. Ecarté.

OVALE. 78. (Fig. 48.)

OVOIDE. Approchant de la forme ovale. (Fig. 50.)

P

PAGE. Face supérieure ou inférieure du limbe de la feuille.

PAILLETTES. Petites écailles servant de séparation aux fleurettes dans les fleurs composées ; écailles membraneuses et sèches placées à la base d'une fleur.

PALMATIFIDE. Feuille à nervures palmées, à lobes aigus, fendus presque jusqu'à la moitié du limbe.

PALMATILOBÉE. Feuille à nervures palmées et à lobes arrondis n'atteignant pas le milieu du limbe. (Fig. 26, 70.)

PALMATIPARTITE. Feuille à nervures palmées et à divisions aiguës dépassant le milieu du limbe.

PALMATISÉQUÉE. Feuille à nervures palmées et à segments à peine soudés à la base, atteignant presque au point de départ des nervures. (Fig. 72.)

PALMÉ. Voyez DIGITÉ.

PANICULE. 116. (Fig. 82.)

PANICULÉ. Disposé en panicule.

PAPILIONACÉE. Fleur irrégulière des Légumineuses, composée d'un étendard, d'une carène formée de deux pétales plus ou moins soudés et de deux ailes. (Fig. 99.)

PAPILLES. Petites excroissances ou protubérances qui couvrent la surface de certains organes.

PARALLÈLE. Egalement éloigné d'un autre dans tous ses points.

PARENCHYME. 72.

PARASITE. Plante croissant sur une autre et vivant à ses dépens.

PARIPENNÉE. Feuille pennée sans impaire, c'est-à-dire sans foliole à l'extrémité du pétiole. (Fig. 76.)

PARTIT. 77.

PARTITION. Division d'une feuille partite.

PAUCIFLORE. N'ayant qu'un petit nombre de fleurs.

PARIÉTAL. Qui s'insère à la paroi d'un organe voisin.

PAROI. Cloison qui sépare une partie ou un organe d'un autre.

PECTINÉ. Feuille à folioles ou segments étroits, opposés sur deux rangs et rapprochés comme les dents d'un peigne.

PÉDICELLE. Division du pédoncule et support immédiat de la fleur ou du fruit (fig. 87, 88) ; se dit quelquefois d'un pédoncule court et grêle.

PÉDICELLÉ. Muni d'un pédicelle.

PÉDONCULE. Pied, support de la fleur et du fruit. (Fig. 145 pp.)

PÉDONCULÉ. Muni d'un pédoncule.

PÉLORIE. Fleur irrégulière qui accidentellement prend une forme régulière.

PELTÉ. 80. (Fig. 54.)

PENNATIFIDE. 76. (Fig. 69.)

PENNATILOBÉE. Feuille à nervures pennées et à lobes disposés latéralement.

PENNATIPARTITE. Feuille à nervures pennées et à partitions disposées latéralement.

PENNATISÉQUÉE. Feuille à nervures pennées et à segments à peine soudés à la base, atteignant presque à la côte médiane.

PENNÉ. 82. (Fig. 43, 76, 77.)

PENTAGONAL. Offrant cinq angles et cinq côtés.

PENTAMÈRE. A cinq divisions ou parties.

PÉPINS. Graines recouvertes d'une tunique propre (endocarpe), épaisse et cartilagineuse.

PÉPON, PÉPONIDE. 175.

PÉRENNANTE (racine). Vivant trois ou quatre ans, moins que les racines vivaces, mais plus que les racines bisannuelles.

PERFOLIÉES. Feuilles embrassant si bien la tige que celle-ci paraît traverser leur limbe. (Fig. 38.)

PÉRIANTHE. Enveloppe florale unique des plantes monochlamydées. (Fig. 108, 109.)

PÉRICARPE. 162-165. (Fig. 144-146.)

PÉRIGONE. Voyez PÉRIANTHE.

PÉRIGYNES. Etamines placées autour de l'ovaire ou sur le calice. (Fig. 118.)

PÉRISPERME. 16. (Fig. 2 p.)

PERSISTANT. Se dit de tout organe dont la durée se prolonge au-delà de l'époque qui semble fixée pour sa chute : c'est l'opposé de *fugace*, de *caduc* et de *décident*.

PERSONNÉE. Corolle monopétale, irrégulière, à deux lèvres fermées par le renflement intérieur de la gorge, de manière à représenter grossièrement le mufle d'un animal; la lèvre supérieure se nomme *palais*.

PÉTALE. 131. (Fig. 98, 99.)

PÉTALOIDAL. Ayant la couleur et la nature des pétales.

PÉTIOLE. 71. (Fig. 47-80.)

PÉTIOLÉ. Muni d'un pétiole.

PÉTIOLULE. Division du pétiole. (Fig. 78.)

PÉTIOLULÉ. Muni d'un pétiolule.

PHANÉROGAMES. A organes et mode de fructification apparents. (Pl. 1, 2, 3.)

PHYLLODE. Pétiole allongé et aplani en forme de feuille linéaire. Tome II, page 565.

PINNULE. Foliole, segment ou lobe des feuilles des Fougères.

PIVOT. Corps principal d'une racine pivotante.

PIVOTANTE. Racine simple, droite, s'enfonçant perpendiculairement. (Fig. 3 r.)

PLACENTA. 167. (Fig. 133.)

PLAN, PLANE. Toute partie qui n'offre ni pli, ni courbure, ni ride, ni ondulation.

PLIS. Saillies et enfoncements qu'on aperçoit sur la surface d'un organe.

PLISSÉ. Offrant des plis.

PLUMEUX. A petits poils rangés sur deux rangs, comme des barbes de plume. (Fig. 139.)

PLURICÉPHALÉE (tige ou hampe). Portant plusieurs capitules de fleurs.

PLURIFLORE. Portant plusieurs fleurs.

PODOCARPE. Pédicelle du fruit.

POILS. 105.

POILU. 106.

POLLEN. 136. (Fig. 112 pp.)

POLYADELPHES. Etamines dont les filets sont soudés en plusieurs faisceaux.

POLYPHYLLE. A plusieurs folioles.

POLYSPERME. Contenant plusieurs graines.

PONCTUÉ. Marqué de petits points.

PRÉFLORAISON. 118.

PRÉFOLIATION. 95.

PRIMAIRE. Principal. Un pédoncule primaire est le support principal des divisions d'un pédoncule composé.

PRIMORDIALES (feuilles). Très-petites feuilles qui commencent à pousser sur la graine même.

PRISMATIQUE. Offrant plusieurs côtés plans et plusieurs angles.

PROJETÉ. Dirigé en avant.

PROLIFÈRE. Organe qui en produit un autre semblable à lui-même.

PUBÉRULENT. Légèrement pubescent.

PUBESCENCE. Etat d'une surface pubescente.

PUBESCENT. Garni de poils courts, fins, mous, plus ou moins rapprochés.

PULPE. Partie molle et charnue, essentiellement formée de tissu cellulaire, qui se trouve dans plusieurs organes de la plante et plus particulièrement dans les fruits succulents. (Fig. 144-148.)

PULPEUX. Qui est composé de pulpe.

PULVÉRULENT. Couvert de grains très-fins, sensibles au toucher et à la vue, et se détachant facilement ; se dit encore des plantes garnies d'un duvet très-fin et très-serré, semblable à de la poussière.

PURPURIN. Qui approche de la couleur de pourpre ; désigne aussi les nuances intermédiaires entre le rouge et le rose.

PYRAMIDAL. Ayant la forme d'une pyramide.

PYRAMIDE. Solide ayant pour base un polygone, et pour côtés des triangles dont les sommets vont se réunir en un même point. En Botanique, il ne faut pas donner à cette expression une précision trop mathématique.

PYRIFORME. En forme de poire.

PYXIDE. 174. (Fig. 134.)

Q

QUADRANGULAIRE. Offrant quatre angles et quatre côtés. (La tige de la fig. 83.)

QUADRIFIDE. A quatre divisions aiguës, séparées par des enfoncements aigus, assez profonds, mais n'atteignant pas le milieu du limbe.

QUADRILOBÉ. A quatre lobes.

QUADRILOCULAIRE. A quatre loges.

QUADRIPARTIT. A quatre partitions.

QUATERNÉ. Parties disposées quatre par quatre et en opposition.

QUINAIRE. Affectant dans ses parties le nombre 5 ou un multiple de 5, tel que 10, 15, etc.

QUINCONCE (en). Se dit des feuilles lorsqu'elles sont disposées autour de la tige en une spirale simple formée de cinq feuilles, de telle sorte que la sixième se trouve au-dessus de la première, la septième au-dessus de la seconde, et ainsi de suite.

QUINCONCIALE (préfloraison). 117.

QUINÉES (feuilles). Feuilles à 5 folioles palmées. (Fig. 74.)

R

RABOUGRI. Qui n'est pas parvenu à sa grandeur naturelle.

RACINE. 29-37. (Fig. 3-9.)

RADICAL. Partant de la racine ou du collet. Feuilles radicales. 81. (Fig. 29 a.)

RADICANT. Qui produit des racines. (Fig. 14.)

RADICULE. Racine de l'embryon. (Fig. 4 r.) Petites racines. (Fig. 5 r.)

RADIÉE. Fleur composée offrant des fleurons au centre et des demi-fleurons à la circonférence. Les fleurons constituent le disque, et les demi-fleurons forment les rayons. (Fig. 92.)

RAIDE. Se dit d'une partie qui oppose de la résistance quand on veut la plier.

RAMÉAL. Appartenant aux rameaux.

RAMEAUX. 99. (Fig. 19, 23.)

RAMEUX. Racine, tige, pédoncule ou pétiole se divisant et se subdivisant. (Fig. 6, 19, 79, 87.)

RAMIFIÉ. Voyez RAMEUX.

RAMPANT. Étendu horizontalement. Une racine est rampante quand elle court horizontalement en émettant des tiges de distance en distance. (Fig. 150.) Une tige est rampante quand elle est couchée horizontalement sur le sol. (Fig. 14.)

RAMUSCULE. 99.

RAYON. Dans les Ombellifères, on nomme ainsi chaque pédoncule des ombelles. (Fig. 89.) Dans les Composées, on donne ce nom aux demi-fleurons placés à la circonférence. (Fig. 92.) Dans le tronc des arbres dicotylédonés, on appelle *rayons médullaires* des fibres blanchâtres qui unissent le centre ou la moelle avec la circonférence. (Fig. 17.)

RAYONNANT. Disposé en rayons.

RÉCEPTACLE. Sommet du pédoncule ou du pédicelle qui supporte les fleurettes des fleurs composées. (Pl. 2, fig. 4 ; fig. 97 t.)

REDRESSÉ. Relevé après avoir été couché ou étalé.

RÉFLÉCHI. Courbé vers la terre. (Fig. 44 b, fig. 101.)

RÉFRACTÉ. Recourbé sur soi-même.

RÉGULIER. Dont toutes les parties sont égales en forme et en grandeur. (Fig. 98, 102, 108.)

REIN (en). Voyez RÉNIFORME.

REJETS. Nom donné aux pousses des arbres, des arbrisseaux ou des plantes vivaces qui sortent des racines et forment de nouvelles tiges.

RÉNIFORME. 79. (Fig. 58.)

RÉSEAU (en). Nervures, filaments entrecroisés comme les mailles d'un filet.

RÉSINE. Substance odorante, insoluble dans l'eau, visqueuse à la chaleur, brûlant avec une flamme jaune et une fumée noire.

RÉSINEUX. Qui produit la résine ou en a quelques propriétés.

RÉTICULÉE. Surface marquée de lignes entrecroisées en réseau.

RHIZOME. 38. (Fig. 150.)

. **RHOMBOIDAL.** En losange, c'est-à-dire offrant quatre côtés parallèles deux à deux, et quatre angles, les deux latéraux obtus, les deux terminaux aigus.

RIDÉ. Qui est couvert de rides.

RONCINÉ. 77. (Fig. 66.)

ROSACE (en). Feuilles radicales étalées, formant comme une couronne au collet de la plante. (Fig. 29 a.)

ROSETTE (en). En petite rosace.

ROUE (en). Corolle à tube très-court et à segments ouverts. (Fig. 104, 105, 113, 114.)

RUDE. A surface offrant des aspérités au toucher : c'est l'opposé de *lisse*.

RUDIMENT. Organe réduit à de très-petites dimensions.

RUDIMENTAIRE. Etat d'un organe réduit à une ébauche si imparfaite et si petite qu'on ne peut le reconnaître qu'à l'aide de l'analogie.

RUGOSITÉS. Espèces de rides qu'on voit sur une surface.

RUGUEUX. Qui a des rugosités ; est à peu près synonyme de *ridé*.

S

SAMARE. 173. (Fig. 141, 142, 143.)

SAGITTÉ. 79. (Fig. 37, 59.)

SARMENTEUX. Tige ou rameaux ligneux, faibles, flexibles, rampants ou grimpants.

SAUTOIR (en). Organes disposés de manière à imiter une croix de saint André (✗).

SCABRE. Rude au toucher.

SCARIEUX. Mince, sec, demi-transparent, jamais vert, et craquant comme du parchemin.

SCIE (dents de). 76. (Fig. 35.)

SCORPIOIDE. Roulé en queue de scorpion. (Fig. 86.)

SECTION. Coupe, endroit où une chose est coupée. Nous avons aussi donné ce nom aux subdivisions des sous-tribus dans notre deuxième volume.

SEGMENT. Division d'une feuille séquée. 76. (Fig. 79.)

SEMI. Devant un mot, signifie *demi.*

SEMI-FLOSCULEUSE. Fleur composée, formée uniquement de demi-fleurons. (Fig. 93.)

SÉMINALES (feuilles). Les premières feuilles de la plantule. (Fig. 3 cc.)

SEMI-SAGITTÉ. Qui a la forme d'un demi-fer de flèche. (Fig. 28 ss.)

SÉPALES. 123. (Fig. 98 *bis* c.)

SÉQUÉ. 77.

SESSILE. 80. (Fig. 36.)

SÉTACÉ. Raide, étroit et aigu comme des soies de sanglier.

SÉTIFORME. Qui a la forme de soies de sanglier.

SÈVE. 53.

SILICULE. 174. (Fig. 129.)

SILIQUE. 174. (Fig. 130.)

SILLONS. Raies ou stries profondes.

SILLONNÉ. Marqué de sillons.

SIMPLE. Poils, tige ou pédoncules non ramifiés. (Fig. 20, 81 p, 138.) Feuilles entières ou découpées, mais n'ayant pas de véritables folioles. (Fig. 44-72.)

SIMULTANÉ. Organe croissant en même temps qu'un autre.

SINUÉ. Qui a des sinuosités ou des lobes peu profonds et inégaux sur les bords. (Feuilles de la fig. 44.)

SOIES. Poils doux et longs; quelquefois poils raides, étroits et allongés. (Fig. 132.)

SOLITAIRE (fleur). Fleur naissant seule sur une plante ou sur un pédoncule. (Fig. 81.)

SOUCHE. Voyez Rhizôme.

SOUCOUPE (en). Corolle monopétale, tubulée, à limbe très-étalé. (Fig. 103.)

SOUS-ARBRISSEAU. Arbrisseau très-petit : telle est la Bruyère de nos contrées.

SOUS-LIGNEUX. Faiblement ligneux ; se dit aussi d'une plante dont la tige, ligneuse à la base, est herbacée au sommet.

SOUS-TRIBU. Première subdivision de la tribu.

SOYEUX. Revêtu de poils fins et serrés, brillants comme la soie.

SPADICE. Axe simple portant des fleurs sessiles, unies ou séparées, enveloppées d'une spathe. (Fig. 96 ; celle qui est à gauche montre le spadice dépouillé de sa spathe.)

SPATHE. 128. (Fig. 90 ss, 96 sp.)

SPATULE (en). 78. (Feuilles de la pl. 2 et fig. 51.)

SPATULÉ. En spatule.

SPHÉRIQUE. Arrondi en boule.

SPICIFORME. En forme d'épi.

SPINESCENT. Se terminant en épine faible.

SPINULESCENT. Faiblement épineux.

SPIRALE (en). En forme de spirale, c'est-à-dire en forme de ligne courbe tournée plusieurs fois sur elle-même comme une vis. (Fig. 41 t.)

SPONGIEUX. A tissu poreux, compressible et élastique comme une éponge.

SPONTANÉES (plantes). On nomme ainsi les plantes qui croissent d'elles-mêmes dans une contrée, sans y avoir été semées par la main de l'homme.

SPORES. Tome II, page 658.

SPORANGES. Tome II, page 672.

STAMINIFÈRES. Portant uniquement des étamines.

STÉRILE. Ne portant point de fruit. Les étamines stériles sont celles qui sont dépourvues d'anthères et de pollen.

STIGMATE. 150. (Fig. 122 a, 124 a.)

STIPE. 60. (Fig. 20.)

STIPELLES. 108.

STIPULES. 108. (Fig. 28 ss, 42 ss, 43 ss.)

STIPULÉ. Muni de stipules.

STOLONS. Filets grêles, rejets rampants et radicants que certaines plantes émettent de leurs racines ; se dit aussi des tiges qui vont prendre terre à une certaine distance, s'y enracinent et produisent de nouveaux individus.

STOLONIFÈRE. Qui produit des stolons.

STRIES. Sillons peu profonds et parallèles.

STRIÉ. Marqué de stries.

STROBILE. 177. (Fig. 149.)

STYLE. 149. (Fig. 122 s, 124 s.)

STYLOPODE. Disque qui couronne le fruit des Ombellifères et qui supporte les styles.

SUB. Devant un mot, signifie *presque*.

SUBMERGÉ. Entièrement plongé dans l'eau.

SUBULÉ. 78. (Fig. 45.)

SUCCULENT. Composé d'un tissu cellulaire abondant, charnu, rempli de sucs.

SUPÈRE (ovaire). 148.

SUPERFICIEL. Qui ne s'arrête qu'à la surface.

SUPERPOSÉ. Organe placé au-dessus d'un autre.

SUTURE. Ligne de jonction des bords des valves d'une capsule.

SYMÉTRIE. Proportion, correspondance et rapport dans les divers organes ou les parties d'un même organe.

SYMÉTRIQUES. Fleurs ou organes disposés avec symétrie.

SYNANTHÉRÉES. Nom donné aux fleurs de la famille des Composées, parce que leurs étamines sont soudées par les anthères. (Fig. 119.)

SYSTÈME. 250.

T

TABLIER. Tome II, page 548. (Fig. 109 tt.)

TALON. Prolongement ou saillie ronde de la base de la corolle hors du calice.

TÉGUMENT. Petite membrane recouvrant les fructifications de certaines Fougères; en général, mince enveloppe. 10.

TERMINAL. Placé au sommet de la tige ou des pédoncules. (Fig. 81.)

TERNAIRE. Affectant le nombre 3 ou un multiple de 3, tel que 6, 9, 12, etc.

TERNÉ. Opposé trois à trois; signifie aussi à trois segments profonds partant presque du même point. (Fig. 71.)

TÉTRADYNAMES. Etamines au nombre de six, dont quatre plus longues et deux plus courtes. (Fig. 121.)

TÉTRAMÈRE. A quatre divisions ou parties.

TESTE. 10.

TÊTE (en). Fleurs ou fruits groupés en boule au sommet de la tige ou des rameaux. (Pl. 1, fig. 5.) Stigmate analogue à une tête d'épingle.

TÉTRASPERME. A quatre graines.

THALAMUS. Partie du pédoncule qui se prolonge entre le calice et l'ovaire.

THALAMIFLORES. Tome II, page 1. (Fig. 120.)

THYRSE. 116. (Fig. 85.)

TIGE. 37.

TOMBANT. Se dit de la tige ou des rameaux lorsqu'ils sont trop faibles pour se soutenir.

TOMENTEUX. 106.

TORTILLÉ. Bouclé en anneau ou roulé en spirale. (Fig. 28.)

TORTUEUX. Courbé en différents sens.

TORULEUX. Renflé de distance en distance comme une corde à laquelle on aurait fait des nœuds.

TOUPIE (en). Voyez TURBINÉ.

TOURBE. Substance formée par l'accumulation des débris des végétaux.

TOURBEUX. Terrain ordinairement marécageux, renfermant beaucoup de tourbe.

TRAÇANT. Une tige est traçante lorsqu'elle s'étend horizontalement en poussant des rejets à racine. (Fig. 14.) Une racine est traçante quand elle s'étend entre deux terres à une distance plus ou moins considérable.

TRANSLUCIDE. Laissant passer la lumière, sans permettre cependant de distinguer ni la couleur ni la forme des objets; demi-transparent.

TRANSPARENT. Corps au travers duquel on peut distinguer les objets.

TRANSVERSAL. Qui coupe en travers.

TRI. Lettres initiales ajoutant l'idée de *trois* au mot qu'elles précèdent.

TRIANGULAIRE. Offrant trois angles et trois côtés.

TRIBU. Première subdivision de la famille.

TRICHOTOME. Qui se divise et se subdivise par trois.

TRIDENTÉ. A trois dents.

TRIFIDE. 77.

TRIFOLIOLÉE. Feuille composée de trois folioles. (Fig. 73.)

TRIFURQUÉ. Qui est divisé en trois parties très-déliées au sommet.

TRILOBÉ. A trois lobes.

TRINERVÉ. A trois nervures.

TRIPARTIT. A trois partitions.

TRISÉQUÉ. A trois segments. (Fig. 65.)

TRISPERME. A trois graines.

TRONC. 62. (Fig. 17, 19.)

TRONQUÉ. Terminé brusquement par une ligne horizontale. (Fig. 51, 52, 64.)

TUBE. 124, 132. (Fig. 98, 102, 103, 106.)

TUBERCULE. 40. (Fig. 7, 10.)

TUBERCULEUX. Ayant des tubercules ; de la nature des tubercules.

TUBÉREUX. Voyez TUBERCULEUX.

TUBULEUX. En forme de tube.

TUNIQUES. Membranes qui enveloppent un organe. Bulbe à tuniques. 39.

TURBINÉ. En cône renversé et un peu resserré au sommet.

TURION. 98.

TYPE. Individu dans lequel se trouvent réunis et bien distincts les caractères de la famille, du genre, de l'espèce, etc.

U

UNIFLORE. Ne portant qu'une fleur. (Fig 81.)

UNILATÉRAL. Tourné d'un seul côté. (Fig. 86.)

UNILOCULAIRE. A une seule loge. (Fig. 127, 132, 134.)

URCÉOLE. Organe en forme de petit gobelet.

URCÉOLÉ. Renflé comme une petite outre et resserré vers l'orifice.

UTRICULES. Petites outres ou vessies qu'on remarque sur certains organes. On donne aussi ce nom aux cellules. 45.

UTRICULAIRE. Portant des utricules ou formé d'utricules. Le tissu utriculaire est le même que le tissu cellulaire.

V

VAISSEAUX. 50. (Fig. 16.)

VALLÉCULES. Tome II, page 227.

VALVES. Portes ou battants des loges de la graine dans les fruits déhiscents. (Fig. 127-134.)

VASCULAIRE. 52.

VEINÉ. Marqué de veines ou petites nervures ramifiées et apparentes. (Fig. 99.)

VELOUTÉ. Couvert de petits poils courts et épais, doux au toucher comme du velours.

VELU. 106.

VERNALE (floraison). Qui se fait au printemps.

VERRUES. Petites aspérités ayant l'aspect des verrues qui viennent sur le corps humain.

VERRUQUEUX. Garni de verrues.

VERTICAL. Se dit de tout organe qui s'élève perpendiculairement, soit à l'égard de l'horizon, soit à l'égard de la partie qui le supporte.

VERTICILLES. Anneaux formés autour de la tige par des rameaux, des feuilles ou des fleurs, disposés au moins trois à trois en regard et sur le même plan. (Fig. 33, 83.)

VERTICILLÉ. Disposé en verticille.

VIOLON (en). Feuille oblongue ou ovale, creusée des deux côtés vers son milieu. (Fig. 63.)

VISQUEUX. S'attachant aux doigts comme de la glu.

VIVACE. 98.

VIVIPARE. Plante qui, au lieu de fleurs, produit des rejetons feuillés.

VOLUBILE. 102. (Fig. 21.)

VRILLE. 101. (Fig. 28 v.)

FIN DU VOCABULAIRE DES TERMES TECHNIQUES.

TABLE DU TOME PREMIER.

FIN DE LA TABLE DU PREMIER VOLUME.

TABLE DES GENRES

B

C

FIN DE LA TABLE DES GENRES.

EXPLICATION DES PLANCHES.

Planche 1.

Fig. 1. Tige rameuse avec des feuilles palmatilobées, à lobes incisés-dentés.
Fig. 2. Calice polysépale, à sépales réfléchis.
Fig. 3. Pétale avec écaille sur l'onglet.
Fig. 4. Carpelle grossi, avec un rang de tubercules.
Fig. 5. Carpelles réunis en capitule.

Planche 2.

Fig. 1. Tige et feuilles ; les inférieures spatulées, atténuées en pétiole, dentées au sommet, incisées à la base ; les supérieures oblongues, sessiles ou un peu amplexicaules, incisées-dentées.
Fig. 2. Fleuron isolé.
Fig. 3. Demi-fleuron isolé.
Fig. 4. Réceptacle convexe, sans paillettes, muni de trois fleurons et d'un demi-fleuron.
Fig. 5. Involucre hémisphérique, à écailles imbriquées.
Fig. 6. Fleur radiée, offrant des fleurons sur le disque et des demi-fleurons pour rayons à la circonférence.

Planche 3.

Fig. 1. Racine fibreuse ; tige noueuse (chaume) ; feuilles linéaires-lancéolées et engaînantes.
Fig. 2. Une fleur munie de deux glumes inégales, de deux valves ciliées et aristées accompagnant les glumes, de glumelles mutiques, de deux étamines et de deux styles pourvus de stigmates filiformes et plumeux.
Fig. 3. Fleurs disposées en panicule serrée en forme d'épi ovale-oblong.

Planche 4.

Fig. 1. Graine de Haricot ouverte, avec ses deux cotylédons et son embryon : c c les cotylédons, r la radicule, g g la gemmule.
Fig. 2. Graine de Ricin coupée longitudinalement : a caroncule (*) en forme d'arille, p le périsperme, r la radicule, g la gemmule.

(*) On nomme *caroncule* un renflement de la surface de certaines graines vers le hile.

Fig. 3. Plantule de graine dicotylédone commençant à se développer au moment de la germination : *r* la racine avec ses radicelles, *c'c'* le collet, *c c* les cotylédons devenant feuilles séminales, *g* la gemmule.

Fig. 4. Plantule de graine monocotylédone commençant à se développer au moment de la germination : *r* la racine, *g* la gemmule s'allongeant pour devenir la tige.

Fig. 5. Racine simple, charnue, pivotante, conique : *c* le collet, *a* le corps de la racine, *r* les radicelles ou chevelus.

Fig. 6. Racine rameuse.

Fig. 7. Racine en chapelet.

Fig. 8. Racine fibreuse.

Fig. 9. Racine fasciculée, à fibres renflées.

Fig. 10. Racine tuberculeuse, offrant un tubercule entier à droite et un tubercule palmé à gauche.

Fig. 11. Bulbe à tuniques.

Fig. 12. Bulbe à écailles.

Fig. 13. Souche ou rhizôme oblique.

Fig. 14. Souche ou rhizôme horizontal : *c c* le corps de la souche.

Fig. 15. Cellules formant le tissu cellulaire.

Fig. 16. Différentes espèces de vaisseaux : *f* vaisseau fendu, *p* vaisseau ponctué, *c* vaisseau en chapelet, *t* trachée.

Fig. 17. Portion d'un tronc d'arbre dicotylédoné : *e* l'écorce, *a* l'aubier, *b* le bois dur, *m* la moelle renfermée dans l'étui médullaire.

Planche 5.

Fig. 18. Portion de stipe d'un arbre dicotylédoné : *b* la portion extérieure qui est la plus ancienne et la plus dure, *c* la portion centrale qui est la plus nouvelle et la plus tendre.

Fig. 19. Arbre dicotylédoné, avec son tronc, ses branches, ses rameaux et ses ramuscules : les branches sont disposées en forme pyramidale.

Fig. 20. Arbre monocotylédoné, avec son stipe, ses feuilles et son bourgeon terminal.

Fig. 21. Tige grimpante ou sarmenteuse, offrant des fleurs et des fruits pendants, portés par des pédoncules filiformes.

Fig. 22. Tige noueuse (chaume) d'une Graminée (Sucre officinal), avec ses fleurs en panicule terminale : *a* un entre-nœud, *b* le nœud lui-même, *n* le sommet de la gaîne d'une feuille où se trouve la languette.

Fig. 23. Tige ligneuse et rameuse : *c* l'angle de bifurcation de deux rameaux ; *a c' b* rameau courbé et ascendant.

Fig. 24. Bourgeons latéraux et terminaux enveloppés de leurs écailles.

Fig. 25. Bourgeons opposés, coupés par le milieu dans le sens de leur longueur ; *e e* les diverses enveloppes qui entourent les feuilles et les fleurs.

Fig. 26. Un tronçon de rameau muni d'épines avec une feuille palmatilobée, à lobes irrégulièrement incisés-dentés ; *e* les épines.

Fig. 27. Un tronçon de tige de Rosier avec ses aiguillons : *a* un aiguillon détaché de l'écorce.

Fig. 28. Une feuille à 2 folioles, avec une vrille rameuse et des stipules semi-sagittées : *f f* les 2 folioles, *v* la vrille, *s s* les stipules.

Fig. 29. La Joubarbe des toits, offrant des feuilles radicales imbriquées, étalées en rosace, et des feuilles caulinaires alternes ; *a* les feuilles radicales, *b* les feuilles caulinaires.

Fig. 30. Feuilles alternes.

Planche 6.

Fig. 31. Feuilles éparses, les unes dressées, les autres étalées, les autres ré-fléchies.
Fig. 32. Feuilles opposées, offrant de petits bourgeons axillaires.
Fig. 33. Feuilles verticillées, avec un rameau axillaire.
Fig. 34. Feuilles subulées et fasciculées.
Fig. 35. Feuilles géminées, pétiolées, dentées en scie.
Fig. 36. Feuilles sessiles.
Fig. 37. Feuilles amplexicaules, sagittées, à oreillettes divergentes.
Fig. 58. Feuilles perfoliées.
Fig. 39. Feuilles décurrentes, formant une tige ailée : a a les ailes de la tige.
Fig. 40. Une feuille engaînante : g la gaîne, c le limbe.
Fig. 41. Le Cyclame à feuilles de lierre : a le tubercule, b la fleur réfléchie avec ses segments relevés, h la hampe, t le pédoncule roulé en spirale après la floraison. Les feuilles sont radicales, pétiolées, en cœur ovale-lancéolé, irrégulièrement sinuées-lobées sur les bords.
Fig. 42. Stipules sagittées, remplaçant les feuilles.
Fig. 43. Feuille de Rosier : elle est imparipennée, pétiolée, munie de stipu-les, à folioles ovales, bordées de dents ouvertes : s s les stipules, f f les folioles.
Fig. 44. Feuille linéaire, entière.
Fig. 45. Feuilles subulées, entières.
Fig. 46. Feuille oblongue-lancéolée, entière.

Planche 7.

Fig. 47. Feuille ovale-lancéolée, acuminée, dentée : c la côte médiane.
Fig. 48. Feuille ovale, obtuse, entière ; a p i la côte médiane.
Fig. 49. Feuille obovale : p i la côte médiane.
Fig. 50. Feuille elliptique, entière.
Fig. 51. Feuille spatulée : o sommet obtus et tronqué.
Fig. 52. Feuille obovale-cunéiforme.
Fig. 53. Feuille ovale-lancéolée, brusquement acuminée.
Fig. 54. Feuille peltée, lobée-crénelée.
Fig. 55. Feuille ovale-lancéolée, arrondie à la base, denticulée dans sa moi-tié supérieure : p la côte médiane, qui n'est que le prolongement du pétiole.
Fig. 56. Feuille triangulaire-lancéolée, dentée en scie.
Fig. 57. Feuilles en cœur ovale ; l'une légèrement en cœur et irrégulière-ment dentée dans sa moitié supérieure, l'autre profondément échancrée en cœur et entière.
Fig. 58. Feuille réniforme, crénelée : p a nervures palmées, b crénelures.
Fig. 59. Feuille sagittée : l l les lobes.
Fig. 60. Feuille hastée : l l les lobes, n la nervure médiane.
Fig. 61. Feuille obcordée : n la nervure médiane.
Fig. 62. Feuille ovale-lancéolée, tronquée à la base, doublement dentée. a b les dents surdentées.
Fig. 63. Feuilles en violon.
Fig. 64. Feuille lyrée : t segment terminal, l l segments latéraux.
Fig. 65. Feuille triséquée, à segments très-inégaux et dentés : e le segment terminal ou moyen, o les segments latéraux formant deux oreil-lettes à la base de la feuille.

Planche 8.

Fig. 66.   Feuille roncinée.
Fig. 67.   Feuille lobée.
Fig. 68.   Feuille sinuée-pennatifide.
Fig. 69.   Feuille pennatipartite : *b* partition terminale, *c* partitions latérales.
Fig. 70.   Feuille palmatilobée, à lobes crénelés : *c* les nervures palmées.
Fig. 71.   Feuille triséquée, à segments égaux : *c c* les nervures palmées.
Fig. 72.   Feuille palmatiséquée et pédalée.
Fig. 73.   Feuille trifoliolée.
Fig. 74.   Feuille palmée ou digitée, à folioles entières.
Fig. 75.   Feuille palmée ou digitée, à folioles incisées.
Fig. 76.   Feuille paripennée, terminée par une vrille : *p* le pédoncule commun.
Fig. 77.   Feuille imparipennée, à folioles inégales.
Fig. 78.   Feuille 2 fois pennée, à folioles entières et pétiolées.
Fig. 79.   Feuille 2-3 fois et très-profondément pennatiséquée, à segments irré-
            gulièrement incisés, atténués en coin à la base.
Fig. 80.   Feuille pennée, à folioles linéaires et distiques.

Planche 9.

Fig. 81.   Fleur solitaire, pédonculée, munie d'une feuille engaînante et on-
            dulée : *p* le pédoncule.
Fig. 82.   Fleurs en panicule.
Fig. 82 *bis*.   Fleurs en épi, aristées.
Fig. 83.   Fleurs verticillées, sur une tige quadrangulaire.
Fig. 84.   Fleurs en grappe pendante.
Fig. 85.   Fleurs en thyrse.
Fig. 86.   Fleurs en grappe unilatérale et scorpioïde.
Fig. 87.   Fleurs en corymbe.
Fig. 88.   Fleurs en cyme.
Fig. 89.   Fleurs en ombelle composée : *l* l'involucre, *i n* un involucelle.
Fig. 90.   Fleurs en ombelle simple : *s s* les spathes.
Fig. 91.   Fleur composée flosculeuse, avec un involucre à écailles imbriquées.
Fig. 92.   Fleur composée radiée.

Planche 10.

Fig. 93.   Fleur composée semi-flosculeuse.
Fig. 94.   Fleurs en grappe pyramidale : *f* les feuilles radicales, *h* la hampe,
            g la grappe.
Fig. 95.   Fleurs en chaton.
Fig. 96.   Fleurs du Gouet (*Arum vulgare*) : elles sont disposées sur un spadice
            et entourées d'une spathe. La figure de gauche montre le spadice
            dépouillé de sa spathe et muni d'étamines et d'ovaires séparés et
            verticillés : *e* les étamines, *s* la massue terminale du spadice. La
            figure de droite présente le spadice enveloppé de sa spathe en forme
            de capuchon : *s p* la spathe, *s* la massue terminale du spadice.
Fig. 97.   Fleur radiée à demi-fleurons réfléchis et à fleurons du disque tous
            enlevés, à l'exception d'un seul, pour faire voir le réceptacle : *t* le
            réceptacle, *b* les demi-fleurons réfléchis.
Fig. 98.   Fleur polypétale, à calice monosépale tubuleux, muni d'écailles à la
            base : *é é* les écailles.
Fig. 98 *bis*.   Fleur polypétale, crucifère, à calice polysépale : *c* le calice.

Fig. 99. Corolle papilionacée : *e* l'étendard, *a a* les ailes, *c* la carène.

Fig. 100. Corolle polypétale, irrégulière : *c* la corolle, *d* le calice, *e* l'éperon.

Fig. 101. Corolle monopétale, campanulée : *l* le calice avec l'ovaire infère.

Fig. 102. Corolle monopétale, infundibuliforme ou en entonnoir : *t* le tube, *l* le limbe, *g* la gorge, *c* le calice.

Fig. 103. Corolle monopétale, hypocratériforme ou en soucoupe : *c* le calice.

Fig. 104. Corolle en roue, présentée à l'envers pour montrer le tube.

Planche 11.

Fig. 105. Corolle en roue, vue de face.

Fig. 106. Corolle labiée, à tube saillant hors du calice : *s* la lèvre supérieure, *i* la lèvre inférieure, *c* le tube du calice, *g* sa gorge.

Fig. 107. Corolle personnée, munie d'un éperon : *e* l'éperon, *c* le calice.

Fig. 108. Périanthe régulier d'une Monochlamydée.

Fig. 109. Périanthe irrégulier d'une Monochlamydée (c'est celui de la fleur de l'*Orchis fusca*) : *c* le casque à pétales connivents, *t t* le tablier à trois lobes, celui du milieu bilobé, avec une petite pointe dans l'échancrure.

Fig. 110. Fleur de Graminée, épillet uniflore : *g g* les glumes, *gl gl* les glumelles.

Fig. 111. Un pétale isolé d'une corolle polypétale : *d a* le limbe, *b d* l'onglet.

Fig. 112. Une étamine isolée et vue au microscope : *a* l'anthère s'ouvrant par des valves longitudinales, *p p* le pollen qui s'en échappe, *f* le filet.

Fig. 113. Étamines alternes avec les segments de la corolle.

Fig. 114. Étamines opposées aux segments de la corolle.

Fig. 115. Étamines soudées par les filets en un seul faisceau (monadelphie) et insérées sur le calice (Caliciflores).

Fig. 116. Corolle bilabiée, à lèvre supérieure tridentée et à lèvre inférieure incisée-laciniée.

Fig. 117. La même ouverte pour montrer les 4 étamines, dont 2 plus grandes (didynamie), et leur insertion sur le tube de la corolle (Corolliflores).

Fig. 118. Étamines soudées par les filets en deux faisceaux (diadelphie).

Fig. 119. Étamines soudées par les anthères (Synanthérées).

Fig. 120. Étamines libres, égales, insérées sous l'ovaire (Thalamiflores).

Fig. 121. Étamines tétradynames, c'est-à-dire au nombre de 6, dont 4 plus grandes.

Planche 12.

Fig. 122. Carpelle : *o* l'ovaire, *s* le style, *a* le stigmate.

Fig. 123. Akènes munis de 2 stigmates sessiles, celui de gauche à stigmates entiers, celui de droite à stigmates plumeux.

Fig. 124. (*). Ovaire composé de 4 carpelles avec un style central : *o* l'ovaire, *s* le style, *a* le stigmate.

Fig. 125. Carpelles réunis en capitule.

Fig. 126. Capsule de Pavot s'ouvrant par des trous sous les stigmates rayonnants et réunis en bouclier.

Fig. 127. Gousse ou légume s'ouvrant par 2 valves et montrant les graines attachées par le funicule à la suture supérieure.

(*) C'est par transposition de chiffres que cette figure porte le n° 142.

Fig. 128. Capsule bivalve et uniloculaire : la valve de gauche porte le style persistant.

Fig. 129. Silicule : *v v* les 2 valves, *c* la cloison.

Fig. 130. Silique : *v v* les 2 valves, *c* la cloison.

Fig. 131. Capsule triloculaire, coupée en travers pour montrer les 3 loges.

Fig. 132. Follicule ouvert, montrant ses graines couronnées d'une aigrette soyeuse.

Fig. 133. Capsule polysperme, s'ouvrant par 3 valves : la figure de gauche montre les 3 valves *v v v* ouvertes et les graines attachées à une cloison médiane.

Fig. 134. Pyxide avec son couvercle relevé pour montrer les graines.

Fig. 135. Gousse articulée.

Fig. 136. Péponide ouverte.

Planche 13.

Fig. 137. Akène avec une aigrette sessile à poils denticulés : *a* l'akène.

Fig. 138. Akène avec une aigrette pédicellée à poils simples : *a* l'akène.

Fig. 139. Akène avec une aigrette pédicellée à poils plumeux ou rameux : *a* l'akène.

Fig. 140. Akène surmonté d'une couronne membraneuse : *a* l'akène, *c* la couronne.

Fig. 141. Samare munie d'une seule aile latérale.

Fig. 142. Samare munie de deux ailes latérales.

Fig. 143. Samare entourée d'une aile membraneuse.

Fig. 144. Drupe à noyau sillonné et raboteux (pêche).

Fig. 145. Drupe à noyau lisse (cerise).

Fig. 146. Mélonide à pépins (pomme).

Fig. 147. Sycone (figue).

Fig. 148. Réceptacle accrescent, charnu, succulent (fraise).

Fig. 149. Cône ou strobile (fruit du Pin).

Fig. 150. Rhizôme charnu d'une Fougère, avec ses feuilles.

FIN DE L'EXPLICATION DES PLANCHES.

SUPPLÉMENT A L'EXPLICATION DES PLANCHES.

Planche 14.

Fig. 1. L'*Agaric élevé* entièrement développé.
Fig. 2. Le même sortant de terre et non encore ouvert.
Fig. 3. Coupe perpendiculaire.

Planche 15.

Fig. 1. L'*Agaric champêtre* sortant de terre et non encore ouvert.
Fig. 2. Le même entièrement développé et vu par-dessus.
Fig 3. Le même vu par-dessous.

Planche 16.

Fig. 1. L'*Oronge vraie* vue par-dessus.
Fig. 2. La même vue par-dessous.
Fig. 3. Coupe transversale du pied.

Planche 17.

Fig. 1. La *fausse Oronge* avant son développement.
Fig. 2. La même entièrement développée et vue par-dessus.
Fig. 3. La même vue par-dessous.

Planche 18.

Fig. 1. Le *Mousseron* vu par-dessus.
Fig. 2. Le même vu par-dessous.

Planche 19.

Fig. 1. Le *faux Mousseron* avant et après son développement.
Fig. 2. Le même vu par-dessous.

Planche 20.

Fig. 1. Le *Bolet comestible* avant son développement.
Fig. 2. Le même développé et vu par-dessous.

Planche 21.

Fig. 1. L'*Hydne sinué* vu par-dessus.
Fig. 2. Le même vu par-dessous.

Planche 22.

Fig. 1. La *Morille comestible* développée et vue à l'extérieur.
Fig. 2. La même coupée perpendiculairement par son milieu.

Planche 23.

Fig. 1. La *Clavaire coralloïde* vue dans son ensemble.
Fig. 2. La même ne présentant qu'un rameau isolé.
Fig. 3. Autre rameau isolé.

FIN DU SUPPLÉMENT.

PLANCHES

Ranunculus *philonotis*.. Renoncule *des mares*.

1. Tige et Feuilles
2. Calice réfléchi
3. Pétale avec écaille sur l'onglet
4. Carpelle grossi, avec un rang de tubercules
5. Carpelles réunis en capitule.

Chrysanthemum leucanthemum. Grande Marguerite.

1. Tige et Feuilles
2. Fleuron } Avec la graine
3. Demi-fleuron } sans aigrette.

4. Réceptacle avec trois fleurons, sans paillettes.
5. Involucre imbriqué.
6. Fleur radiée.

Anthoxánthum *odoratum*.   Flouve *odorante*.

1. Tige, racine et feuilles.
2. Une fleur avec les glumes, les glumelles, les étamines et les styles.
3. Les fleurs réunies en grappe serrée.

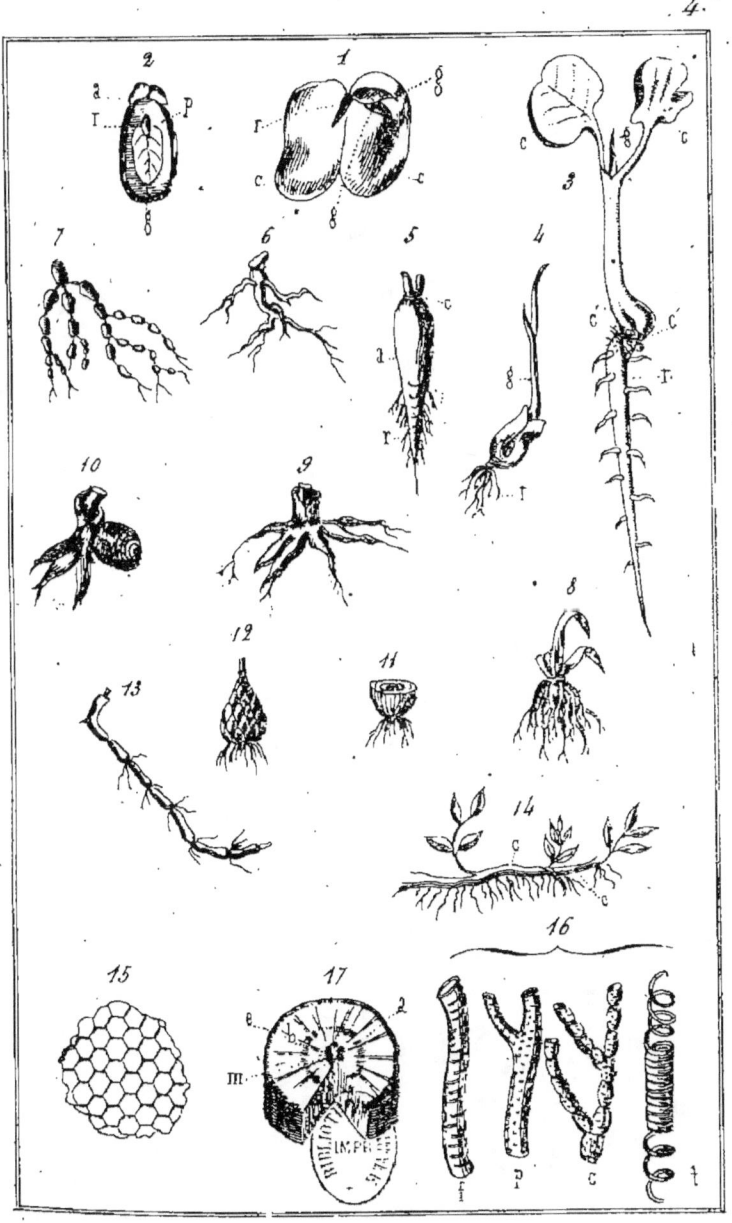

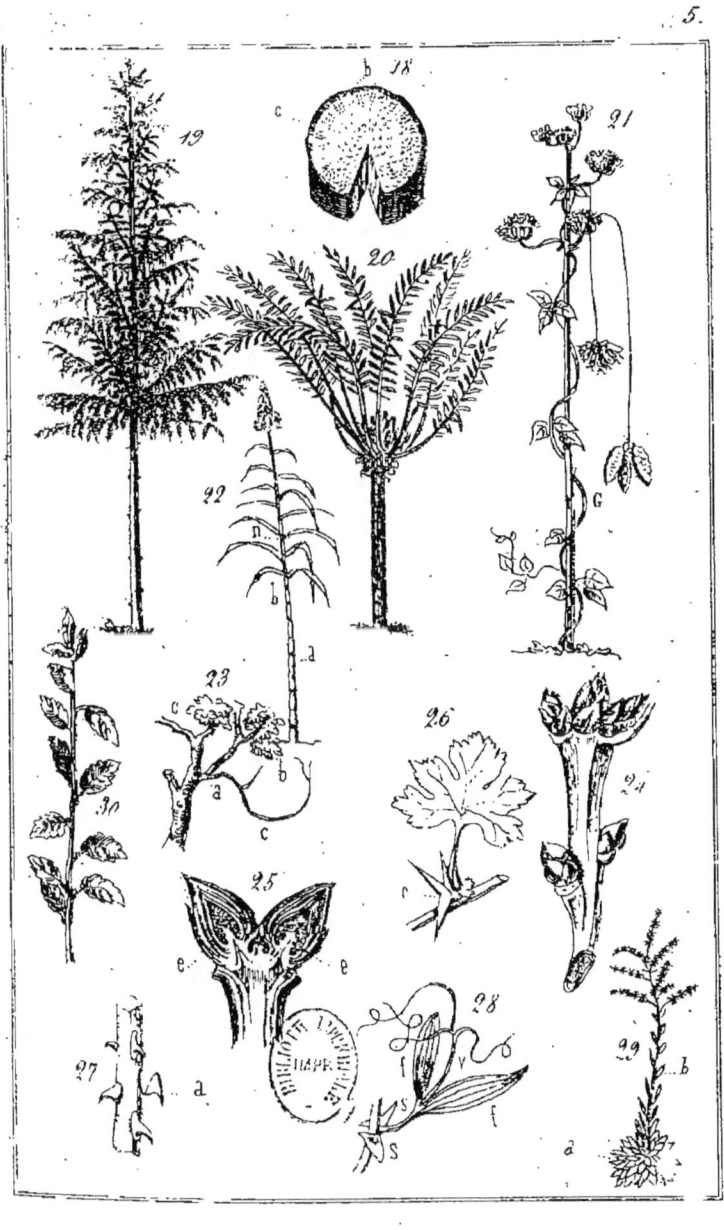

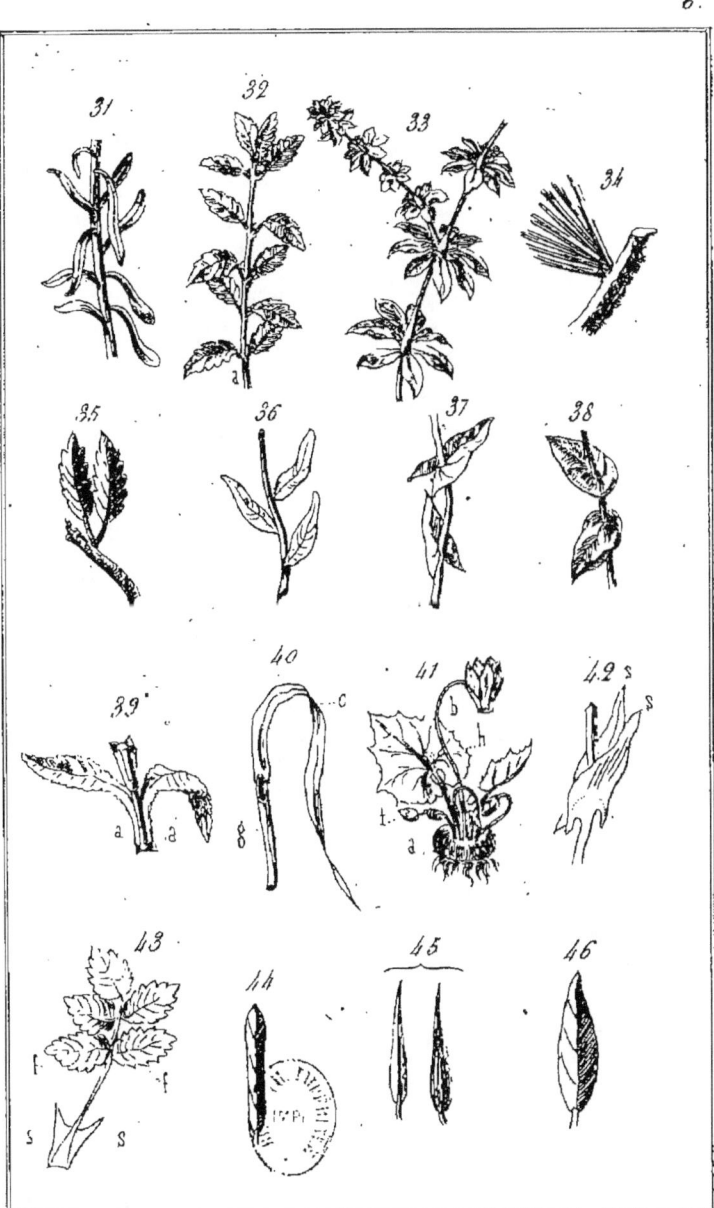

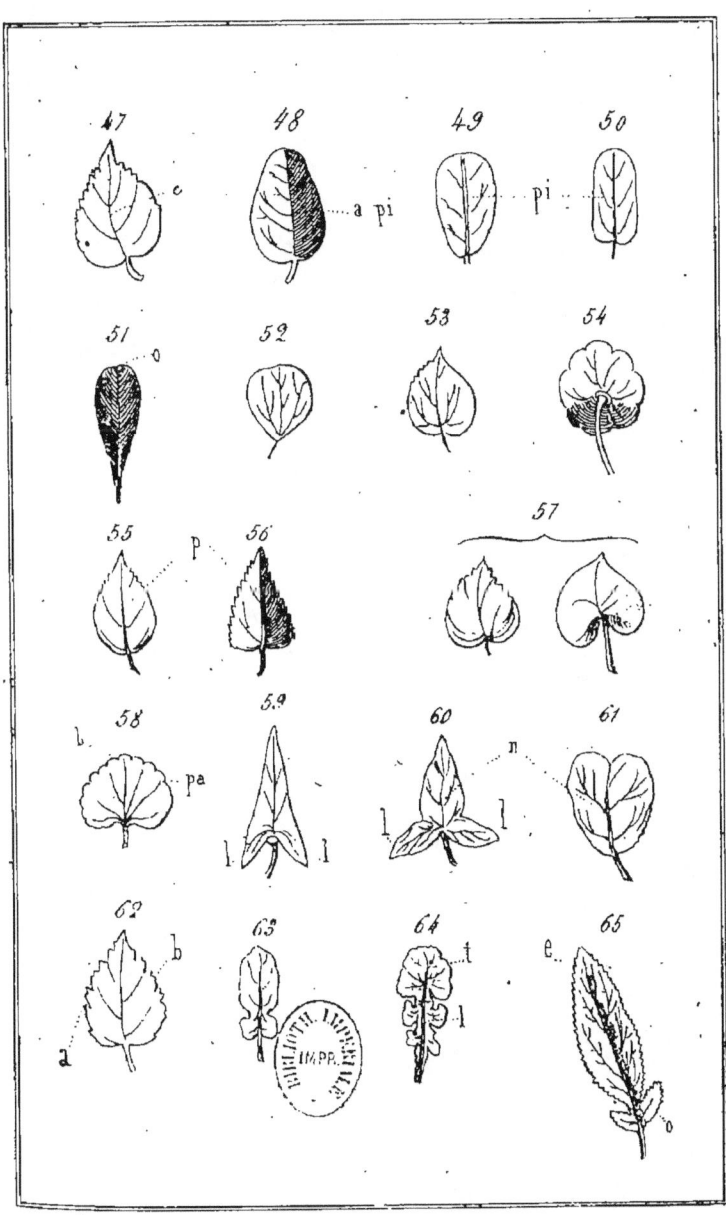

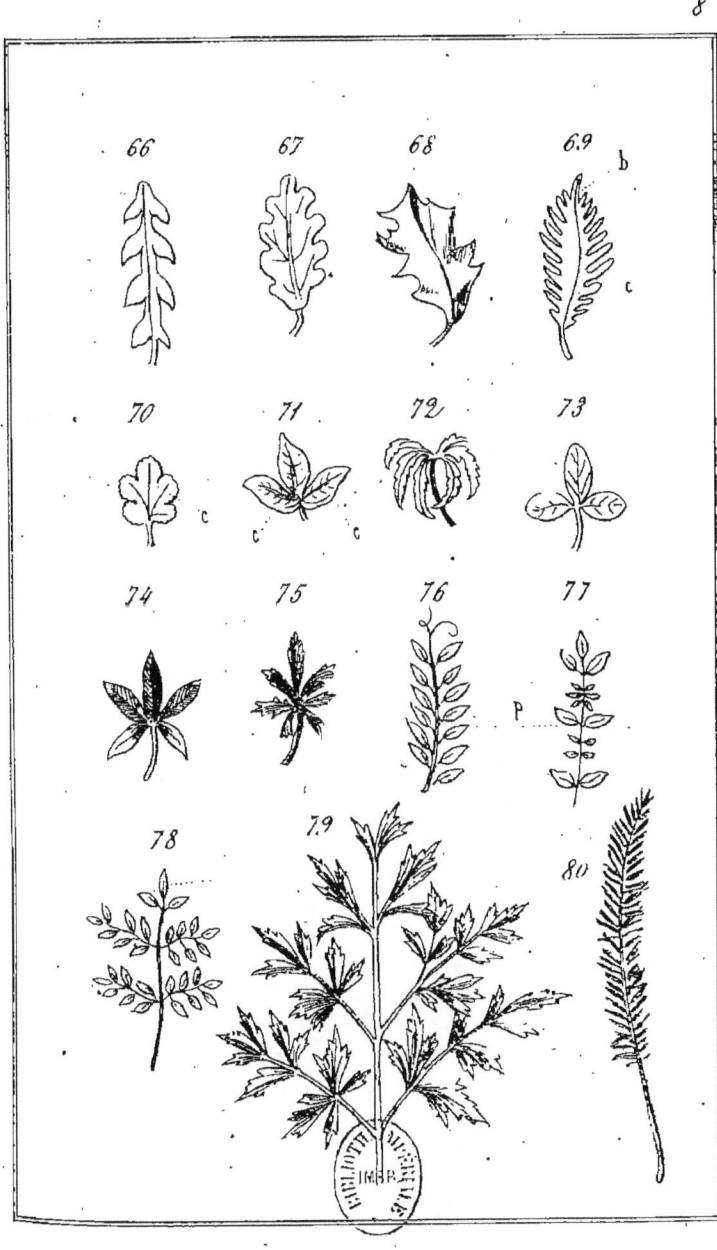

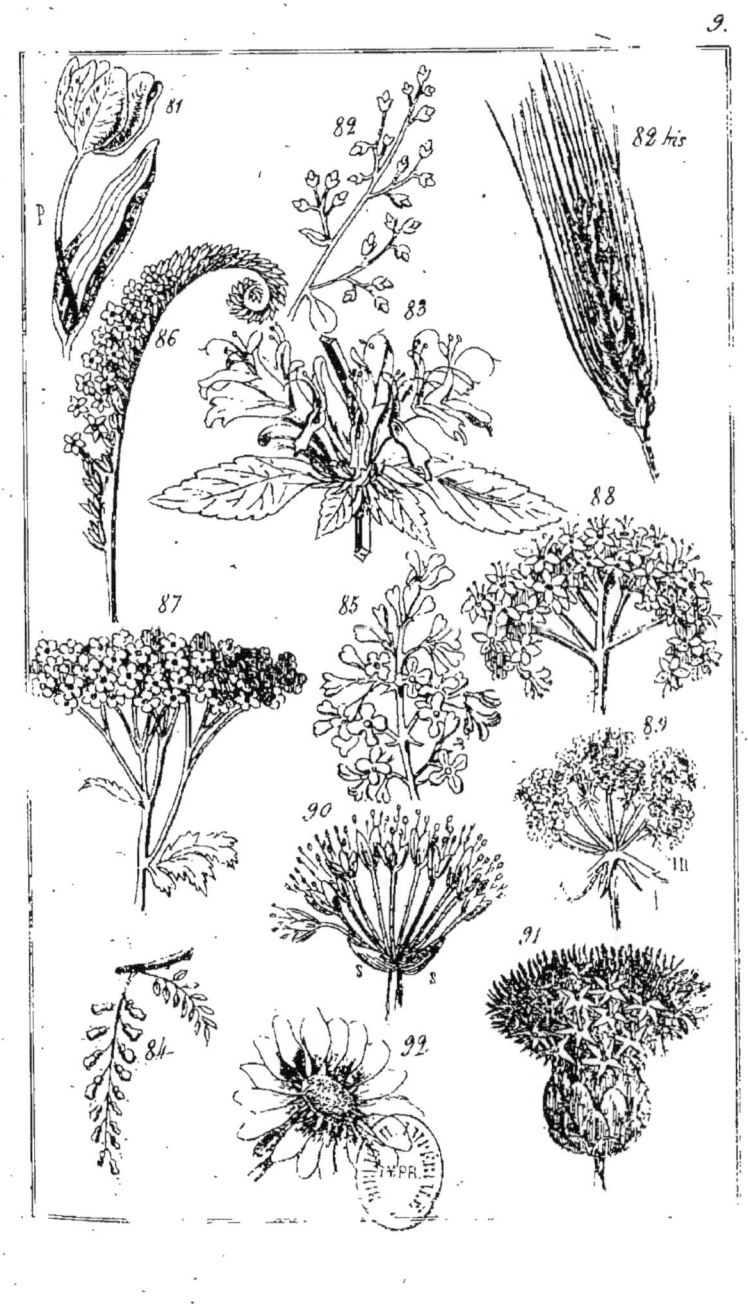

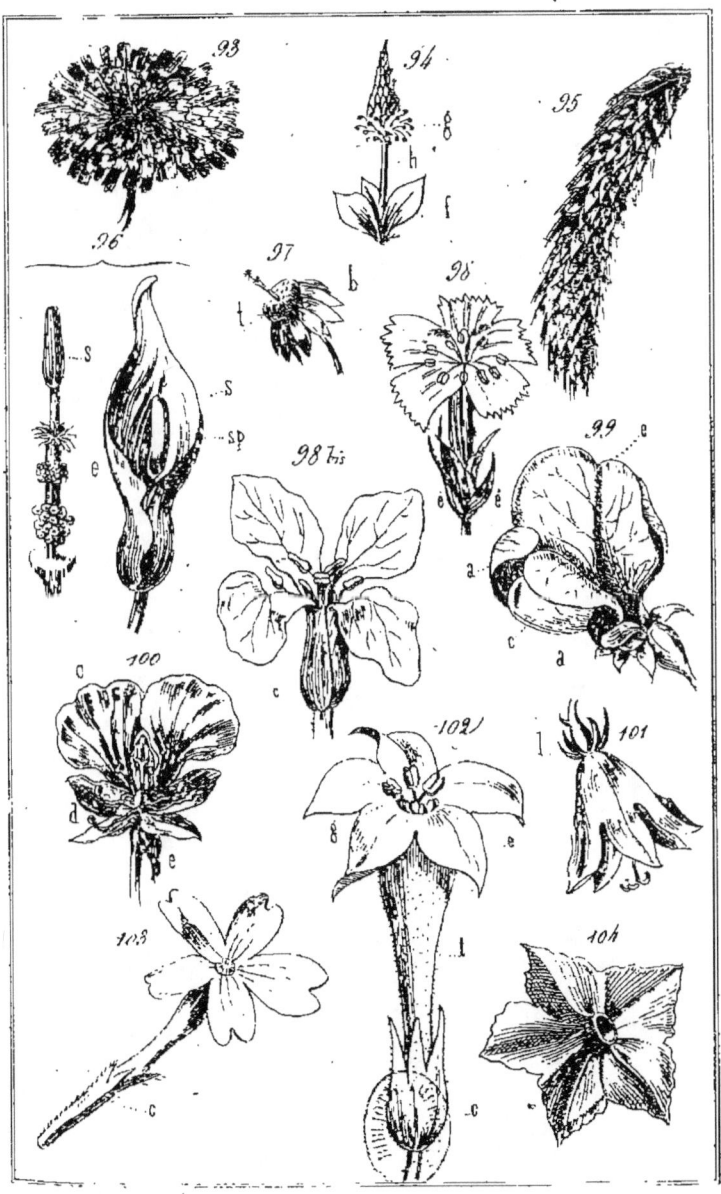

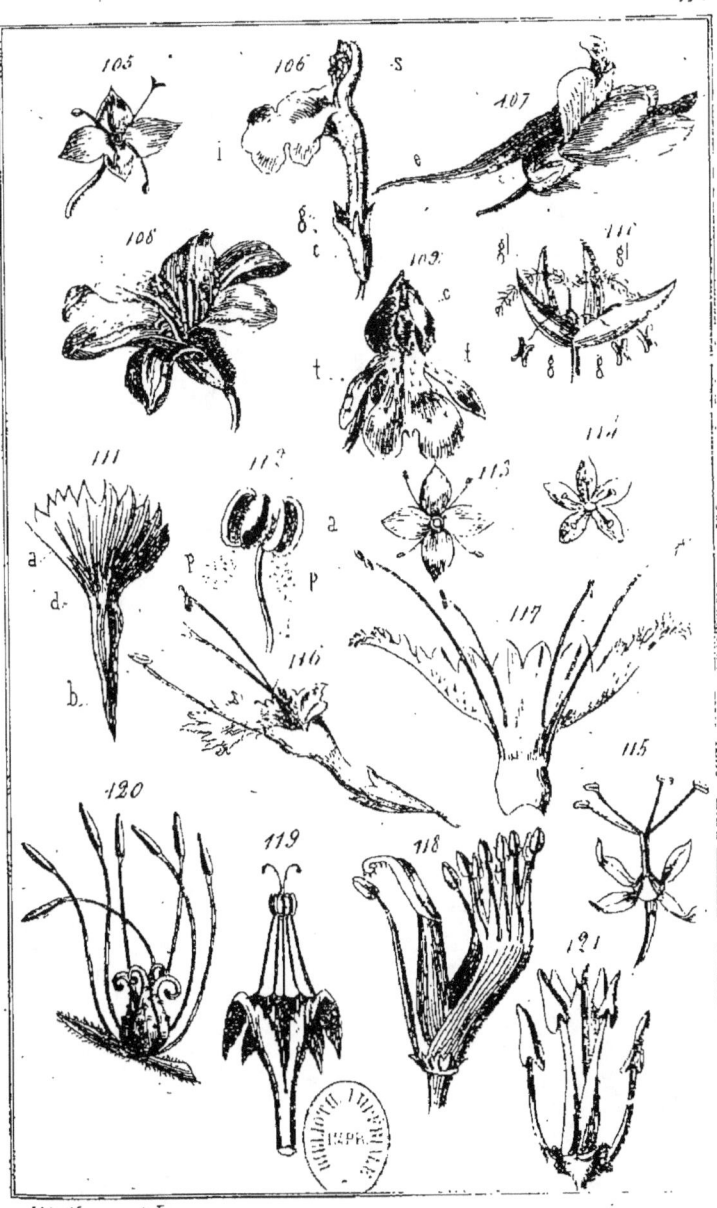

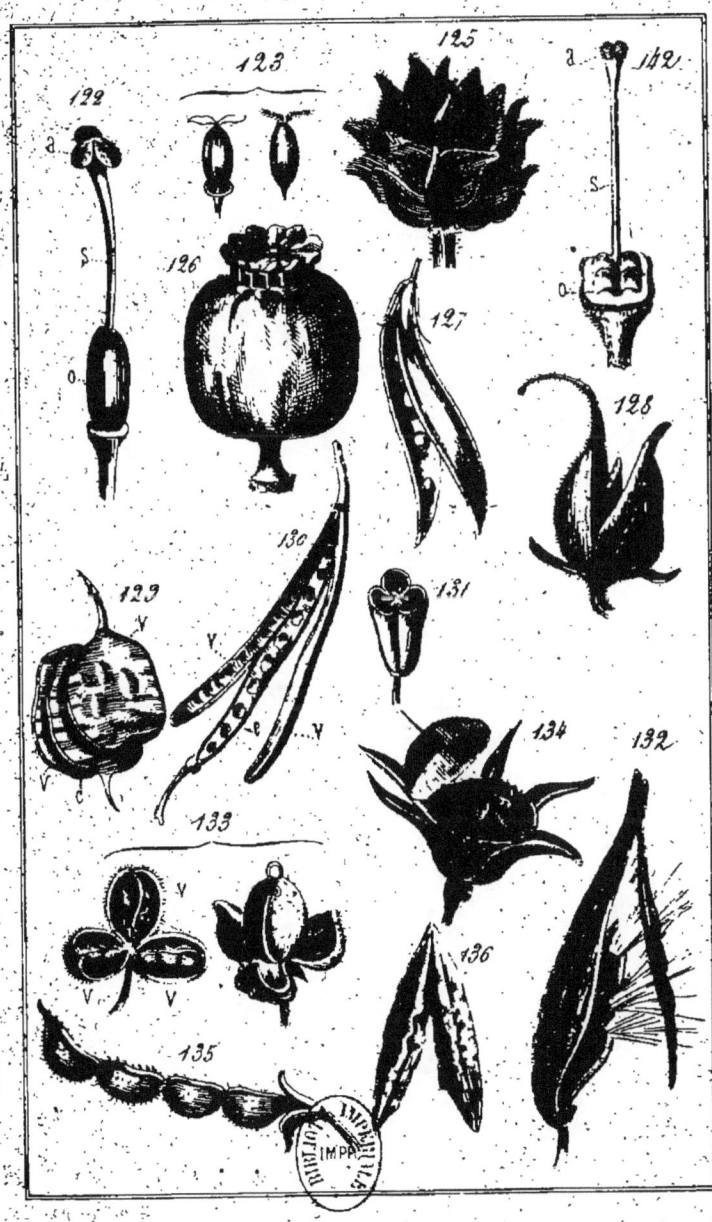

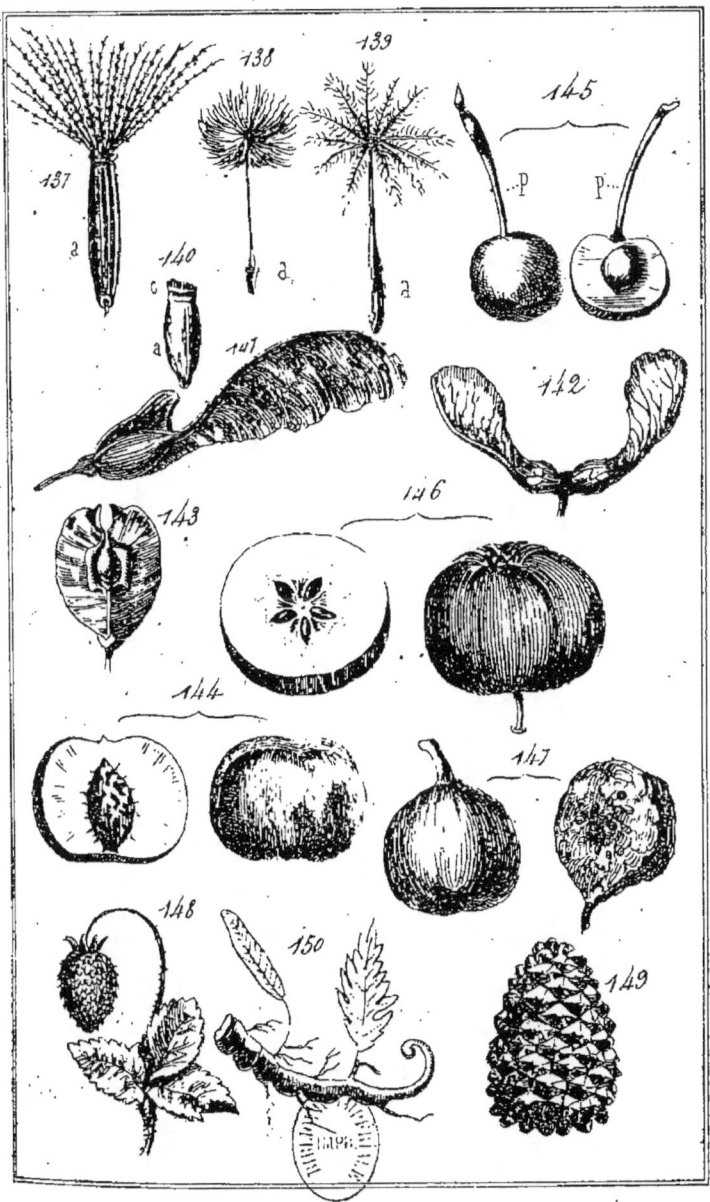

Agaricus procerus. *Vulg.* St Michel. — *Comestible.*

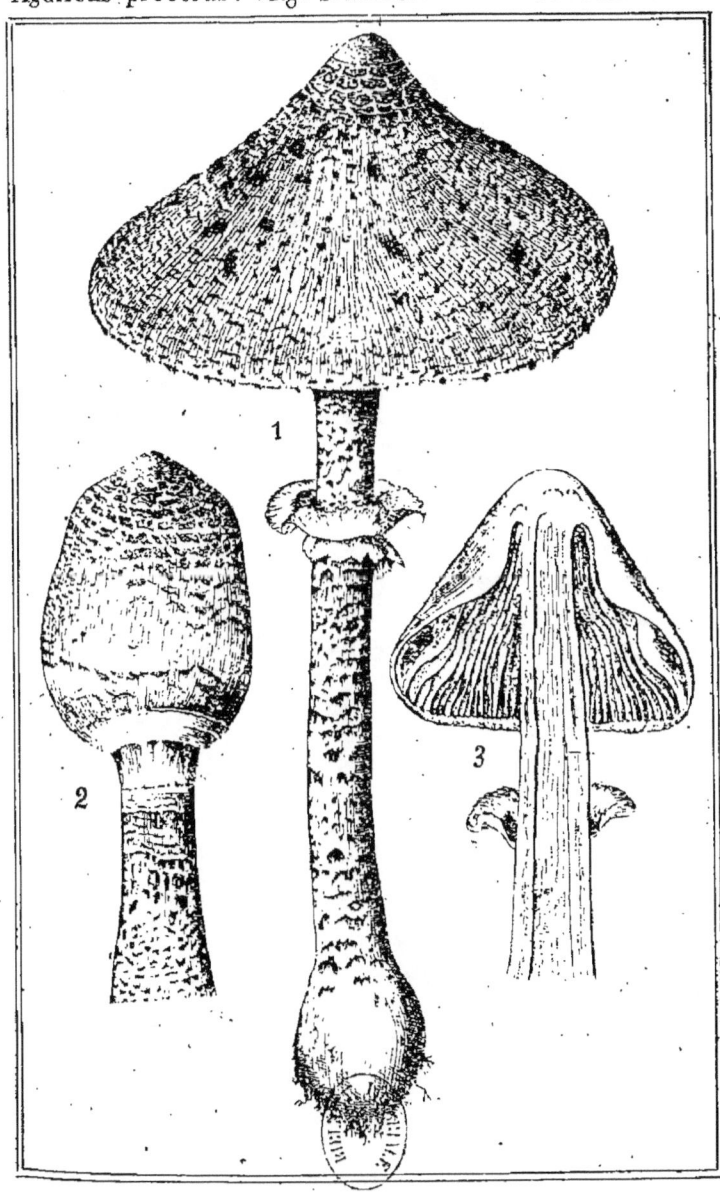

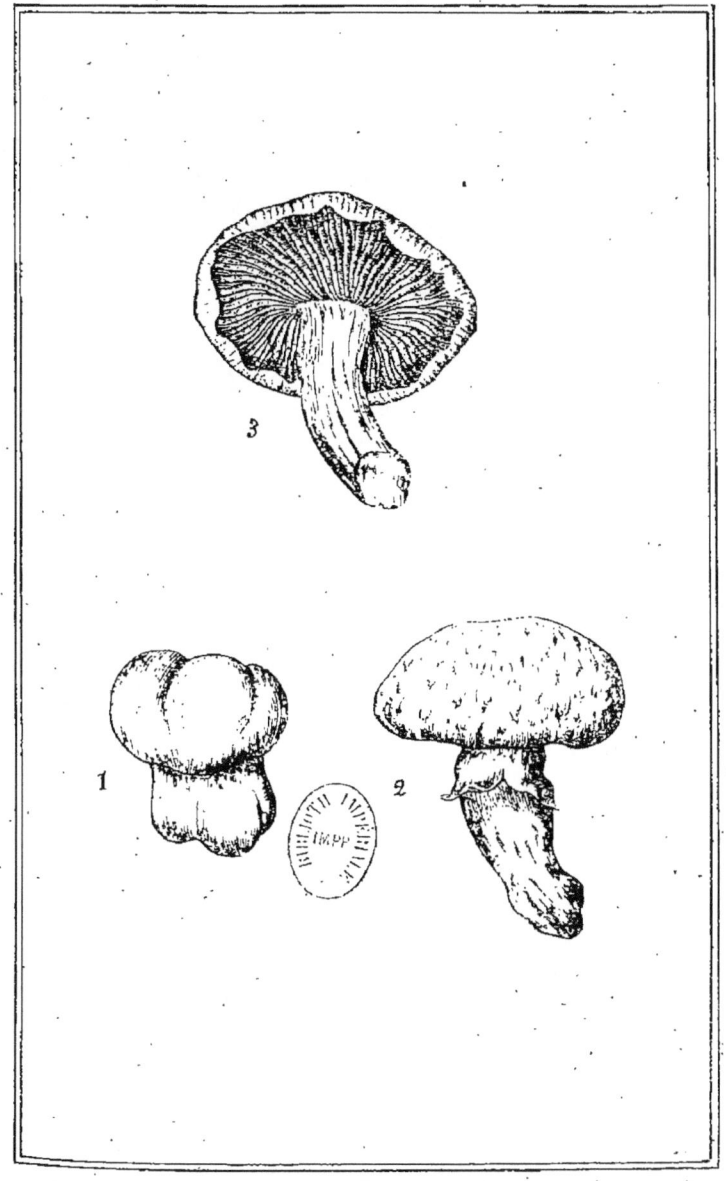

Agaricus campestris. *Vulg.* Champignon de couche.— *Comestible.*

Agaricus Cœsareus. *Vulg.* Oronge.   —   Comestible.

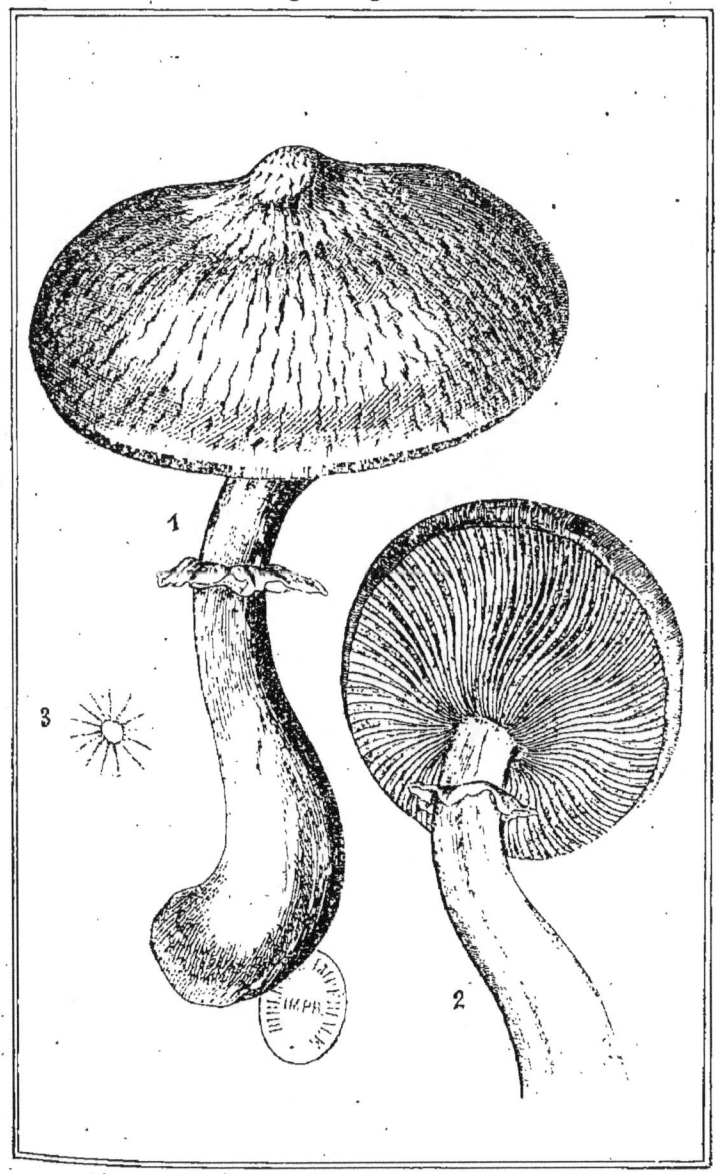

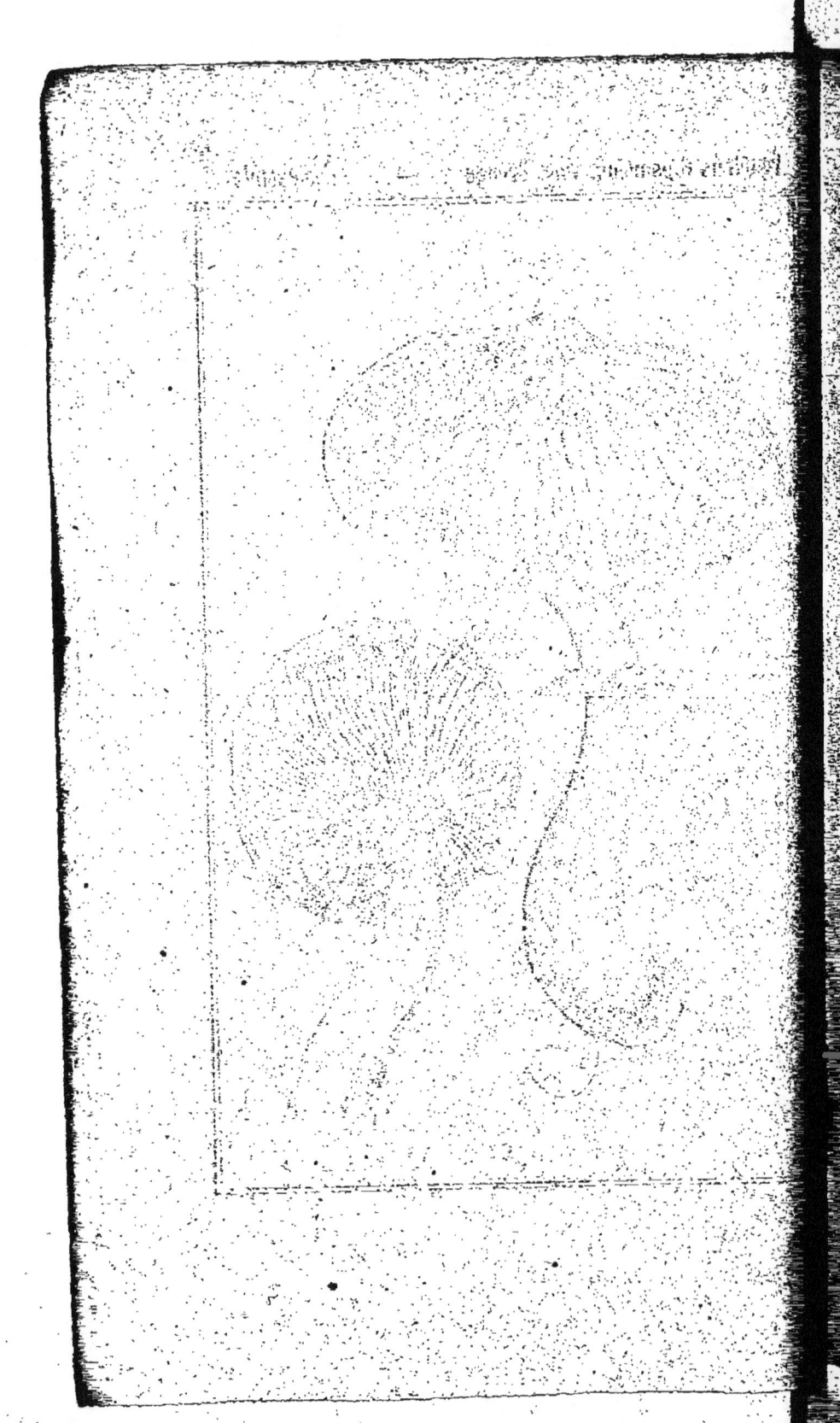

Agaricus prunulus.-*Vulg. Mousseron blanc*.- Comestible.

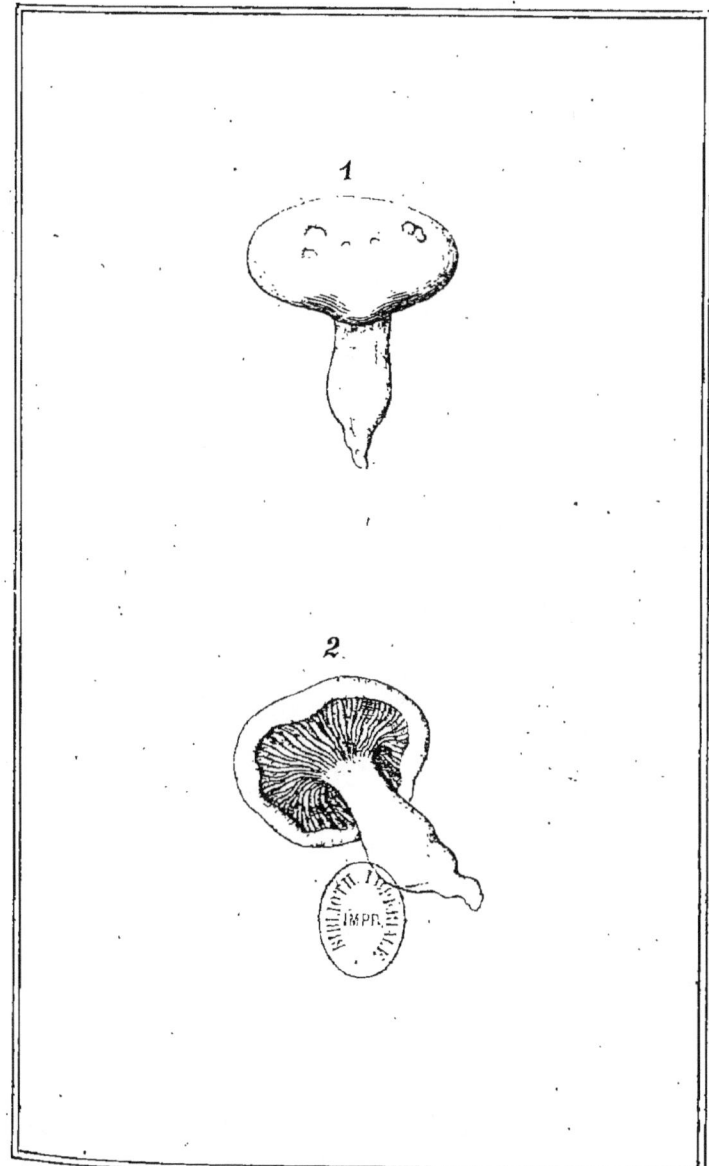

Agaricus oreades.–*Vulg.* Mousseron d'automne.– Comestible

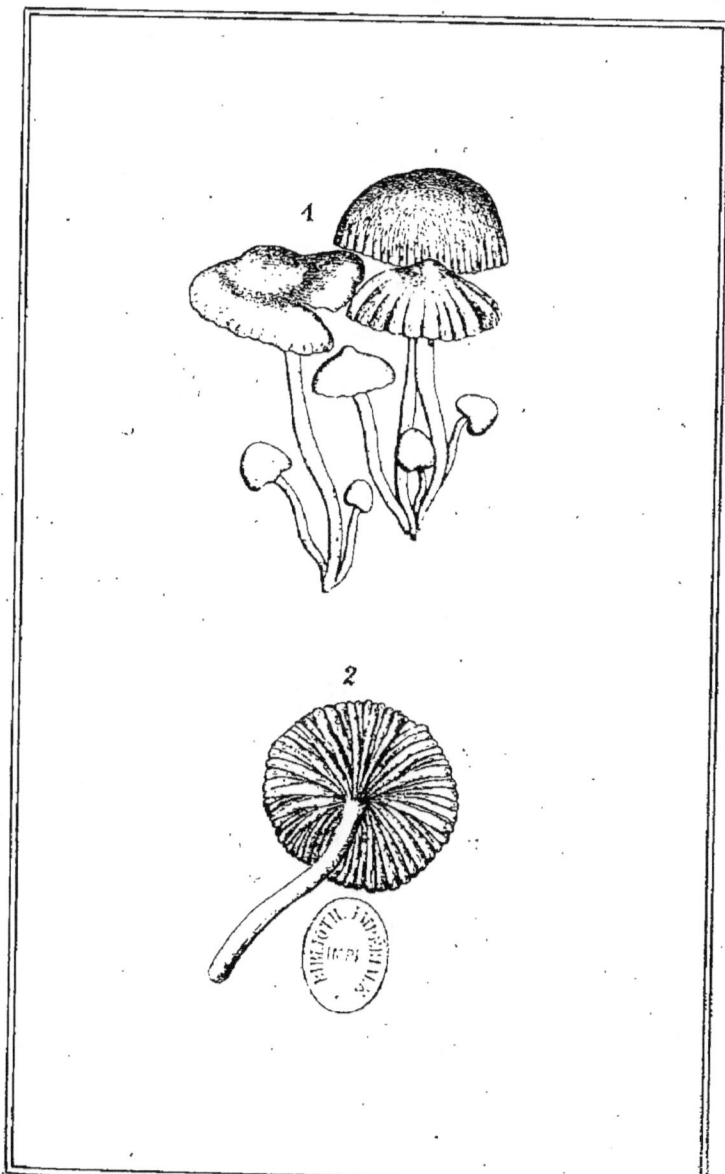

Boletus edulis.-*Vulg. Bolet*. — *Comestible*.

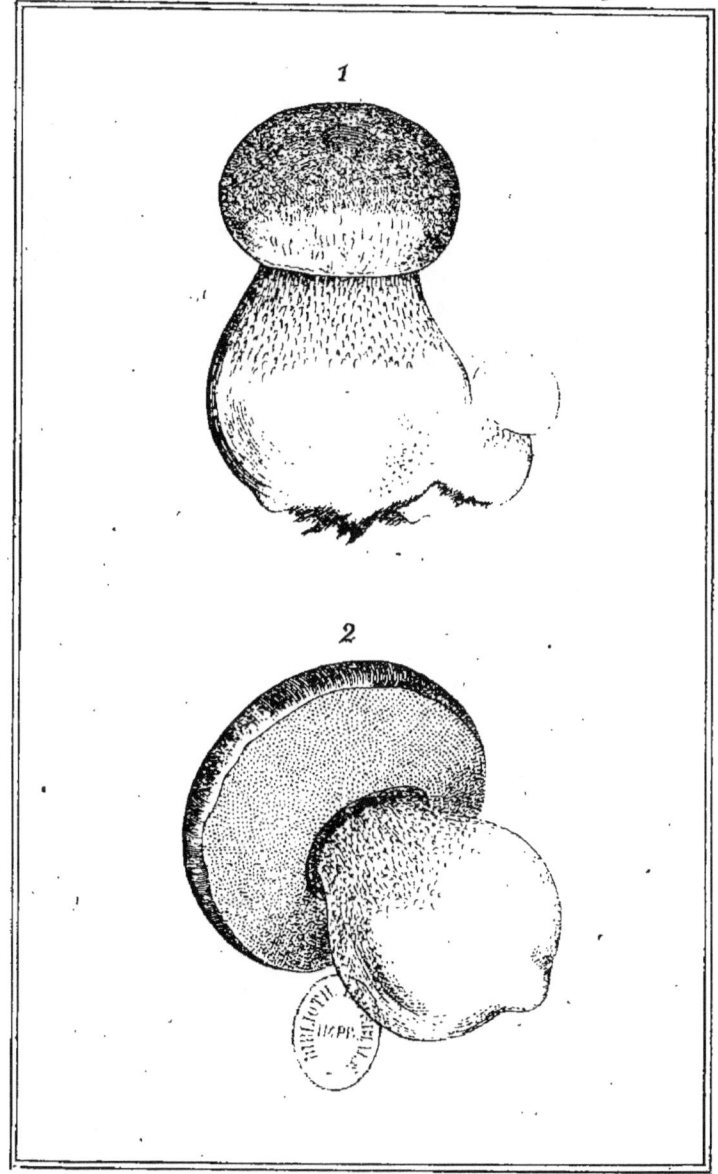

Hydnum repandum.— *Vulg. Chevrette.* — *Comestible.*

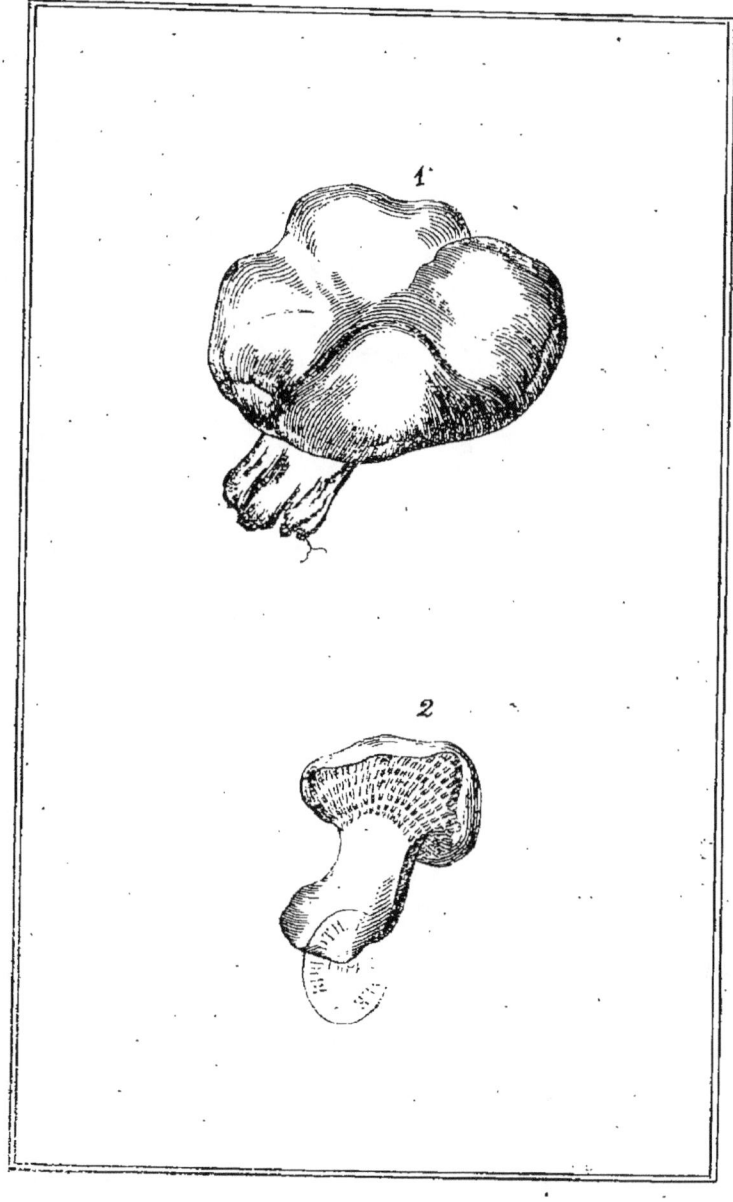

Morchella esculenta. – *Vulg.* Morilles. – *Comestible.*

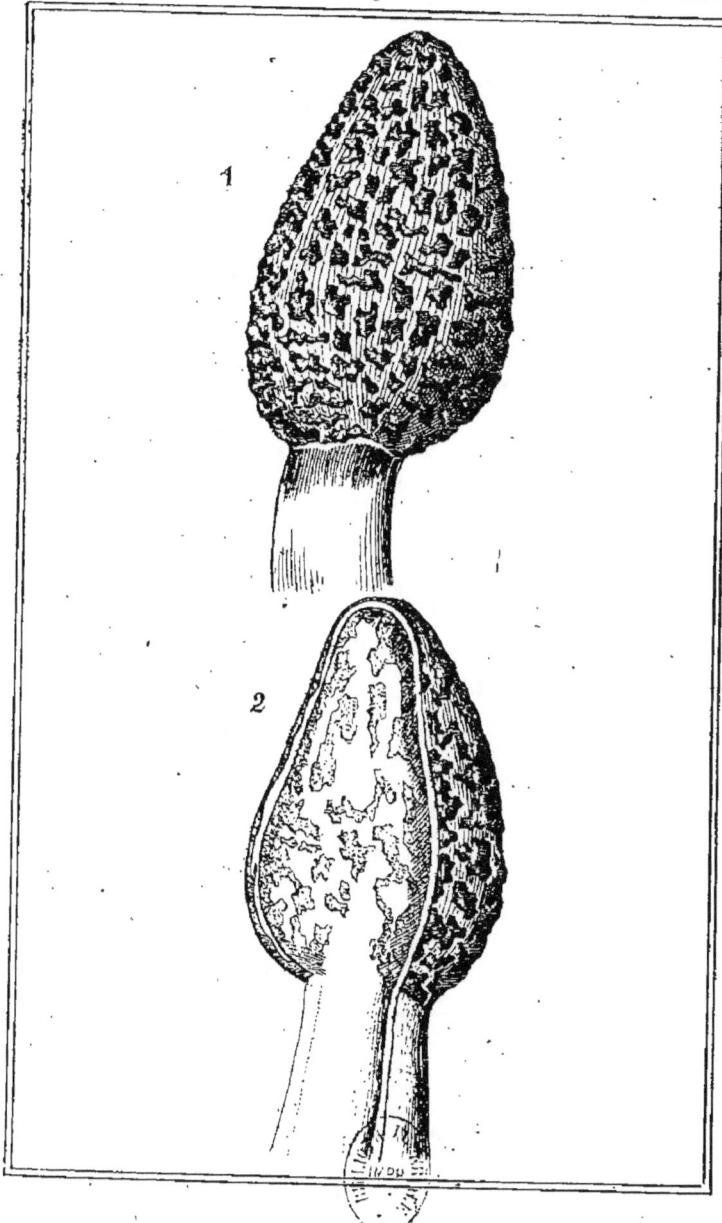

Clavaria coralloïdes.– *Vulg. Barbe-de-bouc.*– *Comestible.*

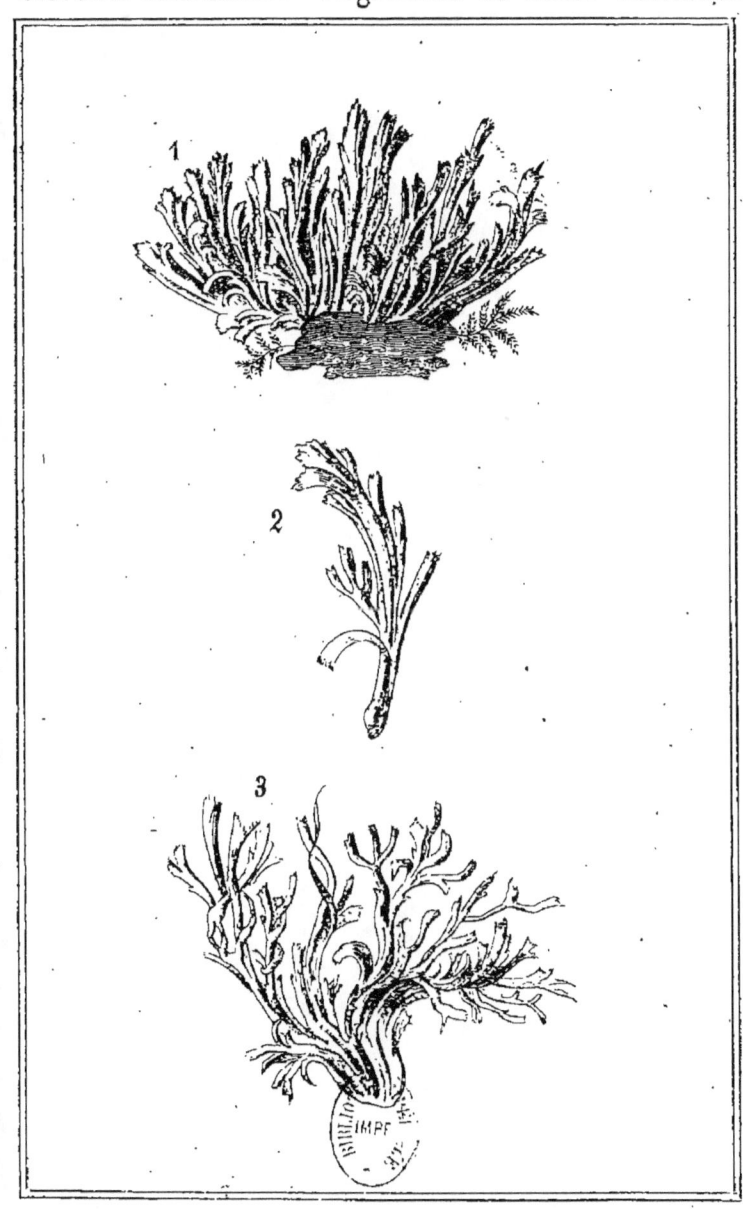

www.ingramcontent.com/pod-product-compliance
Lightning Source LLC
Chambersburg PA
CBHW070348030726
47504CB00001B/110